中国现当代小说理论编年史

1949—2019

ZHONGGUO XIANDANGDAI
XIAOSHUO LILUN BIANNIANSHI

总主编／周新民

第四卷（1986—1988）

本卷主编／朱 旭

武汉出版社
WUHAN PUBLISHING HOUSE

(鄂)新登字08号

**图书在版编目（CIP）数据**

中国现当代小说理论编年史. 1949—2019. 第四卷，1986—1988 / 周新民总主编. -- 武汉：武汉出版社，2024.12. -- ISBN 978-7-5582-7214-1

Ⅰ. I207.409

中国国家版本馆CIP数据核字第2024V6V249号

中国现当代小说理论编年史（1949—2019）第四卷（1986—1988）

总 主 编：周新民
本卷主编：朱　旭
责任编辑：张荣伟
封面设计：黄子修
出　　版：武汉出版社
社　　址：武汉市江岸区兴业路136号　　邮　　编：430014
电　　话：（027）85606403　　85600625
http://www.whcbs.com　　E-mail: whcbszbs@163.com
印　　刷：湖北新华印务有限公司　　经　　销：新华书店
开　　本：787 mm×1092 mm　　1/16
印　　张：30.5　　字　　数：510千字
版　　次：2024年12月第1版
印　　次：2025年2月第1次印刷
定　　价：1280.00元（全8卷）

版权所有·翻印必究
如有质量问题，由本社负责调换。

# 第四卷（1986—1988）

# 目　录

1986 年 ·················································································· 1
1987 年 ·················································································· 185
1988 年 ·················································································· 334

# 1986年

## 一月

**1日** 黄益庸的《"淡化"与"浓化"》发表于《北方文学》第1期。黄益庸认为："倘从社会主义文学的任务、小说的特点和艺术规律，以及最广大的读者群的审美要求来观察的话，'淡化小说'并不值得大力提倡，我们不应让它们取代（它们也永远不可能取代）'浓化小说'的地位。"

同日，邓启耀的《感知方式的探寻》发表于《滇池》第1期。邓启耀认为："云南青年作家们在创作小说的时候也力求打破'固有的感觉'，开掘出更多的世界与人生的观测点，发现更多的精神或灵魂的断层。为了找到一点新鲜的感觉，他们的注意力不再只限于情节和人物的行动上，而在深挖情节后面的心态，以传达某种氛围，暗寓某种情绪。""云南一些青年作家，借助现代科学、哲学、人类学的透视镜，在时代的高方位上，将感知的触角探到更深的传统文化岩层和民族心理积淀中，从而使作品有了一种深邃精到的内在穿透力和博大宏伟的美学风格。"

同日，杜荣根的《耐人寻味的中篇隐层结构》发表于《江南》第1期。杜荣根认为："何谓双层型结构？……它的界定是在一个中篇里存在着两条相互联系的发展线索。一条是明层的，实写的，它可以明显地从作品的语象分析中看出来；另一条则是隐层的，虚化的，象征的，它深深地隐埋在明层结构中，需要从总体结构的把握中仔细体味和领悟出。两者的关系是：隐层结构存在于明层结构之中，明层结构服务于隐层结构；作者的厚爱不仅在于明层结构所展示的生活事实，更在于通过明层结构揭示出隐层结构所蕴含的生活题旨，因而它们虽是统一的，却是有主次之分的。"

"双层型结构的明、隐两层，并不是对立的，互不相关发展的；但也不是平行演变的。这种小说并不在于象某些心理小说或情绪小说那样着意放弃或冲淡人物性格的塑造和故事情节的编排，甚至，在某种场合下人物性格和故事情节还能有某种程度的加强。""既然明层和隐层是统一的和交融的，那么它们的主题也是互贯的和融合的；更由于隐层结构隐埋在明层结构的内部，是一被虚化了的实际，具有更多的象征意义，所以它所表现出来的生活题旨也可能是极为多样的，丰富复杂的，给作品本身留下了更多的、广阔的驰骋余地。"

杜荣根注意到，"小说的形式正在同散文、诗歌的形式沟通起来。这不是指小说部分语言的诗情画意，也不是指小说部分段落的含意抒情，而是指小说整体结构的散文化、诗化。"

同日，李陀的《中国文学中的文化意识和审美意识——序贾平凹著〈商州三录〉》发表于《上海文学》第1期。李陀认为："以《商州初录》为例，许多人或会以为它们根本不能算小说，但熟悉中国小说沿革历史的人大约很容易由它们联想到源远流长的笔记小说这种东西。《商州初录》似乎是笔记小说的某种复活，然而其中明显又有地方志、游记、小品文等因素的融会。这使得贾平凹的笔可以自由地伸进商州地方的任何角落，举凡山川地理、地方人物、民间传闻、奇俗异事，以及世情发展、人心变化，无不经熔裁而入文。不过，作家并没有将这自然与人事的诸相都结构于一个鸿篇巨制之中。相反，他把它们化作一系列彼此间没有什么联系的优美的散文，或者叫做'反小说'的小说。表面看来，这些在散文、笔记、民间故事和规范的小说之间流动游移的作品，似乎都不过是一篇篇文笔很美的'小东西'。"

李陀还认为："如果把他近来发表的有关商州的小说，如《商州世事》等与《商州初录》一起加以研究，则《史记》的影响就相当明显。贾平凹似乎在做将小说与史结合起来的尝试，不过他不是写历史小说，而是使他的写商州的小说有一种地方史的价值。"

林斤澜的《"三不"致李氏兄弟》发表于同期《上海文学》。林斤澜认为："《张三、李四、王二麻子》，叫我想起源远流长的笔记小说。……笔记中多有杂录琐记，亦有考辨评析，有一部份是搜神志怪、传奇辑轶。若把小说的门开得大点，这一部份中真有好小说。……我以为这中间有个'三不主义'：一不端架子，二不尚粉饰，三不作无味言语。当初笔记一体，地位低下，不要说史传，就是与诗文并肩也不能够。……这倒好了，提起笔来，信手写去，兴尽即止。什么'载道''明理''言志'，不是不管，却不必端起架子来特意料理。自由挥洒，真情流露。"

刘友宾的《阿城小说一瞥》发表于同期《上海文学》。刘友宾认为："从他已发表的《棋王》、《孩子王》、《树王》，三篇小说中，不难看出，'不着一字，尽得风流'正是阿城小说可贵的美学特色。……阿城则另辟新径，他似乎超然物外，纯然客观有时甚至略带自然主义地叙述着一个又一个故事，在这客观的叙述中给我们展示出动乱年代的广阔画幅。"

同日，鲍昌的《伟大的小说何时到来？》发表于《天津文学》第1期。鲍昌认为："生活是有很多故事的。过去有个比较极端的理论，就是把小说看成是故事的敷演。从这个理论出发，很自然地会推导出下列的原理：凡小说皆有故事，凡故事皆可能构成小说。

"那么故事又是什么呢？依我的看法：故事无非是一个或一组人物的行为关系的描述。这些行为关系可能已经发生过，可能还没有发生。一般来说，故事按照时间的顺序来发展，表现为一种合乎逻辑的因果关系的集合。它和人的心理逻辑（包括人的思维逻辑和情感逻辑）自然契合，因而容易为绝大多数人所接受。接受的前提是理解。故事是人对生活的一种最自然、最愉快的理解。

"同其他的文学样式来比较，小说的最大长处是讲故事。讲故事是小说的特权。其他的文学样式（象戏剧文学、叙事诗）虽然也有故事，但都不如小说来得直接，来得丰富。聪明的小说家，都是会讲故事的。"

"目前国外的一些现代派小说，主张故事情节的'淡化'。我不否认在这种情况下，也会有好作品出现。一个短篇小说，甚至一个中篇小说，可以将故事情节'淡化'，着意去表现某种悠远的感觉、观念和象征。但我必须指明：'淡化'并不是虚无。成功的'淡化'作品，总还有一条内在的情节链条。看似空灵，实则有物，恰似那古诗'草色遥看近却无'的意境。而我们说的伟大的小说，则很难全盘'淡化'。它总要有故事，有人物，并且必须要有典型。我提醒大家看看《外国文学作品提要》这一类书籍，那里介绍的文学名著，大都是有故事，有人物，有典型的。彻头彻尾的'淡化'作品，一本也没有。"

"小说毕竟是艺术，它自有一套奥妙的法则。……因此，伟大的小说面临着它无法逃脱的考验——艺术的独创性。这考验是如此无情，或是升上艺术的华堂，或是坠入平庸的泥沼。"

蔡葵的《小说，"认识你自己"》发表于同期《天津文学》。蔡葵表示："近年来小说观念的变革，还表现在主体意识的加强。……主体意识在作品中的表现（这里且不谈'接受美学'中读者的主体意识）大致有三种情况：一是作品中徘徊的作家的形象，如张洁在《沉重的翅膀》中所表现的犀利的议论和强烈的爱憎。二是作家和作品人物合二而一，人物的感情亦即作家的感情，如王蒙《布礼》的主人公钟亦成，就凝聚了作者的经历、体验和感受。三是有强烈主观色彩的人物描写和叙事方法，如张辛欣、刘索拉和莫言等人的一些作品。莫言《透明的红萝卜》（载《中国作家》1985年第2期）中没有一句言词的黑孩儿，却象精灵般的聪颖和敏感，作品突出地描写了人物的主体意识，写他敲石子时能听到河里上升气泡的响声，那雾气碰着黄麻'发出震耳欲聋的声音'，蚂蚱剪动翅膀竟象'火车过铁桥'般地轰鸣，连沾在窝窝头上的头发落地他都听到很响的声音。"

同日，许耀铭的《纪实性文学对小说的挑战》发表于《文论报》。许耀铭认为："纪实性文学，尤其是其中的报告文学，由于本身所具有的在内容上的新闻性、典型性，在思想上的深刻现实性，在艺术上的多样性，其发展前途是未可限量的。这些作品在发表的时候以其新闻性取胜；若干年过后，则以其史料性而仍保持相当价值。纪实性文学的崛起对小说提出了挑战，但是，这种挑战不是取代，不是排挤，而是竞争。它迫使小说思想要更深刻一些，故事性更强一些，辞采更优美一些，感情更充沛一些。同时，它也使一些思想、题材、手法都一般的小说无法生存下去。反过来，大大提高了质量的小说也必然会对纪实性文学增大压力，迫使它寻觅更富新闻性、典型性的题材，更讲究思想的现实性和深刻性，更注意结构和语言的艺术性。一言以蔽之，文学内部纪实性文学和虚构文学两大部类的竞争，必将有助于文学的发展和繁荣。"

同日，马雪吟的《谈短篇小说的结尾艺术》发表于《作品》第1期。马雪吟认为："结尾则是一个短篇中最能影响全局，放出异彩的部位。它往往能使作品收到更加含蓄、隽永，或奇峰突出、出奇制胜的效果。""《秋月，是那样迷蒙》（《作品》1984年10月号），作者叙述一个甚至连姓名都难以查考的番伯的死。……作者一直以娓娓动听的语言叙述故事，并设立许多悬念，由是逗引读者进入胜境。先是他的姓名行状，再是他的残缺耳垂的传奇，又是死后奇异的守灵人——何氏兄弟并拿走了他遗留下的铁匣子。铁匣子里的巨款和本子，究竟留给谁和记载的什么呢？作者都纹丝没露。一直等到一个个悬念解答后的收尾，作者才写出。""我们并不是要求如法炮制，小说的结尾当然不该都来模仿一种模式，而是要求作者在艺术构思和结构的锤炼上苦下功夫，写好结尾。"

2日　《加强社会责任感提高创作质量促进精神文明建设——西安部分文艺界人士在本报文艺部举行的座谈会上的发言摘登》发表于《光明日报》。路遥的《关注建筑中的新生活大厦》一文认为："作家永远不能丧失普通劳动者的感觉。……在另一方面，我们同时又不能迎合社会上的某种低级的艺术趣味。一个热爱人民的艺术家，有责任提高公众的审美水平。……我认为，可以有一些朋友去'寻根'，但我们面临的更大的任务是要关注我们正在建筑中的新生活的大厦，不能把所有的作家和艺术家都拉入生活的'考古队'。"

同日，程德培的《"连续性"的中断——当代小说创作中的叙事变化》发表于《文艺报》。程德培认为："过去小说创作的规范，……'连续性'、'完整性'成了衡量小说叙事时间的价值观。值得注意的是，当前这种'价值观'在富于变化的小说实践面前开始动摇了。""许多宏观文章谈到当前小说的变化倾向时，总不外乎'诗化'、'散文化'、'抽象化'、'象征化'几种说法，其实，此中的核心便是'情节淡化'。以小说叙事时间的线性角度看，变化中的小说开始贬低段落之间的因果性，作品强调一种自由散漫的总的气氛。段落与段落间的相对独立性，追求重结构而轻情节的自然状态。也就是说，以往小说创作所热心的连续性开始中断，完整性开始破碎。"

王兆军的《复杂性格的简单表现》发表于同期《文艺报》。王兆军认为："文学作品中的人物性格无论多么复杂，都不能妨害这样一点：人物是一个有血有肉的和谐统一体。我以为，要做到这一点，有一个简单的表现方法，那就是真实。""真实的含义应当包括行为的真实和心理的真实。这二者之间以及它们各自本身都具有一种逻辑，作者和读者都是依赖于这种逻辑去观察人物的。因此，作者在使用细节描写人物行为时，或者在揭示人物内心活动时，只要真正尊重了人物性格真实，那么就一定是复杂的，多层次的。"

5日　胡宗健的《略论小说的"趣味"意识》发表于《当代文坛》第1期。胡宗健指出："当代作家王蒙亦说：'趣味是小说的一个重要因素。小说毕竟不是必读文件，不是操作须知，不是农药使用说明，除了专业学生和研究人员，人们读它首先是因为它有趣。'（见《当代作家评论》84年第1期第104页）"

"在情节中，偶然事件和误会起着极大作用。这偶然性就是'巧'，因了'巧'，才出人意料。'无巧不成书'，这一有口皆碑的口头禅，包含了自有小说和故事创作以来千百次探索的艺术经验，也揭示出小说虚构本身的奥秘。……'巧合'之所以具有这般魅力和鲜活的情趣，那是因为它来源于生活，是现实矛盾饱和状态的艺术体现。"

"以物拟人或以物传神也常常构成诙谐之趣的妙境。……由于这种情趣来自人与人之间感情深处复杂微妙的矛盾冲突之中，来自指桑骂槐的曲传其音之中，因而能够格外地引起我们的兴味，诱发我们去体会那象外之象和言外之言。"

"小说中富于幽默感的趣谈和趣事，也是酿成作品盎然情趣的不可多得的原素。鲁迅曾经要求讲述学术文艺的书'夹杂些闲话或笑话，使文章增添活气，读者感到格外的兴趣。'（《华盖集·忽然想到（二）》）那么，以娱乐和愉悦性的美感作为重要特质的文学作品，在其细部构造中，有机地楔入一些富于活气的趣谈或趣事，那就更是不可少的了。"

许宏德的《"犯而后避"——中国古典小说理论谈片》发表于同期《当代文坛》。许宏德认为："金圣叹继承和发展了叶昼的'同而不同'说，建立了自己的典型性格塑造理论体系。这个体系可分为三个方面：一、他在中国小说理论批评史上第一个有理论深度地提出，成功的人物塑造，是'性格'塑造。他对典型性格的塑造，提出了几点美学要求，用今天的理论术语来概括，就是：

真实性与典型性的统一，共性与个性的统一，完整性、前后一致性与丰富性、复杂性、矛盾性的统一。其中的核心，是强调人物性格的个性特征，而又重视共性与个性的统一。二、他在典型性格塑造的具体方法上，提出了一系列艺术手法和艺术见解。在人物描写手法上，……提出了同一人物的性格可以通过不同形式来表现的'倒写'法，性格不同的人物的对比和反衬的'背面铺粉法'，以及'避实取虚法'等等；在人物与情节的关系上，提出了以事写人的'叙事微而用笔著'，以及'借勺水兴洪波'等手法与见解；在人物与景物的关系上，提出了以物写人的'衬染法'等。三、他论述了典型性格塑造的过程。""金圣叹的'犯而后避'法，就是他自己的典型性格塑造理论体系第二方面的一个组成部分，也可以说就是'同而不同'的一种具体手法。"

　　同日，张兴劲的《当代小说观念放大了哪些审美因素》发表于《广西文学》第1期。张兴劲认为："小说不仅仅是小说，它可能并且已经与其它的文学艺术样式之间互相交融渗透，就在它们互相模糊了界限的边缘地带，出现了'非纯粹小说形式'的小说，如所谓'诗化小说'、'散文化小说'及其它种种。小说的艺术特征及其范畴外延，事实上在传统小说观念的基点上被横向地放大。……小说的'散文化特征'，则主要指它在结构、语言方面的一种轻快活泼、不拘一格的格局，具体说来，在结构上不要求象传统小说结构中那种严整、缜密的规范，而是常常出现跨越、间断、虚实相补，'形散而神不散'；语言往往又很独特别致，主观韵味很浓。这些特征都与中国文学中的散文传统有着一脉相承的联系。汪曾祺、阿城、贾平凹、何立伟等作家代表了这种倾向，即继承、借鉴中国文学中的散文传统来写小说，这种追求所达到的审美效果，也是以中国传统的'意境'、'情致'为主，而不是一般小说的'人物'、'性格'等。"

　　同日，陈村的《不是……》发表于《文学自由谈》第1期。陈村谈道："'文化小说'不是被人们普遍认为的那类'现代派'作品。……'文化小说'不是古典主义。它不仅……有别于外国作品，与此同时，也应该有别于中国古典的创作原则。比如，古典作品中的士大夫趣味；比如，叙事的程式化倾向；比如，作者对读者的训诫责任。对'文化小说'来说，这些都不是必须的。'文化小说'植根于中国土壤，以表现中国文化为己任，但它又不是'乡土文学'。一般意义上的乡土文学，多以一乡一地之景物人情为对象，浓墨写来或淡笔挥去，其上品不乏以小见大以此见彼的佳作。但它毕竟过于以描摹乡土为能事，行文不免拘束。……但'文化小说'既然号称以中华民族的文化为源，以人类文化为背景，就必然要有更大的胸怀，更厚的积累，更好的观念，更大的概括力。此外，'文化小说'不是'髦之时也'。""自然，'文化小说'也可争奇斗艳，踱着方步，跃出狐步，或翻着筋斗前进，不拘于一式。然根还在一地。……但还要说的是，从来的文学作品都有优劣之分，文野之分，上下之分，有代表不代表本民族文化之分，有一次性消费与耐用消费之分。"

李陀的《拾遗录（一）：现代小说中的意象——序莫言小说集〈透明的红萝卜〉》发表于同期《文学自由谈》。李陀认为："莫言采取了相当独特的做法，即试图在现代小说中营造意象。这种努力最早见于他一九八三年九月发表的一个短篇小说《民间音乐》。……一年多之后，莫言写出了《透明的红萝卜》。……这之后，莫言又连续发表了《秋千架》、《枯河》、《金发婴儿》、《球状闪电》等一系列中短篇小说。……它们使作家试图在现代小说中恢复——当然是在新的水平上的恢复——中国古典小说的某些宝贵传统的努力，不再是个别的尝试。它们证明，小说的发展实际上存在着无限的可能性。虽然写实方法曾经使十九世纪的西方文学巨匠们写出许多不朽的著作，今后它也还要长期在文学创作中生存发展，遵循这样写作方法的作家肯定还会写出许多优秀的作品，但其它的可能性是完全存在的，例如将中国传统美学中意象这一美学因素加以改造，使其和现代小说的构成元素相溶合，就有着十分广阔的前途。"

沈善增、赵长天的《关于〈迷失〉的通信》发表于同期《文学自由谈》。沈善增在信中谈道："我在读了《迷失》两遍之后，觉得有些遗憾，就是在遣词造句方面，还是保持了你原有的风格，太平易近人了。不！在这样的作品中，你应该即使在形式上也要显出更大的气魄。你一向不喜欢故作惊人之语，不喜欢炫耀自己的才华，但到这样的时候，你不应该再谦虚，就是要雕琢，要铺陈。""《迷失》……力求逼近生活，千方百计地把一个虚构的故事（我武断其为虚构）弄得象真的一样，似乎唯恐读者因为意识到故事的虚构性而失去兴趣。""现在有许多青年同行都在有意识地找民族文化的根。我想，恐怕是'根'

就不用苦苦地去找,它早已溶化在你的血液里了。苦苦找来的未必就是'根'。……要发现我们民族文化的'根',倒是要大胆地去吸收外来文化,采取'拿来主义',拿来消化后,我们民族文化中有活力的东西,难以更移的东西,本质上的东西,就顽强地显示出来了,这样我们就能看清什么是我们的'根'了。""《迷失》的审美'新'价值就在于'化'。倘若我说这篇东西是融合东西方文化,达到了'化'境,那不免有吹捧之嫌。但如果说你的出发点就想'化',既不抱残守缺,又不张冠李戴,恐怕这是中肯的。"

赵长天在回信中说:"我都是写了一种感觉,我竭力想做到的仅仅是想在两千字的篇幅里把一种感觉传递给读者。……过去我们不大重视感觉,写小说往往关注的是人物、事件、情节、感情,偶尔描写一点感觉,也都是作为'味精'、'葱花儿'来派用场的。纯粹写感觉能不能构成小说呢?我想应该是可以的,而且是很有意思的。大概你是会同意我的看法的罢,因为你居然能从短短的一篇描写感觉的文字中看出那么多东西来。这使我很兴奋。"

滕云的《中篇好,其唯中篇而已乎?》发表于同期《文学自由谈》。滕云认为:"八十年代中期的社会心态更从容更舒展,更具开放性和多元性,社会成员的现代意识更强,在群体意识之外滋生着合理的和未必合理的非群体意识。这样的社会现实与社会心态反映于实现于文学,自然不同于七八十年代之交的时期。文学很难再提供整体组织化的社会意识、社会心理的图景,因而也很难再仅仅以主题和题材的社会性(或社会问题性)调动全体社会成员,某一部作品(即使是优秀之作)仅仅以主题和题材的强烈社会问题性而掀起社会旋风的情况不再经常出现,文学也在呈现开放与多元化的外观。""中篇不再是主要倚仗社会问题性主题和题材的横向开拓而获得读者,而是依靠主题和题材的纵深开发、依靠在思想艺术上的多样化追求中的出新获得读者。中篇已走过了它的发展的第一行程,即它作为整体组织化社会心态的最佳载体,作为整体社会意识、社会心理的文学化而获得发展的强刺激的行程,而开始进入它的第二行程,即它作为一种普泛的文学现象,作为一种'有意味的形式'以求得自身发展的行程。"

张春生的《"寻根",文化意识与文学发展》发表于同期《文学自由谈》。

张春生谈道："今天的文学,尤其是小说已出现了对中国文化的严肃考察,当代作品已由社会小说,发展到人文小说。……人文小说不是去对文化也不可能给文化做什么结论,它只是引导读者去理解我们文化的机构,思索其优劣之处并决定自己的取舍。因此对'寻'的文学,尤其是'寻根'作品,人们全然可以作出各式各样的评价,但不应在口号上过分争执。""这些作品反映的是与现实的最活跃的层次格格不入的生活方式,但作家本人却往往是善于思索的人群中的姣姣者。这样的一种矛盾,说明了'寻'和'寻根'的文学,是意识与性格、意境与环境非谐调的文学,却用现代思想描画固旧的生活;这些让人目瞪口呆的作家,是热盼故土日新月异的一代,也是由于自己跑得迅猛,却鲜明表现出——以主体为观照物形成的——与周围不合拍的有着独识感的一代。"

同日,朱希祥的《绘画透视与人物描写》发表于《文艺理论家》第1期。朱希祥认为:"文学作品中的人物形象和性格要使人觉得有血有肉有立体感,就有可能从绘画的焦点透视中得到启迪。其一,依靠描写上的层次性,把焦点始终对准人物,进行由远及近,由表及里,从虚到实,从平淡到深邃的描绘。"

"其二是写出人物的几个面。唐代王维在《山水诀》中指出:'山分八面,石有三方。'元代饶自然《绘宗十二忌》认为'石止一面'是一大忌。中国山水画的透视形式之一——面面观,就是指在观察对象时对立体的对象的四面、上下、左右、高低的变化,都作个比较,不是只取一面而是取其多面,以期获得对对象的全面印象,以此表现出物体的立体感。西洋画的焦点透视更是强调这一点。因此,创造艺术形象就象应当尽力表现山的'八面',石的'三方'一样,写出人物的几个侧面。有人比喻得好,正如一个真正的钻石有许多灿烂的截面一样,人物也应有许多灿烂的截面。"

"其三是要让人意识到看不见的方面的存在并把它暗示出来。从透视角度讲,我们虽然生活在一个活动的四度空间的世界,但我们的视觉不可能从一个固定点看到对象的每一个方面。因此,绘画上则用阴影、明暗、反影等透视法来加以表现,以暗示这些方面的存在,这是给绘画以立体感和深透度的科学方法。绘画是这样,文学作品也同样。"

**6日** 于晴的《跨越"五老峰" 迈向新境界》发表于《人民日报》。于晴指出:

"《黄河东流去》画出了一幅生动感人的流民图,没有开阔的视野、丰富的积累和对民间疾苦的息息相通,是很难完成的。掩卷之后,其中人物历历在目,使人间悲喜,戚戚于读者之心。《沉重的翅膀》对生活变革中错综复杂的矛盾的揭示,颇有工力,然而这又依托于对众多人物独特性格的刻画,而贯穿于这一切的,则是作者一片忧国的赤忱。《钟鼓楼》写北京居民中种种人物,种种世相,喜怒哀乐、悲欢离合,有《清明上河图》笔意,手法且有所创新。然而打动和启发读者的,却还是人的命运。由此看来,致力于人和他们命运的刻画,乃是文学的灵魂。"

**9日** 刘心武的《多层次地网络式地去表现人——我写〈钟鼓楼〉》发表于《光明日报》。刘心武说:"《钟鼓楼》的的确确既是现实主义的,却又自觉地去体味和传达了一种所谓的现代意识,因而又同现代主义的文学流派有相重合的部分,如思辨气息、象征色彩、情节淡化、多义复合等等。""这样一种总体追求便决定了这部长篇的特殊写法。就人物而言,塑造单个典型形象虽然是一个任务,但已并非最高任务,我是要在流动的网络结构中,在展现一个互相依存、勾联、冲撞、和谐的当代市民群像。……对于他们的心态,我较少运用以他们为本体的摹拟式心理描写,更绝少用意识流的手法,而是大量运用冷静到外科医生般的客观心理剖析。就结构而言,以往认为只有短篇小说,才该搞'横剖面',我却打破这一金科玉律,偏把这个长篇搞成一个巨大的'横剖面',……我没有采取'串珠式'、'登梯式'、'锁链式'、'波涛式'等习见的结构方式,也没有采用时下颇为流行的'时空交错式',而采用了'花瓣式',或称为'剥橘式',犹如从一个花托朝四周伸出若干重叠交错的花瓣,又犹如一个橘子剥开,各瓣可分亦可合;这样写,自然是吃力而近乎铤而走险,但为了搞出一个象样的、有个性的作品,我想用力与冒险乃是必经之路。"

**15日** 关纪新的《广角镜下鲜活的形象——谈谈〈最后一个冬天〉中的我军人物塑造》发表于《民族文学》第1期。关纪新认为:"《冬天》的作者又不满足于自己的全景军事文学,……而是在运用广角镜头进行全景摄制的同时,一再摇近镜头,去捕捉和刻画战争全局下一个个鲜活的人物个体,将艺术的触角,一直伸向人物的性格深处。"

向云驹、尹虎彬的《历史嬗变中的自足与突奔——〈民族文学〉一九八五年小说述评》发表于同期《民族文学》。向云驹、尹虎彬认为："少数民族作家一方面比较重视对本民族文学传统的继承和发展，另一方面也积极吸收、借鉴外来艺术手法，力图摆脱外在束缚，致力于形式的突破与新的艺术境界的追求。""诗化、散文化、哲理化小说结构被许多少数民族作家所采用。……蔡测海的《茅屋巨人》淡化情节，以散文式笔调抒情写意，哲理化地容涵了土家山乡在变革时代的全部诗意。"

"强调艺术的内视——描摹人的意识流动，这使作品形象力透纸背。《新船》（白族，景宜）成功地状写了处于垂亡关头的人的直觉、幻觉、意识流动和梦游般的心绪行为。《深山里的金丝鸟》（蒙古族，那木罕）完全从次要人物意识活动中，从侧面间接地却是全力塑造了作品的主人公。对真真假假、虚实交错的魔幻现实主义一些手法的借鉴，显示了创作者的大胆探索。《系在皮绳扣上的魂》（藏族，扎西达娃）等小说把神话、传说、巫术、宗教、科学，把现实、历史、未来既虚亦实、既实亦虚地融于一体，使人获得立体视觉，惊奇地感受到世界屋脊、雪域高原的神秘凝重的氛围。"

"融合外来新机并不排斥对民族遗产的择取。汉族古典小说、少数民族大量民间故事和叙事诗、史诗足以表明中国叙事文学远胜他邦他民族。……《爱，在夏夜里燃烧》、《乌江雪》、《船》、《罩着灵光的骑手》等许多作品，注意构思的巧妙、叙述方式的灵活多样和故事情节的曲折，具有可读性。……赵大年的作品继承了满族作家善于以喜剧笔法表现悲剧主题的独特幽默风格。巴格拉西轻松活泼的俏皮表现的是地道维吾尔族式的幽默，它透露出维吾尔族人民的豪放性格。"

同日，李劼的《刘索拉小说论》发表于《文学评论》第1期。李劼表示："长期以来，我们的小说创作是充满了一种实用理性精神。一落笔就想阐述什么道理，体现某种观念。但现在刘索拉的小说彻底摒弃了这种精神。它们出自直觉，又诉诸直觉。""刘索拉小说的历史跳跃除了上述横向空移的意义之外，在小说艺术上也显示了一种与传统心理全然相悖的结构形式。她的小说是一种除去了框架的结构，没有过去，没有未来，只有流动的现在。这种现在不是流动在时间的轴线上，而是流动在内心的时空里。"

同日，蒋原伦的《失落了优美之后——谈王安忆创作中的直观把握》发表于《文艺评论》第1期。蒋原伦认为："她（王安忆——编者注）把这直观的写法看成是最适合于己的方法，概括起来就是'尽可能写生活中确有的人，用生活中确有的细节'，'有现成的，一定用现成的'。自然，运用直观把握由于缺少分析的环节，就失去了细密周到的份儿，但在另一方面，它却占了含蓄、轻灵、跳脱的长处。""由于脱出了戏剧化结构，王安忆叙述故事的方式是最古老的、顺时序的，……为了达到作者与读者的同步认识，在叙述结构上一律用开放式，叙述的视点虽然是全知性的，但在口吻中却没有早知道的神气。""与上述特点相适应，王安忆笔下的人物色彩素淡，无定型的性格，情绪的高峰与低谷无明显的反差，也无长久的持续性。""她很少越过直观把握的形相，透彻地、单刀直入地剖露人物，所以她的小说是有名篇而无名人，离开了作品，我们几乎记不住那些个人物。"

"她的小说语言密度较小，节奏较快而匀称。基本是一路叙述。虽间有白描，又不轻易铺张开来。""王安忆小说中的生活实感与通常说的生活气息并非一回事，这种实感……来自于对生活本身发展逻辑最无矫饰的揭示上，因而更具内在性与稳定性。不过，由于她的语言没有绘声绘色的戏剧性色彩，就需要读者在细细的品味中取一种主动合作的态度。"

金健人的《小说空间的地域因素》发表于同期《文艺评论》。金健人认为："小说空间，它实际上应该包括三个方面的内容：一是地域的内容，它承担着人物的活动，同时又限制着活动的范围；二是社会的内容，它将人物与人物之间的关系统统网罗于内；三是景物的内容，它是地域内容与社会内容在作品中的具体化与形象化。小说空间，就是这三方面因素的相互结合与相互渗透。"

李运抟的《一支小说异军在崛起——一九八四、一九八五年部分纪实小说掠影》发表于同期《文艺评论》。李运抟认为："这两年纯文学范围内的纪实文学，如报告小说、自传体小说、回忆录故事、口述实录文学及打出了'纪实小说'旗号的作品（如刘心武的《五·一九长镜头》），根据其艺术复合过程及特征，我以为基本上都可以大致归为纪实小说类。""传统的也是迄至今日仍被人们乐道的小说观念，其理论特质之一便是强调小说创作以源于生活的想象与虚构为本事。……此论对绝大多数的小说创作过程是适用的，但于纪实小说却是一个悖论。纪实小说恰恰在于本身真实。它们所描述的生活客体是现实中的实在。换言之，是对生活原型客体的一种直接再现。这种'再现'并不摒弃审美主体的意识的渗透，甚至允许适当的虚构，只是绝不象正统小说以之为本事，而以之为具有极大限制性的辅助。是否可以认为，纪实小说是报告文学和传记文学等纪实文学的一个具有艺术延伸性的变种？或是小说朝'纪实'方向转移？纪实小说所存明显的对正统小说观念的背弃，无疑还待仔细研究。不过本文以为，对一种新的文学样式的评判，不应以现成理论条例硬行匡正。它们既然能够出现并勃兴，必定有其存在的价值及合理性。"

"《五·一九长镜头》……是这两年纪实小说中堪称代表的一篇，……它很有气势地充分发挥了纪实小说这一文学样式的诸多长处。及时地捕捉住重要的新闻事件，使《镜头》首先具有影响性和时间观，……更可贵的是，《镜头》使用的艺术手段摇曳多姿。在这里，新闻报导、事件评述、哲理分析、深刻议论、逻辑推理等众多表述方式糅合一体。而作者意味深长地选择滑志明与小瑛子这一对极其普通的首都青年的恋爱为贯穿线，大段描写了他们相识的经过、心理、父母的态度和外界的影响，这就为小说定下了小说化的基调，渲染了小说化氛围。"

王华的《真挚地写自己的感觉——谈张辛欣创作》发表于同期《文艺评论》。王华认为："张辛欣十分注意抓住所描写的人和事的某些特征，予以夸张讽刺，从而为读者创造出生动的形象和奇异的境界。""作者运用讽刺与夸张的手法，有时甚至到了怪诞的地步。……这些讽刺与夸张手法在张辛欣笔下的运用是暴露、是抨击时弊、是一种审美的力量所在。"

同日，丁帆的《人性思索的深层意识——关于长篇小说〈刀客与女人〉与赵本夫的通信》发表于《钟山》第1期。丁帆认为："由于描写视点的转移，你笔下的人物似乎具有'立体交叉'型性格。……他们浸透了你煞费苦心的当代意识（这一点下面再谈），他们之所以成为新的形象，也就在于他们不仅是二重性格组合之产物，关键的是你已自觉地在挖掘他们性格的深层意识结构——

历史的、地理的、时代的制约和人本身意识冲突下所形成的特殊性格发展史（即外在和内在诸因素所成的'立交型'结构）。"

金筌的《浩荡的爱海——史铁生片论》发表于同期《钟山》。金筌认为："作家从这里（陕北民歌——编者注）找到了自己小说语言的基本调性——平实、欢快的抒情调性，同时也找到了自己作品的基本叙事方式。……他的小说就是这种面对面、手拉手的诉说，诉说着散碎、平淡然而却经得起咀嚼品味的生活，以及这种生活所酿造的，同样平淡但却有很大的感情和哲理'后劲'的故事。""史铁生的小说创造了这么一种文学的'小剧场效应'：读者会不知不觉地与叙述人（常常取第一人称叙述角度的'我'）一样，成为小说的一个角色。"

李劼的《我之"寻找自我"观》发表于同期《钟山》。李劼认为："我们的文学只有在找到了这种自我并将自我诉诸自我的艺术表现形式时，才真正进入了二十世纪的文学殿堂。因为二十世纪之前的文学，无论是文艺复兴的还是启蒙主义的，关注的都还只是抽象的人性和个性。及至文学发展到二十世纪现代主义运动时，抽象的人性个性才被赋予了具体切实的自我内容。我不敢说我们当今的文学也已经进入了这种关注自我的境界，但从一些新意迭出的作品来看，尤其是从八五年的小说创作势头看来，不少作家们已经在开始对自我的寻找了。"

周介人的《小说意识的变化》发表于同期《钟山》。周介人认为："近年来小说意识发生新的变化的一个重要原因是由于'文理渗透'。一批作家，特别是青年作家对控制论、系统论、信息论表现出极大的学习热情，他们对西方现代科学哲学所描绘的世界图式深感兴趣，他们还对中国传统的哲学美学思想抱着重新学习、重新研讨的可赏态度，这一切都使他们加深了对马克思主义唯物辩证法的掌握与运用，使他们的思维方式发生了变化。他们在观察生活、把握生活时越来越趋向于整体性、多向性、主体性。

"什么叫整体性？……他们在描绘事物的因果联系时是多因一果，一因多果，多因多果的因果网络，而不是机械的决定论。他们还认识到，在社会生活这个大系统中，现象的联系方式是多种多样的，不能把生活现象都纳入因果范式来加以把握。""什么叫多向性？他们认为，既然一个研究对象或研究课题，可以成为多种学科共同研究的对象和课题，那么，作家完全可以给一个司空见惯的对象增加一点新的审美规定。""什么叫主体性？就是说他们在结构小说时越来越向我国传统诗歌学习，注重作者本人对生活现象的感应与兴会。逻辑、经验、理性的思维形式与非逻辑、非理性的思维形式同时在小说中出现。他们希望自己的小说既是对生活现象的严格的选择（决不是自然主义的），同时又保留着生活本身的'无名状态'。在这样的'无名状态'中，既显示出生活的整体性与原始性，同时又可见出作家本人的浩然气质，他的深邃的洞察力与敏锐的感悟力。"

20日 颐平的《如何评价小说〈男人的一半是女人〉》发表于《人民日报》。颐平认为："一些文章肯定作者的艺术感觉生动而丰富，但同时指出作品中一些超脱现实的理性'升华'损害了艺术真实。这一缺点在章永璘这个形象上显示出矛盾。……有人认为章永璘是'一个伪善时代制造出来的伪君子'。一些文章惋惜作者生动丰富的感觉每每被'单义的、过分明晰的理性说明所限制并被狭窄化了'，使艺术真实遭到损伤。"

同日，雷达的《主体意识的强化——对近年小说发展的思考》发表于《人民文学》第1期。雷达认为："在近一二年间，小说领域发生了比以往更加急剧的变化，这是每个人都能够感受到的。现在，人们正在谈论着诗化、散文化、象征化、哲理化和荒诞、变形、幽默、非逻辑联想、超感觉之类的新奇话题，正在讨论着改革、寻根、心理积淀和大自然之类严肃的问题，……这一切无疑都是小说领域变化的特点，但这一切变化的枢纽和核心，乃在于小说家主体意识的变化，它开始向真正的主体地位上升。""作家主体意识的开放和丰富，它的力求涵纳更多新的内容，使得很多人表现出比以往更浓厚的对文化背景的兴趣，对民族心理的更深入的探求，对人性的沉思，对所谓'国民性'的研讨，等等。这不是逃避现实，而是试图用当代审美意识对传统重新理解。在韩少功的《归去来》、《蓝盖子》、《爸爸爸》、《雷祸》等作品中，神秘外壳里包藏着哲理意识，民族生活形式里寄寓着现代观念。它思考人的本体和种族'原型'群体模式，表现出力图走出传统世界的渴望。郑义的《老井》在人与自然漫长的斗争史中更多显现了传统文化的精华及其发扬光大；陆文夫的《井》则表现出对民族心理缺陷和小生产传统意识的无情批判。"

同日，郭超的《他在发掘本民族独特的精神财富——漫谈乌热尔图的短篇小说及其美学观》发表于《小说评论》第1期。郭超认为："所谓民族性格、民族心理素质，并不是某种抽象的符号，而是一个民族'生活条件的反映'，是民族作家'从周围环境得来的印象的结晶'（斯大林语）。""重要的是他的小说具有真正的民族色彩，这种民族色彩与情调，是渗透在鄂温克猎人生活的精心描绘之中的，不是外加的、表象的，是从特定的环境氛围中，从人与人之间的相互关系中，从人物的命运、性格的冲突与行动中流露出来的。"

李小巴的《小说创作中的一种背弃趋向》发表于同期《小说评论》。李小巴认为："背弃，即作家主观随意悖谬的背弃。这种背弃趋向比较集中地表现在最近一个时期的一些作家的创作实践上。我们不妨把这些一开始就引人注目的小说分为两种类型，一类是在思想上艺术上都鲜明地表露出怪异特点的作品；一类是在内容上多少渗透着原始主义的作品。其中有些作品则两者兼之。第一类比较怪异的作品……明显地呈现着离开现实主义规范的艺术特征：作家有意地超出对现实生活作历史的具体的直接的客观反映和描写，而努力使自己的作品主题抽象化，意象化；传统的主题的社会性被视为异质而被排斥掉。……第二类的多少渗透着原始主义的作品，主要是指那些以描写至今仍然隔离于现代物质文明与现代社会生活之外的'死角'的作品。在这些作品中，作家的目光主要关注在那些落后的、愚昧的、原始的、甚至带有野蛮时代遗迹的生活形态上。……有关这方面的生活不是不能表现，而是如何去表现。"

王仲生的《翻越大山的跋涉——评贾平凹的几部近作》发表于同期《小说评论》。王仲生认为："贾平凹的魅力在于，能在奇中写出真情，弥漫在他作品中的淳朴的野性的美与情趣，又或浓或淡地折射着时代的波光，历史的投影，体现了他的审美追求。""综观贾平凹的近作，……心态描写被作品置于更为重要的地位。"王仲生还认为，贾平凹"过分沉溺于超乎常规的奇特情节"，贾平凹的近作还存在"历史背景的投影模糊，缺乏鲜明的时代感"等缺陷，"究其根本，作家必须站在时代先进思想的制高点上，从历史发展的眼光看取社会与人生"。

吴士余的《现代审美意识的新层次——读〈小鲍庄〉断想》发表于同期《小说评论》。吴士余认为：《小鲍庄》"吸取了西方结构主义的表现方法，较大幅度地增加了审美视点变换的自由度，造成一种宏观与微观交叉，叙事、意识流动。情绪闪忽多种审美视角转换的情势，由此来延伸艺术形象在三维空间中活动的自然流向"。

乐黛云的《当代西方文艺思潮与中国小说分析（五）——第六章 叙述学与小说分析》发表于同期《小说评论》。乐黛云把叙述看作是小说质的规定，认为叙述是决定小说艺术魅力的关键："如何造就一个小说世界并将读者引入呢？小说家……的根本手段就是'叙述'。同样题材、同样主题的小说，往往在审美价值的创造上相距甚远，其根本原因就在于叙述技巧的高下。"

张德祥的《论近年来小说视野的拓展与结构变化》发表于同期《小说评论》。张德祥指出："把小说的视野拓展到'内宇宙'——内心世界，这才是近年来小说视野本质上的拓展。""小说超越这一表层结构而直接实现深层结构，使小说艺术形式自身获得了较大的自由性，由一个自足的封闭世界（完整的情节具有封闭性的特性）变为具有较大容量和更多地吸收其他艺术形式特征的开放性结构，这是近年来小说发展变化的核心所在。""容量增大的根源是结构进入深层以后，表层结构的限制被击碎，对内容进行更自由、更符合审美心理活动特征的取舍、浓缩、熔铸、叠合，使小说具有了更大的抽象概括能力。""这种结构对其他艺术形式功能的吸收或容纳，多元化的艺术追求使小说具有美感的多层次性和丰富性；具有诗的意境、散文的自由舒卷、音乐的模糊性和流动性。这种复合性的审美感受使小说具有更高的审美价值。"

**21日** 何新的《"先锋"艺术与近、现代西方文化精神的转移——现代派、超现代派艺术研究之一》发表于《文艺研究》第1期。何新谈道："我认为，区别先锋派（即现代派）艺术与传统艺术的主要标志，从根本上说并不在它们的形式特征或某些特殊创作技巧；而是在这种艺术的文化、哲学精神和价值取向——也就是说，是在艺术语句的深层结构而不是在其表层的形式结构中。""问题在于，现代先锋艺术所叛离的并不是传统艺术中的某一流派或某一种传统。相反，先锋艺术的趋向是几乎整体地否定传统艺术的全部审美价值和经验。""因此现代艺术与传统艺术的本质性区别,就不仅仅是形式特征上的区别,而是全部哲学、美学、价值取向的区别,是整体文化精神的根本区别。"

**23日** 吴功正的《新时期小说形式美的演化》发表于《当代文艺探索》第1期。吴功正认为:"传统的小说的时空结构形式被打破,作家对时空关系重新加以安排,时空结构重新进行剪辑,将它统一于心波的流程,传统的封闭式形式终于被开放式的结构形式所取而代之。这一形式美学的演变在新时期的小说中取得了最为醒目的特色,也取得了最为多样的形态。""当代新时期小说形式美的另一个重要演化表现为小说的诗化、散文化。……小说的散文化是为着求取审美上的众多效应,不使小说仅只限制在一个传统的形式范畴内,是在突破限制过程中产生美的爆炸力,获得美的力的扩张。又由于以散文的形式、笔调表现生活、描述对象,因而大可灵动自如,不必恪遵传统小说严丝合缝的章法,可以抒情,或作议论,抑或娓娓动听摆'龙门阵',如邓友梅等人的小说,知识性、趣味性大大加强。其内在形式的曲曲转换,也并非如传统小说开端、发展、高潮、结局的起承转合,而是信马由缰,产生舒张自由的美的魅力。"

庾文云的《论短篇小说的意象美——兼评何立伟的〈白色鸟〉等小说》发表于同期《当代文艺探索》。庾文云认为:"作者根据自己的个性特点,即心理气质,以独特的方式,即汲取古诗绝句的手法来表现自我的个性和反映生活。在他的作品中成功地体现了诗歌中的意象美。这些作品结构是散文化了的,它几乎没有情节。即或有一些小故事,也是有意使情节淡化,因而没有用笔墨去描述情节发展的因果关系来吸引读者,也没有去描绘人物性格的多重性,和对人物做冗长的心理描写,大多是颇有写意人物的韵味。有些是突出一种情绪的流泻来贯通全文,有的是以浓郁的气氛来笼罩全篇,从而给读者造成一种扑朔迷离而又神秘朦胧的感觉,留下无限的想象空间。就整个艺术构图来看,作者在作品中使用诗歌、音乐、绘画等多种艺术手段。把情、景、意三者溶为一体,构成一幅幅意象深远的艺术画图,即小说的诗化,或诗化的小说。"

**25日** 艾平的《史铁生其人及其它》发表于《当代作家评论》第1期。艾平说:"从技巧来说,他追求不息,对于所谓'现实主义+象征'的观念,他在一次一次地实验。我们单从'报告文学'看,他写牧师——中国的牧师,这在中国当代作品中为第一次，用报告文学的形式写小说也可以说是第一次（近来刘宾雁也在试写），并且写出的人物，立体感强，别具一格。当然他不是在象王蒙那样塑造'透明的立体雕像'（郑波光语）。在现实生活的基础上，作家掺和了西方现代派的一些手法并且运用得恰到好处。无论他是在运用象征或是黑色幽默或者荒诞，我们都可以看到他是在追求，在努力开拓文学新的艺术技巧。可以说这部作品不愧为开辟了新的领域和体现了独一无二的风格的力作。"

畅广元的《〈小鲍庄〉心理谈》发表于同期《当代作家评论》。畅广元说："值得人们注意的，是她（王安忆——编者注）能自觉地调整其审美心理结构，重新组织自己审美创造的心理力。……有经验的作家在不断的艺术追求中，总要调整自己的审美心理结构。""作家由于文学创作实践的特点，其审美心理结构必然是以情感为核心的，认识和意志结晶的理智寓于情感之中，使情感具有鲜明的理性色彩。因此，审美心理结构的常态是情感方式。情感是动态的。情感方式在作家的心灵中是以一种力的式样存在着。它既有方向，也有强度。""王安忆写《小鲍庄》时，其审美心理结构已经从总体上作了变动。"

陈思和的《双重迭影·深层象征——谈〈小鲍庄〉里的神话模式》发表于同期《当代作家评论》。陈思和认为："我们透过《小鲍庄》所提供的同一块空间，同时看到了两个世界：现实世界与非现实世界。……它们象两张照相的底片叠合在一起爆光显影，同印在一张相纸上。由双重迭影，达到了深层象征。"

陈思和还认为："它（《小鲍庄》——编者注）完全以一种民族化了的形态表现着中国的事和中国的人，它使一个虚幻的宗教故事不是作为小说外在的因素穿插其间，而是重迭在一个现实故事之中，并且叠合得如此天衣无缝，使我们从一个非现实世界中领悟到对现实世界的讽刺与针砭。""虚虚实实的双重叠影，是这部小说艺术构思上的一个重要特征。由于宗教因素在这部小说中不是作为情节而是作为一种'神话模式'，与小说中的现实世界的故事平行出现的，所以宗教原有的消极成份在此并不存在。它对小说来说，既有一种结构的意义，又深化了小说的主题。"

洁泯的《〈小鲍庄〉散论》发表于同期《当代作家评论》。洁泯认为："《小鲍庄》所追求的是沉眠于我们土地上的凝固着的民族心理。""文学艺术的深邃的真实感，必须具有深沉的历史感，方能显得其浑厚和发人深思。《小鲍庄》的艺术思维，正是集注于唤起这一历史感的觉醒。""正因为集注于这一点，《小鲍庄》中众多的人物的个性就极不明显。"

雷达的《冰河下的生命之流——评乔良小说中的新观念萌芽》发表于同期《当代作家评论》。雷达认为："它（《远天的风》——编者注）的创新在于整体构思上的改弦易辙，不采取传统的'人物至上'的写法，而采取把时代情绪，时代意向置于人物之上的写法。质言之，它的目的不是塑造典型性格，而是写出时代气氛和精神的变化特征。""这个'着力点'的转移，在小说观念上是一个重大变化。目前有人提出'小说散文化倾向'，'小说的开放结构'，'小说的讨论特征'等等，我以为其中的核心问题还在于人物与环境何者置于首位的问题。"

李劼的《是临摹，也是开拓——〈你别无选择〉和〈小鲍庄〉之我见》发表于同期《当代作家评论》。李劼认为："它（《你别无选择》——编者注）彻底打破了传统的以说书讲故事见长的小说观念，代之以建立在现代心理学和现代艺术观念地基上的现代小说构架，没有情节性的因果联系，没有铺垫作伏的冲突高潮。整个小说从一个一个的细节或一个一个的段落上看，它是零碎的，跳跃的，闪烁不定的，……但从整体上看，人们得到的印象却是完整的清晰的，并且可以把里面的一个个人物或一个个意绪连接成一根根抽象的线条。……正如小说摒弃了情节和高潮一样，它体现了文学创作的整体性和提出了与之相应的文学审美的整体性要求。""它（《小鲍庄》——编者注）虽然也摒弃了情节高潮和故事因果，但它表现的是被人们写了千百万次而为人们所非常熟悉的农村，它运用的是土里土气的生动活泼的又经过一番优雅处理的民族语言。如果说《你别无选择》是面向未来的行动，《小鲍庄》则是面对过去的思考；这种思考的特色在于，它对一个古老的村庄古老的家族进行了一番现代文明或现代意识的观照和透视。而且这不仅体现在内容上，也同样体现在艺术上——以一种现代小说的笔法与民族语言的交相融合。"

刘思谦的《作为叙事体文学的中篇小说》发表于同期《当代作家评论》。刘思谦认为："一个时代何以选择这几种体裁而冷落另一些体裁，自然有许多复杂微妙的因素在起作用,但最根本的还是取决于它们各自是否能够适应时代思潮与社会审美心理的需要。""七十年代末那批崛起的作品群,……从叙事文学这个角度看,它们在整体上至少取得了这样几点突破:截取方式与叙事方式灵活多样,改变了从头道来、环环相扣的评书式叙事;视点随人物塑造的需要而转换,突破了一贯到底的全知全能视点,出现了多视角、多角度的各式各样的结构形态;情节的单一性完整性被打破了,小说叙事的河床开始超越情节的因果链条,变得错落有致了。于是,长期以来小说情节线与结构线同一的局面发生了动摇,传统的小说观念在创作的突变中受到了冲击。"

南帆的《张承志小说中的感悟》发表于同期《当代作家评论》。南帆认为:"感悟是张承志艺术世界中的一个重要支点。""他的一系列作品明显地具备了相近的艺术特征:这些小说几乎无一例外地拒绝了云诡波诡的情节,而是在简单的事件躯壳中包容了一个固执的,甚至不无沉重的精神探索历程。""张承志的意图在于抽取有关人物精神成长和蜕变的内心活动置于艺术放大镜之下加以仔细地审视,这使他的多数小说具有一种令人生畏的严峻神色。"

唐跃的《规定情境中的心境流露——张弦小说阅读札记之四》发表于同期《当代作家评论》。唐跃认为:"从《请原谅我》的创作经验中,我们可以看到一种小说创作模式的确立的可能性。不是展开广阔的环境,而是推出规定的情境;不是刻画人物的性格,而是揭示人物的心境,以'规定情境中的心境流露'来表现富有深刻内涵的人情世态。这里的'情境'和'心境',是否能与'环境'和'性格'一样,达到典型化的程度,还是可以继续研究的。"

唐跃还认为:"短篇小说一般要求截取某个生活片断而加以表现,当大多作家企图通过相当完整的生活过程来完成丰满的人物形象塑造时,抑或把片断的生活淡化为诗的意境时,张弦坚持了截取个别生活片断的写法。当然,张弦又有他的独特处理方法:总是选择一个特定的角度把光线投射在所截取的生活断面上,让这一生活断面在投射光线的作用下发生内部裂变,从而迸发出丰富而深厚的思想内涵。""张弦……把人类的共同天性作为社会现实关系的不可或缺的组成部分加以表现,因而,他选取的'规定情境中的心境流露'的创作途径,并未妨碍他的现实主义文学创作,在我看来,张弦正是以这种新颖而独特的创作途径显示了他在现实主义文学创作中的独树一帜的地位。"

吴方的《铜钱的两面：发散与收敛》发表于同期《当代作家评论》。吴方说："作短篇，仿佛小康人家硬做洋阔少，不讲节俭；作长篇又如脸肿充胖，细小嗓唱大花脸。虽然并不普遍，但华而不实、矫揉造作的风气也在思想和语言中流露出来；作家图快图多，有时就未免慌忽草率，缺乏沉淀，使人担心作家作品的'贬值'。许多大作家都体会出'紧凑'、'经济'、'敛劲'这些词的份量，论创作也并非很多很快，但一篇就是一篇，毫不虚浮。有时收敛，紧缩，凝聚到最小度，正使艺术的弹性、韧性具有更强劲的发散力，产生深邃的力量。"

同日，《朝花夕拾》专栏撰稿人的《我们的自白》发表于《收获》第1期《朝花夕拾》栏目。文中谈道："总体说，海外作家多数是趋向现实主义的，在强调主题多样化的同时，强调主题的重要性。现代风格的表现形式和本质的现实主义作风；重视直觉和用字造句的返朴归真。"

同日，徐志祥的《"妙手所写纯是妙眼所见"》发表于《文艺报》。徐志祥谈道："为了摆脱第三人称的隔膜，更迅速地推动故事情节的开展和造成更强的艺术效果，长篇小说中也常用插叙的手法转换人称。"

## 本月

周政保的《追寻容量：当代小说观念的新变》发表于《百花洲》第1期。周政保认为："新的小说创作意识——无论是多义性意识、民族性意识，还是超量性意识、跨越性意识，都导向一个共同的审美目标：那就是描写内涵的复杂性与深厚性，那就是思情特质的创造性与久恒性，那就是时代精神与民族气质的互相交融与更加深层化，那就是小说价值观的更加现代化与更加文学化。同时，这种新的思情包孕意识，又不能不引起小说传达方式及表现手法的急剧变化（例如结构形态的变化）。当然，这一切变化都与现实生活中众多的新因素相关，那种新的时代潮流、新的生活观念、新的经济结构、新的思维方式、新的现实感受、新的文化形态、新的精神文明与物质文明，以及新的发展趋势，总是希望通过新的小说观念而获得各种各样的体现与传达：这是由历史决定的，也是由小说的自身发展决定的，而且可以预料，新的变化还将继续出现。"

钟本康的《漫话当代小说的结构》发表于《福建文学》第 1 期。钟本康认为："如果我们要给我国当代小说，主要是近年来发表的小说的结构样式归类，大致可以分以下四种：一、情节结构。一般是围绕一个中心事件开展矛盾冲突，表现情节从始至终的发展过程。……二、人物结构。小说中的情节和人物是不可分开的，在情节结构的小说中必有人物，在人物结构的小说中也难免有情节，但两种结构方式毕竟还是有区别的。……三、心理结构。在情节结构或人物结构的框架中并不排斥对人物的心理描写，但是心理结构的小说则以人物的主观感受、自我感觉、情绪变化为主线，重新组合甚至颠倒事件、情节中的时空序列，充分展示人物心灵世界的波动性。……四、细节结构。"

张云初的《微型小说样式观》发表于《文学评论家》第 1 期。张云初认为："微型小说博采众长，体式多样。尤其是当代微型小说，更是群芳竞秀，百舸争流，形成了样式的多样化。大致可见以下几类：

"微刻式。这类微型小说，有如美术作品中技艺精湛的微刻，象明人王叔远，能在径寸桃核上展现广阔天地，刻画人物形象。微刻式作品，较多地采纳了短篇小说的表现方法，讲究情节的相对完整，追求细节的真实可信，以刻画人物形象为中心，可谓'麻雀虽小，五脏俱全'。然而这种微刻式，并非有人所说的是'高度压缩的饼干'，而是香甜松软爽口的'饼干'。微刻式作品有它自己的血肉，自己的天地，自己的空间，而并非谁把它压缩而成。"

"寓言式。寓者，寄托也；寓言者，寄托之言也。一些微型小说，借用寓言的表现样式，借此喻彼，借物喻人，借小喻大。寓言总要有所劝谕或讽刺，寓言式微型小说也多是对社会生活中的不良现象加以讽喻，充分显示了微型小说篇微意深的特色。"

"对话式。对话，只是叙事性文章的表现手法之一。一般来讲，它是不能脱离其它表现手法如叙述描写而单独使用的。即使在以对话为主的戏剧文学中，也包括对舞台美术，人物动作的叙述说明。至于长篇和中篇小说，更是各种表现手法的全面综合运用，迄今为止，还没有产生过一部纯粹用对话来写作的这类作品。短篇小说至今也没出现过纯用对话的成功之作。微型小说因其微而得天独厚，它借鉴一小幽默，'小笑话'之类对话小品的方式，不依赖其它手法，直接用对话来刻画人物，展开情节。"

"通信式。在文学创作中，书信体小说早已有之。文学史上有名的小说，如歌德的《少年维特之烦恼》，陀思妥耶夫斯基的《穷人》等，都是书信本。书信体小说，从构思、布局、行文，都有自身的特点。采用书信这种样式，可以求得行文的方便，使人获得真实感。近年间我国长、中、短篇小说创作中书信体日渐零落，但微型小说在书信样式的运用上却有崛起之势。微型小说中的书信样式，往往采用双线结构，通过一来一往的两封信把两地两人联结起来，故名之曰通信式。"

"漫画式。鲁迅先生说：'漫画要使人一目了然，所以那最普通的方法是'夸张'，但又不是胡闹。'（《且介亭杂文二集·漫谈'漫画'》）一些微型小说，也采用漫画的方法。作者往往用放大镜去观察人物，用哈哈镜去表现人物，用夸张的手法把细微的特征加以放大，产生一种喜剧效果。在这方面，王蒙同志作了大胆的尝试。他先后发表在《小说界》等刊物上的八篇微型小说，几乎都是这种漫画式的作品。"

"分镜头式。借鉴电影蒙太奇组接法，也是当今微型小说出现的一个新样式。它把同一个时间的不同场面用分镜头方式加以组合；或者把一个事物在不同时间的进程分解为几个镜头加以串通。这种样式，不追求行文上的过渡和连接，而是注意镜头之间的内在联系，从而构成一个有机的整体。"

"还可以举出一些样式，如诗歌式，条文式，广告式，油画式等等。"

## 二月

**1日** 李挺奋的《血肉之躯、灵气之物——小说人物性格的主体性》发表于《大西南文学》第2期。李挺奋认为："要写出活生生的、完全的人，看来须注意写出人物性格的复杂性和矛盾性。……也应注意人物的主观性和内向性。在反映社会生活的同时，注意反映内心生活，这是我国新时期小说创作的一个新动向。……以王蒙的一些作品为代表的'心态小说'，一反传统小说偏重于对客观世界作精确描绘。为偏重于对人物内心世界作深入开掘，让人物的内在意识与外在行动交织组合，使人物性格产生迭影式的立体效果。""要写出立体的人，必须把准其性格发展的脉络和逻辑，从必然中发见偶然，调动各种艺术的假定性来塑造人物。重要的是要真正熟悉了解各种人。不仅要了解其外在特征，更要了解其内在特质，从更深的层次上发现和把握人物性格和内在灵魂。"

同日，王晓明的《所罗门的瓶子——论张贤亮的小说创作》发表于《上海文学》第2期。王晓明认为："这就使小说家们很少想到要掩饰自己，在全神贯注于社会的时候，他们常常并不顾忌自己的赤膊上阵。正是中国现代小说家的这种普遍的叙事特点，决定了在大多数现代小说中，我们很少能看到那种似乎独立于作者的叙事人。这好像已经成为一种传统，……张贤亮也是这个传统的继承者。他一九七九年重新执笔以后写下的第一批小说，几乎都是在直接描述他对身外现实的切身印象。譬如他的成名作《邢老汉和他的狗的故事》……不就特别强烈地感觉到那股发自作者内心的悲愤情绪吗？……我们自然不必再分心去注意那个几乎无形的叙事人。"

"但从一九八〇年起，张贤亮笔下却走出了一个把你一下子就吸引住的叙事人。……张贤亮为什么要放弃他颇为擅长的传统叙事方式，而制造这样一个叙事人？……这似乎是出于不得已，在他的这种改变背后，正可以看到他个人的一部令人悲哀的受难史。""这种充满痛苦的矛盾心理，决定了张贤亮对叙事方式的独特选择。尽管是要回顾自己的精神历史，他却并不打算一五一十地坦率陈述，因此，他势必会违反那种传统的叙事方式，假扮另一个人物坐进候审席。"

同日，航鹰的《情节并非一张旧网》发表于《天津文学》第2期。航鹰表示："据说，小说的发展经历了三个阶段。原始形态：写故事；巴尔扎克形态：写人物性格，人物命运；现代形态：写审美化的心理历程。当今小说强调作家的自我，心理活动，审美意向，不再把自己套入封闭式的情节之网里，多采用以作家内心自然联想状态为主体的开放式立体化结构。所以，情节淡化是必然趋势。

"对以上关于'三阶段'的概括，我没有异议，只是对'情节淡化是必然趋势'的结论，不敢苟同。'三阶段'之间的关系是什么呢？能够完全割裂和对立起来吗？且不说最早的'平话'、'传奇'故事是不是也（比较简单地）写了人物性格和人物命运，也不说'性格'和'命运'是不是得以'情节'为发展史，只就'审美化的心理历程'谈几句浅见。首先,有一个'审美化'的对象,'心理历程'的厚度与广度的问题。心理活动总是外部世界的投影。窃思这'投影'可浓可淡。如果你的'审美'只是'自我''内心'的一些细枝末节,难以捕捉的感情情绪,或干脆只是些朦胧的感觉什么的,当然会'淡化'。但心理活动并不都是这种静静的审美、回忆、联想,也有剧烈的激动。心理活动剧烈的时候,往往是受外部世界强烈刺激的时候。这种强烈的客观刺激往往又是现实生活中矛盾冲突激烈的时候。如果你面对客观存在的矛盾冲突去表现自己的'审美化的心理历程',怎么能不构成情节呢?每个作家选取的生活视角不同,写出来的作品也就不同。'淡'或'浓',不应是人为的追求,而是为题材内容所制约的。"

"情节小说的声誉败坏,并不在'情节'本身,而在于它已陷入了僵化、老化,没落贵族式的泥沼。要把它从旧泥沼中拔出来,注入现代小说的新鲜血液,使其脱颖而出变成一种全新的当代情节小说。在这个'蜕变'问题上,我缺乏深入的研究,从直觉上感到最紧要的是理解和表现人的复杂性和丰厚性,针对传统小说的人物内心世界干瘪的症结,汲取现代派小说的长处,丰富人的'审美化的心理历程',我以为是可以做到的。"

同日,魏威的《对现代宗教的彻底摒弃——评中篇新作〈黄泥小屋〉》发表于《文艺报》。魏威认为:"在张承志的中篇新作《黄泥小屋》(载《收获》1985年第6期)中始终以虚幻的魔影出现的东家则合二而一地成了这双重制约的象征物。""张承志以他这篇没有标明具体时代背景、因而几乎可以喻指一切以不合理的契约方式组建的社会形态的象征小说,向我们雄辩地指出了:只有当人类终于寻得了一个比较合理的社会契约,到那时社会对于人类个体不再是一种不可理解、不可违拗的异己力量的时候,现在宗教才有可能从根本上荡尽它所孳生的心灵绿洲。"

同日,古华的《从古老文化到文学的"根"》发表于《作家》第2期。古华谈道:"当代文学的寻根,就是要执着地不间断地开掘自己脚下的文化岩层,杜绝一切将社会生活纯净化、理想化,将历史文化纯净化、理想化的倾向。作家们所追求的,不仅仅是看法、想法、写法上的改变,也不仅仅是文学对象诸如题材、事件、人物的变化，而是艺术地把握世界方式的变化和在现代小说中所体现出的历史文化意识，并力求揭示整个民族在历史生活积淀的深层结构上的心理素质，以期寻找推动历史前进和文化更新的内在力量。这种注重时间空间的立体性，深层的传统文化结构和心理结构等等，目的在于融社会于个性之中，融历史于人物心理之中，表现出多元合成的历史结构中积淀着的'人的本性'。"

2日　林斤澜的《"熏"和"遇"》发表于《文学报》。林斤澜认为："后来多写了些短篇小说，知道了这一门学问，讲究的是'借一斑略知全豹，以一目尽传精神'。怎样'借'得来，又如何'以'得劲？恐怕要'借以'结构，寻着了合适的结构，仿佛找准了穴位。'这一句'是点到穴位上了。

"近年到处都说短篇不短，这个事情'内外有别'。外部的缘由另当别论。内部，我以为是多少年来，结构不在视野之中，不到论述范围之内是个缘故。

"我们现在弄的短篇小说，虽说渊源久远，但实是'五四'时候，冲破白话的章回小说，文言的'滥调小说'，先驱者们以'拿来主义'拿进外国的一些'要素'发展起来的。当时就有人说：'凡可以拉长演作章回小说的短篇，不是真正短篇小说'。

"真正的短篇小说又当如何呢？一是'用最经济的文学手段'；二是'描写事实中最精彩的一段'。这是二十年代的话，现在是八十年代。我想连同前边说过的'借一斑……以一目……'，都可以落实在今天的'结构'范围里。"

5日　张贤亮的《中国当代作家在艺术上的追求》发表于《朔方》第2期。张贤亮说道："在语言的艺术性上，中国当代的一般文学作品往往忽视运用语言的最重要的一条规律，即节省，语言缺少暧昧性、暗示性和多义性，缺少含蓄，缺乏幽默感，作者总力求把所想到的全部说尽，所以往往不能引起读者更多的联想，很难调动起读者在欣赏作品时注入自己的创造力。由于语言艺术上的功力不足，作者在表达意念和作品的主题时，就常常用直接而且明显的概念，较少隐喻性和象征性的细节描写，较少用现实的和非现实的既确定而又模糊的形象来造成一种'象外有象、意外有意'的深邃的意境，让读者用自己的想象力、用自己的生活体验和审美情趣来补充和发挥，使读者获得一种只可意会而不可言传的艺术享受。"

张贤亮认为:"一部好的小说是一个立体的世界,它所刻画的人物和叙述的故事应该是多色彩、多声部、多层次、多侧面的。而要能创作出这样的作品,则要求作家不仅仅有生活经验,不仅仅经历过感情上的风暴,不仅仅怀有激情,还需要小说作者具有一定的诗歌、音乐、绘画、美学、历史学和哲学的素养以及尽可能广博的知识。而恰恰在这些方面,被耽误了十几年的当代中国中青年作家还处在进修的过程之中,多数人还不能说是很成熟了。因此,在一般的中国当代小说中,经常可以看到作者还不善于调集多种艺术元素来结构他的作品,在描写和叙述上面显得单薄和陈旧,三维空间在许多作品里只是以一个平面展现在读者眼前的。"

**6日** 何镇邦的《长篇小说创作呼唤思想家》发表于《文学报》。何镇邦认为:"长篇小说被看作'时代的史诗',被喻为文学的'重武器',除了反映的生活面比较广阔、在某种意义上可以成为社会生活的百科全书之外,还有思想丰富深刻这一特点。文学作品应该具有审美价值,但也不应该忽视它的认识价值;好的文学作品,它的审美价值同认识价值总是和谐地统一在一起的,它不仅能给人们以审美的愉悦,还能给人们以思想的启迪。尤其是长篇小说,它反映的生活面是如此广阔,如果作家缺乏对生活的深刻的见解,未能对生活作出自己独特的评价,那是难以写出好作品来的。对于长篇小说来说,我们不仅要求它能爆出思想的火花,还希望它能蕴含丰富的深刻的思想。中外文学史上长篇小说的艺术大师,诸如曹雪芹、列夫·托尔斯泰等等,在某种意义上来说,都是思想家;他们在作品中对生活所作出的艺术的概括和深刻的阐发,以及对生活所作的独到的评价,都接近或超过了他们同时代的哲学家和政治家。唯其如此,他们的作品才被誉为'中国封建社会的百科全书'或'俄国革命的一面镜子',才具有不朽的艺术价值。正是从文学功能,长篇小说的史诗的本质和文学史上的经验出发,我们提出这样一个命题:长篇小说创作呼唤思想家!"

"当然,我们要求长篇小说作家在他们作品中表现出深刻丰富的思想,并不是要求离开艺术形象的直露,而是要求把思想蕴含或融合于艺术形象之中。……近年来在长篇小说创作上出现的某些理性化的倾向,就是由于没有处理好思想与形象之间的辩证关系而造成的。这种理性化倾向,其主要问题就是把思想与形象割裂开来，或者离开人物和情节由作者出来议论，或者将某一个人作为作者的发言人大发议论来表现作者的思想，或按照作者的某些意念来随意地编造情节等等，于是造成理念大于形象，思想脱离形象的理性化的倾向。这种把作品当作思想号筒的创作倾向当然也是不足取的。一些故作高深议论而不能给人以思想启迪的作品，其所以使人读后感到不满足，原因也在这里。基于这一实际情况，我们所呼唤的长篇小说创作中的思想家，应是善于用艺术来表现思想，把思想熔铸于艺术形象之中的思想家。他们区别于一般的思想家，是思想家与艺术家和谐的统一。"

**10日** 冯立三的《为了告别那个荒凉的世界——评莫言的〈枯河〉及其他》发表于《北京文学》第2期。冯立三指出："《透明的红萝卜》……这篇小说不以情节取胜，不倚重于社会问题的重大和矛盾冲突的尖锐，而以蕴藉深厚，令人咀嚼、回味，沉吟的细节的丰盈和跳跃着出现的一连串兴奋点——即对小说主题意向的表达有更重大的关系，能对读者构成强刺激的细节、场面慑人。""《枯河》的题旨与《透明的红萝卜》一脉相承，但忧愤更深广，笔墨更凝重；作为情节的本质之性格表现与作为情节发展的动因之情势描写，也更觉统一；在《透明的红萝卜》中尚有若干琐细的、重复性的、随意性的感觉描写，这种状况在《枯河》中也完全销声匿迹了；在对于生活本色的现实主义的描写中提炼象征意象以拓展作品的思想的试验，也愈见成熟。"

张德林的《场面与人物——小说艺术谈》发表于同期《北京文学》。张德林说道："一、场面是构成情节的基本单位。……小说中的场面，跟戏剧近似，是构成情节的基本单位。……每一个场面都起着承前启后的作用，它由前面多个场面流动、演变而来，又将引出多个场面，继续流动、演变下去。整个'情节流'，其实是许多个'场面流'的凝聚和结合。小说中的场面，包孕着人物、环境、时间三个方面。人物是场面的主体，场面的中心。环境可一分为二——自然环境和社会环境（包括政治形势、社会风尚、文化经济背景、地方特点、民族风情，等等）。现实生活是四维存在的三维表现，时间的一维性渗透在人物和事件的历史演变过程之中。因此，每个场面中的人物和事件都会或多或少地打上某些时代烙印，体现特定的时代气氛。""二、贵在独特性。场面描写，贵在独特性,……这表现在场面中环境气氛的独特性、人物精神风貌的独特性、民俗风情的独特性等方面。写出了这种独特性,场面就'活'了,生活气息就浓了;否则,场面就缺乏艺术感染力,必然流于一般化。""三、点面结合。""四、场面中人物的情态和心理。把人物置于场面的特定情景之中,写出人物的独特情态和心理,这是写好场面,写活人物的一种重要方法,也是作家们写人时所追求的目标。传统戏曲中,很讲究主角初次登场时的亮相。这个相要亮得光彩照人,博得个满堂彩,才能给观众留下个难忘的印象。传统小说,也很重视主要人物的出场。……《烟壶》中女主人公柳娘的出场,就写出了这种动势和'先声夺人',她人未出场,两声脆脆朗朗的声音已引人注目。"

同日,胡宗健的《绿叶衬托 云彩掩映——关于小说的非直接性描写》发表于《小说林》第2期。胡宗健认为:"高明的作家,有时为使被描写的对象更突出,更显豁,往往不是在主体上下死功夫,而是着眼于事物之间的联系,抓住一些仿佛是次要的东西,从不同的侧面衬托主体,加深读者的印象。……这绝不是节外生枝,而是对主体的衬托和渲染、丰富和补充,就艺术的整体而言,是必不可少的有机组成部分。……人们把这种写法名之为'间接描写'。这种间接描写,也就是一种'隐而愈显'的手法。""青年作家彭见明的获奖短篇《那山那人那狗》……是由纯净的诗般的直接描写和同样纯净的诗般的间接描写,以显示老乡邮员的全般灵魂的厚重之作。"

曾镇南的《现代派味儿的新体小说——谈谈刘索拉与徐星》发表于同期《小说林》。曾镇南认为:"在反流行观念方面,刘索拉引徐星为同调是很自然的。她对巴哈、贝多芬的既成权威的某种不恭和为现代派音乐的辩护;她对现行艺术教育中的僵化和守旧的嘲讽;她对鄙俗的流行歌曲热的蔑视;她对世俗道德的愤慨;都在流露出她不安、不满、不平的心态。

"于是,他们都取了一种讽刺、幽默、戏谑的调子,似乎'什么事都不能正正经经'(鲁迅自嘲语),形成了谐多于庄、狂诞奇特的文体。

"这从文学源流上,大概也感染了一点塞林格的《麦田里的守望者》的语气,取法了一点'黑色幽默'派的笔意。然而,我敢说流泻在刘索拉、徐星笔下的青年的灵魂、心迹、言行,并非舶来,而是国产。不是只因为受了西方现代派文学的影响，他们才写出了中国的现代派味儿的新体小说；而是因为中国的大都市中，现在已经出现了比较敏锐地感受到现代生活的气息、矛盾、苦闷的青年，出现了上述的种种青年的身姿、心态，出现了现代人的特有情绪，于是，才出现了反映这一切的中国的现代派味儿的新体小说。只有从社会观念和社会心理，特别从当代青年心理的角度去分析这些小说，我想才能得到它们的真解吧。"

15日 《中短篇小说得失谈》（曾镇南、雷达、刘蓓蓓、曹文轩、张韧参加谈话）发表于《文艺报》。雷达认为："《你别无选择》在破除旧观念旧形式上，它无疑极大胆泼辣。写艺术院校学生的感觉和心境很绝，但从发展一种品类来看，把它誉为'中国化的现代派作品'，我并不赞成。它的弱点，恰在于人物心理结构'中国化'得还不够深。"

18日 邹韶华的《文学作品要慎用方言》发表于《光明日报》。邹韶华写道："我们不主张靠方言词语撑门面，并不等于禁绝使用一切方言词语。比如，在普通话里实在找不着相当的词语或为了使人物对话能更好地突出人物性格的情况下，偶尔用之，也无不可。但要审慎，非不得已不用，一旦用了，为读者着想，必须加注。作为文学语言，只有适应广大群众的需要，采用普通话，才能为读者真正接受。"

20日 刘大枫的《文学语言半文半白倾向面面观》发表于《文学探索》第1期。刘大枫认为："文白间杂、半文半白的文学语言，带有唐宋时代的'古白话'及'五四'前后文言文向白话文过渡的特点。'古白话'作为出现于唐宋民间并以当时北方口语为基础的书面语，诚然在打破文言的桎梏方面具有重要的积极意义，标志着我国文学语言发展过程中一个新阶段的开始，并且与现代汉语十分接近；然而，它毕竟是那一时代的产物。出现于'五四'时期的'白话文'亦然。虽然文学语言形式的这一革新和解放在反对封建复古思想、传播西方文化、促使文学与人民群众接近等方面有着巨大的历史功绩，但由于当时许多人还缺乏历史唯物主义的批判精神，所以这种初期的现代语言，还明显地带有文言书面语脱胎的印记，并且显出欧化句式的影响，语言工具的现代化和民族化任务并没有彻底完成。如今，当代人的生活、思维和语言，都有了既不同于唐宋、又不同于'五四'时代的特点，所以不论'古白话'还是'改良文言'式的'白话文',从总体上看都已成为历史的陈迹。胡适在'文学革命'中是一个改良主义者,但他当时的文学主张,有其顺应历史发展需要的一面。"

"这种继承性,诚然会显示出相对保守的品格,致使有时不能迅速适应时代发展的需要,但同时,却也显示出某些语言成分的较为久远的生命力。这些有生命力的东西,不仅对书面语自身的发展起着极大的推动作用,而且也对口语的发展产生着积极的影响。这就是因其能够从容地思考起承转合、组织言辞,使思想和情感表达更为严整精确,从而可以对口语起到指导规范作用。同时因一些词汇成分和语法成分可以直接进入口语,遂使口语的表现力得到丰富和加强。所以,在今天文学语言的主要成分是口语的情况下,如果一些文白间杂、半文半白的文学语言运用、处理得适当,较之某些粗糙、杂沓的口语化文学语言,反倒可以显示出它的凝炼、含蓄、富有韵味的特点。"

**22日** 邓刚的《文坛出现了空前的活力》发表于《文艺报》。邓刚认为:"当代小说的创作成果却又对这三个层次论提出新的挑战,最近又演绎出新的小说品种:写真实的小说。这种小说在世界各国风行一时,大受读者青睐。各国的文学家们都以自己的观点赋予这个新品种名称:报告小说、纪实小说、真小说、非小说、信息小说、新闻小说等等。这类小说在我国当代文坛上也开始崭露头角,张辛欣的'北京人'系列小说,刘心武、理由关于'5·19'足球事件的报告小说,都引起读者的兴趣。我国报告小说日渐兴起,既有国外文坛横向影响的原因,又有我们自己文学纵向发展的由源。'革命回忆录'、'自传体小说'、'传记文学'、'报告文学'都有报告小说胚胎的基因,然而却又因各自特定的规范,使这些文学样式无法同报告小说相比拟。报告小说以更自由、更广阔、更活跃和更多艺术手段的形态涵盖上述一切文学样式。一般小说的所有方法:故事情节构成,描写人物为主,高层次心灵审美式的描写,抽象、象征、浪漫等,全可以在报告小说里找到用武之地。为此,报告小说这个文学样式在理论上遇到麻烦。故事情节式的,塑造人物式的,心灵审美式的,以事件为主的,以人物为主的,以思想情绪为主的,各种层次和类型的作家几乎都可以信手拈来。日本的一些作家和评论家曾对笔者谈过这个新兴的实体小说,似乎他们已写得铺天盖地,无所不包,而且销路畅通,读者蜂拥购读。我国在报告小说的创作上,无论是题材面、表现手法和数量上,都还没达到这个程度。"

**24日** 张光年的《重读〈黄河东流去〉》发表于《人民日报》。张光年提出:"李准同志在本书开头告诉我们:'我在创作实践上想作一点新的探索。'我想,他首先指的是主题的开掘,在人物描写的真实性('美于生活'、'真于生活')乃至在语言的幽默感上,将有些新的突破。那么,这些是很好地做到了。如果也指的是抛弃以往常用的众星拱月式的对一两个主要人物的集中描写,而采取所谓板块式的结构,群像式的画廊,那就有所得也有所失了。得到的是更广阔的社会面和众生相,更丰富的性格色彩和精神风貌,失掉的是更光彩更厚重的典型质量。"

## 本月

南帆的《小说的虚构——"可能"的选择》发表于《福建文学》第2期。南帆认为:"小说的艺术世界中每个局部虽然同样纷繁喧闹,然而在整体上却隐含了以某种'可能'为主体的秩序,如同一片茂密的树叶后面潜藏着枝权作为依托和制约一样。这是小说别于现实而得以矗立的结构支架,同时也是小说追逐现实世界的限制——即使象《战争与和平》这样的巨著也不可能漫无边际地穷尽生活的无限变化。在这个意义上,人们甚至可以如此概括现实世界过渡为小说艺术的方式:经过作家的引申和发挥,蛰伏于现实世界中的某种'可能'完整地转化成为艺术世界中的全部现实。"

"小说艺术以虚构的方式挑引出和扩展了原先隐含于现实中的某种'可能',以此作为人们的审美打入现实世界的一个楔子。显而易见,作家对于'可能'的选择不仅在于发现某种'可能',确定某种'可能',而且也包含着艺术地显现这种'可能'。这一切必然预示着小说观念的开放,艺术的禁锢终于被挣破了。当然,这种开放也时常给人带来一些失落感——似乎小说失落了自身。小说与诗歌、小说与散文的界限正日益模糊。在谈论小说时一些与小说艺术形影相随的概念——如'情节'、'性格'、'高潮'、'悬念'——渐渐显出了力不从心,小说显得不可捉摸、难以规范了。这种失落感并非没有来由。可是,倘若人们把眼光投向相反的另一方面,那么,一个饶有趣味的问题也将随之出现:

小说将由此得到什么呢？"

直言的《"小说"到哪去了？》发表于《山西文学》第2期。直言认为："不错，在这篇小说（《那是个悠悠的湖》——编者注）里我们几乎绝少看到传统的'小说作法'，没有情节，没有人物，甚至没有一个清晰的时间与空间，全部的生活都被作者强有力地摄入感觉之中，搅做一团，又极其独特地表现出来。与其说它象是小说，不如说它更象是诗。任何一个艺术品种，都是在保持了它独有的形式特点的时候才存在的，从这个意义上说《湖》篇之中那些稀薄不足（有些地方是极明显的）之处，正是'小说化'的不够而留下的空白。"

"然而文无定法之说古来既有，何况今天文学观念正在更新，小说到底如何做也正酝酿着突破，一些具备了崭新审美意识的新小说的出现，正在使存者成为'古董'，艺术的不朽正在于创新。从这个意义上讲，我们又应当具有宽容，自然也包括了对有缺陷的探险者的宽容。"

费秉勋的《贾平凹与中国古代文化及美学》发表于《文学家》第1期《陕西中青年作家研究·贾平凹专辑》。费秉勋认为："一、贾平凹接续了历史性断线的中国表现性体系小说的创作，并把对西方现代派艺术的吸收，与之冶为一炉。……中国表现体系小说在'五四'运动之后断了线。从'五四'起，中国的小说成了再现这一体系，此后的中国新小说基本是外来形式，当然这种外来形式在中国国土上出现，用来写中国的社会生活，必然发生着很大程度的华化，但它的基本形式却是以西为'体'而以中为'用'的。在这种基本状况之下，时间已经过去了六七十年，突然在贾平凹小说中，我们发现了久违了的中国表现性的小说。……贾平凹八〇到八三年的非现实主义小说，除了总格局上对现实的重大变形而外，在景物和环境描写方面，也都是重主观感受的写意笔墨。这种写景就很有《世说新语》写景的韵味，也可见出中国古典诗词将意识潜入景物的文笔特色。这样的大章法和这样的写景，和从西方现代派手法中吸收的以人物的心理意识为线索去推进情节的写法冶为一炉，就显得无迹无痕，异常和谐。经过贾平凹这种艺术熔冶，中国古典表现体系小说与西方现代派小说在大精神上的相通，就被切实勾连起来而艺术具体化了，又加上这些小说的内容都真实显现着当代中国人的心理意识，使得贾平凹的作品既继承了中国古典文艺的美学精神,却又无过时之感,没有遗老遗少气息,当然更没有西崽味,所以显得很新,很有时代风采。"

"二、在对美的追求和对人生意义的探寻中,贾平凹感性地、不成体系地接受了中国的古典哲学。……在一九八〇年以前即《山地笔记》的创作期间,贾平凹才涉足社会,这是他艺术生涯的少年期,既不十分了解人生之艰危,又未真正窥透艺术的深浅。那时他还很单纯,没有既定的宇宙观,没有起码的哲学武装,或者说还未戴上哲学的镣铐。一九八〇年以后,贾平凹对社会了解得越来越多,在对生活的沉思和对古代文化揣摩中,才初步有了他的哲学思想。""在这个过程中,中国古代文学和古代骚人墨客的情怀和志趣,对贾平凹的影响太深了。……贾平凹的思想转变和哲学观的初步形成,从他的创作中是看得很清楚的。八〇年以前,他唱的基本是田园牧歌。八〇年的《山镇夜店》、《夏家老太》、《年关夜景》、《上任》等作品中,还透着一股愤世之情,有着强烈的伦理意向;而待到八一、八二年所写的《沙地》、《厦屋婆悼文》、《好了歌》、《二月杏》等,那种超时代的倾向、美丑互渗的美学观的贯穿、对人生的超然和冷漠态,就看得出作家哲学观对创作的制约和指导作用了。"

"三、客观地利上的文化薰染,加上作家主体方面强大的艺术吸收力,形成贾平凹创作上的'秦汉风采'。……我主张'秦汉风'可称为'秦汉风采',作为一种时代精神与'盛唐气象'相对偶。贾平凹创作中的'秦汉风采',也是我国古代文化在他身上潜在渗入的结果。""秦汉风采的主要特质是宏阔、厚重、朴拙、幻想。贾平凹创作中所表现出的秦汉风采主要有三个方面。一、厚重朴拙:从八一年开始,贾平凹对他以前作品中的轻灵纤巧之风已甚感不满,对社会的深察和年龄的增长,使他的艺术召唤着苍劲朴茂之气,他一反空灵而追求沉实厚重,一反秀整而追求通脱放野,这是给他作品带来秦汉风采的重要因素之一。……二、开放气息:这里说的开放气息,主要不是指文学表现对象所具的品格,而是就作家的视野和艺术胸襟而言的。商州是一块闭塞的天地,……但作为八十年代有远阔视野的作家,却必须用开放的眼光来写这种闭塞。……三、神秘感:贾平凹在作品的许多处指出过商州给予人的神秘感,这是一块神秘的地方。相应的,神秘感也就成为作家写商州时一种重要的美学追求,就中尤以《商州》、《商州初录》、《商州世事》为最。"

贾平凹的《贾平凹答〈文学家〉问》发表于同期《文学家》的《陕西中青年作家研究·贾平凹专辑》。贾平凹谈道:"商州的文化结构,其民族心理结构从整体来看是和别的地方同在一个地平线上,对世界的感知,因袭的重负,历史的投影,时代的步履,与别的地方大致相同。因此,在新的改革年代,商州引起的骚动,其人的精神上、心理上的变化是不可能同别的地方反律的。但是,商州之所以是商州,正因为它偏僻、贫困而又正好是距十三个封建王朝建都的古城西安四五百里远,这就形成了它区别于别的地方的特点。……可以说,先入为主的观察是有的,但真正引起触动,产生强烈的创作欲的则是生活中实实在在的发现。"

"对于商州的山川地貌、地理风情我是比较注意的,它是构成我的作品的一个很重要的因素。……不同的地理环境制约着各自的风情民俗,风情民俗的不同则保持了各地文学的存异。我在商州每到一地,一是翻阅县志,二是观看戏曲演出,三是收集民间歌谣和传说故事,四是寻吃当地小吃,五是找机会参加一些红白喜事活动。这一切都渗透着当地的文化啊!在一部作品里,描绘这一切,并不是一种装饰,一种人为的附加,一种卖弄,它应是直接表现主题的,是渗透、流动于一切事件、一切人物之中的。"

"'寻根'并不是一种复旧和倒退,正是为了自立自强的需要。中国的文化悠久,它的哲学渗透于文化之中,文化培养了民族性格,性格又进一步发展、丰富了这种文化,这其中有相当好的东西,也有许多落后的东西,如何以现代的意识来审视这一切,开掘好的东西,赋予现代的精神,而发展我们民族的文学,这是'寻根'的目的。当然,对于山川地貌、地理风情的描绘,只要带着有意'寻根'的思想,而以此表现出中国式的意境、情调,表现出中国式的对于世界、人生的感知、观念等等一系列美学范畴的东西,这当必然是'寻根'的结果。但是,这只能是一个方面,而不是'寻根'的全部内容,绝对不是。至少,我是这样认为的。"

"小说应当是随心所欲。小说小说,就是在'说',人在说话的时候难道有一定的格式吗?它首先是一种感情的宣泄,再就必须是创造。当然这并不是说一切无章无法,而恰恰这是有一个极大的各自限制。……在当代,应当首先在哪些方面显示出这一体裁区别于其它体裁的特性呢?这一问题使我太狼狈了,我只能坦白的说,我说不清。我似乎感到有些体裁恐怕在不久的将来将要被淘汰的。……我是不主张把什么都分得那么细,仅在小说一项里,现在就有农村题材小说,工业题材小说,军人题材小说,知识分子题材小说,而农村小说里又分山民小说,知青小说,法制小说……。现在又翻出新的花样:报告小说,纪实小说,诗小说,散文性小说等等。这有必要吗?在国外,这种新花样多极,有的是有一定的理论体系,有的是为着某种文学现象的反动,有的则仅仅是标新立异。中国目前的这些花样,据我所知,有好些名目是草率为之,多少有点哗众取宠。为什么提出报告小说,纪实小说,诗小说,散文性小说,这不是正好对我们将体裁越分越细的一种讽刺吗?如果再发展下去,怕还要出现社论小说,绘画小说,音乐小说吧。"

## 三月

1日 董德兴的《当代中篇传奇结构的艺术特征》发表于《江南》第2期。董德兴认为:"中篇小说的艺术结构正在走向开放,并且正在分化着,发展着,呈现出不同的结构形态。这些多姿多态的结构方式,总括起来为最明显的两种倾向。其一:情节的淡化倾向。……其二:情节的传奇模式化倾向。这类创作以情节叙述为主体,采取传统小说的结构方式,使作品内容具有超越性,使一些人物趋于理想化;使作为主体结构的情节富有传奇性;使语言更加玄妙化。总之使作品涂上一层神秘的传奇色彩,从而凝结为一座座传奇结构的模式。也许正是这一令人眩目神往的色彩和模式,给不少中篇小说添色增值,得以跻身于优秀作品之列。"

"传奇结构与任何其他结构一样,是一个大的结构体系,它由各个结构要素组合而成。这些结构要素又分别显示了它自身的艺术特色。"

"1. 作品内容的结构要素的超越性。……作为富于传奇特性的作品的内容必有其传奇特性。首先是题材撷取的独特性。一部作品的题材选择,是这部作品将会铸造成怎样一类产品的重要条件。"

"2. 人物的结构要素的理想化。人物结构是作品的重要结构因素。……在富于传奇色彩的作品中的人物结构，总是依赖于他自己的传奇式行动序列而构造的。并且，它集中的表现是理想化。"

"3. 主体结构要素的传奇化。情节结构作为主体结构，是中篇小说的主杆骨架，起着支撑作用。……富于传奇色彩的文学作品的主体结构的传奇化，首先表现在奇特的线性因果关系的设置上，线性因果联系是传统小说情节发展的内在结构依据，它又以自然时间程序为线索，结构成传统情节小说的基本框架。把因果关系和自然时间程序奇特化，是主体结构传奇化的关键。"

"4. 语言结构要素的玄妙化。语言用其自身的结构给意蕴、给形象、给作品结构本身提供某种形式。玄妙化了的语言就能把结构的传奇特性传达出来。……如果不是用玄妙的语言来传达传奇结构，即使是传奇的情节也会陷落于一般结构之中。《棋王》的语言结构与众不同，十分精妙，作者阿城显然是受到中国古典文学如《水浒》、《三国演义》等作品的影响。"

"虽然，我们现在还不能断定传奇结构模式化会成为今后中篇小说创作的一个必然趋势。但当代中篇小说创作的两极分化的实际倾向，已经不容忽视；向传统结构靠拢，并强化这一结构的模式化趋向已成气势。……这一创作倾向，实际上表明了一个规律：文学创作样式的分化，是合乎事物发展的客观必然性的，民族的传统结构模式与外来的现代派结构模式是可以并驾齐驱、比翼齐飞的。而传统结构模式更符合我国读者的心理结构，更富于一定的读者心理内容和一定的民族审美意义。传奇结构模式化向更高层次的发展将是有规模、有价值的。"

杜荣根的《再谈中篇小说的隐层结构》发表于同期《江南》。杜荣根认为："隐层结构的中篇小说，以人物形象的模糊性、故事情节的随意性为其显著特征。它一方面明显地趋向于诗化，尤其散文化和电影化；但另一方面，它却保持了小说的特性，与诗，与散文和电影保持着相当距离。它并没有消溶小说的质的规定性，相反在某种程度上还有所加强。只是这种质的规定性更多地保持在它的内部规律之中，而人物形象的模糊性，和情节的随意性，正是这种内部规律的外观表现。透过这种外观表现，不难理解隐层结构小说的一些规律性的特点。"

竺洪波的《略谈中篇塑造人物形象的优势》发表于同期《江南》。竺洪波认为:"中篇小说能够取得这样卓著非凡的成绩并不是偶然的。作为一个独立的文学样式,它在塑造人物形象方面无疑有着独特的优势。首先,它和中篇小说所固有的迅速而深刻地反映时代精神的特性有关。……中篇小说有可能描绘较多的人物,能够构成比较复杂的人物关系,从而表现出一定的社会关系,向读者展示出一个比较完整的历史面貌和时代背景,在作品中呈现出一定的时代精神来。""其二,它可以采集不同时间、不同地点的几个片段,把一个个生活中真实的镜头结合在一起。这中间有着广阔的空间,作家能够用丰富的艺术想象来补充,使它们成为一个有机统一的整体,而每一个'事实'本身也更加符合艺术的旨意。""其三,我们还可以从人物关系的设置上找到中篇小说塑造人物形象的优越性。文学的每一种样式都在塑造人物形象,但其表现人物关系的要求却各有不同,中篇小说显示了它的独特的积极功能。其中主要的一点在于它的塑造对象的相对集中。"

同日,苏丁的《小说的危机》发表于《青年作家》第 3 期。苏丁指出:"影视的确是人类目前所掌握的能最真实地记录生活的一种艺术手段了。难怪作为小说家的高尔基,十九世纪末在国外最初看到电影时就表现出忧虑和震惊。他担心人们沉湎于那个梦幻般的'影子世界'里,再也不问津诗歌和小说。看到影视文化越来越大口吞食了人们的空闲,西方社会学家们也惊呼:'人类进入了铅字日薄西山的时代。'"

苏丁认为:"在这样的时代,各种亚艺术,体操、技巧、滑冰、服装表演也与影视一起同小说争夺着观众,这姑且不说,就是在文章类中,小说也似乎有被冷落的危险。报告文学、记实文学兴起了,于是,对道德、伦理、社会风尚的探究和批判,对历史事件的记录,对人物经历和性格的真实刻画和描写等等本属于小说特征的东西,就有拱手让人的趋势。其实不仅是报告文学和记实文学,现在报刊杂志上一些既不是小说又不能归入学术类的文章,在反映社会生活方面也并不比小说逊色。这类文章虽不能说已进入了艺术的堂奥,但可读性强是不容怀疑的。"

同日,李国涛的《小说里的"有意味的形式"》发表于《上海文学》第 3 期。李国涛认为:"在小说里,'有意味的形式'应当是某些具象的内容,同时又有抽象的意义，凝聚着浓厚的情感成分。'意味'是内容，包括思想、情感和美感。当这种'意味'化入'形式'时，这种形式应当是具象的，它凝聚着思想、感情和美感；但是这种'形式'又不应当是具体的情节和人物。我们可以设想，小说里'有意味的形式'是具有暗喻和象征作用并具有深层意义的某些事物和某些关系。作为事物，它往往是同人物、情节相关的环境或衣着、器物以至食品、气味。作为关系，它往往是在几个人物、几个情节，几种命运中起着照应作用、联接作用的参照点。"

"一、作为个别事物出现的'有意味的形式'。……在鲁迅的《祝福》里，节日的祭器和庙里的门槛，都具有具体事物以外的意义；《肥皂》里的肥皂；《离婚》里七大人用的屁塞和他那个大大的喷嚏，也是'有意味的形式'。从这个方面讲，《药》里夏瑜的血所做成的血馒头，当然也是'有意味的形式'，但是由于这同小说的情节联系太密，或者它已经构成情节的内容中心，它属于'形式'的方面已经不如它的内容的意义，那么也就不一定这样解释，正如对阿Q头上的疤一样。

"二、作为一种关系、一种对应而存在的人物和命运。……在这种意义上，鲁迅小说《药》里，夏瑜和华小栓的命运、《风波》里七斤的苦恼和皇帝坐龙庭事件、《弟兄》里沛君兄弟同秦益堂老先生几位儿子之间的关系、《故乡》里两个闰土、《在酒楼上》早年的吕纬甫同当前的吕纬甫，这些都可以看作'有意味的形式'。这就是说，对应、对照的'关系'，组成'形式'。这种'形式'当然是具体可见的，同时又是抽象出来的。……实际上也就是把客观的内容和主观的感受'转化'为一种符号性的表现形式，这种形式可以起'暗喻'作用，即表现出它本身以外的'意味'。"

**3日** 罗强烈的《太行"深井"中的艺术发现——谈郑义的〈远村〉和〈老井〉的艺术特色》发表于《人民日报》。罗强烈表示："《老井》探寻我们民族文化心理的深层结构，从中找到了凝聚历史感、现实感和时代感的艺术内核。《远村》淡泊悠远，《老井》却醇厚浓烈。《远村》是一种历史的反刍，其思辨具有当代性，但思辨的对象却是历史的。到了《老井》，郑义的创作取得了重要进步：不仅它的思辨具有当代性，作为思辨的对象也具有了当代性，这就带来了《老井》

在艺术风格上的变化。"

同日，雷达的《在蜕变中奋进——一九八五年中篇小说印象记》发表于《小说选刊》第3期。雷达认为："刘索拉的《你别无选择》、《蓝天海绿》和莫言的《透明的红萝卜》、《球状闪电》、《金发婴儿》、《爆炸》以及其他人的某些短篇。它们的出现有力地冲击着传统小说规范的堤岸，以相悖于传统写实风格的象征表意风格见长。"

**5日** 林斤澜的《短篇短见》发表于《文学自由谈》第2期。林斤澜谈道："小说门里的事也有一大堆，……我摸来摸去，现在，我摸着是两样最紧要：语言和结构。……从哪里看作家的风格，认识作家的面貌？只能是通过语言。……大家还是看得见语言的，不过有人看了有话说，有人看了说不出话来，或是总没有工夫去咬文嚼字。相形之下，结构还没有正式进入视野。""有位前辈作家告诉我，社会发展的规律，落实在小说里就是结构。这把结构提得很高了。还有位前辈作家说，结构是写小说的辩证法，是小说进展的正、反、合。也有一位老作家主张顺其自然，把结构搞谨严了，小说会显得假了。还有的作家注意小说的'内涵'、'底蕴'、'神思'、'风骨'，以为结构这些章句经营，不是美学范围的事。有的比较年轻的作家，小说写得生气勃勃，当我问到写作过程，怎样考虑结构时，得到的回答是没有这方面的考虑，有一位青年作家说，现在写小说，就是拼观点。言外之意，结构这一套技巧，已经陈旧过时了。也有些老作家谈到写作时，总把技巧说成次要最次要的事。这位若的确不以技巧见长，也罢了。偏偏有的他自己的作品，却是苦心经营一字不苟，这大概是水到渠成的意思了。""现在最缺少研究的是结构。短篇越写越长，不时听说好像是'中篇的提纲'。也就是说短篇本当是一个独立的文体，现在把独立的条件模糊了。短篇的短和不短，又不能用字数来限定，这是不消说的。什么是它的'大限'呢？我以为是结构。短与不短，有种种门外的缘故，在门里，若有心讲究结构，自会剪枝、打叉、掐尖，不让疯长成'中篇的提纲'。"

**10日** 陈墨的《浅谈〈异乡异闻〉的不足》发表于《北京文学》第3期。陈墨认为："作为'寻根'之作，《异乡异闻》的不足首先表现在对'根'的深层挖掘与把握不够，对理想世界的表现大大地超过了对'根'的独特而深入的再现。如《黄烟》、《陶罐》等作品，显得比较单薄。究其原因，在于作品象征层次的凸现，使人感觉到是一种理念的图解，而不是一种活生生的现实的含蓄的暗示。这说明作者在'根'上下的功夫还是浅了，因为要写寓言是不用'寻根'的。……其次，理性的加入破坏了艺术直觉的整体性。当然正是由于在'根'上下的功夫不够深，因而艺术感觉也就不够完整与深入，这就使得作者在创作时不得不将理性分析引入，因而作品就有了'做'的痕迹。……第三，作家的总体构思与作品的具体表现的矛盾关系没有处理好。总体构思……意即作家对历史、社会与人生的审美俯瞰，亦即一种审美基点。但《异乡异闻》中却使这种总体构思变成了一种模式化倾向。……而'女人＝若干金子'又是《异乡异闻》中的一个通用的等式，这标志着人性的被扭曲，自然的异化。"

张韧的《〈异乡异闻〉与寻"根"文学》发表于同期《北京文学》。张韧认为："'寻根'……溶入了中华民族由新时期发端的反思意蕴和新旧更替的时代精髓，以当代意识对传统的历史文化、民族文化进行重新的认识评价。'根'的载体往往是'古'的，但它不是复古，是从文化传统的观照中创造了认识现实的参照系。万隆小说与寻根文学的整体特征是有同有异的，他们追寻历史而面对现实。"

同日，舒信波的《保持特色与新的探索——评俞林的长篇遗作〈在青山那边〉》发表于《人民日报》。舒信波指出："《在青山那边》既有故事，但不是以故事取胜，写了人物从未名湖畔到太行山根据地的过程，却不似传统故事按头尾顺序来展开情节，而是以人物的命运为线索，既顾及到时序联系，又不完全以时序联系安排结构，进行必要的重新组合，编织成一个精致的整体；既是传统的写法，又吸收了某些新的表现手法。"

同日，北川、庆国的《令人遗憾的审美错位——〈男人的一半是女人〉中的探索与失误》发表于《文艺争鸣》第2期。北川、庆国认为："过强的理性意识常常从作家的艺术感受力中游离出来，外在地参预对生活的审美认识和审美把握。在创作实践中表现为处理形象时的随意性和对审美对象主体性地位的漠视，造成形象性格的断裂和整体形象的审美错位。""令人遗憾的是作家的理性意念已形成一套固定的三段式结构：真诚的信仰——痛苦的磨难——彻悟的信仰。然而，生活本身是十分复杂的，知识分子的那一段特殊的生活经历远不是一个简单的三段式所能概括的。""在《男人的一半是女人》中，我们看到作家强烈的理性冲动已超过了限度，而危及到审美对象的生命。完整和谐的艺术整体断裂、错位了，留给人们的只是作家不完整、不统一的审美观和极力矫饰的形象。"

同日，华亮的《〈黄梅雨〉的艺术成就与历史小说的创作》发表于《小说界》第2期。华亮认为："写历史小说也要注意典型的历史环境中的典型的历史性格。……作者在《后记》中说：'最难的还是实现托尔斯泰所说的那句话："对于每一件史实，要合于人情地加以说明。"'……茅盾曾经把历史真实与艺术虚构的协调看作是历史剧的重要创作原则。"

"怎样才能在历史题材的创作实践中真正把历史真实与艺术虚构协调起来呢？《黄梅雨·后记》在这方面介绍了两条经验：一是'写好细节的真实'。……二是'最重要的还是要表现出处于历史生活中的人'。……历史小说毕竟是小说。正如蒋和森所说：'历史记载再详细，也不能提供为小说所需要的详情，更不用说那些微妙的生活情趣了。'因此，就需要想象和虚构'把许多分散的、零碎的历史现象，通过生活体验的加温，使之凝聚、升华，从而在艺术上取得一种比较完整的、仿佛比生活更真的再现。'"

蒋子龙的《关于"微型"的沉思》发表于同期《小说界》。蒋子龙认为："小形式搞出了大规模。'小'在'大'的上头成'尖'，追求冒尖。笔尖是尖的，刀子是尖的，弹头是尖的，飞得快和锋利的东西都是尖的。"

缪俊杰的《"辞达而理举，无取乎冗长"》发表于同期《小说界》。缪俊杰认为："我们提倡作品'言简'，并不是一切都求其简。……正如茅盾所说的：'一篇作品字数的多少，本来不能硬性规定，有话即长，无话即短。但话有精练与噜苏之别。与其噜苏而长，毋宁精练而短。'"

茹志鹃的《发展的微型小说》发表于同期《小说界》。茹志鹃谈道："我以为微型小说和长、中、短篇一样，是一种有别于长、中、短篇的，独立的文学样式。它需要比短篇更加精巧的结构。人、事铺排简明、扼要，结尾包袱一打开，又能有意料之外、情理之中的进展和见解。这见解又能寓意隽永，令人回味无穷,值得深思,耐人咀嚼。因此,微型小说并不比中、短篇好写,更不比中、短篇低一等。……我认为微型小说是有了发展的。一种心态的描绘,一种情绪的刻划,而这种心态、情绪,又带有相当的普遍性,这些内容对微型小说来说,似乎太复杂了一些,太细致了一些,然而征文的微型小说里都有了这方面的内容,给人留下的印象,却不是'微型'而已。"

韦啸的《崛起兴旺　勃勃生机——微型小说五年略述》发表于同期《小说界》。韦啸认为:"微型小说在溶化吸收上表现了独特的灵活性,显示了突出的优点。一方面,它吸收了其他文体的形式,创造了许多新的样式,如电报体的、账单式的、记录簿式的、独白式的、蒙太奇式的、回复式的、论文式的、电话式的……这些形式一经与微型小说结合,就充分发挥了各自之长,取得了不同凡响的艺术效果。……另一方面,微型小说吸收溶化了各种艺术方法、艺术流派以及其他艺术形式的一些因素,这些形式丰富了微型小说的'招数',从而获得了一种新的生命力。诸如,诗体小说,散文体小说,戏剧式小说,寓言体小说,小品式小说,对话体小说,日记体小说,书信体小说,新闻体小说,无情节小说,无人物小说,无倾向小说,场面式小说,平行结构小说,怪诞体小说,朦胧小说……不一而足。"

**15日**　费振钟、王干的《论"文化"小说——新时期小说艺术漫论之四》发表于《当代文艺思潮》第2期。费振钟、王干认为:"其实'风俗画'小说正是'文化'小说的端倪初见,我们的小说作家是在对小说艺术表现不满足的心态下,为了努力拓展小说的艺术世界,把'风俗画'的描写作为自己的创作目标。从这一意义上说,他们的追求是自觉的,然而'风俗画'小说的审美实质,却体现在由风俗所标示的文化精神上。……对'风俗'的描写,便自然而然地成为对一个特定民族,一个特定地域的群体社会的文化的展示。"

费振钟、王干还认为:"文化"小说在"过渡阶段:超越'风俗画'的限制,在向生活的纵深掘进中,'文化'的概念开始上升。……风俗画小说对自身的超越,其真正意义不是别的,而是由此表明了作家们审美视野的扩展和审美理想的渐趋成熟。也就是,作家们的艺术思维不再局限于民族和地域风俗的外观认识上,当他们深潜于风俗这样特殊而又广泛,粗略而又细微的生活之中时,'文化'

的概念便开始随着他们不断强化的审美创造力而浮现、上升，这是他们对社会生活能动认识的必然结果。他们感受到了蕴涵于风俗内层的强大能力，而它根源于何处呢？对此他们不能不作进一步的思索。这样，民族地域文化意识便自动萌发了，风俗在一个新的文化层次上，被作家们重新评价，重新挖掘。对这一阶段的作品，我们可以把它们概括为'风俗—文化'小说。""我们应该特别指出，新时期的作家对于理论有着浓厚的兴趣，这无疑表明了他们个性创造思维的自我完善。理论的思考和探索，使他们能动地掌握了自己的艺术发展方向。这一切无疑意味着文学正进入一个自觉的时代。"

王鲁湘、李军的《一阴一阳之谓道——〈绿化树〉、〈男人的一半是女人〉的本体象征及其它》发表于同期《当代文艺思潮》。王鲁湘、李军认为："在新时期小说创作中已经出现这么一个趋势，许多作家已不再满足于向读者说一个故事了。现实主义方法要求作家写出一个本身完满自足的作品来，这个作品是不求助于外在的东西，而靠自己的人物和情节来满足自己、实现结构的审美功能的。可是，在文学史上有那么一些小说，它们的结构除了这种自足性外，还有一种象外之意。其象的结构完全真实、可信，甚至现实可征，然而总让你的审美感受飞升到它的本体结构之上，去领悟一个比本体结构更普遍、更永久的超越本体结构的意义，因而这个本体结构也就成了一个象征。这样的小说，往往由此获得可供无限阐释的艺术生命。那么，本体象征的结构应该是怎样的呢？如上所说，有些具有艺术永恒性的作品，除了在它所描写的社会生活的真实（即历史的真实）与人性的真实（即深层真实）之外，一定存在着一种渗透在二者之中的哲学的真实。而后者就是前二者的超越物，并使由前二者组成的作品的本体结构成为象征。"

同日，李存葆的《在变化中寻找自己》发表于《文学评论》第2期。李存葆表示："就我本人来说，这些年来的创作实践在艺术形式上还是因袭了传统的表现手法。尽管用它也赢得了一些读者，但于我是远远不能满足的。即便是今后继续坚持传统、发扬国粹，我也企望自己在结构形态和语言特色上有所变化。这就需要借鉴和学习。""中国古典哲学中讲'化'。在对外国文学的借鉴中，也存在一个'化'的问题，就看你是否'化'得高明，'化'得得当，'化'

到你自己的'魂'上来，借他山之石可以攻玉。我们要魔幻，要变形，要象征，要荒诞，也要黑色幽默……但这一切都不能脱离我们民族的传统，要在我们民族文化的基础上生发。在'化'的过程中，去寻找属于自己的文学范式。不然，单靠去拾取他人的牙慧，是很难烹饪出自己的美味佳肴的。"

李杭育的《"文化"的尴尬》发表于同期《文学评论》。李杭育认为："新文学的理论大量地引进欧洲人的概念系统，拿来了从亚里斯多德到黑格尔的整个欧洲古典美学的理性框架和思想材料。从前我们的诗论、词话里充满了'神思'、'情采'、'风骨'、'气韵'、'体性'这类说法，什么'巧进拙出'、'无我之境'，'比'呀，'兴'呀，'化'呀，朦朦胧胧，浑浑沌沌，须感，须悟，说到妙处，只可意会，不得言传。而今则是'主题'、'情节'、'人物'、'结构'什么的，教科书上一条一条都交代得明明白白。"

"至于新诗和小说的形式、手法、技巧等等，更不消说欧化得有多么深刻。格律报废了，章回拆散了。话本的噱头留在了民间故事和说书场里。'张飞大怒'这类句子融化成大段大段的肖像描写。西方的形式、技巧，从但丁到艾略特，从写实主义和现代派，真可谓成套成套地批发来。有消化得好的，也有囫囵吞的。无论你愿不愿意承认，事实上，我们今天的文学，就其形态来看已经没有多少中国气味了。"

"从来的文学都把个性看得极重，性命交关。中国的文学总该有点中国的民族意识在里边，这个说法大约是不过份的。"

应红的《从〈现代文学〉看台湾的现代派小说》发表于同期《文学评论》。应红表示："《现代文学》发表的小说，大致可分为三类。一类是从内容到形式对西方现代派文学完全的模仿。……另一类是欧阳子的小说，她的作品在形式与技巧的运用上可称是古典与现代的结合，但就其作品的实质而言，还是倾向于西方现代派的。第三类是借鉴现代派技巧，表现中国社会问题的作品。""在小说的艺术表现手法上，他们提出'将传统溶于现代，借西洋揉入中国'，努力形成自己别树一帜的艺术特色。"

同日，绿雪的《85年长篇小说的两面》发表于《文艺报》。绿雪认为："在85年的长篇小说中，现当代题材的开掘，以往那种抵近现实的锐气和参预意识，被更为复杂微妙的审美体验所冲淡。曾经用激烈的社会冲突和大起大落的情节来统摄的现实生活，增强了散射效应和流动感，显现了更多的细部、色彩和层次。""审美意识和审美角度的变化，带来了艺术语言方面的相应调整。情节的设置，开始追求抒情性或隐喻意味，多了些轻拍慢板、委婉低回的情致，结构则相对松散自由。"

同日，顾亚维的《时代的女性文学》发表于《文艺评论》第2期。顾亚维认为："女性作家这种具有时代特征的美学追求具体体现在：首先，自传性和客体性的结合。……其次是抒情化和叙述化的融合。……再次就是语言上细腻和粗砺、淡泊和滞重、清丽和粗犷的结合。"

吴士余的《新时期小说的史诗化趋势——〈当代小说创作论稿〉之四》发表于同期《文艺评论》。吴士余认为："从小说思维结构的审美形式来说，新时期小说则呈现了与传统史诗结构不同的个性特征。它突出地表现为以下方面：（1）历史进程描述的叙事性与人物心理展示的抒情性并蓄。……（2）历史与现实断面的横向对比。……（3）生活形象多维空间的开拓。""当代小说创作的史诗化趋向已突破了'生活记述'型的传统史诗程式。它使当代小说兼有简明性（就体裁而言）和史诗性（就主题的容量而言）的审美特点。这也标志着新时期小说在艺术思维体系上已达到了一个新的高度。……当代小说创作的基本趋势将是史诗化。"

"当代小说的史诗化趋向，在艺术表现形式上确实汲取了其他文学艺术（如电影、散文，以及西方现代主义文学）的美学潜力，在艺术形象塑造上显示了它的独创精神；但是，我们不能把这一审美趋势仅仅看作是艺术形式的革新；它的积极意义主要表现了当代作家审美意识的历史化，这是孕育中国文学第三次高峰所不可缺少的条件。"

袁明华的《铃·窗·井——有感于陆文夫的物件巧用》发表于同期《文艺评论》。袁明华认为："陆文夫巧用物件的不同在于他无论是用门铃、临街的窗还是用井，都让人感到了强烈的历史感和现实感，感到了强烈的民族文化意识。这就是陆文夫的深一层的意思，也是他力求小说'从小处说说'的一种独特魅力。"

曾镇南的《阿城论》发表于同期《文艺评论》。曾镇南认为："阿城小说中确实内涵一定的民族文化的因素。这些因素可以分两类来看。一类是从民族漫长的历史进程中派生出来的传统文化因素。……另外,体现在阿城小说中那种文学语言,也可见出古典文化,特别是古典小说优秀的语言传统的影响。……另一类是从现实生活中派生出来的特定时期的文化因素、文化氛围。……总之,这两类文化因素在阿城的小说中,都起到展示人生相,烘托人物性格,添足作品韵味,丰富生活内涵的作用。"

同日,陈思和、杨斌华的《不动声色的探索——关于〈悬挂的绿苹果〉的对话》发表于《钟山》第2期。他们认为:"《悬挂的绿苹果》看似顺理成章写来,在外部形式上纯粹是一个传统小说的叙述模式,人物环境、事件时空一应俱全,但在整体艺术结构和人物深层心理的组合上,却开拓了新异的境界。它用一组悬念和空白连缀纵向跨进式的情节结构,但这种空白不是逻辑的补充,而是逻辑的破坏。它造成了情节线索的中断和跳跃,看上去许多情节发展不合逻辑,不可思议,却更加接近于生活真实。"

黄子平的《论〈异乡异闻〉》发表于同期《钟山》。黄子平认为:郑万隆"在《异乡异闻》中采用了'客观地表现主观'的叙述方式。感觉、印象、情绪、幻觉等等尽管是由客观世界引发的,但显然都是些主观的东西。万隆让它们'自行涌现',并且伴随着人物的动作、欲望、憧憬、命运。表面看来,他对这些伴随物有点无动于衷,他不作评价,他始终关注着的似乎只是色彩、光影、声响、气味、廓线、冷暖、伤痛……然而小说最扣人心弦的恰恰是那'伴随物':在那块古怪地面上奔突着的人们的欲望、憧憬和命运。影影绰绰地、顽强地透过斑斓的画面和场景凸现出来的,正是作家对人们的痛苦和希望、牺牲和追求的异乎寻常的关注。因为他认识到,正是这些构成了社会和历史的一部分。而这些,显然又是'超感觉'的东西。万隆采取的叙述方式,正是要使'超感觉的东西'经由感觉来呈现,正是要追求一种'形象化了的抽象',追求感觉中凝聚着的历史心理和文化心理及其升华"。

吴亮的《理论是一种"破译"》发表于同期《钟山》。吴亮认为:"一九八五年整个庞杂多变的小说创作现状虽然已经难以归纳,但仍然有着一个大致统一的指趋和意向,既不满于固有的题材、范围和意图,也不满于固有的小说规范和形式表现力,努力谋求一种新艺术空间的可能性拓展。"

20日 李健民的《多义性:小说对当代生活审美把握的拓展》发表于《小说评论》第2期。李健民认为:"多义性主题的作品和单一的、图解式的主题的作品相比,具有多方面的审美特征。""第一,这类小说呈现的是一种放射性多层次的结构形态。""第二,作家为了赋予作品主题的多义性,不是对生活作直线的因果关系的反映,而总是对生活作整体的把握和多层次的开掘。""第三,作品主题的多义性虽然可以通过不同描写方法予以显示,但最主要的,还是要致力于人物、心理、思想、性格的多层次的再现。""第四,多义性主题的展现与作家的艺术表现也有密切关系。"

李运抟的《"我"留真情在人间——新时期青年小说创作审美特征一探》发表于同期《小说评论》。对于"青年小说作者喜以第一人称构织作品的共性现象",李运抟表示,"不能忘了社会,不可脱离生活,这是本文的重要理解,也是本文认为新时期'我'留真情在人间的青年小说的主要的审美特征与赖以成功的根本原因。"

单正平的《纯美的艺术——读邓友梅市井小说的一点思考》发表于同期《小说评论》。单正平认为:"邓友梅小说的独特之处在于,他发掘、表现的是封建社会末期高度发展的畸形文化和这种文化培育熏陶出来的一个特殊市民阶层,他把这些表现对象真正看作了审美的、艺术的对象,因而他的小说具有了一种纯艺术的明显特征。""北京的市井生活本身,在一定程度上已经文化化、艺术化了,在这个环境中的市民阶级,也多少成了艺术化了的性格。邓友梅正是发掘、表现了这样的生活和人物,才使他的小说有可能成为近乎'纯艺术'的作品。""邓友梅与以前所有市井文学作家的不同之处在于,他第一次把市井生活当作一个比较纯粹的审美对象来观照,他的主要目的不是为了认识历史而再现历史,也不是为了布道说教而强调思想倾向与主题,他的主要目的是审美。正因为如此,他才能把灰色的、光怪陆离无奇不有的市井生活表现为明晰的、宁静的,甚至文雅优美的艺术画面,他使市井小说的时代政治倾向、道德伦理说教大大弱化甚或完全消失,而文化的、艺术的、人性人情的色彩大大加强。这种态度并不主要表现在如何讲究小说的章法布局、语言技巧,而主要体现在对文化本身的爱好上,他不厌其烦,详尽备致地大讲特讲字画鉴赏、讲烟壶、讲北京的风习古迹、讲艺匠的超绝技术。""这种审美的态度一方面表现为对风俗、艺术、技术饶有兴味的解说叙述和由衷的赞叹。另一方面,对人物命运本身也持静观的审美观照的态度。感情稀释、淡化到几乎觉察不出来,……然而这种淡化并不显得枯燥无味,相反倒是兴趣盎然。关键我以为是作家比较纯粹的爱美之心起了作用。然而正是这种鉴赏的爱美之心成了推动审美活动和创作活动深入、完成的情感动力。"

汪溟的《试论纯小说的自立性及其模糊设计》发表于同期《小说评论》。汪溟认为:"俗文学这一种'稗官野史'、'趣闻轶事'围困着纯小说,以致纯小说的读者与俗文学的读者的比例大幅度失调。……在这一巨量的冲击波中,纯小说虽不必作中流砥柱却也是能坚如磐石。纯小说将以自己具有的审美价值、艺术性自立于文学之林,它有着自己的生存土壤和自我的'势力范围'。第一:从整个社会文化和群体意识上看需要纯小说的存在。……第二:从接受层次上讲自有人欣赏纯小说。……纯小说是一种具有更高层次的审美客体,具有较高的美学价值。……第三:从俗文学和纯小说两者的规定性上来看,各有千秋,各具特性,各有其生存基点。……A.从题材上看,俗文学多着眼于历史性,是'稗官野史'、'趣闻轶事',人们愿意接近并喜爱。纯小说则多注目于正在发生着的现实生活,它'直面于惨淡的人生',表现今人今事,读者更想知道,更要接受并参予再创造。B.从特点上看,俗文学追求传奇性,能满足人们的好奇心。纯小说讲究真实性和现实性,能启人感发人思。C.从价值论上看,俗文学具有趣味性(而不是情趣),它给接受主体的感官的一时满足,而美学价值不高。纯小说更追求艺术性,是具有更高层次的审美客体,它给接受主体以美的感受,以精神的愉悦,以思维的纵深。第四:从纯小说和俗文学的生存现状和发展趋势来看,两者各自独立,彼此不可互相替代,它们都将以自己的本体属性寻找自己的市场,开拓自己的基地,都会以自己的热发出自己的光。"

"为了使纯小说在一定程度上消释由俗文学盛行而来的生存危机,扩大纯小说生存的土壤面积,使其更稳固地自立于文学之林,下面试图从纯小说与俗文学比较的角度拟几点纯小说的内涵和显现形式的模糊设计。……A.纯小说要现代化。俗文学具有一定的程式性和保守性，纯小说则要具备创造性。现代化是纯小说的生命。……概而论之就是要用现代化的意识和现代化的手段去反映现代人的思想感情、生活方式。B. 纯小说要有时代感。俗文学一般是以历史野史为主体，而纯小说应以时代感作为自己的视点。……C. 纯小说要把写人的灵魂作为圆心点。……在人的灵魂上作文章。这里所说的灵魂不是一般意义上的心理活动和内心独白，而是那种寓于人体之中又主宰人体的存在体。……D. 纯小说意蕴（境）要深化。这一点包含两层意思：其一是说纯小说作品的涵含量要大——即思想度要深。其二是指作品的本体构成中的意境要深化。第一：作为一种社会意识形态的精神产品的纯小说，必然要对社会生活有一种总体的观照和把握，一种深沉的反馈和思考。……第二：意境是纯小说不可忽略的一个'细节'。"

朱寨、阎纲、顾骧、何西来、王愚、白烨的《小说观念和创作方法——〈新小说论——评论家十日谈〉之七》发表于同期《小说评论》。顾骧谈道："小说不一定非写情节，不一定非写典型人物，可以写典型情绪。据某些文学史家的意思，小说的发展已经历了三个阶段。第一个阶段，注意描写情节和人物外部活动，这是早期小说；第二个阶段，注意描写人的内心生活，所谓心理小说；后来进入第三阶段，就是意识流小说。不仅描写理性意识，还描写人的非理性意识，幻想、幻觉等。我们最近几年提出了小说观念问题,这有它的历史原因,……新时期文学不满足于传统的小说写法，不断地有所创新，结合着现代派的某些观点，就把小说观念的问题提了出来。"

阎纲谈道："'文革'前十七年，那么多作家写了那么多小说，在小说观念上是不是没有提出过问题呢？也提出过。……但是没有从比较文学的角度，把它放到国际背景中去考察。我们关着门写小说，看待小说，天地越来越狭小。""政治解放了作家，也解放了文学，但同时新的问题又出现了：这么丰富的生活，这么复杂的感情，怎么把它浓缩到一个小小的画框里去呢？首先碰到这个问题的是王蒙，他的创作在粉碎'四人帮'以后与以前大不相同。其中显著的特点就是容量增大，有限的篇幅里塞满更多的东西，这一点恰恰就是以小见大，就是艺术的奥秘。""王蒙新小说观念的真谛，主要围绕艺术典型问题，特别是人物典型问题。他把人物、典型、性格三者区别开来。"

朱寨谈道:"王蒙的作品看上去没有结构,但他说,他的结构并不是随意的,而是按照心理活动的规律去结构作品,《蝴蝶》是感觉先行,《说客盈门》是情节先行。……《夜的眼》最大的突破就是摆脱了戏剧性结构,这和李国文的小说形成了鲜明的对比,后者显然是传统的戏剧性结构。"

朱向前的《天马行空——莫言小说艺术评点》发表于同期《小说评论》。朱向前认为,莫言的构思方法是"由内向外放射式","用受到了某种激活的主体心灵去融铸生活积累,进而显示出作家鲜明的审美个性"。

朱向前指出,莫言小说在结构上也"随心所欲",除了"立体时空小说","还大胆试验'多角度叙述结构'(《球状闪电》),'对位式结构'(《金发婴儿》)以及'时序颠倒'、'时序并列'等多种结构手法。或使作品增加层次感与逼真感,或使作品万象纷繁,引人入胜。总之,为了'使人物和环境获得最大可能的立体感',使故事活动起来,获得一种生命的力量'"。

朱向前还指出,在语言特色上,莫言小说融汇了"现代通感的运用""古典语言的化用""'大小调'的结合"等手段。朱向前认为,莫言小说"这种整体灌注象征寓意的小说,它输出的具象可感性信息流虽然有限,但它输出的意蕴浮升的顿悟性信息流却是无限的;而两者在象征的笼罩下,交替迭合无限展延,就使莫言小说蒸腾起一片辉耀着超越性的空灵、朦胧之光的美学氛围,从而成为了真正的艺术小说"。他认为莫言小说给人最重要的启示是,"莫言创作好就好在既未脱离我们民族的审美'图式',去搞全盘'洋化',又没有拘限于这个'图式',把民族化变成自我封闭"。

**22日** 刘厚明的《小溪也要奔腾》发表于《文艺报》。刘厚明认为:"1985年的儿童小说,不少作品开始注重于塑造性格,描摹心理,表达作者独特的生活感受,情节性和故事性退居次要地位。这应说是一个进步。"

**23日** 北村的《王一生形象系统新论——谈〈棋王〉的超越功能》发表于《当代文艺探索》第2期。北村认为:"王一生性格结构和情感结构的特色就是整个王一生形象系统的特色,那就是这种这个形象系统内部存在着一种无形的强烈的'力度',整个形象构成与这种'力度'密切相关,从而形成一个庞大的张力场。各种冲突便是两种力的曲线消长的轨迹。这种力的构筑是由通篇意义上的比照手法所完成的，它精确地描述了王一生形象结构，丰富了形象的功能意义。作者正是娴熟地运用了比照技法，使王一生形象具有了不同于以往知青形象的特殊意义的超越功能。我们可以从以下几方面来认识。首先，作者用了大量的一对一的比照关系展示了王一生性格的互相冲突的两个方面。……其次，作者的比照手段还强烈地表现为通篇的反语技法。……冷峻的笔调中透出热灼的情致，又是作者运用比照手段丰富王一生形象内涵的一大特色。作者抛弃了语言风格与情节色彩达到表面的协同一致的常规作法，而是采取了极其冷峻、客观得近乎残酷的叙述。"

陈晋的《论文学人物性格的立体结构》发布于同期《当代文艺探索》。陈晋认为："把大多数复杂性格的构成因素分成主导面和侧面这两大部分。这两部分各自的存在形式及其组合关系，便形成了人物性格立体结构的第一种形态。""稳定贯一同发展流变一样，是人物性格不可缺少的特性。这两种特性的对立统一，就形成了人物性格立体结构的第二种表现形态。使人物形象在运动中体现出一致，一致又贯穿于运动之中。""人物性格立体结构的第三种形态：性格内部的向心力和离心力的交融和排斥，即性格内部聚合着两种相互否定的性格力量，使人物在表现为一个定象时，它同时又在某种程度上否定这个定象。"

费振钟、王干的《多维结构：小说空间的拓展——新时期小说艺术漫谈之三》发布于同期《当代文艺探索》。费振钟、王干认为："'意识流'也是一种结构方法，它摒弃了由表面的、外在的动作来牵引生活事件，而以内心情绪的脉动、辐射网络、聚集生活细节，小说结构呈现出多向甚至回环往复的形态。这样，'意识流'小说所造成的艺术空间，也就得到了成倍的乃至无穷的拓展，因为外在的世界与内在的世界(心理状态)构成了各种各样的'立体交叉桥'。""用'结构现实主义'方法写小说的还有王安忆，她的《大刘庄》显示了与《商州》相似的结构格局。"

叶公觉的《佳构出妙文——当前长篇小说在艺术结构上的新探索》发表于同期《当代文艺探索》。叶公觉认为："总结当前长篇小说在艺术结构上的新探索，可略分为四式：一曰交叉式。以两条或两条以上的线索交叉化合，回环互变，打破陈旧的单线式结构。……二曰网络式。就是不分主线、副线，也不是几条线的交错，而是绘出一张生活之网，长篇的结构就象一张环环相扣的网络。……三曰横断式。改变了过去顺着时间发展纵向说故事的方式，而采用横向切入，把生活的横断面呈现在读者眼前。同时，在横向切入时又往往借用电影时空交叉的手法，缩短整部长篇小说的时空跨度，既能展示生活的实貌，又能串插历史的片断，使长篇小说富有现实感，又不乏历史感，做得好的，现实与历史融汇交织，给读者以强烈的心灵撼动。……四曰心理式。……依照人物的心理活动、情绪起伏来结构长篇小说，既可省略许多事件经过的繁琐交代，又可多角度地反映生活，给读者以丰满的立体感，还可使长篇小说显得空灵和凝炼，逐步淡化情节，加强抒情色彩。"

**25日** 李树声的《难得的永恒 难释的解——漫评〈男人的一半是女人〉》发表于《当代作家评论》第2期。李树声认为："理性的光辉深化了这篇作品的主题，强化了事件本身的感染力，然而，也带来了作品的缺点。这表现在由于作者过于热切地表达自己哲理的激情，因而，把他对历史的认识注入到人物心理层次时显得有些生硬。也表现在作品把现实作为那一段历史的终极目的，近而使现实的目光成为那一段历史中人们评价是非的标准，这样或多或少地减弱了作品的历史感，而且作为观照历史全貌的审美理想未免显得失之高远。还表现在过分追求理性化，使得作品的后半部分写得过于理智、冷静，出现了人为的痕迹。"

李兆忠的《在艺术与哲学之间——〈男人的一半是女人〉的象征意蕴》发表于同期《当代作家评论》。李兆忠认为："一部优秀的作品应当包含这样三个层次：作品中具体的生活形态，由这些生活形态表现的社会历史内容，超越时空的具有象征性的意蕴。只有当这三个层次结合成一个不可分割的整体时，作品才可能是完美的。眼前这个作品显然还没有达到这样的境界。我以为，这个失败来源于象征形式的混乱。"

谭秉生的《光明、美丽和真诚的歌者——何立伟和他的小说创作》发表于同期《当代作家评论》。谭秉生说："有次在朋友家喝茶，他跟我说，做小说大可不必拘泥于什么章法，尤其是短篇小说不必硬要讲一套完整的故事，表现一个其实不看也就早晓得了的'主题'。他说他注重精神，认为在生活的表象后面隐藏着一个更高的实在，他喜欢日本作家川端康成和俄国作家蒲宁的作品。他觉得自己的气质适合于侧重写情、写对生活细腻的感受。""时至今日，何立伟涉笔写过的小说，多以湖南湘西地区的自然风光和城乡生活为背景，它一般不演绎事件的全过程，而着重写一种情境，一种充满着强烈情绪色彩的境界。""在何立伟的小说里几乎是很难找到典型人物的，……只是在一个较小的时空范畴里，展示人物的历史性格和命运。然而，唯其如此，他的小说才能使读者在阅读过后，获得一种远远超过典型人物所引起的美感。""在何立伟的小说里，我们不但能感觉到作者真诚的感情，而且能发现作者对色彩、音响、节奏、韵味的着意追求。他画的不是油画，是中国的彩墨画，笔致疏朗，着色明丽。""中国书家历来讲究布白，所谓'计白当黑'，便是以实为虚，化实为虚的高手法。何立伟对于这一点，似乎来得格外敏捷。在小说中，对于那些凡是不能按照组成部分去描绘的对象，他总是运笔灵巧的留有'空白'，让读者从效果上去感觉它、体味它。"

"何立伟小说的语言简洁，和谐，熨帖，自然。他不仅有十分精致的蒲宁式的叙述，而且每个句子的色彩、色调、气味、音乐性都十分讲究。他的语言有一些是湖南话，还有他个人的口头语，如'抑或'、'即刻'之类。他爱把文言的词汇和口语、家乡话和普通话配置在一起，朴实而精致，流畅而清晰，形成了自己的语言风格。"

王舟波、刘忱的《淡蓝透明到似有若无——何士光小说的情绪基调及其成因》发表于同期《当代作家评论》。王舟波、刘忱认为："中国文学一向重视'中和之美'，'直而温，宽而栗，刚而无虐，简而无傲'（《尚书·尧典》）'乐而不淫，哀而不伤'（《论语》），作为一种艺术规范影响着中国诗人和作家的审美心理结构。何士光自觉地继承了这一传统。作为一个纯粹的中国型知识分子，他的情感结构和情绪状态都是古老深厚的民族文化濡染、陶冶而成。尽管他也接受过俄罗斯文学（尤其是契诃夫）的深刻熏陶，但他所吸收的已经是经过中和浸渍着中国血统和气质的俄罗斯文学营养（而且俄罗斯艺术家在感情上更相通于东方）。"

吴方的《断想〈男人的一半是女人〉》发表于同期《当代作家评论》。吴方认为："张贤亮小说有较浓的思辨色彩。……张贤亮小说亦有较浓的感觉色彩。""在小说中，思辨与感觉看来矛盾，却是互动并协的，以适应与反应的形式联系着。并且各个方面都是开放的、不确定的，这样才有整体的发展。""现代小说与传统小说在营造意象时的一个重要转变是：意象由基本绝对性向相对性、由凝固向流动的转化。意象的相对性、流动性表现在不是对历史生活的复制，而是在价值观照和审美观照中寻求相似与相异的观照、认识方式。这种方式比简单求同、求真实，更是对现实的深入把握。"

夏晓昀的《漫谈何立伟的小说》发表于同期《当代作家评论》。夏晓昀认为："今天年轻有为的小说家们，……他们各自的实践也呈现出一种新的趋向，那就是不强行加入塑造典型的行列，不强迫艺术人物就范于作者的意志；不注意情节的表面完整，以散文化、随笔式，甚至是诗化结构安排，靠内在的'经气'贯通；绝弃了说教和全知全觉，坚持提供事实和形象；并且重视环境与气氛的渲染，致力于传达出一种意趣，一种韵味，一种情调来；透视人的心理意识的历史积淀，到更深一层的文化背景中去寻根。另一方面由于他们各自的生活、观察、才气和语言等有方向和层次之别，因而作品异彩纷呈。在他们中间，同是以从容、冷静著称，阿城是丝毫不露声色，决不公布潜台词，而何立伟的'涵养'似不及阿城，他要留下空白却间或作点暗示；阿城的小说浸润民族的传统文化，厚积薄发，尤耐咀嚼，而何立伟更富于诗人气质，一个片断，一副剪影，都有诗的韵味，明丽隽永。何立伟同徐晓鹤的作品，更有一种血缘上的关系，因而骨子里更近。""他们都擅长用对位法（只得借用音乐术语），从横向关系上描画众生相，又能彼此谐和，如复调音乐一般。……即使风俗画般的描写，它们也如淡淡的水墨画，有沈从文遗风，……他们沉静、洗炼、冷峻的小说笔调，更象是得了鲁迅的真传，但他俩也有各行其道的时候，比如《白色鸟》的那种诗化象征，同徐晓鹤《老狼》的那种寓言式象征。"

徐新建的《文学的"怪圈"——读刘心武5·19长镜头之断想》发表于同期《当代作家评论》。徐新建认为："刘心武的这篇纪实小说本身就有点儿怪：体裁、标题及写法都显得标新立异。它由一对北京的普通青年着笔，引出了惊动全国的'5·19事件',接着描绘了世界舆论之反应,最后又回到那对普通青年身上;微观与宏观相并列,原因与结果相呼应,于实录与慨叹之间形成了一个双向回旋的'怪圈'。"

尧正的《互渗律:一种新的艺术关系》发表于同期《当代作家评论》。尧正认为:"在莫言的《透明的红萝卜》、王安忆的《小鲍庄》、马原的《西海无帆船》等作品出现后,当代文学明确了一种'客观派'叙述风格。我以为,这种客观叙述风格所揭示出的创作思维方式,体现了新型的思维互渗律原则。""我们以互渗律来说明当代文学的这一思维特征,系指创作活动中出现的心物相互交感、相互泅化、相互渗透、相互完成的思维现象。"

邹平的《一部具有社会学价值的当代小说——读刘心武的小说〈钟鼓楼〉》发表于同期《当代作家评论》。邹平认为:"1984年邓友梅的《烟壶》和刘心武的《钟鼓楼》,同被刊物誉为'清明上河图'式的小说。……与《烟壶》相比,两者虽都注重于民俗风情的细致摹画,但《钟鼓楼》却于此之外别具一格地将社会学与文学熔于一炉,因而堪称为一部具有社会学价值的学者小说。""刘心武是把以四合院为代表的特定文化景观作为本书的一个大主角,而这种四合院文化,不仅包括作为文化产物的四合院建筑,而且还包括由此而形成的家庭结构、生活方式和人际关系的错综复杂的历史演化。这就几乎把社会学所研究的对象统统引进了小说的领地,从而达到了文化学与社会学的水乳交融般的结合,使小说具有了与众迥异的独特风貌。也许,这就是深潜在《钟鼓楼》里的内在结构吧。从这样一个角度来看小说中的那些看似枝蔓的'赘笔',实在是有别于传统写法的精彩之处。"

**27日** 浩然的《漫谈汲取素材的能力》发表于《文学报》。浩然认为:"小说创作素材的原素是活生生的人,是人的思想感情,人的行为,人与人的生活,人与自然的关系,以及由此产生出来的矛盾、纠葛,乃至我们通常所说的故事和情节。汲取创作素材,就是要深入到人的生活中去,熟悉人,分析人,了解人。舍此别无他法。"

## 本月

贺光鑫的《试谈小说情节的选择与开掘》发表于《百花洲》第2期。贺光鑫认为："为什么某些作品会有情节雷同的毛病呢？问题就在于某些小说作者不是从生活中去找情节，而是从人家的作品中去找情节，没有经过自己的生活体验而摹仿人家写出来的东西，就不可避免地要出现情节雷同，思想浮泛的毛病。故优秀的小说家总是注意到生活中去发掘有独创性的情节。"

王东明的《"在榛莽中露出了日见生长的新芽"——一九八五年短篇小说印象》发表于《文学评论家》第2期。王东明认为："个人风格的突破势必带来总体风格的变化，从而赋予一九八五年短篇小说创作异于往年的风貌，概括起来，下列四个方面尤其引人注目。

"一、纪实风格的勃兴。人们对于文学作品真实性的要求越来越高了，即使是小说，也希望将虚构的成分尽量压缩。同时，小说借鉴报告文学的某些手法，遂形成小说的纪实风格。在《北京人》、《5·19长镜头》中，作者自觉地追求这种纪实风格。张辛欣所说的'临场效果'，其实就是纪实风格的另一种表述。而在《小巷人物志》（陆文夫）、《下洲湾纪事》（陈世旭）等作品中，纪实风格的渗透也每每可见。

"二、象征写意风格的兴盛。这似乎是走向另一极端，注重小说的寓意性、暗示性，虚化小说的主题指向。实际上与纪实风格构成更深一层意义上的互补关系。象征写意风格中的象征体或寓体常常是纪实风格的产物。体现着这一风格的短篇小说不胜枚举。也许可以这样认为，短篇小说的审美属性最易于把作者导向象征写意风格。当然，这并不是说，一九八五年短篇小说象征写意风格的兴盛，是一种自生的创作现象。作为风格突破的结果，它是自觉的，说明了短篇作者艺术地把握世界的能力的增强。"

盛英的《茹志鹃论》发表于中国作家协会创作研究室编的《当代作家论》（作家出版社出版）。盛英认为："茹志鹃的构思艺术突出地表现在她的结构艺术里。她的艺术结构，不以故事叙述为主，而以场景描写为重。它讲究结构内部的对衬、呼应、框架完整，但思绪自由。……她的艺术结构，已走向多线索结构，频繁地运用回叙、插叙、小结构、小插曲，使复杂的思索能在千姿百态的生活里得以存在与伸展。……她的艺术结构里还有一种'对应'因素，即作者的原有构思，通过'客观对应物'，如各种意象、情景、议论、抒情、细节等，搭配成一幅能表达某种思想、感情的图画。茹志鹃创造人物没有固定的模特儿，再现生活时也不用什么中心事件，她依靠艺术的推测与想象，虚构她的艺术境界。……此外，她的艺术结构还特别重视开头与结尾，文前必有先声，文后必有余音，使思想流动在一种浓郁的艺术氛围或精巧的格局之中。"

## 本季

张德林的《人物语言的个性化——小说艺术谈》发表于《文艺理论研究》第1期。张德林认为："个性化的人物语言，如果脱离了特定的语言环境，就如鱼之离开水，花之离开木，就立即失去生命力。人物的语言是在特定的时间、空间、社会环境、人与人的交往、矛盾纠葛中说出来的，也只有在具体的情境中才能充分展示它的内涵，它的美，它与人物个性的血肉关系。这是一方面。另一方面，社会环境不是虚空的，它离不开人与人之间的各种关系，——包括政治、经济、文化、家庭、伦理道德、社会心理等方面的错综复杂的关系，充分展示特定情势中人与人之间各种关系的复杂性，无疑也就揭示了社会环境的独特性。反过来，社会环境的变化，也必然会对人物的性格和精神面貌产生深刻的影响，从人物性格的变化中折射社会环境的变化，这种人物性格与社会环境的互为因果的辩证关系，在小说美学中有它的普遍意义。总之，个性化的人物语言，要以特定的语言环境来衬托，来渲染，来强化，来渗透，才能产生相得益彰的艺术效果。"

刘心武的《试试看》发表于《中篇小说选刊》第2期。"有人来问我：什么叫'纪实小说'？它与时下常见的'报告文学'，以及已经出现的'报告小说'、'实录文学'有什么不同？

"报告文学要写出真名真姓真单位，太受拘束。我不是揄扬先进人物，也不是揭露黑暗势力，我是想透过最平常的人与事来剖析最一般的心态，因此我要去找到最适合进入作品的原型，却并不使他以真名真姓进入读者的视野。

"一般的小说，好比作者到生活中观察、体验了一百件事，然后加以熔炼，写出生活中原来所无的第一百零一件事。我这小说却是到生活中去观察、体验一百件事，然后从中选出一件本身便可移到纸上的事来，把它写透（倘若从一百件事中仍找不出这种素质的事来，那就再去找，直到找着为止）。

'报告小说'采取真人加假事的合成法，已引起是否得体的争论，我倒认为那也不失为一种有意义的尝试，但我所追求的是'非虚构性'，因而它的作法亦为我所不取。

"'实录文学'不容易在一篇中具有鸟瞰性与穿透力，我想从一点伸而为线，推而为面，滚而为体，所以必得另辟蹊径。

"于是试着写出了这么两篇'纪实小说'。它们是非虚构的，甚而具有一定的文献价值，是谓'纪实'，它们又采取了小说的写法，注重艺术形象的典型性，因而它们又是货真价实的小说。"

## 四月

1日　黎辉的《日渐强化的主体意识——新时期文学创作的一种趋势》发表于《奔流》第4期。在谈到"新时期文学主体意识强化趋势的表现"时，黎辉认为："创作主体的主体意识强化，才是更为重要的表现。""主体意识的强化，不仅呈现在对客体的反映映象上；而且在于主体对客体本质的认识、发现和揭示上。……主体意识的进一步强化，就是主体意识的个体化，就是作为创作主体的个体意识的觉醒和强化，力图在文学作品上打上个体的独特印记。……个体化的主体意识往往从选材、结构、文体等各个方面表现出来，其中相当重要的是语言，是语言的个体化。……提出理论性的创作主张（也许其中包含、或基本属于谬误的东西）是主体意识从感性到理性的升华，是主体意识在最高层次上强化的标志。""新时期文学的一个重要趋势，就是主体意识的强化；而强化的主体意识优质化，则是文学创作进一步繁荣发展的必要前提条件之一。"

同日，毛时安的《纪实性：文学把握世界的别一种方式》发表于《萌芽》第4期《一九八五年小说发展笔谈》专栏。毛时安认为："倘若说文学的超验是一旦产生于经验世界就成为经验世界的一种超越；那末，文学的纪实，更多地表现了对实存的现象的关注。它力图'纯化'客体，如实地记载，向读者提供落入视野的事物和事件的'本来面目'，以新闻剪辑、录音材料、报纸拼版的方式，让生活信息以一种更直接更原始的形态进入艺术，以代替对情节和心理描写的追求。这种对文学虚构性原则的反拨，改变了文学叙事的方式，对于读者来说，艺术变成了活生生的叙述过程，变成了生活自身。它给文学注入了一种生活本身才有的生机和活力。正是在这个意义上，我们可以说，纪实性不仅是对虚构性的反拨，又是对超验的一种对称性互补。如果说后者是对生活的一种哲学上的形而上的理解的话，前者则是一种对现象的冷静的形而下的罗致。如果以现实主义为参照点的话，后者构成了一种对现实主义的超越，前者形成了又一种反向的超越：艺术被还原为生活。如果我们以形象作为一种标志的话，那末是否可以说，现实主义塑造典型，超验性结构意象，而纪实性的形象在于原型呢？正是因为纪实性把现实主义形象的典型性还原为客体原型的直接再现，纪实文学独具一种'短、平、快'穿透生活的能力。"

同日，程德培的《被记忆缠绕的世界——莫言创作中的童年视角》发表于《上海文学》第4期。程德培认为："由于孩提时代所经历的特殊的境遇，加上独特的性格特征，'他'开始变得不喜欢说话了。而莫言作品特别多地写到哑巴，显然和这有着若隐若现的联系：《透明的红萝卜》的黑孩是个哑巴，《枯河》的小虎像个哑巴；《秋千架》中男的是哑巴，一连三个孩子也是哑巴。不但如此，如果算进那些基本上不说话的形象那就更多了。""作者有一种出众的才能，即用传达感觉的方式，拆除生理缺陷所造成的交流障碍，使手势眼神的'语言'更为丰富动人。他的一个最为与众不同的地方在于，通过个人感觉的信息传递而将听觉功能转换为视觉或其他知觉接受。例如：写'女孩的喊声象火苗一样烧着他的屁股'；写孩子与人对话，用'嘴巴咧了咧'，'牙齿咬住了厚厚的嘴唇'，'用力摇摇头'。""注重非听觉的感知器官的表现力，在莫言的创作中，已经不是一个具体规定情境中的描写特色，而是整体性的一种审美境界，或者说是这个世界的底色。"

"用儿童般不同凡响的色彩，淳朴天真的幻象，屡屡被伤害的幼小心灵所具有的特殊的感觉，几近荒诞的任意表现，表现出儿童对生活的神秘感和某种程度上的畏惧心理。莫言作品的儿童视角，不止是在于他经常地把孩提时代作为描写的对象，重要的还是他那些最为优秀的篇什都表现了儿童所惯有的不定向性和浮光掠影的印象，一种对幻想世界的创造和对物象世界的变形，一种对圆形和线条的偏好。"

李振声的《商州：贾平凹的小说世界》发表于同期《上海文学》。李振声认为："贾平凹商州小说既运挥流畅而浅清澄澈的文字，也驱遣古拙而重涩沉实的文字。规范的中篇叙事结构在他手里把玩得相当纯熟精娴之余，也驾轻就熟地采用靠拢他前些年间曾尽心尽力经营过的散文体式的笔记、杂传框架，并且还乘兴朝长篇体式作出一次跃进。这种文体——结构上的实验和新变，从他特有的创作路数，为中国当代小说多方开拓叙述语调、格局的可塑性尽了一份力。不过，迄今为止的迹象表明，贾平凹并不太擅长叙述能引起人持久注意力的故事，他不怎么善于把无限丰富的质料聚集成一个硕大无朋的小说世界，把人物投进庞杂的情节，以形形色色的方式纠结在一起，使之各居其位、各得其所，他似乎缺乏那种既包罗万象又井然有序的高度比例感，他的身上看来也没有那种法力：使沉重的心灵由此寻到安慰，激烈动荡的情绪得到规导，每个人内心深处都有的英雄欲由此听到唤醒它的神圣力量。"

李振声注意到，"商州小说群体的开山作《商州初录》与晚近的《商州世事》。文体上可以与中国传统史著的'纪事本末体'、古典传记中的杂传、游记和肇始于魏晋大盛于明清的搜集坊间轶闻野语、杂录琐记、志怪传奇的笔记等体式接上渊源。"

张志忠的《一个现代人讲的西藏故事——马原小说漫议》发表于同期《上海文学》。张志忠认为："无论是大故事套小故事，还是花开两朵各表一枝，也不管是顺时序叙述还是插叙、倒叙、补叙，传统的故事都有一个单纯的叙事线索，有一个固定的全知全能的叙事人，有一种将所有情节统摄在一起的一个故事框架。马原笔下的故事呢，却是多线条并进、多人称角度、多框架并存的。多线条并进，不同于时分时合的一而多、多而一，而是各自沿着自己的轨迹，或相交、或相切、或平行、或重叠，进而形成不同的框架：我、你、他三种人称的变化，有时是为了把一个故事讲得更完整，但更多地是与多线条并进相对应，不同的人称分别叙述着不同的故事，人称在这里起了把一篇小说切割成几个部分的作用。由此而形成作品中几个不同的时间和空间，不同的人物和事件，这就不但远离了古代故事的单一格式,也不同于我们常见的多视角叙事即由几个人从不同的角度观照同一事件,而是由不同的人、不同的事组成了多结构的、多层面的作品。"

"古老的故事,尽管名之以志异,名之以传奇,但大多在故事的进行中竭力加强其实感的描绘,强调和渲染其真实性,造成一种虚拟的真实。马原讲的故事却总是将其真实性与假定性都推到其极致,使二者同时存在于同一故事中,时时记着要打破读者的幻觉真实。马原强调故事的真实感,就可以写出拉萨和林达的经度和纬度,写出野餐时的食品单,写出藏民天葬的风俗;就可以将作者的讲故事的身影淡化到几乎没有,仿佛只有生活在那里自行运转并自动记录着,尽量不露出作者编织、剪裁、提炼和加工的痕迹,追求客观化效果,客观地叙述,客观地描写,在具体细节的处理上尽量少用心理及意识活动的交待,多选用具有形体实感的行动。另一方面,马原又总想造成一种间离效果,一再强调作品的假定性。他可以明确地要读者对他的故事抱怀疑态度,对故事的叙述者和主人公抱怀疑态度,还常常用插入者的话打断故事的叙述,并对故事提出质疑。这样真真假假,假假真真,造成一种'假作真时真亦假,无为有处有还无'的氛围,并进一步印证那种生活即神话、神话即生活的高原风情。《冈底斯的诱惑》,就是这样一个虚虚实实的故事。'信不信都由你们,打猎的故事本来是不能强要人相信的',这段话为全文定下了基调。"

同日,李书磊的《不透明小说及其它》发表于《天津文学》第4期。李书磊认为:"美在本质上其实就是审美。'不透明'只是你现在觉得它不透明,你觉得它怪,觉得它与你习惯了的小说——因而也是'透明'小说——不同而看不懂或者看不惯。'不透明'、'怪异'仅仅是读者根据他现在的心态和水平所得出的结论。反言之,如果你也'怪',你就不会觉得它怪了。这就是说,在这里,作家和读者拉开了距离。然而,从更深的角度看,作家和读者的距离仅仅是一种结果,而原因则是作家或文学同生活——包括千千万万读者于其中的生活——拉开了某种距离。或者说,某些小说对生活的客观显现和主观意向都同人们普遍的心理倾向与生活倾向产生了矛盾。……总之,一九八五年涌现的这种'不透明'小说以怪诞标志着生活与艺术的新的契机。"

李哲良的《小说家和美学》发表于同期《天津文学》。李哲良认为："即便是有用的美学，对这样的小说家说来，也不能勉强要他们接受。就是对那些喜欢美学的小说家来说，也不宜怂恿他们过多地用美的思辨去冲淡他们那强烈而奇异的感情色彩。因为我们已明显地觉察到有的小说作者，由于偏重于美学的理智的思考，而大大的影响了作品的艺术魅力。比如张贤亮，他的艺术感觉极好，加上美的哲理，致使他所描绘的'灵与肉'的搏斗惊心动魄，引人深思、回味，更见深度；但由于美学的哲理性太强，又每每使他那生动的、多元化的艺术感觉，被过分明晰的理性说明冲淡了，减弱了，也狭窄了。正象目前有些小说作者以刘再复的'二重组合'原理为指导思想来创作小说一样，作品中处处显露出人物形象的'外部对照'和人物性格自身的'二极组合'，以及人物'内心图景'的直接描写。'二重组合'的原理倒是讲清楚了，但人物的个性特征却不见了，而且也都形成了一个新的模式。"

同日，行健的《穿破这高原的迷雾——评扎西达娃的两篇魔幻小说》发表于《西藏文学》第4期。行健认为："整个小说（《西藏，隐秘岁月》——编者注）情节结构遵循时间与空间的本来顺序。创作者较好地采用了虚实相间的手法，新闻式的精确描述、真实的场景交待与荒诞离奇的魔幻情境得到有机结合。夸张、象征、比喻及怪诞的心里幻觉的描写，显示出作者丰富的想象力。米玛老人与妖狐周旋的情节、次仁吉姆诸神化身的迹象和她的许多幻觉意识，写得跳荡迷离格外精彩。藏族文化即佛教文化。在佛经中大量记载了藏族民间神话、传说、故事，这是一笔可资借鉴的文学遗产。就魔幻现实主义小说而言，对这一部分遗产的研究利用只是刚刚开始。"

同日，蔡翔、李劼、毛时安、吴亮、许子东的《"文学寻根"五人谈》发表于《作家》第4期。李劼以《"寻根"寻到了什么？》为题谈道："这些年轻的作家们通过乱七八糟的'寻根'，似乎都一下子寻到了自己，发现了一个个最具个性最能体现创作才力的文学现象。而他们在谈及'寻根'时所各自倾慕的文化，也就凝聚在了这些面目各异的形象里。……当然，不要以为这些形象受到文化的熏染就成了文化的偶像，就象以往小说中的概念化身或有些小说中的观念传声筒一样。……他们尽管被塑造得有的厚实有的空灵，但几乎是一个比一个实在，一个比一个生动。"

吴亮以《文学中的文化和文化中的文学》为题谈道:"以文学为前提强调文化,本位仍然是文学。……我认为文学中最可宝贵的是人的首创性,是人的智慧风貌、人的才情、人的气度、人的胸襟、人的感觉和人的经验。终极意义上,使文学从平庸变为伟大的,是天才,而不是文化。""强调文学中的文化总显得意义有限;而文化中的文学——我指的当然是现代意义上的文化——却是至关重要的。……文化环境绝非是过去式的、凝固化的,它是一个动态的空间,它具有可改变的弹性和可再创的被替代性。只要我们满足于既予的文化环境不思变革,伟大文学作品的出现将永远是一个美丽的幻想。"

同日,张奥列的《突破原有的审美模式——当前中篇小说创作寻踪》发表于《作品》第4期。张奥列认为:"小说的文化意向,早在阿城的《棋王》中就有所表现。《棋王》除了追求语言的独立审美价值之外,更是从哲学的高度进入审美意识。作品渗透了老庄哲学思想,如'天人合一'、'形神兼备'等,这是对传统文化底蕴的触探。阿城提出了文化小说的命题:'若使中国小说能与世界文化对话,非要能浸出丰厚的中国文化。'""对'寻根'热,目前尚有争议。……要是撇开概念的纠缠,某些描写的偏差不说,从总体上看,寻根是在传统文化的背景中,探寻民族心理结构历史性的弱点和局限,力求从更深的层次来表现民族文化和民族精神。应该说,这是小说审美意识的深化,是文学历史感的表现。对生活作历史的、纵深的探查,是当前作家的一种审美心理。"

竺柏岳的《略谈人物性格的支撑点与丰富性——美学学习笔记》发表于同期《作品》。竺柏岳认为:"艺术家在创造人物形象,写出性格的基本特征即找出支撑点之时,应切实关注性格内涵的丰富性,据此能使人物形象塑造得具有生动的情趣,增强形象的美感力量。但同时要注意支撑点与丰富性和谐地统一起来,使人物特殊的和一般的行为构成自身发展的必然归宿。""性格的丰富性是不仅仅就包含的数量与多侧面而言,重要的是它呈现的种种表象要自然地统一在各该人物身上,不能散沙一盘、杂乱无章、互不关联。在艺术领域里一切都是清晰透明的,各个差异面排列组合成有机体,并依照它的螺旋定向性发展,完成性格的升华。"

## 1986年

**3日** 陈骏涛的《心灵的疏导与沟通——读刘心武的两篇纪实小说》发表于《小说选刊》第4期。陈骏涛谈道:"去年,刘心武在《人民文学》发表并引起社会强烈反响的两篇纪实小说——《5·19长镜头》(《小说刊选》1985年第9期转载,下简称《长镜头》)和《公共汽车咏叹调》(《小说刊选》今年第2期转载,下简称《咏叹调》),在某种意义上说,也可以称之为'问题小说',即迅捷地、近距离地反映和揭示我们此刻正在运行着的生活中的某些问题,又凝聚着作家对生活的深沉思索的小说。"

"从刘心武的这两篇纪实小说来看,这种文体有一个重要特点:作者在小说中存在(不一定以'我'的身份出现,但'我'却是无处不在的),并参予故事的发展,不时还要在小说中发表这样那样的议论和评断。这就跟作者完全退出故事,把自己隐蔽起来,而让故事和人物按自身的逻辑发展的小说不同。这个特点对这类小说的叙述方式(主要是叙述调子)产生了决定性的影响:与客观冷静的叙述调子不同,它常常使用带着强烈主观感情色彩的叙述调子。如果我们研究一下刘心武近期的小说作品,我们将能清楚地看到,他交替地使用了两种叙述调子进行叙述:一种是客观冷静的叙述调子,如长篇小说《钟鼓楼》那样,叙述者(作者)与小说中的故事和人物保持一定的距离,竭力不参与故事的进程,而让故事和人物按自身的逻辑发展;一种是主观感情色彩较强烈的叙述调子,即如《长镜头》和《咏叹调》这样,叙述者(作者)是全知全能的,他参予并主宰着人物和故事的发展。"

**5日** 罗守让的《小说创作哲理美的追求》发表于《广西文学》第4期。罗守让认为:"当代小说创作的实践表明:哲理愈来愈大胆地、醒目地、不容抗拒地渗透进小说艺术中。不少作家愈来愈在小说创作中追求一种形象和哲学、诗情的结合。""艺术的表现手法也是丰富多彩的。第一,借助理性的议论抒发不失为实现哲理美的一条路子。……从宏观上看,小说艺术不应完全和绝对地排斥议论,只是应该将议论变成一种艺术的抽象美。……第二,在小说的形象体系中,在小说作品的深层结构中包孕哲理的内涵,是小说艺术哲理美的极致。……如果在小说艺术本身的形象体系中,在小说艺术的深层结构中包孕一种哲理的内涵,以生动的富于情致的艺术形象、画面、场景的描绘给人以哲理启示的美感,那样就更是一种思辨美与诗美的内在的两相交融与妙合无隙,更加圆满地显示了文学艺术对现实生活进行审美观照的根本特征。……第三,追求哲理美的小说作品,其语言也需包孕哲理的内涵,并且具有诱发读者去体味其中哲理的魅力。近年来小说创作中语言的变化是十分明显的。表现之一是许多作家以追求语言主观感情色彩的浓重、含义的深刻和联想的宽泛为表征,竭力使语言表象的内部饱满地贮积一种理性的能量。"

同日,沙平的《诗的故事 诗的形象——读中篇小说〈在部落的废墟这边〉》发表于《青海湖》第4期。沙平认为:"整篇小说(《在部落的废墟这边》——编者注)不仅具有诗的意蕴,而且流动着浓郁的情思;这种熔故事性、抒情性、哲理性于一炉的内容处理,使小说的爱情故事脱俗而富于魅力,耐人品味。这部中篇的人物形象,可谓诗的形象,形象的诗。作者用诗的特性(包括诗的语言)熔炼素材,陶冶和熔铸笔下心爱的人物形象的:他把人物置身于雄浑、莽苍、壮阔的雪山,草原的大自然画面之下,用深沉的笔调,炽热的感情,浓重的色彩,粗犷的线条活脱脱勾勒出人物各自殊异的音容笑貌,神情举止和心灵的剧烈碰撞,使人物在爱情冲突的旋涡中淋漓尽致地流露出各种爱爱仇仇,从而,深刻地揭示人物的本质——他们在道德伦理生活中高尚质朴,诚挚美好的心灵。自然的美和人物心灵的美交相辉映,通过我们的审美感觉意会到人物形象中的诗情底蕴。"

**10日** 张毓书的《藏头露尾 摇心移神——小说悬念漫笔》发表于《北京文学》第4期。张毓书认为:"古今中外不少名家在组织情节、设置悬念方面堪称圣手。其一,为了渲染烘托人物的性格、命运设置重重迷阵,使读者于扑朔迷离之中逐渐认识人物的真面目。……其二,为了从极其普通而不为人所注意的事件中激发出一种巨大的感情波澜,从而紧紧扣动读者的心扉,常常在情节的演进过程中,躲躲闪闪地隐藏其本旨,直到事件发展到最后一刻才猛然兜转笔势,捅破'包袱',使真相大白,造成一种出人意料的审美情趣。……其三,作家们为了表现生活的复杂性,从生活出发运用设置悬念这一艺术手段,组织起跌宕起伏的情节,从而使读者透过生活的九曲回廊认识生活内在的本质。"

**14日** 牛玉秋的《变革时代的艺术开拓——读1985年部分中篇小说》发

表于《人民日报》。牛玉秋指出："随着改革的逐步深入，作家反映变革时代的意识越来越明确。不少作家把与时代同步作为自觉的使命，把诗情融入跳动着的生活脉搏，不断深化对生活的理解，升华审美意识，突破了改革作品已经开始形成的某些公式化老套套，使这类作品在内容上和手法上都实现了不断的创新。"

**20日** 滕云的《乱花渐欲迷人眼》发表于《人民文学》第4期。滕云表示："文学在向'内'转。我以为，这个'内'，一指生活之'内'，即生活深层结构；二指人之'内'，即人本体，包括人性、人的文化意识、人的心理；三指文学之'内'，即文学内在规律。文学向生活深层回归，向人本回归，向文学内在规律回归，亦即文学向文学自身回归，意味着文学本体意识的萌生。"

同日，金梅的《孙犁的小说艺术二题》发表于《文谈》第2期。金梅指出："在孙犁的小说艺术中，我们应该注意到，它在表现人物的思绪、神情、心态、动作、身影和描摹事物的相貌状态时的一些特点。孙犁在进行这些方面的表现时，除成功地采用着直接的心理剖析和细腻的客观描绘，并能避免某些小说家笔下所常有的沉闷呆板（由于剖析心理时往往是静止式的）和朦胧破碎（由于客观描写时的繁杂和冗长）的弊病，还有其自己独特的方法和途径。那就是，他善于以自然现象、社会现象或生活现象为比喻或象征，进行形象的和确切的描写。""把那些难以直接表现的人的思绪、神态、心理，或一下不能驻定于字面的、正在行进中的人物的动作身影，通过新颖独特的比喻或象征，形象地和确切地呈现于篇章之间，给读者以清晰的和完整的印象，这是孙犁小说创作所特有的一种艺术手段。……孙犁在那些比喻性或象征性的描写中，不只贴切地从形式上写出了被比喻、被象征者的状貌，更着眼于从比喻和象征物中传达出它的内在的神韵与含义，力求做到'象'中有'意'，以'象'写'意'，'意'在'象'中，'意'由'象'出。或者说，孙犁小说中的比喻性或象征性的物象描写，主要是为了形象地表现出特定情景中所呈现，而又与小说整体结构融汇贯通的某种意蕴和内涵。……不能孤立地仅仅去描写人物的行动，而要同时写出其声音（包括语调、口吻）、容貌、姿态、神色，以及由周围人的种种反应所形成的环境氛围。"

马威的《论航鹰小说的美学追求》发表于同期《文谈》。马威指出："要刻画复杂性格，就必须深刻揭示人物之间的各种关系、各种矛盾，和人物的特殊经历、命运在其内心世界所形成的矛盾。可以说，矛盾性，这是人物复杂性格的重要表现特征之一。……正是这矛盾的思想、矛盾的感情，才是人物性格种子发育、成长的土壤，才是推动故事情节发展的内在活力。这里所说的矛盾，既包括外部矛盾——诸如社会矛盾、人和自然的矛盾、人与人之间的矛盾、差异等等；又包括人自身的矛盾——即内心世界的矛盾性。一定时代的社会、政治、经济和思想上的种种错综复杂的矛盾，只有在人物性格上——即在人物内心里，才能集中地突出地反映出来。"

马威认为："要塑造'复杂性格'，必须充分表现性格的多方面性。人的性格和情感是一个十分广阔复杂的领域。文艺作品描写的人物性格应该是感情丰富、血肉丰满的各种心理要素的综合体，既是多方面的、整体的、完整的，又是具体的、活生生的，绝不是单一、抽象、概念的传声筒。……在人物的性格中，无论多么复杂，首先是一个完整的、统一的整体，其中必有一个主导的方面，而性格多方面中的其他方面，需要与这主导方面互相渗透、互相融合而构成人物性格的完整性。"

**24日** 古华的《古华致萧乾信》发表于《光明日报》。古华认为："《贞女》……为什么要将发生于两个不同世代、情节上毫不相干的妇女命运故事，借一个共同的场景交叉演进？……我将两个故事交叉并行，很自然地就造成了两个时空、两种命运、两番风习的碰撞、交织、融汇，无形中产生出'中间地带'、'第三意识'，或称为'纵深意识'。从而对我国几千年来的妇女命题，赋予一种'史'的认识。"

**26日** 张宇的《小说闲话》发表于《文艺报》。张宇谈道："我很少读那些讨论人物性格人物形象单一、复杂的文章。因为我没有见过一个单一的不复杂的人。说不上什么复杂，人本来就是立体的。所以单一，是我们把人家写单一了。生活是丰富的，人物是立体的。为啥写下来就单一化和平面化了？大概要怪我们的目光的异化和变形，要么平面，要么正方形，要么长方形，不敢面对赤裸裸的人。""我把自己的作品分成三类：大说、中说和小说。我当然不敢用这个框子去框别人，只是觉得自己走过了从大说过中说到小说的路，小说就要写成小说，不能大说和中说。……后来又想到表现当代生活和历史，并不觉得过去的遥远的生活好写，如今的生活难写，问题恐怕不在这儿，在我们的认识，是以小说家的还是以政策研究室主任或别的目光看生活。目光近了，写遥远的生活并不一定写得深刻，目光远了，同样可以把当代生活写得浅薄。……关键是要把生活心灵化和小说化，而不要别的什么化。这好像是小说艺术的'基础'。从这里出发才可能谈'上层建筑'。"

## 本月

蔡翔的《小说和角度》发表于《福建文学》第4期。蔡翔认为："文学对生活的接受乃是主观能动的、选择的、加以整理并创造的，渗透着作家的主体性意识。因此，生活对于文学的重要性之一乃在于它的被'发现'，这种发现直接依赖于作家主体性的丰满、独到、机智，理性的深刻、感受的真切、生命力的蓬勃以及健康的直觉。发现首先是主体的发现。……主体的重要性不仅表现在题材的理解上，从而突破了那种'唯题材论'的狭隘的框框，同时也表现在艺术形式的选择和创造上。"

周介人的《小说的自觉意识》发表于同期《福建文学》。周介人认为："在新时期小说发展过程中，比较早地进入小说文体自觉状态的是王蒙与汪曾祺。王蒙的《夜的眼》、《蝴蝶》、《春之声》等六篇探索性小说，率先借用西方现代小说技巧，来改革当时我国文坛上的小说文体。……汪曾祺对小说文体的改革则朝着另一个方向进行，他更多地从我国传统的笔记小说、小品中汲取营养，来改革当时的小说文体。……他就开始摆脱让小说叙述有头有尾故事的情节结构方式，采用笔记、小品的格局来自由地叙事、述怀、抒情、讽世。"

## 五月

**1日** 戴翊的《历史感与个性化》发表于《江南》第3期。戴翊认为："作家描写人物的个性，要有清醒的历史意识，不仅把人物放在历史的洪流中，揭示在人物个性中留下的痕迹，而且还应展示出其性格发展的必然逻辑，这样创造出来的人物形象才会是血肉丰满、个性鲜明的。要做到这一点，作家必须对生活有特殊感受和深刻见解。高晓声曾经体会到'没有见解光有生活还是瞎子，有见解才有了眼睛，生活对创作才变得有用了'。要取得对生活的特殊感受和深刻见解，就要透彻地了解一个地方的历史，熟悉并深刻把握当地各种人物的性格和人生道路，否则，'就很难形成同人物形象紧密联系的见解'。"

"我们的时代是一个翻天覆地的伟大时代，各条战线改革的潮流正在深入到社会的每一个角落。为了真实展现这一伟大的历史变动，就必须潜入生活的深层去真正把握人们的心灵的发展史及其包含的辩证法：脱离实际的空想和浮泛的猎奇都是不行的。现实主义的创作理论要求文学作品'真实地再现典型环境中的典型人物'。什么是'典型环境中的典型人物'？我以为就是能够体现丰富、深刻的'意识到的历史内容'的'这一个'人物形象。我们的中篇小说创作应该为多创造出这样的人物形象而努力。"

同日，曹阳的《短篇小说为什么不短？》发表于《萌芽》第5期。曹阳认为："短篇小说，除了小说作品共有的美学要求，如创造艺术形象、细节描写、文学语言等等以外，这一品种的诞生、发展、繁荣，显然具备着自身的美学优势。……短篇小说的美学优势，我认为主要有三个方面：

"（一）新。新，是指新鲜感。文学艺术作品的新鲜感，可以说是美学鉴赏的第一要素。而短篇小说，从题材到表现角度以至表现手法，新鲜还是陈旧，其重要性甚至超过其它一切文学样式。当不少作家嘲笑'新闻性'，认为'新闻性'不屑文学一顾的时候，他们往往违背了读者的美学欣赏心理。短篇小说美学优势之一的新，就包含着'新闻性'的新。承认这一点，不仅不会有损于短篇小说的'声誉'，恰恰能够有助于我们掌握短篇小说的特征和所形成的优势。"

"（二）浓。主要是指作品的篇幅和文字，都是'浓缩型'的。对于短篇小说来说，'短'是自己的特色，短篇离开了'短'，也就取消了自己的存在。……短篇小说反映生活的'全豹'，不管反映的规模、程度如何，都必须重视运用浓缩到'一斑'的技巧。浓缩，是短篇小说家一种特殊的本领。浓缩，包括如何运用最吸引人的情节去刻画人物形象，如何剪去多余的枝蔓，如何以最经济的篇幅安排起伏有致的情节，如何最精炼地设计人物对话，等等。"

"（三）诗意。短篇小说比中长篇小说，在艺术构思上更接近于诗。优秀的短篇，在意境的创造上都富于诗情。或悲愤，或欢愉，或讽刺，或幽默，都具有使读者心灵共振的诗意的魅力。"

同日，李陀的《小说观念与艺术规范》发表于《青年作家》第5期。李陀认为："拉丁美洲魔幻现实主义作品现在被介绍过来了，而且看样子还要更大量地介绍。它提供给我们一种新的艺术规范，提供了一个新的视野，让我们看一看，原来现实主义可以是这个样子的。……特别值得注意的是魔幻现实主义还是一种十分革命的文学，它充满着批判性，甚至充满着政治性，充满着对黑暗的揭露，充满着对拉丁美洲暴政的反抗，以及对美国殖民主义的批判。它是一种充满战斗精神、充满民主主义精神、充满着民族解放精神的文学。""中国小说中有一种叫神魔小说，研究它的规律、它的艺术规范，就会发现它同魔幻现实主义是何其相近。我读过一本很著名的拉美文学作品，《佩德罗·巴拉莫》，里面写了人，也写了魂，人和鬼打交道。但这东西《聊斋》中早就有了，在中国人看来并不新鲜。可是几十年来我们把这个传统扔掉了，一门子扎到欧洲和俄国的文学传统中去了。"

易丹的《关于〈小说的危机〉的质疑——与苏丁同志商榷》发表于同期《青年作家》。易丹认为："苏文提出的另一个重要论点是，由于影视艺术的兴起，构成了对小说的威胁。"

易丹说道："我认为至少可以从三个方面认识苏文中这一观点的不正确。第一，……在一个语言体系里，能指与所指之间并非苏文所说是'语言所指的意义和语言符号本身'的关系。……语言与它所表达的意义之间的关系是直觉性和非意识性的。因此，阅读小说并非要通过一个理智接受语言而后再转化为具体形象的先理智后感觉的过程，苏文中所提出的'能指与所指分离'是小说的'审美特质'的论点不能成立。"

"第二，语言符号本身是抽象的。……语言产生意义的方式与影视艺术产生意义的方式从纯结构的角度看是风马牛不相及的。……把这种认识方式直接用来分析影视艺术与小说艺术两者中形象产生过程的异同并指出孰优孰劣，这无疑是犯了方法论上的错误。由此而推演出的结论当然不能令人信服。"

"第三，……尽管小说这种语言艺术的形象与影视形象之间有区别，但这决不应该被认为是小说特有的缺陷。……换言之，小说的形象性具有与影视艺术的形象不同的特点，这正好说明了影视不能取代小说，……小说的形式并非一丝不动地墨守成规，它也会随时代的变化而变化。"

同日，陈村的《小说散论》发表于《天津文学》第5期。陈村指出："关于'什么是好小说'的答案，肯定也千差万别。我首先想强调的是，好小说不是分析出来的。在此，我绝无贬低分析、归纳、整理一类学术研究的意思，并且还认为好的小说当然是经得住分析的。我想说的是，分析的过程实际上并不能为小说增添实在的价值。"

"好的文学作品首先应当诉诸人们的感情，我猜想，追究一下的话，人类的艺术活动原本就不是理智的产物，对艺术的消费主要也不是理智的消费。与神圣的生产劳动相比较，艺术活动多少可算作人类生活的一种奢侈；而凡是奢侈，必源于感情或本能。除有自虐倾向者外，没人为追求苦恼而找来小说。人在作为读者和作为观众时是有区别的，为此，小说也不必写成杂耍。为世人所公认的古典巨著《红楼梦》，之所以传世，想必不会首先因为它是集各类论文之大成者。自然，专家尽可以去精深，他们的阅读动机不同。"

**5日** 李成军的《在开拓中发展——简论张炜的小说创作》发表于《当代文坛》第3期。李成军认为："小说（张炜的《一潭清水》——编者注）明显吸收了西方现代派艺术的一些技巧。在写实的基础上，着重提炼特定环境里的特定情绪，在细节真实的前提下，注意加大象征氛围的渲染。作者把实写与虚写，状物与抒情结合起来，以实带虚，以近求远，貌在近中刻画，神在远处展露，似实则虚，说近则远，诗意就在其中氤氲开来，人物也在其中脱颖而出。通篇象一首哲理诗，给人以感召和启迪。"

同日，陈达专的《徘徊的一九八五年》发表于《文学月报》第5期。陈达专指出："向'总体小说'迈进，是韩少功近作所表现出来的优势之一。如果我们将立足点站得高些，我们将发现向'总体小说'迈进，乃是我国当代文学走向世界以图跻身于世界当代文学新潮的先进态势。为什么世界上许多先进作家都很想向'总体小说'的境界攀登？大概是因为'总体小说'作为一种先进的表现手段，更适应当代社会的作家们从更深层次和更广的角度来观照历史和现实，同时观照自身。现任第四十一届国际笔会主席的秘鲁著名作家巴尔加斯·略萨是力主写'总体小说'的。他认为，任何手法和技巧都必须服从素材，优秀的小说必定是素材用尽，多层面的作品，因为摄取现实的角度是无限的。当然，小说不可能把各个角度都表现出来，但反映现实的层面越多，小说就必定越宏大越开阔。《战争与和平》的伟大之处恰恰就在于此。"

"按照略萨的解释，'总体小说'应该包括感官的、神话的、梦幻的、玄学的和神秘的五个层面。感官的，即通过感觉器官所反映的客观日常生活；神话的，即指打破客观时间顺序，将难以置信的事物当做真实来写，并赋予巨大的象征力量；梦幻的，即指超现实主义因素中的鬼怪幽灵、梦境、潜意识以及其它为科学已证明的心理活动层面；玄学的，即指具有普遍意义的哲理层面；神秘的，即指通过人与'神'之间的关系，塑造一个具有宇宙意识的人类。他主张尽可能再现人物的心理活动的流动多变。为达此目的，作家在形式、手法上自然也出现种种变化与开拓，诸如时序的颠倒，空间的转换，幻觉错觉的运用，象征意味的追求，以及行动、对话与内心独白的错综复杂的交叉等。"

同日，龙渊的《象征蕴涵：当代小说的艺术追求》发表于《文学自由谈》第3期。龙渊认为："只要留意于当今小说，便不难发现这样一个明显的事实：近期的不少耐读的小说——无论是长篇，还是中篇、短篇，抑或儿童文学（小说），其中创造出一种情愫意境，追索着一种象征蕴涵，它们所反映的生活在已知与未知之间，是一种模糊的真实，它说得清道得明，而又说不清道不明，这种艺术新质，令我们欣喜地意识到：作家们对于形象和意蕴的独特性的追索较前增强了，尽力摆脱那种唯恐不能直截说明生活的主流和本质的外在束缚，钻透生活底层取出岩心，明显地运用了暗示隐喻、象征寓意的功能，写得回肠荡气，使小说艺术具有延伸性、多维性，因而进入一个更高的审美层次，标志着小说艺术的繁荣和成熟。这是创作自由催放的春花。"

**10日** 张颐武的《灵魂火焰的燃烧——读成一的系列小说〈陌生的夏天〉》发表于《文艺报》。张颐武认为："成一在《陌生的夏天》中……接上了五四时代的历史问题，只是把'外在'化为了'内在'，把对农民觉醒的期待，化为了对农民觉醒的'过程'的描绘,而把对'国民性'的历史批判也化为了农民超越自身时历史沉重的负载的表现。这样,《陌生的夏天》就达到了某种超越具体现实的历史感。"

同日,白烨的《深层次地走向多样化——小说新动向概观》发表于《文艺争鸣》第3期。对于纪实体文学,白烨认为其"在向生活的纵深掘进中显示出强盛的生命力","其总的特点,可以概指为在真中求新、求深"。

滕云的《小说文化意识的觉醒》发表于同期《文艺争鸣》。滕云认为:"皈依中国文化、浸润中国文化、传达中国文化、参与创造中国文化的文学,方能称为中国文学,这也无疑是提出了更高的文学创作目标,更高的文学价值观念。""表现民族文化意识、文化心理,固然包括对民族文化意识和心理之'根'的追寻和认同,但不限于不止于'寻根'。"

尹均生的《论"报告小说"的兴起》发表于同期《文艺争鸣》。尹均生认为:"(一)报告文学与'报告小说'应作为并存的两种独立文学样式。报告文学仍然需要强调其严格的真实性;'报告小说'一般可隐去人物的真实姓名,或改变地点、场所,有其半虚构的艺术权利。作为社会功能不同的文学形式,他们不应互相排斥或消溶自身的特质。(二)我主张发展民族化的、具有中国特色的'报告小说'或'纪实小说'。由于社会制度决定各个国家民族社会生活内容的巨大差异,以及不同的欣赏习惯,我们没有必要在内容上去承袭西方'报告小说'以揭露内幕,以触目惊心的刑事、道德案件和性描写为主要题材,而应以教育人民、反映多彩的生活为主旨。在形式上也仍以线条清晰、人物亲切自然、叙述流畅、风格明快为基调,不必过多模仿意识流、时空颠倒手法,避免刺激性的心理描写。"

同日,王蒙的《〈探索小说集〉序言》发表于《小说界》第3期。王蒙谈道:"小说大概总是要探索创新的。……这么一些小说,有的特点是'古',是寻根到了深山老林、洪荒之地,目的却还是'古为今用',从尚未怎么开化的一些地方的人们的文化心理、风俗习惯、生活方式中找出些令人深思、令人感兴趣的、至今仍然保持着它的或好或坏的生命力的东西。其目的大概还是为了加深对我们这个古老的民族的认识,加强我们的自省力与自信心,当然也为小说增加一点距离感乃至增加一点传奇色彩与悠远感吧。有的特点是'新'。新名词新手法新观念新道具新生活方式。我们这个民族又是非常年轻、在新事物面前富有孩子气的好奇心的。这种好奇心、灵活性和接受能力，大概也是我们的民族文化源远流长、历尽劫难而至今不衰的一个原因吧。……有的特点是更多的想象力，似乎杜撰了些荒唐的情节和细节，从客观事实的躯壳中跳了出来。……这种貌似荒诞的想象也是对于写实的一种补充，有时是写实的一种变种。越荒诞就越真实，如果有这样的效果，也可观了。有的特点是更深更细的内心挖掘。有的特点是主题的含蓄乃至把握不定。有的特点是叙述的罕有的简洁。有的特点是结构的多线条，人们对多线条的结构已经逐渐习惯些了，就象对交响乐的评语会逐渐从'乱得很'到'满有味'一样。有的特点是用了一些近几十年被遗忘了的写法——例如笔记小说。有的特点是取材角度的稀罕。总之，各有特色。"

吴亮、程德培的《当代小说：一次探索的新浪潮——对一种文学现象的描述、分析与评价》发表于同期《小说界》。吴亮、程德培认为："近年来，小说实践的长足进展已经悄悄地偏离了那种一成不变的小说观念，偏离了这一观念的副产品，如叙事模式、惯用体例、连续性情节结构，以及传统意义上的人物塑造、典型性格的描绘和语言守则等等。与此同时，小说实践又以它们本身的存在，孕育出新的小说观念和它的副产品来。生活，以及小说家对生活的感觉、态度、经验和再创性构制，已经展示出它们莫可名状的原生状态和整体感。它冲破了有限逻辑语言的固定理解域，把'现象'呈现了。"

"对民族传统文化精髓的景仰其实正是现代意识的一个重要构成，它已经不同于人们惯常认为的那样，仅仅是一种鄙视创新、拒绝变革、厚古薄今的迂朽心理及态度，而恰恰是通过重新理解传统文化来促进文学思考，为现代的艺术思维和探索寻找一个起点和参照系。……在形式方面，小说家们从民间雕塑、剪纸、工艺品，从地方语言、掌故、小调，从地方戏曲、舞蹈、说书艺术，都吸取了丰富的养料，激发了自己的灵感。"

"在近年的小说里，还可以看到另一种截然相反的现象，'报告小说'和'口述实录文学'一反惯常意义上的虚构，体现出对非虚构陈述的兴趣。它力图清除小说家主观想象的介入，用一种纪实的新闻语言乃至用整理现场录音的手段，求得小说的逼真性。当然，极而言之，'非虚构小说'依然是小说家搜集、选择、删改和调整布局等一系列工艺手段加工的产物，很难说它绝对没有半点的虚构。不过，相对于强调虚构和杜撰的小说而论，它们无疑提供了小说另一条途径的可能性。它的'现场性'，它的'近体效果'，它的日常性质，都缩短了小说和生活的距离。"

12日　本报评论员的《支持探索　鼓励创新》发表于《人民日报》。文章指出："近一两年来，……创作的格局和表现手法大大地被突破了，许多作家、艺术家都着意于开阔视野，扩大题材领域和寻求新的表现角度；有的还借鉴西方现代流行的一些艺术手法（诸如意识流、象征、意象、荒诞、变形、魔幻等）以丰富表现生活的手段，使我们的文艺创作呈现出斑驳多姿的态势。"

15日　蔡翔的《野蛮与文明：批判与张扬——当代小说中的一种审美现象》发表于《当代文艺思潮》第3期。蔡翔认为："美的最高形式是和谐、完善，是心灵的独立和自由。它所谋求的是人的最高和最深的可能性。但是现实的完成形态却总是以一种不完善的形式出现。""在这些作品（当代描写自然的作品，如张承志的《黑骏马》、贾平凹的《商州》等等——编者注）中，一方面是生活形态本身的意义，野蛮世界以其独特的原始魅力吸引着我们；一方面则是作者依据自己的美学思想赋于其的意义。这两种意义的结合，便构成了这些作品自身的美学意义。这意义是'发现'的。"

李洁非、张陵的《一九八五年中国小说思潮》发表于同期《当代文艺思潮》。李洁非、张陵认为："一九八五年小说思潮的特点是：差不多每当有一种意识发生时，你同时就会找到与它正好相左的意识；而这些各不相同的小说观念，又带来了与之相应的多样化的传达方式。故而试图给八五年小说找出一个统一的美学特征将是徒劳的。""八五年小说的主体意识及其传达方式的分化，最重大的意义在于当代文学已从认识论发展到价值论，即回到艺术本身。鉴赏判断不同于真理判断，艺术不同于哲学——前者寻求的是主体价值的选择，后者才要达到对于世界的规律的同一性认识。这也是为什么艺术总是诉之于个别而哲学却必须诉之于一般的根本区别。以往我们的文学历来注重认识作用，因此归于统一与单一。主体意识及其传达方式的分化，直接表明我们这个时代中人的丰富性正在形成与展开,和作家对于自身审美尺度的觉悟与尊重。马克思认为,这是人的本质力量的对象化关系的实现。"

李庆西的《谈点儿"文化",谈点儿"寻根",再谈点儿别的》发表于同期《当代文艺思潮》。李庆西认为:"'寻根'乃是从民间生活和传统文化中寻找我们民族的思维优势。……回到文学的范围来讲,中国传统文化的艺术气质是值得重视的。李泽厚认为,中国哲学气质上是美学的。这一点可以归结到思维的本体倾向和感性价值。至少可以这样说,中国传统哲学和文化思想在相当程度上契合艺术的思维规律。或者说,它的思维关系,那种直观地完整地把握世界的方式,那种对于本体的自在状态的观照,显然包含着文学的比兴、象征、隐喻和意指作用。"

同日,蒋孔阳的《小说艺术美探寻——〈现代小说美学〉序》发表于《文学评论》第3期。蒋孔阳谈道:"由于他(张德林——编者注)是从小说创作的实践经验出发的,所以他探讨的对象,主要的不是一些抽象的美学原则,而是一些具体的有关小说的艺术技巧和表现方法,如'变形'、'自由联想'、'心理描写'、'幻觉'、'视角'、'时空情境'以及情节、对话等等。""他以现实主义和现代主义为经,以各种技巧和表现方法为纬,在它们的纵横交错之间,探讨了小说的美学原则与创作原则怎样随着社会生活与时代意识的发展而发展。首先,他认为各种艺术技巧和表现手法,不仅现实主义在用,现代主义也在用。现代主义的表现手法,看起来奇怪,不大为人们所习惯,但其实现代主义不过是把一些传统的艺术技巧和表现方法,随着社会生活的变化而加以新的革新罢了。……其次,正因为现代主义的表现方法,是由于现代生活和现代意识造成的,所以它和传统的现实主义的方法,就形成了巨大的差异。比较研究他们之间的差异,成了《小说美学》一书的一个重要特色。"

王绯的《张辛欣小说的内心视境与外在视界——兼论当代女性文学的两个世界》发表于同期《文学评论》。王绯表示:"张辛欣的……作品可用内心视境的展示和外在视界的开拓来牢笼,以主观型的内心视境小说和客观型的外在视界小说划界。这两类作品分别代表了当代女性作家所创造的两个不同的文学世界(即女性文学的第一世界和第二世界),标示着当代女性文学的双向发展前景。""张辛欣的内心视境小说不是采用传统的叙事方法，客观主义的冷静态度，描写无评价的现实，而是以现实主义的手法，再现人物（主要是女性）的内心世界和心理秘密，描写女主人公的意识对客观世界的感知，把主观化的精神世界作为一个心理化的客观世界展示在读者面前。这是经过主人公心灵透视后的心理现实，有人把这称之为'心理现实主义'。"

熊忠武的《当代小说趋势二题》发表于同期《文学评论》。关于"从比喻到象征"的趋势，熊忠武认为："如果说十七年小说运用象征是凤毛麟角，那么在新时期则成为洋洋大观……和过去全然不同的是：这些小说并非只讲了一个故事，而是讲了许多故事，它们故事的内涵减少，外延则大为增加。""故事在这里提供的是'器'（这和哲学著作只讲'道'没有'器'不同）寓藏在故事之中而阐发于故事之外的却是'道'。"

同日，程德培的《当代小说中的"空白"意识》发表于《文艺评论》第3期。程德培认为："就小说本身而言，所谓空白意识，也是反映了对于现实认识的态度。……叙事上的空白不仅是读者接受想象的尊重和鼓励，而且也是对于叙事者局限性的肯定。人对于世界的认识的无限可能性和人的认识不可穷尽的现实性，都深深地影响当代小说的叙事体态。……小说创作的一个基本目的是顺序和隐语间的张力，而当前小说创作中空白意识的加强，无疑会使原有的顺序程式发生了重新组合的变化，而其求变的一个基本追求便是拓展了其与隐语部分的空间地带，……加强了小说创作的'空白'，所带来的最明显的艺术效应就在于讲究以小胜多的爆发力，讲究艺术自由联想的无穷意味和无限伸展。"

李国涛的《缭乱的文体（三章）》发表于同期《文艺评论》。李国涛指出："在文学各体之中，小说语言的包容性最大，它不怕杂，它可以吸收并消化各种文章体式。……小说文体的本身也就自然有了日记语言、书信语言、新闻语言，以及电报语言、科技语言、杂文语言、政论语言。小说文体的包容性，说明它的宏大，它的生命力。""王蒙的小说，忽而短句跳荡，忽而长句流转。这一点以前也说过。另一方面就是它的广取博收，不论科技术语、政论口吻、相声捧逗、欧化语调、意识流的荒诞、家常话的俗泛，统统都可以随意纳入小说的叙事、抒情、议论之中，成为好文章。那文章不能以典雅来规范，却可以用宏大、浩瀚或奔放、雄肆来形容。"

林焱的《论怪诞小说》发表于同期《文艺评论》。林焱认为:"怪诞小说的情节经常有虚实两个部分的交织。在现实社会里,作者描写容易取得读者信任感的场面,跟虚幻世界中飘逸诡谲、放纵不羁的场面形成对比,扩大艺术想象力的空间。"

应光耀的《人物性格的整体观——兼论改革者形象的性格塑造》发表于同期《文艺评论》。应光耀认为:"文学创作不能封闭式地塑造人物,尤其是改革者的形象,要把性格与外界作为一个整体,从中揭示出产生特定性格的背景和土壤。……我们要确立人物性格的整体观,完整地把握改革者的形象,就包含着这样的意义,即将性格系统置于整个外界环境大系统里,从两者的相互依存和影响上努力挖掘性格活力产生的源泉,揭示出性格与环境关联着的能动的整体性。"

张志忠的《领异标新二月花——对小说创作新潮的思索》发表于同期《文艺评论》。张志忠认为:"现实的描写与超现实的象征,严肃的正剧与荒诞不经的喜剧闹剧,常态的生活场景与光怪陆离的感觉世界,深邃的意蕴与朦胧的意象,细部的夸张与整体的变型,辛辣的幽默与无情的嘲讽,统统交织在一起,构成一个奇正相生、幻真相成的艺术世界。"

同日,高晓声的《我称赞这篇小说——谈〈那一棵古老的黄桷树〉》发表于《钟山》第3期。高晓声谈道:"使我感兴趣的另一点是这篇小说的结构和含义,也是相当精致和耐人寻味的。读者一节一节看下去,看了前面的,很难估计下面怎样写下去。至于它的含义,读者很可能一面读,一面想着'大概就是那么回事',一直要读完最后那三四百字,方明白,或有点明白'原来不是那么回事'。"

何立伟的《也算创作谈》发表于同期《钟山》。何立伟谈道:"既存了实验的决心,欲用方块字来建筑叫自己也透明起来的世界,这工作类如儿童的砌积木,首先就是自娱的。因此任何毁誉所夹带来的忽然的高兴与忽然的悲哀,似乎皆不如这份自娱要更其长久地滋润日子。这工作看来很长远,人沉溺到工作本身的乐趣中,这似乎就够了——真的就够了。"

胡宗健的《"绝句"味小说与信息反馈——评何立伟1985年的短篇创作》

发表于同期《钟山》。胡宗健认为:"何立伟风格的确立和他对写一种简约、空灵、含蓄、淡雅的'绝句'式小说的固执己见,在很大程度上就是取决于这个'反馈'。这里所说的'反馈',应包括他自己作为'绝句'的读者时发出的反馈和间接得到的信息组合,也包括他自己写成了'绝句'式的小说之后所直接获得的反馈信息。"

王干、费振钟的《"诗化":小说创作的新走向——新时期小说艺术漫论之三》发表于同期《钟山》。王干、费振钟指出:小说家们"不是仅从形式的因素着眼,而是用诗的眼光和审美要求来透视生活、撷取生活、表现生活,追求诗的抒情境界、象征境界、音乐境界;追求诗的情绪、气息、氛围、气质;追求诗的凝炼、含蓄、空灵,从而用诗的基因补充和丰富小说的构成因素,给传统的小说创作注进蓬勃的生命之力。所有这些追求,表明了'诗'的精神特质对小说渗透的具体内容,也正体现了'诗化'小说的实质所在。"

"'诗化'小说的种种形态,并不是单一的呈现,往往是多种形态的交叉使用,它们是共同运动的,有其内在的联系。……情绪结构改变了故事结构,淡化了情节,人物心理得到立体的表现,象征艺术则取代了单一表现,而具有韵律的诗的形式打破平面的客观的叙述描写格局,这一切均以多维的视角,多元的色彩抒写着复杂的生活。"

张志忠的《奇情异彩亦风流——莫言的感觉层小说探析》发表于同期《钟山》。张志忠说道:"莫言的作品却是始终行进在感觉的层次上,保持感觉的新鲜和活跃,浑浊和无序。……也不同于意识流作品那样将人物的心理活动置于首位,而把时间、空间、言行、事件融解在人物的心理结构之中,莫言的小说,始终是将感觉向着外界开放,在一个个'现在进行时态'中活动,并且和人的动作、事件的演进交织在一起。前者是心理的外射,后者是主客体之间的互相交流,前者在时空处理上随意性强,后者在总体上是按照自然时间顺序展开的。莫言的小说,正是在常规小说和意识流小说之外的新样式,以此丰富了小说的类型和小说的艺术表现力。"

**17日** 李复威的《心理失态表现的艺术开拓》发表于《文艺报》第20期。李复威认为:"新时期小说准确而得当地把握了心理失态表现的种种特征:闪现性、荒诞性、失控性、自我调节性。……这些正是在心理失态的表现中,传递出人物情思的潜在信息,赋予形象的血肉之躯以勃勃生气,从而使新时期小说创作不仅增添了人物性格矛盾的思辨色彩,而且向时代投影下的人的心理真实突进。"

**19日** 陈朝红的《时代的正气歌——读杨贵云的两部"洪水小说"》发表于《人民日报》。陈朝红表示:"杨贵云的两部连续性的中篇小说:《汉江,记住这个夜晚》、《陕南的天,中国的天》(分别载《长江》文学丛刊1984年4期和1985年5、6期合刊),……采用了既有新闻纪实性特点,又有艺术的概括、虚构和想象的报告式小说的写法,按照事件的发展顺序,展开了众多人物的活动和繁复的生活画面。整个作品是在紧张逼人的气势中展开的,笼罩着浓重的悲剧氛围,作品糅进了有关灾情、水文的真实数据、资料,构成了一个较为和谐的艺术整体。"

南丁的《〈活鬼〉和张宇的小说》发表于同期《人民日报》。南丁提出:"深沉凝重,轻柔甜美,苦而不涩,哲理思索,谐趣辛辣,他不断地改变着读者的印象。他经常变换花样,陆续端出酸甜苦辣各色菜肴供人们品尝,手艺都还不错,口味还都是那么回事。"

**20日** 陈继会的《历史与现实组合的艺术形态——兼谈张一弓中篇小说的结构》发表于《小说评论》第3期。陈继会认为:"当代中篇小说中这种历史与现实组合的艺术形态的变化,自然会引起中篇小说结构形态的变化","作品结构由单向朝着多向过渡,从封闭走向开放,单线条的平面的结构形态为多维的立体化的结构所代替"。"小说结构则呈现为另一种方式:由结构的'情节化'到结构的'心态化'","中篇小说中历史与现实组合的艺术形态趋向复杂、多变、成熟。历史生活画面的再现与历史精神的开掘,同现实生活场景的描写和当代精神的阐发,富于深度地、水乳交融地得到了展现"。

李劼的《文化的个性与个性的文化——〈棋王〉与〈蓝天绿海〉的评论》发表于同期《小说评论》。李劼认为:"《棋王》在调正人们审美情感和审美心理的失态的同时,在艺术表现上又作了一个适度的回归。它不在艺术形式的如何欧化上刻意求新,而在对传统文化的返照上超群拔俗。"

林焱的《论新笔记小说》发表于同期《小说评论》。林焱将新笔记小说的叙事方法概括为"形象疏通、外延宽展",林焱指出:"新笔记小说的作者承续传统小说观念,在作品中,生活场面和人的形象保持在模糊知觉的程度,追求与内心契合的理想的人生。在作品的理想世界里,现实人生中的复杂矛盾冲突被归结为善与恶两种典型道德的截然对立,矛盾冲突的复杂过程和结局,归结为善的精神的确证和高扬。在笔记小说作品中,人物'只能形成一般的精神方面的客观存在,因而只能形成个别形象表现的可能性,还不能形成个别形象表现本身'。形象疏略、矛盾冲突单纯化,是笔记小说最直观的片面层次的追求。""笔记小说中的人物都仅是'一般的精神方面的客观存在',他们代表着作者的主体观念,而不具有充分的形象意义。""笔记小说叙事手法的另一特点是结构的整体自足和外延宽展。……新笔记小说继承了这个特点。"他总结新笔记小说的审美理想是"沉思、超越形象、自由意绪的获得"。

刘一东的《论微型小说情节的审美特征和审美功能》发表于同期《小说评论》。刘一东指出:"这种叙述一个具体事件与叙述一系列具体事件的显著区别,正是微型小说的情节在经验上不同于其它三类小说的一个最主要的审美特征。""篇幅或字数这种小说结构体的最外部层面的特征,在根本上是为情节这种核心层面的特征所决定的,而不是相反。只要情节具有单一性,小说的篇幅就一定写不长;如果字数超过了一千五百甚至两千,究其原因往往是情节不只叙述了一个具体事件。因此,把握住情节的单一性特征而不是字数标准,才可以说是抓住了微型小说创作的关键。"

徐岱的《小说与画》发表于同期《小说评论》。徐岱认为:"小说同时也'应当是一幅画'。……那么小说的绘画性从何谈起呢?就从语词符号谈起。一方面,从词的本体论来看,作为主体对客观世界的一种反映媒介,语词所加以概括的,并不是抽象的思想本身,而是现实存在的客观事物。……另一方面,从主体对词的感知来看,词的意义内容借助于反射的接通同对象的感性映象结合起来,因而当主体在接受一个词时,'其本身并不是单独地被意识到',而是以一种实在对象的形态出现在我们的言语感知意识中。""虽然用语言文字描绘的图画并不一定就能转化为一幅物质的图画,但在小说中,'意象可以最大量地、丰富多彩地并存在一起而不至于互相掩盖、互相损害,而实物本身或实物的自然符号却因为受到空间和时间的局限而不能做到这一点'。""概言之,从感情出发,通过简洁明快的语句写出主体感觉世界中的客体,这就是小说家在自己的作品里荟萃油画的立体感、图画的笔墨情趣和漫画的深刻寓言的途径。"

21日　何立伟的《美的语言与情调》发表于《文艺研究》第3期。何立伟谈道:"也不晓得从哪一时起,渐渐我的记性就蜕得极糟糕,所记诵过的几篇私心喜爱的古文,忘却得都很利索;只是在不可逆料的某一偶忽,倏然便跳出来一两颗遗珠在黯淡心空中璀璨;什么'苍山负雪,明烛东南',什么'苔痕上阶绿,草色入帘青',什么'襟三江而带五湖'……不必说身心立即要起莫大一种快意。这快意的慨然赠予,我想无疑的便是这些句子,字字玑珠,是完全纯美的汉文学语言。这语言的魅力处,若一时又得了心印,人是要觉到自己十分的孤洁而素馨的。作这样的美的语言的玩味,正类如作一幅逸脱国画的墨趣的玩味,得悦怪是悠长而远大。反过来似可作如是想,若汉文学不必讲究文字的美,则岂不如国画可不必讲究墨趣了么？正如国画的材料是墨,中国文学的材料便是汉文字。墨的浓淡干湿,于不断的艺术实践中造就了中国画的美的无限可能,这似乎已很明白;然而汉文字在文学的绘事绘物传情传神上,它所潜在的无限的表现的可能,则尚未得以应有的发现与发掘,而似乎仅只停留和满足在它最初级的功能——表意的翻译作用上,这就实在是叫人遗憾的事情。文学既作为语言的艺术,从大量作品无艺术的语言而言,从即或是一些内容上很好的小说因语言的平庸而但见其工不见其雅而言,从大量的文学批评忽视语言批评而言;从语言即艺术个性,即风格,即思维,即内容,即文化,即文气,即……非同小可而言,提倡汉语表现层的垦拓,促成文学作品琅琅一派民族气派的美的语言,这大约不能说是没有道理的。"

"这样的作品,我以为是中国的传统文学作品中,最具生命力,艺术品位最高,而审美价值远在其他载道的和寓言体的文章之上的。情调是骨子里对于人生与自然诗意般的热爱和把握,而貌似超脱散淡的心态的流露,也是同一味想在作品中求思想和主义的一类作家完全两样的审美态度。"

"我曾同一些朋友议论,说现在好些的中青年的作家,可以而且实在在知识的结构,思想的创见,甚至社会阅历的广度与深度诸多方面,超过汪先生(汪曾祺——编者注),然而所写作品的艺术的美,总也达不到汪先生文章那样的高度与纯度(且缺少汪先生作品所具有的文体的美),这缘故不是很值得研讨的么?文学艺术,是很要讲究雅的趣味(或韵味)的。画有画趣,画品便高;文有文趣,文品也高。文学的情调,也可以说是文学的趣味的。"

李陀的《意象的激流》发表于同期《文艺研究》。李陀谈道:"只要我们把韩少功、阿城等人看成一个艺术群体,并且认真研究这一群体所共同具有的美学特征的时候,汪曾祺的小说确实是这些美学特征的最初体现,并且它们无疑也在相当程度上影响了后来者。这是些什么样的美学特征呢?那就是意象的营造,就是在现代小说的水平上恢复意象这样一种传统的美学意识,就是使小说的艺术形象从不同程度上具有意象的性质,就是从意象的营造入手试图在小说创作中建设一种充满现代意识的中国作风和中国气派。""理论应该做更多的事。例如拿汪曾祺、韩少功、阿城的小说与中国传统古典小说相比,尽管都以意象做小说艺术形象的核,但其区别有如天壤。那么,这种区别究竟是什么?现代小说中的意象与古典小说中的意象有何异同?其意象构成的材料和内部机制都发生了什么样的变化?这都是十分有意思的研究课题。"

林斤澜的《谈"叙述"》发表于同期《文艺研究》。林斤澜谈道:"小说的要素,古人有归结为三个字:人,事,境。这样的简要,实是中国脑筋的特长,也是中国语言的特色。或人或事或境,不消说都要靠语言叙述出来。叙述就有高下、雅俗、繁简、明暗、千姿百态。叙述若有方法可言,写小说也好和武打文唱平等,自有一套基本功。""若论读者面,过去现在和将来,都会是通俗文艺遥遥领先。……通俗文艺的叙述方法,也层出不穷,有倒叙,有插笔,有鸟瞰全景而空降落地,有故布疑阵,断续如草蛇灰线,有花开两朵,各表一枝,进而眼观四方,耳听六路。……不过这一切,都是连续性的变化,不能够是中断。情节还是一条绳穿下来。""'正经小说'叙述方法的多样变化,是从作家的生活感受里起的,为此搜索枯肠有之,异想天开有之,绞尽脑汁有之。好比说感受到生活的节奏快速,瞬息万变,叙述不禁跳跃起来,跳跃之中,出现线索中断。好比说感受到生活的复杂,多面多义,叙述不能不冲破时空,或平行,或交错,或同步,以至'淡化'到了不论时空。再好比探索心理,深入精神境界,表现感觉天地,这么一来,情节的线索不能不中断。""叙述上的情节连续,对形象稳定大有好处。古人说的人、事、境三者的形象都在内。重叠迟滞的连续,也能造成形象的呆板、僵硬、扁平、空洞、虚假……但不少的读者,比较起来,还是愿意接受带着毛病的连续性,虽说有毛病不好,总还摸得着呀。形象过于不稳定,就算是空灵,可也摸不着,感受不了。连续性中断了,别开了生面,小说产生了新观念。起码,现在是多姿多态,总比单打一兴旺。"

王炳根的《更新战争描写的艺术观念——对军事文学长篇小说创作的思考》发表于同期《文艺研究》。王炳根谈道:"我愿提出战争描写的几个观念问题,与有意者共同探讨。……在手法上,它们有的还将文献的纪实性和艺术的虚构性结为一体,或者说,将纪实文献融汇在小说情节之中,从而产生一种不容怀疑的可信性的气氛。显然,全景文学对于从总体上把握战争,有着极大的优势,更加接近于战争的宏观再现。我认为,全景文学还应包括意蕴的深刻和广泛,超越和观照。作者应该是借助于广阔的战争描写,借助于从上至下的指挥战争和投入战争的人物的描写,……表现出作者对世界、对人生的广泛感受和深切理解,……从而获得一种多层次的、超越战争描写之外的表现力量。"

王蒙的《谁也不要固步自封》发表于同期《文艺研究》。王蒙谈道:"一开始觉得刘索拉的作品有点不可思议,不太象。……这些反应说明这篇小说告诉了人们一点他们原来还不知道、还没有注意的东西,哪怕是值得忧虑的东西。""是的,它写得是那样'不象',却又那样活灵活现,有时候甚至为之折服。那种闹腾劲儿,那种嘲笑别人也嘲笑自己的语言,那种意欲有所追寻但又对不准目标的惶惑,那种不惜一切的献身精神与创造欲望,那种自我夸大狂与自卑自弃,尽管有时候是以'不象'的闹剧形式出现的,却也真实地再现了八十年代某些城市青年的心态风貌。好象又是'象'极了。""中国是太大了!刘索拉有刘索拉的真实。正象贾平凹有贾平凹的真实,王安忆有王安忆的真实一样。承认一种而否定另一种是容易的,却未必是公正和明智的。"

**23日** 欣明的《形态美学与小说语象的流变》发表于《当代文艺探索》第3期。欣明认为:"在古典小说中,我们可以看到对于人物外在面貌不厌其烦的描写，小说家力图把人物实实在在地摆在读者面前，表明这是一种真实的存在。因此，在中国古典小说中，语象大多是从一种具象的形态出现的，表现一种真实的自在的生活实体。"

"在小说的语象流变中，'意识流'其实就是语象完全表象化的一种形式，它强化了艺术中的心灵化倾向，创造了一种连续的人物心灵活动的银幕，瞬息万变的意识活动被直接显示出来了。"

"如果说表象的艺术形态，成功地显示了人物最细微最深奥的心理活动，由此构成了人物的'心电图'的微观世界，那么，当这种微观描述走向极端，开始涉及到人们最基本的原始心理活动，把生活分解成细小的心理元素加以表现时，任何具体的界定已无法存在，整个生活就会归结为一种心灵的隐喻，转化为一种抽象的、宏观性的小说语象。"

"抽象化的小说世界在某种意义上，无疑为人们提供了一个又一个现代生活的寓言。……我以为这种抽象的小说语象形态具有心理寓言的性质，它在人物、情节、故事方面被弱化了，而在心理上被强化了，抽象的命题并不显示在充满的故事情节背后，而在于作家对生活特殊的感知中被表现的，是一种只有起点，没有终点的心理旅程，被表达的对象从某种具体的情景的类型中转移到无法定性的形而上的宇宙之中。"

**24日** 黄毓璜的《小说的变化与艺术的和谐》发表于《文艺报》。黄毓璜指出："目前，人们更加注重的是小说家创造的自身的美学价值——能否自成一统而生气贯注，能否体现为'生命的形式'、'有机的形式'，能否'自成一种协调的完整的世界'。从这一角度考察近年来小说创作中超越具象、追求'抽象价值'的倾向，我们会生发关于'具象'和'抽象'的辩证关系，亦即关于思想的张力跟形象的负荷力之间的和谐统一的思考。……跟追求'抽象价值'相呼应的，是作家力图突破缜密而板结的严格写实，追求虚实相生的空灵神韵。有趣的是，不少作品不约而同地运用了类似'空白'的艺术手段。诸如《花非花》中的疯子，《凝眸》里海岛崖壁洞中的闪光体，以及《透明的红萝卜》里那个金光闪闪的红萝卜等。这样一些'空白'，要让作家自己来'填充'，恐怕也难以填得清楚，至少做不出什么'标准答案'。然而，这些都并不妨碍读者以自己的创造,来无限丰富它、充实它。问题是能否在整体构思和格局上达到'写实'和'空灵'的和谐统一。象《透明的红萝卜》这样的虚实交叉或者说是象征和写实相杂交的作品,如果揉得好,可以兼收理的明晰和象的生动的效果。相反,则容易造成读者感悟的阻滞。"

黄毓璜认为:"一方面,象征手法要求人们摆脱具体人物、事件的束缚而求得高层次上的悟彻;另一方面,着力加以描绘的具体人物、事件,又总是不断调动人们习惯的审美经验,把关注引向具体的事态和人物的处境。这就不能不在一定程度上造成两败俱伤,影响读者对作品整常性的感受和领悟。……离开作品所选择的表现方式的规定性,离开了作品的整体格调,外加一道不协和的浮光,并不能给形象增添什么,反而因思想寓意跟形象实体的游离,从一定程度上损伤作品艺术格调的和谐统一。"

王干、费振钟的《他憧憬史诗的辉煌——评周梅森的系列小说〈历史·土地·人〉》发表于同期《文艺报》。他们认为:"其(周梅森——编者注)系列小说《历史·土地·人》以其苍凉遒劲的笔调勾勒了近代中国社会的一幅历史画卷,初步呈现出现代史诗的某些格局,以浑厚深重的美学力量引起小说界的瞩目。……《历史·土地·人》采用了一种以时间为框架的动态性的史诗结构,……没有采用以人物为主干的中心结构,而以一种区域结构联络这一整体。"

吴方的《小说文体实验功能及评价》发表于同期《文艺报》。吴方指出:"近年来文学新潮涌动的一个侧影是:随着审美意识的觉醒,出现了对文体自觉的追求。……以小说为例,要谈汪曾祺、林斤澜的作品风格,就不能回避他们在语言文体上的追求。阿城和贾平凹小说中的艺术语义和文化潜义,也是通过打着风格标记的语言符号来释放的。何立伟则在突破小说语言规范方面走得更远。""随着小说新文体实验的展开,文学语言学的研究将日益受到重视。文学创作和批评'忘言得意'既不可能,'得言失意'亦不可取。对实验的功能的评价尤需具体分析。"

**25日** 郭瑞的《长篇小说历史感的艺术表现与人物体系》发表于《当代作家评论》第3期。郭瑞认为:"从作家的艺术思维方式来看,所谓历史感,指的是这样一种特征:它的艺术思维活动总是在一定时代和一定社会背景下展开;

它对于现实的审美体验总是结合着对于现实的历史地理解；它总是把艺术创造的客体纳入一定的历史联系之中，它所创造的艺术形象总是包含着人类生活深层某种规律性的意蕴。所有这些特征使这种艺术思维方式不同于那些自觉不自觉地接受唯心主义或自然主义指导和影响的艺术思维方式。所以，一位作家是否具有深刻的历史感，关键并不在于他是否选择了历史题材、历史人物，也不在于他运用了什么样的艺术表现手法，而在于他的艺术思维究竟建立在一种什么样的基础之上。"

何镇邦的《精心营造小说艺术的"苏州园林"——陆文夫近作漫评》发表于同期《当代作家评论》。何镇邦认为："陆文夫要求他精心营造的小说艺术'苏州园林'能达到这样一种艺术境界：'亭台楼阁，花木竹石，小桥流水，丰富多彩而又统一，把一个无限的大千世界，纳入一个有限的园林里。'""由于陆文夫的小说大都把历史与现实沟通起来，在历史与现实的交叉点上开掘，因此结构上大都采用一种时间跨度较大的纵向展示的方式。……不过在传统的叙述的结构之中往往有若干意识流式的穿插，他有一种向纵横结合发展的趋势。""陆文夫在他的小说中一向是很注重细节描写的。他风趣地说：'小说，小说，就是从小的地方说说。'又说：'我说有些小说，就是由个把两个细节构成的。有时候，有了一个细节就可以铺开来写，把它泡开来就行了。'"

胡宗健的《韩少功小说艺术琐记》发表于同期《当代作家评论》。胡宗健认为："在韩少功的好些作品里，却没有波诡云谲的故事情节和兔起鹘落般的矛盾冲突；他常常在看似平和的日常生活的描写中，不需浓墨重彩，只需不多的文字，就能把一个个人物性格突现出来，而且'摹一人，一人必到纸上活现'（《红楼梦》第五回脂砚斋批），准确地写出其声、其态、其神、其貌、其情、其性，有着极其逼真的形象感和神气感，并使我们在品尝他们的形象和神气的时候，领悟到人物思想性格的实质性内涵。"

"在韩少功的另一些小说里，也常使我们进入那种'无声'的境界。""好的人物语言不仅能使我们获得视觉、听觉和心理的感觉，而产生一种立体感，同时还能观照人物性格的复杂性，而给我们一种整体性格如在目前的感觉。""作者在他的近作《命运的五公分》（84年第7期《文学月报》）中，借小说人物之口，说到文学语言'既要有哲理性,又得有抒情性。要有雨果的浑厚,又要有契诃夫的机巧'。话虽出于'路路通'之口,但也道出了小说语言的真谛。同时,它又确实是韩少功文学语言的越来越鲜明的特色。"

金燕玉的《论女作家群——新时期作家群考察之三》发表于同期《当代作家评论》。金燕玉认为:"女性自我意识的加强,获得全面自由发展的渴望,就成为八十年代新女性的文学形象的特征。""女作家群的女性风格使她们从众多的作家中独立出来。这种女性风格可以归结为宽容、谅解、同情、爱人之心,真诚纯洁的道德感情,抒情的艺术气质,细腻的心理描写,流畅明丽的文学语言等因素的融合。"

卢敦基的《刘索拉〈你别无选择〉的美学意义》发表于同期《当代作家评论》。卢敦基指出:"《你别无选择》……人物性格几乎都没发展,因为情节几乎是分章的。""值得称誉的还有作品的剪裁与连接。'蒙太奇'接替了小说中惯用的转换手法。要等读到再下一节,才能明了这是在另一个不同于前的场景中发生的。……快速的节奏删留了必要的交代。而这快速的节奏更好地衬托了狂放的主题,谁也没见过狂放得慢吞吞的一切。然而,局部的剪接对比起整体来更显得象雕虫小技。这部小说整体上就是极善于剪裁的。"

陆跃文的《〈你别无选择〉与"黑色幽默"》发表于同期《当代作家评论》。陆跃文认为:"黑色幽默的特征之一:所谓的叙述语言的'恶谑'格调。""情节和场面处理的闹剧手法,是《你》(《你别无选择》——编者注)的黑色幽默特征之二。""更能说明《你》的黑色幽默特征的是:超现实的精神抽象物的使用。""《你》的黑色幽默特征之四是:非线性的叙述方式。""正如有的评论者所说:《你》注重'表现人在认识世界和认识自我过程中的感觉与感知,表现人在感觉或感知过程中心理的外化和感情的波澜。'"

曾镇南的《周梅森论》发表于同期《当代作家评论》。曾镇南认为:"在周梅森的小说中,显然存在着一个值得研究的艺术结构模式,它反映着作家创作思想中史的意识与文的意识的消长起伏,既玉成了作家也限制了作家。""读周梅森的小说,特别是他的历史系列小说,我常常有两种矛盾的审美感受。一种是美学上的崇高感。……另一种却是美的幻灭感,那是在深入这些小说的艺术结构内部之后我常常感觉到的。笨重繁缛的史实铺陈,扬厉浮泛的史论堆砌,直露轻浅的心理说明,变幻纷繁的人物、场景,这一切不时地损害我的美感,使我觉得乏味,埋怨起小说的冗长……这两种矛盾的感受,恐怕不是我一个人独有的。""由大量史料连缀起来的一段史事的全过程,在艺术结构中不仅仅作为时代背景存在,而且作为小说情节链的环节嵌入小说。历史在小说中被认真地、繁缛地叙述着,在别人笔下作为时代背景随意点染而出的史料,在周梅森笔下却翔实沉重地作为情节的前景被推出。这种结构法,在增强小说的历史感方面的效果是有限的,但却无节制地加重了小说的书卷气。过于钟爱史料,把它们作为艺术结构的要素,是缺乏节度感和结构感的表现,是史的意识超过了文的意识。"

**29日** 何火任的《显现心灵的奥秘——试谈谌容小说艺术的一次突破》发表于《光明日报》。何火任认为:"作者在这篇小说(《人到中年》——编者注)的创作中,打破了我国小说按人物活动发展的时空顺序结构故事的传统写法,既写人物眼前的实况,又写人物的回忆、联想、想象与幻觉,以人物的心理意识活动为中心来布局情节,展开画面,表现性格,塑造人物形象。这里,作者显然借鉴了西方'意识流'的某些手法。……作者借鉴'意识流'手法不是生吞活剥,学其皮毛,而是经过了咀嚼和消化,真正化成自己的艺术血肉,因此运用起来那样得心应手、天衣无缝,那样大胆、巧妙和富于创造性,从而使这篇小说创造出一个深邃的艺术意境。"

## 本月

宋曰家的《小说民族性刍议》发表于《文学评论家》第3期。宋曰家认为:"艺术地使用民族语言写作,是小说民族性在艺术形式方面的要求。作为历史地形成的民族共同语,其语汇和语法结构都是有着与他民族语言迥然相异的特点的。拿汉民族语言来说,它有自己的无比丰富的词汇,在组词造句上有一套自己的结构特点,它的成语、习用语、幽默俏皮话等等又是独具的。这些方面是与欧美语言根本不同的。小说是语言的艺术,它是以语言为传达媒介的。小说家必须使用本民族的语言写作,才能使自己的作品在形式风貌上具有了民族性特征。而且小说家只有在民族语言的学习上花大功夫，将丰富的活在人民口头上的语言集中、提炼，形成自己独特的语言风格，才会使自己的小说的民族性特征更强烈。鲁迅、茅盾、巴金、老舍、赵树理这些语言大师的小说就说明了这一点。他们是运用我们民族语言写作的典范。我们的民族语言在他们笔下变得更纯净化了。他们不仅是民族语言准确、鲜明、生动的运用者，而且还是民族语言健康发展的推进者。他们在语言上所形成的强烈的节奏韵味，是其他民族语言难于取代的。"

"我以为决定小说民族性的诸多结构层面中，如果说形式技巧和表现手法也是应加考虑的因素，那么它也只能是一个变数，而民族语言和民族的社会生活才是它的常数，但是至为关键的还在于作家的民族意识。只要作家具有很强的民族意识，对本民族社会生活的变化沿革、对本民族人民文化意识的动态流向有深刻的了解，在运用民族语言、反映本民族人民的生活、刻画人物性格时，大胆地借鉴吸取西方小说的创作技巧和表现手法，是不会出现西方化问题的。一个民族意识很强的作家，站在时代的高度，为了促进本民族文化思想的发展、为了促进本民族人民心灵性格的健康发展，即使借用异域的题材、表现外国的生活风情，他的小说也不会失落其所属的民族性特征。"

## 六月

1日　松笔的《总体思考与哲理的表现——当代小说枝叶谈》发表于《青年作家》第6期。松笔认为："作为一个当代小说作家，需要多方面的修养和才能。我认为，最重要的一条就在于：作家对于我们这个时代、对现实应该作总体宏观的研究和认识，作哲学的思考和把握。否则就很难对生活作出自己的历史的、道德的和审美的评价。""就要求作家把地方性和时代性统一起来，把传统和现实结合起来，把政治、经济、文化放在统一的背景下来加以研究，写出'此时此地'的时代真实以及它的来龙去脉，揭示具有普遍性的人生真谛。""对生活作哲学的思考，无非是表达作家对生活的一种总体态度。正确的哲学思想赋予作家以历史的纵深感和现实的总体感，指导作家去观察、认识和表现生活，写出'时代的真实'，'说出关于人的灵魂的真理'。"

袁阳的《小说的危机——审美主体衰减的时代》发表于同期《青年作家》。袁阳写道："各类艺术形式都属于特定的时代，必然要经历其历史的盛衰。当前小说危机最本质的根源，正在于这是一个小说审美主体衰减的时代——经济的务实的时代。""时代进入了经济的务实的时代。但是小说，却继续保持着其批判理性和幻想的本性。作家们在作品中呼吁改革，揭示改革中前进与阻碍的冲突，更进而思考民族振兴所需的文化心理，使小说创作中又相继出现了'改革文学'和'寻根文学'两大思潮。从'伤痕文学'到'寻根文学'，从创作方面看，这是一个批判理性逐步深入，历史容量日渐扩大的过程；而时代精神却由批判理性转入经济务实。从小说读者看，这是一个思想情感从不可遏止的倾泻到平缓的过程，从而形成了创作的日益深入和审美主体的渐趋衰减的逆向运动。创作的繁荣依然保持着，读者却越来越少。特别是最近两年来，或以象征性的手法，或以白描的淡化手法从小说里流露出的寻求各自理解的传统民族文化心理的作品，一般大众很难体会。民族的文化心理本来是一种无形的习惯性存在，不良的文化心理虽然对国家民族的兴旺阻碍极大，对个人的危害却是间接的，而经济的务实时代的人们由于本身批判理性精神的淡化，缺少新的情感和思想的积累，因而便不易被这种更隐蔽的问题所触动，于是对这些深层问题的探索便成了少数人的事，这类作品在创作界和批评家那里繁荣了，在销售市场却萧条了，其影响反而不及粗浅得多的'伤痕'小说。这是不是一种危机呢？"

同日，许子东的《我与批评》发表于《文论报》。许子东认为："我一方面极其看中'印象''感觉''体验'在文学批评中的作用，但另一方面又不愿意自己的印象、感觉、体验仅仅泛成泡沫浮成气浪。我只能既全力抓住'瞬间感觉'，又坚持要把这感觉沉淀、冷却一下，说得冠冕堂皇一点，这里恐怕有个'感觉理性化'和'理论感觉化'的'双向逆反过程'。"

许子东指出："足够强烈的瞬间理论感念与艺术印象，我觉得这是文艺批评的关键要素之一。""从理论建设、文艺批评的现实责任感（或者说得更好听，从'使命感'）出发，我很愿意很希望自己能够正视并回答当代现实所提出来的重大理论课题（'重大'一词值得推敲，姑且用之）。……但是，说我们的理论批评都应该面对现实，并不等于意味着解答当前现实课题就是理论追求的全部目的、全部内含,就批评而言,面对现实和面对理论之间,也有极微妙但又极重要的界线。"

同日,石加的《向高点攀登 向深层掘进——谈〈疯人戏〉的题材开拓》发表于《小说林》第6期。石加认为:"首先,小说对既往的事件在新的认识高度上作了艺术呈现。通篇贯穿着鲜明的当代意识和强烈的历史感。小说用'疯'对那个特定时代作了整体概括,并把它浓缩到以知青为主体的九分场和与之毗邻的翻身屯的人与人的纠葛之中,生动地再现了当时社会生活中许多引人深思、耐人寻味的现象。""表现在题材创新性开拓的第二点,是作者对题材本身作了深向掘进。它表现在对人物描写的深层化。""这篇小说突出特点之一,就是作者既重视了合于一般读者欣赏习惯的传统手法的运用,同时又打破了传统意义上的对人物性格描写刻划的局限,有意识地向人物的'内宇宙'作了深入的拓进。……他几乎把每个人物都活生生地当众撕裂开来,通过对心理意识活动的细腻描写,从深层揭示人物的性格,通过扭曲了的内部世界来映照畸变了的外部世界,大大增强了作品思想深度与艺术感染力度。"

同日,张奥列的《情绪:社会共同心理的观照——读小说〈借用阶段〉》发表于《作品》第6期。张奥列认为:"这篇小说,不仅旁人倾听用第一人称,当事人讲述也用第一人称,这种从'我'的角度双重切入,使作品的情绪得以强化。从当事人柳科长的角度自述,既让人能切身处地来体会人物的心态变化,把握人物的情感脉络,同时又能渗透作者的主观情感,去调动读者的思绪。从旁听者'我'来注视这一事态,一方面让压抑不住自己情绪的作者,借助听者直抒胸臆,大声疾呼,点化作品的题旨;另一方面,让听者与讲述者的心态形成反差,把人事干部的思想心理推向深层。""小说魅力的产生,有各种途径。可以情节见长,可以人物夺标,可以语言取胜,也可以情绪去感染人。展现情绪,乃当今小说创作中一种常见的表现手段。"

**7日** 王惟甡的《异军突起:反小说的小说——一谈新新闻主义》发表于《文艺报》。王惟甡谈道:"新新闻主义,作为文学流派形成于本世纪六十年代中期的美国,当时,除了辛格、索尔·贝娄在寂寞地耕耘外,文坛上充满了黑色幽默和荒诞派的作品。此时具有文学意义的反小说异军突起,独树一帜,引起美国文坛的瞩目。由于这个流派的文体同新闻报道的特点有联系，而且首先被一些记者在报道新闻的时候所采用，所以开始它只被看作是一种文学体裁上的变革，称作新新闻报道体或高级新闻报道体。后来，有的研究者根据不同的需要，创立了艺术性新闻报道、反小说的小说、特写小说等名称。现在一般把该流派叫作新新闻主义，把它的主要文体称之为'非虚构小说'或'反小说'，有的国家又叫作'文献小说'。我国目前兴起的'纪实小说'，还有一些'问题小说'或'纪实问题小说'，从体裁和创作手法看，同反小说并无二致。新新闻主义流派的创始人，是杜鲁门·卡波特。……1965年他的《冷血》问世，这是一部长篇巨制的反小说。大家公认这部作品奠定了新新闻主义流派的基础。"

《当代长篇小说创作的一大收获——人民文学出版社召开〈活动变人形〉讨论会》发表于同期《文艺报》。与会同志认为："王蒙那种散文体的带有强烈主观浪漫色彩的小说笔调，不仅能够创造出成功的艺术典型来，而且能使这些艺术典型产生独特的美妙感和深刻性。"

**9日** 申奥的《罗伯-格里叶和法国新小说派》发表于《人民日报》。申奥强调："新小说派是本世纪五十至六十年代出现于法国文学界的一个小说流派，包括罗伯-格里叶、娜塔丽·萨洛特、米歇尔·布都、贝克特、玛格丽特·杜兰等人，他们宣言与以巴尔扎克为代表的十九世纪的现实主义文学传统决裂，探索小说的新的表现手法和语言。……罗伯-格里叶主张着重物质世界的描写，反对以人为中心，反对塑造人物形象。他的小说没有情节，没有故事性，而是通过人的心理、感觉、情欲、想象，细腻地描绘事物。他的作品中甚至时空观念都是混乱的，过去、现在与将来同时并存，现实、梦境和幻想互相交错。"

**10日** 李洁非、张陵的《莫言的意义》发表于《读书》第6期。李洁非、张陵认为："由于莫言小说立足于表象、感觉等新的小说表现范围，因而也导致了新的物我关系的建设。在这里，物与我，主体与客体，自在与他在，开始失去截然的界限，成为互渗的'共在'。这种'共在'在小说中呈现为两种形态，首先是主人公与他（她）的对象存在物的'共在'（后者成为前者的表象），其次是作者与作品的'共在'（作品作为表象）。这种'共在'也影响到小说的文体和叙述方式，其最醒目的变化是，取消了人物的自述与他述的界限，甚至也取消了作者与人物的界限——在一组表象中,来自不同人物以及作者的感觉同时存在着,互补、交织在一起,以致最终不可区分(尽管并非区分不了)。《金发婴儿》《球状闪电》《爆炸》在这个方面都很典型。在这种情况下,语言作为思维的符号是不可能维持不变的。既然小说已不再诉诸外在描摹而直接诉诸心理表象,语言也就相应地出现了一种'省略'(或者说'欠缺')。这首先是对常规小说中由于'叙述者'而存在的诸语项的省略;主与物之间的转换,物象到心象的移置,不再需要任何语言过渡就直接'连结'起来。"

**15日** 那仁格日勒(著)、阿迪雅(译)的《新时期的蒙古文创作》发表于《民族文学》第6期。文中指出,用蒙古文写作的"小说的表现手法、形式、语言和人物的塑造等,比过去有所拓展,体现出探索和创新精神。中年作家莫·阿斯尔善于在激烈的矛盾冲突中,用轻松、豪放和富有幽默的笔触对人物进行细腻的刻画。……力格登是一位富于创新的作家,他不但用传统的蒙古笔法,而且兼取中西技法,用粗细陪衬的线条来刻画人物形象"。

**21日** 顾汶光的《驱策千古 以为我用》发表于《文艺报》。顾汶光认为:"深入历史和跳出历史,是历史小说创作所必须注意的两个方面。……是否历史小说的关键,不在于是否写了真实的历史人物或事件,而在于是否准确地反映了作品所反映的那个历史阶段的本质特征和历史风貌,给人以深刻的启迪和崇高的审美享受。"

凌力的《历史小说的历史感》发表于同期《文艺报》。凌力谈道:"凡是取材于历史的文学作品,我认为都属于历史文学范畴,无拘体裁、流派或表现手法有什么特殊之处。但无论什么体裁、怎样创作,历史文学必须有历史感,是文学。强调文学,是要求它有美学价值有艺术感染力,有形象,强调历史,便是历史文学之所以区别于现实题材文学的基本属性。历史文学的历史感——其实就是它的真实感——从哪里来?只有单纯的史料素材和人物素材是远远不够的,……这就要求历史文学的作者深入历史,研究历史,尊重历史,对所要表现的历史事件和历史人物,采取历史唯物主义的态度。……虚构、夸张、想象,都是历史文学不可少的创作手法。分寸究竟如何掌握?我在《星星草》和《少年天子》的创作中也碰到这个问题。……在创作过程中,我是想尽力使自己的作品接近历史真实，尽量使主要人物、主要情节有出处、有历史根据。但文学毕竟不是史学，必须有集中、抽象、提高的典型化的过程，关键在于不脱离历史的大趋势。一部作品主要由人物和情节构成。情节的产生和发展、终结，必须为所处时代的政治、经济、文化等各种社会条件所允许；人物的性格、命运，他的追求、他的生活逻辑，也应该是他所处的那个时代的产物。我想，只要掌握好这个原则，那么七分史实三分虚构也好，三分史实七分虚构也好，作品都会给人以深厚的历史感的。"

吴越的《历史小说与反封建》发表于同期《文艺报》。吴越认为："中国的历史既然包含了一部长达几千年的封建史，每一个从事于编写或创作历史小说的人，都应该在自己的作品中把反封建这个主题放在第一位，历史小说必须通过描写历史人物和事件来再现一定历史时期的生活面貌和历史发展的趋势，使读者在一定程度上了解历史并得到某种启示。这种启示不是别的，就是封建主义给中国人民带来了不幸和痛苦，给中国社会造成了贫穷和落后，而且是我国古代一切正义的、非正义的战争的总根源。一部历史小说，如果反映不出这个主题来，就不是优秀的历史小说，就是没有完成一个有觉悟的作家所肩负的任务。"

**23日** 王石的《故事的与文学的——致〈便衣警察〉作者》发表于《人民日报》。王石指出："现在是，故事（人们一向把它看作小说的构成要素），似乎正面临'贬值'。仿佛谁再用心写故事，就有点背时似的。至于'故事性强'，在有的同志眼中，怕已经很难算是对于一件新作的褒扬之辞了。我以为这种看法是不妥当的，于创作也不利。""叙事性小说作为一种文学形态，理应见容于更新着的小说观念。关键不是要不要故事，而是要什么样的故事。探究小说观念的目的是为使文学向生活与心灵的深层掘进，而不是要为小说设计时装或涂抹某种国际流行色。也许我有些守旧。我仍坚持文学的根本问题不是外部形式。即使象福克纳那样有世界声誉的西方当代作家，也不是靠某种新样式，而是靠对于生活的独特感受、深辟洞察而获得成功的。"

**25日** 李兆忠的《论冯骥才小说的艺术特色》发表于《文艺理论研究》第3期。李兆忠认为：冯骥才的小说"不独以深刻的人生社会哲理启迪我们的思想，更以其清晰的画面和迷人的色调吸引着我们的视觉,征服着我们的心灵"。"显然,冯骥才这方面的成功主要得力于他的绘画修养。……绘画已经作为某种艺术素质渗透在他的人格和思维方式中,融汇在小说的艺术整体中。……冯骥才的作品常常使人感到他是以绘画的构思方式来处理小说素材的。不仅是《雕花烟斗》、《临街的窗》等一些以画家生涯为题材的作品,就是象《意大利小提琴》、《老夫老妻》、《高女人和她的矮丈夫》、《酒的魔力》、《看一眼》、《昨天搂着今天》、《雪夜来客》这些取材领域异常广阔的作品,也明显地表现出这种创作思维定向。这些作品结构大都单纯、精练;时间和空间经过严格的删剪,只留下几个质朴意深的场面。作家的艺术注意力显然不在安排曲折复杂的情节,设置萦绕人心的悬念方面,而是在对独特具体的画面的捕捉和表现上。常常一两个画面,就构成了一篇作品。"

南帆的《小说的技巧十年——1976—1986年中、短篇小说的一个侧面》发表于同期《文艺理论研究》。南帆认为:"由于各个作家的技巧探索沿着不同方向同时延伸,……我们只能于纷呈的变化中抽取出叙述语言、结构技巧与叙述观点三个方面,分别予以论述。""以往的小说语言十分强调'白描',……许多作家的语言注意力业已向前扩展,……他们逐渐开始留意语言与情绪色彩的关系——这形成了小说语言追求中某些新的迹象。……他们注重从遣词炼字,句法结构以及调子与节奏的控制中传达出一种心境、情绪和态度。这使许多小说的叙述蕴含了'言外之意',一些平凡的语言也将因此开始闪烁,从而给人以全新的体验。张承志体会到:'情感和心境象水一样,使一个个词汇变化了原来的印象,浸泡在一派新鲜的含义里。……由于情绪的波动、游移以及种种微妙的起伏,一些作家有时甚至不惜突破语法的稳定规范以显示这种不确定状态。'……新的情感经验将形成不同的审美把握方式。经过一段的抗衡较量,这种把握方式有力地打开了传统的结构技巧。人物的外在行动,矛盾冲突所组成的事件过程在一些小说中淡化了,人物的情绪和心理,一些平淡的琐事,各种自然风光与民风民俗,富有象征意味的意象等等在小说明显增多了。这与其说作家力图将小说结构得更生活化,毋宁说作家的价值观念、审美眼光与感觉方式得到了调整——他们开始重视人的内心世界,思索日常平凡人生的意义,感受富有文化意蕴的生活现象。"

"结构上技巧探索的一个共同趋向即走出情节。这标志着作家审美观照中的一个重要改变：他们对于一系列散落于情节模式之外的现象发生了强烈的兴趣。这种不同往常的生活发现与情感经验促使作家以非情节化的结构方式营建新的艺术世界。……小说的叙述观点从全知全能中解放之后，作家得到了选择的自由。许多小说消除了第三者的语气而将叙述观点转移至某个人物。由于叙述内容严格控制于这个人物的直接经历与见闻中，所以，小说更为注重的显然是人物对于世界的个人化感受与理解。"

## 本月

张德林的《小说艺术谈》由海峡文艺出版社出版。张德林认为："为了充分揭示现实生活中人的性格的复杂性、丰富性和多样性，我们在描写正面人物时，也得注意一下他们身上同时还存在着反面因素，不要回避这个反面因素，我们在描写反面人物时，可别忘记他们身上也可能同时存在着若干正面因素，不要抹煞这个正面因素。不然的话，只能得出这样的结论：一个阶级出现一类人物，一类人物产生一个典型，阶级性＝典型性，这就把创作引进了死胡同。每一个典型人物都是相反两极性格因素的对立统一体，即正与反、进与退、肯定与否定、积极与消极的对立统一体，构成性格矛盾的两重组合或多重组合。性格的两极始终在相互渗透、相互制约，在一定的条件下又会相互转化；失去一方，也就取消了另一方。人的性格不是单一的，停滞不变的，它是个复合体，处于流动状态之中，也就是处于自我分化、自我克服、自我统一的演变和发展的过程之中。同时，性格的各种正、反因素，又因人而异，都有各自的质的规定性。"

"在创作实践上，应不应该重视人物性格的复杂性，充分刻画人物性格的复杂性？对这个问题，目前还颇有一番争议。有人认为，近年来我们的文学创作和评论，刮起一股'复杂热'的歪风，作品中的人物性格由'纯而又纯'发展为'杂而又杂'，它是过去的'高大全'英雄人物和漫画化的反面角色在创作实践和理论上的一种反拨。因此，作为倾向来看，无论是'三突出'还是'复杂热'，都偏离了正确的轨道，不值得肯定。这种观点究竟有多少现实的和理论的根据,老实说,我是怀疑的。毋庸讳言,我是'复杂热'的一个积极拥护者。"

## 本季

金健人的《小说节奏的构成要素与运动形式》发表于《文艺理论研究》第2期。金健人认为:"小说的节奏要素是强度和密度。强度,指的是情节线内矛盾冲突的激烈或缓和程度,它侧重在时间向度上展开。当小说的内部时间随着人物行动推移,随着因果联系发展时,这种推移、发展决不会是平直简单的,它有它的动静疾缓、升降起伏、和合分离、盈虚消涨。""密度是小说节奏的另一要素,它指的是一定时空内出现的内容的密集或疏空的程度。它侧重小说空间向度上的布排,表面看来是同一事物将用较长或较短的篇幅去表现的问题,而实质却是同一篇幅将能表现较少或较多的意蕴的问题。具体到作品中就是粗细协调、详略得当、虚实映照、浓淡咸宜。这里边,又主要由相互关联的两个因素所决定:粗细和虚实。"

"所谓'重现'就是某种相同或相近的东西的重复出现。这是节奏运动的重要标志,甚至可以这么说,没有重现就感觉不到什么节奏。……小说中的重现……可以演化成很复杂的情形。有些重现是外部的,能够从音律、语义、细节、情节、人物、意象等作品的实际内容上见出;有些重现是内部的,得从欣赏者的心理体验上见出。……对于这类事件或人物的重现,古人早就总结为'犯中见避法',即故意写同一类型的事件,却要写出不同的情节;或故意写同一类型的人物,却要写出不同的性格。一次次的'犯'就是一次次的重现,'是在更高基础上的重复',不但从中可显示事物按螺旋式向前发展的规律,而且使行文具有活泼生动的节奏。"

"重现是间隔的两端,是间隔的结果。比如一种声音永远持续下去而无所变化,那就根本不可能形成节奏。在小说中,一般的间隔都是自然形成的。凡重现之间的部分,实际上都可看作间隔,因无论时间向度的情节还是空间向度的场面,都可通过增删、繁简、疏密、虚实等法造成行文的断、续、藏、露,还有,情节线的起伏曲线,在波峰与波峰之间必隔着波谷,在波谷与波谷之间又必隔着波峰,这都形成了间隔。除此之外,小说创作还有一些较为特殊的间隔手法，如'横云断山'、'横桥锁溪'等。"

"有重现，有间隔，也就必定有转换。从动到静、从疾到缓、从升到降、从起到伏、从冷到暖、从合到离、从消到涨、从强到弱、从虚到实、从疏到密、从刚到柔、从喜到悲、从轻到重、从粗到细……或者反之，都是转换，都是相互间的参照标志。……所谓小说节奏的快慢，实际上很大程度是以转换的频率来决定的：转换的频率高，节奏就显得疾促，转换的频率低，节奏就显得徐缓。"

转换有同类转换和异类转换。"同类转换，是由同一矛盾的对立双方（或数方）力量的消长、位置的变易所引起的。当一方的刺激能使欣赏心理产生某种反应时，相对立的另一方的刺激必能使欣赏心理产生相反的反应，如果不断更替，那这种两极端间的来回摆动就特别能使人产生强烈的节奏感。……从同一层次来看，也就是从作品内部来看，异类转换固然不同于同类转换，不象同类转换那样着眼点是同一矛盾内部各对立面之间的关系变化，而是不同矛盾之间的关系变化，是由这一事物跳到另一事物，由这一矛盾对象换成另一矛盾对象。但如从另一层次来看，也就是脱开作品的具体内容来看，这些相互连接、相互补充、相互渗透、相互调剂的阳刚与阴柔、豪武与文秀、热烈与冷静、壮美与优美之间的关系，不仍然是一种矛盾吗？不仍然存在着对立统一的辩证关系吗？只不过没象同类转换那样，将故事情节直接建筑在这种矛盾关系上罢了。但正因为此，这转换才不仅使人的欣赏心理除了象同质转换一样，也可以在反应强度的两极端间来回摆动，产生一张一弛、一起一伏的力度变化，还可增之以心理反应的色调变化；随刺激类别的不同，欣赏者一会儿心情振奋，一会儿心境平和，一会儿慷慨激昂，一会儿悠闲恬静，一会儿鼓舞冲动，一会儿轻松欢愉……应该说，这是一种更为饱和更为丰富的节奏。"

"它们（某些现代派小说——编者注）不是采用情节小说惯用的同类转换而是异类转换，依靠的不是同一矛盾中各对立力量之间的冲突，而是各种矛盾之间，各种矛盾对象之间，说具体一点就是不同时间、不同空间、不同人物、不同事件、不同情节线索，以至不同事物特征之间……一句话，就是不同物象之间的富于动态的更替。与其说这种更替偏重时间范畴的承接，倒不如说这种更替是空间向度的并列。"

唐跃的《时间的艺术——兼析〈钟鼓楼〉时间的艺术处理》发表于同期《文艺理论研究》。唐跃谈道:"一、面状时间和线状时间。……古今中外的小说早已有例在先:围绕一个主要事件,按照自然时间序列作直线叙述。至多需要考虑的是,在线状叙事的框架内串联若干倒叙和插叙,形成叙事的变化。但是《钟鼓楼》偏偏是这样的小说,全书找不出贯穿始终的主要情节线索。……其实,这是作者为满足读者直觉的整体性而虚设的外在情节线索和叙事序列。""《钟鼓楼》已经放弃了线状时间的叙事体态,而以面状时间的叙事体态取而代之。……需要指出的是,我们的意思并不意味着一个人物或者一个家庭就一定构成一个时间宽度。我们认为,时间宽度是由人物的交际网络决定的,也就是说,许多人物和许多家庭如果围绕一个生活事件而发生密切的交际关系,他们便处在同一的时间宽度;同时,他们又有着各自的和这一交际关系并无关联的其他历史经历和活动范围,都是不能划归同一时间宽度的。"

"二、向心时间和离心时间。……面状时间和线状时间,是着眼小说的叙事体态而言;向心时间和离心时间,则是着眼小说的结构而言。……《钟鼓楼》里,一九八四年十二月十二日就是向心时间。……这一向心时间的存在价值是不容忽视的:每当读者为着某一人物的特殊经历抑或某一风俗、某一场景乃至某一物件的细致描摹而流连忘返时,属于这个特定时间的小说篇幅就会出现,提醒读者不要忘记所有这些特殊经历和细致描摹仍然属于一个不可分割的整体。《钟鼓楼》的离心时间,则是前述的面状时间的各个组成部分的总和。"

"三、动态时间和静态时间。……刘心武的机敏之处在于:他以不同的人对待时间的不同态度作为观察人生的参考系统,从而发掘以下的区别,有着自觉的时间意识的人,珍惜时间,追踪时间,附着在他们身上的时间由于负载了他们的建树和贡献而呈现为相对运动状态;缺少自觉的时间意识的人,浪费时间,消磨时间,附着在他们身上的时间尽管也在流逝着,却由于没有负载任何实在内容而呈现为相对静止状态。与此相联系的是,动态时间对于它的占有者能够产生一种时间效应,就是通常所说的关于社会历史和个人命运的深刻理解,而静态时间的占有者,是无从获取这种时间效应的。"

"遵循《钟鼓楼》的启迪，我们以为，作家对于时间的主观把握是可以大致分为三个层次的。第一，对于时间形态的主观把握。……相对颠倒时间序列和改变时间速度来说，截取适当的时间长度和时间宽度是把握时间形态的更为重要的方面。……《钟鼓楼》的作者意图的比较完满的实现，在一定程度上得力于时间长度和时间宽度的适当截取。第二，对于时间关系的主观把握。……关于《钟鼓楼》一类的'辐射式'结构，立体化倾向更为明确。它以一个基本的时间长度为起点，向不同角度和不同方向延伸，牵引着属于不同时间宽度的众多时间长度，而除开基本的时间长度是按照自然时序贯穿始终，其他时间长度的存在序列又是变化不定的。……第三，对于时间效应的主观把握。"

牛玉秋的《近年来中篇小说的抽象化倾向》发表于《艺谭》第3期。牛玉秋认为："文学创作中的抽象化倾向首先表现为主题的多义性和哲理性。……抽象化倾向还表现为情节的淡化和虚化。所谓情节的淡化，是指这类作品尽力避免情节的戏剧性和曲折性。""情节的淡化和虚化，即情节的抽象化，一方面减弱了因果性、偶然性对事件发展的控制，把人物的行动从社会化的环境中剥离出来，使得这些小说呈现不同的程度的朦胧感；另一方面由于加强了对普遍性、必然性的揭示，使人物的行动在模糊的背景上凸现出来，又使这些小说所展示的生活画面分外鲜明。当然，文学作品毕竟不是抽象的原理或公式。一部作品，主题哲理化了，情节淡化、虚化了，那么它给读者看什么呢？这样就产生了抽象化倾向的又一重要表现，即形象和画面的具体性和丰富性。""文学的抽象化勿宁说是一种双向运动：一方面它把要表达的思想高度抽象，另一方面它又把借以表达抽象思想的形象的直觉性和具体性大力强化。"

## 七月

**1日** 赵国栋的《"远村"与现世——关于寻根的思考》发表于《奔流》第7期。赵国栋认为："在重新希望文学切近生活的时候，我们切不可使作家重新站在一个视角，一个层次。切不可只鼓吹语言的个性而不鼓吹思维方式的个性；切不可只强调作品中人物的个性而忽略了叙述人的个性。""如果说切近生活的作品直接影响了人们的实践方式，那么寻根作品则是对人们的思维方式、情感方式施加影响，从而间接地影响人们的实践方式。二者都是必需的，都有其存在的价值。读者的不同层次的心理需求分别构成了它们存在的基础。"

同日，钟本康的《当代中篇小说叙事形态的变化》发表于《江南》第4期。钟本康认为："中篇小说是介乎长篇小说和短篇小说之间的文学样式。如果把短篇小说比作'，'号，长篇小说比作'。'号，那末中篇小说就是'；'号。中篇小说当然有其自身的特点、优点和不足，这主要来自篇幅上是一个中型的构造，至于作品的思想内容、艺术形式、艺术手法、审美属性等方面，与长篇、短篇小说大都是可以相通的，尤其是当代，小说家族之间互相渗透、交融的现象显著而普遍，它们越来越趋向一体化，一律化了。正因为如此，从小说形态上看，我们很难肯定某种形态仅仅属于中篇小说。事实上，有许多中篇小说形态是从短篇小说、长篇小说中借鉴、发展来的。中篇小说的长处正是善于、便于集小说家族的灵秀于一身，它一只手伸向长篇小说，一只手伸向短篇小说，可以自由自在地兼收并蓄，来形成自己多样的小说形态。一般地说，短篇小说在新形态的探索上反应较快，但一旦出现，就会很快地被中篇小说所吸取，所'拿来'，这方面，长篇小说就迟钝、缓慢、蹒跚得多，在形态变化上，长篇小说往往是一个后进者。值得指出的是，中篇小说对这种汲取、'拿来'，并不是简单地、机械地套用、利用，而是根据中篇小说自身的特点，充分发挥其优势。如《小鲍庄》，它的结构形态类似王安忆早先的短篇小说《小院琐记》。它把农村几件故事分割描述，使作品的结构因素突出地成为表现思想感情的一种独立的手段，这对短篇小说来说几乎是望尘莫及、无能为力的。同时，中篇小说也决不只是消极地等待、依赖短篇小说新形态的创造，如童话体、神话体、意识流等小说，首先是在中篇小说突破的。至于诗体小说，本身就不适宜短篇制作。正因为中篇小说有如此优势，因而在与小说家族以至整个艺术家族竞争中能夺取魁首。当然中篇小说也不是万能的，如寓言体小说、笑话体小说、笔记体小说等一般只适宜于短篇制作。但这类情况毕竟是特殊的、极少的。总而言之，中篇小说形态几乎可将小说家族的众多形态包罗无遗。"

同日，梅子涵的《有所延续的更换——关于小说表现艺术的非传统的对话》发表于《山花》第7期。梅子涵认为："阿城的《棋王》……难道不是同样采用了极为传统的手法吗？可是丝毫没有影响它魅人的表现力，因而也没有影响它获得惊人的成功。即使连最热衷于现代主义追求的人都一律在津津乐道地谈论它。遗憾的是，我是在听到了有的人津津乐道之后才看它的，这就多少有些影响我的最'本能'的艺术直感。我倒以为它之所以能获得巨大成功恰恰在于它采用了传统的颇似《儒林外史》的表现手法，乃至语言的韵律，从而显示了于非传统的争相纷呈之中的某种别致。这主要不是指心理学角度的少则奇的别致。可以想象若用意识流来讲述王一生的那副入魔入定的恋棋的呆相未必不能产生出另外一种别致的魅力，但肯定那魅力已经不是《棋王》的空灵和飘逸，自然也会少一点士大夫式的潇洒和幽默。因为任何一种手段都注定是艺术表现张力和限定的反态的合一。由此自然可以明白，为什么非传统并不是对传统的否定。否定就是取代。而又取代不了。需要的是并列。所以所谓小说表现形式的非传统发展至少首先在你的理解中应该廓清为只是做出一种量上的扩大和增加，创造出包括传统在内而不是否定传统的更广阔的争相纷呈。……譬如《透明的红萝卜》。我是指的它的一些段落的叙述完全有着《创业史》和《艳阳天》的味，却又完全采用了另一种主题和人物框架，笼罩着一片透明奇特的感觉色彩。王安忆的《小鲍庄》也完全是一种极土和极洋的结合。中国和拉美的结合。传统现实主义和魔幻现实主义的结合。拉美的文学传统又是拉美和法兰西民族的结合。非传统指的应该是这种非封闭的吸取和结合，而不是好新猎奇式的排斥和否定。"

同日，栾振国的《意境深厚　耐人咀嚼——〈小说林〉84、85年超短篇佳作点评》发表于《小说林》第7期。栾振国认为："所谓'深厚的意境'是指作家将自己丰富的内在精神，熔铸于外在美妙和谐的艺术描写之中，使读者在欣赏作品时，感受到如同天阔地广般的生活美和艺术美。所谓'耐人咀嚼'，是指作家对社会问题生活问题以及其它各类问题的独特思考，能够引发读者对社会进行深入反思。我觉得在《小说林》84、85年的超短篇里，颇有一些如茅盾所说的具有'深厚的意境'和'耐人咀嚼'的'佳品'。比如，《第十一根手指》（84年3月号）、《猎鹿》（84年4月号）、《责任》（84年8月号）、《气质》（85年1月号）、《啊，美丽的月亮湖》（85年11月号）等篇小说，就包容了音乐、童话、小说、戏剧和绘画这五大艺术种类,而且在每个艺术种类中,都创造了堪谓'深厚的意境'。""读了《第十一根手指》这篇小说时,能与作者共同感受到海顿《惊愕》交响曲的如'大海般波涛汹涌',如'暴风骤雨'中的'电闪雷鸣',如'春风和煦'中的'阳光明媚'中的'深厚的意境'。""童话式的寓言是一种哲理性很强的文学样式,但它并不奥晦难懂,而是连儿童的单纯心灵也能感悟它的哲理。……《猎鹿》正是这样一篇美丽如画的哲理作品。"

**4日** 罗守让的《写意的小说艺术——新时期小说风格多样化的审美谛视》发表于《山东文学》第7期。罗守让认为:"写实和写意,确实构成了新时期小说创作两种基本的艺术方法,写意小说的兴起、发展和繁荣,确实成为新时期小说艺术风格多样化的主要标志。写意的小说作品,虽然在总体上表现出强化作家主观意向的特色,表现为作家在强烈的主观审美思想、审美情趣的观照下,对客观现实生活采取更适宜于心灵、感情抒发的表现形式,但具体到实际的、个别的作家作品中,其美学形态、艺术情致和风貌,却又是各种各样、多姿多彩的。概括起来,大致有这样几种类型的写意方式,有这样几种类型的写意小说。……第一,愤悱启悟、踔厉奋发的心灵抒情方式。……第二,高高地扬起理想主义风帆的超现实表现方式。……第三,饱含着高度概括人生认识的抽象哲理的象征表述方式。……第四,假定虚拟的变形荒诞表现方式。"

**5日** 蓝天、苏丁的《浅析〈树王〉的深层结构》发表于《当代文坛》第4期。蓝天、苏丁认为:"赋予叙事文学以生命的形而上的哲学意识(还应加上美学意识),绝不应当同作品的形而下的结构层面——这里首先指由人物、情节和环境之要素所构成的层面,同时也包含语言层面——相对立,应该说它是直接'内含'于这种形而下的表层结构中的深层结构。它在作品中不是以赤裸裸的抽象思维的形式呈露,不是由作家直接的、肆意宣示的'理念',而是有如黑格尔所说的'意蕴',中国古典美学所着重的'神韵'、'风骨',作为一种灵魂,一种内在的生气贯注于作品的表层结构之中,往往'内化'为人物的人生态度和内在精神气质。"

吴方的《小说现代化与视点效应》发表于同期《当代文坛》。吴方认为:"当前小说视点纵向追索有三个美学上的特点:1.以不确定性的加强来追求一种新的客观真实性。……2. 变直观的具体为抽象的具体，这主要表现在不少作品运用了象征手法，舍去了一些外在的东西，加强了通过象征暗示出来的丰富意蕴。3. 由于有意识地摆脱了低浅层次的清晰，焦点模糊后，形象显得夸张、怪诞、悖理，接近于非中原文化的'力、怪、乱、神'，显出一种新的色彩和撞击力，扩大了审美的形式幅度。"

"视点的横向探触也有几个特点：1. 变单一中心为多中心，通过多侧面多角度的观照来概括生活，结构关系由线性向网络式发展，类似画面组合，复调展开，传统的因果联系削弱了。2. 价值观念多元化，相对变化得到强调，原来认为可以恒久的规范受到怀疑、反思，在荒诞、孤独、多余者的徜徉中间，积聚着对人生的哲学品味。3. 视点更热衷于捕捉主观意识，人的心理活动。"

晓华、汪政的《莫言的感觉》发表于同期《当代文坛》。晓华、汪政认为："我们从莫言的作品中找不到现成的结论，唯有他对某一事物的感觉而已，虽然，就感受对象而言是明晰的。他所描述的事物是组合在同样维系着我们生存世界的线性时间的链索中的，以主人公为中心，他完成了一个个叙事圆圈，但作为文学，人们并不只是要求它再现了什么，用苏珊·朗格的话说，它还必须具备'意蕴'，而这'意蕴'莫言恰恰没有毫不犹豫地交给我们，莫言给了我们判断主词，却没有明确告诉我们宾词是什么，宾词只是某种感觉。"

同日，吴海的《小说创作的潜流仍在奔涌——读两个短篇新作的思索》发表于《文艺理论家》第3期。吴海认为："陈世旭的《三十辐共一毂》……借用《老子》中的一句话，确显古奥，……但一读作品却感丰富复杂的意蕴深藏其间，发人深思。""作者从《门房问题》（见《上海文学》1985年第3期）到《三十辐共一毂》，在艺术上似有明显的新的审美追求：追求作品内涵的确定性与模糊性的交错；追求意蕴的复杂、丰富，由明朗走向隐蔽，由单一走向多义，由浮躁走向沉稳；追求叙述与描写的漫不经心、轻松自如，并有意突破在人物造型和结构形态上惯用的那种先抑后扬的固定框架，避开了以往'处处显技巧'的过于拘谨的作法，也摒弃了在《余生》、《再现》等作品中那种直奔主题的弊端。"

同日，周政保的《小说创作的两种思考》发表于《中国西部文学》第7期。周政保谈道："所谓小说艺术，就是一个怎样传达生活意蕴的问题，就是一个怎样表现你的思考与思考成果的问题,就是一个怎样以自己独创的方式实现文学感染与审美启迪——也包括情性净化、精神熏陶的问题,也就是一个经由怎样的途径把小说功能转化为社会精神现象及意识改造的问题。……在这里,重复——那种艺术表现方式及传达形态的模式化,与生活思考领域的不断沿袭他人一样,是小说创造的大忌。……小说艺术的思考范围是广阔而微妙的,例如小说的叙述角度,小说的形象建构,小说的情节贯穿,小说的细节容量,以及情节的地位与细节的功能,又如小说叙述人与小说主人公的关系,小说的具象描写与寓意思情的关系,小说表现的严肃性与通俗性,小说表层内容的简洁与深层意蕴的繁复,小说传达途径的传统性与当代性,小说艺术中的诗化及象征、隐喻,等等,都是一些值得探究的课题。"

**7日** 李树声的《历史题材创作的新生面——新时期部分历史小说管窥》发表于《人民日报》。李树声表示:"历史小说塑造血肉丰满的人物,反映一定时代的历史舞台上人物的命运,从而具有真实生动的认识价值,是人们对历史小说的要求。近年来,历史题材的作品中人物不再只是某种概念和思想的'传声筒',而是从人物的性格、际遇、心灵情感等方面去探究和表现。""历史小说的作者们不仅在内容上着力刻画人物心理变迁的轨迹,在形式上也进行了新的探索。""近年来历史小说注重人的描写,注重对人的灵魂的开掘,这种意义远不止于增强具体作品的艺术感染力,更重要的是使人们从特定的历史事件中得到哲学的启示。"

**10日** 雷达的《模式与活力——贾平凹之谜》发表于《读书》第7期。雷达认为:"他(贾平凹——编者注)的小说重建了'故事性'的威信。……他近年来的小说都有个'悲欢离合'的情节骨架,他似乎也象蒲松龄注重搜集民间传说一样,喜欢听'逛山'们的'趣谈',把它'收拢起来',加以'去伪存真,删芜取精'的改造(贾平凹《关于〈冰炭〉》)。于是,在他的小说里永远有一波三折,腾挪跌宕的'故事'的精灵。然而,这又是经过了现代小说技巧的熔炉熔化过的'故事',并不笨拙地采用'从猿到人'式的叙述程序,把物理时间和心理时间、时间生活和价值生活巧妙地溶合。他看中时间框架,但真正流注在他作品里的不是故事因素,而是大量心理活动、艺术直觉的富于包孕的片断。说这种小说是'中体西用'未尝不可。在贾平凹看来，'故事性'并不可怕，可怕的是把小说等同于'故事'。也许因为他十分重视被'悲欢离合'、'生旦团圆'熏陶了几千年的中国读者的特殊的审美心理，才决定重新起用'故事性'并将它加以改造的吧。"

同日，梁光玉的《总体象征：当代文学发展的趋势之一》发表于《批评家》第4期。梁光玉认为："总体象征的'总体'，是相对于艺术内在结构的整体感而言。过去的文学创作，象征手法的运用常常只是个别、零散、不自觉的，其内在蕴涵也仅强调在不较深的层次上。……当代文学成熟的标志之一，便是总体象征已大批出现于优秀作品之林，成为文学感觉和表达的重要手段。'象征'不再是单纯的修辞手法，它构成了一个系统，一个完整的象征框架，成为作品有机构成的血脉骨髓，作家的主观意识与丰满生动的艺术形象乳水交融于一体，以其凝炼浓缩的象征意象，产生出无限丰富复杂的意蕴，具有独特的历史、人生、美学的意义和认识价值。"

同日，程德培的《难言的苦衷——探讨中篇小说艺术的困惑》发表于《文艺争鸣》第4期。程德培认为："我很怀疑，中篇小说艺术谈的最终命运是否只是在材料上换成中篇小说的例子又重演一次各种'化'，倘若果真这样的话，其结果也不过是一次探讨中篇小说艺术意义上的淡化了。"程德培提出："我们从大量的中篇小说中能否找到中篇小说的艺术本性？我们对中篇小说艺术所作的理性思考是否最终有效？"

吴亮的《小说的新实践》发表于同期《文艺争鸣》。吴亮认为："小说并不单为圈内人服务。小说除提供娱乐之外，还拓宽我们的经验和头脑，锤炼我们的思想或激发我们对生活的感受，使我们的精神有所作为。小说可以帮助人们的理解——包括对世界、对社会、对他人及对自己的理解——它非常有效地提供那种理解，因为它能十分可靠地表达出内心世界以及我们的生活状况。好的小说能拓展、深掘和激励我们的生活意识，把我们更深入地引向真实的世界，尽管它借助于想象和虚构。当一篇小说显示了人们生活或行为态度的某些方面时，或使人们或大或小地洞察自然的内部或我们的生存条件，以及使人们更为强烈地意识到生存于这个世界上的人是什么并帮助人们识别旁人与自己时，这样的小说是显然不应该只让评论家看的——它属于更多的读者。我觉得，一九八五年的小说，是不乏上述所提示的精神内容的。"

**14日** 韩望愈的《在生活中酿造的醇酒——读邹志安反映农村生活的短篇小说》发表于《人民日报》。韩望愈认为："邹志安近年的创作十分注意艺术风格上新的探求，注意方言土语的提炼和运用，注意人物关系的编织、故事情节的安排，注意诗的氛围的描写和乡情美的开掘。"

**15日** 邢莉的《时代感与民族性》发表于《民族文学》第7期。邢莉指出："各民族的民族特性，正在发生历史性的变化，……这种变化体现在对民族的传统性格的重新审视、对民族精神的重新发现和重新熔铸，对民族文化、民族历史的重新认识和重新探寻。开掘民族性的优质，剔除民族性的劣质，努力把握时代的脉搏，创造出体现已经变化了的民族特性的真正具有新的时代感的新文学，以改造我们民族的灵魂。"

同日，陈达专的《韩少功近作和拉美魔幻技巧》发表于《文学评论》第4期。陈达专认为："作为技巧领域的拓新，拉美魔幻现实主义以其与我国当代发展中的文学的许多同一性，而渗透在国内一些优秀作家的创作中。韩少功近作中亦可看到这种'渗透'。1.以各种非常心态（如梦态、醉态、疯态、病态、错觉、幻觉等）来构成观察和描述人物事件的特殊视点或视角。""2.取得时空结构的更大自由。""3.以象征手段来拉紧历史和现实的联系。"

陈学超的《短篇小说深层结构的理论探索——评高尔纯的〈短篇小说结构理论与技巧〉》发表于同期《文学评论》。陈学超谈道："《短篇小说结构理论与技巧》所讲的结构，不是一般的'布局'，而是一系列'关系'。主要是作家依据主题表达的需要，对题材三要素（人物、事件、环境）进行有机组织和安排的形式。短篇小说自身的发展规律和创作规律，都和三要素在结构中所处地位和相互关系的变动紧密联系着，诸如人物同情节、环境的关系，情节同人物、环境的关系，环境同人物、情节的关系；还有人物、情节、环境自身的内部关系，……都是该书研究的内容和范畴。所以，作者明白地宣称：'结构论就是关系论。'这里，作者自然地引入了'结构—功能'这一西方哲学范畴。……结构的这种客观性、递进性和辩证性，正是本书作者进行短篇小说结构研究所依据的原则和采用的方法。"

王晓明的《在俯瞰陈家村之前——论高晓声近年来的小说创作》发表于同期《文学评论》。王晓明说道："每当高晓声开始叙述主人公心理活动的时候，总会出现一种特别的文字，它既象是陈奂生的自语，又象是作者的旁白；既象是一个老实农民在那里一五一十，扳着手指头数数，又象是高晓声在一旁故作夸张，佯扮憨态；既保留着农民心理实录的那种罗嗦、土气、拙朴直白的特点，又分明显露出富于节奏感的修饰成份，还经常连着押几句韵。被表现的心绪和表现者的心绪揉合得那样紧密，有时候我简直分不清哪些是陈奂生的，哪些是高晓声的了。……高晓声和笔下人物的混合重唱，在某种意义上竟是他一种心理变形的表现，一种艺术把握上的失态。可有意思的是，它本身却并不使我觉得是一种缺陷，甚至相反，它倒常常构成小说中最富于情趣的一部分。""但是，高晓声那种丧失间距感的心理变形毕竟给他的陈奂生故事带来了更多的缺陷。首先是对人物环境的选择过于随便。……其次是对结构的过分轻慢。"

"借用似乎非现实的形象来表达对现实的感受，这正是一种习见的象征手法。但是，文学的象征不同于一般符号的象征，小说中的象征物本身应该是一种生动的形象，往往正是它自身形象的丰富性决定了它所象征的意义范围。所以，高晓声能否用这种象征手法深入刻划出陈家村人的灵魂，首先就看他有没有找到合适的人物素材，它既要经得起非现实化的删削，又要能保持住自身的形象特征。"

吴秉杰的《论新时期小说创作中的"假定形式"》发表于同期《文学评论》。吴秉杰表示："从形式出发的研究，始终应以内容为参照系统。形式是内容的'外化'，是具体内容的展开，对于叙事的小说来说，叙述语言无疑是它的外部形式；但当我们进一步深入到小说的人物形象，并把它视为内容时，那么，情节，细节，围绕着人物展开的环境、人物关系便构成了这一内容的表现形式；而一旦我们再上升到作品的意义层次，那么，艺术形象（或人物）的特征，往往又成为体现这种主题内容的最重要的形式方面。可见，在'内容'的不同层次上，都有着与此相应的'形式'表现。由此，我们才能一步步地深入，从艺术表现的角度，进入到作品的情节、结构、人物中去。形式不断转化成内容；它把内容组织起来，又成为一种艺术概括的方法；它在与内容相结合的过程中，综合了各种艺术手段，从而发出了作品风格的讯号。于是，从形式着眼，我们可以看到新时期小说艺术发展的一个侧面。"

同日，高松年的《论韦君宜晚近小说的创作个性》发表于《钟山》第4期。高松年认为："她（韦君宜——编者注）的小说用的是现实主义的传统叙述方式，多数采用第三人称的客观介绍，几乎没有什么意识流动、时空交错、心态变化、荒诞象征等新鲜的花样。……她的客观介绍式的叙述方法，貌似平直、淡泊，而实质上朴实直捷，明白如画，如拉家常，如诉衷情。……看似客观平静的叙述方法，与强烈的主观情感的流露在作品中是辩证地统一在一起的，只不过作者的自我感情色彩是以一种较隐匿的方式存在于作品之中，而且常常化为一种深沉的思辨。这就是韦君宜叙述风格的一个重要方面。……理趣兼容，是韦君宜小说叙述风格的又一个方面。"

李杭春的《刘索拉与她的"空中楼阁"——〈寻找歌王〉及其他》发表于同期《钟山》。李杭春认为："她（刘索拉——编者注）的作品既没有特定时间地点也不需要不可疏忽的细节的真实，它可以认为在每个时期内存在也可以认为在任何时期都不存在，甚至换几个'洋名'，这些人物完全可以在外国土地上出现。——所以，她学到了现代派的技巧，凭着想象，就造起了一座座'空中楼阁'。"

**17日** 杜元明的《王蒙的新探索——关于〈名医梁有志传奇〉的对话》发表于《作品与争鸣》第7期。文中认为："王蒙是一位勇于创新的作家。他的作品每一篇都有自己的探索。探索，总是有突破也有局限的。……《名医》就是探索与局限的统一。""首先，《名医》的写法对于王蒙来说就是新的。……以前的作品多采用写实与浪漫相结合，现实与回忆相交织的表现手法，往往略去环境与经历的细腻描写，而注重对人物的心灵折射，情节淡化且富于跳跃性，整个作品讲究多音响、多色彩、多情调的'杂色'美，呈现出令人眼花缭乱的艺术画面。""但……《名医》就不同了。它基本采用传统的写实方法。如写人物，从出生写起，几乎写了他整整一生的经历，是按人物从小到老的活动和遭遇顺序地写下来的，大体具有中国传统小说的故事有头有尾、情节连贯的艺术特点和传记文学的史笔特色，因此，更合乎大众的欣赏水平和艺术趣味。显然，这是王蒙运用通俗文学写法的一次尝试。……《名医》采用传奇这种通俗写法，同它所要表现的思想内容是适应的。艺术上王蒙也有创新。""传奇这种小说体裁盛行于唐代。唐传奇虽较六朝志怪小说前进了一大步，但'尚不离于搜奇记逸'，其写法大多'篇幅曼长，记叙委曲'，有时'近于俳谐'，故论者每视之为'卑下'，意之为'传奇'。后来的传奇作品一般也讲求悬念运用、情节神异、手法奇幻的。王蒙这篇小说不同，它一反'搜奇记逸'的写法，写的是平常人，平常事，几乎是照生活的本来面目如实写来，没有特别的营造和曲意的编排。但我读来还是觉得有滋有味，不能不承认是一篇'传奇'。"

**19日** 莫言的《惟有真情才动人——读〈第Ⅵ部门〉》发表于《文艺报》。莫言指出："我感觉到《第Ⅵ部门》里汲取了新感觉主义、象征主义等表现技巧，而象征的技巧运用得比较成功。高层次的文学恐怕都是富于象征味的文学。《第Ⅵ部门》象征的成功得力于作者的冷静。冷静地把握着对生活变形处理的分寸感，他一笔不苟地描绘耗子的体态和性格、机智和骁勇，使耗子们显示出人性的某些侧面，所以，在这里，人类对鼠类的憎恶，升华为一种对顽强生命力的感叹和酸溜溜的赞赏，升华为某种形而上的思索。"

**20日** 徐剑艺的《论新时期小说的美学时空建筑》发表于《小说评论》第4期。对于新时期小说在美学上的流向问题，徐剑艺认为其体现以下特征："（一）客观对象在时间上：由眼前回首过去，由近及远地增加时间跨度。""（二）客观对象在空间上：由集中趋向分散，由社会中心走向自然边缘的拓展，使小说环境出现明确地域感，进而表现出本地域所孕育的精神气质。""新时期小说反映生活的空间上这一由点到面的点状型扩展，使小说美学风貌由前期'伤痕''反思'小说的政治化转向生活化，思辨化转向情趣化，由一种悲剧化的社会的美转向喜剧化的人性和自然的美。""（三）主观对象（人物）在时间范畴上：由重人物社会理性转向体现人的自然感性，完成情理统一的真实人的塑造，进而在由人与人之争转向人与自然搏斗的行为变异中，体现出人本性之美。""（四）主观对象在空间范畴上：由重表现人物的群众意识趋向于凸现人物的个性意识，出现时代的主人翁，而后表现出人类个性自由的精神境界。"

**21日** 汪曾祺的《关于小说语言（札记）》发表于《文艺研究》第4期。汪曾祺认为："语言是本质的东西。语言不只是技巧，不只是形式。小说的语言不是纯粹外部的东西。语言和内容是同时存在的，不可剥离的。""从总体上把握住一个作家的性格，才能分析他的全部作品。什么是接近一个作家的可靠的途径？——语言。小说作者的语言是他的人格的一部分。语言体现小说作者对生活的基本的态度。"

"从众和脱俗。现代中国小说家的语言趋向于简洁平常。他们力求使自己的语言接近生活语言，少事雕琢，不尚辞藻。现在没有人用唐人小说的语言写作。很少人用梅里美式的语言、屠格涅夫式的语言写作。用徐志摩式的'浓得化不开'的语言写小说的人也极少。小说作者要求自己的语言能产生具体的实感，以区别于其他的书面语言，比如报纸语言、广播语言。……中国的书面语言有多用双音词的趋势。但是生活语言还保留很多单音的词。避开一般书面语言的双音词，采择口语里的单音词，此是从众，亦是脱俗之一法。"

"重视字句的声音，以为这是文学语言的精髓，是中国文论的一个很独特的见解。别的国家的文艺学里也有涉及语言的声音的，但都没有提到这样的高度，也说不到这样的精辟。这种见解，桐城派以前就有。韩愈所说的'气盛言宜'，'言宜'就包括'言之长短'和'声之高下'。不过到了桐城派就更清楚地意识到这一点，发挥得也更完备了。"

"小说语言的诗化。废名说过：'我写小说同唐人写绝句一样。'……所谓'唐人绝句'，就是不着重写人物，写故事，而着重写意境，写印象，写感觉。物我同一，作者的主体意识很强。这就使传统的小说观念发生了很大的变化，使小说和诗变得难解难分。这种小说被称为诗化小说。……所谓诗化小说的语言，即不同于传统小说的纯散文的语言。这种语言，句与句之间的跨度较大，往往超越了逻辑，超越了合乎一般语法的句式（比如动宾结构）。"

张志忠的《论莫言的艺术感觉》发表于同期《文艺研究》。张志忠认为："所谓艺术感觉，就是直观地、直感地把握对象世界和传达这种把握的能力，是作家心灵的折射和折光，是作家的理性和直觉、意识和潜意识、情感能力和思维能力的汇聚。……我们长期以来所缺少的，正是这种在强烈的艺术感觉刺激下改造和'歪曲'对象世界的自由创造。……莫言的艺术感觉，首先在于他那化熟识为陌生、化熟视无睹为拍案惊奇的能力。他的作品，大多是写普通人的一段生活故事的。……其中不是没有戏剧性情节和传奇色彩，但是莫言所渲染的却并不是这些。他有意把不同寻常的事情写得很寻常，却把那些容易被忽略、被忘却的事情写得新奇、写得精致。"

"莫言的艺术感觉，具有强烈的主观色彩，具有产生通感的能力，具有接受荒诞事物和产生荒谬感受的特异功能，足以制造一种透明的幻觉，制造一种荒诞的真实，制造一种全方位、全感知的艺术氛围，还常常用儿童视角和还乡人的视角，来强化这种'第一印象'的新鲜感。但是，这一切主观感受、主观色彩，经过特殊处理，变成冷峻的客观性的实在感。""《枯河》等作品中的'他'也可以当作第一人称的变体——'他'的主观感知流贯于作品之中。……莫言的作品使我们难以产生情感认同的另一个方面，还在于作品中的那种荒诞情景和荒诞感觉。莫言作品中的人物，往往有一种第六感官——超感觉的功能，能够感觉常人无法感觉到的东西。他们的超感觉，又是以某种心理和生理的缺陷为代价的。"

**23日** 赵夫青的《关于"报告小说"的美学思考——兼谈当代艺术的边缘性综合性发展》发表于《当代文艺探索》第4期。赵夫青认为："'报告小说'并不象引文所认为的那样是报告文学和小说的人为机械'相加'，而是报告文学和小说的某些因素在艺术发展的必然层次上交融后产生的既区别于报告文学，又区别于小说，但又介乎二者其间的一种边缘性、综合性新体裁，而且这种边缘性、综合性的体裁一经产生之后，就不可能再简单地把它们还原为单独的个体。"

"作为以写实为主的报告文学与以虚构为主的小说也已突破了各自的单质而融合为'报告小说'。这是融合，而不是'焊接'，因为它们二者有其融合的内在依据。一方面，小说虽可虚构，但并非不可记实，中外文学史上有许多成功的小说，都有不同程度的记实性，否则，小说就失去了它反映生活的价值；另一方面，报告文学也不是，也不可能象照相那样绝对的写实，它的文学性在一定的意义上必然含有虚构，如某些语言、行为、细节等。绝对真实的报告文学是不存在的，正象绝对虚构的小说也是不存在的一样。正因为写实与虚构在艺术中相依相承，这就为它们交融在一种体裁内创造了条件。"

**24日** 夏康达的《邵南朴是真正属于你的——致蒋子龙》发表于《光明日报》。夏康达指出："我读作品时感到最生硬的地方……是小说中显然过多的议论。……小说中的议论，有的以机制取胜，走向幽默；有的以深刻服人，走向哲理。你的议论多属于后者，这是不易成功的'高难动作'。"

**25日** 北川的《〈透明的红萝卜〉的美学意蕴》发表于《当代作家评论》第4期。北川认为："在性格系统之外，我们还隐约地感到另一个潜在结构在流动，即作品的意象结构。""意象结构不仅深化了人物性格特征，而且加强了作品的现实性、历史性和深刻性。作者在人物性格塑造上，遵循现实生活发展的逻辑，按生活的本来面目表现生活，通过对人物之间的矛盾冲突构筑艺术框架，取得真实的艺术感觉。而意象结构是对性格结构的深化，进行抽象概括，把握作品内在含量和象征指意，体现作品的深刻性。由于性格结构、意象结构的逆进深化，导致整部作品的超越、引发读者深邃的思考，'把历史的真实和历史的内蕴揭示出来'，获得了深刻的启示力。"

李振声的《陈村的小说景观》发表于同期《当代作家评论》。李振声认为："陈村还有一路比较晚近的小说，不再采用规范的叙事法则，而是刻意用一种激进的主观性，去涵盖自己感知比较强烈的现象世界，构筑一个与我们熟习的日常世事相参照显得秩序别致的世界。"

"陈村这路实验意识较强的小说，在外观上呈现出某种可以与注重连续和整饬的因果式结构构成互补，在处理经验上转向即兴和瞬息性意趣，叙事上表现为断续性和共时并列态的文体正在被吸纳入他的小说世界（如《小品》《初殿》），某种虚拟性极强的神话模式也正在被采撷（如《美女岛》），并且，更主要是，在小说内涵方面，一些对于世界显得调皮，不安份，粗糙，或神秘乃至怪诞的感觉，正在开始被全面容纳。它们的大胆参与和介入，造成了既成小说格局被胀破和超越的局面。不过，这种被超越的其实是自本世纪初以来在中国渐居主位的欧洲古典写实主义小说格局。而中国传统中的小说概念却是极宽泛的，凡缀辑、记叙野史、传说、习俗、异闻和琐语的，总之，凡热心于孔子所不屑谈论的'怪、力、乱、神'，鲜见是经籍，不入正宗的文学，都是。这种开放性的小说观有可能带给当代小说一种观念上的彻悟，并敦促它通过与自己的衔接，建立起某种自信心。当然，出路不会是朝古典时代的汇合，而在于高层次上的进拓。"

罗守让的《彭见明小说漫评》发表于同期《当代作家评论》。罗守让认为，"彭见明的小说不以情节的紧张曲折吸引人，不以人物性格的复杂丰满折服人。他写平凡人，寻常事，以抒写普通劳动者的性灵为其宗旨。他的作品以情动人，以真动人，以美动人。美的情愫，诗的意境，是彭见明小说的艺术追求。"

王洁的《陈建功小说艺术变化初探》发表于同期《当代作家评论》。王洁说道："我们知道，小说中人物形象身上体现的观念内容，是作家主体对于客观世界的理解和把握。当作家因这种理解和把握趋于复杂而改变了自己的艺术构思方式之后，他便把现实生活看做'是一幅由种种联系和相互作用无穷无尽交织起来的画面'，因此，他就要在尽可能宽广的范围内将这种联系和作用的深刻性、复杂性复合于人物形象身上，以此揭示现实生活现象中所包容的社会性因素。这是原来那种把人物局限于孤立的情节线索中的表现形式很难办到的。"

"象《找乐》这样以人物为线索串连起一个个画面和细节的构成方式，把人物从情节的制约中解脱出来，并在作品中居于主导和支配的地位。这可以说是陈建功小说艺术的另一个转变，它不但扩展了人物的活动空间，而且也对扩展小说的艺术表现领域起了重要作用。"

许文郁的《晶体：清纯与复杂交合的魅力——张洁小说艺术琐谈》发表于同期《当代作家评论》。许文郁认为："从表层看，张洁的小说呈现出以下几种美感形态：感觉——直接呈现，简洁而空灵的美感。""线条——气氛，清晰而淡雅的美感。""童心——净化心灵的力量，清澄而明朗的美感。""透过那清澄的表层，我们看到了作品的深层次，看到了由现实与历史，感情与理智，悲剧与喜剧，个性与共性这四组对立面构成的纵深部分，它们使小说显示出整体结构的力度和内含的深厚。"

钟本康的《现实世界·感情世界·童话世界——评莫言的四部中篇小说》发表于同期《当代作家评论》。钟本康认为："莫言小说中的感觉世界，既立足于现实世界之中，又超脱于现实世界之上，它是现实的幻化，幻化的现实，似真实可信，却虚幻神秘。换句话说，这个感觉世界是通过超常的、变态的感觉建立起来的，主要有以下几个特点：'超阈限的感觉。'……'同幻觉交杂在一起的感觉。'……'心理变态状况中的感觉。'""这些感觉的描述，……在莫言小说中，则是作为认识、把握、表现世界的整个艺术思维的。从一种表现手法上升到一种艺术思维，这是现代小说形态变化的重要途径之一。"

"莫言小说中的童话世界，一方面是感觉世界幻化出来的，一方面是自觉引进童话的直接结果。现实世界、感觉世界、童话世界，三者的统一，构成莫言小说独特的天地。现实世界是基础，感觉世界、童话世界是现实世界的延伸、变形、虚化、幻化，其中最能显示特色的是感觉世界，因为它既是现实世界和童话世界的主要中介，又是使现实世界向虚幻延展开去，童话世界向现实世界回归过来的支撑点。三个世界并存，相互映衬，进一步开拓了小说新的领域，扩充了小说容量，丰富了小说内涵，获得了现实美、朦胧美、神秘美相交融的审美效应。"

朱向前的《莫言小说"写意"散论》发表于同期《当代作家评论》。朱向前认为："'写意'（或曰重表现）不仅是中国绘画的一大特色，甚至是整个中国艺术传统的精髓，并以此显著区别于西方'写实'（或曰重再现）的艺术传统。只要将中国的凸出变形传神的佛教壁画、雕塑，高度抽象讲究气韵风骨的书法，以简胜繁的程式化的戏曲，崇尚意境的唐诗宋词等，与西方的高度写真的古希腊雕塑、文艺复兴绘画、'四堵墙'话剧作比较，便一目了然。只是近代中西艺术流变相逆，似乎一方成了另一方的还原反应：中国从'写意'走到'写实'（如现实主义的油画、雕塑、话剧、小说等），西方则恰恰相反，从'写实'走到'写意'（诸种现代派艺术多如此）。当我们注意并跟踪了莫言的艺术实践之后，我们欣喜地发现，他给我们提供了更为丰富典型的小说'写意'实证。""莫言不仅继承和发扬了中国传统'写意'，而且有了发展，有了变化，它是中国古典'写意'与西方现代'写意'的'混血儿'，既吸收着本土养份，又承受着外域阳光。""他小说总体上闪耀的朦胧空灵神秘之光，才是与正宗中国传统艺术的'写意'精神契合的。在他的作品中，常常弥散一种'东方神秘主义'氤氲，渗透着谜一般的古老宗教意识,并且都化为了一种美学的境界。"

26日　刘再复的《挚爱到冷峻的精神审判——评王蒙的〈活动变人形〉》发表于《文艺报》第30期。刘再复认为:"王蒙的《活动变人形》则是具体形态的主客体冲突,是深深扎进具体社会环境的现实主义作品,并且深化到民族文化心理深层之中的现实主义。"

28日　罗强烈的《文学猎人的寻找和发现——评乌热尔图的短篇小说创作》发表于《人民日报》。罗强烈认为:"乌热尔图的文笔是简洁而朴实的。他勾勒了一幅幅色彩斑斓的风情画,从总体特征上展现出大兴安岭莽莽密林中游猎的鄂温克族人神奇的生活风貌。……我们可以明显地感到,作者甘愿为它的原生美所吸引,而仅只采用能写貌传神的白描手法;从另一个角度看,也许还可以说,具有如此魅力的原生美,以其巨大的力量控制了作者,以至使他相形之下,主体意识发挥得略显单调,笔墨变换不够丰富。""乌热尔图这部分小说不同于其他作家的一个特点,就是他主要是在这种历史的阴影中来突现自己民族美好的心灵色彩,而不是要通过这个民族的灾难来表现那一段历史的阴影,虽然它们在一定程度上也起到了这样的作用。"

## 本月

李劼的《动人的透明　迷人的诱惑——论〈透明的红萝卜〉的透明度和〈冈底斯的诱惑〉的诱惑性》发表于《文学评论家》第4期。李劼指出:"《透明的红萝卜》的作者告诉人们,他正是从这个梦境中生酵出了人物和情节,编织成了这么一篇由红萝卜照亮着的小说。"

"相对于莫言的奇特感觉,马原似乎注重于将感觉诉诸奇特的表现形式。整个一篇《冈底斯的诱惑》,几乎没有一节是可以与上一节连贯起来读下去的,又是打猎、又是看天葬,还有顿珠顿月,而仅仅是顿珠顿月的故事就由好几个小故事组成。这些眼花瞭乱的故事不仅互相之间毫不相干,而且在整个叙述过程中又被作者作了眼花瞭乱的编排。"

"作为一部别具一格的小说,《冈底斯的诱惑》的确有着它的诱惑性,但我认为这种诱惑性不在于表现形式的板块折合上,也不在于作者自己所说的,诸如偶然性、细节、印象,甚至'气'之类的东西上。在于哪里呢?西藏风情?不。……根据马原在那篇对话中引述的那段话来看,李陀似乎是感觉到这篇小说的价值所在的,但马原自己对此却不一定意识到,这是一种形而上的力量,一种对某种绝对意志的崇拜(李陀言),我在此再加一句,一种因未知和好奇而来的神秘心理的主宰。"

## 八月

**1日** 李哲良的《危机乎?生机乎?》发表于《天津文学》第8期。李哲良指出:"各种姐妹艺术之间,虽有联系,但彼此的界限是了了分明的。然而,到了今天,彼此的界限似乎又开始混淆了,而向综合方向发展,大有相互渗透、相互启示,熔为一炉之势。如小说,从纵向发展看,它从神话到志怪、志人,从写故事到写情书,从写人物到写人的性格、心理;从横向发展看,它更出现了各种观念、各种形式和各种写法。诸如诗歌般的节奏,音乐似的旋律,油画般的色彩,雕塑一样的形态,散文似的风格。蒋子龙的《燕赵悲歌》采用了类似相声的结构;陆文夫的《围墙》则吸收了漫画的笔法;王蒙的《夜的眼》采用的却是电影手法;铁凝的《哦,香雪》分明是一首情意深挚的诗;刘心武的《公共汽车咏叹调》仿佛不是小说,而是一份情况调查报告。总之,小说变得越来越不象小说了,倘用旧有的小说观念来衡量今天的小说,那是无法衡量的。这把尺子适用于《北京人》,却不适用于《小鲍庄》;你可以衡量《红高粱》,但衡量不了《黑颜色》;旧的尺码《你别无选择》。只能用不同的钥匙去捅开不同的《胎》。因为今之小说,也同诗歌、话剧等艺术一样,早已变得非驴非马,四不象了。它已患了'综合症'。""这就叫强烈的'自我表现'、主体意识的觉醒和强化,因而才有'乱箭齐发'的小说。诗歌、戏剧等也是如此'乱七八糟'。对此,有人认为,这是艺术的危机,甚至说:艺术行将就殁,快要消亡了,等等。"

同日,章平的《小说的成功:超越单一的审美层次》发表于《作家》第8期。章平认为:"固然应该坚定不移地站在摆脱实用理性主义写实小说模式的最新审美心理层次上去考虑创作,但是同时又必须融合诸多复杂层次的心理因素来发酵作品，必须考虑怎样以新的审美角度和表达方式包容人群中间最有普遍性的审美要求。对于力图把握现代意识，表达趋势性审美意向的小说家来说，有两个至关重要的情况应该引起注意。一、厌恶煞有介事的理性化解释和说教，不等于放弃对社会和人生的头绪纷繁的思索。……小说在表达现代意识的同时，必须追求社会性的思索、感知、经验内容的凝重、丰富和厚实，而不能简单效仿西方现代派作品，淡化人生经验中的思索成分，滤掉丰富的情感内容，把色彩斑驳、浸透思索的人生统统表现为简单的生命感觉，把现实的实在性削弱到让人无法窥览的程度。……二、应该看到，在中国大陆上，社会精神的蜕变与审美心理的蜕变异不同步，现代意识的觉醒并不意味着传统审美积习的被摒弃。……纯粹的抽象化，非理性，对于非正常感觉的专注，心理感受表达上的强烈扭曲等等，作为极端化的背叛，则同样不被较多层次上的读者所接受——尤其是当这种艺术上的背叛失去内容的深刻的时候。所以，趋势性审美意向的表达必须具有对传统、对诸多审美层次的开放性：即应该有路口相遇而失之交臂的怅惘，也应该有对完整命运过程的全方位观照，既应该有自我角度的感知，也应该有消失自我的纷纭状述。……最重要的是，这一切在创作思维中必须高度聚合。"

"传统小说社会学意义上的探索精神和对现实实在性的全神贯注的把握，就不致于因为表达现代意识而消失，站在最新审美层次上创作的小说就有了与中国大多读者的普遍心里相沟通的可能性：一方面，它以比实用理性主义写实小说更内在更深刻的认识价值征服时刻思考自己处境的读者，另一方面，认识价值的实在性使它在表达方式方面的创新具有了迫使读者放弃各自的习惯、对它予以承认的可能性。"

**3 日** 李敬泽的《上半年短篇小说掠影》发表于《小说选刊》第 8 期。李敬泽谈道："去年年底，出了蒋子丹的《黑颜色》，一篇相当精美出色的小说，时隔不久，又读到邓刚《全是真事》中的《出差》。由此可以见出荒诞作为一种思维方式，一种美学风格，在中国当代文学中的发展。名为《出差》，不只是讽刺出差。主人公噩梦般的经历充斥着无目的和无意义，在那个陌生、冷漠，如同机器一般的环境中，他不能自主、无能为力、愤怒、恐惧、沮丧。但是，如果说荒诞派戏剧是以高度抽象化的知觉形式直喻对人类普遍的生存状态的绝望,那么,《出差》则只是对一系列'全是真事'的生活具象的荒诞本质的发掘,它的指意范围由此受到了制约和规范。"

**4日** 范咏戈的《走向成熟的希望所在——读部队青年作家近作随感》发表于《人民日报》。范咏戈认为:"如果说在《透明的红萝卜》、《球状闪电》中,作家是以其大胆将魔幻现实主义的手法移植进自己的田园而显示了他的创作自由度,那么在近作《红高粱》、《高粱酒》中,我们看到的显然是作家植根于民族传统的新的艺术追求。""和莫言强化'主观创造意识'不同,朱苏进所倚重的是强化对现实的洞观并升华审美意识。"

刘梦岚的《"文学的生命在于创新"——与林斤澜一席谈》发表于同期《人民日报》。林斤澜谈道:"有人说,中国传统的小说总是有头有尾、情节连续不断的。其实不全这样,也还有别样传统。跳跃式的、快节奏的现实生活以及人与人之间越来越复杂的关系,常常需要作家从多角度、多方面去描写,有时就要中断情节,出现'空白'。在《溪鳗》、《李地》等篇中,我就留了一些'空白'。这也算在写法上的一种新探索吧。"

"其实,中国人的审美观念是很讲究'空白'的。中国画就最讲究'空白'。画鱼不画水,画树不画根,画鸟不画天。齐白石画的虾,从上到下画一片,却没画一滴水,从没人说看不懂。书法家讲究'字在字外',黑道道是形,空白是神。看戏也不一定非看成本大套的全出,折子戏也很受欢迎。《苏三起解》就看起解这一段,人们也能看懂。文学和艺术的规律是相通的。小说里的空白是留给读者理解和想象的余地,多让读者动动脑筋有什么不好?常有青年读者、青年评论家和我说,并没有看不懂的问题。当然也有真正看不懂的人,要想让他看懂,就得改变我的这一套,可我现在还不想改变。"

**9日** 陈浩增的《更需要深刻反映伟大时代之作》发表于《文艺报》。陈浩增认为:"作品的创作及其价值的实现,是靠作者、编者和读者来共同完成的。你可以写故事、人物,也可以写情绪、心态、感知等;你可以表现主观感受,也可以再现客观生活;你可以采用纪实体、报告体,也可以采用笔记体、散文体等;你可以运用民族传统手法,也可以借鉴西方现代手法,……总之,文无定法,创作是自由的。"

崔道怡的《扎实地前进　多样的扩展》发表于同期《文艺报》的《短篇小说创作现状谈》专栏。崔道怡认为："近两年来，……短篇样式自身的优势，得到了更舒展更活跃的发挥。题材之开拓、手法之新奇、风格之变异，前所未有。探索打破了单一的格局，新潮冲击着僵化的模式，多样化的蓬勃生机正孕育着更成熟的硕果。"

韩瑞亭的《精品不多》发表于同期《文艺报》。韩瑞亭认为："对近年来短篇小说创作形势的估量，我看还是要说两句话：一是有发展、有更新、有拓进，在相当活跃的、各式各样的探索中促成短篇小说艺术面貌的改观。一是还存在着蝉蜕期的某些尚不健壮、不够成熟乃至部分退化的现象，这是在更新换代过程中所难避免的。""短篇数量仍很可观，好的作品自然也不少，不过堪称精品的，毕竟寥寥可数。……一些在短篇小说创作上先露头角的作家，转写中、长篇的居多，而专攻此道、心无旁骛的者寡。……有相当数量的短篇小说在语言和结构上不时十分讲究，十分精心。有的语言缺乏劲道，稀汤寡水，象是泡涨了的泡沫塑料；语言的浪费现象，草率、粗糙以及对形象的不准确固定的现象，所在多有。有些作品打破了老的结构方式，在叙述描写方法上吸收了某些新东西，……但有时因时空的交错变幻、多条线索的穿插调配失度，也会出现凌乱破碎，顾此失彼，相互干扰的情况，影响了作品的完整和谐。"

李国文的《前景喜人》发表于同期《文艺报》。李国文认为："用时髦的新名词说，短篇小说正处于多方位、多层次地向前缓慢推进的状态之中。不管怎样说，前景是喜人的。……在追求艺术境界，探讨人生旨意，从世态到心态，从广阔的大面积覆盖到生活的底层，乃至虚幻到白茫茫一片空灵世界，短篇小说从来也没有过这样一个海阔天空，任凭鱼跃鸟飞的好局面。……寻根、空灵、荒诞、反小说、黑色幽默、魔幻现实等等，至少在形式上我们都搬了过来。"

王必胜的《多彩多姿蔚为壮观》发表于同期《文艺报》。王必胜认为："令人不能忘怀的是一九八五年现代思潮的洪波涌起，对于小说创作的冲击。如果说，长篇对现代手法的借鉴因其容量而深阔、结构恢弘和繁复，较为拘谨的话，短篇小说创作对现代派的借鉴则是更为开放灵活的。写人物情绪心态，荒诞、意识流等，作家们自由心境的渐次形成，在借鉴外国的艺术手法方面，'拿来主义'使当今文坛上锦瑟繁奏。短篇小说艺术构思的重要，决定了它在形式上的探求更为宽广和兼容。"

**10日** 孟繁华的《评短篇小说〈铃的闪〉》发表于《北京文学》第8期。孟繁华认为："《铃的闪》是一篇地道的写感觉的作品。它的叙述方式和语言构成多少呈现出了某种'不规则'状，显得有些'混乱'。内心独白所显现出的主观色彩是这篇作品叙述感觉的有力佐证。感觉在形态上不可能是连贯的、完整的、象真实的故事那样无懈可击。然而感觉却会比'真的故事'具有更强的真实性和诱惑力。它也许并不那么确指，但也正因为它这样才更富于'弹性'，更具有容量。"

**11日** 胡德培的《艺术探索的新收获——读杨佩瑾的长篇小说〈红尘〉》发表于《人民日报》。胡德培表示："杨佩瑾善于将现实世界里获得的灵感和激情，与历史生活斗争融会在一起，努力在革命历史题材领域里进行挖掘和开拓，这是他取得成功的一个重要原因。""同时，对于人物的内心世界和精神领域的深入刻画与形象描绘，也是杨佩瑾在艺术探求上取得成功的一个重要原因。"

**15日** 《民族文学研究》《民族文学》评论员的《民族特质·时代观念·艺术追求——对少数民族文学创作理论的几点理解》发表于《民族文学研究》第4期。"少数民族文学是否能够真正含纳和表现自己的民族特质，也与作品是否塑造出鲜明的少数民族人物形象特别是少数民族新人形象有极大关联。"

同日，汪道伦的《略其形迹　伸其神理——中国小说与史传文学艺术渊源探微》发表于《文学探索》第3期。汪道伦认为："从中国小说史来看，神话、志怪、传奇、说话，是其发展的一条纵的线索。这条线索虽然说明题材内容和表现形式在创作过程中发生发展的源流关系，却没有完全说明其本身发生发展的艺术渊源和艺术规律。中国小说有一个普遍的客观事实，即在文学史上有名的作品，都是经过文人加工或由文人直接创作而成，而这些加工者（包括创作者）都不象近代和外国的专业小说家那样专门从事于小说写作，而其中好些是文人或史官，如刘义庆、沈既济、陈鸿、白行简、韩愈等，就是明清一些没有当官的作家，也都是《四书》、《五经》和诸子百家的饱学之士，那么他们凭借什么样的艺术手段对历史、佚事、传说、神话、鬼怪、话本进行加工的呢？民间艺术当然有可取之处，它在小说艺术中自然有它的血脉，但促使小说获得成功的主要因素却是那些饱学之士熟读的经、史、子、集和诸子百家，并从中吸取的丰富的艺术营养。从文学史上看，《左传》、《国语》为史传文学的记言、叙事、写人开了一个好头，《史》、《汉》等书中的史传文学，又为后来的文学家们写传记文学提供了创作经验，而《唐传奇》的写作方法，又与当时的古文运动密不可分。明清两代小说创作达到了高峰，但这些小说创作都程度不同地受到史传文学的影响。如果这个看法符合事实的话，那么中国小说的艺术渊源和艺术表现规律，就和经、史，特别是史传文学的艺术手法不能分开。""中国小说之所以和史传文学密不可分，并不只限于讲史和历史演义一类之书，也不是指这些书在史实方面与史书有共同的地方，更重要的是它的艺术渊源，有不少方面甚至主要方面是从史传文学那里继承下来的，并结合小说的艺术实践发展成为中国小说的艺术特色，这恐怕是不应忽视的一个客观事实。"

汪道伦指出："在金圣叹看来，《庄子》、《史记》、《水浒》都是从《论语》论文论道之法中引伸而来，那么引伸的脉络是什么呢？金圣叹把它归结为两句话：'略其形迹，伸其神理'。一部《水浒传》如'举其神理'、正如'《论语》之一节两节，浏然以清，湛然以明，轩然以轻，濯然以新，彼岂非《庄子》、《史记》之流哉！不然，何以至此'。金圣叹所标的'略其形迹，伸其神理'，我认为是贯通'经''史'小说的一条美学原理，所以我们说中国小说家，不是没有充分利用小说艺术，而是充分利用了我们传统的艺术于小说。""'略其形迹，伸其神理'，实际上是和我国传统美学理论中的传神说密不可分的，传神的理论虽然是东晋时顾恺之提出来的，但'形'与'神'的问题，前人早已注意到了。西汉刘安在《淮南子·说山训》中说：'画西施之面，美而不可说；规孟贲之目，大而不可畏，君形者亡焉。'这里提出的'君形者'，就是指能起统帅形态的'神'，也就是西施、孟贲的内心世界和独特的性情。'神'生于'形'而又总是受'神'支配的。……从写作的角度看，以'形'写'神'就必然舍去与'神'无关或不重要的'形'，就要'略其形迹'。由此看来《经》《史》中的记言、叙事，是很适合于这种方法的。但'略其形迹'不是不要形迹，而是不拘于形迹。

所以'略其形迹'看起来'形迹'少了，或者'小了'，但少中有多，小中有大，所以我国古代文学创作，不管是史传、笔记、传奇、小说，静止地，孤立地，详尽地写人、记言和心理描写是很少的，大都是静中写动，动中写静，以少总多，以小概大，剪影求神，以形写神。"

王玉树、刘谦的《荒诞式与现实性的交响——论谌容的〈走投无路〉》发表于同期《文学探索》。王玉树、刘谦认为："荒诞文学在材料组合上很象梦幻的形态，因而适合于表现人物的自我意识，或叫做深层意识，弗洛依德称为'白日梦'。……情节本来是传统小说的基本面，但在这种作品里相应地被淡化了，原来的因果关系的链条已失去了意义，整体的意象代替了情节的完整性。企图对小说的内容和形式进行改造，在西方又名'反小说'，我们也把它视为荒诞文学在体式上的一个特点，而且多多少少也波及到其他形式小说的创作里。

"荒诞小说在表现手法上惯用隐喻与象征，常见用来描述个人的不幸命运与人间坎壈之事，从内里发散出特殊的艺术魅力。隐喻是有意掩饰生活的真相，象征能避免表露理性的说教。这是'朦胧性和多义性"在荒诞文学中的张扬，便于造就一种虚幻的小天地，使想象摆脱时空观念的制约。然而在革命作家的笔下，无非是借助荒诞的框架，以求集纳社会生活中存在的各种矛盾，不仅想象力可以得到自由驰骋，针砭时弊也不至于招惹更多的责难。因此，荒诞不是为了故弄玄虚，它具有独特的审美价值，能在读者心理上发生谐振的艺术效应。"

"荒诞文学的结构形式应当不拘一格，它取决于使用不同的隐喻意义和表现手法，题材则是次要的。为了把现实中的悖谬现象突现出来，使人们对司空见惯的事物顿感惊奇，这是作者任意放大而使之变形的根本意图，常见的有三种表现方式：人类突然间幻化为虫鸟犀牛之类的动物，乃以奥地利卡夫卡的《变形记》为代表；赋予一般物体以性灵的功能，如椅子能行动说话，橱窗里的时装模特儿变成人，违反事物自身的规定性却别有深意；描述在梦幻中的形形色色的奇特故事，富于象征性和讽刺色彩。再从虚实结合看，因为互相渗透的成分各不相同，作品的样式必然多样化。"

**16日** 张晓明的《小说在高原的足迹——谈扎西达娃的创作》发表于《文艺报》。张晓明认为："扎西达娃的创作已完全转变为人文模式。他对藏族青年的文化、观念、心状情绪在新旧对立的生活中纷繁、复杂的表现把握，体现了一种严厉的自我审视意识，使这些艺术形象的塑造彻底突破了五六十年代甚至七十年代藏族在文艺作品中那种衣衫褴褛、脸上挂满了翻身喜泪的农奴类型，而把一个个现代的活生生的藏族青年形象放到了内地读者的眼前。"

**18日** 刘文的《新的开拓和追求——从〈星星草〉到〈少年天子〉》发表于《人民日报》。刘文提出："《少年天子》刻画人物，超越了固有模式。对于中心人物顺治的性格塑造，作者调遣使用了多副笔墨：严格的现实主义描绘，浪漫色彩的泼墨渲染，具体入微的心理刻画，梦幻以至象征意味的烘托。"

**20日** 柯云路的《现代现实主义——从〈夜与昼〉谈我的艺术追求》发表于《当代》第4期。柯云路认为："我的艺术追求，用六个字就可以概括，那就是现代现实主义。现代现实主义将努力继承和发扬那些现实主义大作家的全部思想和表现手法，在这个意义上，它是传统现实主义的深化，但它又不是那种一成不变的、僵化的、模式固定的现实主义。现代现实主义在观念上、在文学艺术思想上、在表现手法上，都要融汇汲取现代哲学、社会科学、美学等一切领域的新素质，它对传统现实主义的许多模式、公式、理论、经验都准备做某种突破和超越。

"1. 观念上的现代化。从社会、政治哲学，到人生哲学，历史哲学，伦理哲学，美学，它都追求最新的现代意识、现代观念。对守旧的、落后的、惰性的各种传统习惯势力，包括观念，都持无情的批判精神。它认为，现实主义的批判精神在当代不但不应该磨灭，而且应当有一个大的发展。它是严峻的——就其总体品格而言。

"2. 它特别关注现代（当代）生活。它对整个人类（包括各个民族）历史的文明进步持有巨大的热情，它不是冷漠的。正是这种巨大的热忱，使它对历史进步本身要批判的旧传统习惯势力持犀利无情的批判精神。从这一点上讲，它不是冷漠的，是热情的。

"3. 它力求在对现实、现实感的深刻开掘中，掘出历史的丰富沉积，求得现实感与历史感的统一。它认为，现实的社会中、现实的人情世态中凝聚着历史。回避现实，是它所蔑视的。

"4. 在对广阔的社会生活的描绘中，刻划和解剖人性。

"5. 在对社会生活的描绘中不回避一切领域，包括不回避政治领域。

"6. 追求切近感与超脱感的统一。所谓切近感，即对文明进程的巨大热忱及对旧传统势力的无情批判；所谓超脱感，即人生与历史的达观，哲学上的达观。在怀着巨大热忱和无情批判精神对现实生活描绘时，追求艺术的、跨国度的、永恒的魅力；即在空间、时间上都普遍的魅力。

"7. 在文学观念上，它将对传统现实主义的许多观点予以突破，深化，丰富，发展。在表现手法上，它不排斥任何现代的新手法。

"8. 在艺术风格上，它主张：最好的风格是自己的风格。提倡多样性。提倡作家的个性化与文坛的多样化。

"9. 在语言上，力求简洁、朴素、达意。在表现民族性和地方色彩的同时，力求内容上的普遍性。一般来说，它不采用那种换了地域或国度就使人难以理解的方言和俗语。"

**21日** 蒋子龙的《通信论〈蛇神〉——蒋子龙致夏康达》发表于《光明日报》。蒋子龙谈道："我找不到一个好的形式来表达我心里想要表达的一切，就采用两个时间层次，这是最省事的办法。'过去的故事'不单指'文化大革命'，'现在的故事'也不只是眼前发生的事情，历史和现实互相映照，互为因果，这样写跟小说的内容相符，一幕一幕的，戏剧舞台就是社会大舞台的缩小。我写不了史诗，也不想把小说写得很长——拉开长篇的架势。即便如此，我也是前半部分写得从容，到后面就有点急躁，也许是邵南孙把我折磨得不耐烦了。我追求紧凑、集中，把所有别人能猜到、能够想到的东西全部省去，作家跳跃再快也没有读者的想象快。"

**23日** 张贤亮的《社会改革与文学繁荣——与温元凯书》发表于《文艺报》。张贤亮认为："'双百方针'……的内容有这样两个含义：首先，一个民族的成熟，主要是在她的哲学思想，也即对世界的认识上表现出来；文学艺术是在人们在哲学思想，在认识世界的发展基础上发展的。其次，'百家'能够无顾忌地'争鸣'，各种思想能够在平等的地位上交锋，才是检验社会环境自由的尺度，在第二个层次上，才是作家写什么、怎样写、是否受到干预。"

30日　李清泉的《赞赏与不赞赏都说——关于〈红高粱〉的话》发表于《文艺报》。李清泉认为："《红高粱》不属于表现方法上的意识流，虽然它有不少时空上的随机转换和穿插，因无引渡而不免常叫人愣怔。这也可以让读者自己填补，也可以允许有一些无关紧要的模糊性。而有一些模糊性，比如用爷爷、奶奶、父亲来称呼作品主要人物的时候，'我'就不单是故事的陈述人，又好象是这一切生活戏剧的目击者，……而这种叙事方式上的机巧，予人的亲切感和信赖感，是极具成效的。这样的模糊性，自然无人去追究。"

王惟甡的《反小说体裁的两栖性——三谈新新闻主义》发表于同期《文艺报》。王惟甡认为："新新闻主义的作品称得上是'作为历史的小说，作为小说的历史'，因为反小说具有题材上的两栖性。最初人们曾经认为这种反小说'不伦不类'，无法在体裁上加以归类。……其实，反小说既具备历史作品的体裁特点，又具备文学作品的特点。这种两栖文体正是新新闻主义独创性的重要表现。""谈到我国当前兴起的纪实小说的时候，除了明确它同国外的反小说在性质上的区别外，还要看到它有着自己的文学传统和民族印记。最后，应当指出，在两栖体裁的反小说中，叙述的作用越来越强化。曾被西方现代主义嗤之以鼻的情节故事，在反小说创作中得到了恢复。"

# 九月

1日　盛子潮、朱水涌的《情节淡化的两种走向及其艺术秩序》发表于《江南》第5期。盛子潮、朱水涌指出："如果你读了抒情化情节淡化的小说（譬如说，《北方的河》），再读一下生活化情节淡化的小说（又譬如说，王安忆的《小鲍庄》），你不难觉察到两者的不同。前者突出了情感在小说中的地位，生活仿佛是在情感的河流中浸泡着的，有扑颊而来的抒情气息。后者强调的是小说的结构，让生活在小说中以自身的结构形态呈展在我们面前。这些小说作者的态度是客观的（至少具有表面的客观性），情感既不'介入'，更不在小说的表层裸露，虽然不少作品中的主人公采用的是第一人称。"

"如果一定要问新时期中篇小说情节淡化的美学意义，那么，我以为，它的美学意义首先在于一种启示：小说的艺术秩序不一定依赖小说表面层次——

故事情节来维系，采用情节以外的方式同样可以建构一个具有艺术秩序的小说世界。这一启示将为小说开辟一片可以纵横驰骋的沃野，收获就不会是一句空头诺言了。"

同日，吴士余的《生活流变中的人心世态——陈继光小说创作断想》发表于《人民日报》。吴士余指出："短篇小说《旋转的世界》是体现陈继光审美品格的发轫之作。……小说以不断转换的视点，频闪、复沓的画面，历史与现实，天上与地上交叉的时空，使生活映象的显视叠成了一个艺术的旋转体。这就突破了作者原来习常的故事叙述和性格结构的文学模式，完成了审美思维机制由单一、程式化向多元复合的转变，使小说创作进入了一个高层次。""陈继光在开掘生活流变中现代人的心灵世界时，并没有削弱他的主观倾向性。这种倾向性具体表现在他对现代人理想模式的建构。"

同日，吴若增的《残雪的愁思——我读〈阿梅在一个太阳天里的愁思〉》发表于《天津文学》第9期。吴若增说道："我觉得这确是一篇'很怪'的小说。它的'很怪'，是说它几乎完全抛弃了'常规'的写作方式。它不象现实主义作品那样真实地再现典型环境中的典型性格，也不象某些现代主义作品那样把人物和情节给以变形，从而突出作者的什么意念，它是用了些并不连贯的细节和物事，把一些形象的碎片或因幻觉而产生的幻象连缀起来成篇，从而表现出作者的某种观感和情绪。这是一些什么样的观感与情绪呢？从精神分析学角度看起来，作者所写到的大部是人的潜意识内容。而这些潜意识内容，又显然是由于受到某种压抑而生出的变态反映。这些变态反映经过作者的自由联想，那些几乎被凝固了的情意结得以稀释，得以流泄，于是，就在作者的眼前出现了一系列闪闪烁烁的幻觉和幻象。作者在清醒的状态下，用笔把这些幻觉与幻象记录在稿纸上，又显然是经过了前意识甚至意识的转换、移位、象征、凝集、投射和润饰的，这样，我们就不能只把这篇作品看作是无意义的梦幻了——何况，梦幻的本身就不是无意义的。"

**5日** 何镇邦的《八五年长篇小说面面观》发表于《当代文坛》第5期。何镇邦认为："八五年的长篇小说创作最突出的特点是出现了从各方面开拓题材和进行多种艺术探索的多样化的趋势。因此，虽然那种厚实的有力度的'拳头作品'并不多见，却出现了不少值得注意的探索性的作品。"

"这些作品，已经很难用过去一些划分题材的模式来划分它们；在它们所描绘的五彩缤纷的生活画面中，也很难归纳出单一的透明的主题，它们的意蕴大多是比较深厚的，主题也往往是多义的。"

"再从艺术手法多样化的角度来看，我们可以看到，八五年的长篇小说创作在前几年开拓艺术思维空间，尝试多种艺术表现手法的基础上，又有所发展。这大体表现为以下几个方面：首先，风俗画描写的加强，更具有一种民俗美的审美价值。前些年，我们在一些长篇小说中（例如鲍昌的《庚子风云》、古华的《芙蓉镇》）看到过相当动人而又独具特色的风俗画描写，尤其象《芙蓉镇》，把政治风云寓于风俗画描写之中，更是受到赞赏；……其次，人物心理描写的加强，朝着人物'内心世界审美化'的更高审美层次努力，也是一个重要的发展趋势。……再次，从八五年长篇小说创作中可以看到，各种文学体裁以及各种艺术门类相互渗透的趋势，中外文学互相融合的趋势，以及我国古典小说传统手法进一步继承的趋势，也正在并行地发展着，在某种程度上也形成一种艺术上的既相互竞争又相互融合的趋向。《从前》的散文笔调，《小鸟听不懂大树的歌》的诗化倾向，《冬春夏的复调》采用巴赫复调音乐的结构，《盲流》的吸取西方追捕式惊险小说结构形式，《刀客与女人》以及下面将论及的《红尘》的浓厚的传奇色彩，都是这些趋向的表现。"

王晓峰、张一波的《当代短篇小说情节的强化与淡化》发表于同期《当代文坛》。王晓峰、张一波认为："情节的强化与淡化是以扩充小说情节容量为目的的。小说的短小凝练的特征导致小说内容容量的局限。……情节强化主要表现在小说的叙述线索增多和细节叠合上。叙述线索增多的主要标志是许多小说的情节都出现了多重线索或放射线索。多重线索是在小说中有着平行的几条叙事线索，在小说家笔墨的不同侧重下，并行地表现了几类形象和几类事件。""放射线索则以某一形象或某一事件为核心，运用想象、联想、回忆、蒙太奇等多种衔接方法，展开多条叙述线索。放射线索一般有一个核心，或者说是放射中心，是叙述线索的出发点，从这核心延伸出来的线索均受到它的制约。和多重线索一样，放射线索的多触角会触及到生活的许多方面，从而加大了小说的容量。""细节叠合可以说是压缩了的情节和故事的罗列,是情节中的细节的单位密度的增加。……细节的分布有时也会出现逆反状态,这便是情节的淡化。""情节内容的情绪化来自小说家对生活的情绪体验,表现在对情节内容的主观处理上。主观处理通过两个渠道:一、形象的心理描写;二、形象与环境的统一。"

同日,李陀的《拾遗录(四):不可"流行色"——漫议"创新"》发表于《文学自由谈》第5期。李陀谈道:"近来,创作界有种倾向值得注意:即把'创新'当作一种时髦。……问题是,目前的一些盲目'创新',为创新而'创新',把本来简单的情形搅得复杂化了。一些人已经不把艺术上的创新作为孜孜以求的探索,而是当作一种赢取关注的手段,此其一。一些人即或有真诚的创新的愿望,但由于对西方现代派艺术和我国的民族传统文化知之甚少,便也只能使自己的创新流于表面和肤浅,此其二。在此基础上,便出现了一大批'伪'创新即'伪'现代主义的作品。……提倡借鉴外来经验的目的,在于以此打破文坛长久以来形成的大一统局面,在于为获得文坛的真正宽松和自由而呐喊,在于为今后争取更广大的创作空间拓清道路。……'寻根'和向西方现代派的借鉴并不矛盾,而是一个向更高层次的递进。民族文化传统的提出,终于使向外来经验学习具有了实际的价值和意义,……两个主张的融合,即是我们当代文学发展的出路。"

同日,吴方的《在"杂色"后面——对王蒙小说局限性的思考》发表于《文艺争鸣》第5期。吴方指出:"杂多的形式元素及组合需要与深层的艺术语义和文化潜意相应合,另一方面,杂色本身之间的联系又应是整体有机的,并非任意的满天开花,尽情联系,闪电般变化。拿来新的形式手法,如果没有主体思维观念在深度和广度上的拓展以及质量上的变化,已有的风格也会停滞或退步"。

**10日** 柯云路的《关于〈文学与黄昏〉》发表于《批评家》第5期。柯云路指出:"小说艺术在其创作实践与欣赏实践组成的系统的运动中,充分显示出了它的巨大的综合性。它也许不能象电影、戏剧那样直接叫做综合的艺术,——它并不能将音乐、舞蹈、雕塑等艺术形式直接综合入(搬入)自身,但它却是真正的、更高级的'综合艺术'。它将音乐、舞蹈、绘画、雕塑、诗歌,甚至如电影、戏剧这样的综合艺术的神韵、特征纳入自身,使之具有音乐感、绘画感、雕塑感。不仅如此,它在另一个极端,还将哲学(社会哲学,历史哲学,政治哲学,人生哲学)这种抽象的理论也综合于内。""这样,在我们面前,小说便展示了自己最广大的领地。一端是抽象至极的哲学思辨;另一端是有如绘画、音乐一样诉诸直觉的文字描写。"

赵园的《关于小说结构的散化——对文学史的一点思考》发表于同期《批评家》。赵园认为:"这种'散文体式'并不能被认为是新的美学观念的形式体现,——如现代派的小说结构那样。就艺术渊源言,这种结构形态毋宁说更与旧文学相近。因而中国现代小说的散文化,从一个方面实现了文学史的衔接、承续,在审美意识上沟通了现代文学与传统文学。文学史现象就是这么矛盾:一方面,有中国小说的'现代化',师法欧美,输入新潮,另一方面,又有骨子里的中国味,有审美心理、审美意识中的'传统的力量'。这种力量并非总是'历史的惰性力',文学的逻辑究竟不等同于社会历史的逻辑。比如散文意识下结构形式的开放,不就接通了传统文学与现当代文学,尤其文学形式变革的'新时期文学',因而传统文学的'散文意识'中倒是有可能孕育、启示现代的形式感、结构样式吗?值得做的工作,是找到'传统'与'现代'的焊接点,解释这种审美意识的交错现象。"

朱珩青的《感觉化的世界:莫言小说印象》发表于同期《批评家》。朱珩青认为:"生活赋予了他丰富的体验,他把从生活里得来的种种印象、感觉、冲动、情绪,化为心灵的东西,又通过感觉的联想(视觉的、嗅觉的,特别是听觉的——在莫言的作品里不少人物都是大耳朵或耳力特别好的精灵),以感情作为载体外射给自然和社会,这就使得作家描绘的对象物呈现出多样、复杂、变幻、纷扰的状态。莫言笔下的农村现实,是感觉化、心理化了的现实。"

"到目前为止,我们从莫言的作品里所看到的,一方面是他的传统表达方式的根基:白描的工夫,对民间戏文、曲调的吸收,对古白话小说语言的仿效以及古汉语词汇的选用。另一方面,是非传统表现方式和西方现代派东西的引进。诸如前面已经说过的感觉外化、心理现实、童话色彩和魔幻意识、象征等等。这两方面的自然融合虽不能说非常成功,但确实是我们大家必须刮目相看的。

应该承认，莫言表现农村生活的感觉化的世界的创造，拓展了文学的表现领域，给文学的多样化发展带来了新鲜的前景。"

同日，何镇邦的《努力开拓艺术思维的空间——评朱春雨的长篇新作〈橄榄〉》发表于《小说界》第5期。何镇邦认为："诗意不是别的，正是那种对生活中美好事物的发现，正是美好感情的升华；它也不可能是外加的，它寓于形象之中。""由此看来，长篇小说是需要丰富的知识的，是要文化色彩的。但也必须看到，知识的引入，必须与情节、形象融为一体，而且要恰到好处，当然也要求精通各方面的知识，以便选取精当。""作家们在追求一种被称为高的审美层次的文化意识和文化色彩，这是好事；但在对文化的理解方面应当避免失之于片面和偏狭。应当在看到各种典故或奇风异俗所具有的特殊表现力的同时，更加注重小说艺术的特性，其实小说语言的美，才是真正的文化，而这方面往往被忽视。"

晓江的《长篇创作大突破的先兆——赞耐嚼的〈橄榄〉》发表于同期《小说界》。晓江认为："首先，《橄榄》结构恢弘，气势磅礴。它的容量特大，内容特丰。……是经过认真提炼与浓缩的。……作者纵横笔墨，恣肆汪洋，有那种'观古今于须臾，抚四海于一瞬'的气度。而这一切，又经过精心的剪裁与组织，让其浸润在深沉的哲理的思索之中，从而在其形形色色的具象后面，更隐藏或展现着诱人捕捉与玩味的抽象。……其次，《橄榄》视野开阔，高屋建瓴。《橄榄》是呼吁和平之作。战争，给人类蒙上一层厚厚的阴影。作品中的中、苏、美、日四家，没有一家没有遭受过战争的灾难。……《橄榄》写和平由这里切入，就具有一种超越历史、民族、国家的启示，跳动着鲜明的人类意识、全球意识、世界意识。……第三，《橄榄》在艺术上兼容并蓄，别具一格。它有故事、有情节、有人物，但又不着意故事的完整、情节的连贯和人物的刻画，其中渗透着多种传说、典故、神话以及哲学、历史等等，夹杂着象征、荒诞、梦幻、意识流、时空交叉等等手法，不论是现实主义，还是现代主义，凡艺术手法、技巧能为它所用的，它都不客气地取来，用以拓展和表现它所要表现的。两个'主义'的既定框架，都难于框住它。……《橄榄》在形式上脱'框'而出，也就为了更好地表达它的艺术内容、艺术思想，其中重要一点，是它的浓郁的哲理味。……从笼罩它的厚厚的思辨气氛来看，称它是新时期的哲理小说似也可以。"

**13日** 彭荆风的《小说的歧路》发表于《文艺报》。彭荆风谈道："小说是通过它的故事、人物深刻地表现生活，还是仅仅为了表现一种美和感觉？我是赞成美国作家辛格的说法：'把叙述故事摒弃于文学之外，文学就失去了一切。文学就是叙述故事。一旦文学开始分析生活，想变成弗洛伊德、容格或者艾德勒，文学就成了令人生厌的东西，毫无意义。'……一篇小说只有把人物、情节以及这特定环境中的气氛等等写得生动、真实，才能使故事深刻感人。但不知什么从什么时候起，小说创作中出现了一种人物、情节、故事淡化（或者没有人物、故事、情节）的所谓追求'意象美'的'小说'。而且被推崇为'新的美学追求，艺术上的独创'。据说，这些'小说'妙就妙在不写人物、情节、故事，只捕捉一种感觉，描摹一种意象，造成一种空灵悠远的境界。他们还认为，这种'艺术独创'，已是前无古人，鲁迅的小说虽然写得情景交融，也没有'意象美'，'只是局限于为了塑造典型环境的典型人物而设色。'如果按照这种'创新'的说法，小说只要能写出感觉、意象和空灵悠远的意境，那么早在这方面具有辉煌成就的古风、汉赋、唐诗、宋词、元明散曲也可以称作'小说'了！……但这些千古传唱的佳作，却没有人把它们叫作小说，因为它们没有写人物、情节、故事。如果说，只要能捕捉一种感觉、描摹一种意象、写出一种美，就可称作小说，那么屠格涅夫、泰戈尔、鲁迅那些意境深远的散文诗，也早就可列入'意象美'小说的祖师爷了，又哪里轮得着今天这些'意象美'作家来戴上'独创'的金牌呢？""既然要写小说，就不能不考虑小说必须具备的一些因素。……作家当然可以不拘一格，按照自己的兴趣写没有人物、情节的作品，但，既然已离开了小说的基本要求，自可另立名目，而不必硬要说这就是小说。……我却觉得如果把没有人物、情节、故事的'空灵超脱'小品当作小说的艺术独创，那将使小说陷入歧路。"

**15日** 王中才的《写好战争中的人》发表于《人民日报》。王中才写道："作家描写战争，主要是描写战争中的人。""应该纠正过去写战争题材简单化的作法，写出双方人物的丰富复杂性格。如果说不应将正义一方写成神的话，也不应将非正义一方写成鬼。战争双方都应回归到人的地位。"

同日，丁帆、徐兆淮的《新时期乡土小说的递嬗演进》发表于《文学评论》第 5 期。丁帆、徐兆淮认为："新时期乡土小说发展到今天，不仅要求作家在描写风俗画的同时融进深邃新鲜的思想内容和哲学观念，更重要的是须有贯注于整个作品的高层建筑式的当代意识气韵。"

"从目前的创作来看，乡土小说主要是在两种形式和层次上同时并进的，他们在描摹风俗画的艺术氛围中展示着自己无尽的艺术才华，令人刮目。……而另一小部分乡土小说作家（主要是'寻根'派作家）却企图以新的审美观念和'横移'过来的艺术技巧对传统进行改造。他们的'手法是新的，氛围是土的'。我们以为后者虽然带有探索的冒险性，然而，它却是开辟新乡土文学未知领域，使之在中国文学内得有恒长的生命力的催化剂。即使有失败之处，也不应抱以嘲笑与鞭笞。"

杨义的《当今小说的风度与发展前景——与当代小说家一次冒昧的对话》发表于同期《文学评论》。杨义认为："小说打破了凝固或半凝固的传统信条和程式，到处越俎代庖。作小说似作诗者有之，作小说似作杂文者也有之；时而以音乐入小说，时而以画意入小说；小说今天还斯斯文文地和风俗志讲交情，明天又蛮不讲理地去夺新闻的饭碗。总之，小说外在界限的模糊成了增强小说内在活力的手段。""文化意识的崛起，是新时期小说走向开阔的另一种重要特点。由热心向外借鉴现代技巧（形式上的'良规'），到真挚地向内开掘本土文化的沉积（带本质性的'血脉'），这是文学思维重要的转向和突破。""文学观念的变革必然在文学表现手段的变革中凝结成为客体。断层期文学多元探索的风气，驱使广大作家大规模地引进外国现代小说的技巧，从而形成文学走向开阔的另一个引人注目的审美特征。"

杨义指出："从小说发展的历程来看，它已经走过了叙事的'正题'阶段，又走过了抒情的'反题'阶段，现在它应该跨上更高一级的融合叙事、抒情、寄意等多重因素的'合题'阶段了。在这种融合和合题上，将可能在新的历史高度出现从整体上把握民族的社会历史和心灵历史的全景小说或百科全书小说，产生出具有史诗气魄和大家风度的文学巨匠。"

同日，姜德明的《鲁迅与民俗》发表于《文艺评论》第 5 期。姜德明认为：

"这类作品（《药》《祝福》《长明灯》——编者注），是鲁迅先生以直接写民俗来展开故事的。在小说的发展中，也始终借助于民俗这条线来深化主题。这种深刻地挖掘人物社会思想根源的创作方法完全是现实主义的。第二种情况是并非以写民俗为主，但是时时又涉及民俗，丰富和加深了主题的描写。……第三种情况是作者有意写出某些民俗细节，借以增加作品的地方色彩，丰富人物的形象。"

金健人的《艺术结构的外部联系初探》发表于同期《文艺评论》。金健人认为："作家们还常常利用事件之间的交往、物件之间的交往来作为作品的外部联系。……成功的经验是：一旦中心事件或主要事件发端之后，就不能轻易地放过这些事件，而是用这些事件来吸附更多的事情、人物、因果联系、叙事单元，甚至于不是吸附，而是干脆的'吞并'。""说到物件的'交往'，实在很难同事件分拆开来。……比起一般性的事件来，作品中的这种小玩意儿往往更具体可感，往往能将事件、人物、各种各样的材料，甚至作品的整个意蕴都聚焦到某一个点上使读者看得见摸得着。……外部联系是内在联系的具体体现和补充。"

刘思谦的《崇高没有泯灭——新时期小说的审美价值》发表于同期《文艺评论》。刘思谦认为："美的形态是丰富的。崇高是美，优美、滑稽、幽默、悲剧、喜剧也是美。各种美感形态不是相互绝缘、对立的关系，而是相互渗透、制约、转化的关系。新时期小说崇高美在形态上的一个根本的变化，就是出现了崇高与优美、滑稽、幽默的渗透、结合。"

吕福田的《〈山城夜〉心理描写艺术初探》发表于同期《文艺评论》。吕福田认为："心理描写作为刻划人物性格的主要手段，竟弥漫全篇，涵盖整个故事情节，作家运用心态小说中的某些技法，在人物心理描摹中逐步交待情节线索，随着对人物思想活动的深层开拓，情节也渐次向纵深演进，往往在人物意识的深层觉醒中把情节推向高潮，并随着人物思想矛盾的解决和情感的再次平衡而收束情节。"

吴士余的《形象构成的指向性归属——当代小说创作论》发表于同期《文艺评论》。吴士余认为："形象构成的指向性归属，是一种审美思维机制的延伸情势。它意味着，在形象思维模式的多元走向中，也存在着一种相对稳定的归属意识。作家群尽管有着各自的艺术个性和审美追求，但在某一特定文学时期（或阶段）他们对形象构成的审美思维有着共趋性的审美意向。我以为，这是一种较高层次的主观思维机制，也是作家审美意识强化的体现。"

辛晓征、郭银星的《悲剧的现代含义——对新时期小说一种美学倾向的思考》发表于同期《文艺评论》。辛晓征、郭银星谈道："用现代悲剧观念考察我国的新时期文学，我们应当承认一九八四年以来大量现代悲剧作品产生这一不可否认的事实。……《人到中年》、《祸起萧墙》、《北方的河》、《钢锉将军》等一系列作品，完成了传统悲剧文学的成熟面貌。……这些优秀的悲剧作品，不仅积累了丰富的现实主义文学价值，同时为悲剧形式由传统到现代的生成提供了实践的前提。尤其是悲剧类型从'英雄悲剧'到'普通人悲剧'的转化，深刻地影响了继后的文学发展。""这一转化实际是在世界文学的现代影响过程里完成的。其中一个相当重要的方面，是新时期文学对意识流心理意识的认肯和移用。……应当说，悲剧意识并非我国民族历史文化心理的固有内容，尤其现代悲剧这种彻底的否定精神，更不同于坚忍自宽、反省调合的民族传统心态。它的出现，无疑是在外来文化的影响下民族心理的能动迎合和自我改造。在现有的一些现代悲剧作品中，悲剧意识常常与年深历久的民族忧患意识相混合，沉淀出独特、凝厚的悲剧境界。它表现出的悲剧性人生观，常是在对民族历史内容的思考中做出的反应，和对个人社会责任感患得患失的矛盾对待，而非个人危机感、孤独感、荒谬感和个人渺小感这些完全西方化的心理内容。因而，它不带有发泄、破坏、自我摧残和否定一切生活价值的极端倾向，是在收聚与内敛中弥漫出悲失的底蕴。"

叶式生的《天然去雕饰——谈〈北大荒的呼唤〉的性格描写》发表于同期《文艺评论》。叶式生认为："要对人的性格发展曲线做出逼真的描述，必须准确捕捉这些表象的突变构成的一个个关节点。对这些关节点进行深入剖析，并在清晰的背景上将它们放大描绘出来，既是'人学'专擅其长的功能，也是其最复杂精细的一项任务。"

同日，晓凡、石苇的《铁凝和她未来的歌——评铁凝小说创作兼谈批评方法的多元化》发表于《钟山》第5期。晓凡、石苇认为："《远村不陌生》以它多层次的结构使得铁凝的艺术思考更深邃了。随着小说观念的不断更新，表面结构形态上的散与不散已不再是当今衡量小说概念的标准了，为什么许多作家要写散文化的小说，其根本点就是要挣脱束缚思维空间的形式框架，以辐射性的强光去照射更为广阔的生活层面。我们以为，这部小说之所以有特色，就在于作者以散文化的辐射式结构开掘了不同生活的层面，把城市与农村那种思想意识交融时的隔膜写活写透了，在这个聚焦点上，作者用她那女性特有的细腻去发掘表现出人与人之间的那种微妙之极的心绪状态。"

张宏梁的《文学语言中的"化拙为美"》发表于同期《钟山》。张宏梁认为："'拙'的语言既然可以包含着'巧'，也可以作为'巧'的垫铺、'巧'的前奏，那末'拙'的语言也能够作为审美对象的一个组成部分了。但是，辩证法所讲的转化，是有条件的转化，并非任何'拙'的语言都是能成为审美对象的组成部分，引起审美快感的，我们要联系作品前后的条件来看，在叙事性文学作品中要联系人物所处的具体情境、具体语境来看。"

**20日** 金健人的《人称转换时的视点变化》发表于《清明》第5期。金健人认为："用第三人称'他'来叙述的小说，叙述者——人物——读者三者之间都得保持相当大的距离；而用第一人称'我'来叙述的作品，叙述者和人物之间的距离消失了，两者合而为一；而在叙述中采用第二人称'你'的，可使读者直接置身于人物与叙述者面前，恍惚中甚至会以为自己就是叙述者的叙述对象。三者之间距离的缩短意味着感应力的增强。难以两全的是：这三种叙述人称在组织材料的范围广度与表现内容的感应强度上恰成反比。这一方面说明了三种人称之间但有当否之别，绝无优劣之分；另一方面也要求小说家在选用叙述人称时不妨学一点数学家的优选法，力求作品的视野与效益两方面都达到最佳值。正是基于这样的考虑，为了获得更多的视点，为了使叙述者、人物、读者之间构成效应力更强的配合关系，小说家不得不打破单一人称的限制，使视点可以在三种人称角度之间随机应变，出现了各种各样的人称转换。"

同日，费振钟、王干的《愿他飞向更广阔的空间——何立伟小说创作断想》发表于《文艺报》。费振钟、王干认为："何立伟在他过去的创作中显示出来的最宝贵的艺术品质,是他的那一种'诗质',……他用他的小说更大程度上接纳我们这个时代的生活洪流时,并不会妨碍他对'诗化'、'情绪化'、'音乐化'的追求,也不会妨碍他在小说语言功能方面的创造性努力。相反,时代激越的生活会充注他的小说作品的艺术灵魂,增强作品诗情的气势,开拓出更阔大的境界。"

吴秉杰的《困惑引出的思考——评〈小说三题〉兼及王润滋的创作》发表于同期《文艺报》。吴秉杰指出:"《小说三题》是王润滋的近作,这是一组拟童话体的创作,然而它却没有童话的单纯、童话的欢乐、童话那常见的美丽的憧憬与童话式的憧憬的实现,它留下了一丝迷茫。""《小说三题》以心接物,借物写心,采用隐喻、象征的方法,还是重复《鲁班的子孙》的思考。要打破这种创作的狭隘性,或许需要更为开阔的眼光。"

同日,李勇的《路遥论》发表于《小说评论》第5期。李勇认为:"'交叉地带'这个典型环境和高加林这个典型形象,是路遥为当代中国文学做出的突出贡献,也是他在自己的创作敏感区最重要的收获。"

滕云的《"寻根"的选择》发表于同期《小说评论》。滕云论述了文化寻根的意义及其文化策略,"寻根意识是一种具有历史必然性的思想文化现象,它是一个民族的文化反思和文化自省。寻根意识每每产生于民族历史大转折,本土文化与外来文化(在中国是中西文化)大碰撞时期。际此历史激荡时刻,敏感的人们在回顾前瞻、中西比较中,试图为民族的发展找座标、定位定向,就要寻根。"

吴秉杰的《文化"寻根"与"寻根文学"——评一股文学潮流》发表于同期《小说评论》。吴秉杰指出:"对于文学来说,文化的开掘根本上乃是一种对于生活的历史意蕴的观照与心灵的开掘。正是在这一意义上,文化'寻根'与新时期小说的另一股重要的潮流:由'意识流'小说至心态小说再衍化成社会心理小说的发展,也产生了内在的联系。王安忆的《小鲍庄》等是这种社会心理小说与文化'寻根'小说相通的确证。"

吴秀明的《历史真实与作家的现代意识——关于这几年长篇历史小说创作的一个断想》发表于同期《小说评论》。吴秀明认为,新时代历史小说还体现了一种对"庸俗历史观的反拨","大胆突破过去种种流行的庸俗历史观的拘囿,实践着一种更符合客观真理的历史观。他们在创作中不是按照抽象的阶级论、本质论、动力论来对人事进行图解和渲染,而是遵循辩证唯物主义和历史唯物主义的观点,着力从复杂的社会人际关系的视野内去塑人写事、评判历史,因而创作出来的作品就明显具有'杂多的统一'的审美特征,内涵较丰富,形象较立体,与历史所固有的丰腴复杂貌态更接近了。"

邢小利的《谈谈荒诞色彩的小说》发表于同期《小说评论》。邢小利认为,荒诞"作为一种艺术表现方式、手法,并非始自西方荒诞派戏剧,尽管荒诞派戏剧发展了荒诞艺术。在我国,从六朝的一些志怪到唐宋的一些传奇再到明清的一些文言小说、蒲松龄的《聊斋志异》,以及鲁迅的《狂人日记》《故事新编》等小说,都或多或少地运用了荒诞的艺术表现方式和方法"。邢小利还概括了这些具有荒诞色彩小说的共同特点,包括"理性对非理性的审视";"'空框'式的结构与艺术的抽象性";"荒诞色彩的小说不以塑造典型环境中的典型性格为其特长,而注重写人的心理或某种集体心态,特别是变态心理,反常心态。并且,它有强烈的表现特点,往往借助艺术形象表现一种认识或一种哲理。"

曾镇南的《外迫力和内驱力的交绥——谈王蒙艺术创新的思想契机》发表于同期《小说评论》。曾镇南认为:"比文学的迫力更不可抗御的,是纷纭杂沓而至的新的生活印象、生活感受——王蒙举家从新疆返京后获得的新的生活契机所赋予的独特生活体验——对王蒙产生的迫力。这是一种生活的迫力,也是一种生活的基础。作家所感受到的文学的迫力、作用在作家的生活基础所提供的现实可能性上,就外化为艺术创新的现实性了。"

**21日** 程德培的《受指与能指的双重角色——关于小说的叙述者》发表于《文艺研究》第5期。程德培认为:"所谓叙述者,实质上指的是小说作为一种言语创造的中介物,它的一头与作者密不可分,而另一头和言语符号的传达息息相关。叙述者的存活率取决于作者指意和叙事能指的合一。……在作者面前,叙述者可能是个被动的角色,它从虚无到诞生,首先得仰仗作者的创造。……如果从作者进入到叙述者,充分感情化、情绪化,则类似于表演艺术中的'体验派',讲究进入角色,注重模仿。但我们也不排斥另一种相对比较疏远、冷漠的叙述者,它们与作者的关系若即若离、时连时断、貌合神离,甚至有一种物化状态的叙述者,类似望远镜、录音设备等等,使叙述者的目光冷漠到极点。当然不管怎样,我们还是能从中感受到如上所谈到的异同关系,而作为受指的过程,最终也是在这种关系的调节中完成。"

"小说是语言的艺术,而决定这门艺术的全部优势和全部局限,又都和语言的表现力有关。语言反映非语言经验的可能性和完全反映非语言经验的不可能性,决定了小说艺术永恒的理想与苦闷的源泉。……我们通常认为的小说中的两种时空:言语的时空和作为表现对象的时空。叙述者能指的功用,便在于融会这两种时空而创造出第三种时空,即阅读的时空。"

"也许我们可以这样来概括当代小说发展变化的两个基本走向——认同与间离。认同是力图强化受指的一面,强调作者的个性色彩、情绪色彩对叙述者的影响,强调现场智慧并且努力使这种指挥的作用越过叙述者而涂抹能指。……而间离则相反,强调作者与叙述者拉开距离,力图缩小作者对叙述者的影响,追求一种不露声色的遥控,讲究离间效果型的叙述者更尊重能指的作用。这类作品似乎更强调客观倾向,追求记录的风格,现在大量流行的非虚构小说,以及林斤澜、王安忆、韩少功等,不同程度地可归于这一类。认同者与间离者,在极端的两头,各自表明自己的生存价值,而我们当代小说的日益多样与日趋繁荣,正是和这种'极端'的生存意识分不开的。"

**23日** 北明的《流极而生趣 气概自成章——〈你别无选择〉形式风格探》发表于《当代文艺探索》第5期。北明认为:"它(《你别无选择》——编者注)所具有的崇高之美的艺术风格。……首先,在语言上,小说一反日常用语的臃肿和文学中对话语言的性格化的规范,陈述部分渲畅如流,人物对话则简捷、明快。而且,通篇几乎都是短句子,造成一种飞动的节奏,轻快但有力,简短而不间断。……次之,语义的表现性。……作者用语义的表现性直接描述那些由性格、思想、情感、心理所决定的人物行为。最大限度地调动读者的想象、感受和领悟能力,为读者对作品进行二度创作提供了一个颇为广阔的空间。……再次,是文章结构的自然化(无结构)。""无论语言、语义或结构,小说在挣脱优美形式感的同时,创造出一种不平衡、非和谐形态的美,一种快速(节奏)、力度(爆发性)、大空间(语义的二度创造)、无结构(自然化)的美,一种感官经验强烈、具有崇高风格的美。小说在艺术形式上的这种特色并非偶然,在创作心理学的意义上,它是作者情感、思想、意志的反映,从社会学意义上讲,它是当代文化(广义。不仅指思想意识、价值观念、精神结构,而且包括生活习俗和方式)风貌在当代文艺中物态化的必然结果。"

刘思谦的《小说张开了纪实的翅膀——纪实小说审美特性初探》发表于同期《当代文艺探索》。刘思谦认为:"以纪实为主导艺术功能,是纪实小说的基本特性,由此而带来了小说内容构成、结构形态、审美价值诸方面的特点,初步呈现出其独特的审美特性。在小说内容构成方面,由于以生活事实作为小说的基本内容,便从根本上改变了小说要素,使传统意义上的小说情节、人物发生了某种变异。一般来说,它已没有了情节叙事小说那种由严格的因果逻辑联系构成的情节,也不是散文抒情小说情节的淡化。它的纪实功能表现在对确凿无疑的生活事实素材进行适当的小说艺术处理,使它们以自己的本来面貌再现出来。"

"纪实小说的结构,一般呈现为以生活事实为轴心的开放有序的结构形态。所谓开放是指具有较大的弹性与张力,指超越了情节结构的有头有尾、前后照应的闭合式结构。所谓有序一般来说不是指情节结构那样的时空顺序,也不是指心理结构那样心理流程的流动顺序。纪实小说的结构线索,即作家将自在无序的事实材料组织起来的内在秩序,是他对这些事实材料的审美感知与分析。纪实小说的结构目标,在于使散乱无序的事实材料在小说中呈现出事、情、理三者的合规律性的有机统一。它的全部困难,在于如何以不加雕琢的事实本身的质朴,呈现出其内在的说服力量和真理的雄辩性。概言之,纪实小说的结构目标在于让事实说话。"

赵玫的《新感觉形态一二》发表于同期《当代文艺探索》。赵玫认为:"新感觉小说的一个突出特点是语言的纯粹和干净,作者往往避免使用带有感情色彩或人格化的形容词而更多地采用表明视觉的和纯描写性的明确词汇以期达到一种深在的真实。……这种语言的更新首先摆脱了新感觉小说所极力摒弃的小布尔乔亚情调。接下来文字的轻松俏皮、喜笑怒骂又把自嘲和情绪的反向宣泄表述得淋漓尽致。在强调主观对人或物的感觉时作者又往往采用带有明显主观意象色彩的动词,而动词的使用又常常是违反常规地搭配和使用更给人留下十分强烈的印象。加之这类小说在描述主观情绪和主观感觉时,为了真实地表现这种主观情绪的不间断性,尝试着使用了一些没有标点和间隔的五六十字的长句子,就构成了新感觉小说在语言上的一系列革新,而这种革新有些是很成功的,成功在于准确地表达了这种新感觉的不同形态。"

**25日** 李国涛的《〈小鲍庄〉的文体及其它》发表于《当代作家评论》第5期。李国涛认为:"王安忆新作的特点在于,……要体现新的生活观念和小说观念,她把因、果都尽力表现得和生活中一样。""因和果不是直接单线的联系,它们之中都有偶然。《小鲍庄》里的人物都是如此。唯其如此,小说有动人的'真'。"

"王安忆并不借助于纪实体小说常常借助的体裁上的特点。……从语言文体上看,这里是纯正的小说语言,王安忆小说里的最上乘的语言。这里不引用公文,不模拟各类体裁的文笔。而这些,是纪实体小说里常用的。……王安忆的纪实体乃是一种简约的笔调、客观的叙述和非情节模式的结构所造成的印象。而就其整个的艺术形式来看,同时又十分民族化的、富于传统格调的。王安忆自己所说的摆脱自己、追求宏大并体现出更为强烈的自我,是用这种文体表现出来的,是体现在这种文体里的。"

刘火的《何立伟的遥远和贴近》发表于同期《当代作家评论》。刘火认为:"何立伟小说的成功是建立在他独特的语言技巧上的。从《白》到《一》,中间嵌了《花》与《苍》,但我们分明感觉到了何氏小说语言已从单纯的古色古香(如《白》破头即是'设若七月的太阳并非如此热辣')发展到一种呈多元状态:既庄又谐(如《苍》里有'苦楝树缘得逼人了'和'快莫乱讲,你郎家高寿咧',既洋又中(如《一》有'静静一空帐似的夜'和'河水啊长又长'),既文又白(如《一》里,'星子如泪尽皆凄迷',和'拿刀刻了好些骂祖宗的话')。尤其是那些精彩的短句及由短句组合的交叉换位更写得别具风采,这种交叉换位所造成的语意跳荡突破了句法的线性排列,而正是这种跳荡感容纳的内容自然出现一种时断时续,时隐时现的意蕴。""何立伟以一种寓言式的诗式的总体框架制约着和发挥着他那不想露而时时在露的善与爱……正是这种扭曲使得何文风格呈现出'隔'的状况,……这个审美视点似乎可以看作是一个审美系统的一个较高的层次:它将抽象的哲理淡化在语言这个符号系统的表层和深层。……对此,何立伟是颇为得意的:'我企图打破一点叙述语言的常规(包括语法),且将五官的感觉在文字里有密度和有弹性张力的表现,又使之尽量具有可能性、墨趣和反刍韵味'。(见《小说选刊》86年6期)看来,形式不但可以是内容的延伸,而且可以是内容的直接现实。"

孙毅的《来自苦闷之门的颤音——评孙惠芬的〈小窗絮雨〉》发表于同期《当代作家评论》。孙毅认为:"孙惠芬的小说追求的是情愫的表达和意念的渲染。在这里,处处游荡着两个精神世界的精灵的碰撞。……孙惠芬的女性特有的感受给小说蒙上了一层真实的情调。她十分同情现代青年在两个精神世界的撞击中所产生的痛苦。这一点甚至使她的作品幽怨的氛围显得格外浓重。"

王晓明的《在语言的挑战面前》发表于同期《当代作家评论》。王晓明认为:"我甚至还想说,莫言的小说是一个突出的标志,他第一次使我注意到了,中国当代小说似乎正在跨入一个语言意识的觉醒期。

"这样说的根据何在?我想先从'语言意识'这个词的涵义谈起。文学首先是一种语言现象。这不但是指作家必须依靠文字来表达自己的审美感受,一切所谓的文学形式首先都是一种语言形式;更是说作家酝酿自己审美感受的整个过程,它本身就是一个语言的过程。当作家沉浸于创作构思的遐想时,他实际上就是在运用语言提供的各种概念,按照既成的语法关系去清理自己的情绪记忆,使种种朦胧模糊的感性印象明晰化,把那些飘忽不定的瞬间意念固定住。如果没有这种初步的清理,一切所谓思想的深化、审美的洞察就都无从发生。所以,语言看上去只是作品的一层表皮,实际上它却渗透了作品的整个内核,当我们谈论一部小说——更不要说一首诗了——的语言时,我们实际上也就是在谈论它的文体,它的意蕴,谈论作者的叙述态度,谈论他的创作心境。正好象离开色彩和线条,就无所谓绘画一样,离开了语言,文学也就没有了。一个作家尽可以骄傲于自己的多情和敏感,但他同时却应该知道,文学创作并不仅仅听从作家个人的情感命令,它同时还受到作家所置身的那个语言系统的有力制约。在某种意义上完全可以说,作家的创作能否成功,首先就看他能不能改造现有的语言模式,创造出最适合自己的新的语言表述方式来。什么是一个作家的语言意识?我以为这就是。"

於可训的《祖慰论》发表于同期《当代作家评论》。於可训认为:"如果要对他的这种独特之处作某种理论的概括的话,我以为是他那种以'人的本质的对象化'为核心的具有积极创造精神的人生哲学;他的以现代科学的真理意识烛照社会人生的独特的审美方式,以及由此形成的其作的多元性杂交,异彩纷呈的美学风貌。这便是被人们戏称为'怪味'的和祖慰自诩的'怪',也是构成他全部创作的最基本的主体元素。"

同日,何孔周的《意念的游丝和形象的失重——〈蛇神〉得失谈》发表于《光明日报》。何孔周认为:"我们赞赏蒋子龙在他的长篇新作《蛇神》……把自己的传统写法溶进两个时间序列穿插递进的'时间对位法'。……如果从《蛇神》的创作实际出发,用美学的和历史的尺度来对它加以认真审视、衡量和批判,那就不难发现,《蛇神》中的主人公邵南孙形象的塑造,并不是很成功。"

同日,夏康达的《蒋子龙的小说艺术》发表于《花城》第5期。夏康达发现:"从布局结构上看,蒋子龙并不讲究情节线索表面上的连贯性和完整性。他的不少小说,往往是由一系列跳跃性较大的场面和人物动作组成的。作者在艺术表现中,力求挤干水分,干净利索。他把笔力和篇幅集中于包含着丰富内容的场面和行动感强烈的动作描写上。为了能够腾出手笔,以便更迅速地和在更广阔的范围内,把最重要的、最能吸引人的部分呈现于读者的面前,蒋子龙在场面与场面、人物的动作与动作之间,有意识地略去了那些容易使气氛沉闷和拖泥带水的过程性的描写。这样,我们在蒋子龙小说中看到的,是接连不断的人物动作,和由此构成的一个个场面。"

夏康达认为:"在布局结构上,蒋子龙巧妙地摆脱了为追求故事情节表面上的连贯性和完整性可能会产生的某些束缚。这还表现在小说中出现的场面,不仅在时间上有很大的跳跃性,空间的跨度也是很大的。他在选取场面时,采用了一种类似于电影艺术中摇镜头的手法。根据表现主题和刻划人物性格的需要,他把笔触尽可能地向广阔的领域伸展开去。"

**29日** 江岳的《老树新枝——读洪洋的小说集〈工程师的恋爱史〉》发表

于《人民日报》。江岳强调:"应当承认,在艺术的多样中,'传统'也是其中的一样,'现代'亦是一样,两者可以构成艺术的立交桥,并行不悖。……这部书之所以用的是传统手法,却并不显得老气横秋,使人厌倦,就是因为作品中有'新鲜的美'。造成这种美的,除了前面谈到的当代意识的'点化',还在于这种'点化'始终灌注着作者的诗情,而不是那种毫无生气的理性的简单类比。当然,小说毕竟不是诗。在'情'之外,作者注意选取细节,借景叙情,以人传情,使情有所附丽。其它如风俗画的点染,结构上的腾挪跳跃,栩栩如生的场面描写等都给人们留下了较深印象。"

## 本月

李洁非、张陵的《小说观念的选择——新时期文学演讲之一瞥》发表于《福建文学》第 9 期。李洁非、张陵认为作家至少在以下四个方面突破了以往的小说思想观念:"其一,大胆地追求悲剧效果。如果我们能够得出这样的结论,说中国当代小说创作缺乏一种悲剧素质的话,那么,新时期小说的悲剧意识将可能被认为是一种新颖的美学观念。……其二,对生活哲理的沉思。作家以一种哲学的态度把握人物与现实之间的关系,提高了作品把握生活的思想层次,因此,在更高的意义上体现了小说作品的艺术价值,这正是新时期小说创作观念又一重要突破。……其三,内倾化的趋势。……作品在气质上开始由外泄走向内倾。作家们的笔触已经不仅仅停留在现实表层的事件的叙述性的描绘上,进而伸入到生活的深层、人心的隐秘之处。……其四,超越了暴露或歌颂的规范。……要追求悲剧的哲理,要使作品内倾化,克服暴露或歌颂这种二极性传统思路的束缚便是根本性的了。"

林兴宅的《小说观念更新笔谈:我观小说的性质与功能》发表于同期《福建文学》。林兴宅认为:"忽视小说作为一种艺术的审美超越性,而在现实关系和现实意识的层次上来理解小说的特质和功能。这无疑是一种世俗化的小说观念。……小说又以它的叙事性和高容量,更加贴近现实生活的原型,它更多地诉诸读者的认识能力,其认识性因素和现实性因素大大强化了。这就更容易给人们造成一种错觉:似乎小说的特质和功能就在于对现实生活的认识和干预。

于是人们便乐于接受把小说与现实政治任务或社会问题联系起来的观念。""尽管小说……的意识形态性质比之其它艺术样式更为突出、强烈，但那仅是文学作品的表层结构，它传输是语义信息。而文学作品的深层结构则是超意识形态的特征符号，它传输的是一种难以用语言概念传达的审美信息。……小说的这种深层结构的功能就不是一种告知、一种认识，而是一种启示，一种激发机制。它主要不是诉诸读者的认识能力，而是诉诸读者的情感能力。它以其生动深刻的特征符号介入社会性象征机制（关于这个问题，我在《艺术魅力的探寻》一书中已有详细的分析），通过个体的象征表现过程使情感得到陶冶，人格获得升华。"

南帆的《小说观念更新笔谈：叙事之"事"》发表于同期《福建文学》。南帆认为："小说依然可以属于'叙事文学'。可是，叙事之'事'却由于作家观照方式的更换而有所变化——这恰恰是小说形态变化的原因之一。"

孙绍振的《小说观念更新笔谈：纵向的探索和横向的检测》发表于同期《福建文学》。孙绍振认为："小说作为一种艺术形式，它主要功能是对人和人所处的社会环境的一种动态的探索。这种探索分成纵向和横向的。从纵向的来看，就是使人物越出常轨环境，进入非常轨的第二环境，以瓦解人物情感的表层结构，使人物情感的深层奥秘得以显现。""小说就是小说，它不是诗，更不是散文，它的相对恒定的本体功能除了表现在纵向的探索外，还表现为横向的检测。小说不同于诗，它不能象诗那样对纷繁的差异作大刀阔斧的概括，它把人物推入'第二环境'。这个人物不是孤立的人物，环境也不是抽象的政治形势或自然条件，而是人事关系。推入'第二环境'就是改变其人事关系的固有秩序，使之发生变异，在这种变异中，小说不象诗那样作异中求同（至于这一点限于篇幅不能详述）的高度概括而是作同中求异的精细辨析，说得通俗一点就是在常态环境和非常态环境中拉开人物之间的情感距离。小说家的任务就是在同样的情境面前精致地辨析出人物情感世界的巨大差异。如果小说象诗人一样忽略那微妙的差异，人物就会失去艺术生命。如果拉开了差距，人物就可能获得了生命。"

王炳根的《小说观念更新笔谈：小说——嫁接的年代》发表于同期《福建文学》。王炳根认为："新时期小说的嫁接，首先是在各文学艺术门类之间兴起和展开的。""而大量的嫁接,是参与了作者有意识的'蒙导'措施的。小说与诗的嫁接,吸收和运用了诗的意境和象征等特性,而剪除了分行、押韵等成分,在小说这一头,淡化了故事、情节等,或者是在展开故事和描写情节时,带有很明显的断裂层次和浓厚的意境色彩,它不以情节的连贯和故事的完整来包罗作品的整体,而以跳跃的、间断的感受和情绪连接组合,或以物化的象征形象贯穿全篇。经过这种'蒙导'之后出现在读者面前的作品,就不是原来意义上的小说,而是小说与诗嫁接后所产生的第三品种'诗意小说'。"

王光明的《小说观念更新笔谈:超越故事——小说在这里起飞》发表于同期《福建文学》。王光明认为:"故事只是小说的基本要求,小说的故事是对有故事的生活形态(人物的命运和纠葛,内心矛盾冲突、时间的长度和空间的广度)能动的提取和利用,以此来把握时代社会的美感经验,探讨尚未认识和审美处理的生活世界与精神世界。这样,故事就不等于小说,尤其不等于优秀的小说,正如素材不等于艺术内容,模式不等于生命一样。""超越故事意味着小说家在应和、组织、凝聚、升华生活现象和心理经验时,有当代意识和当代心态的把握,它们以一种新的感觉和想象方式体现新的价值意识和美学意念的沉积凝聚。"

贺绍俊、潘凯雄的《莫言的小说模式及其意义初探》发表于《文学评论家》第5期。贺绍俊、潘凯雄指出:"当荡漾于莫言小说的超现实世界里时,我们又不无惊异地发现莫言对色彩有着特别惊人的感受力,特别是以对红颜色的把握和描摹尤为见长,我们可以信手举出红萝卜、红高粱、红气球、红狐狸……这种艺术享受如同欣赏后现代主义绘画时一样,在莫言那里,作为语言的艺术竟然能够与视觉艺术如此相通,这不能不唤起我们去思考另一个理论命题——艺术的共通性,这无疑是莫言笔下超现实世界所带来的意义之二,过去,我们习惯于用文学去解释其它艺术门类,例如,人们常常用情节、主题、性格一类的术语去解释一部交响乐、一幅绘画,把音乐、美术统统文学化,而很少去思考这些艺术给文学带来了什么,尽管我们的古人有'诗中有画'的论述,但事实上,人们眼中更多地却盯着'画中有诗'。现在,莫言以及其他作家的实验终于使我们醒悟到,并非只有文学才能解释其它艺术,其它艺术也能对文学产生有时甚至是关键的影响，很显然，不理解后现代主义的绘画就无法全面把握莫言的小说，同样，不理解现代音乐也无从欣赏刘索拉的《你别无选择》，在某种意义上，甚至可以说，我们新时期的一部分文学实验正在趋向音乐化和美术化，如果承认这个现实，那么，新时期的文学实践显然就要丰富得多，这本身就是文学观念和欣赏观念的一次革命性的拓展。"

## 本季

吴若增的《我的小说观》发表于《写作参考》第4辑。吴若增认为："此外我以为，在我所见到的世界小说创作实况中，我看到了这一写法的时代性与趋向性。文学创作正在愈益地从感性走入理性，从表现客观走入表现主观——我赞成把表现客观与表现主观结合起来。哪怕是宣称反理性的那一派，我也认为是从某种理性出发的反理性，是从自我理性出发的反对传统理性或别人理性的一种理性，因而仍是理性的。小说创作既然越来越理性，其作品的意念性，也就必然是越来越强。这里边的原因似也极其简单，就是现代人（包括作者和读者）的理性思维与哲学意识的极大增强。但直露，却是艺术的大忌、小说的大忌，当然更是这种小说的大忌。只要我能够，我要将意念与形象揉匀，煮熟。倘做不到，是我做不到的毛病。不是这种写法的毛病。为此，我给我规定的创作原则是：具象—抽象—具象。第一个具象表示生活具象，即生活。第二个具象表示艺术具象，即作品。简略的说明就是：把生活中的具象加以抽象的理性思考，之后再用典型化的艺术具象把这思考表现出来。这其中，我特别看重的是那个具象。"

冯骥才的《与阿城说小说》发表于《中篇小说选刊》第4期。冯骥才说道："现在不少人闹魔幻闹神秘，我看多半是打马尔克斯那儿横移或叫稼接过来的。其实魔幻神秘这套，咱老祖宗并不陌生。《红楼梦》、《西游记》里都有这东西，明清笔记里更多，在中国旧小说里，能在生活中抓到神秘性的东西，表示作家艺术家艺术地捕捉生活的能力。神秘性是生活的魅力之一。但中国人和外国人写神秘神奇的东西办法不一样。比方蒲松龄写《口技》，口技这东西本身就有神秘性或神奇性。蒲松龄把这口技艺人放在屋里，关上门，外边只能听大人叫孩子哭一片嘈杂清晰繁杂分明的声音,打开门,不过口技艺人一人在屋里呆着。写得明白,实际神秘。可是我看咱们有些新小说,事儿人儿本身并不神秘,只是故意写得神秘,造得神秘,放在嘴里嚼来嚼去却吐不出核儿来。这大概还没吃透咱老祖宗的'道'儿'法'儿。你写《棋王》之前,我看倒是把这'道'儿'法'儿琢磨过。"

冯骥才又说道:"我写《神鞭》、《三寸金莲》这类小说,不单写神写奇,还诚心往邪处写。把人把事都往邪处写。这因为我写的是天津。天津这地界邪乎,天津人好咋唬,愈是邪事愈起哄愈起劲愈提神。天津人地起有股子嘎劲硬劲戏谑劲,是种乡土的'黑色幽默'。不邪这些劲儿出不来。一邪事情就变形了,它的包容性和象征性就大了,内涵的层次就好加多。再说,老百姓看书时有种校正力。就象看翻译影片,不会因为外国人都说中国话就认为是假外国人。如果不说中国话反而别扭希望配上中国话,因为读者的心理首先是要求读得下去。你写鬼他不会真信鬼,你写邪他不会真信邪,他不信,就从邪后退回一步,也正好达到原本那神奇。"

# 十月

**2日** 从维熙的《现实主义的深化与自我完善——就〈风泪眼〉答张韧》发表于《光明日报》。从维熙指出:"在《风泪眼》落墨之前,我明确了下列几点:不为了追求'美'而损伤'真',被美化了的真实不是真正的真实;不为了追求作品的艺术空灵,而损伤作品的实体感和内在容量;自我遏制主观爱憎的流露,让生活呈现自然底色。当然,最为重要的一点,是充分揭示人的心灵旅程,不管是美的、丑的,卑琐的、高尚的。这也许就是现实主义的真谛。……'大墙文学'必须注入鲜明的时代意识。"

**3日** 罗强烈的《关于〈小说三题〉的分析与联想》发表于《小说选刊》第10期。罗强烈认为:"《小说三题》之所以比较引人注意,还在于他在小说结构模式和艺术形态上的探索与变化。他采用一种荒诞的、似幻似真的方式来表现生活,使他的艺术世界以一种独特的结构模式和艺术形态出现,给人带来了比较新鲜的审美经验。……有人说《小说三题》是魔幻现实主义作品,我倒更清楚地看到它们受我国古典小说《聊斋志异》的影响，甚至还留有比较明显的痕迹。"

曾镇南的《乔良小说创作杂谈》发表于同期《小说选刊》。曾镇南指出："乔良的中篇小说，表现出一种艺术上强烈的创新意识，……《雷，在峡谷中回响》基本上是编织人生故事、人生戏剧的写法，……《大冰河》……变成了一种以展现心灵历程、心理特征为主的写法。……《远天的风》，在写法上却是前两部小说的揉合：人生戏剧和自然、人生咏叹调的综合。"

**4日** 王惟甦的《艺术家的勇气和才气——四谈新新闻主义》发表于《文艺报》。王惟甦认为："新新闻主义艺术家的勇气，首先表现在他们对待现代主义艺术的态度上。……他们针锋相对地提出'要恢复社会现实主义'，把社会现实主义作为创作的圭臬，一反荒诞派、意识流、黑色幽默派的主张，认为文学表现作家的自我，搞所谓'文本'的'符号艺术'是毫无意义的，应该表现社会的现实，文学要具有社会的意义。""新新闻主义艺术家的勇气还表现在敢于创新上。他们大胆地把文学同社会学、历史学、新闻学等结合起来，把文学手段同诗、绘画、电影、政论、随笔等却是起来，创造出'不似小说胜似小说'的'反小说'，开拓了文学的新边疆。"

杨武能的《〈新烦恼〉新从何来》发表于同期《文艺报》。杨武能认为："《青年维某的新烦恼》整部小说……完全摒弃了传统小说讲故事的手法，也与书信体小说、日记体小说之类大异其趣。可是，就在这赤裸裸的一段段对话与一篇篇独白的相互交替、穿插、补充和辩驳之中，小说的故事线索逐渐清晰起来，主人公的形象性格逐渐鲜明生动，他的烦闷苦恼随之变得真实具体，他与外界的矛盾冲突也得了到充分展露。""在艺术构思和情节安排上，《新烦恼》把西方现代流行的多层次结构、内心独白、时序颠倒以及荒诞手法等等，大胆地加以改造，巧妙地糅合在一起，并赋予显著的喜剧特色，从而创造出自己的新的独特的表现形式。"

**5日** 罗春生、胡宗健的《小说时空结构形式的新变——读〈你别无选择〉等三篇小说》发表于《山花》第10期。罗春生、胡宗健认为："审美形式从根本上说是反映艺术的时空关系。时间在小说中反映出纵向设计。艺术空间则是反映表象的横向设计。传统小说时空的停滞性相当明显，对于反映当今迅变繁复的生活，显然是难以胜任。于是这一批作家便不再跬步渐积，循规蹈矩，而是将传统小说的时空结构形式彻底打破。作家对时空关系的重新安排，重新剪辑，统一于人物的心理历程，从而以开放代替封闭。这一择美形式在当今青年作家中被广泛采用，十分引人注目。"

同日，周文书的《论人物的性格转化描写》发表于《文艺理论家》第4期。周文书认为："长期以来由于'左'的思想观念的困惑，单维型思想方式的束缚，偏偏使我们小说创作中的性格转化描写，成为整个小说艺术的薄弱环节，没能把转化性格的人物形象塑造得内涵丰厚，生动感人。在描绘性格转化过程时，或是只强调外部力量的影响、示范、感召作用，忽视人物内在心理矛盾的复杂能动作用，或是只注意人物心理矛盾的变幻流动，却忽视了外部力量的多向度、多辐射作用；或是只注意异质环境实现时的冲撞转动作用，忽视同质环境长期孕育的恒定作用；或是只突出某种主要心理的流动转换，忽视了诸种心理矛盾激荡摇曳的复杂情状；或是把人物的性格转化看成直线的单一的因果关系；或是忽视了性格转化的艰巨过渡历程。所以，这种转化描写就显得平直苍白，缺乏扣人心弦的艺术魅力，或是牵强生硬，缺乏启人情智的生活内蕴。即便是新时期以来，我国的小说创作出现了如此惊人的发展变化，但是人物性格转化描写仍是觉得中气不足，没有出现什么成功的性格转化人物形象。"

**10日** 蒋原伦的《粗鄙——当代小说创作中的一种文化现象》发表于《读书》第10期。蒋原伦认为："语言的粗鄙化与文学表现穷乡僻壤的风习与生存状态几乎是共生的，因此这种倾向具有与题材的内在联系。如贾平凹、李杭育小说语言的粗鄙化倾向，是在商州记事与葛川江系列小说中显露和发展的。在某种程度上可以说，这种语言格调与取材方式共同构成了他们的风格标志。""西方文化的刺激对中国小说语言粗鄙化所起的只是一种催化作用，最根本的原因则是作家们语言审美意识本身的发展。"

**11日** 王力平的《〈红高粱〉的结构艺术及其他》发表于《文论报》。王力平认为："《红高粱》写了传奇英雄余占鳌司令的队伍在胶平公路伏击日本人的汽车队，也写了余占鳌与奶奶戴凤莲的一段情史。但在小说中，这两个故事甚至很难算是平行发展的两条线索。""《红高粱》……有意加快情节穿插交替的频率,仿佛是担心对其中一个故事叙述得太久,会将读者的感情过分地吸引过去。这样处理的结果,是在读者的情感效应上,取消了两条情节线索各自的独立性。由此可知,作品中虽然有两条情节线索,却不是为了表现两种不同的情感内容。但作者并不因此而舍并其中任何一条情节线索,因为那样不仅意味着另一条情节线索将独自控制读者的情感效应,更重要的是作者从生活中获得的情感体验本身所具有的深沉的历史感将难以得到准确的表现。"

王力平还认为:"《红高粱》中的两条情节线索,通过频繁的穿插和交替,取消了自身的相对独立性,从而重新构成一个新的整体时,这整体不仅大于部分,而且将大于部分相加之和。于是,《红高粱》超越了题材自身。这个新的整体所载负的,这个'合力'所指向的,固然包容了伏击战的爱国精神和男女主人公的纯真爱情,但却不是二者相加之和,而是一种民族的阳刚之气,一种男性的雄风和力的美。"

同日,曾镇南的《在改革大潮中呛水的智识者——读达理长篇新作〈眩惑〉》发表于《文艺报》。曾镇南认为:"《眩惑》与那些在它之前出现的、腕力较为雄强老练的描写改革的长篇小说相比,有两点迥异之处。第一,《眩惑》在切入生活的角度方面,迥异于'全景式''俯瞰式'的写法,……只是撷取了社会经济改革大潮卷起的几个小漩涡。……第二,《眩惑》在刻画处于新的经济活动的冲击圈内的人物方面,迥异于以握有领导权力的干部为主的写法,而以一群惶惑的知识者形象为表现的重点。"

**15日** 叶禾的《〈黄泥小屋〉的美学思考》发表于《民族文学》第10期。叶禾认为:张承志的《黄泥小屋》"追溯和表现的是民族古老的生活方式和精神文化心理,……作者摆脱了那种表层性描写的束缚、摈弃了那种临摹风情、或以民族特点饰缀其间的表现方式,而是以一种含蓄的、意象化的表现方式,赋予景物描写以象征的意义,哲理的色彩。这黄色群山的描绘渗透着作家本人对生活的理解,……在这朴讷的表象后面,还容括着……积极向上的悲愤和从艰难中蒸腾起来的正义"。

同日,樊星的《根与信念——关于"寻根"的思考》发表于《文艺评论》第6期。樊星认为:"'寻根派'虽然努力在发掘民族文化宝藏,却并不拒绝使用西方的工具——在郑义的小说中，我们不难看出'意识流'手法的运用；在王安忆的作品中，西方现代派的客观主义手法也很明显（如《小鲍庄》）；而贾平凹的《商州世事》，则是结构现实主义的自觉尝试。……中西文化的这种奇特结合为探讨'世界文学'的新天地提供了经验。"

胡宗健的《当代性：在情趣的横流中升华——论刘兆林的部分小说》发表于同期《文艺评论》。胡宗健认为："他（刘兆林——编者注）是怎样用新颖而十分美妙的表现手法来创造出极富趣味的艺术情境的呢？……第一，以奇妙的构思，展开巧合的戏剧性情节，但这种巧的情节，却不是以巧害意，故作猎奇，而是楔入生活矛盾的真实性之中，因而使读者既感受到生活真实性的美感，又得到情趣美的享受。……第二，以曲传其义的妙语或趣谈，融入细节和细部的构造之中，既针砭时弊又强化生活的美感。"

宋耀良、花建的《论当代新哲理小说》发表于同期《文艺评论》。宋耀良、花建认为："我国当代哲理小说渗透着哲学的沉思，又非枯燥的理论文稿。作者把辩证思维的骨架充实于形象的血肉皮毛，通过象征、比喻、幻象等手法使理论的论辩力与艺术的直观浸染作用相结合。其中，寓意深沉的象征性形象是小说第一美感特征。……丰富的激情成为小说第二个美感特征。"

吴宗蕙的《新时期文学中的女性悲剧》发表于同期《文艺评论》。吴宗蕙认为："新时期悲剧文学的兴起和文学悲剧意识的增强，是新时期文学现实主义深化与成熟的标志。"

杨春时的《论新现实主义》发表于同期《文艺评论》。杨春时认为："首先，新现实主义以普通人和他们的日常生活作为艺术描写的对象，表达普通人的审美理想，这正是现实主义的重要特征。……其次，新现实主义关心个体命运，尊重个体价值，它通过个体命运来解释历史变革的本质，从而在更高层次上肯定了人的价值。……最后，新现实主义注重揭示心灵世界的冲突，关心人的精神自由。"

"新现实主义突破了新古典主义的形式规范，打破了'以现实本身的形式'摹写现实的手法，以及'塑造典型环境中的典型性格'的模式，采用意识流、心理时空、人物变形、非情节化，乃至人物性格淡化，不以塑造典型而是以表达情绪为中心等等新的手段。这是主体意识强化的必然产物，它要求充分调动主体艺术创造力，创造新奇独特的艺术形象。新现实主义不是封闭的模式，它作为向现代主义过渡的艺术形态，必然是多元、开放的。"

张兴劲的《〈鬈毛〉启示录——读陈建功中篇小说新作》发表于同期《文艺评论》。张兴劲认为："建功把这部《鬈毛》标为'谈天说地'系列小说之五，这也许昭示着作家对于自己小说的文体形式所确定的基调，是愿意继续运用他相当娴熟了的'京味'的。但这里就仅仅是某种文体上（结构——语言）的特征而已。更重要的是，他并不满足仅仅在文体特征上强化自己，而是着力于在总体的文学'套路'上实践一种'质变'。"

**18日** 荒煤的《〈红尘〉读后》发表于《文艺报》。荒煤认为："作者用她熟悉的'京白口语'，似乎如叙家常地平静地娓娓而谈，却十分委婉、细腻、真实地描绘了几个平凡人物的命运，展示了他们的个性、心理。"

鲁枢元的《论新时期文学的"向内转"》发表于同期《文艺报》。鲁枢元认为："二十世纪的文学较之十九世纪的文学，在文学与人、文学与生活的关系方面进行了调整，文学呈现出强烈的'主观性'和'内向性'。……这类小说，成就高下不一，但共同的特点是：它们的作者都是在试图转变自己的艺术视角，从人物的内部感觉和体验来看外部世界，并以此构筑起作品的心理学意义的时间和空间。小说心灵化了、情绪化了、诗化了、音乐化了。小说写得不怎么像小说了，小说却更接近人们的心理真实了。新的小说，在牺牲了某些外在的东西的同时，换来了更多的内在的自由。"

## 本月

徐剑艺的《小说艺术联系的新变》发表于《文学评论家》第6期。徐剑艺指出："本世纪八十年代，中国文坛出现一种新的小说理论：小说可以'无典型人物''无情节故事'。随后就有作家的创作先后不同程度地实践了这一主张。……但传统小说中具有的诸因素联系网络的消失，并非等于失去了作品内在的艺术结构；代之而起的是一种新的网络——这就是一种诗歌意象组合式的形而上的艺术联系。"

"时空是物质存在的固有属性,艺术家在这一事物永恒的联系中发现各事物间的异同,于是找到了各事物变态和演化的内在联系。在这些新小说中,作家设置了不同时间上的各意象的比照、象征和不同空间内各意象的比照、象征等联系,从而使被组合的意象系统产生一种新的意义——主题。

"Ⅰ、时间性艺术联系。在同一空间中的不同时间的诸意象跳跃式叠加,就能体现出该空间事物的历史化的意义。……Ⅱ、空间性艺术联系。中国古典诗歌的意境结构,就是把同一空间同一时间的诸意象在情绪的浸透下凝聚成浑然一体的意象系统。这些新小说给人一个明显的感受是具有以往小说少有的那种意境感。阿城《遍地风流一》中三章,每章都是一个完整的意境,它们的组合方式虽各有不同,但最根本的就是空间一体性艺术联系。"

"古典诗歌意境中的诸意象往往是具有一致性情感性质的,这是一种顺的比照联系。如'小桥、流水、人家、老树、枯藤、昏鸦、夕阳……'等一系列意象都具有'落日断肠'的情感性质,所以,在作者的哀伤情绪下凝成一个定向性的意境。但现代人由于情感的不定性、复杂性,使得诗歌很少单纯明确表达类似的定向性意象系统,而往往是同一空间中正反比照交夹着组含不同性质的意象。尤其在小说中,诸意象的情感性质更是纷繁复杂。"

"这些意象组合起来却不是以往意义上真实地反映着现实生活中人与人之间的关系而是相互比照着形而上地抽象着人类的关系。这种人与人之间的关系就是新小说和以往小说中人与人关系的最有代表性的区别。"

# 十一月

**1日** 宋耀良的《画框式结构的开放性探求》发表于《江南》第6期。宋耀良认为:"画框式结构,顾名思义,这是一个封闭性的结构体系,作家笔下的生活画面是被严格地限定在四面闭合的画框之中。情节一般都有一个完整的起始与终结过程,即使起始不甚明了而归结却往往是确定的。……重要的是有声有色的故事内容都必须在画框内展开,尤其应当在过程终了之时结束。""就结构而言,要谐和内容与形式之间的关系,就必须在维护画框式的同时,致力探求开放性的意境,使一个被制约的体系具有一定的伸展性,从有限的内在通过一条或几条途径，延展到宽广的外系统去，扩大作品的表现容量。这种开放式的延展，最常见的是作家直接出面的介绍和交待，即故事的过程仍在不中止地进行，作家不时地将人物和故事的缘由、背景、来龙去脉逐一适当地作介绍和交待。也有通过人物自身的回忆，把以往的经历和性格特征展示出来。用意识的流动和再现往昔的经历打破时空的局限，使表现手法显得自由、灵活、深沉，这也可以说是高层次的开放型画框式的结构。"

同日，周政保的《〈隐形伴侣〉：人与人性的艺术洞察》发表于《文艺报》。周政保认为："张抗抗的长篇小说《隐形伴侣》……是一部思路独到、现代气息相当浓郁的新派作品。但我说它是'新派'作品，并不因为这部长篇小说运用了梦境、幻觉、荒诞的联想、大幅度的跳跃等意识流或其他现代小说的叙述语言方式，而是因为作品充分体现了作者的文学意识的自觉与审美观念的富有开拓意义的彻悟，以及那种现代眼光诉诸生活之后所带来的不可忽视的成功。"

**5日**　杨曾宪的《当代小说为何超越了危机？——兼论艺术民族化现代化并举的必要性》发表于《当代文坛》第6期。杨曾宪认为："鲁迅没有把传统小说章回结构、情节圆整作为精华盲目承继，而拈出'白描传神'、'动态描写'加以承传发展，是有其艺术卓见的。笔者认为，这正是基于鲁迅对中国古典美学强调'神似'传统的精湛理解。为此，他相应地扬弃了西方小说中常见的静态的肖象、环境、心理描写，使他的小说创作一开始就纳入了'民族化'轨道。而与此同时，也正是基于他对中国古典小说缺陷和西方小说优长之精确认识，他大胆吸取了外国小说善于剪裁穿插的布局技法和视点多变的叙述方式，突破了旧小说凝固僵化的传统格局，使他的小说创作一开始就在'现代化'道路上迈出了坚实的一步。如果借用鲁迅自己的话说，他的小说可以说是作到了'外之既不后于世界之思潮，内之仍弗失固有之血脉，取今复古，别立新宗'。"

杨曾宪提出："这里我们要涉及到的是汪曾祺、高晓声、邓友梅等人的创作。如果说王蒙的小说在新时期文坛上如异峰突起的华山，嵯峨奇险，令人刮目相看，使人赞叹诧异的话，那么，这几位作家的小说却如云雾渐退的庐山，层峦叠翠，令人目爽神迷，回味无穷。与王蒙那满天开花、斑斓陆离的现代风格相比，他们的小说典雅淳厚、质朴平实，别具一番传统神韵。然而，这决不意味着他们小说是靠承袭传统形式或是靠贩卖传统伦理主题取胜的。不,决不是的。无论汪曾祺、邓友梅,还是高晓声,他们的手法与观念都是非常现代化的。他们都擅长用现代手法或现代化的传统手法去陈述那些看似古老陈旧或土味十足的故事,又都善于在传统故事中勾勒提炼出现代哲理精义来。因此,他们的小说决不是任何传统意义上的民族形式小说或乡土小说,而是地地道道的现代民族小说。正唯如此,这几位小说家对新时期小说的深远影响即使不能超过也决不在王蒙之下。"

**8日** 鲍昌的《如何评价十年来的新时期文学》发表于《文艺报》。鲍昌认为:"十年来的新时期文学,使中国文学的面目焕然一新。……文学不再是单纯的工具。……人——作为表现和被表现的主体。……一层层剥开的心理层次。新时期以前的中国当代文学,特别注意人物的行为、语言等外部表现,丰富的人物内心世界,往往被情节的链条所淹没。最近七八年来,作为'人学'的文学,越来越加强了心理分析的色彩。文学人物的心理层次,正在一层层被作家剥开。"

陈骏涛的《在变化中求发展——关于刘心武创作的随想》发表于同期《文艺报》。陈骏涛指出:"现阶段刘心武的创作……保持着对生活敏锐的发现的同时,更注重于对生活中的更深潜的东西的穿透,追求作品的现实感和历史感的交融(《钟鼓楼》);把对人的始终不渝的关注和思考,与对人的内心的精细的挖掘和剖析结合起来(《立体交叉桥》、《钟鼓楼》、《5·19长镜头》);在进行虚构型的创作的同时,对非虚构型(纪实体)的创作表现出越来越浓厚的兴趣(《5·19长镜头》、《公共汽车咏叹调》、《私人照相簿》);在依旧尊崇现实主义的前提下,也稍稍突破现实主义的规范,而进行现实主义变奏的试验(《黑墙》、《无尽的长廊》)。"

叶廷芳的《当代西方文学的一般艺术特征(一)》发表于同期《文艺报》。叶廷芳认为:"对战后西方文学的一般艺术特征勾勒一个粗略的轮廓:一、思想主题的譬喻性。象征和寓言是普遍被采用的手段。……二、表现手段的'间离'主张。所谓'间离',即把人们熟悉的经验陌生化,引起人们从另一个角度重新来认识这经验。它通常采用的手段是怪诞、夸张、变形、悖理、假定性等等手法。……三、思维方式的'非理性'。探索的方式或手段常见有以下几种:1.意识流。……2. 梦幻。"

**10日** 潘新宁的《典型的确定性与随机性及其在新时期小说中的嬗变趋势》发表于《批评家》第6期。潘新宁认为:"伴随着文学主体性意识的觉醒,伴随着文学表现性因素的日趋强化,典型的随机性因素也在日益扩大。这种确定性的缩小与随机性的扩大,成为新时期小说人物典型塑造方面日趋明显的普遍趋势。归纳起来,这种趋势主要表现在四个方面:

"首先,典型的丰富性因素在增强,单一性因素相对减弱。这又表现为两点:第一点,典型性格的复杂的各个侧面的悖离越来越明显,而表层的统一性越来越淡薄。在近年来的小说中,比较突出的有《人生》中的高加林,《绿化树》、《男人的一半是女人》中的章永璘,《麦客》中的吴河东,《小鲍庄》中的鲍秉德等等。"

"其次,人物典型深层潜意识得到张扬,表层社会意识相对弱化。……新时期小说作者越来越重视描写人物典型的深层潜意识,使得人物表层的社会意识色彩相对趋于淡漠。这样,人物典型就在深层意识和表层意识两方面结合了起来。"

"再次,人物典型内在的感觉、情绪等心理因素在增强,外在的行为表现因素相对弱化。这一倾向的出现,本身就与行为的确定性和心理的随机性有关。"

"最后,是间接象征描写因素的强化,直接具象描写因素的相对弱化。新时期的许多作家,在塑造人物典型时,都程度不同地结合主人公所处的具体环境,或描写区域性的自然风光(如《北方的河》、《大坂》、《迷人的海》、《海的梦》等),或勾勒写意性的生活实物(如《风筝飘带》、《蓝旗》等)。而这些自然风光、生活实物都不是游离、走失于人物之外的,而是成为人物典型某种精神、某种性格、某种气质心愿乃至某种命运的间接的映衬和象征。这种象征成为补充、暗示、渲染人物典型性格要素的一种有效手段。"

同日,陈思和的《现代长篇小说形式的新探索》发表于《小说界》第6期。陈思和认为:"我发现现代世界优秀长篇小说,凡在形式上求新的,不体现在作者认知世界的时空观念的变化上,即打破了传统的三维认知视角。朱春雨的《橄榄》在时空处理中,作出了重要的探索。这不仅仅表现在作者以宏大的气魄编造了一个多国家多民族之间人事关系以及感情纠葛的国际性题材，也不仅仅是吸取了现代主义某些手法，使客观表现与主观抒情成为一体，使梦境，神话，故事，议论，甚至学术报告都熔于一炉，而是在于作者认识生活的独特时空观。……当然，如何在小说叙事中体现出四维空间的特点，如何使时空观的改变与小说载负的容量有机结合起来，使长篇小说在审美形态与艺术形式上得到根本性的突破，这显然是一项极为艰巨的任务。"

宋耀良的《〈橄榄〉美学特征的当代性》发表于同期《小说界》。宋耀良认为："象征的最大特征是理念内容与其形式外壳可以相分离，于是一个艺术形象客体可以有几种不同的艺术指向性，使有限物体所显示的理性内涵更加丰富。由此现代主义文学中最首先兴起的是象征。而后进入到抽象，因为抽象更能本质地表现生活，理念内容也埋藏得更深，所显示的理性倾向则强。我们新时期文学实际上也是在较短的时间内跨越了这三个阶段。……抽象性的艺术理论的基础是格式塔心理学，认为人是从整体上把握对象的，人具有抽象概括的能力，人能自动地完成将材料组合的过程，《橄榄》就是在这方面作出了有益的尝试，将故事、信件、回忆、报告，甚至纯粹的标点符号等以其原生形态溶入小说中，让读者在阅读中自行组织、发挥出自身在审美鉴赏过程中的主体性作用。……抽象性艺术的最大特征是简化。"

**15日** 缪俊杰的《人物性格塑造的突破与超越》发表于《文学评论》第6期。缪俊杰认为："我国新时期文学……在人物性格描写和艺术典型塑造上，纠正了一度出现的对于人性的扭曲，强调了人在文学中的主体地位，重新发现和确认了人的价值，从而在艺术创作中，把塑造活生生的具有鲜明性格的人物和具有更高美学价值的艺术典型放在十分重要的地位，使我国新时期文学出现了一个新的超越。"

杨文虎的《文学：面临电视时代的挑战》发表于同期《文学评论》。杨文虎认为："要求文学的叙事具有记录般的准确性，给人以一种临场的真实感。对于在电视机旁长起来的一代人来说，编造的文学将遭到更强烈的厌恶。这种影响的顺理成章的结果，就是产生了文学和其他传播媒介结合的新体裁。如小说和新闻结合的新闻体小说（新闻主义，新新闻主义），叙事艺术和采访记录结合的实录文学、口述实录文学等等。这些以非虚构性和纪实性为主要特色的文学'族类',随着文学对各种大众传播媒介特性的进一步熟悉,可能还会不断地增多。"

杨文虎指出:"文学将更加内倾化。……它将向影视所不善或不能的方向发展,才能继续保持独擅胜场的优势。因此,文学将不注重外在动作和视觉细节的描写,它的笔触将伸向人的内心世界的深处。……文学现在也开始注重写看不见的东西了,心态化、意绪性、哲理化、诗化、非情节化,就是这样一种总倾向的各种具体表述。这种由外而内的变化,使今后的文学同以前的文学相比,是一种更为'抽象'的文学,它的真实,也是一种更加从精神角度去把握的'心理的真实'。"

杨文虎还认为:"这种文学也将更加自觉地发挥它的语言艺术特性。如果说,语言作为文学塑造形象的手段,一直为人所重视的话,那么这种重视也只是一种'工欲善其事必先利其器'式的重视。工具是重要的,但任务完成后它是可以丢掉的。而今后的文学对语言的重视,将不仅是把它当作一种媒体,而且是作为表现自己特性的一个目的来追求。文学将更加成为文学。"

同日,王愚的《从总体上把握时代的走向》发表于《文艺报》。王愚认为:"'空灵'境界的出现是小说的新发展,情节的淡化是小说创作的高层次,瞬间感觉的捕捉是小说创作的深化等等。其实,就小说创作的发展来看,审美范畴的多种规范,只要是表现了人的生活和生活中的人,都有存在的价值,都会给小说艺术的宝库增添财富。但无论如何,不能用此忽视了真正具有史诗品格的划时代作品。"

同日,宋耀良、花建的《论当代新哲理小说》发表于《文艺评论》第6期。宋耀良、花建认为:"新哲理小说与那些仅仅在行文中存在哲理性抒情的作品不同。两者的区别在于哲理的抒情和理性的阐述是全文的主要目的,还是仅作为交代情节、增加效果的辅助手法。前者属于哲理小说。因而这类作品,不注重安排情节,更注重安排争论、阐明哲理,不注重艺术的真实和情节的设置,更注重理性的真实和思维的真实;不注重优美的文学描写和感情的抒发,更注重于严密推理和哲理分析;它不以'情'感人,而是以'理'服人;不强调作品的文学性，更强调作品的逻辑性、论战性和科学性。它以瑰丽奇伟的新思想，映现人们对真理的追求，起到振聋发聩的作用，树立起一种全新的理性美的特色与风格。"

王东复的《"空白"的魅力》发表于同期《文艺评论》。王东复认为："'空白'决不是残缺不全，不是不知所云的矫揉造作。'空白'是人们驰骋想象的'基础'和'契机'，是艺术上的含蓄。文学艺术贵在含蓄。含而不露，余味无穷。……'空白'是一种造诣很深的写作技巧，它能以一当十，以少胜多，以'空白'显示其完美。此外，'空白'的运用必须建筑在对生活准确把握和深刻认识的基础上，离开了深厚的生活基础或对生活缺少真知灼见，光从表现手法上去追求，往往会走上形式主义的歧路。这就要求采用典型化方法，选择具有典型意义的生活横断面，表达最深刻的主题思想，从而达到表得约而现得博，表得窄而现得宽，表得浅而现得深。维纳斯正是如此。断臂形成的'空白'，不但无损于这尊艺术品的审美价值，反而使人产生深深的思索和得到美的无限享受。"

兴安的《论乌热尔图的小说艺术》发表于同期《文艺评论》。兴安认为："乌热尔图小说的魅力，正是在于他作品中所蕴含的，对鄂温克族独特的情感和心理的美学追求。民族情感是一个相当复杂的社会现象，它与一个民族在长期发展过程中形成的心理素质、生活方式、风俗习惯有着密切的关系。它的独特性的体现要通过人与人，人与社会，以及人与自然之间的关系来把握。"

杨春时的《论新现实主义》发表于同期《文艺评论》。杨春时认为："新现实主义的本质特征。……首先，新现实主义以普通人和他们的日常生活作为艺术描写的对象，表达普通人的审美理想，这正是现实主义的重要特征。……新现实主义在日常生活的描写中揭示普通人的历史命运，它把人道主义的同情都倾注在历史的主体——普通的人民群众身上。李顺大、陈奂生、刘思佳、陆文婷、高加林、马缨花、黄香久……没有超人的品格和非凡的业绩，只有凡人的欲求和缺点，但他们的命运却催人泪下，引人深思。新现实主义不排斥英雄人物，但它塑造的不是超人，而是普通的英雄，他们有普通人的思想感情，包括弱点。李铜钟、靳开来、武耕新，完全不同于五六十年代塑造的英雄形象。……其次，新现实主义关心个体命运，尊重个体价值，它通过个体命运来揭示历史变革的本质，从而在更高层次上肯定了人的价值。……最后，新现实主义注重揭示心灵世界的冲突，关心人的精神自由。新现实主义把对社会生活的描述与对内心生活的揭示有机地结合起来，从人的精神需求的深度来揭示社会矛盾。"

同日，阿槐的《一幅陇东高原的风情画——读短篇〈天桥崾岘〉》发表于《钟山》第6期。阿槐认为："作为一篇成功的风俗小说，《天桥》的成功之处正在于：他不仅使作品的风俗描写成为整个作品的重要组成部分，而且按照自己的审美习惯和当代观念，对之进行了成功的提炼和筛选。……从大量的日常生活场景中，选择、提炼出精彩的表现力强的细节，以及具有鲜明民族特色和地方特色的风俗画面，而后再以抒情的朴实的笔触加以描绘。他似乎无意于象贾平凹那样在精心编织的故事中透示出时代和社会的重大变化，也不想如同古华那样在风俗图画中凸现政治的风云变幻，而主要借助于一种纡缓的调子，诉说着描写着世代生长在黄土沟壑区的既艰窘又富情趣的人生。"

魏希夷的《魔鬼谈艺录之二——周梅森小世界之印象》发表于同期《钟山》。魏希夷认为："周梅森则在固定的实有空间上构筑他的世界。与贾平凹的商州世界相近似。……总体上可看出，是一种变形的'史诗'性和章回体历史小说的变体而显出的叙述方式。"

许志英的《魂兮归来——读〈梦生子〉》发表于同期《钟山》。许志英认为："人们期待着经过深邃思索积淀的独具角度的富有历史感的描述。虽然不能说《梦生子》在这方面已经达到理想境地，但……作者从新旧迷信特别是新的迷信如何荼毒人的智慧和灵魂的角度，对'史无前例'作了清醒而有力度的描述与否定，从而发出魂兮归来的呼唤。""在《梦生子》里，把人'还给人自己'的浅层意思是：把人的智慧'还给人自己'。现代迷信如何愚弄、扭曲人的智慧，在《梦生子》里得到了淋漓尽致的表现。……把人'还给人自己'的深层意思是呼唤魂兮归来。"

张炯的《在正确而宽广的道路上》发表于同期《钟山》。张炯认为："我并不主张作家一定要效法卡夫卡的怪诞、效法马奎斯的魔幻现实主义，或者一定要写意识流、生活流，把现代主义的种种都加以模仿。只是我觉得艺术尽管应该反映现实，却不能要求它等同于现实。作为人类的美的创造，文学艺术也是作家作为创作主体的对象化的产物。艺术和文学都决不应只限于按照生活的本来面目去再现生活。而应该继承、熔汇和发展人类业已创造的种种艺术表现手段,去创造出新的美、新的给人留下难忘印象的艺术形象。"

**20日** 丹晨的《谈〈据点〉的语言和风俗及人性描写》发表于《人民文学》第11期。丹晨认为:"邓友梅的语言艺术是极有个性特点的,……但他的语言艺术成就又不止于此,它明显地不同于这样两种流行语言表达方式。一种是带有学生腔的,或谓之文人气较重的,喜欢运用堆砌一连串形容词或成语,铺床叠架,加以渲染。……另一种是为了想增强作品的乡土气息和艺术表现力,运用一些方言土语,……邓友梅语言艺术的鲜明特色恰恰在于一反上述两种刻意造作的文风,创造一种自然、平易、晓畅的风格。"

同日,郭超的《小说的抒情因素——诗意美》发表于《文学探索》第4期。郭超指出:"小说和诗虽各有自己的特征和规律,但并非有一条不可逾越的鸿沟,它们相互交融熔铸,这在当代不少诗化小说中运用象征手法有关,其特色是哲理诗情化。小说的诗化通向象征,使小说的容量和艺术涵盖面更向深广延伸,更向精神境界的深远层次突进。在这里,象征不只是表现手法,而更主要的是一种艺术思维把握世界的方式,它同时包孕着诗情和哲理的两个基本因素,象征是诗情的升华,诗情是象征的基因,它们是互为因果的。小说中运用象征,使作品别具一种空灵之趣,有一种以小说大、从平凡的具体物暗示恢宏的抽象的诗意的美。如张承志、梁晓声、邓刚三位擅长描绘大自然的作家,他们笔下的自然景象,均赋予了一种人格上的象征上的象征,因而包孕了多层次、丰富的审美内容。"

"小说的诗化使得情节淡化,并非不要情节故事,而是强化小说的抒情意味,关键还是作家的诗的感受力,如果在情节处理上,没有诗因素、诗动力,就可能真正是一根线。当今读者心理普遍是追求立体感,一个点、一根线,是很难获得读者的青睐的。他们希望在作品中获得最多的信息,获得关于社会、人生、历史和未来的机警与聪哲。无论怎样曲折、生动的'线型情节',再动人的写实故事,势难达到这样的效果,所以,写小说主情节者应该把单线变成光泽四射的辐射线,在诗的音响、氛围中,让我们对人生思考、对世界把握,对自然的完善,对自我的完成,对一个时代的召唤,对一种精神的呐喊……在象征体中呈现出来,凡此种种,就能造成小说广博的美学意蕴,加深作品的容量。"

同日,韩梅村的《论小说发展中的一种新趋势》发表于《小说评论》第6期。韩梅村指出:"专门化知识作为一种创作意识的揳入小说,这是小说观念嬗变中值得特别注意的一个新趋势"。

王干、费振钟的《纪实:一种新的审美态度——新时期小说漫论之九》发表于同期《小说评论》。王干、费振钟认为:"'纪实小说'仍保留小说建造形象的特性。把人作为文学的主体。""'纪实'作为一种新的审美态度,还表现为作家的结构态度和结构形态上。""纪实小说就其内涵与生活内容的关系,大致表现为两种结构类型,一种是'同构'关系,即与生活同步前进,能及时切入生活领域中去,另一种是'异构'关系,即与生活保持一定的距离,以一种追溯的形态出现","无论'橘瓣式''钩连式',还是'板块式''无结构',他们都呈现出一种共同的旨向:小说的生活化、审美化。"谈及纪实小说的语言态度,作者指出其"刻意追求语言的生活实感,摒弃'错彩镂金'的铺陈装饰之法,拙朴,自然,近乎瘦涩,讲究'美言不侈,侈言不美',实际体现了一种'清水出芙蓉,天然去雕饰'的美学理想。"

叶公觉的《高晓声小说风格两面观》发表于同期《小说评论》。叶公觉认为高晓声作品的风格是"天然而含蓄的",也是"矫饰而朦胧"的。对于影响高晓声作品风格的因素,叶公觉指出:"他对中国古典白话小说和鲁迅小说的学习借鉴,时代的文学潮流对他的影响,民间文学给予他的营养等等,也对他的小说风格有所影响。"

张德林的《审美视角与艺术深度——小说艺术谈》发表于同期《小说评论》。张德林认为:"作家对生活的艺术穿透力和表现力,总是与作家探寻生活的审美视角紧密地联系在一起。所谓审美视角,从艺术内容来考虑,也即是创作主体对生活属于自己的艺术发现,它是作家的主体意识和审美意象的艺术外化。独特的审美视角是创作主体对生活作出属于自己的艺术开掘的必要手段,而这一审美视角又必须由作家的主体意识来把握。"

周政保的《〈红高粱〉的意味与创造性》发表于同期《小说评论》。周政保认为："莫言的创造性在于——他没有把抗战生活当作一种孤立的内容来描绘，而是作为整个民族的性格历程来建构与抒写的。……《红高粱》的诞生，确实标志着中国作家的思维触角开始伸向更深层、更遥远、更久恒、更富有哲学与文化历史观念色彩的领域了。"

**21日** 盛子潮、朱水涌的《小说的时空交错和结构的内在张力》发表于《文艺研究》第6期。盛子潮、朱水涌谈道："伴随着思维空间的拓展，更重要的是作家对自然和现实生活的整体把握以及自我意识的自觉和增强，小说便从一维的和顺序性的时空连接结构中解脱出来，出现了一个更吻合于现代作家艺术思维特征的时空结构方式——这就是时空颠倒、交叉、叠合的组合结构方式。"

"这种时空交错的结构也扩大了小说的内在张力——这是本文要讨论的另一个重要问题。小说结构的内在张力，体现在艺术作品中，在我们看来，就是聚集与排斥、偏离与回归、扩张与收缩、持续与中断的对立统一关系。小说就依靠这样的结构内在张力，把不同时空的画面、不同人物的不同情绪、意念和行为方式组合成整体，从而给予读者一种在相互对抗力作用下的动态平衡感。……就新时期小说的创作实践看，以下几种方式是较为常见的。（一）以'框架'美学控制着似松散的艺术断面。……新时期时空交错组合结构的小说，往往喜欢将故事背景置于一条街、一个院子、一节车厢、一间木屋甚至一张床，从形式上说，正是要以此来做为美学的控制'框架'。（二）借用蒙太奇手法以组合起对比性的艺术场景。……新时期很多小说，就是借用这种镜头组接法，来结构交错不定的时空，通过对比性的生活断面的蒙太奇组接，获得小说结构的内在张力。……（三）设置贯穿道具以串通时空交错画面。……时空交错的小说，往往设置了类似于'贯穿道具'的结构因素，作为散乱的时空画面的焦距，使交错的时空结构既有所偏离而又达到回归，既似松散却又是聚集。……（四）选择叙事观点以达到多样化时空的统一。……莫言的《红高粱》选择一种'跳跃'式的叙事观点。……张弦的《未亡人》则采取'同时观察'的结构手法。……王蒙的《轮下》也取'同时观察'的手法，……作品却以混合使用'你''我''他'的人称，造成在交错的时空中，既有见证人的意识，又含有所指人的意识的特殊效果。"

谭学纯、唐跃的《语言情绪：小说艺术世界的一个层面》发表于同期《文艺研究》。谭学纯、唐跃认为："汉字所代表的语言，作为符号个体、作为静态的语言备用单位，其间投射着创造者的主观情绪。同样，小说语言，作为符号集合、作为动态的语言使用单位，其间也充溢着使用者的主观情绪。……我们完全可以把以上表述归结为一种情绪渗透。如果把这一命题和小说创作结合起来略加阐释，其表述过程为：小说创作首先起于创作主体的情感冲动，并随之形成小说家心中的幻象世界，为了表现这一世界，存在于创作主体深层心理的主观情绪必须借助一定的物态形式，使之表象化和客观化。艺术作品由此获得了一种符号集成的性质。由于创作主体的主观介入，我们需要在双重意义上看待小说语言：一种意义着眼于小说语言的概念职能，指的是小说家在语言系统中选择相应符号，称名特定的客观对象，并把它们排列组合成艺术作品；另一种意义着眼于小说语言的情感职能，指的是小说家依靠语言符号表述思想的同时，伴和着主观情绪的渲泄，作为前者，小说语言是一种实体符号；作为后者，小说语言是一种意象符号。语言情绪，产生于小说语言的后一种职能。换言之，应该从意象符号的角度，而不是从实体符号的角度，来确认语言情绪在小说中的存在。"

"立体地看，语言情绪位于小说的一个层级。平面地看，语言情绪在它所处的层位上，又是一个自在自足的整体。而整体的有机性，得力于它自身结构方式的多样性，因此有必要对小说语言情绪的结构作一番粗线条的描述。1. 回旋结构。结构特征近似音乐中的回旋曲式。……《黑骏马》的语言情绪正是这种结构程式。……2. 团块结构。结构特征表现为意象的宽度、厚度和密度，情绪张力弥盖面大。由于大面块的情绪笼罩，零星的、散乱的、不连贯的物象，内聚为整体的、有机的、连贯的心象；繁杂的生活碎片、纷乱无序的事态、频频转位的叙述视角、共时性的结构营造，在情绪团块的强大作用力下，胶合成有序的、适于全方位审美观照的凝固体，王安忆《小鲍庄》便是这样一个承受着情绪块面重压的凝固体。……3. 网络结构。结构特征表现为情绪伏线的网状交织，在这种情绪结构中，千头万绪、盘根错节的情绪缠绕代替了单向度的情绪延伸。剪不断、理还乱的多维情绪格局，并不意味着'羚羊挂角，无迹可求'，而是在情绪意识无序的外部形态中体现其内在的有序性。在中国当代意识流小说中具有标志意义的《春之声》，较为典型地体现了语言情绪的网络结构特征。"

**23日** 朱水涌、盛子潮的《走向诗的小说》发表于《当代文艺探索》第6期。朱水涌、盛子潮认为："属于心理范畴的回忆。独白、联想、梦幻等非情节因素大量地介入小说之中，甚至'喧宾夺主'，冲击着小说的故事构架，模糊了事件的线索，出现了这类小说与一般小说强化情节因素相逆反的美学特征——情节的淡化和弱化。这种美学特征主要表现在：一、不一定要讲述一个本身完整的事件，而常常挑出其中最突出的因素，以最简练的方式把和这突出因素交织在一起的内心深处的情感表现出来。小故事、生活断面、事件的局部甚至是一个细节，都可能成为走向诗的小说的情节。……二、以主观的情感律动取代了人物性格发展的历史，情节成为人物情感、情绪流动的河床。……走向诗的小说情节则是简单的、模糊的，但这简单、模糊的情节框架里却容纳着丰富的意象，用以表现人物的心理现实，为人物的情感流动提供了存在方式和控制方式。……应该强调的是……作为一种文学样式审美需求而非仅仅是一种表现手段，情节的淡化和弱化在一定意义上是对世界更深层的把握方式。……走向诗的小说情节的淡化和弱化，虽然体现出情节因果链条的断缺，缺乏理性的逻辑联系，但它却不再为一个具体的故事模式所困囿，不必为展示现实的相关性而编造情节，把实感复杂的生活简化成最平凡最单纯的细节、局部，在人、事、物的外部联系和秩序上有意留下诸多空白。"

**25日** 李振声的《中国当代小说的还原性趋赴》发表于《当代作家评论》第6期。李振声认为："王安忆不动声色的处理方法是与她本质上客观的还原意向贴合的，而刘索拉则在她的小说中弥散出过浓的伤感和忧郁，这类来自小说家的过分感情用事的心绪，可能多多少少干扰了她恢复人内部生存状态这种本质上客观的意向。""莫言的小说，把人对外部和内面世界的观照和体验，统统还原为人敞开自己的感官与他面对世界初次碰撞时那第一个瞬间的感觉印象了。他是通过极其潇洒出色的感觉，完成对人的生存整体的还原的。……从某种意义说，莫言这种不对现象作理性清理，而把小说看作自足的结构，洒脱地体验自由的感觉意绪，也许还可以说是对东方民族思维模态的一种还原。""马原小说对世界所作的朴素的还原处理，就对我们的原先相沿成习、确信无疑的因与果、动机与效应、手段与目的一类概念，构成了一种唐突和揶揄，一种善意的作弄。"

毛时安的《小说的选择——新时期小说发展的一个侧面速写》发表于同期《当代作家评论》。毛时安认为："形式的选择首先是语言的选择。……语言的选择就是要传达出语言在非语言经验前的困惑，同时在准确表达对象的同时，表达出属于作家创造力的语言艺术的魅力，并由此显示出语言艺术的魅力。……语言的选择除了我们多少年一直倡导的向生活学习外，又出现了两种新的选择。一种是对古典语言，包括诗歌语言和白话语言的重新认识提炼。""倘若说这一路语言选择侧重于古雅美的话，那么另一路选择则表现为对现代风格的倾心。""这两种选择都表现了对传统语言规范的不满和挑战，前者创造了一种'精致的欠缺'的句法，后者创造了一种情绪焦灼类乎闹剧的语式。"

"结构的选择是以内容的选择为起点的，换言之，它是以走出'情节——人物'的结构模式为标志的。""A.心理结构。这类结构以内在的心理时间秩序代替了外部时间秩序，心理真实取代了'客观'真实。""B.意象结构。以同一意象的反复映现，组织形象片断，推动叙事的展开。由意象的巨大象征蕴含的感召力赋予不完整的形象图画以一种辐射性的意蕴。""C.自然空间结构。这种结构通过不同空间两个三个乃至多个空间事件的'对位'展开小说，来中断叙过程的连续。""D.文化空间结构。以文化形式的历史空间，杂糅神话、传说、民俗、乡情等来结构小说。""E.闹剧结构。这是一种反悲剧结构，以幽默、嬉闹、玩世不恭的亚嬉皮士精神，对悲剧、正剧、喜剧进行'热处理'。"

王灿的《读阿城的〈棋王〉二题》发表于同期《当代作家评论》。王灿谈道：《棋王》"开头第二段，寥寥数语，已把'我'的遭遇及知青下乡插队的社会背景都说到了。值得注意的是句法：白描、短句、运用很多虚字来传达叙述的情感、气韵。像传统小说式评话吗？像，又不像，象现代白话、口语吗？像，又不像。细细琢磨一下，不难发现有中国古代散文的句法和韵味在其中"。"当代小说，绝大多数用纯粹白话写成，这当然是大势所趋。好处是易读，佳者亦轻巧细腻，婉转多姿；但病在不耐咀嚼，且常易流入熟滑烦絮。故经得起一读再读的当代小说实在少之又少。我以为书面文字同口语是应当拉开一个适当距离的，非如此不足以尽文字之美，非如此不足以救熟滑烦絮之弊。而最佳的办法大概莫过于酌量取法古文，参用古典词语及古文句法。""鲁迅的文章以白话而兼具文言的气韵，所以特别有味耐读，可惜的是传衣钵者甚少，散文中还可偶一见之，小说中几乎就绝响了。现在阿城似乎想作这种尝试，我以为非常值得贺采。"

"总起来说，《棋王》的语言风格是从容含蓄、简炼传神，且时有冷隽之笔。其叙事风格以白描为主，象中国传统小说，而句法峭拔，神韵悠远则近鲁迅。同时作者是博采时人活语、熔铸入文，表现了可贵的创造力。"

王绯的《缠足文化的迫力——说说〈三寸金莲〉》发表于同期《当代作家评论》。王绯认为："冯骥才在小说中借人物之口猛抖了一通有关小脚的学问，这些史料性的文化形态记录，作为揭示缠足文化迫力的重要笔墨，在文化的历时维度与共时维度的交叉点上，为作品确立了一个基点。这个点构成了一个结合部，把对人的描写与社会、历史的描绘融合起来。因而，当这些莲学知识纳入作品的生命体中，立刻就被激荡了，其非文学的因素迅速消融，化为整体艺术形象的血肉，具有了美学意义。"

吴方的《腐朽与神奇间的反思——读〈怪事奇谈〉》发表于同期《当代作家评论》。吴方认为："冯骥才做小说，是丹青转行，这很得便在文学组合中营造一种如画的意象。小说仿佛可以连成一工笔风俗手卷。而画意则又似米家山水，烟来雾绕，形神虚实不敢妄言。""小说讲史与正规的史书不同，这是由于：第一，它里面的考据索引工作总是与具体的人的情感生活相联系着，在一定程度上说明人物的活动场所、行为方式、精神状态；第二，传统的历史文化观常常局限在上层文化关系上，如对哲学、历史、文艺的文献、器物的研究，强调局势忽略结构，强调事件忽视心态，强调中心忽视边缘，重表层、变幻运动，轻深层慢节奏的运动，文化小说正可以突破这种格局，另辟用武之地。""这两篇小说（《三寸金莲》《神鞭》——编者注）的结尾都带有假的痕迹，一个是给主要角色以偏爱，使他变成强者；一个是安排巧合，造成对比和矛盾的急速变化。"

夏康达的《当前文坛上的一部奇书——读〈三寸金莲〉》发表于同期《当

代作家评论》。夏康达认为:"《神鞭》一出来,我们终于知道了冯骥才心目中的'中国现代派'究竟是个什么样子了。《神鞭》、《三寸金莲》是冯骥才探索这种新的创作方法的产物。它至少有这样三个特色:一、辩证地把握现实与历史的关系,立足于现实去写历史,通过对历史的观照加深对现实的认识。""二、摆脱任何历史事件的束缚,采用'假借'的方式来处理历史生活,即不以具体地、真实地反映历史生活为目的,而是从历史与现实在精神世界的结合部上下手,大胆虚构,纵然变形、荒诞也无所顾忌。他要不受历史局限地写历史。三、在手法上兼容并包,不拘一格。冯骥才为自己的这类小说列了这样一个艺术'配方':荒诞+象征+写实主义或现实主义手法+古典小说的白描+严肃文学的白描+俗文学的可读性+幽默+历史风情画+民间传说等等(《〈神鞭〉之外的话》)。""《三寸金莲》在语言上是下了功夫的,作者追求的是浓郁的地方乡土色彩和别致的现代风格的有机结合。倘若分得更具体些,大致上是人物对话和心理活动个性化的地方语言为主,叙述语言则常常具有现代风范。也可以说整个小说以传统的富于乡土气息的语言作为基调,有时加以变形,造成新颖别致的效果。主要手法是用大量并列的词语拉长句子,而这些词语在句子中都是同一成分,因此句子加长后语法成分并不增多,这就完全不同于欧化句式,句子虽长仍容易读懂,依然不失语言的民族风格,却显然与传统手法大异其趣,增加了语势的起伏,增强了语言的节奏感。"

艺峰的《追求和谐,但总是寂寞——铁凝小说创作论》发表于同期《当代作家评论》。艺峰认为:"她(铁凝——编者注)的作品富有迷人的人情色彩,她着力塑造的形象大都带有作家自身理想化的格调,含蓄而亲切地体现了自己的道德观念。……这样的忧伤和寂寞不是个人低吟徘徊的描摹,而是一个时代——时代与时代在这里汇合,历史与未来在这里交流——的忧伤和寂寞,在这种意义上铁凝的作品具有普遍的美学价值。"

**29日** 李洁非、张陵的《小说叙事观念的调整——读〈红高粱〉、〈灵旗〉、〈黑太阳〉所想》发表于《文艺报》。李洁非、张陵认为:"小说叙事方式的调整,不是一个技术处理的问题。从理论上说,这一观念的转变,将出现新的小说形态。因为这一转变,是以整个艺术思维方式的转变为基础的。这种转变,我们能在如下的表现中初见端倪。其一，今天的小说家着手处理革命历史斗争题材（仅限于这类题材）的时候，已经不必过多地拘泥于实际的功利需要。……其二，其实，小说叙事观念的调整直接向读者的阅读方法和习惯进行挑战。……其三，把小说叙事观念的调整理解为新时期以来文学的审美理想的变化会中肯一些。这并不是简单地强调故事的曲折和复杂（例如《红高粱》的故事简直无法复述，并不因为曲折复杂）。……小说不是为实现那种极端实用或变相宗教的目的而结构的。小说作为一种语言的艺术并非仅仅把某种载体由'此岸'输送到'彼岸'，借以来实现自己所谓的审美理想。"

绿雪的《〈翼王伞〉印象》发表于同期《文艺报》。绿雪认为："《翼王伞》等纪实性历史小说，比之现当代题材的纪实文学创作，往往能在'重铸'生活原型方面表现出更多的文学本能，自然也得益于史家史籍记述的'真人实事'大多扑朔迷离、真伪难辨、支离破碎，对于今人也较少或明或暗的功利牵连等。由之派生的历史小说创作，无疑有助于拓展和深化我们的纪实文学观念；同时，我们也会对历史小说不再恪守'史家小说'的格套、自觉建树虚构型历史小说品种，产生某种乐观态度。"

# 十二月

**1日** 李劼的《具象块面·心理呈示·状态文学——〈爸爸爸〉和〈小鲍庄〉的探讨》发表于《作家》第12期。李劼认为，《爸爸爸》和《小鲍庄》"是两篇色彩氛围很不相同的小说。……然而，这两篇小说的线条却是同样的概括，以致于只消把握住小说的总体结构，就可以划分出诸如在高更、塞尚、马蒂斯等等的绘画中常见的那种色彩块面来。需要指出的只是，如此概括的线条不是抽象的而是具象的，而且由于线条的具象使块面成了具象的块面。这种具象块面一方面有着形象的丰富生动，一方面又蕴含着为传统现实主义小说所难以企及的种种形而上的意蕴。

李劼还认为："如果要把这两篇不同风格的小说归结为一种共同的创作形式的话，那么本文只能曰之——状态文学。这种状态文学的作品，不是通过故事情节，而是通过一个个具象块面来呈示内容，创造美学意境。状态文学注重块面的整体效果,而不着重情节发展的因果相联。……当形象变为具象,故事融化为状态后,小说也就向其创作者提出了更高的要求。……这类小说不仅推进了新时期的文学创作,而且也推进了新时期的文学评论,促使后者从一种人物形象—思想内容—表现形式—创作手法的单向直线的框架里摆脱出来,走向形象内容—形式手法的双向同构运动,走向作品展示出的那片多层次多层面的历史—美学—文化心理等等的广阔天地。"

**4日** 邢广域的《当代意识聊斋神韵——〈物异〉读后断想》发表于《山东文学》第12期。邢广域认为:"作品的主色调是现实主义的写实手法,其间融入传奇色彩的烘托和魔幻笔法的点染,虚实结合,浓淡相衬,浑然构成一幅绘声绘色的民风图。"

徐红兵的《〈物异〉艺术得失谈》发表于同期《山东文学》。徐红兵认为:"小说《物异》的现实主义艺术力量并非以传统的现实主义方法来表现,而是在大胆的创新探索中将荒诞艺术手法与现实主义方法相揉合所取得的成果。……这篇小说的艺术结构有两个鲜明特点:一是保持了传统的故事式的外在框架;二是采用了双线交叉的内在结构。""小说《物异》是一篇在艺术创造上勇于探索的富有新意的作品。它大胆地追求现实主义的生活意蕴与荒诞的艺术传达形式相结合的艺术境界。由于小说的立意在现实,所用的荒诞表现手法大多注意依附着社会生活,所以,令人感到作品的总体题旨真实可信并具有审美价值。"

**8日** 朱向前的《深情于他那方小小的"邮票"——莫言小说漫评》发表于《人民日报》。朱向前说:"莫言充分施展才情,张扬个性。就譬如他那特殊的艺术感觉,往往用直观方法赋予天地万物以生命,捕捉瞬间的殊异状态,加以联想生发和通感,将一个充满声、色、香、味、形的活生生宇宙和盘托出,使人如闻如见,可触可摸。哪怕是一点最微小的感触,也描绘出一个有声有色的艺术情境。这不仅使作家获得了既节省素材又反映深刻的高产高质的创作效应,还大大丰富了读者对外部世界和人类自身的感知方式与审美情趣——现实世界和感觉世界的有机融合,使莫言创作呈现出一种'写意现实主义'风貌。"

**13日** 王蒙的《〈牌坊〉的技巧》发表于《文艺报》。王蒙认为:"一篇描写心态的小说,但没有一个字描写心态。又似乎字字在写心态,写牌坊,写村庄，写雨，写疯子，写老头，写花，写表情，写总是对不准频道的谈话，杂乱的、起伏的、细致入微的、叠印的心态尽在其中。历史和现实，象征和实体，神秘和恐怖，景和情，勇敢和胆怯，无法自救的尴尬……写得这么细腻又这么节省。""名不见经传的陈洁的这篇《牌坊》（载《人民文学》1988年第11期）的技巧是呱呱叫的，好的技巧甚至超越了、战胜了各种文学招牌和文学宣告，达到一种非常舒服的'四通八达'的境界，这小说确实做到了象冰山，四分之一露在外面，四分之三在水下。又朦胧，又清晰，又写实，又寻根，又意识流（姑娘的"意识流"真是呼之欲出却又不着一字），又白描，又象征……"

张贤亮的《理性激发灵感——〈写小说的辩证法〉前言》发表于同期《文艺报》。张贤亮认为："创作，就是要突破平庸。在无法突破题材的一般化时，就要极力找到一个新的角度，想出一个新的构架。新的角度和新的构架本身就可以突破题材的一般性，把和别的文学艺术作品同样的题材提升到一个全新的境界。""现在，小说有各式各样的小说，写小说也自然就有各式各样的写法。我从来不认为我写小说的方法是好的方法，好像在写小说上也从来不存在什么好的方法和坏的方法之分；我也不认为我的创作和读书经验会给文学青年提供什么范例，因为心灵的工程要比'调庄'工程复杂得多。"

**15日** 庹修明的《刻意于民族化、大众化的艺术追求——侗族作家刘荣敏及其小说创作》发表于《民族文学》第12期。庹修明认为："刘荣敏的小说，善于捕捉生活中喜剧色彩的闪光，大多写得风趣。作者往往用喜剧的结构，巧妙安排情节；用悬念引人入胜，小说基调是乐观的，充满生气的，常常是寓思想于情趣之中，……刘荣敏的小说已经开始显示出他的艺术个性，他刻意于小说创作民族化、大众化的艺术追求。"

**20日** 吴秉杰的《探寻人心的秘密——矫健〈短篇小说八题〉随想》发表于《文艺报》。吴秉杰认为："矫健这一组短小隽永的作品……犹如八支生命的旋律构成的组曲，不仅自身拥有一种别有风味的魅力，而且对于小说创作的启示也是多方面的。它的内容沟通了精神与物质，自然与社会，人与历史，丰赡而又精约，得力于充分运用艺术的暗喻、象征、夸诞、变形，以形写神，虚实相生。这些作品是心灵所创造的'第二自然'，又富有生活的实感。"

21日　李书磊的《文体解放与观念解放——也谈〈红高粱〉》发表于《文论报》。李书磊认为："《红高粱》是一篇很可读的现代叙述小说。在这篇小说中，莫言似乎更注重梗概式、纵的过程而有意忽略了场面式的、横的展开。整部作品中的动态形象远远多于静态形象。给人的感觉是小说中的生活在一条窄窄的河床上曲折而急促地向前流动着。小说的现代叙述方式在当前的创作中已经成了一种风尚。中年作家中可以王蒙的《风止浪息》《名医梁有志传奇》《高原的风》为代表，青年作家中可以张宇的《活鬼》、陈建功的'谈天说地'系列为代表。在《红高粱》中，莫言以他自己独有的功力娴熟地运用了这一方式。这类作品之所以被称为现代叙述小说，是与描绘小说相对而言的。描绘小说的特点是把大量的形象与细节平行地排列在一起，具有鲜明而开阔的具象性。正是在这类小说中文学的现实主义又得到了全面的、充分的实现。"

22日　黄育海的《葛川江小说的文化意识——李杭育创作漫议》发表于《人民日报》。黄育海指出："目前，小说创作中民族文化意识的觉醒和强化，已经构成了许多作家共同的美学追求。但是一些作家在开掘小说文化意蕴的同时，又流露出一种玄妙芜杂的情绪，缺少超越文化氛围的一种当代意识的观照和渗透。小说文化意识深厚还是浅近，并不在于是否反映了民情习俗，只有在对历史的切入和现实的观照中，才能生发深厚的文化内蕴。"

沈醉的《读长篇小说〈垂亡〉有感》发表于同期《人民日报》。沈醉提出："章回小说现在已不多见了。据说目前的许多文学作品讲究深刻的哲理，超越时间的、跳跃式的结构以及'意识流'的表现手法等等。……但是，我们的读者中，恰恰是一般文化水平的居多。所以，象《垂亡》这种大众化、通俗化的章回小说就会拥有更多的读者（据说还要改编为电视连续剧）。因为其通俗易懂，读起来才会有轻松感。《垂亡》的作者显然考虑得很周到，用小说的形式写历史，既避免了'对号入座'引起的麻烦，又能给读者艺术的享受，是难能可贵的。据说当前长篇小说滞销，我想原因就在于可读性差。我认为雅俗不要对立，而应统一起来。以高雅的通俗作品来取代武侠小说、言情小说，《垂亡》的出版很及时，希望能引起重视。"

27日　范咏戈的《严歌苓和她的〈绿血〉》发表于《文艺报》。范咏戈认为："作者似乎很善于在幽默中深藏寓意。……作者给笔下的每个人物都起了一个绰号，人物之间的对话，也往往取那种呛人、噎人、损人而风趣的语言，很好地凸现了文工团员们往往是有口无心的职业特点，同时强化了文艺团体那种'没正经'的特殊生活氛围。"

罗强烈的《小说的实验性与审美心理结构的调整》发表于同期《文艺报》。罗强烈指出："透过那些对湖南中青年作家的实验性小说的音色响容的责难之辞的表层，我们不难看到一种批评视点的固定和四维空间的狭窄。……对湖南中青年作家的实验性小说的责难，更多地表现为一种因长期紧跟表层政治运动而产生的非此即彼的传统审美心理结构对新的美学思潮的不适应和困惑。……暴露了我们文学批评界的思维定式和审美心理结构的板滞和老化。……我们的创作要发展，这种思维定式必须要打破，这种传统的心理结构必须要调整。"

王汶石的《画出了秦岭的性格》发表于同期《文艺报》。王汶石谈道："您（莫伸——编者注）的语言，无论是叙事的语言，描写的语言，还是人物的对话，包括其中穿插的'花儿'和'信天游'都是很有特色的和生动的，都是不乏诗情画意的。它们是丝毫没有学生腔（或文人腔）和报纸腔的。"

## 本月

南帆的《小说意识的解放——评〈城疫〉〈黑马群〉〈平安夜，平安夜〉》发表于《福建文学》第12期。南帆认为："隐喻与寓言乃是以理念作为主体，形象仅仅是理念的外衣；象征首先必须拥有一个自足的形象体系，理念并非先入之见而只能从此蒸发而出。换言之，哲理的蕴涵可以使象征小说形象体系更为深刻，但却不是这些形象体系由以成立、发展的内在逻辑。审美上的吸引同样是象征小说形象体系所应有的魅力。""当新的小说意识尚未推广为普遍的审美经验时，作家与读者之间可能产生某种分离。在短时期内，这种分离无疑是必要的。……作者与读者的分离的意义在于从更高层次上重新征服读者，而不是从此逃避读者。"

李国涛《经验的世界和语言的世界》发表于《山西文学》第12期。李国涛认为："凡是在构思过程中所设想的一切，如情节、人物性格、重要的细节等等，都是作者企图用语言去'表现'的事物,这些方面是较易于翻译以至改写的,甚至是可以由一种艺术形式转移到另一种艺术形式中去的,如小说改为电视、电影、舞台剧或连环图画。但是,就其'表现形式'而言,语言韵味、语言符号的隐喻性,或桑塔耶纳所说的一切表现中的第二项即深层的、暗示的意蕴,那是无法翻译也不能转移的。……语言在创造着新的文学世界。语言在使真实的经验世界变形。当作家不苦苦着力于'再现'经验的世界时,文学将有新的面貌。就是说,它的'第二项'意蕴,象征、暗示、隐喻的内容会更丰富。"

## 本季

邵菁的《贾平凹商州系列小说三题》发表于《艺谭》第6期。邵菁认为:"贾平凹的商州系列小说,大多无庞杂情节,采用的是散体结构。这在其《商州初录》及《商州》中表现得最为显明。笔记形式,随意下笔,信手拈来,写风土人情,写民间传说,写时代变迁,连缀而成一部有深厚民族风味与丰富精神内涵的中篇小说。它闪烁着敏感、善良和乐观,冷静观察中流露出幽默的情趣。再看作者其他几部中篇,如《远山野情》、《九叶树》等篇,结构也都散淡自然。小说注重故事性、情节性、因果联系,自然相当整饬,但不免封闭。当代小说,在有意使故事情节淡化,因果联系减弱,超越那种封闭的完整结构的同时,力求使小说成为一个多层次多功能的开放性的网络结构,以便能接纳更多的生活径流。贾平凹的小说采用散体结构是与这种趋向相适应的。另外,这种散体结构也有其历史继承性。贾平凹是一个对中国古典美学有深刻把握的作家。其散体结构正是接续了《世说新语》、《唐人传奇》、《浮生六记》、《聊斋志异》这条文人小说的线,也得益于《山海经》、《水经注》及地方志中对大小空间的鸟瞰和统摄,话本和民间故事中面对听众娓娓而叙的艺术,甚至南美作家巴尔加斯·略萨的结构现实主义。这种散淡结构造成了生活的切近感而使人们能从传奇式的结构中切实窥见乡土民情。"

邵菁指出:"贾平凹崇拜的是这种大汉之风而非刻意造作之功,欣赏的是赫赫洪荒的原始美。他喜欢国画,'工笔而写意,含蓄而夸张,冗繁削尽留清瘦,画到无时似有时,在有限之中唤起了无限的思想和情趣。'贾平凹的小说之所以让人读来有滋有味，不得不把心绪延伸得很远很远，就与他这种中国画式的笔致有关。一幅中国画，浓濡淡杂，而其中内容量最大的部分，却正是那大片虚静空灵的'留白'。这种虚空被画家看作是孕育了无数生命的发源地，溶入万物内部，参与万象流动。没有'留白'，一部作品也就没有了灵秀之气。一部小说，高潮处竭尽惨淡经营之功，留给人想象的余地却很少，就不可能有惊心动魄的力量。贾平凹在表现骇人听闻处，笔致往往很冷静，不露声色，似乎随便极了，无所谓极了。这种大涩、大冷，铁石心肠，却赢得读者大润，大热，揪心断肠。贾平凹的作品之所以令人心醉，就在于他善于把浓烈厚重的情志深深地内裹在，潜埋在简淡的笔墨中。这种简淡的笔墨，使其作品具有了某种'旨远'的诗的味道。"

吴士余的《试论小说情感形象构成的多元形态》发表于同期《艺谭》。吴士余认为："长期以来，人们较自觉地接受一个传统的文学观念'艺术是生活的形象反映。'这种观念给叙事体小说的形象构成以一种传统定势：形象构成形态的具体性和真实性。西方近代美学理论的横向移植，对形象观念的嬗变起了推波助澜的作用。不少作家接触、借鉴了'表现'说和'移情'说，有意识地强化主观情感和意志在形象构成中的艺术功能，肯定了情感表现也是一种艺术本质属性体现的形象观念。于是，与这一形象观念相适应的——淡化情节载体和性格结构，以作家个人情感的物化来直接构筑的艺术形象的构成模式便应运而生了。这类形象我们拟称为'情感形象'。它是有别于性格形象的另一类型的形象实体。"

## 本年

魏丁的《近年来长篇小说的艺术发展》发表于《当代创作艺术》第 1 期。魏丁指出："那么，长篇小说艺术的新发展具体表现在哪些方面呢？且让我们作如下几方面的归纳：

"一、强化传统的情节结构。作为有着象《三国演义》、《水浒》、《西游记》、《红楼梦》这样一些不朽名著传统继承，又深受'五·四'以来现实主义文学观念长期熏染的当代长篇小说作家，特别看重小说情节的作用是毫不奇怪的。有人甚至把对小说情节结构的偏爱，强调到民族化的高度来认识。这样就在客观上造成我们今天许多作者在结构作品时较多地考虑情节的因素和作用，在写法上更实在，并且突出地增加了小说的传奇色彩，即加强故事情节的奇异性和怪诞性。

"另外，还有一些长篇小说在塑造人物形象和结构故事情节时，较多地写人与事物的奇异性。就是说，这些小说不光看重了作品情节的故事性，而且还有意选择和表现了故事情节的奇特与怪异，从而在一定程度上恢复了传统小说的'传奇'之态。"

"二、散文化倾向。长篇小说的散文化倾向主要表现在作品的艺术结构的多样化和象征思辨意义的加强上。……此外，促成长篇小说出现散文化倾向的，还由于相当一部分作家大量使用象征。……还要补充的是，那些思辨色彩非常浓厚的长篇小说，也构成了近年来长篇小说创作散文化的一个重要部分。"

"三、在挖掘人物内心方面的进展。不仅在人物形象的塑造上，作家们广泛地注意了对内心活动的深入开拓与挖掘，而在小说的结构、叙述角度等方面，也尝试了心理结构和突出主观情绪色彩的叙述。"

钟本康的《我国当代小说的艺术结构》发表于同期《当代创作艺术》。钟本康指出："记得巴尔扎克说过：'最大的法则是结构的统一。'这位卓越的小说作家如此重视结构的艺术，是耐人寻味的。这里说的'结构的统一'，可以理解为节奏的和谐、间架的匀称、整体的浑然、组合的有机等。小说结构的样式可以多种多样，可以争新斗奇，但统一性确是一个共同的法则。唯其如此，才具有结构美。现在看来，有高度统一性的结构可以分为两种：一种是不留下任何结构的痕迹，所谓'得意而忘形'，使读者不觉察到结构的存在，这可以托尔斯泰的小说为典范。……另一种虽然有结构形式的可感性，如《小鲍庄》那样，但它也完全是统一的、和谐的，更重要的是，决不是玩弄什么技巧上的花样，而是把结构作为表现作家情绪、作品内容的有机部分。"

金健人的《小说空间三要素》发表于《当代创作艺术》第2期。金健人指出："小说创作对空间的要求，应包括三方面的内容：一是地域的内容，它承担着人物的活动，同时又限制着活动的范围；二是社会的内容，它将人物与人物之间的关系统统网罗于内；三是景物的内容，它是地域内容与社会内容在作品中的具体化与形象化。小说空间，就是这三方面内容的相互结合与相互渗透。"

鲁人的《论当代小说的写实体式》发表于同期《当代创作艺术》。鲁人指出："我们称传统的写实体式为'观照写实体式'。'观照写实体式'既然建基于人和对象的一种现实关系之上，那么，即如真实的观照一样，人必须首先承认对象的客观性和具体性。这是人的认知经验在先决定的。所以，'观照写实'小说首先也就将形象作为一实在性完备结构来肯定。它要求小说形象必须具有作为实际存在（事实）所需要的全部重要条件。这主要表现在人物、环境、事件等的从形色外表到内容性质的各种特殊规定。……同样由于其建基于人和对象的一种现实关系之上，'体验写实体式'也必然首先承认对象的实在性，要求将形象认同为实际存在。形象也必须具备实际存在所需要的诸基本条件。但'体验'是人和对象局部的有限联系，并不直接反映对象整体，所以，'体验写实体式'也并不将形象作为一完备结构来建造。因此，形象的实在性诸条件又是不充分的，只与所表现的局部相适应。"

"如果说，'观照'是人和世界最一般的关系，'体验'是最直接的关系，那么，'玄思'则就是最深刻的关系了。'玄思'的关系，实质上是人类认识世界规律的同一性关系。当这种同一性通过艺术手段来表现，通过小说以写实方法来表现，便产生了另一种小说写实体式——'寓言写实体式'。……'寓言写实小说'的形象虽然被突出为存在模式而强化着合理性，但毕竟需以具体的形象内容为依托，而不能是一抽象的模式。这使小说形象具备了两重性：以其模式意义趋向于规律，以其形象内容趋向于实在。"

盛子潮、朱水涌的《新时期小说形式创新的奥秘和意义——对一个并非仅仅属于小说形式的理论探讨》发表于同期《当代创作艺术》。盛子潮、朱水涌指出："那么，新时期小说形式创新的奥秘和意义又是什么？这，就是本文想探讨和回答。……要解开新时期小说形式创新的奥秘，也只能认识小说的本质开始。小说形式的本质是什么？是一种装小说内容的'容器'还是小说家把握世界、规范生活的才能和美学框架？在我们看来是后者而不是前者。……小说的形式既然是小说家把握世界和规范生活的一种才能和美学框架，那么，形式和内容只能作一元论的分析：内容寄托于形式，而形式使内容定型化、物质化。……以这种对形式的本质认识来看新时期小说形式上的创新，它的奥秘即在于小说家主体审美意识和审美情感的变革和创新，在于新时期小说家对现实、对生活、对整个世界模式的新的美学发现。"

"总之，我们认为，形式创新的奥秘在于一种新的审美意识和审美情感的呼唤。当一种新的审美意识和审美情感不仅仅存在于个别人，而成为一种时代的审美意识和情感时，必然会有共同的、最适宜于它表现的创新形式。这就是为什么文学形式的重大变化往往发生在时代的审美意识和情感发生重大变革之时的一个奥秘。"

同日，袁昌文的《谈小说的节奏》发表于《今日文坛》第2期。袁昌文认为："事实上，许多优秀小说家都非常重视节奏。他们或通过情节的起伏，或运用画面的交错，或依靠情绪的升降，或借助环境气氛的张弛和情调的阳刚阴柔，以形成强烈鲜明的节奏，使自己的作品获得最佳的艺术效果。……运用相反相成的原理去写人、记事、描景，往往会收到异乎寻常的艺术效果，使小说形成鲜明的节奏。"

"情节起伏形成节奏。小说情节的起伏、曲折，一波未平，二波又起，能够形成强烈的节奏。如果平铺直叙，缺乏波澜，那就没有节奏可言。有的小说情节简单，但只要有起伏、有曲折，也就能够形成节奏。"

"张弛相间形成节奏。在小说里，刀光剑影的惊险情节与平缓抒情的描写，欢乐的气氛与绝望的情绪，相错成文，或者，把紧扣读者心弦的紧张叙述暂停一下，插入别的松缓事件或一点'离题'的闲谈，能够使作品呈现出明显的节奏。"

"疏密交错形成节奏。小说中一瞬间发生的事情写得很细、很长，叫'密'；几天、几月甚至几年发生的事，三言两语就叙述了，写得很简略，这叫'疏'。"

"扬抑结合形成节奏。扬与抑，是对立的统一，可以在一定条件下互相转化。作家运用这个原理，在刻画人物时，常常采取扬抑结合的手法，或先抑后扬，或先扬后抑，扬抑交替，使叙述显出节奏来。"

"'往事'与'现实'交织形成节奏。在故事情节发展的后部分某个地方，将其拦腰砍断，把某个关键场面首先展现出来，作为描写的'现实'，然后由主人公触景生情，联想往事。一段相对独立的'往事'写完了，又回到'现实'中来，再由主人公第二次触景生情，再联想'往事'，完了，又回到'现实'。现实——往事——现实——往事……交叉编织在一起，于是便产生了节奏。"

# 1987年

## 一月

**1日** 钱志华的《试论审美敏感区域和小说结构的关系》发表于《东海》第1期。钱志华认为:"谈到小说结构的形式,确是多种多样。由于分类标准的不一,又导致说法的分歧。但一般地讲,主要的结构形式有二种,一是纵向结构,一是横向结构。其它形式的结构,实质上都可归类于其间。所谓纵向结构,一般认为,它是以一个人物为中心,表现这位主人公的遭遇、命运和人生态度。故按事件的发生、发展的自然进程和时间的先后顺序来安排故事和组织情节的。所谓横向结构,一般来说,它的主要人物不止一个,那是把他们那些各别的生活场景并列起来,又交叉在一起。故它打破严格的时空观念,以心理流程、感情起伏以及表达需要去组织小说内容,从不同侧面和角度,表现小说的主题。"

"两种不同的结构,各有自己的特点与功能。纵向结构,是我们传统的处理方法。它在小说创作领域里,长期占有优势的地位。因为情节有序,先后呼应,故事有头有尾,很符合一般读者的欣赏习惯。相对地说,它对人物的刻划,侧重于外在方面,如肖像、行动、对话、细节等,精雕细琢后,使人物眉目毕具,脉络分明。同时,它以'事'为基础,并以'事'中之'理'去说服读者。它让读者和书中人物处于欣赏和被欣赏者的两极。在把人物推到读者面前之后,让读者自己去了解人物的所作所为,产生相应感情和形成完整观念,并对人物作出是非的、伦理的价值判断。再者,此种结构显得细针密缝,循规蹈矩,关合自然,有点'工笔画'味道。可以说,它是'国产货',具有显著的民族印记。……横向结构,显然是随着外国小说的输入而日益增多的。它往往采取多人物、多角度、多层次的表现方式,'全面开花'后,在'主点上'引爆,引起'中心突破'。相对地说，它具有浓重的抒情性质。对人物的描绘，侧重于内在方面，如心理轨迹、内心展示、精神反应等。它把人物网结在一个'点'上，让人物卓然而立，大放光采。这就能使读者忘情并与之同悲喜。同时，它以'情'为基础，并以'情'作发展线索以及用'情'去感染读者。在'情'的作用下，使人物和读者化合在一起。再者，这种结构时空浓缩，跳跃性大，如同电影蒙太奇的镜头组接，初读时不免有茫然之感，卒读后却有顿悟之胜。故读时费心劳神，读后却印象深刻。"

同日，雷达的《灵性激活历史》发表于《上海文学》第1期。雷达认为："在审美方式上是它（《红高粱》——编者注）一次具有革命性的更新。……这部作品是作家的主体征服、化驭、重铸历史的结果，是作家不再把历史作为心灵的外物，而是把自己活跃、能动、善感的主体整个溶化在历史之中，由于一切的情节、细节、场面、人物全都被作家的主体浸润、温热、拥抱，所以才会有那么多的新鲜的诗意、新鲜的发现、新鲜的奇想。"

李庆西的《新笔记小说：寻根派，也是先锋派》发表于同期《上海文学》。李庆西认为："差不多也正是从八三年开始，一种篇幅甚短的短篇小说逐渐占领许多刊物的版面。说它'甚短'，也还不同于通常所说的'微型小说'（或称'超短篇''小小说''袖珍小说''一分钟小说'等等）。从篇幅上讲，一般比'微型小说'还宽裕一些，短则一两千字，长则可达五六千字以上。当然，篇幅长短不是文体最本质的特点。叙述语态和修辞手段，结构方式及其表达力价值，都是构成文体的重要因素。……综合各方面的因素，这里所要讨论的那种短篇文体，大约近乎中国传统的'笔记体'。有人干脆称之'新笔记小说'，我看不妨姑妄认可。所谓'新笔记小说'，跟'微型小说'不同之处，在其内涵，也在其叙事形态。目前国内一般'微型小说'，多系讽刺小品，抑或一两个单纯的喜剧情节，其效果往往在于结尾的戏剧性逆转，出人意料地来一下子。手法单调，意思显豁。'新笔记体小说'表面上不象它那样刻意求工（'微型小说'基本没有闲笔），似乎东拉西扯，漫不经心，其实细加体会，倒是形神皆备，气韵贯注。看上去无所寄托，实际上它本身的情理结构即涵括了世态人心，指事类情，不一而足。这是一种现实的寓言。"

## 1987年

"中国文学的演进,有自己的一套美学依据,与整个民族的情理结构相联系。依我的看法,中国小说源流有二:一者为笔记体,一者为说话体(包括章回体)。……中国传统文学整个儿说来,具有这样一个特点,就是重情蕴而不执着事理。似乎要紧的不是对事物作出如何判断,而在于主观上采取什么态度,在于主体精神的确立。古人论诗论文,终究归结为情志与胸臆,历来看重那种浑涵、旷达、神理超越的精神境界。所谓'感悟吟志,莫非自然',乃强调创作主体的心态平衡与情致的自然流溢。进入这种物我同一的境界,就算取得了艺术自由。在这里,自由与其说意味着表现手段的丰富或对象的无限化,莫如归结为选择的自主和主体的超越。无可讳言,笔记小说作为一种文体——在这方面,它跟汉文学的主体样式诗赋词曲一样——恰恰未能免除表现手段和对象的偏隘。……可是话说回来,审美观照并非纯粹对客体世界的投射。类如古典诗词的审美思辨关系,笔记小说的特点也是在客体的有限描述中,凸出主体的自我体验与人格意味。读《世说新语》,或《太平广记》,你很难找出对于人生世相的臧否判断,却实实在在地感受到某种充实的主体精神。似乎是直录人生,不事熔裁。表面的散漫、随意、信手拈来,实际上隐括着饱经沧桑而又平易恬淡的心境。世事洞明,更在不言之中。显然,这跟话本小说、章回小说那种以事推理、劝恶从善的思维法则迥异。二者的根本区别可以从主体意识向上判识:从民间艺术土壤中产生的'说话体',本身即是民间健康良知与群体艺术的天然载体,这决定了它不可能具有另者那种克服着痛苦的隐含在深处的心理过程;相反,'笔记体'作品对人情世态的记录,实则包含着文人的修养与自我确认,那般悠然、淡泊的体貌,在递相延续之中凝聚着深刻的人生体验。"

"本文论述的'新笔记小说'及其对古典笔记体的继承和发展,可以说是文体意识上的'寻根',这跟当今小说界的整个'寻根'思潮相吻合。'新笔记小说'作家对中国笔记传统的认同,首先意味着主体精神的复活。""'新笔记小说'是寻根派,也是先锋派。作为新时期小说的一项文体实验,'新笔记小说'体现着一种新的小说观念。这种自由、随意的文体,必然伴随着思维的开放性,同时表明它与一切既定的规范格格不入,尤其对那种缺乏现实主义态度的'现实主义'文学不屑一顾。可以说,在根本的思维关系上,它比那些摹仿现代主义风格的探索小说走得更远。有人认为，小说观念的变化无非是叙事形态的改头换面，就是打破那种以故事情节为结构框架、以典型人物为主题思维对象的叙事模式。根据这种理解，小说的'诗化''散文化'之说，往往被人作为技术性问题加以阐释。然而，这事情的意义不仅仅在于文体本身以及包括技巧在内的形式因素，关键是内在的审美关系发生了变化。淡化情节也好，废除典型也好，并不意味着真正的解放，现在的问题是要改变艺术思维的单向性。"

同日，王淑洁的《浅谈何立伟小说的散文化特点》发表于《文论报》。王淑洁认为："在艺术构思和取材上，何立伟不是一环套一环的情节小说的写法，同时他的小说中也绝少栩栩如生的人物形象和尖锐、激烈的矛盾冲突。他善于从浩瀚的生活海洋中捕捉一朵或几朵生活的浪花，来组成一幅幅社会生活的图画，从不同的角度来反映社会生活，从而体现作者的某种意念。"

王淑洁表示："《一夕三逝》、《白马·某夜》也是如此，在这些小说中作者既不写故事也不写人物，而只是描摹一系列朦胧的意象，捕捉一种感觉，他的这些小说超越了实体与时空，有时甚至一时想象不出他要告诉你的东西，很显然作者在艺术构思中突破了既定格式的限制，并融进了其他艺术的内在特征，创造出一种空灵悠远的境界，让读者回味、填充。"

**5日** 郭永涤的《扎西达娃小说漫评——兼谈中国西部文学》发表于《当代文坛》第1期。郭永涤认为："扎西达娃的作品，不同于一般少数民族作家的作品，对本民族的风土人情作过多的渲染和描绘，以偏僻与猎奇取胜，而是忠实于社会生活真实本身，而又不囿于这种真实。""作为藏族人民的忠诚儿子，布达拉宫文明的熏陶和拉萨河水的哺育，造就出扎西达娃典雅、含蓄而又朴实、真挚的艺术风格，幽默诙谐的浪漫气质与深沉凝重的严肃的现实主义相结合的创作个性。"

同日，应雄的《莫言的艺术感觉与现代生活》发表于《文学自由谈》第1期。应雄指出："在莫言的艺术感觉中，对象变得多么具体可感、生动活泼。在这许许多多的充溢于莫言作品的比喻、通感、象征中透射出了莫言的感觉的实质：它是审美的。它既没有被功利观占据而变得狭隘，也没有在抽象思维中使感觉麻木，它更是一种审美的感觉，更是一种全面的、丰富的感觉，更是一种人的感觉。"

朱珩青的《情绪·情感·文体意识——读莫言的小说》发表于同期《文学自由谈》。朱珩青指出："就莫言来说，他笔下的农村不再具有人们熟悉的传统平静、单调的特点了。那种恬淡无奇、舒缓从容的情调好象成了讽刺，而隐忍、保守、安于现状的传统性格也发生了变化。莫言赋予了他热爱的农村的山川河流、风霜雨雾、庄稼树木以人格意识，所以莫言的农村风景比以往作家的描绘要丰富得多（这我们在《透明的红萝卜》里已经看到）。但，莫言的根毕竟在中国，在山东农村。他的作品里的人物是民族的，生活方式是民族的，就连作品里表现出来的对性的羞耻心或原罪感都具有中国传统观念的积淀。另外，莫言的语言受古典小说、戏曲的影响也是很深的。"

**6日** 古华的《文学呼唤着大家风范》发表于《人民日报》。古华认为："我以为，当前我们对待现代派艺术观念的冲击有三种态度：一是却之门外，斥为异端，唯现实主义是文学艺术的金科玉律；二是盲目引进，全盘接收，别无选择，唯现代派是中国文学艺术的出路；三是对现代派艺术观念兼收并蓄，取拿来主义，为我所用，用以发展、丰富、强壮现实主义的文学艺术自身。在接受冲击和洗礼的过程中，要保持自己的谦恭与清醒。""一是鲁迅倡导了文学的开放性。他是融东西方文化为一体的典范。""二是鲁迅倡导了文学的革命现实性。""三是鲁迅倡导了文学的历史使命感。""四是鲁迅倡导了文学的中国气派、中国风范，指出文学作品越具民族性，也就越具国际性。"

**8日** 张钟的《在现代与传统的交叉点上——陈建功的当代城市小说谈》发表于《光明日报》。张钟认为："陈建功近来的一组城市系列小说，在现代与传统的交叉点上，探寻京华市民的矛盾心理，情致精微，鞭辟入里，取得了引人注目的成就。从《盖棺》、《丹凤眼》、《辘轳把胡同九号》到《找乐》、《鬈毛》，使人看到城市心态演变的轨迹，从政治层次向文化和人生的层次深化，从日常生活事件中看到它所联系着的传统文化的内在基因。""这一组小说，以调侃的心态观照京华市民在现代与传统的交叉点上的种种景观，他不同于刘心武的《钟鼓楼》，调侃讽喻多于同情和理解，既调侃老传统，又调侃新时髦，恰中京华市民善于找乐事的爱好。"

**10日** 李洁非、张陵的《精神分析学与〈红高粱〉的叙事结构》发表于《北京文学》第1期。李洁非、张陵指出："《红高粱》和以往同类题材的作品叙事结构并无二致。我们可以这样认为，以往的作品大体都是按照一种'现实的原则'来选择自己的语言。这一原则强大到基本上抑制了其他心理层次流露的程度。它们由于上述的原则，已经脱离了心理以及生命意识这样一种含意，因此，这类作品我们始终很难作为一部心理小说来评判。用其他方法则可能得心应手，正象眼下还流行的阅读评论方式一样。

"《红高粱》与之不同的是，它在某种程度上可以被当作一部心理小说来阅读。由于在'父亲'这个记号前面加上'我'这个字就使得'我父亲'这个记号的'能指'有了自己的'所指'——叙事语言结构中新的层次。这个层次可以被我们称之为体现一种按精神分析学的原则是本能的'享乐原则'的'无意识'意识。这种本能的'无意识'意识和'超自我'意识的现实原则是相冲突的，它一方面要逃避'父亲'的压抑，形成自己非理性、非逻辑的叙述特征，一方面则需要借用'父亲'所提供的现实现象来象征自己的冲动的执着——构造一种类似白日梦的一般的幻觉。这种冲突反映在句子中。尽管'父亲'按照自己的叙事目的在营造、选择一种句式，但是，当这个句式形成后，我们发现，实际上，这个句式已经不仅仅属于'父亲'这样的叙述层次，已经由于'我'这个叙述层次的加入悄悄变形。如'从路两边高粱地里飘来的幽淡的薄荷气息和成熟高粱苦涩微甘的气味，我父亲早已闻惯，不新不奇'。连接上下文，这个句式本来是'父亲'的一种嗅觉，而由于'我'的出现，使得这种嗅觉是'我'替'父亲'闻出来的。"

**15日** 颜纯钧的《张承志和他的地理学文学》发表于《文学评论》第1期。颜纯钧表示：张承志"把自然地理学的知识悄悄淹没在情感的波涛中，而理性的说教又随着心灵的每一次悸动变幻出人性的光泽。这样，乏味的地理学在与文学的结合中不仅有了特殊的意蕴和风采，而且不再是附属的部分、游离的部分，而是参与构成了一种特殊的小说样式"。

邹平的《新时期文学中的现代主义渐进》发表于同期《文学评论》。邹平表示:"邓刚的《迷人的海》、韩少功的《爸爸爸》、刘索拉的《你别无选择》、莫言的《透明的红萝卜》以及更早一些王蒙的《杂色》等……不仅继续着艺术形式上的'现代化',而且开始在艺术内容上向现代主义文学渐进了。由此,形式不再是被'剥离'了的形式,而是参与内容的'有意味的形式'。……这里,形式和内容不再表现为单纯的载体和负荷的关系,而是一致地体现了主题意义上的超俗性,表明作家已开始有意识地摆脱过于滞实的社会性主题。这与前一阶段新潮文学在社会性上的执着追求形成了明显的区别。作家开始意识到小说原不必那么拘泥于表现现实生活中的人和事,从表象描写入手达到本质真实的反映,而对某些超越具体社会内容的更带普遍性的主题的挖掘也许更能反映现实生活的本质底蕴。"

同日,费振钟、王干的《笔记:对现实的审美模式》发表于《文艺评论》第1期。费振钟、王干认为:"作家既然把'笔记'作为艺术创造的对象,他们就摆脱了直观地再现现实世界的固有方法,从不同侧面、不同视点,撷取自然、社会、人生的一瞬间的印象,或者作客观的静态的观照,或者探入到人类主观情感的天地,俯视心灵运动的轨迹。因此,现实主义对生活的穿透,浪漫主义对生活的歌唱,象征主义对生活具体细节的舍弃而专注整体意象的构造,荒诞派手法对生活的'歪曲'变形,'黑色幽默'对生活奇异的微笑……都可以在'笔记'小说中施展自己独特的魅力,而产生种种艺术效果。"

李国涛的《缭乱的文体(之二)》发表于同期《文艺评论》。李国涛认为:"莫言探求新的表现方式,他使用一种新的文体。于是他创造了一个'语言的世界'近来大家盛称韦勒克所赞赏的这种'世界'。其实这也是一种境界,一种小说文体的境界。……小说家的素质、兴趣不同,有人就喜欢涉及音乐。一些小说直接写音乐,一些小说利用音乐(包括民歌)来写人叙事、抒情喻理。在这方面也是各展其才,露出不同的文体风貌。"

同日,费振钟、王干的《洪峰的生命世界:关于〈奔丧〉的一些话》发表于《文艺争鸣》第1期。费振钟、王干认为:"从某种意义上,《奔丧》可以说是一篇心理加印象型小说。情绪的随意性流动,伴随着感觉而幻化映现的人生景象,构成了它扑朔迷离的艺术景观。当然,事情也许又极简单:'爹死了'。可是,这不是审美意义上的概括。作品所展示的是'我'的许多荒唐的莫名其妙的心理状态，而且时时带着对人类血缘感性的亵渎意识。能够作出准确解释的东西太少了，以至于不能判断下面的这些内容到底具有什么'背后'的意义。"

"在《奔丧》中，外在的客观世界，已经被虚化，被主观情绪化，它在一开始的叙述中就把人带进了主观的心理的世界：'事情过去半年多以后，我才恍恍惚惚记起那天傍晚天上没有云彩和风之类的景色。'……其后的诸如此类的叙述，完全打破了时空的秩序，因此常常出现感觉的交错重叠。作品里尤其出色的是那些自然景物与人物心境杂糅而呈现出的斑驳陆离的色泽，以及那些稍经触发便横溢而出的内心独白。它们不受规范，老是骚扰着，跳跃着，跟踪着主人公的活动，也跟踪着读者的思路。叙述方式，不仅仅作为一种技巧而存在，而被运用，事实上它反映了作者艺术思维的风韵特点。作者非秩序化的艺术表现，恰恰是他发挥了自己感觉上的优势。另一方面，作品尽管有确定的人称角度，但作者却明显地追求叙述视点的多元变化，追求建立一种不确定性的内在结构。因而，《奔丧》艺术上会呈现'错乱'状态，它会使人产生一定的困惑。作者并不愿意讲故事，虽然可以肯定他不乏讲故事的才能，而且若是讲故事，他会讲得非常动听非常奇巧非常引人入胜！然而固定化的情节结构会损害他的那个虚化的世界。不确定性则会扩大小说的艺术空间，容纳更多的生活内容。"

胡永年的《新时期小说的青春期——对近两年中短篇小说创作态势的总体估价》发表于同期《文艺争鸣》。胡永年认为："近两年小说创新最突出的成就还不是在内容上（包括题材和主题），而是在形式上（包括创作方法和创作技巧）。……在创作技巧的革新中，小说的结构方式、叙述视点和叙述语言等都发生了很大变化。其中，结构方式的变化最为剧烈、最为显赫。从总体上来说，小说的结构方式已经由封闭走向开放。历史悠久的情节结构虽然在现代小说技巧的冲击中经受了考验，显示了强大的生命力，并将作为一种有着独特优势的结构方式继续发挥作用，但它作为结构形态的正宗，毕竟已无可挽回地失去了昔日'唯此为大'的殊荣。另外，细心的读者想必注意到，似乎是为了适应竞争的形势，情节结构自身也采取了灵活的开放姿态，吸收了诸多现代结构方式的营养，使自己得到了更新，变得富有弹性，而严格意义上的本色的情节结构已不多见。当然,最能说明结构形态变化的还是一大批新异的结构方式脱颖而出,如《小鲍庄》的形散神聚的共时态结构,《透明的红萝卜》的如梦如幻的意象结构,《你别无选择》和《蓝天绿海》的自由任性的情绪结构,《爸爸爸》和《归去来》的荒诞不经的魔幻结构,以及象征结构、心理结构、散文式结构、电影式结构、放射式结构等等,名目繁多,异彩纷呈,使小说的结构家族空前兴旺,生机勃勃。尤其令人欣喜的是,许多小说家在运用新的结构方式的时候,显得轻松自如,得心应手,而没有生搬硬套的痕迹和东施效颦的窘态,显示了一种'法为我用'和'无法之法'的自由境界。"

姜铮的《洪峰小说与现代西方人本主义哲学》发表于同期《文艺争鸣》。姜铮认为:"洪峰小说与现代西方人本主义哲学的主要流派——生命哲学、弗洛伊德主义、存在主义,都存在着血缘关系。……洪峰小说中与现代西方人本主义哲学的血缘关系,最为触目的是那篇《生命之流》。这篇小说的题名本身,就是一个柏格森的生命哲学的命题。……《勃尔支金荒原牧歌》可以看作是《生命之流》的姊妹篇。……两篇作品的孪生性在于:于旨在描写一种古旧的生活方式必不可免地消亡的淡淡哀伤中,却渗透着对那种强悍、勇猛、野性、原始的生命力的赞叹与欣赏。……除生命哲学外,弗洛伊德的泛性论对洪峰小说的影响也是显然的。……洪峰的中篇小说《奔丧》可以看作是用泛性论来揭示人的本质和人与人之间关系的一篇很典型的作品。泛性论在《奔丧》中的主要表现是:把以两性之爱为基础的人与人之间的关系普遍化、绝对化,并希图以此取代几千年来积淀在包括儿童在内的每一个意识深处,至今尚维系着我们中华民族人与人之间关系的最牢固的纽带——血缘关系。"

林为进的《市井风俗小说向何处去?——从〈三寸金莲〉说起》发表于同期《文艺争鸣》。林为进认为:"近年来,在小说的创作中,出现了一股'写风俗'的热流。毋容置疑,这是一种艺术自觉性逐渐加强的表现。从创作主体看,是力图突破'问题文学''教谕文学'的狭隘樊篱,去寻找和发现新的题材领域。事实上也的确是出现了具有新味道的小说,从而显示出艺术视野在不断拓展和加深,艺术审美对象的选择也愈来愈宽泛。……写风俗必然离不了对历史与传统的联系思考。现在是过去的延续,又是未来的过渡。……而风俗小说,有一部分则是着重于写历史而返照现实。内中的联系是微妙的，又是不那么明显和直接的，只是一种若隐若现的影子，甚至没有必然的联系。""知识性是风俗小说的一个重要因素，但并不是唯一的因素。冯骥才的《神鞭》如此叫座，就不是得力于有关辫子的知识，倒是关于混混儿泼皮无赖在天津卫的特殊社会地位，尤其是由辫子功到盒子炮的描写，而令人击掌。不过他的近作《三寸金莲》，却不由得大失所望，并且不由得产生了'市井风俗小说向何处去'的疑惑。……风俗小说对某些特殊知识的介绍，除了要考虑介绍什么样的知识外，同时也得考虑应该如何介绍。这两点，在《三寸金莲》中都欠缺一点处理上的分寸感和驾御力。……《三寸金莲》是一种封闭式的写法，也就是仅仅满足于展示某些东西，并未能通过这种展示而表现出作家的思考和判断。这正是风俗小说早已潜伏，现逐渐显现的弱点。"

杨存的《洪峰小说中的文化批判》发表于同期《文艺争鸣》。杨存认为："从《生命之流》到《奔丧》，洪峰的小说模式始终是立足于文化的反思。他不满足于只有关系制约的单面人形象，试图通过文化的制约，特别是通过由文化的积淀而导致的生命意识去审思人性的历史实现程度。他不局限于让感性的表象材料去解释和印证自身，而是将其放在具体文化背景中去探求它们是怎样构成了作用于或反作用于历史发展的环节。"

**20日** 丁临一的《社会风情画和人生启示录——评矫健〈短篇小说八题〉》发表于《人民日报》。丁临一表示："从外观上看，这组短篇题材很杂，清新的社会风情素描、灵魂的深刻的秘密以及激情的残酷嬉戏，都各自独立成篇，初读它们时我马上想到了别林斯基说过的话，即有些事件和境遇，不够拿来写戏剧、长篇小说，但却是深刻的，在一瞬间集中了那么多的生活，于是作家们用短篇的形式抓住了它们。后来再细读这组作品，才察觉它们到底还反映了作家的一种新的创作意向，这组短篇展示的生活空间广而散杂，时间则集中在当代，看来，也许矫健是试图以'集束短篇'的形式，追求一种兼有当代的社会风情画和人生启示录双重意味的复合的艺术效果。"

同日，南帆的《小说：演变与选择》发表于《上海文论》第1期。南帆认为："当作家将他的审美活动规范化为小说艺术时，审美情感模式必须先将自身投影于符号系统而成为叙述模式,而后才可能将所观照的形象顺利地表现在小说之中,我们可以把审美情感与小说叙述方式之间关系的静态剖析作为一个起点,进而推断出它们之间的动态影响。人们的审美情感模式不可能是个一成不变的取景框。一旦新的哲学意识、价值观念、人生态度得到了情绪化与感觉化,人们将改变审美观照的取向。……这些变动暗示了人们审美情感模式内在结构的变动。为了在符号系统中得到重新定型,新的审美情感模式必将再度烙印于小说的叙述方式上,使之产生相应的叙述模式。"

同日,李国涛的《小说文体的自觉》发表于《小说评论》第1期。李国涛认为:"小说文体的进展,它的多样化,势必在某些方面和某一程度,同我们的日常口头语言拉开一定的距离。""所以当我们的新一代的小说家要表达纷纭的世事和微妙的感受时,他们便止不住要用那些'特殊的记录经验的方式':一种语汇,一种句式,一种前后照应,以及隐喻、暗示、意象、联想。这是研究文体时应当明确的。""另有一批小说家向语言的共时性方面作努力,他们希望以新的结构、节奏、语汇、象征,来表现城市生活和强烈的当代意识,尤其是当代青年的意识。"

李庆西的《他在寻找什么?——关于韩少功的论文提纲》发表于同期《小说评论》。李庆西指出:"他笔下的知青固然不等于他本人,却也包含着创作主体的自我体验;而农民,则始终是他所着力表现的对象主体。问题只是,以知青的主体意识去把握农民的精神世界,是否算得最好的方式?"

路遥的《〈路遥小说选〉自序》发表于同期《小说评论》。路遥指出:"我的作品的题材范围,大都是我称之谓'城乡交叉地带'的生活。这是一个充满矛盾的、五光十色的世界。无疑,起初我在表现这个领域的生活时,并没有充分理性地认识到它在我们整个社会生活中所具有的深刻而巨大的意义,而只是象通常所说的,写自己最熟悉的生活。这无疑影响了一些作品的深度。后来只是由于在同一块土地上的反复耕耘,才逐渐对这块生活的土壤有了一些较深层次的理解。"

南帆的《论小说的象征模式(上)》发表于同期《小说评论》。南帆认为:"我们所涉及的主要不是小说中种种局部象征,而是象征如何影响了小说的总体形象体系。譬如，王安忆的《小鲍庄》中所出现的洪水、长虫、大树都曾经被认为是各有寓意的象征意象；同样，刘索拉的《你别无选择》中的功能圈也曾引起一阵沸沸扬扬的猜度。在《绿化树》中，张贤亮直接从《辞海》上摘下'绿化树'的辞条以象征贫瘠土地上的劳动者。但是，这些象征在小说中仅仅是一种局部的艺术处理手段，象征的涵义也不过笼罩于某些场面或某些人物身上。与此不同，小说的象征模式并非形象演进行程中即兴出现的。在某些意象或整个形象体系中包孕着深远的第二项涵义——这个原理一开始就处心积虑地控制着作家的感觉，继而融入整个小说构思过程，左右着作家范围、截取、删削和发展素材。这时，小说中的象征意象散发着一种内聚力，从而它的意蕴象骨骼一样自上而下地贯穿于形象体系之间，强有力地影响着小说的结构方式和叙述角度。总而言之，象征作为一种小说的艺术模式时，构成小说艺术模式的许多要素——无论是审美情感模式方面，还是叙述方式方面——无不为之所动。正是如此，这些小说才可能在模式的意义上摆脱了情节而建立新的模式。诚然，许多富于象征意味的小说在外观上似乎依然依傍着情节的支架生成。我们所以把这些小说同样纳入象征模式，乃是出于如下的理由：倘若我们仅仅从情节的意义上加以理解，那么，这些小说的意蕴将大为逊色，甚至退居为不值一提的平庸之作。"

徐岱的《小说与戏剧》发表于同期《小说评论》。徐岱指出："随着现代小说审美兴趣的转移，表现在艺术的结构手法上，悬念就不再象以往那样受到小说家们的普遍青睐。而是以人物的内心情绪脉络作为起承转合的结构枢纽，构筑起多声部小说的艺术框架。这样，小说中的戏剧性矛盾冲突不仅没有随着故事情节的淡化而减弱，相反被高倍放大了。"

徐岱认为："概而言之，作为一种独立的艺术样式，小说自有其得天独厚的审美价值。但有必要指出的是，小说的伟大之处不但不是与戏剧的分庭抗礼，恰恰相反而是吸收、汲取了戏剧的养料之后的结果。唯其如此，美国著名小说家亨利·詹姆斯才那样大声疾呼：小说创作'要戏剧化！要戏剧化！'那么，除了以上所述借助于故事框架的搭配和意识流手法的移植之外小说究竟应该通过什么渠道来汲取戏剧的长处呢？我认为主要就是'对话'与人物叙述。……对话可以说就是戏剧的灵魂，因而小说向戏剧的逼近倘若离开了对话的技巧便无从谈起。……其次，小说中的戏剧意识还来自人物自身的叙述。所谓'人物叙事'，也就是小说的叙事语式的人物化。"

**21日** 南帆的《论小说艺术模式》发表于《文艺研究》第1期。南帆指出："让我们将那些无法牵动审美情感模式构成的艺术技巧拨开。……经过这种去繁就简，叙述方式中的结构、叙述语言与叙述观点这三点艺术技巧的功能渐渐引人注目。它们的种种调整将使整个形象体系发生相应的变化，而这种变化往往暗示着审美情感模式的某种变化。（一）小说结构的艺术处理同审美情感模式功能密切相关。所以，小说结构并不意味着生活秩序本身确实如此，而是意味着审美情感按照这种秩序观照了生活。……小说的结构正是作家的审美观照在叙述过程中的一种现实展开。所以，尽管审美情感模式与小说结构并未完全重合，但是两者已经在相当大的范围内构成了互为表里的关系。这使人们可能从小说结构不同选择中察觉审美情感模式的变化。……（二）小说的叙述语言不仅作为媒介确切地重塑了作家心目中的形象体系，而且还在高低、起伏、轻重、长短的语调中不无模糊地涌动着作家的情绪、态度、心境。……（三）作家已经意识到：传统小说艺术中全知全能的叙述观点并非所有小说理所当然的格式。……小说中各种形象的比例、浓淡、虚实、轻重完全取决于人物的所见所感，……我们可以由此察觉叙述观点的艺术功能：有效地调整读者观察形象的位置与角度。……我们从小说结构、叙述语言和叙述观点的分析中发现：它们三者的共同之处在于迅速地对审美情感模式的变化作出反应，或者说，审美情感模式外化于叙述方式中时很大程度上是凝聚于这三者之中。"

**23日** 北帆的《〈黄泥小屋〉总体象征谈片》发表于《当代文艺探索》第1期。北帆认为："在《黄泥小屋》的创作中，作者力图让自己笔下的人物超越自己，获得充分的自由。由过去作者处于主动状态反变为由人物自我意识来统摄自己，使作者本人退隐到被动状态之中。可以清晰地看到，作家的描写视点完全是按照各个人物的自我意识为中心、为主体内容的。""作者没有采用巨大跳跃式的笔法来切割整部作品之间内在联系的各个衔接部分，而是在各个人物单元世界之间和人物自身与作者之间架起了一座桥梁——交叉地带的客观描写。亦就是说，作品在人物内心自我意识世界描述之前，先以第三人称的方式从外部世界来描述人物，这一部分的描写，作者的客观意识较强，基本上是采用传统的现实主义手法。这些描写起着把现实与历史相勾连、把各个人物之间的内心冲突相撞击的作用。"

何镇邦的《长篇小说的审美特征及其变化》发表于同期《当代文艺探索》。何镇邦认为："生活容量的巨大丰富，表现生活的'广阔无边'和对生活作长河式的描绘，还有表现生活手段的'无限自由'等等，是长篇小说重要的审美特征。……善于表现时代精神和民族精神，具有丰富而深刻的思想内容，是长篇小说作为时代的史诗的另一个重要的审美特征。……创造具有高度美学价值的艺术典型，是长篇小说创作崇高的任务，也是长篇小说的另一重要的审美特征。……在作品中适当地进行一些社会风俗画的描写，并使之与作品的情节水乳交融，可以加浓作品的生活气息和地方色彩，以便创造一个更典型的环境，这对于创造艺术典型，增强作品的可读性是有好处的，精当的社会风俗画描写，绝不是可有可无的佐料，而是一部成功的长篇小说丰富的内容的有机组成部分。"

**25日** 丁帆的《突破眩惑，创造新的心理世界——读〈眩惑〉断想》发表于《当代作家评论》第1期。丁帆认为："从整个艺术结构来看，《眩惑》具有十分精微的心理现实主义的描写特征。……当今小说的观念须超越它自身情节的确定范畴，而显示出一种内涵疆界的不确定性，使小说意念的涵盖面无限扩张。从整体上来看，这部作品还缺乏这种不确定性。"

费振钟的《我看〈眩惑〉》发表于同期《当代作家评论》。费振钟指出："这部长篇小说突出之处正在于它是按照作者的情感经验方式完成的，它有着鲜明的主观色彩和丰富的心态内容。"

王干的《〈眩惑〉的叙述形态略说》发表于同期《当代作家评论》。王干认为："《眩惑》采用一种较为特殊的叙述方式，……以其多层次、多场景、多侧面的主体交叉结构取胜。……也正因为其小、浓、精赢得了异于其他小说的独特的空间。"

**27日** 李贵仁的《突破传统与虚无主义》发表于《人民日报》。李贵仁谈道："对传统的东西，包括传统文化在内，我们毕竟不能死抱住不放，而必须不断地有所突破。然而，任何传统不可能靠虚无主义态度去突破。"

**31日**　汪曾祺的《林斤澜的矮凳桥》发表于《文艺报》。汪曾祺认为：林斤澜"没有写一部矮凳桥的编年史。他把矮凳桥零切了。这样的写法有它的方便之处。他可以从不同角度来审视。横写、竖写都行。他对矮凳桥的男女老少可以呼之即来，挥之则去"。"斤澜的小说一下子看不明白，让人觉得陌生。这是他有意为之的。……使读者陌生，很大程度上和他的叙述方法有关系。有些篇写得比较平实，近乎常规；有些篇则是反众人之道而行之。他常常是虚则实之，实则虚之；无话则长，有话则短。""斤澜近年小说还有一个特点，是搞文字游戏。……常常凭借语言来构思。……舴艋舟、舴艋周、做舴艋舟的木匠姓周、老舴艋周、小舴艋周、李清照的'只恐双溪舴艋舟，载不动许多愁……'这许多音同形似的字儿老是在他面前晃，于是这篇小说就有了一种特殊的音响和色调。"

## 本月

齐广文的《小说艺术美三札》发表于《文学评论家》第1期。齐广文指出，小说艺术美主要有"情感美""意境美""浪漫美"：

"情感美：小说艺术的情感美是属于小说美学范畴，所谓'情感'，就是小说作品中最基本的内容要素之一，它是小说艺术的血液，没有情感的小说，犹如缺乏血液的肌体一样，必然苍白无力。然而，情感美，从美学意义上讲，它是小说艺术魅力的表现。"

"意境美：一篇优秀的小说，必须有引人入胜的意境，使之'具有一最大神力，读之使人化身入其中'，潜移默化地影响和改变读者的思想情感，使读者骇目神奇，魂荡魄迷。这是创造出优美动人的艺术意境使作品具有了审美价值和作用。那么，小说意境更确地说就是小说家主观情意与描写自然环境、人物情节等有机的结合，通过小说家对生活感受、体验、理解能力与艺术表现力和读者的想象力的结合，而展现出来的具有立体感和某种人生启示味的形象画面。"

"浪漫美：浪漫是艺术创作方法的一种体现，从概念上讲，作家出于对理想世界的追求，不拘泥于客观现实而侧重写意，抒发对理想世界的热烈向往，表现生活应有的样子,用以讴歌理想的美,运用浪漫主义方法而得到揭示和展现。这便是浪漫之美。当然,有些作品运用象征、魔幻现实主义等方法也可以展示这种浪漫之美。"

陈骏涛的《小说:从多元并峙到多元融汇——对小说创作的一种期待》发表于《小说界》第1期。陈骏涛认为:"新时期文学发展的一个重要特点和趋向是文学观念越来越趋于多元化。多元化不同于多样化,多样化是从一个中心出发而表现出不同的形态,而多元化则是指多中心,每一个中心又表现出不同的形态。这样就形成了五彩缤纷、眼花缭乱的发展态势。"

陈墨的《新时期小说形态的发展》发表于同期《小说界》。陈墨认为:"新时期小说创作令人注目的变化就是小说形态——小说的外部形态与内部结构形式——的变化与发展,亦即'各种各样的小说'的产生。……由'叙述形态'发展到'描写形态'。新时期小说创作,打破了传统的寓言体的僵化形式,也突破了一度盛行的叙述体的情节小说形态,发展了描写形态,使描写功能在小说创作中得到了极为广泛的重视。小说不再重视写什么,同时也重视怎样写了。……情节的淡化和小说结构完整性的破坏。由一种外在的情节结构方式发展到时空交错——从心理结构与情节结构相结合,发展至完全的心理结构即以小说主人公的心态情绪发展为经纬来结构小说,这完全突破了外在的情节结构方式而使小说呈现出一种全新的形态。"

李以建的《对传统审美心理结构的挑战——对新时期小说的一点思考》发表于同期《小说界》。李以建认为:"传统小说重时空的连续性,新时期小说则重时空的同时性。重时空的连续性,读者是顺随着先后的次序,逐步加深对人物的认识和理解,与之相应,读者的审美活动也受到限制。而重时空的同时性,是以削弱时空连续性为前提的。小说的时空展现随着人物的心理意识活动产生大幅度的跳跃,将过去、现在和未来交相错迭在一起,造成时空序列的表层无序化。此时,时空的连续性在许多地方都遭到时空同时性的抗拒和破坏,复杂的组合大大调动着也改变着读者的审美情趣。读者必须以主动的方式来接受作品传达的信息,充分发挥自己创造性再现的能力。读者的审美活动犹如变化流动的势能,从作品的高低不一的起伏中获得能量。在读者的阅读过程中,没有明显的路标指引他走向既定的目的地，读者自己从重组中透过无序的表层去把握有序的深层，由直接经验反应的层面迅速地上升到理性批判反应的更高层次去认识理解人物。"

李兆忠的《小说的综合艺术效应》发表于同期《小说界》。李兆忠认为："小说具有极强的艺术融合能力，这种融合常常成为艺术形式发展变化的内在契机。从艺术整体的角度来考虑，我们无法单独把小说从与其它艺术的联系中剥离出来，寻找它自身；这样做的结果必然是小说艺术功能的萎缩、退化乃至消亡。小说只有在同其它艺术的互相渗透中才能发展自己。近年来的小说已经越来越明显地表现出这股趋势。小说未来的时代，将是艺术综合的时代。"

孟悦的《对文化符号进行重新编码——浅论新时期小说的语言变化》发表于同期《小说界》。孟悦认为："乍看上去，当代小说语言变化的两大趋势似乎是矛盾的：一种趋近于西方语言，一种则'复原'传统。实际上它们是同根同源。目标也是一致的，这便是我们已经走到了对已有的文化符号进行重新编码的关头，而这文化的重新构造是从我们借以证实和把握世界、历史和自我的重要媒介——语言开始的，也就是说，是从文化最基本的砖石开始的。"

## 二月

**1日** 钟本康的《小说视角的选择》发表于《东海》第2期。钟本康表示："现代小说常常使用'第一人称'，把叙述的内容限止在'我'的视野之内，'我'作为小说中的一个人物，并不是一个全知全能者，不能超越自己的所见、所闻、所感、所思，因而具有极大的真实感和可信度。但我们并不笼统地贬低、否定全知视角，只是认为古代小说那种由作者权威性的讲述式的全知视角有很大的局限性，难以适应现代的思维习惯和审美意识。……小说视角既然是观察、叙述的角度，自然具有认识的功能。作者通过特定视角观照小说世界的过程，实际上就是引导、启示、暗示读者去认识、去理解、去揣摩其中底蕴的过程。诚然，这种认识功能与它的感情色彩是不可分割的。……但是，作者在选择视角时，侧重于考虑其认识功能，确是常有的事。"

**3日** 矫健的《想想人类》发表于《小说选刊》第2期。矫健认为："现代意识说穿了是人类意识。……我们要使中国文学进入世界文化，就得以人类文明标准为自己标准，同时又保持本民族特色。这方面'文化寻根派'的探索大为出色。他们其实在做一件了不起的事情：即以广阔的民族文化为背景，寻找传统的意识与现代意识的交叉点，寻找西方文化与东方文化的交叉点。这是我国现代小说通往成熟的必由之路。"

《作协山西分会〈小说选刊〉联合举行李锐作品讨论会》发表于同期《小说选刊》。雷达说："这组小说（李锐的《厚土》——编者注）有一个纪实的外形，有一种纪实色彩，这是反小说的，或者说是反虚构的，反对用形式把自己的许多观念表现出来。他是用生活自己解释自己，我觉得这是很有力量的。"何镇邦说："《厚土》作为李锐的作品有哪些超越？ 1.题材的超越性表现比过去充分。看似写了吕梁山农村，它是依托到这上面，又不限于写这方面，很难说它是农村题材。……2.《厚土》的好处是把当代意识和文化意识统一到对中国文化这块厚土中。……3.《厚土》不是一个规格写出来的。七篇七个样子，表现手法比较丰富，思想也比较丰富，《选贼》戏剧性较强，《看山》就散文化、诗化了。"

**4日** 於可训的《强化小说的文体感觉》发表于《中国文化报》。於可训认为："近几年来，……作家们在深化作品的思想内容的同时，开始着手寻找一种新的语言形式，以凸现和强化小说艺术的文体感觉。在新时期的小说中，最早露出这种端倪的，是具有鲜明的地方特色的方言被引进小说文体，到目前为止，这种'引进'已显示出革新小说语言的意义的，主要是北京地区和黄土高原等地的方言语汇。"

"近几年来，贾平凹、何立伟、阿城，以及王蒙、莫言等人，在小说文体的语言试验上，则走出了更为新奇的一步。这是有别于引进方言的两条不同的探索途径。阿城的发轫之作的语言有'五四'某些小说的文体感觉，当时如鲁迅这些大家，虽致力于白话文学，但因为旧文学的功底深厚，对外来语法又能取精用宏，融新旧、雅俗于一炉，确非等闲之辈所能为。阿城虽不无师法，但对读者来说，这究竟是久违了的小说语体，因而仍不免给人眼目一新的感觉。……与阿城相比较，何立伟、贾平凹似乎在奉行一种小说语体的'复古'主义。也许何立伟的作品的语言背景正如韩少功的《爸爸爸》，本身就保存了大量的古汉语的语法、词汇，但是，我们仍然不难看出，作者在他的作品中是在有意识地起用这些古汉语的残留，或者说是企图点石成金，对古汉语的某些语言机制进行一番脱胎换骨的改造，以便在新的语言系统中，使它的潜在的语言功用得到利用和发挥。"

"王蒙在早几年运用意识流的手法所写的那些小说，本身就足以给人一种新鲜的语言刺激。跳宕闪烁、朦胧飘忽、警句迭出、妙语连珠，给小说文体带进了一种诡奇怪谲的语言因素。刘索拉则似乎从一开始便具有这种强烈的文体意识，她的小说语言的那种轻松调侃的兴味，那种活泼自由的句式，甚至是在特定的情境下，比如杂乱无章的思绪和谈锋不定的辩论中所使用的那种不加任何标点的长而又长的句子，都恰到好处地发挥了小说语言的独特的叙述功用。"

"综上所述，我们大致可以看到当今之世小说文体革新的几种主要路数。这几种路数又无一不和小说语言的革新相关联。这也正好说明，在小说艺术中，语言对于创造新形式的重要性。这还只是对于现实的考察，如果我们追溯一下历史，就不难看到，从近代以来，小说文体的革新，是自语言革新始。"

7日　吴秉杰的《"问题"与"问题小说"——对一个文学常识性问题的独白》发表于《天津文学》第2期。吴秉杰表示："我们所说的'问题小说'，显然并非仅是一种小说题材的特征，表现生活的某些领域以及特定的艺术方法、创作现象；它代表的乃是一种新质，对应了永不枯竭、永无止境的追求。""但同时，我们也需要一个较高的视点。倘若给我一次选择的机会，我更愿意从'问题史'的角度研究新时期小说的发展。因为正是'问题'代表了小说更高的层次——小说的意义层次，影响并一般地决定了种种艺术技巧传达方式的变化。"

"问题和问题小说的分化与不同意向的追求划出了新时期小说运动发展的大体轮廓。……古老的命运观念曾导致了传统小说过于离奇的戏剧性结构；而性格观念则使小说充分的生活化；哲理观念的突出又发展了小说的抽象形式、'抽象的形象'，'一定的内容决定一种适合于它的形式'。离开了内容，离开了不同质的问题，我们无法理解小说艺术多样化的走向，也无法具体地判断不同形式在实现各自艺术使命中的价值。因为正是作品表现的问题——意义决定了它的目标导向、形象结构、形态组成，这便是所谓'有意味的形式'。"

**10日** 文刃的《来自拉美当代小说的启示》发表于《读书》第2期。文刃认为："在创造我们自己的文学模式方面，阿城的文学实践引人注目。作为一种绝妙的隐喻，《棋王》中的棋局高可以上升到结构主义现代哲学意识（棋局恰好也是结构主义常用的形象比喻之一），广可以涉及各民族均能理解的人生价值论，近又可以收缩到东方人、中国人静思、凝炼的生活形态、审美意识，乃至人们在特定的极左专制高压下所采取的独特的生存方式。《棋王》中东方式的平静的叙述方式、含而不露的情绪、文白相间的语言表现了历史的厚度、文化的稳定因素。这是一种与魔幻现实主义差异很大但同样卓有成效的文学模式。"

**17日** 蒋守谦的《注重短篇小说的审美特征——1986年短篇小说管见》发表于《人民日报》。蒋守谦提出："从1986年面世的一些优秀短篇中，可以看出一些作家已有意识地在短篇结构上刻意求工。在文体上可见寓言、散文、笔记小说的横向移植，在追求含蓄、隽永的诗意的同时，保持小说描述语言的可感性与文字的可读性；在保持结构的完整的同时，力图使小说呈开放式或潜入式的结局。这种短篇文体的自觉，也许昭示着短篇创作将有一个新的起点。为了追求短篇小说特殊的审美效应，作家们所做的努力是多方面的。一些作家凭借敏锐的眼光和睿智的胆识，以短篇小说特有的精确方式把握住生活中最深刻最典型的现象诉诸读者，启人深思。"

"有些作品，作者通过营造某种象征性的诗意，来加强短篇小说语言的浓度。看上去，他表现的只是一种主观感觉、一种心境或一种意念，同现实似乎没有直接关系，但读者在阅读时一旦被作品的意象所吸引，就会浮想联翩，从中发现作者那宏大的、充满了时代感的心理背景和时代氛围。""自从按心理逻辑来组合意象的结构方式被普遍使用以后，不少短篇小说舍弃了用材简省、情节单纯、结构严谨这样一些传统特点，许多短篇写得洋洋洒洒、头绪纷繁，有的简直让人眼花缭乱。但是短篇毕竟不是'压缩了的中篇'，它除了篇幅上要受到必要的限制以外，在审美功能上必须表现出小中见大、少中见多、活跃读者心智、充分调动读者再创造的热情的特点。"

同日，叶君健、高行健的《现代派·走向世界》发表于《人民文学》第1、2期合刊《作家对话录》栏目。文章认为："假若我们文字写作的方法不改变，就无法走向世界。当今世界现代语言的特色确是不动声色、冷静、平淡、普通，又能充分表达出作者的态度——老实，就是说，写作时，不要去搞什么花哨，只要比较客观地反映自己对现实的感受就行了，也不要有意地去影响读者，只让他觉得你在用朴素、平淡的语言去叙述朴素的情节，使他自己得出结论和感受——我想只有这样，作品才能影响他的感情和灵魂。"

叶廷芳的《泛表现主义——第三种创作方法》发表于同期《人民文学》。叶廷芳认为："所谓'第三种创作方法'是对浪漫主义和现实主义运动之后兴起的、一切与传统的创作方法相对立的现代文艺流派和写作风格的总体概括。这些流派在具体创作主张和写作技巧上各行其是，但它们的审美特征则完全一致，即都是弃'写实'而重'表现'的。因此用一个'泛'字把'表现主义''扩大化'为'泛表现主义'，作为本世纪出现的各种文艺新现象的创作倾向的总称是比较科学的。"

**20日** 费振钟的《时空的幻景——新时期小说的艺术蜕变侧面研究》发表于《文学探索》第1期。费振钟认为："东方艺术是感悟式的，东方的哲学也是感悟式的，因为它们都来自于我们民族对时空的特殊认识和把握上。以小观大，因小即大，小而生大，大而化小，在有限中见无限，从无限中体味有限，都是一种对宇宙的直观感悟。从我们民族的祖先起，对于宇宙的时空感觉就完全是艺术的而非物理的，属于直觉而非理性思辨，属于形象把握而非抽象概括。这种感悟精神，又浸透、鼓荡、流溢于中国古典诸种艺术：诗、书、画、音乐、建筑等之中，而凝聚成晶莹透明、深邃莫测的哲理情思统一融合的境界。哲学就是艺术，艺术就是哲学。"

"新时期小说作家，离不开这种以中国古典哲学精神和艺术精神为主体的文化心理的制约，他们在小说的艺术追求上共趋于心灵化（主观心理揭示）的过程，正如反映了他们对艺术向哲学的终极靠拢融合的指向。于是，今天的小说作家们以他们接受和渗透了东方民族特征的时空创造，在我们面前堂堂皇皇地矗起了小说的哲学化目标。"

**21日** 胡宗健的《对"非虚构"小说的再思考》发表于《文论报》。胡宗健认为："有这样一种小说，象散在的生活那样驳杂、琐屑和细碎，又象自然的生活那样质朴、生动和丰富。譬如徐晓鹤的《野猪和人》，王安忆的《小鲍庄》，张辛欣的《北京人》，等等。人们把它们称之为非虚构小说，而我在这儿想把它们称为'解除自我中心化'小说，或曰'客体的建构'。……严格说来，那些浸透着观念的重主题的小说都属于'自我中心化'这一类型模式。所谓解除自我中心化，就是由于主客体相互作用的发展，使主体在原有认识结构的基础上重新建立新的系统，加强认识的客观性，从而使主体重新认识主客体系统的过程。"

胡宗健谈道："我国小说园地里的一些名家，老手，也纷纷突破原有的心理定势和思维定势，有意在创作中打破自我中心化，向生活的本原状貌即客观性靠拢了。例如著名小说家高晓声，他在84年写的中篇《糊涂》（第1期《花城》）和短篇《杭家沟》（第9期《作家》），那种以日常性的小事起又以日常性的小事终的粗糙表象，仿佛是未经作家任何筛选而揽进作品似的。那种酷似实录式的观照生活的方式，当然不是一切由我出发而产生的'投射'现象，而是明显具备着'客体的建构'的形态的。尤其是一直擅长在自己作品中表现强烈主观色彩的王蒙，却在他的《在伊犁》系列小说中，着意追求着一种'非小说的纪实感'，恪守着'那种力求只进行朴质的记录'，因而在这些小说中呈现出一种特殊的散漫和随意形式，表现出一种向日常生活的散在性和客观性的还原和回归。王蒙对于这些小说的艺术宣告和作品本身的艺术实绩，都昭示着主体的认知图式在起着明显的变化，即在执着于解除自我中心化的过程中，获得了充分的客观性。"

同日，蒋守谦的《短篇小说的艺术复归》发表于《文艺报》。蒋守谦认为："短篇受到了中篇的挤压，看起来是坏事，其实，这正是促使它强化其审美特征、实现艺术复归的一个好机会。……一个短篇小说作家如果能够强有力地把作为欣赏主体的读者的再创造的热情调动起来，那就不仅克服了篇幅的局限，而且也超越了自我，给作品带来一种甚至连他自己也难以预料的艺术效应。……近来，这种注重短篇艺术特征和独特审美功能的作品逐渐多起来了。而且手法变化多端。韩少功的《归去来》，制造了一个山民们把收购员黄志先误以为曾在这里插过队的知青'马眼镜'来接待的梦幻式故事。这种误会，既给作者展开情节提供了依托，更使读者在不愿轻信却又不能不信的矛盾心理中引起深刻的思考。……那种近乎'压缩了的中篇'式的短篇，还在源源不断地产生，而且在读者中保持着较大的影响。但是短篇小说要从中篇的挤压下直起腰来，永葆其青春活力，那就必须真正同中篇划清界限，大踏步地向着它自身的审美特征和艺术功能复归。因此，对于作家在这方面所做的努力，应该给予更多的重视。"

**24日**　丹晨的《热情的讽喻——短篇小说〈继续操练〉读后》发表于《人民日报》。丹晨强调："作者在《继续操练》中还喜欢运用譬喻的艺术手段。用譬喻，本是中外文学中所常见的，但在现代中国小说中却并不算多。……《继续操练》中的譬喻多到贯穿全篇，而且内容广泛，涉及中外文学名著中的典故、杂剧、诗词、样板戏中的词语和情节，中国电影戏剧中的某些公式化的台词，政治运动中的术语，古代史和国际时事中的事，日常生活中某些青年的'俚词俗语'等等，因而可称为'博喻'。……用喻可称为博，且又准确而贴切，既显出作者的修养和机智，也很自然地成为这个作品的一个突出的艺术特点。"

滕云的《跟进与跨越》发表于同期《人民日报》。滕云认为："文学形式很多是共同的。观念、审美形式，凡能推动历史前进、文化发展的东西，无论原生地在中国在外国，均可天下共享之。人家有了，我们还没有，因此我们拿来，我们跟跟，我们依自己的条件再试验，这都不必脸红。"

**25日**　孙绍振的《论小说形式的审美规范》发表于《文艺理论研究》第1期。孙绍振认为："形式规范的表层结构是非常活跃的，它比较容易发生变化，形式规范的深层结构虽然也在历史地进化着，但是却具有相当强的稳定性。在表层结构发生变化之时，它仍可以保持相对的恒定。小说的情节、性格、主题就属于表层结构范畴。当我们说艺术没有规范，情感没有模式时，如果指的是表层结构，那无异是正确的。情节、性格、主题可以从无到有，又可以从有到无，表层变了，小说仍然是小说，这是因为小说的深层结构并没有发生根本的质变。它当然也在发展，但迄今为止的世界小说史表明，它的深层结构并不是从有到无，从肯定方向到否定方向的转化，或者飞跃，它是在发展中走向完善、走向成熟，它的特点表现为量的渐进性。小说的表层结构变化最终要受到深层结构的制约，表层结构的变化有一个限度，那就是不能脱离、破坏深层结构，它的变化必须是在深层结构自调节、自组织的协同功能效应之内，不能超出效应之外。超出深层结构的自调节的弹性限度以外就可能导致结构的瓦解。"

**26日** 钱宁的《重现巴尔扎克的艺术世界——访艾珉》发表于《人民日报》。艾珉认为："他（巴尔扎克——编者注）的伟大不在于对社会作了静态的观察和描摹，而在于他将纷繁复杂的社会生活视为一个变动的整体，对历史的巨变以及这种巨变对各种人物的命运和心灵的影响作出深刻的动态性描绘。另外，一般读者也许想象不到这位现实主义大师在有的作品中还采用过荒诞的形式吧？现在不是流行'全方位'这个词吗？希望《巴尔扎克全集》的出版，使我国读者对巴尔扎克也能有个'全方位'的了解。"

## 本月

北村的《小说现状和模式的艺术思考——文学超越意识沉思录之一》发表于《福建文学》第2期。北村认为："小说创作越来越不满足于对时代生活特征的简单再现，越来越不满足于提供一个由浮浅的情感所支撑的动人故事了，它们企图寻找一个具有无限超越性的内核，而这个内核一定是艺术产生永恒魅力的秘密所在，这就是当前创作中所浸透的超越意识的外在表现特征。所谓超越意识，指一种不拘泥于事物发展阶段性质并且超越了事物具象实体的直接意义和特征，以求得统观事物发展规律、全面把握和认识世界的形而上的观念形式和思维方法。显然它具有两层意义，超阶段与超实体的意义。分别体现在艺术创作之中便是，首先必须使艺术作品具有在不同历史阶段共有的审美素质。当然，文学作品反映的内容是特定历史阶段的社会生活，但其中的审美价值和思想内蕴应该具有永恒的价值。这就导引出了超越实体问题，即作品的艺术意义不应该仅仅限于内容直接的时代特征和题材的认识价值，而是能超越到洞察人类本质的艺术高度上。当然这种超越不是指创作可以脱离现实生活去写下一世纪的事情，而是指所追求的艺术美的永恒性。大凡千古流传的名著无不具有这种永恒美质。超越亦不是指创作可以脱离具象内容而直接表现理性，而是指在最具象与自然的艺术内容中升华出一种人类生命的具有巨大概括力的沉思，而这种沉思又通过读者对最艺术的具象内容进行观照后感悟的结果，而非直接理解的结果。超越意识是一种有哲学意义的观念形式与思维方法,它的目的是使创作最大限度地走向深刻和回归艺术。"

## 三月

**1日** 李劼的《试论文学形式的本体意味》发表于《上海文学》第3期。李劼认为:"一、写什么和怎么写。大约在新时期文学步入八十年代之际,形式突然开始向内容显示出了自己的独立性和主动性。一种被称之为'意识流'的小说走上文坛,……被传统奉为圭臬的写什么一下子变得不怎么重要了,而怎么写则具有了相当的意义。对自然的摹写因为摹写者的主观感受而从摹写什么变成了怎么摹写,对社会的反映因为反映者的主观印象而从反映什么变成了怎么反映,……如果说早先的意识流小说的出现意味着一个文学创作由情节化、故事化走向意绪化的转折过程,那么这样的努力则企图把那种意绪化推向意象化。尽管这种努力只是一个十分幼稚的起步,小说《自由落体》和《七奶奶》所构成的还只是一种十分粗糙的意象,但这样的探索却预告了八五年的先锋派小说。"

"从八五年开始的先锋派小说是一种历史标记。……怎么写在一批年青的先锋作家那里已经不是一种朦胧不清的摸索,而是一种十分明确的自觉追求了。这种自觉追求把原来踯躅在印象性色彩中的意象相当生动地凸现出来,使情绪的流动上升到一个个高远深邃的象征。"

"二、语感外化:形式的本体意味之一。所谓语感,主要是指文学家们对文学语言的敏感。而所谓文学创作,也就是这种语感的外化过程。我将这个过程分为三个层次分述如下。1.文字性语感。这是一般意义上的文字符号感。它以准确性作为语感特征。它不为文学家所专有,而是从事各种写作的人们所共有的基础性语感能力。……显示出某一作家或诗人的语言功底。……文字性语感不具备文学性,但它却给文学语感提供感觉力。……2.文学性语感。文学家的情感和想象力的独特性在于对语言的文学性感受上。"

"三、程序编配:形式的本体意味之二。所谓程序编配,指的是整部作品的语言系统的生成过程。……语感的具体性决定了文学语言的个性化,编配的特定性决定了具体作品的独特性。……编配通常是有意识的操作过程，或者说是一种被主体多多少少意识到的一种结构方式：……作品的编配在其本质上也是创作主体的感性激发过程。"

同日，程德培的《叙述语言的功能及局限——新时期小说变化思考之一》发表于《作家》第 3 期。程德培认为："认清语言在小说创作中的重要性，大概还可以从语言表现的有限性说起。……我们还是可以从语言发展的历史来寻求语言的有限性。现代小说为了表现绵延，表现'超时间性'的感觉，表现那与神秘经验无法分解的瞬间意识所付出的努力，所谓在意识中将时间延长或缩短的不间断性，经验与记忆中自然交替的互相贯穿，永恒性与短暂性，原始思维与死亡的时间观等等，都证明现代小说在追求语言表现力方面已有成功的拓展，表明了在从未开垦的处女地中已开始有所收获，反过来，收获的成功也反证了这块土地是属于未开垦的过去时态。除此之外，还可以看看语言与感觉的关系。我们知道，语言表现感觉是极端困难的。……犹如命运的不可捉摸一样，小说语言生来的使命便是要表达艺术家不同凡响的感觉。……回顾一下，每当语言面临着表述感觉的困境时，就会发现其出路无非有两条：一是以隐约含糊的表述，求得听者心领神会的理解；二是寻求相似事物的替代。"

程德培还认为："从小说本体的角度看，小说语言的局限性与功能，恐怕还集中于叙述时空、现实时空与心理时空的差异上：语言表达为顺序锁链的束缚，语言时间的线性特征与生活的原生状态，语言的停顿间隔与无缝隙的生活流，语言的理解性传达至少要贬低与忽略非语言方式的交流，象人类的脸孔所特具的传达感情与表达理想的能力等，这种种冲突自然揭示了小说发展史的动力因素，而冲突的无休止本身则也暴露了语言在小说中的地位，语言要充当小说的主角，使时间与空间成为配角，它就必须克服自身的薄弱环节，并且有力量有信心地在根本冲突的表面呈现出一种和谐的美态。这也就是小说语言为什么需要弥散力、弹性、无穷无尽的隐喻与借喻的缘由所在。不然，语言便不能征服时空，弄不好反被时空吞没，而语言一旦被时空吞没，再有'意义'的故事硬塞进去也是无济于事的。"

**5 日** 何锐的《探索，面临新的抉择——评王剑的三部长篇小说》发表于《当代文坛》第 2 期。何锐认为:"形式并非与内容无关,但它决非简单地从属于内容。形式既为观念内容所唤起,又是观念内容的直接承担者。文学作品的形式不仅借助语言的组织,而其本身已成为具有独特功能的语言。对这种具有独特功能的语言的运用,是作家生活经验、审美趣味、艺术气质、艺术修养和艺术表现能力的综合反应的结果。因此它必然干预创作的全过程,对作家的艺术思维和审美把握方式进行制约和规范。形式技巧运用上的新变化,都将给作家观察生活、表现生活提供新的角度和层面。从这个意义上说,形式之于内容,既是对它的限定,也包括着对它的发现和创造。采用不同的形式或技巧处理大致相同的题材,便会产生不同的审美效应,乃至内在蕴含上的差异。由此我们便不能回避对外来新形式的借鉴问题。随着现代主义的兴起而产生的现代手法和技巧,适应了表现现代生活的特点和开拓人的心灵空间的需要,它并非是对现实主义创作方法的简单否定,从某种意义上说,恰恰是对它的补充和发展。"

罗守让的《小说空灵三境界》发表于同期《当代文坛》。罗守让认为:"小说的空灵在不同题材内容选择、开拓中呈现出不同的面貌,在不同艺术个性的作家笔下表现出不同的美的姿质和不同的诗的情致。""在人与大自然的对立统一和心灵交融中寻求一种对于生活表象的超越和内在的思想蕴含。……在捕捉某种生活的感觉、意绪、诗情中,创造一个难以言传、任凭意会的深长悠远的艺术境界。……在对生活现象、世态人情的真切描摹中,提炼出一种天真未凿、超逸隽永的艺术情趣和具有鲜明的民族文化特质的哲理内涵。"

王实的《略谈情绪与小说》发表于同期《当代文坛》。王实认为:"我们可以窥见情绪产生的几个环节。它最初源于感觉,由感觉的作用进而产生了需要,再经过认识对需要进行的取舍,进而由需要的是否满足产生了各种情绪。情绪小说所要表现的就是以上三个环节的联系和过程。情绪小说并不割断与现实世界和心理的联系,而只是改变这种联系的定式,让它们为烘托情绪服务;情绪小说并不取消对感觉、外界、认识、需要的描写,而只是改变描写方向;情绪小说并不取消客体,而只是把客体当做组合情绪的素材。"

同日,胡宗健的《纪实性小说:文学的又一座大厦——兼论张辛欣的〈北京人〉和〈在路上〉》发表于《文学自由谈》第 2 期。胡宗健认为:"这里所说的'纪实性小说'，是指新时期以来继情绪心理小说之后的非虚构小说，诸如报告小说、问题小说、新闻体小说，新新闻体小说。……就这一类小说的最初情形来说，它们并不能构成审美鉴赏者脑子里的冲激波。""虽然被称为报告小说和非虚构小说，但其中由作品中人物性格或情节或细节的动情力所显现出的文学价值和色彩，使我们感到，它们与恒定的小说情境和模态相去不远，在读者的胃口里，我们仍然把它当作小说下咽了。但是张辛欣的《北京人》（和桑晔合作）和《在路上》（《收获》86年第1期）出现之后，它使我们从原先耽溺的小说世界里解脱出来，小说味似乎逃之夭夭，诉诸我们的心灵和感官的，是日常化了的新闻报道味道和社会学味道。这是小说吗？这是文学吗？"

"《北京人》……'忠实地按原叙述结构的复现'（关于《北京人》，85年第6期《上海文学》)上。我想，这就是张辛欣笔下的人们的日常生活的客观性，……《北京人》和《在路上》是小说吗？起码，它不是我们想象中的小说，它无故事，无情节，无性格，无典型，尤其没有文学的想象，没有小说的传统技巧，但它却是富于创造性的文学，是一种既传达新的社会信息又透射出古今文化底蕴的文学新品种。……这种来自客观实践的认识性，对于以虚构和想象为其艺术特征的正统小说来言，恰恰提供了一种互补的可能。"

闻树国的《试说当代小说中的语言意识》发表于同期《文学自由谈》。闻树国认为："作家要准确地说出自己对周围事物的独特的感觉，而且还不能流于一般失之常俗，并以其新鲜夺人先声，就要选择个性的语言，为语言涂上一种鲜明的颜色，给读者留下强烈的印象，并由此唤醒读者的联想，使原来的朦胧的意识、模糊的感觉，进一步膨胀，……这本来是中国古典诗词和古代散文里常用的手法，如今被明显且广泛地运用到小说创作中来。"

闻树国还认为："创造一种氛围并转化成一种只可体味的气韵，首先与作者本人的个性气质有关，其次与创作过程中的心态也有联系，二者不可或缺，或可统曰之为作者的心理素质。……造势，其势，是作者的匠心对小说微观语言的把握。势，是语言的流象，动态的，非静止的。……造势有两种。一种是写人以造势；一种是画景以造势。还有另外一种是融二者于一体。……阿城的中篇小说《棋王》中有一句话，用在这里十分贴切：'造势妙在契机。'所谓契机,不是作家有意识地制造出的,即是在情节演进中自然孕熟的。"

张春生的《从"非情节抒写"看〈离异〉》发表于同期《文学自由谈》。张春生认为:"读吴若增的新作《离异》,给我的第一印象是,这位向来注重小说含蓄美的作家,竟把自己的长篇处女作、一部旨在从新层面上揭示'爱与人生'这种大题目的作品,写得极其直露,成了不象小说的小说。例如,第一,作品有大量的即兴议论和思辨语言,使小说有着借题发挥的明显痕迹;第二,作品有突出非主要情节的倾向,让小说更切近社会学的框架。但是这部作品却并不枯燥、空泛,……作家在《离异》中,是有着自己的艺术处理的,……该小说一方面以'日记'为载体,充分地展现出'一个当代中国男人的内心独白';另一方面,重视文学议论敏感问题的张力,有意渲染故事引发的理性思考和人物的逻辑语汇。于是这样的一种艺术追求,使得吴若增的第一部长篇小说,不是以塑造形象为首要特点,而是靠富有个性的理性阐发为其所长。并运用了'非情节抒写'的手法。……所谓的'非情节抒写',是指小说除了具有生动刻划人物、情节等具象的表现形式之外,还须在作品的整体上突出抽象意识的直接表达。就《离异》来说,它不仅大量的直接书写抽象意识,而且还有意强调具象与抽象间的反差。具体说来,若从具象那面去认识作品,你会觉得小说所择取描绘的人物情节事情并非都是典型和感人至深的。"

张德林的《"结尾"的艺术——小说艺术谈》发表于同期《文学自由谈》。张德林认为:"小说的结尾要不落俗套,要独辟境界,突如其来,倏然而去,使读者无法预先料到它的底细。凡是一目了然的结局,都是令人生厌的。……另一个方面,是要写出情感的强度和凝聚力,能够具备勾魂摄魄的艺术力量最为上乘。……还有的小说,结尾处既是余波,又是高潮,旨在解开人物精神世界的二重性,展示灵魂的颤抖,为作品的性格塑造增添艺术魅力。"

同日,边谷的《语言美的追求者——试析虞翔鸣小说的语言特色》发表于《中国西部文学》第2期。边谷谈道:"虞翔鸣善于用一种亲切舒缓的语调叙说他的故事,他能够把满腔的柔情寄寓于平静的叙述之中。……只有把对象置于一定的距离,摒除了直接的功利因素的时候,对象才能成为审美对象。因此,真正的审美活动只有在一定的距离下才能进行。正是如此,虞翔鸣的平静的语调有助于调节这种心理距离。他不用激烈的言辞褒贬善恶，他抑制着自己的激情，用以把他所叙述的内容推向一个合适的审美距离，同时，他用亲切温和的态度，象对待知心朋友一样对待读者，缩短了与读者之间的心理距离，这样就使作家与读者之间能够进行感情的融汇，能够进行共同的审美活动。"

10日　张志忠的《街谈巷语翻新篇——林斤澜〈矮凳桥〉系列小说论》发表于《北京文学》第3期。张志忠认为："街谈巷语的一个重要特点，就是天马行空，自由自在，不必如作政治报告那样负有神圣的责任，亦不须象科学讲座那样以精确的观察、确凿的例证为依据，只言片语，滔滔宏论，可行而行，当止而止，可以不求甚解，可以反复琢磨，听者愿意怎么听就怎么听，讲的愿意怎么讲就怎么讲，而且，除了具有冲突的人们的直接交锋（如《姐弟》）外，人们所谈论的大多是佚闻逸事、闲言碎语，没有明确的功利目的，没有直接的利害关系（如《憨憨》中对'憨气'和憨憨的家世的考证乃至'送牢饭'），这是真正的自由谈：有权利而无义务，有趣味而无功利，与其考究他们在谈什么，不如说他们在怎么谈，这种谈话方式本身就是一种享受，过程吞没了结局，手段取代了目的，形式克服了内容，这不正是一种美的享受，是一种'有意味的形式'吗？"

同日，杨品、王君的《〈活动变人形〉的理念化倾向》发表于《批评家》第2期。杨品、王君认为："不可否认，王蒙的小说语言确实有一种独特的风采。他在借鉴西方艺术手法时就相应地吸收了对方语言的特点，而形成一种适应自己、属于自己的小说语言，一种耳目一新的笔调。早在《春之声》中，他就开始了大胆的探索，按照意识流的手法来编排组合着语言结构，……在《活动变人形》中，王蒙想努力发展和丰富这种语言形式，试图开拓一种散文体的小说文体，可由于理念性太强，走到了一个极端的地步，给人以变味的感觉。面对一连串的排比、大量的比喻、繁复的意象，简直令人喘不过气来。"

杨品、王君指出："不知作者是以纷纭的语言形式来弥补内涵的单薄，还是以为堆砌的、散乱无章的词语可以给整体增色？但我们倒觉得这种语言表现上的矫情与放纵，使读者和内容隔膜了。我们以为，真正的文学语言应该是作家通过独特的审美感受，使流淌在脑海中的生活的体验发生裂变，随着生命本体的冲动，自发地生长出来的，而不是象语言学家一样进行词汇、修辞、句法的排列组合。小说语言更应该向多义性和象征性方面发展。"

同日，谢明清的《深广忧愤的爱国主义激情——读长篇小说〈活动变人形〉》发表于《人民日报》。谢明清强调："《活动变人形》的主要成就，在于作者以辛辣的幽默的笔触为当代文学画廊里提供了一批生动的人物形象。""《活动变人形》在描绘人物畸形的性格、变态的心理时，较好地运用了诸如心理剖析、内心独白、人物联想、实觉与幻觉的混合、意识与潜意识的交织等艺术手法，在整个作品中，虚与实的结合，回忆与思考的结合，个人心态与时代风云的结合，浑然一体。"

15日　余学军的《试论伍略创作及其当代苗族小说》发表于《民族文学》第3期。余学军认为："小说这种艺术形态纳入苗族文学是近代的事，……从古典小说《儒林外史》第一次以苗乡古镇作为小说背景，到具有苗族血统的老作家沈从文首次以苗乡为小说题材，这是苗族小说史上第一次的突变。……伍略在其小说集《山林恋》的序中说：'如果说我的作品还有一点什么特色的话，那主要是由于本民族那富于浪漫色彩的口头文学的影响，以及中国古典文学的影响。……由于我曾酷爱戏剧文学，所以我有时也免不了用了一些戏剧结构。不久前，我还作过意识流表现手法的尝试。'民族特色、民族传统的继承发扬和汉文化及西方文化的借鉴，在小说创作中就是不断吸收新质耗散质变的过程，也是协同作用中不断突变的过程。"

同日，胡宗健的《韩少功近作三思》发表于《文学评论》第2期。胡宗健指出："韩少功是怎样设置这种间离效果的呢？""第一，体现在作品情节的淡化和静态的叙述上。""第二，部分地舍弃真实感和生活感的同时，把小说表现的生活内容有意'陌生化'和'深奥化'。""第三，环境背景的淡化与本体象征的强化。"

刘安海《小说：综合的语言艺术》发表于同期《文学评论》。刘安海说道："我认为，小说最基本的不同于别的文学体裁的特点在于：它是综合的语言艺术，它以综合诗歌、散文、戏剧文学的特点而形成自己的特点。"

刘安海指出："小说是综合的语言艺术这一特点，表现在几个方面。第一，小说可以或部分或全体地运用其他的文学样式和文体样式。""第二，小说能够综合地运用叙述、描写、抒情、议论等其他文学体裁的各种艺术手法。例如，叙事散文的叙述、戏剧文学的描写、诗歌的抒情、杂文的议论、影视文学的蒙太奇，等等，小说都可以为己所用。可以分别运用，即某段叙述、某段描写、某段抒情、某段议论；也可以综合运用，即叙述中有描写、议论、抒情，议论中有抒情、叙述、描写……。第三，小说能够融汇其他文学体裁的内在特征而铸成新的一体。例如，唐代传奇，就吸收、融化、综合了神话传说、寓言故事、野史杂记、唐诗、散文、变文等，才形成、发展起来。"

刘安海表示："强调小说的基本特征为综合的语言艺术，不会使小说和其他文学体裁之间的界限泯灭，……小说本身不是将其他文学体裁的一切特征不加消化地照搬过来，而是综合地加以改造，以形成自己独有的特点。强调小说的基本特征为综合的语言艺术，也不意味着对人物、情节和环境的完全否定。"

罗强烈的《小说叙述观念与艺术形象构成的实证分析》发表于同期《文学评论》。罗强烈强调："通过对近几年小说叙述观念变化的考察，我们可以看到新时期小说艺术形象构成由'人物中心'走向了更为开放的领域。传统小说的艺术形象基本上可以说等于人物形象，而现代小说的艺术形象已经大于人物形象，直接呈现为一个由多种元素（包括人物元素）共同组合而成的艺术世界。这种艺术形象的内部构成，大致可以分为这样三个艺术层面：一、语言情绪层面；二、语言符号所组合成的形象层面———包括人物形象和非人物形象以及二者的多种组合体；三、作品深层结构中的'第二形象'或称'审美第二项'。"

"把创作重心从塑造人物形象的地方转移过来，只把人物形象作为构成小说艺术世界的一个元件，而致力于追求叙述的过程，生活的可能性发展，捕捉一种独特的心理感受——包括非理性的心理感受，把艺术形象构成方式推向一种开阔的境界，是近年来小说艺术变革的一个重要标志。"

"现代小说艺术形象构成的第三个特点，就是突破表层结构的'第一形象'，寻找深层结构中的'第二形象'，以多种艺术途径尽可能追求作品内涵的厚度和深度。用桑塔耶纳的语言来表述，直接显示在读者眼前的艺术形象为'审美第一项'，而现代小说更看重'审美第一项'背后深隐着的'审美第二项'。

如果近年来的小说不在时空处理、结构叠化、象征构思等方面寻求新的叙述方式，而仍然封闭在塑造人物形象的古老圆圈中，也就谈不上小说艺术的'第二形象'了。马原的《虚构》和韩少功的《归去来》。都很看重小说中时空观念的哲学处理，企图在这里追求到一种形而上的主题意义。"

周政保的《寓意超越意识的滋长与强化——新时期军旅小说创作的一种判断》发表于同期《文学评论》。周政保认为："军旅小说创作的寓意超越性，……是指军旅小说经由自己的具象描写，竭力表现出一种属于生活思考结果的形而上的深层意蕴与悠远思情，一种既体现了作者的对于整个存在世界的总体看法、又不能不是从军旅生活领域中升腾起来的新的判断、新的观念、新的探索、新的思想创造，一种从题材内容的本体刻画中产生出来的真正体现了文学追求的艺术境界，以及这种境界所可能包含的某种跨越时空的精神特质。""新时期军旅小说的寓意超越的另一重要走向，……军旅作家越来越趋于经由军旅生活的描写而实现对于民族精神生活及观念领域的开掘与揭示。""但是，军旅小说作家所表现出来的寓意超越意识的滋长与强化，丝毫没有动摇我国军事文学的爱国主义精神与英雄主义气概的描写自信心与独特的美学主张，相反，从某种意义上说，恰恰使这种文学的追求获得了深入的发展与更富有魅力的升华。"

同日，李国涛的《缭乱的文体（之三）》发表于《文艺评论》第2期。李国涛认为："小说家在追求表达的准确、有特色、有独创性的时候，往往倒是避开这个成语，怕染上'滥调'，给人以陈言不去的印象。……在当代小说家里，用成语，尤其是用古典成语较多的，大约汪曾祺是其中一位。……汪曾祺用这些成语却是十分认真、着实的。所谓认真、着实，就是说他严格依照古典成语的传统意义来使用，从上下文看，每个成语都用得贴切准确，成语和作家个人的文字溶为一体。在这些地方都可以见出作家对古语的熟悉，对文体的讲究。或者我们可以说，他的淡雅的文体因这些成语而增色，使文章更脱俗。这是用语入'雅'的一途。这样使用古典成语的当代作家，也还能举出几位。不过如要求同样的功力，那也可以说不是很多的。……在当代作家中，大量使用成语，从市井口语到文言词语都兼容并蓄，使用到各种上下文里，形成斑斓的色彩的，无过于王蒙者。"

"这些年小说文体引人注意，而且确有变化。王蒙在《南海三章》中说：'人家说我写的小说象散文。'他自己也主张小说不必一味追求情节。汪曾祺说他的小说要做到'打破了小说和散文的界限，简直近似随笔'。……但是王蒙又说：'我重视小说中的诗情词意。'……既曰散文化，又曰诗化。何以解之？我说，散文化指结构，而诗化指意境，尤指语言。现在人们常提小说语言的诗化。……王蒙小说语言也是有些散文化，而且简直有些杂文化。王蒙小说里夹叙夹议且不说，那议的题目可以离小说之正题甚远，那议的内容可以占相当大的比重；抒情也恣肆得似乎越出小说常格甚远。但是，王蒙小说的引人处又恰在于此。"

同日，洪峰的《我的说话方式》发表于《文艺争鸣》第2期。洪峰谈道："我写小说不大动感情。理由不多：不想去感动别人。我以为那样很难思议。我还这样推论：为了感动别人去写小说的作家是三流作家。这太不公平。问题是公平的事不多，我们都没必要那么认真。如果说例外，那就是我自己被自己感动。譬如《奔丧》。我就被自己感动。……我就喘不上气来，一连数日情绪不好。以至于几个月内不思动笔，回过头看《奔丧》，我以为小说后边没写好，原因大概出于自作多情。""我唯一对这个世界充满爱情的，就是生命这东西。没了对它的爱，我觉得我早就不存在了。所以才有《生命之流》、《勃尔支金荒原牧歌》、《生命之觅》。我称它们为'生命系列'。……我写《蜘蛛》，写《奔丧》，写《湮没》。没有特殊强调'生命系列'中的东西，但同样没有离开我对生命对爱情对死亡的理解。所不同的，是它们更隐蔽更超脱更混杂了些，因而弹性也相应有所增加，也更叫人不舒服了。"

栾昌大的《小说观念变革与社会主义文艺审美理想》发表于同期《文艺争鸣》。栾昌大认为："心理描写的增强，或心态图象的直接展现，如果同性格刻画统一起来，无疑是对人物形象塑造的加强，是对探索和表现人的自觉创造性的加强。""社会主义文艺审美理想，与社会主义人道主义原则息息相通，重视对人的价值的探寻与表现，展示人的内心活动，正是对人的价值的探寻与表现的一种形式。""所谓直接展示内心世界的创作，虽有其可取之处，但也很容易流于作者主观意念的渲泄。"

王肯的《我看洪峰》发表于同期《文艺争鸣》。王肯谈道："我承认《生命之流》

使我耳目一新。但他这个新又使我感到旧。那种非性格化的类型人物，那种对原始的单纯的迷恋，那种表现永恒的东西的意念以及那种摹拟转到表现的手法，我也在钻研，有些作品我也喜欢。但早在国内外的小说、戏剧以及美术中见到过，不觉怎样新鲜。因而我不赞成洪峰往这条路上挤。洪峰认为我并不理解他，……他说……我写《生命之流》，不论成败，都是我对人生思索和对文学审视的结果。……这话使我震动。我意识到这是洪峰创作的一个转折。过去他用传统视角、传统方法写成的作品适应了我那传统的审美习惯；如今他转向现代，使我看起来乍眼，是很自然的事。""我了解不愿重复是洪峰的性格。……倒是他的近作《奔丧》，在虚虚伪伪之中，看到一个实实在在的洪峰。《奔丧》中的我，倒真是洪峰要追求的我，他把虚伪写在奔丧的时刻，写在骨肉之间。他无意教训人，也无意感动人，更无意摆弄某一种创作方法和技巧。他从笔端流泄他真实的感受，使我感受到较多的生活实感，也使我思索他写的这段生活以外的好多东西。洪峰注意表现我，过去我以为他有些作品表现的'小我'太小，与'大我'距离较大。这次缩短了一些距离，增强了可接受性，留下一个比较坚实的脚印。洪峰的这一步，不在于走出深山荒原，重食人间烟火；也不在于创作上的不拘一法。"

同日，朱持的《街上流行红裙子——我看"新潮"中的江苏文学》发表于《钟山》第2期。朱持认为："任何成为文学流派标志的表现手法，都不会只是纯粹的艺术方法或形式，它同时具有内容的性质，是特定的社会现实、心理现实的凝结。本身直接表现为一种人生态度的'黑色幽默'自不待言，即使'意识流'也是如此。'意识流'虽然是心理意识活动的原始形式，但一旦进入艺术，就有极为显著的对意识的非理性、反逻辑的混乱状态的强调：成为反理性的观念意识和以焦虑、紧张、荒诞感为特征的'现代情绪'的积淀形式。因此，现代主义文学手法往往内在地要求着两个方面的对应：作家的精神气质和表现对象的一般心理基础。"

**17日** 李士文的《文艺要和群众"热"到一起》发表于《人民日报》。李士文表示："社会主义文艺花园也不妨给现代派文艺一席之地，它如果情调健康也不失为一种花草，但更应该强调'拿来主义'，有取有舍，不离开我国国情，不丢掉我们自己的优秀文艺传统。不管兴起什么'热'，都应该考虑和群众'热'

在一起。对于西方学说，亟需充分研究，深入剖析；而作为文艺理论问题上的'自我意识'等等，则需作马克思主义的阐明，以正视听。我看，这些就是引导文艺健康发展的重要一环和当务之急。"

张韧的《审美个性化与多样性选择——评1986年部分中篇小说的特色》发表于同期《人民日报》。张韧指出："审美个性意识的张扬，包含两个层次的意思。一是从中篇自身说，……聚精会神地发挥能属于它的把握世界的审美优势。一是从作家个体说，……冥思苦寻独树一帜的'唯我'位置，小说创作呈现出审美的个性化与多样性选择的景观。""如今一些作品对时代变革的疏淡以至冷漠，艺术的平庸和浅薄，仅仅视为审美素质是不够的，说到底，还是一个对世界的介入、认识和把握的问题。"

**20日** 汪曾祺、林斤澜的《社会性·小说技巧》发表于《人民文学》第3期。汪曾祺认为："一个国家的文学，一个民族的文学，有两个东西没法否定：一是你写的是这个国土上的人和事；二是得用这个民族的语言来表述。……回到现实主义，回到民族文化的传统。我读了王安忆的《小鲍庄》，觉得有一点很欣慰。我从这个作品里中感受到了一种民族的气息，包括语言、对话、叙述都用徐州地区的语言。"

同日，李其纲的《小说的陌生化形态——近年来小说艺术发展的一个侧面》发表于《上海文论》第2期。李其纲认为："陌生化形态是生活具象形态的一种变形态，在这个意义上，它所构成的滑稽境界依然是一种具象境界，它依然诉诸我们的感官，但又以一种直观的幻相或变形的形式进入到我们的理性区域——达到概念的抽象所无法企及的、既富于感性形式的生动又富于理性知解魅力的高度。当然，在另一层意义上，陌生化形态毕竟又有异于人们的经验形态。它超越了现实的经验世界，目的却在于回归到现实的经验世界。……亚神话模式并不是对神话历史的重复，并不忽略远古与当代、神话与科学、原始情操与文明气质的历史落差和文化距离。……亚神话模式中所宣泄的对于自然的虔敬是以走出历史为条件，以当代意识为架构的，因而，它又往往着眼于对于盲目崇拜、敬畏自然的原始心态的批判性重塑。……它（陌生化形态的抒情境界——编者注）强调的是入乎其内的移情，无生命意志的事物往往去沾染上人的感觉、情感、意志和思想，读者将在物我为一，神偕物游的境界中感悟、享受到艺术的迷人气息。"

同日，荒甸的《悖离现代意识的抉择和追求——也论阿城》发表于《小说评论》第2期。荒甸认为：阿城的创作"对传统文化明显地缺乏一种科学的评价和抉择，表现出一种全面认同的回归态度。在他的作品中，透露出一种和我们民族所处的时代极不相符，和我们民族十分需要但才刚刚觉醒还不强烈的现代意识相抵牾的意向"，"正是因为阿城的审美意识缺乏一种宏阔的开放眼光和求新精神，只囿于对传统美学模式的修整和复制，所以在他为数不多的作品中，已可见出他创作上促狭和单一的端倪"。

林焱的《论组构小说——小说体式论之四》发表于同期《小说评论》。林焱认为："一部小说不仅由一个叙事整体组成，人物和情节组织成多个相对独立的构体，而不集中投射到一个线性发展的叙事主线上，我称其为组构小说。如贾平凹的《商州》、乔良的《陶》、陈放的《大漠咒》、王安忆的《大刘庄》等。"从"组构类型"上看，林焱将其分为"平行式""轴心式""交叉式""多层对比式"。从"组构功能"上看，林焱认为："组构小说的变传统叙事结构方式，不把作品组织成为单个的自足构体，而向更广阔的生活空间和艺术空间拓延。组构小说的时间容量和空间容量可以极大的澎涨，或者可以形成无边缘式的叙事境围——溶化入历史时间的长河中，融汇进茫茫的诸生相中。""组构小说汇集几种形态的叙事成分，使它们相互撞击，发现深刻的思想意旨……组构小说情节设置的效果，不是引人入胜，恰恰相反，是'拒'人入胜。组构小说多块面、多线条的并列，使读者不容易循着故事线、人物的发展线，得到审美心理的满足。"

南帆的《论小说的象征模式（中）》发表于同期《小说评论》。南帆通过心理学中的精神分析学说来阐释小说中的象征模式，"就情绪象征而言，作家将一些情感与意绪凝定于特定意象之上——两者的结合与其说是一种无意的碰巧，毋宁说是一种长期的酝酿"，"心理学不可能提供解析诸多情绪象征的具体方案，它更多地是巩固了我们这么一种认识：一些情绪的象征的构成不是偶然的，即兴的。如果说这种构成可能同样包含着一个饶有深意的心理历程，那么，这种心理历程也是有可能分析的",南帆认为这足以使人对许多小说,甚至像"莫言《透明的红萝卜》这种恍惚难解的小说中情绪的象征报以新的领悟"。

宋耀良的《新时期小说理性因素的三种表现形态》发表于同期《小说评论》。宋耀良认为:"哲理性小说,由于其自觉的理念思想大于形象的外在,几乎就不需要审美中介,因此它主要是靠直接的概念与概念之间的推理方式而达到实现。""象征型小说,由于形象大于理念,象征体与象征寓意之间的联系,必须依靠形象思维和理性思维两者相结合而形成的审美逻辑的方式,即既是审美的,又是逻辑的。""抽象性小说,……'这种抽象是直觉性的',更加地不带有叙述的性质,而呈现出表现性。须依靠审美直觉才能达到审美创作或接受的实现。"

张汉杰的《当代小说,在"夹缝"中间》发表于同期《小说评论》。张汉杰指出:"当代小说创作视野的拓展和形态的多样,不仅体现为小说对社会生活和人生心态的深层次的探索和开掘,也体现在对文学精神和语言形式的强烈的寻求和选择。突出的特点:即当代小说从本体蕴含和表现形式自觉的融合演进,始终在传统文化和现代文明的冲突和'夹缝'中艰难曲折地行进,甚至摇摆复归。……当代小说在传统文化和现代文明的'夹缝'中间,积极而迫切地寻找自己的语言、形式、视点和审美发现。这种追求在'寻根文学'中得到了整体的深化。"

张汉杰认为:"寻根文学"中"至少有两类作品值得注意。有一类作品虽然描写了古老、原始、沉闷的村落,荒凉、广袤、孤寂的大漠山川以及那些充满着原始生命力的、粗犷、骠悍的马帮、牧人、汉子,……是对一种清新、稚拙、开放、宏阔的审美趣味的追求。他们笔下的种种意象已远远超越了固有的时空局限,而成为触发现代人情思和审美的符号。""另一类作品就不同了……把传统文化与现代文明立体交叉地加以表现,以当代的审美眼光、审美尺度、审美意识去观照、理解中国的传统文化,从更宏观的角度和更深邃的层次展示传统文化的流变以及同现代文明的契合,则是这类小说的突出现象和文化选择。这类小说的艺术视点主要有两个。一个是以文化发展的自然序列为线索,描绘了传统文化在历史长河中的嬗迁演变。""而另一个艺术视点则通过对现存文化形态的解剖达到对传统文化的历史性回溯和反思。主要揭示传统文化的历史沉淀和对民族文化心理结构的惯性影响。……这样一种文化价值判断上的二律背反和审美价值判断上二元对立，充分体现了'寻根'小说的'夹缝'特点。"

朱水涌、盛子潮的《新时期小说的多重世界和艺术秩序》发表于同期《小说评论》。朱水涌、盛子潮认为："传统的小说秩序被打乱了，凝固的确定性的结构模式被突破了，多意蕴的复合整体、多层次的艺术结构、多种艺术媒介的竞相介入，表明着小说已从单一向多维系统发展。""小说时空的结构、纵横的构置关系便发生了极大的变革。这一变革最主要表现在时间维度的浓缩、空间维度的扩大。……新时期小说的结构形态，发生了互为逆反的两种走向——即抒情化结构形和生活化结构形态，前者表现出写意风格，后者呈示了纪实风格。"

**21日** 孟悦的《隐喻与小说的表意方式》发表于《文艺研究》第2期。孟悦认为："隐喻可以当之无愧地作为一个严格的形式范畴而参预叙事分析。这一形式范畴可以显现在叙事本文的好几个层面上。首先是叙述语言。……进而是作品的语义结构层面。……第三个层面——作品与现实关系的层面上，作品世界本身可变做隐喻。"

"隐喻作品及具有隐喻结构的作品与传统小说为什么会如此不同。前者是以空间式的形式系统来创造意义，后者则以时间化的形式来创造意义。时间形式和因果逻辑的线条性使叙事专注于人类生活的过程、发展、变化和延续，而隐喻和空间形式使叙事关注于存在的意义，关注人类生活中那些重复、相同的特点，使叙事成为特定意义的不断积累、不断深化。"

**23日** 曾镇南的《独拔于世的散文体小说（上）——王蒙小说总体成就评价之一》发表于《当代文艺探索》第2期。曾镇南认为："王蒙已经逐渐摸索到他自己那种散文体小说塑造典型人物的独特方法。那是一种充分地、雄恣地展开人物的心灵世界，让人物的灵魂象瀑布一样直泻而下，让环绕着人物的社会生活、社会关系，让人物与别的人物的碰撞激荡、人物自身的命运迁变等等，也织入这人物灵魂的瀑布之中，以强大的气势冲进读者心灵。……王蒙这种塑造典型人物的独特方法，又是和传统的写实方法配合使用的。象他塑造的杜艳、静珍，就用的是中国古典小说那种使人物'皆现身纸上，声态并作，使彼世相，如在目前'的传统方法,也获得了惊人的成功。"

同日,林斤澜的《短中之短》发表于《文艺报》。林斤澜认为:"有小小说的兴起,……有说小小说是短篇小说的边缘艺术,这话不错。因之主张小小说与诗结合,诗情诗意,精炼精彩。这都好。笔法如散文诗,这当然是一条路。一个边缘,一个结合,还是短篇门里,又是门里别一室。也可以设想和散文结合,和笔记结合。这个笔记指的是我们传统的一种文体。……我觉得笔记体的好处有'三不',一是不端架子。……二是不矫情。……三是不作无味言语。……小小说结构紧凑,结尾出人意外。佳。这是一条路。小小说和诗结合,诗的意境,小说的情节。佳。也是一条路。小小说吸取笔记的营养,散而有极致。佳。又是一条路。"

**25日** 陈宝云的《张炜对自己的超越——评〈古船〉》发表于《当代作家评论》第2期。陈宝云认为:"张炜善于给人物安排一个自然环境,却不善于给人物安排一个适宜的社会环境。……张炜在中短篇中所存在的这个弱点,在长篇小说《古船》中则得到了基本的克服。""就方法而言,《古船》以前的作品用的是稀释法,即用自然景物去稀释人世,去化开社会生活,使自然与社会错落有致,使所写的人世疏而不密。《古船》用的则是浓缩法。它将水份挤去,将自然景物减少到最低限度,使所写的社会得以高度的浓缩。""《古船》带来了两个方面的突破:第一,克服了以往创作将生活淘洗的洁雅有余而原味不足的弱点,增添了生活的野趣,增强了作品的丰富性、生动性和多样性。""第二,在人物形象的描绘方面,突破了道德的束缚,使《古船》所写的几个主要人物,除了赵多多是恶魔的化身而外,其余不再是道德意义上的好人与坏人,而都是充满着矛盾的复杂人物。"

陈思和的《近于无事的悲剧——沈善增小说艺术初探》发表于同期《当代作家评论》。陈思和认为:"作者使用了令人发笑的夸张手法揭示生活的种种荒诞现象——正常与不正常,理性与非理性,都被颠倒了,他的创作态度却是严肃的。小说中人们由于对生活的荒谬性理解显示出来的荒诞可笑性与小说主题本身的严肃性所构成的内在冲突,使作品充满了想象的张力,只有越过可笑性的细节描绘,才能真正领悟它所包藏的含泪的荒诞悲剧。"

方克强的《两极对位与散点透视：金河创作模式论》发表于同期《当代作家评论》。方克强认为："这种人物的两极化和事件的对位法支配着小说描写的空间和时间，交织成金河创作独有的一种模式，一种特色，一种韵味。""首先，它具有题材内容的震慑力。""其次是主题意蕴的双重复合性。""再次，这类作品在艺术上集中简约，含蓄隽永，将短篇小说的特性发挥得恰到好处。""两年，金河的创作出现了新的转折。首先……两极对位原则的淡化。……其次，金河推出了一组有影响的力作，……以其深层结构的相似性标志着一种新的创作模式。""散点透视模式压铸的作品，都具有三个显著的特征，即内容的荒诞性，立意的讽刺性，把握生活的整体性和深邃性。""在内容与形式上，'散点透视'比'两极对位'更注重作品世界与现实世界的整体同构与深层对应，更少理念与巧合的构思痕迹。同时，现实主义也开放地容纳进象征和荒诞手法。当然，金河的荒诞不同于西方现代主义的荒诞，它不是世界或社会本体论意义上的荒诞，不是不可理喻和不可改变的；他的象征也抹得很淡。……总之，这是现实主义象征和现实主义荒诞，其中不无借鉴和创新，但保持着创作方法上的一贯性追求。"

马俊山的《金河小说新作的艺术世界》发表于同期《当代作家评论》。马俊山认为："站在中国历史新时代的起点上，金河以宽厚的喜剧眼光，观照旧的价值观念，反讽的语调，渗透了小说客观的叙述风格。""金河小说多有一个情节结构的聚焦点，即赵树理所谓的纽结或扣子。但发展过程是'结'而不是'解'。"

宋炳辉的《宽容背后的激情——王蒙小说创作的自我超越》发表于同期《当代作家评论》。宋炳辉认为，王蒙"什么手法都想用，无论是意识流的内心独白，还是白描的一以当十，是忠实生活原生态的'纪实'，还是对虚拟情节加以真实性夸张的'荒诞'，是严肃的抒情，还是富于机智的幽默与讽刺，他都写得别具一格。对于他笔下的芸芸众生，王蒙理解多于反感，宽容多于指责。宽容，已经成为王蒙小说的一种突出品性，一种涵盖力极强的精神内核。""突破以那两个世界的彼此交映对照，和以理智与情感的矛盾冲突作为作品情感结构的一贯方式。作新的尝试与探索，以期获得总体风格的发展变化。王蒙近来的创作实践实际上已经显示了他的发展动向。"

吴亮的《告别1986》发表于同期《当代作家评论》。吴亮认为："《虚构》让我开始思索这么一个问题：写作并不仅仅是记录一次已有的经验，或是记录想象中业已完成的假定经验，因为写作已构成了经验。""《虚构》吸引我的还有它鲜见的结构和独特的叙事角度。马原穿梭一般往返于叙事者和当事人之间，由此他也就在两个世界之间来来去去，一个是实在的世界，一个是可能的世界，而且他把两个世界的界限弄模糊了，使之糅合成一个语言整体。"

周政保的《关于〈杂色〉的"杂谈"》发表于同期《当代作家评论》。周政保认为："《杂色》的独到与卓越之处，首先在于它的富有创造性的小说艺术的结构方式——至少在中国当代小说史上标立了一种新的表现途径。""小说的描写既是现实的，又是心理或意识方式的，但绝不是西方现代主义意义上的意识流表现形态。""《杂色》是一个心绪化的情节结构——如果故事概念与情节概念存在较为严格的区别的话。诚然艾特玛托夫的故事中也贯穿着寓意深长的情节，但王蒙的情节则完全舍弃了故事——《杂色》所显示的是一种无故事的，而且真正被置放于心绪流动中的、简单而又复杂的情节形态。这，应该说是王蒙的小说的独创。""《杂色》还具备这样一种可以被称艺术创造的贡献，那就是作品以独特的小说建构，向读者展现了一个特定时代的荒诞的思维方式或逻辑方式。"

朱振亚的《淡而有味》发表于同期《当代作家评论》。朱振亚认为："近年小说创作中出现的一种'淡化'的趋向。一是语言的淡化：修饰和抒情成分明显减弱。再是情节的淡化，作者不再把人物、事件在时空中的定位与因果关系放在心上，小说情节的连贯性与紧张度大大降低。这'淡化'决不是'淡而无味'，它同常见的那种'浓墨重彩'的所谓现实主义手法相比，例如把阿城同蒋子龙相比，具有独特的艺术魅力。""新时期某些作家在选词炼句上似乎并不以准确再现典型特征为最高准则而是在努力开拓着新的审美境界。""在阿城、贾平凹、何立伟等人的语言中散发着现代文学中并不多见的一种古拙淡雅的气息。""不管是'浓'的或'淡'的……要以少胜多，更需'出奇制胜'，所以，意外对于淡化显得尤为重要。很明显，淡化决非稀释而恰恰是浓缩和新颖。

而浓缩和新颖的东西总是有味的。'淡化'要求更严格的艺术选择。这样一来，人们常说的'可读性'将变成'耐读性'。"

## 本月

罗强烈的《小说叙述观念的拓展与艺术形象构成的变化》发表于《花溪文谈》第1期。罗强烈认为："通过对近几年小说叙述观念变化的考察，我们可以看到新时期小说艺术形象构成由'人物中心'走向了更为开放的领域。……现代小说的艺术形象已经大于人物形象，直接呈现为一个由多种元素（包括人物元素）共同组合而成的艺术世界。这种艺术形象的内部构成，大致可以分为这样三个艺术层面：一、语言情绪层面；二、语言符号所组合成的形象层面——包括人物形象和非人物形象以及二者的多种组合体；三、作品深层结构中的'第二形象'或称'审美第二项'。"

罗强烈提出："在小说整体叙述结构中追求一种统一于语言的氛围和情绪，是近年来许多作家的共同目标。……把人物形象作为构成小说艺术世界的一个元件。把艺术形象构成方式推向一种开阔的境界，是近年来小说艺术变革的一个重要标志。……艺术形象构成中的多种元素——人物的、非人物的，在不同的小说中，其组合的比例是不一样的。"

罗强烈还认为："现代小说艺术形象构成的第三个特点，就是突破表层结构的'第一形象'，寻找深层结构中的'第二形象'，以多种艺术途径尽可能追求作品内涵的厚度和深度。用桑提那的语言来表述，直接呈示在读者眼前的艺术形象为'审美第一项'，而现代小说更看重'审美第一项'背后深隐着的'审美第二项'。如果近年来的小说不在时空处理、结构叠化、象征构思等方面寻求新的叙述方式，而仍然封闭在塑造人物形象的古老圆圈中，也就谈不上小说艺术的'第二形象'了。"

徐斐的《一种新的文学语言现象》发表于《文学评论家》第2期。徐斐认为："随着题材领域的开拓，文学体裁的模糊，结构形态的丰富，我国当代小说创作的语言也逐步从封闭走向开放，开始接纳小说语言而外的多种语言成份。除了引起作家和评论家极大关注的散文化语言和诗化语言外，还包括若干'反文学'

的语言。"

"A 数理语言。数理语言运用于文学作品,并非始于当代。荷马史诗中就不乏有关地理、植物、建筑、金属加工、造船等方面的描写;《诗经》中对农耕、农具、除草、灌溉、田猎、养蚕也都有具体涉及;《红楼梦》因其对园林、建筑、服饰、医道、药理、食品制作等方面的精湛描绘,而被一些红学家誉为中国古代封建社会的'百科全书';而《人间喜剧》中显露出来的巴尔扎克在科学、技术、哲学、历史、宗教、政治、金融等方面的渊博知识,仍让后代的读者惊羡不已。"

"B 日常生活语言。日常生活语言与文学语言的根本区别,在于前者是未经加工的原始粗糙的口头语,后者是经历代文人提炼的畅达高雅的书面语。小说语言毫无疑问的是选择后者。而陈村的《一天》却打破传统书面语言的规范,摈弃文学语言的艺术美追求,采用了一种未经任何加工修饰的最简朴、最平淡的日常生活语言。"

"C 电报式语言。最先采用这种语言,并且运用得得心应手的,还是王蒙。所谓'电报式'语言,其实是一种极短句的集合,它主要有二种表现形态。一是完整式短句的集合。如王蒙的《海之恋》,……这是一种'主语+状语+谓语'的完整式短句的集合。二是不完整式短句的集合。如王蒙的《春之声》,……显然,这是一组不同构成的偏正词组的集合,是省略了若干成份的短句的集合。不完整式短句的集合的极致,是以词为句。如徐星的《无主题变奏》:冷笑。坏笑。窃笑。讪笑。"

"D 其他语言。小说结构中夹杂其他非文学或反文学体裁,小说语言中辅以其他非文学或反文学语言的作品,近年来并不鲜见。其中较显目的是广告语言。如沙叶新的《有奖阅读小说:她和他》(《文汇报》1985年4月1日),在二千余字的篇幅中,容纳了四个广告,计七百来字,作家神奇般地赋予这些'反文学'语言以幽默含蓄的讽刺力量。又如刘心武的新作《王府井万花筒》(《人民文学》1986年第五期),别出心裁地以广告为小标题,并加上黑框,以醒读者之目。十八段广告文字,与小说内容既无关又有关。说它无关,是因为它们游离于作品的基本内容;说它有关,是由于它们参与作品审美功能的实现,它们是王府井这个'万花筒'里五颜六色的花花朵朵。至于微型小说中的电报体、帐单体、广告体、报告体等,更是从整体构思到语言的非文学或反文学,虽更具实验的性质,却也引起了作者和读者的广泛兴趣。"

## 本季

马原的《方法》发表于《中篇小说选刊》第1期。马原说道:"生活不是逻辑的,但是其间有些很逻辑的断片;存在不是逻辑的,有些局部存在又似乎在证实着逻辑学的某些定义。我于是不喜欢逻辑同时不喜欢反逻辑,我的方法就是偶尔逻辑局部逻辑大势不逻辑。"

"我写小说是在创造新经验,给你的给别的读者的也应该(如果我写得好)是新的经验,你过去没经验过的。广义的经验主义。也包括超验。个体的全新经验,我特别要强调创造者个体(作家艺术家)的全新经验有很大的超验成份,我以为超验也属广义经验主义,因为超验被感知被表述出来这一事实已经非经验不能成立了。"

"庄子中最出色的一篇我以为是混沌篇。说混沌的两个朋友为混沌发愁,以为混沌没眼没鼻没嘴没耳不能视听闻以至呼吸,就商量做做好事,为混沌凿出七窍,'日凿一窍,七日混沌死。'我称此为混沌方法,也是我的方法。

"我一直觉得表达个人方法是桩难事,因为我不太信得过逻辑法则,我只能说我希望在这些有点逻辑味的话里表达了我的意思,当然希望仅仅是希望。而已。"

## 四月

**1日** 张德林的《小说象征的流动美与可变性》发表于《东海》第4期。张德林认为:"小说中的象征,除了应该具备诗情与哲理的融合,达到一定的艺术境界这一基本品格以外,它常常是整部小说艺术结构中的一个有机整体,融化在人与人、人与社会环境、人与大自然的各种关系之中。在小说艺术中,象征不是个抽象的艺术符号,不是凝固不变的;随着情节的发展,人物命运的变化,它也会有所发展和变化,呈现出艺术象征的流动美和可变性。……象征本身不单纯是个观念或哲理思想的艺术符号，而是一种相对独立的艺术境界……体现小说艺术本身的规律性。这是小说艺术的象征区别于其他文学样式的象征的关键所在。正因为小说艺术中的象征经常处于发展变化的过程中，因而显示出一种流动美、动态美，这也是其他文学样式中的象征所难以达到的。"

同日，顾晓鸣的《〈神鞭〉和〈三寸金莲〉：小说体的"文化分析"》发表于《上海文学》第4期。顾晓鸣认为："他（冯骥才——编者注）有意识地发掘旧而又旧的题材，试图在历史经验的积淀中寻出新意，执着地用土而又土的天津卫的方言腔调和风物人情，来编织他的'现代派'小说，在中国传统小说的结构中汲取叙事手法，努力与广大读者相沟通，他甚至别出心裁地'堆砌'关于三寸金莲的典故、资料和图表，为的是在这些历史的矿砂中淘出一点点积累其中的文化的纯金——中华民族的某种文化经验；……于是，冯骥才来了，非冯骥才莫属的冯骥才的'奇谈怪事'来了，'古非今兮今非古，今亦古兮古亦今，多向精气神里找，少从口眼鼻上认'，透过古里古气、土里土气的作品外观，我们分明辨认得出作者对今日文化问题的思索，对现代表现方法的追求。"

同日，费振钟、王干的《走向哲学的深邃意境——小说的时—空意识》发表于《作家》第4、5期合刊。费振钟、王干认为："《商州》实际上有两股时间平行流动，一股是过去的、历史的时间，另一股则是个人的、现实的时间；其空间安排上，则以一凝止不动的大空间（整个商州地域）包容着若干小空间，并由它们之间互相参照对比，形成如同一个小天体一般的空间系统。……王安忆《小鲍庄》类似的时—空构造表现在，她把时间'线性'特征改变为'面性'特征，而被时间的'面'所覆盖的空间，却被分解，成为散点式的排布，所以《小鲍庄》失去了情节明确的连续性，但它毫无疑问地获得了现实世界复杂丰富的内蕴。"

"这两组小说（《第二个人、第三个人和第一个人》《一夕三逝》——编者注）所采取的'复叠'式表现，对我们理解它们的时—空关系却不无启发。作者改变了空间的概念，他们不再把空间理解成静态的系统，而赋予空间以流动感；这样，空间就不被时间所支配，反而转过来支配时间甚而代替时间，时—空合流、合一。"

"刘索拉的《你别无选择》、徐星的《无主题变奏》……触及到了音乐的'时空合一体',这里恰好有机会加以进一步的申述。这两部小说具有'多声部复调'音乐特征,而且为了适应内心情绪的需要,又以'变奏'的音乐形式造成特殊的情感效果:一方面作者(尤其是刘索拉)确实借用了音乐结构,另一方面也是我们以音乐艺术来比拟他(她)们的小说艺术。音乐的'时空合一体',是以时间代替空间,用时间的流动性表现空间的无限性。于是,我们自然会发现,这两部小说吸收了音乐的因素而显示了它们特有的时—空创造价值。"

**2日** 刘梦岚的《留意自己的"脚后跟"——与女作家航鹰谈〈寻根儿〉》发表于《人民日报》。航鹰谈道:"我以为,情节小说,或叫传统的叙述体小说,本身也有一个进化的问题。传统的叙述体小说大多是靠外部情节来推动故事的发展,心理描写只是作为间隙中的一种陪衬。而《寻根儿》中的所有情节几乎都是由人物心态的变化推动的。……心态为因,情节为果。这样的心理刻画就不只是故事铺排间隙中的陪衬了,而是小说的主体骨架。这里也有个通篇的统一风格问题,因为写足了他的心态之荒诞不经,结尾处说他'丢了自己的脚后跟',读者也就不觉得突然了。""展示人物内心世界,目的还是为了塑造人物性格,这是重心。这种写法也是文学'内化'的一种方式。有些人过分主张小说'非情节化',其实,情节小说并非到了'世界末日',它可以在许多方面得到更新、进化,这就要勇于借鉴,勇于探索。""严格地说,我在尝试着搞一种'杂交',即西方的意识流小说与中国传统的叙述体小说的'杂交'。……一篇小说,既可以有一个耐读的故事,又可以有大量的心态描写。在把人物内心世界审美化了的同时,也安排了引人入胜的故事情节,并展示了人物的性格。"

**3日** 白烨的《〈一九八六年中短篇小说漫评(一)〉:语体与文体——八六年小说一面观》发表于《小说选刊》第4期。白烨认为:"小说在语体和文体方面的有意识试验和较明显的变异,无疑是1985年文坛的重大实绩。这一年,贾平凹、阿城、何立伟等的亦文亦白熔铸古今的'寻根派'语体刚显身手,刘索拉、徐星等的不拘一格、雅俗互见的现代文化派语言又横空出世,随后又有莫言的文野并济的复式语言,刘心武的如说如诉的市民语言,张宇的惊听诡闻的话本语言相继粉墨登场,……发生在1985年的这次富有重要意义的小说文体的始变,在 1986 年显然得到了进一步的增强。从宏观上看,它似乎是以新文言体和新方言体两个显见趋向,更为清醒、更为坚定地实现着对传统文体的超越和对文体个性化的寻求,使小说语体的分化与变异情势更加斑斓多姿。以贾平凹、阿城、何立伟等为代表的'寻根'小说,……不仅在内蕴上'寻根',而且在文体上也'寻根'——从丰博的古汉语库藏中吸取养料,使之与现代书面语言有机融合,构建一种与悠久而独特的文化历史相联结的富有民族色彩的新的文言语体。……在 1986 年更为显见,以至在叙述语言方面形成了一个与'寻根派'双峰对峙的新方言语体。"

白烨注意到,"长期以来,我们许多作家都只把文学语言仅仅看作是创作中的一种技巧和手段,忽略了它作为艺术生命的渊源之一的本质,而且满足于在现成的文学语言之路上无忧无虑地行走,很少想到和做到为文字语言的发展,改变点什么,增添点什么,创造点什么。许多作品从语言角度来看,是'话在说我',而不是'我在说话'。一些作者的个人风格的难以显现和不够突出等等,都与此不无关系。"

王干的《河床正在拓宽》发表于同期《小说选刊》。王干认为:"一九八六年的中篇小说创作不再是那么几大块的简单的机械的组合,而开始呈现出融和一体难以肢解的胶粘的状态。'甲文学'与'乙文学'的界限模糊了,甚至消失了。一种既非甲文学又非乙文学更非丙文学的小说作品正在出现,这表明一种新的价值意向正在萌发、扩展。各自独立、单独发展的各种小说新潮,似有汇合之势,原先的河床正被拓宽、掘深。"

夏刚的《沉寂,是下一轮高潮的前奏吗?》发表于同期《小说选刊》。夏刚认为:"张辛欣的'沉'有些沉沦的味道。结构和语言都散漫的纪实性作品群,显露出将实验定型化的迹象。和'前现代'散文精神契合的后现代主义文化平面感,在这种样式中扩散得最广。冯骥才的《三寸金莲》不见了以往的立体维度,是否也和他开始试用相同体裁(《一百个人的十年》)有关呢?在非小说和非小说化之间,有必要审慎地划一道线。然而并不强调纵深的风尚,倒有可能利于短篇卸下负担。事实上,随着文化单元的'浅、轻、薄、小'化,这门'点的艺术'也确实愈见凝炼。刘索拉的实验更加深入,其先锋性也变得隐蔽起来。

《最后一只蜘蛛》的奏鸣曲式结构，在对短篇叙事方式的多向开发中别具一格；《歌王》强烈凸现宗教情绪，对强化中篇的观念因素是引而不发的示范。《你别无选择》的狂热在她身上沉静下去，却又以亵渎神圣和娱乐自我的两种极端，在残雪、刘西鸿等'新生代'那里浮了上来。"

5日　王锡渭的《写出独特的感受——谈小说中的印象描写》发表于《山花》第4期。王锡渭认为："却将她的精神面貌十分传神地刻划了出来。很显然，这段文字同前一段文字在描写上是不一样的，它主要描写的是'神'。这是印象描写的一个特点。……客观描写在本质上属于创造想象。这种描写并非不带感情，而是将情感隐藏在逼真的描写之中。在这方面，它犹如电影画面的一种创作。""印象描写是一种强调主观感受的描写。运用它，作者的真情实感可以得到更好的表达，可以塑造更为鲜明生动的形象。也令人在欣赏中产生更多的审美享受。采用印象描写的好处很多，这应引起从事小说创作的同志对它的重视。"

7日　何镇邦的《新时期文学形式演变的趋势——对一种复杂文学现象考察的提纲》发表于《天津文学》第4期。何镇邦认为："小说创作中民族形式的继承与改造的成果似乎突出些，这方面人们首先注意到这么两类作品：一是继承自《世说新语》直至明清笔记小说这一民族形式的'新笔记体小说'；一是从宋元话本直至明清章回小说吸取艺术养料，并对艺术形式加以改造的'民俗小说'。……这种'新笔记体小说'在艺术形式上具有哪些审美特征呢？一般说来，不太注意情节的完整性和丰富性，只写一个人或数人的片断，或对某一个人物作点粗笔勾勒的素描，或写某些生活场景；篇幅短小，也不注意结构的缜密和完整；大多借题发挥，言近旨远、微言大义，具有诗化、散文化或哲理化的特点；语言简洁洗练、富于幽默感，或淡泊疏朗，或含蓄调侃，显得洒脱自如，等等，可以看作是'新笔记体小说'在艺术形式上共同的审美特征。

"至于说到继承了宋元话本小说的艺术形式并加以变革改造的'民俗小说'，……在美学情趣上以'清明上河图式'的美学情趣为其追求目标，在艺术形式上则注意继承表现这一美学情趣的宋元话本，可谓彻里彻外的民族化。但是，它们不仅是继承，也不是泥古，而是在继承中有新的创造；它们不仅在'清明上河图式'的美学追求中溶入当代的审美意识，即使在小说的艺术形式上也是在继承宋元话本之中杂以各种当代小说的技法，以及吸取西洋小说的不少新的写法的。"

**9日** 白海珍的《她在寻找中变化——铁凝小说近作漫评》发表于《光明日报》。白海珍认为："铁凝小说近作还有一个明显的变化，就是手法由单一变得多样化了。她立足于现实主义大地，求索中外古今，杂取诸家诸法。……《胭脂湖》借鉴'意识流'文体；……《银庙》用猫编织小说世界，放大、变形、扭曲，有点'荒诞派'小说的味道；《近的太阳》是小说又有散文的意绪。"

**10日** 李洁非、张陵的《〈私刑〉的语言结构——兼论当前写实性作品语言功能的深化》发表于《北京文学》第4期。李洁非、张陵认为："写实性作品由于潜在的叙事者的全知全能，作品的语言结构的表层必须保持其理性的态度和形式逻辑的规范，而在其深层结构中则有一个明确的目的，即让读者通过对现实生活的认识，关心和参与来完成对对象的审美感受。具体地说，作品的语言必须准确地呈现出独特的地域风情、民族心理、生存方式、伦理道德以及人际关系，因此，它没有理由不在实际生活中寻找对应物以证明语言构成的可靠性，以保证读者理性认识的准确性和深刻性，从而确立审美的实在性。这就是写实性作品为何要积极地寻求对客观事物进行摹仿、白描的原因。"

同日，王绯的《大音希声，大象无形——读〈轻轻地说〉的感觉描述》发表于《读书》第4期。王绯认为："传统意义上的短篇小说的技法被扔到一边，把本应完整的情节撕得东一块西一块，多线条复合结构在小说中留下了一段段富有诱惑性的空白，使你抑制不住想探到那里边去捕捉李聃老头所说的希声之大音，无形之大象。在作品有意味的形式里，总好象蕴藏着某种神秘的东西，潜涵着暗示的力量。于是，作品的物象并不全是自己，一个个人物虽被写得形神毕肖呼之欲出，却无独立的意义，一切都似乎被紧紧拴在叙述者'我'的身上，成为作家感觉意谓的模态。小说的关键人物是谁？显然是那个没名没姓，身份不明，时隐时现，却又无处不在的叫做'我'的家伙。在他的主观感觉的咀嚼下，纯客观的摹写咂出了新滋味，感觉的透视穿过客观实在创造了人们的想象力可以直接把握的'大音'和'大象'。要是你愿意，完全可以把这个神通广大的家伙看作作者本人的反照,再把整个小说看成作者感觉意谓中一个不那么具体的关于人类存在、人类命运的大故事,或者看成是感觉化、具象化的生命哲学。"

**11日** 吴方的《小说思维与反讽形式》发表于《文艺报》。吴方认为:"现代文学观念给小说的审美与叙事带来了一种新的'色素'——反讽。……反讽体现了一种变化了的思维方式,即叙述者并不把自己搁在明确的权威地位上,虽然他也发现了认识上的差异、矛盾,并把它们呈现出来。""反讽的意义不是由叙事者讲出来的,而是由作品的内在结构所呈现,是自我意识出现矛盾的产物。或者说在小说的叙事结构中出现自身解构、瓦解的因素。……由事实意义上的反讽到有意识地运用反讽形式,表明小说思维方式的变化。在自我反省中,'我'被还原为世界中的一员。于是可以力求客观地中性地投身到现实中去,与世界与人物进行平等的对话,这就有助于小说的多重叙事角度的出现。例如在主观叙事(人称叙事)中,作者与人物的叙述态度、角度可以是不同的,所体现出来的认识水平和范围也可以不同。于是通过差异的叠合与交织,认识形式的多重变化,就可以得出切近真实的相对性认识,……当这种认识呈现出相对有限性时,整体的关联就可以使读者超越各种有限的认识,得出自己的感知。"

**20日** 费秉勋的《贾平凹商州小说结构章法》发表于《人民文学》第4期。费秉勋认为:"在贾平凹的观念中,小说与散文并没有严格的界限。……《商州初录》贾平凹本来是作系列散文写的,然而一发表,文学界则视为中篇小说,因为它的特征恰恰暗合了情节淡化、结构散化、主题多义、追求纪实性等小说'新观念',似乎可以说它具有'两栖性'。《初录》结构最显著的表层特征是它的散漫。……《初录》和《世事》的这种结构,从'新潮批评'的角度看,可以说它体现着某种现代审美意识,然而它的形式渊源,却主要取法于我国的史书和方志。我国自《史记》以来的史书通过纪传、志、表、书等文体,以'互见法'确定历史发展的时空坐标,完整地、多侧面地表达历史的活的气脉和各个不同深浅的层面,这是中华民族卓越的文化创造。……这种'散文化'的结构,使贾平凹可以自由地把笔触伸向自然、社会和人的感情世界的每一个角落,特别是对于表现人的文化心理结构就更为直接有力。取消了有形的、人为建构的故事主干,却突出了无形的、更为本质的东西,即渗透于社会细胞的大文化,这是人类社会发展中的生命汁液，是更为深潜的存在。""这种结构还为文笔方面提供了很大的包容性，使得贾平凹可以采撷我国古代话本、笔记、游记、野史、志怪及各种古代散文文体的精英，以散文笔法入小说；不但给社会、自然、人自身的多方位观照和无孔不入的细微表现提供了可能和方便，而且也克服了行文的单调和板滞，使作品呈现出流动多变、仪态万方的散文风韵。"

**28日** 吴秉杰的《近年小说创作文体变化散论》发表于《人民日报》。吴秉杰指出："追踪溯源，应该说新时期小说中的文体变化早在创作中现实主义复归的时候便已经不自觉地开始。高晓声、陆文夫等一批作家把笔触伸向普通农民和'小人物'的日常生活、命运与心理，便打破了小说戏剧性的结构方式，形成了一种朴素而又意味深长的叙事文体。80年代初王蒙引人注目的'创新'，进一步改变了小说文体。……自省的意识与对主体内心开掘的重视，产生了王蒙小说中的'内视点''心理结构'、幽默与自嘲等特有的表达；以及处处有作者介入，叙事和抒情、人物行动和人物心理浑然一体的新的小说形式。在这种文体形式中，意识流技巧可能还只属细枝末节。在另一方面，汪曾祺的创作在小说文体形式的革新中也开风气之先，他描写市井细民和下层知识分子，表现传统生活方式中健康的生命活力和朴素的文化形态，因而，散淡平易的语言中便倾注了对世俗大众的关切。"

"文体意识在一代年轻作家的创作中又有显著强化的趋势。贾平凹小说创作中运用历史遗物、风俗考据和他那古拙凝重的文字结合，把对当代生活的描绘推向了邈远的历史。阿城的《遍地风流》，人的行为、感情完全融入了一种生活情趣、文化氛围之中，因而它实际上突出的并不是具体的人，人只是传统生活画面构图中的一笔；它经常以动词作宾语，制造一种凝定的气氛，在这种气氛中时间终止了，沉寂了，沉寂中又充满了可能性。在张承志的近作中，那让人回肠荡气的激情明显消失了，消失的自然还有读者的激情。作者不再以一个超越于某种文化传统与民族实际生活之上的评判者身份出现，而是进入其日常生活之中，从民族文化的内部来观察并与之融为一体。"

"呼声渐高的哲理性小说被誉为小说创作新阶段的开始，在过去的创作中借助于艺术形象的抽象，以及相应语言叙述的暗示、象征、外延的泛化，形成哲理的意境,的确出现了一些含义深长、'超以象外'的好作品,但毕竟不多。与其说是哲理化,不如说是意境化。"

## 本月

海迪的《超越语言功能》发表于《福建文学》第4期《小说观念更新笔谈》栏目。海迪认为:"小说的魅力是表现'真实',这是人们普遍接受的说法。现代小说当然也逃不脱这个规范,而且是力求表现一种更深刻的'真实',……现代小说注重表现人的内心的'真实',必然要表现人们接受到的各种印象、感受和图景。可是,在表现这种'真实'面前,语言的一般表达功能常常显得那么无能为力,它克服不了时间和空间的局限。面对人们微妙复杂的内心世界,它又显得那贫乏虚假。因而,如何采用超越语言功能的小说创作方法的问题就提到现代作家们面前了。"

陆昭环的《让小说更接近心灵》发表于同期《福建文学》中的《小说观念更新笔谈》栏目。陆昭环认为:"小说的深度,即是感情上的深度,心灵上的深度。我们由于'因袭的重担',当务之急仍是要从传统的结构观念脱出,不要再把自己当成说书人,不应再在情节矛盾和戏剧性中紧紧追索。一般说来,情节的淡化客观上有助于心理世界的开掘,追踪人物本体的正常心理态势,这种心态本不能单一的。情节可以使之剧变,但过分注重情节也容易掩盖了人物本体的表层和深层的心理层次。我们不妨先注意其一般的情感结构,如在清澈的水里,观察自己的影子;然后再把水搅动,从波纹中继续观察,或许更能悟出点道理来。当然,没有情节的作品不好称之为小说,小说观念的更新决不能否定其小说的情节性。但相对而言,没有情感(或者情感虚假)的情节,更破坏了小说的内在特质,使之失去了文学艺术的灵魂。我们未必硬要'超越故事',去追求和创造一种高层次的生活哲理;小说家和诗人毕竟不同,要自然神化地超越故事,仍然要面对生活,从生活里起飞。"

唐敏的《为了更真切地再现生活》发表于同期《福建文学》的《小说观念更新笔谈》栏目。唐敏认为:"小说的灵魂是什么?是结构。一部小说的成败往往取决于它的结构。在今天,旧的小说模式之所以让人感到'反映生活不真实',

是因为它不具备'再现'的功能。一部小说如果抽去它的情节，故事，人物，还剩下什么呢？不是成了一堆无用的零件了吗？不，抽去的只是枷锁，得到的是创作的自由。但是，再自由，小说还是小说，它不同于散文和诗歌的是，小说有小说必须具备的条件，就是小说一定要有严谨的结构。小说抛去了情节故事、典型人物之累，能够更自然、真实地靠近人的内心。'艺术感受'这个对客观世界的无数次提炼之后的结晶品被空前地受到重视。写出独特的、强烈的艺术感受的小说，无疑是首先受到欢迎的。但是艺术感受并不能替代结构，那么小说的结构应该是怎样的呢？"

星星的《小说形式变革散论》发表于《山西文学》第4期。星星认为："由传统意义的小说而实现小说形式的变革，主要是实现艺术的再现性形式向表现性形式的过渡。我并不否认传统的现实主义手法的艺术价值，未来的文学，也应该是再现与表现并存互补、相得益彰的局面，但是，至少在目前，我们还是有必要强调表现性艺术的价值。"

## 五月

**1日** 毕明的《谈小说创作的"内化"倾向》发表于《东海》第5期。毕明认为："'内化型'小说比之传统写实小说，是有着一定的突破和超越意义的。首先，'内化型'小说在展现人物的内心冲突、精神状态，揭示人的灵魂的奥秘和心理真实方面，无疑是更深化了。由于它不仅探索人物在正常意识下的内在心灵和情感世界，而且在具体地探寻人物的复杂感觉、奇异幻想、梦境和潜意识等隐秘心理和情绪，从中揭示出隐含或积淀的社会性内蕴和审美意义。……其次，'内化型'小说开拓了新的审美意境。……'内化型'小说不重写实重写意，以直观的方式去捕捉客观事物的特有感觉，描摹闪动而朦胧的意象，体验流动而扩散的情绪，对传统小说中的背景、情节、性格往往加以淡化、虚写，因而使作品产生一种淡泊高远、空灵朦胧的审美意味。……与此相关，'内化型'小说把直觉、幻想、梦境、无意识等心理因素所构成的'内心世界'作为作品的主体建筑，而把现实世界作为作品的一个支撑点和引发心灵意绪的一种契机，这实质上是照搬了西方某些现代小说家倡导的两个现实的思想观念，即把潜在的心理现实看作是唯一真实存在的现实，认为现实的物质世界则是虚幻的，如此一来，也就颠倒了心灵与现实的正确关系。表现在具体作品中，往往割断了心灵世界和现实世界的相互联系和沟通，抽掉了心理现实的物质基础，社会和历史的内容。须知，人的幻觉、梦境、潜意识等大多是低级的心理现象，其本身并不具有充实的社会性内容，因而作品展示的心理世界，就可能变得空洞、虚无、苍白，甚至充满难以名状的玄秘色彩。"

金风的《小说主题的层次合成》发表于同期《东海》。金风认为："小说主题本身也是一个有生命的机体，在这一有机的系统中包含两个基本层次，即社会性的对应判断和哲理性的抽象命题。""社会性对应判断是从具体的生活事件中提取出来的，这些事件有着社会属性上的同一性。""但是这一层次蕴含着生机勃勃的感性内容，其与现实生活在理与事、思想与形象之间的内在对应，加深了作品的现实意义，并且大体规定了艺术情节的发展次序和作品哲理涵义的性质特点，使小说具有形象逻辑上的透明感。""主题思想的两个层次不是随意拼凑的结果，而是从同一形象系统中引导出来的两种紧密相关的思想倾向，哲理含义对社会性对应判断存在明显的依存关系。……在大多数情况下，小说主题的这两个层次有主次、正副的区别。这是由于作家思想表现的着眼点不同，选择、组合形象方式的差异，作品主题的重点指向性就自然而然地出现偏重现象。"

**3日** 雷达的《关于短篇创作活力的思考》发表于《小说选刊》第5期。雷达认为："短篇小说是'无边'的。这种'无边'，当然不是指政治意义上的，而是指短篇艺术与社会生活的交相感应，指短篇小说艺术表现力的弹性和文体可变可塑的活力。……我们喜欢说'短篇是成熟的文体'，就包含着对既成格局和观念的定型化理解，也包含对积久模式的肯定。……但它并不能永远适应急遽变革的现实。……这不是简单的内容与形式的矛盾，而是活力与模式的冲突，是逐步建设短篇小说新的时代风格和时代文体的问题。"

王鸿生的《一九八六年中短篇小说漫评（二）：感觉世界的迁徙》发表于同期《小说选刊》。王鸿生认为："阅读了1986年的部分中、短篇小说，我获得了一个非常深刻的印象，这便是随着感觉的局部优化延展为感觉的整合趋向，不少作家的审美经验世界发生了较大幅度的、臻于成熟的位移。"

"当代小说感觉世界朝日常化、内省化、隐蔽化、抽象化等方位的迁徙，日益修改着人们的感觉方式，冲击和克服着以往欣赏习惯的定势，为自己培养了一批又一批懂得它的公众，但也确实给普遍的接受活动带来了一定困难。"

**5日** 彭晓丰的《一种新小说形态：感觉世界中的思索与惶惑》发表于《当代文坛》第3期。彭晓丰发现，"在这些感觉小说中，情感剥离的确成了普遍而又频繁的手法。按说情节的淡化和性格的淡化正是为情感渲泄提供了坦途，而这些作家却往往在最能抒发情感的地方'顾左右而言他'。……可以看出，这些作家（莫言、韩少功等——编者注）大抵都在丰富的感觉世界中感到了一种匮乏，即作为特定感官无法避免的单一性和局限性。这在一种全身心都浸沉其间的迷狂状态中就更显得突出。其实，感觉的整体性和可通性并非新鲜的课题，我国古代诗词中存在着大量这种现象，十九世纪象征派诗歌中，通感作为一种诗歌技巧，使用也是非常普遍的。小说中的这种借鉴，或许还有其需要完善的地方，但作为审美效应来看，它是不应该被忽视的。另一个被人们相当注意的现象是感觉小说的视点。视点的选择，在很大程度上将规范感觉的描写域限及其特殊的内涵，因而的确成了作家切入题材和读者把握作品的关键之处。但无论如何，真正的感觉只能来自作者和读者自身，因而视点既不是感觉的来源，亦不是它的归宿"。

张未民的《小说与戏剧——兼谈一种双向对逆运动》发表于同期《当代文坛》。张未民认为："小说的戏剧化，其含义不仅是使小说情节动作集中而富于戏剧性，而且是小说的叙述性作用降到次要地位，而对戏剧性独白、对话的描写占据了主要地位。……鲁迅在小说的戏剧化方面作过有益的尝试。不过他仍然重视'叙事人'的作用。他的简洁手法得力于'中国的旧戏上，没有背景，只有主要的几个人'，所以他'不去描写风月，对话也决不说到一大篇'。象《阿Q正传》，人物对话在关键处呈现出极富戏剧性的喜剧动作，但仍然如珠子般点缀在全知全能的权威叙事中。叙述高于一切。"

"内心独白占统治地位的意识流小说在此再一次地要求叙述人退出小说，在这里不再需要中介叙述人，在内心独白中意识自己呈现式地流动，在流动中实现戏剧化。从前我们把外部的生活情节加以戏剧化，而现在内心独白的小说开始把意识戏剧化。意识的纷乱杂呈，分裂聚合，上演了一部现代的内心戏剧。小说通过对戏剧手法的挪借发现自己比戏剧更富于戏剧地展现精神世界的才能。王蒙主张'去写生活的更潜在的戏剧性，不是舞台的紧张，而是一种内在的冲突、内在的紧张'。他的并非纯粹意义上的意识流小说把故国八千里，风云三十年的全部戏剧都装进了主人公内心意绪的流动舞台。他的这种尝试，在我国文坛也产生了强烈反响。"

"小说的世界之中，可以有戏剧式的写法，而不是一种风格、一种调子。反之，戏剧亦然。非此即彼的类型理论早已应该自行结束了。我想本文的这点体会，对认识当前的'反小说''反戏剧'的倾向，也许是不无裨益的。附带说明，小说与戏剧的发展有一点上是同向的、一致的，即小说和戏剧的诗化。现代的类型发展使诗歌更向纯诗发展，而小说和戏剧则在诗化的方向愈走愈远。"

**7日** 张韧的《"现代意识与文学"十二谈（5）：纪实——小说审美的新潮》发表于《花溪》第5期。张韧指出："美国纪实小说的潮汛，是从六十年代开始的，至今方兴未艾。它有三个引人注意的特点。其一，以'反小说'面目出现。六十年代美国文坛，充满黑色幽默和荒诞派的作品。当时一些作家打出'反小说'的旗号，从审美意识说，它是以纪实为特征的文学对虚构的荒诞的作品的反拨。其二，美国的纪实小说，主要有两种文学流派力量构成。一是'新新闻主义'，一是'非虚构小说'。前者多是记者，将新闻与小说联姻而形成的一种派别。"

"其三，无论是新新闻主义还是非虚构小说，目的不仅仅是实录，而是揭露美国各种各样的社会问题。……所以，新新闻主义与非虚构小说的一些作品，完全可以称之为'问题小说'。也许，正因为它们'纪实'了美国人们关注的问题，历经二十几年而不衰，而且新一代的作家也崭露头角，'反小说'敢于和虚构小说相抗衡。俄亥俄大学教授韦伯在《非虚构文学：美国文学中的反小说》中作出了如此高度的评价，说它改变了美国文学的方向，重新回到了现实主义。"

"纪实小说虽然强调纪实，但它不能不带有传统叙事小说的痕迹。作者如果不是当事人，又不是小说人物的朋友，其心态，其神情，其对话，包括种种细节和场景，这一切都绝对地排除想象和虚构是不可思议的。那么，纪实小说与一般小说的区别又是什么呢？一位纪实小说家回答是：一般小说是去了解一百件事后，加以融汇提炼，写出第一百零一件事来。纪实小说是在了解一百件事后，从中选出一件最值得写的事来展现。如果在了解了一百件事后仍感到没有值得写的，那就再去了解，直到发现有一件值得移于纸上的事为止。可见，纪实，并不是所有的事都可以进入纪实小说，只有'值得移于纸上'的事，对于纪实小说才有价值。人们常说，真实是艺术的生命，这是指通常的虚构小说的生活真实与艺术真实的统一论。但真实对于纪实小说而言就有着更为特殊的意义，岂止是艺术的真实性，简直是'实录'和'纪实'，而且'纪实'二字点出了它的审美理想的特征。"

**10日** 罗强烈的《短篇小说：发展中的文体》发表于《北京文学》第5期。罗强烈认为："短篇小说是一种发展中的文体。'短篇小说'都是由'短篇故事'发展而来的。而且，广义的短篇小说中存在着两条基本发展线索：一条是'短篇故事'，往往有头有尾，情节性强，讲究'无巧不成书'和人物性格的鲜明突出，人物遭遇的曲折动人，有稳定的时间和空间观念；一条是现代意义上的'短篇小说'，写横断面，掐头去尾，重视抒情，弱化情节，讲究色彩、情调、意境、韵律和时空交错、角度变换。……在新时期的短篇小说艺术探索中，就明显地存在着一个由'短篇故事'向现代意义上的'短篇小说'发展的过程。"

"新时期短篇小说在艺术形式上的第一个巨大突破，就是弱化或放弃传统的故事情节，注重小说的抒情和意境，从而在现代领域为短篇小说拓展出更为广阔的艺术表现天地。""短篇小说是一种叙述的艺术，在叙述方式上，新时期的短篇小说进行了更为多样的尝试和探索。……比如阿城、李杭育、李庆西等人，就尝试一种笔记体小说的形式。……而林斤澜在叙述的节奏和转换上另辟新路子，运用'有话则长，无话则短'的叙述方式，尽可能在短篇小说的有限篇幅中容纳更多的内容，在阅读中给读者造成一种'陌生化'的效果，产生出不同于传统小说的审美感受。"

**15日** 曾镇南的《惶惑的精灵——王蒙小说片论》发表于《文学评论》第3期。曾镇南指出："《夜的眼》、《春之声》、《海的梦》……这三个短篇，还有《风筝飘带》、《蝴蝶》、《布礼》，……典型就是一种时代的普遍现象，就是把文学与生活、作者与读者联成一气、烧在一起的东西。或表现为性格塑造，或表现为意境创造，都是一种凝聚、溶化在富有个性色彩的艺术结晶体中的普遍性的生活。王蒙这些小说之所以成功，就是因为它创造了一种典型的意境，把人物的典型情绪与时代的典型氛围水乳交融地综合在一起了。"

同日，李国涛的《缭乱的文体（之四）》发表于《文艺评论》第3期。李国涛谈道："现在的小说也有一种写法，把对话化为叙述，由作者叙述出来，所以不用引号。但是一读之下，读者也就分得清哪些是作者的叙述，哪些却是不加引号的对话被转述而出。……这个当代小说的叙述方法，我们已经不少见了。叙述'吃掉'对话，或者说，对话溶入叙述。叙述扩大了。这种方法在我国曲艺中就有，评书的说书人在叙事中往往夹进对话。如果说叙一位老汉同一位姑娘对话，说书人一时作老人语气，一时扮少女声调，这是'对话'。但有时声调不变，都作为说书人的口气说出来，只是在语气上稍有差异。在单口相声中也常常使用这种方式。……王蒙很喜欢也很擅长使用这种叙述。试读他的新作《轮下》，那是完全以扩大了的叙述完成的。"

李树声的《清泪一掬见寸心——迟子建作品漫评》发表于同期《文艺评论》。李树声认为："当我们深入作品的意境，洞悉作品的题旨时，就可以肯定地说，迟子建已经进入了现代意义象征手法的层次了。象征客体在某种程度上以它自身的朦胧性与复杂性显示了它与象征意义的内在联系，显示了它独特的艺术魅力和含藏丰富的容量。"

王云缦的《小说的自由和电影的创造——〈芙蓉镇〉中胡玉音形象比较谈》发表于同期《文艺评论》。王云缦认为："由内而外，由外而内，这是小说和电影在人物形象塑造上共同的规律。但两者也稍有不同。纯心理、纯主观的小说总还是有的，可以存在的；纯心理和纯主观的电影则颇少见，也是比较难办的。电影的人物固然要重心理，重内涵，尤不应忽视外观和具象，要注重内、外的统一。胡玉音的文学形象是如此，电影形象尤为如此。"

同日，南帆的《论小说的复合模式》发表于《文艺争鸣》第3期。南帆认为："复合模式并非以某些人物的命运串联形象体系。它力图将各个形象系列置于它们所交互形成的'意蕴场'中完成艺术世界的构筑。"

吴亮的《新闻小说这一年》发表于同期《文艺争鸣》。吴亮认为："新闻小说就是一种关于恢复和重现社会真相的诚实叙述，它始终如一地贯彻真实性的至高原则。""当新闻报道因种种原因仍然缺乏足够的自由，缺乏敏锐的感觉进而和我们的生活实际和阅读愿望有所脱节时，新闻小说便有意识地填补了这一真空状态。"

**20日** 许宏德的《近几年小说的象征艺术》发表于《清明》第3期。许宏德认为："题旨比较精确、鲜明的具象的写实，首先形成了审美价值的表层性。以此为基础，发挥假定性手法的价值功能，建构抽象的概括的象征寓意，又形成了审美价值的深层性。近几年小说的象征艺术之根本的美学追求是什么呢？一言蔽之，就是：用象征手法作为一种艺术杠杆，在作品的表层审美价值上，撬起作品的深层审美价值。"

同日，李健民的《从现实和历史的交融中展现人物的心态和命运》发表于《小说评论》第3期。李健民认为：路遥"又并非一味钻到传统中去，一切以传统精神为出发点对现代生活进行观照，而是在形象描写上力求以现代意识对传统精神进行审视，赋予其新的时代内容"。"作家在描写形象上不是单纯着眼于人的性格心理的政治的、社会的层面，而是企图从历史、经济、伦理道德的层面上去把握人物的复杂心态，多层次地写出了人的感情、心理纠葛，这也体现了作家以现代审美意识观察人物、表现人物的自觉追求。"

李健民指出："《世界》（《平凡的世界》——编者注）对人物形象塑造上现代意识的融注并没有得到彻底的贯彻，对人物传统精神的描写作家感情有时过于沉缅其中，缺乏从时代高度进行审视和分析，因而往往就出现描写失当、赞颂过头的现象，……而这，也恰恰是作家现代意识不足的表露。"

李今的《张承志小说诗的素质》发表于同期《小说评论》。李今指出，张承志"以诗为文，以文写诗，这是张承志小说创作的一大显著特色"。李今认为，张承志"非常习惯于以诗的几种结构模式来构思小说，他创作初期所常用的结构模式是诗歌的一种'寄托式'，这种方式以一人或一物做为观照的对象，以此来寄托和抒发创作主体的观感、情绪或一种哲理的领悟。往往诗的全章要旨就在于做结的那个'诗眼'，它是结构的'纽'和走向"。"张承志小说给人留下深刻印象的另一种诗的结构模式是'情景交融式'。如果说,在'寄托式'这种结构中,情对于抒情对象来说,还是外在的、直向的,那么,'情景交融式'已经达到情缘物发、物我为一的诗的境界。主体情思与客体表相往复交流,人情与物理互相渗透,融合乃至相互包含,使'寄托式'需要声嘶力竭才能表达出的情感能够得到含蓄而又更为强烈的表现"。"'象征式'的结构模式是在张承志近几年的小说创作中常见的,……这些作品,往往以一个主要象征物做为结构目标(如大坂、九座宫殿、黄泥小屋、戈壁),这些物象驾于现实之上,给小说所描绘的具体世界以向上拔高到形而上的哲学境界一个拉动力,使小说虽在描写现实却又能超越现实,虽在传达一种经验,却又能超越这种经验。""矗立在丰厚沉实的历史与哲学底蕴上所显示出的高屋建瓴的气势,要建立无限的时间与空间的宇宙意识的努力,对人与自然、社会的超人的异己力量对立悬殊状态的揭露和对人类世代繁衍,生生不息的坚韧执着地奋斗不止的精神的描写,都给人以一种伟大崇高的力的美感,他拓展了小说艺术与诗歌精神相结合的领域,给诗化的小说艺术带来了崭新的美学风格。"

苏冰的《纪实小说:文体创新实验的意义》发表于同期《小说评论》。苏冰指出:"口述实录小说……相当彻底地实施了'不介入'政策,让小说主人公(即被采访者、叙述者本人)自由行动、自由思想,作家只是思想和行动的观察者、记录者和报告者。""新闻小说……奉行着作家不介入原则,要求作者力戒主观偏见、幻想和激情,放弃人为干预人物命运的意愿和习惯,尽量客观地、外部地、非虚构地进行叙述和报道。""自传小说……标新立异之处,那就是放弃象征或意象等自我表现的'运载工具',放弃间接表现的一般方式,转向袒露胸怀的直接表现方式。特别是注重在自我表现过程达到自我认同的目的:通过向读者介绍自己显现自己,……现有的自传小说都不同程度地完成了自我表现——自我认同的过程。""纪实小说内含的三种体裁不同程度地推动了小说文体的革新;作为整体的纪实小说拓宽了小说外向化的发展道路,其结果一方面是认识价值、致真效应、历史性的强化,另一方面是审美价值、感染效应、艺术性的淡化。"

曾镇南的《现实主义的新创获——论〈平凡的世界〉(第一部)》发表于同期《小

说评论》。曾镇南认为："《平凡的世界》采用的创作方法，是非常严谨的现实主义。""在对这一历史时代的带悲剧性的'革命'进行反映的时候，路遥的独特之处，在于他对那些'革命'所制造出来的历史的讽刺画进行描绘的时候，所使用的却是最少漫画化的严谨的现实主义方法。""它的宏大的艺术结构，正是适应着表现这样忧愤深广的社会主题而营造出来的。它在时空两个方面为再现典型环境而作的努力，体现着现实主义的长篇小说艺术的严谨的要求。"

**23日** 刘鸿模的《论语言的线性特征和文学的形态结构》发表于《当代文艺探索》第3期。刘鸿模认为："语言并不是透明的，并不是一种可以只管使用它而无需注意其本身性质、结构、功能的媒介。语言横亘在主体和客体之间，它既是人类认识世界、交流信息的工具，又在一定程度上制约着人们认识世界的方式和结构。""'语言就象一块"型板"，迫使被转述的事物按照自己的式样变成一种线性的序列'，将物质世界和心理世界的多维结构转化为只有一个维度的线性结构。人类语言系统的这种功能，就象希腊神话中强盗普洛克路斯忒斯那张令人胆战心悸的黑床——多向度的大千世界，都要被强行截短或拉长，成为一种单向度的能指序列。在能指序列形成的过程中，有两道基本的操作程序：分解和组合。""能指的线性序列给人们思维和表达以一种井然的秩序，但又在很大程度上束缚着思维和信息交流的自由。"

**25日** 蔡葵的《寓变于不变之中——铁凝近作漫评》发表于《当代作家评论》第3期。蔡葵认为："她小说的题材已从狭窄走向广阔，从勾勒社会的一鳞半爪，到力图囊括一个时代的风云变幻；……她作品的主题也从单一趋向多义，……她的审美视角也从远景拉倒近在咫尺，……她的表现手法也在抒情和明丽中增添了隐晦。""她善于把对生活的真切感受和潜含的理性巧妙地熔汇起来，在抒情中见哲理，成为她创作的一贯特色。"

胡宗健的《湖南小说家论——关于地域空间意识和艺术变革意识》发表于同期《当代作家评论》。胡宗健认为："这种自然的空间意识和历史的渊源关系，大致表现在以下两大方面。第一，湖南作家善于把情境设置在楚水湘云的特定环境和空间之中，从而让独特的地域环境渗透着独特的文化氛围。""第二，在风景画和风俗画的制作中，湖南的小说家们善于将空间因素融化于意境创造之中，因而不仅具有独特的地域风貌，也显露出了南方文学的特有的美学情调。"

雷达的《她向生活的潜境挖掘——说〈麦秸垛〉及其它》发表于同期《当代作家评论》。雷达认为："她（铁凝——编者注）仍然坚持着心灵化、瞬间化、感觉化的表现手腕，她的文体也还是把散文、诗、小说溶于一炉，她还那么注意语言的节奏和内含的音乐性，她还是沉浸在一片情绪的天地里。但显然地，在'我'与'世界'的关系上，在主观与客观的关系上，一切都在微妙地变化着。"

李兆忠的《激流，在深层涌动——读朱晓平的四部中篇小说》发表于同期《当代作家评论》。李兆忠认为："小说创作历来有这样两种方法，一种是把真的变成假的，另一种则是把假的变成真的（注意，这儿真假的概念完全是就审美意义上讲的）。……这两种方法具有不同的审美功能和价值。前者运用的是'陌生化'的艺术手段，通过理性到达感性，而后者采用的则是'亲近化'的艺术手段，通过感性到达理性。朱晓平的创作大体上是属于后一种。"

林道立的《颤栗的自审——梁晓声〈从复旦到北影〉〈京华闻见录〉扫描》发表于同期《当代作家评论》。林道立认为："它们截取作者一段其实经历作线索，时间演进就是情节，存在的嬗递就是情节，打破了传统小说人为撮合开端、发展、高潮、结局，事出有因的结构模型。小说的框架只供了一种安排某种过程的形式，而这种形式又不强求经历的各部分完全受理性主义束缚的设置的前后必然的逻辑一致。""由于纯然纪实和随发性偶然律的支配，因此争论不已的生活其实与艺术其实在作品中取得了完全的和谐。生活其实就是艺术其实，艺术其实也即生活其实，两者不存在基础和提炼加工的矛盾纠葛。表现这种小说所特有的真实性，梁晓声把细节视为作品的主要内蕴特征，令读者信赖的前提。……读者最欣赏的是一个个似断似续的细节，细节的成功导致了作品的文学性胜利。叙述性和评述性的结合，使作品带上了清晰的理性光彩。"

汪家明的《此中有真意　欲辨已忘言——读汪曾祺的两部小说集》发表于同期《当代作家评论》。汪家明认为："汪曾祺小说独特的表现手法：1.线的艺术"，"汪曾祺的描写泛然，客观，很少渲染，'线条感'强，呈现出一种纯用'线'勾画的简明利落。""除此外，汪曾祺小说语言的主要特色是：准确，干净，节奏感强。""'干净'是汪曾祺小说语言的外表，是他用来作画的线条本身；

'准确'是汪曾祺小说语言的本质,是他运用线条的能力;'短峭轻松的节奏'是汪曾祺小说语言的组合方式。""汪曾祺的白描手法,因其特殊,称之为'线的艺术'。这种手法与他善于发现平凡中的美的内容融为一体。这只是他的主要倾向。他有时也用'彩墨'。但他用'彩墨'也多是平涂,'线'的感觉仍旧强烈。"

"2. 背景·人——结构","从某种程度上,汪曾祺的小说同汉代艺术有些相象。""总之,大量描写背景(环境,人事关系),然后'推'出人物,这是汪曾祺小说刻划人物的最大特色,也是汪曾祺的小说结构的特点。""汪曾祺的小说情节却常常是现实中复线的平行发展。……显示出作者的气魄:敢于在寥寥短篇中大开大合,开得巧,合得稳,致使小说平中寓奇,静中藏动,引人入胜。""综观汪曾祺小说中对现实美的独特认识以及与其相适应的独特的表现手法,若用绘画来比喻,可称之为小说中的'工笔风俗画'。"

汪家明还注意到,"汪曾祺小说受中国古代散文、戏剧、绘画的影响比较明显。他的一些速写性小说(《塞下人物记》、《故乡人》、《故里三陈》等)类似古代笔记小说。他继承的是古代文学中淡朴自然一派传统,故写实意味浓,浪漫气息少,感情深隐而外表冷静,写物写事多不明言其旨,具'言有尽而意无穷'的艺术造诣。"

吴秉杰的《爱的追求与结晶——铁凝作品印象》发表于同期《当代作家评论》。吴秉杰认为:"她最好的作品都如诗、如画。有诗的淡远,含蓄,深情;有画的凝炼,集中,鲜明。用一句绘画的术语说:静态动势。这使她的小说笔法洗炼而又涵蕴深长,语言本易简朴却仍情味饱满,留给人们悠深的韵味和想象。""博约而温润,精微而朗畅,为情适文与模写自然、简择取舍并行不悖,构成了铁凝短篇创作的美学风格。"

吴方的《桑树坪风景——〈私刑〉的印象与随想》发表于同期《当代作家评论》。吴方认为:"小说写实,偏重客观记录,但恐怕也忌讳帐房先生记帐或推事审案的拘泥与急切。刘勰有八字言,可以用在这里。前四个字是'随物赋形',要求摹写留真、肖其本色,后四个字是'与心徘徊',使审美在客体之间产生一种相互作用,意象似有聚合离散、若明若晦、宜浓宜淡,令人心不仅尾随事件，而且在兴味之间徘徊了。"

  吴亮的《马原的叙述圈套》发表于同期《当代作家评论》。吴亮写道："马原在他小说叙述中的地位。首先，马原的叙述惯技之一是弄假成真，存心抹煞真假之间的界限。在蓄意制造出这么一种效果的时候，马原本人在小说中的露面起了很大的作用。马原在他的许多小说里皆引进了他自己，不象通常虚构小说中的'我'那样只是一个假托或虚拟的人，而直接以'马原'的形象出现了。""或者干脆说，没有什么虚构，马原的小说就是衡量它是否真实的标准，不存在小说之外的真实对应物，所以也就没有什么虚构。同样，马原和马原小说中的马原，根本没有必要进行真与非真的核实和查证。……马原和马原小说中的马原构成了一条自己咬着自己尾巴的蛟龙，或者说已形成了一个莫比乌斯圈，是无所谓正反，无所谓谁产生谁的。"

  "马原的朋友们和角色们。马原由直接叙述自己和间接地通过角色之口叙述自己，也可能是为了把自己逼入一个圈套，迫使自己去感受此时此刻他面临的一切。……事实上也许正是如此：马原的灵感和他所有朋友们角色们的神秘经历是同时存在着的。"

  "马原的经验方式和故事形态。马原的经验方式是片断性的、拼合的与互不相关的。他的许多小说都缺乏经验在时间上的连贯性和在空间上的完整性。马原的经验非常忠实于它的日常原状，马原看起来并不刻意追究经验背后的因果，而只是执意显示并组装这些经验。""马原的不同寻常之处：他把这样的小说处理得十分具有可读性，其关键在于，马原小说中的题外话和种种关于叙述的叙述都水乳交融地渗化在他的整个故事进程里，渗化在统一的叙述语调和十分随意的氛围里。对此我的直觉概括是，马原的小说主要意义不是叙述了一个（或几个片断的）故事，而是叙述了一个（或几个片断的）故事。马原的重点始终是放在他的叙述上的，叙述是马原故事中的主要行动者、推动者和策演者。"

  "马原的观念及对他故事的影响。论及马原的观念，很容易给人以一种偏离我的主旨的错觉，因为从一开始起我就在题目上规定了自己的论述范围，即马原的叙述圈套。可是，完整地看，这个叙述圈套是涵带有观念性的。或者说，这种观念已经深伏在马原的经验方式和化解在他的小说叙述习惯里。""对于马原来说，叙述行为和叙述方式是他的信仰和技巧的统一体现。他所有的观念、灵感、观察、想象、杜撰，都是始于斯又终于斯的。"

谈到马原的又一叙事圈套，吴亮表示："在一篇小说里彼此叙述，自我解释，将关于该小说的想法纳入该小说之内，它就给人某种自身循环之感，马原是常常在作这种努力推动自己的小说使之循环不息的，他想造成预言和占卜的效果，而且他果真把这种效果造成了。预言和占卜是马原深层的渴望。""我还愿意出让我的又一些想法，给别人参考：马原小说的可读性因素很大程度上是狡猾地利用（或娴熟地运用）了如下的故事情节核——命案、性爱、珍宝。他还在里面制造出各种悬念，渲染气氛，吊人胃口也是他的惯用伎俩。"

**30日** 晓明的《浑然的风俗画——长篇小说〈康熙皇帝〉笔法赏析》发表于《人民日报》。晓明指出："清隽的艺术风格，优美的散文笔法，特别是它的风俗画般的描绘给我留下很深的印象。""作品把凝重的社会生活同淳厚的风俗描写交织在一起，向我们展示了一幅具有民族特色的清初历史的画面。""《康熙皇帝》中的风俗画特色，还在于注意开掘风俗画的社会生活内涵。""作者并没有停滞在静态的描绘风俗的画面上。他笔下的风俗描写，同他整个小说平实的洋溢着诗情画意的典型环境描写相一致。在作品的主旋律下，跳动着鲜活的风俗画的音符。……这种风俗画的自觉渗透，确定了这部作品的民族性的蕴含，既给人一种古朴的吸引力，又给人一种亲切的历史感。"

同日，陈美兰的《珞珈书简——就当今长篇小说创作致友人》发表于《文艺报》。陈美兰指出："到了近几年，时代生活迅猛发展，艺术观念急骤更新，这必然要波及到长篇领域，于是，人们又感到这种'清明上河图'式的平面展现生活的办法，似乎又显得难以满足现代艺术高度概括的要求和对现实生活彼岸性的揭示，作为现代审美意识它不仅要求文艺作品通过其艺术创造，给人以物理世界的真实展现以唤起一些经验性的回顾，而且更重视于通过某种构造形式去唤起人们心理世界对隐含于事物内部某种深层意蕴的顿悟或对尚未显露而即将显露的物理世界发展趋向的预感，这也是高情感、高智能社会艺术发展的自然趋势。……在这种艺术潮流中，长篇小说确也迈出了很大的步子，就拿我们都很熟悉的出现在前几年的《花园街五号》、《故土》、《天堂之门》几部最切近当前现实生活的作品来说吧,也许你也会注意到,它们在艺术构筑上较之过去同类作品有一个显著的不同点,这就是在展开现实的具象世界描写的同时,还在作品中构筑起一个瑰丽、幽深的喻象世界。……显然,作家们正是想以这些暗喻世界与具象世界的交融,增强作品的空灵气韵,使现实生活的描写腾跃起无穷的诗意,将读者的沉思引向生活的彼岸,以获得对人生的某种彻悟。使作者既有向现实的逼近力,又有向着'那些更高地悬浮于空中的思想领域'的辐射力,形成一个虚实交加的主体艺术空间,给人以实感,也给人以气韵,故曾博得当代广泛的新读者。"

同日,林焱的《老树新绿——新笔记小说撷谈》发表于同期《文艺报》。林焱认为:"近年,汪曾祺、孙犁等作者创作了不少清刚闲雅的短篇小说,这些作品是笔记小说古树上绽发的新绿。新笔记小说自然不能袭用文言句法,改变语言符号构成所产生的直观印象,同时也不能延续传统题材范式,不参合于大量类近的趣事轶闻互相应和所唤起的经验式的审美愉悦。割断古典笔记小说的惰性,可能同时失去这种形式的活力,就象洞箫因表现手法的单调和'孤独'而渐被淘汰,它的特有的哀婉和缠绵也就销匿了。……在新笔记小说中,已没有变形、怪异的非人间角色和荒诞不经的情节。汪曾祺的《故里杂记》及其兄弟篇什,孙犁的《芸斋小说》,贾平凹的《商州初录》中的部分小说,抒写人情世风,而且作者常参与其中,显得事事都有可寻之迹。虽然题材范围已经整体地移位,作为笔记小说,作者们仍写出志怪小说式的惊异效果,在平凡的故事的叙述中,酿成突发的、出人意外的奇愕之感。"

"古典笔记小说志怪和志人两类作品的审美特征在新笔记小说中得到了综合。古代笔记小说作者的心理情感常沉湎于闲适、冲淡的意趣中,与人生普遍道德规范相和谐,对善恶、恩怨、报应现象知晓、解悟和通达。这种情绪成为文人小说审美经验的重要内容。……在新笔记小说中,作者有意错置重心——把大量笔墨用在非关键、非重点的情节内容叙述上。情节的高潮,故事冲突的正面展开,却往往轻描淡写,一笔带过,使得主观情感不附着在叙事实体上,不依靠人物的命运的层层剖解,验证式驱动感情的知觉。"

## 六月

**1日** 程德培的《折磨着残雪的梦》发表于《上海文学》第6期。程德培认为："残雪小说的叙事投影，其与众不同的一点就在于它使人物与叙述者处在同视界中，一种有限的视野使得叙述视角不可能指出和说明感知的变异，相反，叙述者正是一头沉浸于'我'的视界之中，因此，惯于常态阅读思维的读者就不得不陷入难解之谜的深渊。……当代小说涉及到梦与精神变异，并非残雪一个，但是残雪与他们之间的一个显著差别在于：同是写梦与精神的变异状态，其它小说的叙述者是站在白天的立场上，或者站在理智的立场上向我们叙述一个记忆的残梦和一种精神的变异；残雪不同，她的叙述视线决定了叙述者本身的立场就是处于梦幻状态，她的语言就是梦的语言，继续用作者的话讲，那就是：'我想用文学，用幻想的形式说出这些话。'幻想成为形式就显然地包括叙述的形态与叙述者的视角，残雪正是在这点上与她的'同类者'划清界线的。"

同日，庾文云的《小说民族形式断想——兼评何立伟小说的结构艺术》发表于《小说林》第6期。庾文云认为："小说以何种方式反映本民族的生活？这就牵涉到传统文化的熏陶，以及民族的欣赏习惯等，在我国由于神话、纪传、志怪、传奇、话本以及明清以下的章回小说的长期熏染，在创作中形成一种适应本民族欣赏习惯的艺术形式，这就是在小说创作中重情节结构。"

"所谓'天衣无缝，无隙可寻'，便是中国小说结构的民族特色和美学要求。然而，小说情节结构的民族特色也不是凝固不变的。由于现实生活为文学艺术提供了新的表现对象，……作家就自然要求探索更适合于表现新的现实生活的手法和技巧。……他们的努力追求、探索，构成当前小说创作的流向：那就是不强求一定塑造典型形象，不强迫艺术人物就范于作者意志，不追求情节的表面完整，以散文化、随笔式，甚至诗化结构的安排，靠内在的'神韵'来贯通全篇；他们抛弃了叙述人的说教和全知全能，坚持提供事实和形象：并且注重环境和气氛的渲染，致力于传达出一种意趣，一种韵味，一种情调来。何立伟就是以自己独特的风格汇集在这种创作流向中的一个佼佼者，他既借鉴外来文化，如海明威的'隐而不露'，又受到民族传统文化的浸染，把诗画的结构艺术创造性地运用于小说，淡化情节，促成小说艺术的诗化，造成'空白'，给人以驰骋思维的广阔空间。"

"所谓'美的形式'，在何立伟的小说创作中，就是结构上的创新。""他打破了传统小说结构的束缚，他更多地把传统诗画的结构艺术运用于小说，创造小说的诗化结构。……他的短篇《石匠留下的歌》、《小城无故事》、《白色鸟》等，……这些作品格局虽小，却几乎都有完整精巧的结构。但又表现出散文化的特色，它几乎没有情节，即或有一些小故事，也是有意使情节淡化，因而没有用笔墨去描述情节发展的因果关系来吸引读者，也没有去描绘人物性格的多重性，和对人物做冗长的心理描写，大多是颇有写意人物的韵味，有些是突出一种情绪的流泻来贯通全文，有的是以浓郁的气氛来笼罩全篇，从而给读者造成一种扑朔迷离而又神秘朦胧的感觉，留下无限的想象空间。……他近年的《花非花》既保持短篇结构的特色，又有中篇结构的创新，这种创新就是运用电影蒙太奇的结构手法。……《花非花》就是以形象画面（人物画）和生活片断取胜的。作者特别注意和擅长把文字这语言符号，转化为清晰可见的形象画面，使读者从视觉和听觉的具体感觉上感到具有'电影形象'的某种特征。……何立伟在这篇小说里构成的诗之美，是与他采用蒙太奇结构形式有着密不可分的关系。同时描写角度的远近，镜头运动的快慢，画中音响的轻重，画面形象的动静，形成疏密相间、张弛结合的明朗清晰的节奏，或强烈，或深沉，或急骤，或舒缓，或昂扬，或延宕，结构的节奏感烘托着作者的抒情节奏，产生了美的旋律，这就是所谓'弦外之音'。""作品还借助于诗歌的特殊构思规律，提炼着、浓缩着、凝结着从实际生活中感受的诗意，以获得丰富的内涵。因此何立伟还善于从传统诗画艺术中吸取虚实并举的手法来充分展示诗之美，这种手法又跟作品的整体结构有着内在的联系。"

"虚实相映的手法是我国传统的绘画手法。……绘画中一般称直接描写的具体形象为'实'，画面的空白或画外的形象，即通过画面可见的线条与色彩，间接表现出来的形象及其蕴藉的思想感情为'虚'，绘画中能动地运用'虚'与'实'的艺术手法，就能够产生很妙的艺术效果。何立伟在小说创作方面，借鉴绘画的构图，非常讲究这种传统的虚实处理。……这种以虚映实的表现手法，就把历史和现实沟通,使人感到既有历史深度又有现实广度。"

**2日** 腾云的《"感觉"与"观察"》发表于《人民日报》。腾云提出:"'观察'落伍,'感觉'兴行。这意味着什么?一说这是进步,革故鼎新。""另一说颇不以此为然,认为现今一些作家评论家对'感觉'的崇尚,乃是对西方文学之昨日时髦的趋附,说明现代主义思潮对我国当代文学的冲击已达于创作主体感知世界的方式这一属于艺术创造心理质素的层面,观察与感觉在创作和批评价值观中的涨落,反映着现实主义与现代主义对当代文学影响力的消长。""我这里不来辨说是与非,只想小议高扬感觉和感觉力,贬抑观察和观察力可能导致的某种文学状态。一是可能使文学虚化。……另一种可能是文学趋于个人化。……还有一种可能是文学因此而玄化。"

**6日** 段崇轩的《回归与超越——关于结构小说的断想》发表于《天津文学》第6期。段崇轩说道:"结构小说的出现,预示着小说艺术形式的一次艰难蜕变和重大变革。它不再采用'温和改良'的办法,'淡化'情节而不损坏情节结构的基本框架,也不再使用'偷梁换柱'的方式,用心理结构模式取代情节结构模式。它以'彻底变革'的姿态出现,用生活的那种自然结构形态代替了带着过多人为痕迹的情节结构模式。确实,千姿百态的社会生活和大自然的结构形态,有许多本身就是符合美的规律的。王安忆就是从城市的建筑格局中悟到了一种新的小说结构方式。正如毛宗岗所说:'观天地自然之文,可以悟作文者结构之法。'结构小说所展示的是多角度、立体化的生活现实,生活中那些偶然的、琐碎的、无关联的事和物都被摄入艺术整体;作品中生活的运动,像百川归海一样,条条、块块一齐向前推进;小说中的人物,都被当作主角来描写,众多的人物一齐行动,'同台演出',他们的肖像和性格,往往是模糊的,而带有更多的抽象性和漫画化。它简直是生活的如实临摹,逼真再现。小说终于从'编造'的桎梏中完全解脱出来,回归到了真正的自然形态。结构小说所呈现的世界,是客观的,是按照生活的自然结构描绘的。但是,它同时又是主观的,是经过作家主观化了的。那些琐碎的、无关联的生活现象都一齐笼罩在作家宏阔的思想感情氛围中,使作品中的全部内容都同作家的宏观思想息息相通。有些人物看去各行其是,没有瓜葛,但却各自代表着一种思想,一种类型,他们相互映照、相互补充，充分显示了纷纭的人世间的复杂性和多样性。生活的各个侧面，在作家广博的知识的熔铸下，也折射出灿烂的光彩。作家宏观思想的渗透和对生活的有意识的哲学把握，就使结构小说往往超越了具体题材的局限，而升华出一种象征性来。"

段更新的《谈艺术感觉》发表于同期《天津文学》。段更新表示："艺术创作离不开艺术感觉，因为感觉更贴近客观事物的具体形态和情境。创作主体与客观事物打交道，举其要者无非两种方式，一是思考，一是感觉。思考是取纯客观的态度，创作主体在情感上与客观事物不搭界，它们各自独立，互不相扰。感觉则是主观情感介入客观事物，是创作主体与客观事物的一种愉快的邂逅或痛苦的相逢。艺术创作所要追求的境界，正是创作主体与创作客体的互相渗透，彼此融合。""艺术感觉作为认识，它不同于理性思考的，在于它认识事物依靠经验积累的'点化'，不借助推理的逻辑程序，具有直观的、'体悟'的特点。当作家艺术家沉浸在艺术感觉之中，既不完全生活在朴素的物理世界里，也不完全生活在个人的内心世界里，而是生活在主客观共造的'第三世界'或'第三自然'里。"

**20日** 谭楷的《"灰姑娘"为何隐退》发表于《人民日报》。谭楷表示："一个'灰姑娘'正从'舞会'上隐退。她就是1979年前后风靡一时的科幻小说。""中国科幻小说，首先应该是姓'中'。不少作者并不熟悉外国生活，却热衷于写外国的人和事。粗看花哨，再看乏味，细看太假。其实，科幻小说创作也有个熟悉生活和从生活出发的问题。""'灰姑娘'不应该承担，也承担不了普及具体科学知识的任务。……当代的科幻小说不仅仅要描写科学技术本身，而应该更广泛地表现时代、社会和人的思维在科技革命浪潮下的演变，勾画一个即将到来的、激动人心的时代。""所以'灰姑娘'要赢得众多的爱慕者，最重要的是她应该从某种模式中解脱出来，充分展示她动人心魄的魅力。这魅力，就是勇敢的幻想。这幻想或许不尽科学，却能激发创造力，引起发明创造。这就是科幻小说最主要的价值。"

**30日** 李准的《"现代孤独感"和社会主义文艺》发表于《光明日报》。李准认为："我们的文艺创作应当真实地揭示这些孤独感的依据、性质和变化发展趋势,而不应照搬西方现代派的做法,不应把写孤独弄成否定社会主义,把孤独感推崇为我们时代值得提倡的甚至最高最美的精神境界。""令人遗憾的是,近几年来,有些主张创作要'回到文艺本身'的作家和评论家,在写孤独的问题上却偏偏忘却了社会主义文艺'自身'的性质和要求,而热衷于用西方现代派文艺的理念来剪裁我国新时期的现实生活,一厢情愿地按主观需要去制造孤独感、追求孤独感美。这是需要加以商榷的。比如,表现和推崇所谓一代青年的'当代孤独感'。……这种孤独感不是由某种不幸的具体环境或遭遇所造成,而是对整个现实关系的失望、不满所产生的,他们的不满超越了整个社会现实而又不为大众所理解,因而感到孤独。有的评论家则说,这种'当代孤独感'是我国当前最先进的'现代意识'的重要组成部分和标志之一,没有它就落后于观念的新潮流。……这种强加在我国'思考的一代'的青年头上的'当代孤独感'的美化和推崇,是和社会主义文艺的性质、要求背道而驰的。"

同日,张大农的《花架子与真功夫》发表于《人民日报》。张大农强调:"'深化语言功能'、'开拓语言表达的可能性'、'文体实验'……这一系列创新提法确实美妙诱人。如果人们对世界有一种新奇的感受不足以在现有的文体规范内表达出来,如果一种奇特的文体做为一种'有意味的形式'确实具有自身的审美价值,那么在文体上的自觉努力也许值得赞赏。可惜并非所有的和尚都念真经。有些人想在文体上'别具一格'的努力,其动机往往仅在于以奇特炫目,以向前冲掩饰脚下的不稳当。有的作品整段无标点,黑压压一片,据称是为了造成'一种不间断的阅读效果',来传达某种'心理情绪的张力',其实往往不过是让人象读古文那样自己断句。""须知,现代汉语书面化的历史并不长,够得上经典意义上的现代语言作品远不是汗牛充栋,用纯净的现代汉语写出精致、凝炼的作品,对许多当代作者来说并非轻而易举,这表明我们手中的语言工具尚未运用得游刃有余。在这种情况下,急于打破尚未纯熟的语言文体格局,竞相'突破'、'创新',就有可能是一种理由和动机并不充分的'超前性'冲动。如果文学界的语言文体实践也兼有发展、净化我们民族语言的责任,那么这种创新、突破就尤应慎重、严肃。"

## 本月

李裴的《新时期小说创作的三大潜流与批评》发表于《花溪文谈》第 2 期。李裴认为:"首先,小说的观念需进一步转变和探讨。小说应该是一个宽泛的概念,它的触角伸向四面八方。……作为一个'活的整体',它的支撑力量不是也不可能是一个'点',而是一个'面';不是囫囵吞枣而'借用'各种哲学思想,而是以独特的审美意识和哲理意识贯穿其间。在严肃或轻松之中,都不能忘掉了小说的(也是文学的)对社会人生、文化情感的应有的责任。"

吴秋林的《论小说的寓言化倾向》发表于同期《花溪文谈》。吴秋林认为:"小说的寓言化倾向即表示小说在形式到内容上向寓言方向的倾斜。这种倾斜表现是多方面的,人们在小说中形象地表达了某种哲理、概念,以及一般的日常社会生活的经验教训,或寄托某种思想、人生观等内容时,小说都会出现向寓言方向的不同程度的倾斜。……小说寓言化……丰富了小说的表现手法,常常使怪而有味的审美情趣发生,引起新鲜的感觉和冲动。而这一过程在终结时往往深化了主题思想,回头使一般的人物形象、语言更具有深刻性和蕴含。这一切都是理性的内容寓意蕴含于小说的结果,而这又是小说一般的表现手段没法达到的。这个过程在小说中有时是贯穿的,有时则是分阶段的。但不管情况如何,抽象的概念与形象的有机结合的程度越高,小说的由寓言化带来的特殊的艺术表现力越强。"

## 本季

洪峰的《无话则长》发表于《中篇小说选刊》第 3 期。洪峰说道:"对理论对文化对哲学对生活我都知之甚少,因而在我的小说里边没这些。

"说到《瀚海》,全是我坐在火车上住在旅馆里边编的。有个外国大理论家说了:小说即谎言或叫假话。如果说让我寻找生活源泉,小说的题记——巴乌托夫斯基的那段话就告诉大家了,一点也不神秘。

"我想,作家和别的什么家的区别,作家和作家的区别,就在于编得好或是编得糟糕。我是属于编得不好不孬那一类。我没有一个完整的构思，一边写一边编，有时候正写着遇见了别的事就干别的事，然后再坐下继续编。结尾呢？不是我想结尾，而是小说必须有结尾。涉及一个刊物给不给版面的问题。也就是说，我还可以再写一个或几个《……海》，只不过《瀚海》结了尾，别的'海'没兴致写了。

"都讲方式，都讲语言，都讲结构。我觉得那是故作高深。思考问题的方法和观察生活的角度以及对世界的态度就决定了你的方式语言结构。没什么大不了的。《瀚海》随便极了，作者以为生活就那样子，所以《瀚海》就成了这样子。

"都讲'寻根'，于是进一步讲'文化'，'商州文化''葛川江文化''湘西文化'还有别的文化。有一度也有人捧我是'寻根北派'的一个。我可不敢当。这绝不是做谦虚状。因为我压根儿就不懂文化更不知道寻根和我在家乡挖树根卖钱买兔子肉吃是不是一回事。基于这么一种浅薄的认识，我怎么能寻根找文化。我所知道的仅仅是我爷爷奶奶生了我爹，我爹我妈生了我，我老婆生了我的孩子，然后我的孩子再生孩子。我所知道的仅仅是我爷爷奶奶死了，然后别人再死，我再死，我孩子再死……我真的就知道这些。

"《瀚海》就是由这样一个人写成的。"

# 七月

1日 吴方的《中国文学情感表现功能再认识》发表于《上海文学》第7期。吴方认为："进入新时期后，文学界开始了重新探索、发现反省的过程。……变的主要特点倒在于主体情感表现在一定程度上的'退隐'。……近来小说艺术流变有一种新倾向，即力求摆脱个人情绪偏爱，中性地投身到现实状况中的客观主义态度。在叙述方式上力求情感中立，变宣叙讲述为呈现，变确定为不确定，变封闭为开放，变单线叙述为结构描述。纪实小说兴起并引起社会广泛关注，也反映了文学审美走向的变化。"

5日 张跃生的《叙述角度、方式及其他——何立伟小说片论》发表于《当代文坛》第4期。张跃生指出："作者（何立伟——编者注）有意隐去不说，有意留下若干空白，让读者去想象、体味。于是，那有些朦胧的，甚至是带有神秘感的且只能意会的气氛、意绪或境界便由此而生。同时，由于作者有意略去地名、人名和事件的真相，便剪断了小说中的世界与真实世界的种种联系，独独将'原始的老林子'和'两个男人'从现实中'抽象'出来，从而使小说自身具有了象征意味。也正由于这种'抽象'，消解了小说中的世界与特定真实世界的对应关系，从而使其象征具有了多义性。"

同日，李国文的《意在言外——读马原小说》发表于《文学自由谈》第4期。李国文谈道："故事（马原的《游神》——编者注）围绕着乾隆六十一年藏币钢模的线索展开，没有开头，也无所谓结尾。初读，不甚明瞭，再读，会感觉到作者构造出一个又虚幻、又真实的景象，恍如眼前。""他仿佛把你引进他构造出的一座古老的、充满神秘色彩的宅院。有些地方他写得很具象，很实在，很有艺术感染力，有些地方又写得很模糊，很含蓄，有些地方则是空白，或是哑谜。艺术魅力也没个准章程，而在马原笔下的西藏风情，这片神秘土地上过去和现在所发生的一切，正是这样虚实掩映，断续相连构成了一种吸引力。要一路读，一路破译，甚至要调动读者个人的想象力、生活经历和体验去填充，去弥补，去丰富，去拓展，形成读者的再度创造。"

同日，陈金泉的《和谐：审美视角与叙述方式的美学思考》发表于《文艺理论家》第3期。陈金泉指出："新的审美视角由于采取的是人物内心自然流露的叙述方式，因而更有真实感，和读者的鉴赏心理也更接近。然而，新时期小说不是每篇都能取得这样的艺术效果。相反，不少小说审美视角过于多样而显得琐碎，流动却近于晦涩。和文学艺术本身一样，小说的审美视角及其叙述方式都根基于社会生活和社会生活中的人。而新时期有的小说的审美视角往往脱离作品人物及其环境所提供的依据，高频率地变换审美视角，弄得读者目不暇接，疲劳了眼睛和神经。有的小说叙述方式的跳跃性太大和太不着边际，颇有点故弄玄虚。这样，恐怕很难得到读者的审美认同。本来，新的审美视角和新的叙述方式是要使得小说更贴近自然，更贴近社会生活，更贴近人物的心理活动，使它们和谐地交融在一起。这种审美价值的追求和我国文学传统的对'自然神韵'的追慕是一致的。'五四'以来，鲁迅、郭沫若、茅盾、巴金无不从外国新的美学理论中吸收其营养,又总是'自然天成',找到'传统'与'现代'的切点,熔现代审美意识、现代表现形式于中国文学的'传统'之中。我国新时期小说新的审美视角和新的叙述形式也只有这样,才能使作者与读者的心理节奏谐和起来,才能使自己在文学大花园中唱出特有的,然而又极真极美极有神韵的腔调来。"

**10日** 董鼎山的《法国"新小说"两大师——萨洛特与霍布-格里耶》发表于《读书》第7期。董鼎山认为:"文章('新小说'——编者注)是片段性的,而不是经由叙事逻辑或是年月日次序连接在一起。'新小说'所叙者缺乏统一的完整性。它的特征是没有连续性的间断;而间断则又经由片段性与没有均匀性的写作技巧造成。这类作品给人的印象不是直叙一贯的,而是空间的、横面的。读者不能用纵的观点来鸟瞰这个故事的完整。'新小说'所呈示的不是一致性的结合,而是四分五裂的疏散,即是说,部分较整体尤为重要。而这些部分、片断都是并列的,并没有连贯性。"

同日,晓华、汪政的《转述和呈现——小说学的哲学思考》发表于《批评家》第4期。晓华、汪政说道:"一般认为,以呈现的方式出现却又保持了转述人的主体地位意味着小说的成熟,因为呈现和转述的矛盾迫使作家焕发出更大的创造力,不断寻找新的出路以解决这种矛盾造成的窘态。这时,转述人关心的不仅仅是故事,也不仅仅是情致,而且包括二者的关系。从小说的进程看,这种关系一般分为三个时期,这三个时期标志了小说的三种风格(当然,不能否认,一般进程不可能囊括偶然性和交叉关系)。……作家们依靠相似原则诞生出第三种关系,用雅各布森的语言学概念来表示则是'隐喻'。由于只是相似,喻体和个体的维系便相当松散和自由,它虽然只以作品世界这唯一喻体出现,但却和未出现的众多本体有着可能实现的一与多的对应关系,这种关系不同于第一阶段的已知状态,也不同于第二阶段的同一状态,而是依靠阅读者的经验随时随地地加以创造和发挥。因为把本体的发挥交给了阅读者,转述人便把精力集中在喻体的创造上,这时,作品世界变得五彩缤纷,幻想(卡夫卡)和无背景(海明威、福克纳)相当突出,这构成二十世纪以来小说的主要趋向。"

同日,卢豫冬的《〈挑战〉校译后记》发表于《小说界》第4期。卢豫冬认为:

"既然是小说,就得考虑到典型环境、典型人物的社会本质,在构思和创作过程中,经过取舍、抉择、综合或概括,甚至于有某些虚构,从而使之表现得更集中和更强烈,因此也就不一定都是人物或事物的原型,都可以一一加以印证。自传体小说毕竟是小说而不是单纯的自传,它只是包含着自传的色彩和因素:自传是历史,必须完全是真实的,不容虚假;而小说,包括自传体小说,则容许有某些变动和虚构。"

**14日** 唐式昭、李世凯的《饱蘸激情写苍生——评浩然长篇新作〈苍生〉》发表于《光明日报》。唐式昭、李世凯认为:"表现手法上,浩然注意发挥自己的特优长,追求老百姓喜闻乐见的中国作风、中国气派,追求文学的民族化和乡土特色;同时又致力于清除'左'的创作模式的影响,不断充实、丰富和深化艺术表现力。"

张先瑞的《"寻根"作品刍议》发表于同期《光明日报》。张先瑞认为:"一九八五年以来,部分湖南作家推出了一批新作。这些作品不再是用现实主义的传统手法反映现实生活,而是带有较大的主观随意性。""用形象的象征意义,来表达自己对社会历史人生的思考,是寻根作品的特点之一。……寻根作品的另一特点是情节结构不再沿袭生活自身的逻辑,而是大胆对环境加以改造,加以组合,将原始社会、现代文明社会、未来社会,都扯到一起,将处于人类发展史上不同阶段的人,扯到一起,让他们发生奇妙的碰撞。在奇怪的时空里,变了形的人物按照折射作者观念的需要活动,产生一系列悖理情节。""为了强化上述的效果,寻根作品还采用了皮里秋阳、含沙射影的手法,利用主题的多义性,隐蔽地、却也是显而易见地影射现实,使人们在多歧义的联想中,接受作者的复杂思维。这是寻根作品的又一特点。"

**15日** 蒋守谦的《当代意识:新时期小说发展的思想导向》发表于《当代文艺思潮》第4期。蒋守谦认为:"新时期小说中的当代意识,正是作家们在深刻地理解了时代生活的新特点,自觉地拓展审美视野、更新小说观念的基础上而形成的足以激发起读者投身于我国开放、改革和社会主义现代化建设,同时又是以崭新的审美方式传达给读者的那种思想意识。""作家情感体验和艺术传达方式的变化,传统小说的艺术规范被突破,情节结构表现为意象组合,小说世界呈现出多视角、多层次、多色调、快节奏、全景观的发展趋势。……审美重心的转移，形成一种与新的时代节律相适应的情感体验方式和艺术传达方式。这种转移，集中地表现在大批中青年作家借鉴、运用西方现代主义、后现代主义的某些艺术法则、形式和技巧，以突破单一的传统的现实主义小说观念和小说模式。"

徐剑艺的《试论文化现实主义——新时期小说现实主义形态论之一》发表于同期《当代文艺思潮》。徐剑艺认为："文化现实主义的特征：A.新时期文化现实主义小说首先的也是最为明显的特征就是现实生活文化化。……现实生活呈现为各种具体的文化状态和文化模式。虽然作品中还是有社会政治内容、道德伦理内容或历史的心理的生活内容，但它们不再被一定的社会政治观、道德伦理观或是历史观、心理哲学来作自身范畴的价值评价。而是从文化的范畴，以文化价值为准则来反映和评价这些内容。因此，这些内容就分别体现为社会政治文化、道德伦理文化和传统历史文化及心理文化沉积，由此体现出现实生活流的这一种文化的质。……B.追求文学的文化真实。这是文化现实主义小说的第二特征。传统现实主义首先要求细节的真实，在此基础上要求塑造典型环境中的典型人物，也就体现出现实生活的本质真实。在文化现实主义文学中，这两种真实分别体现为追求文化的历史真实——呈现文化原状和追求文化的精神真实——塑造文化性格（模式）。……C.文化现实主义的审美特征。……文化现实主义小说家对现实生活的审美观照的相对功利性——审美超越性。"

同日，谢明清、扎拉嘎胡的《关于〈嘎达梅林传奇〉的通信》发表于《民族文学》第7期。谢明清认为："我觉得，《嘎达梅林传奇》的成就，不只表现在你把这个蒙古族解放斗争史上的重大历史事件首先写成了长篇小说。""比较好地处理了历史真实和艺术真实的关系，在尊重历史事实的基础上，进行了大胆的艺术虚构。……充分调动了长篇小说的艺术手法，从而使小说的思想内容更丰富，艺术结构更完整。"

同日，李国涛的《汪曾祺小说文体描述》发表于《文学评论》第4期。李国涛强调："据我见到的汪曾祺评论文章来说，我以为特别可以注意的有三点。一、'小说是回忆'。二、'近似随笔'。三、'写小说，就是写语言'。""还有一个问题是一件事抓在手里怎么处理。这方面的问题就是汪曾祺在不同文章里所提出来。我在上文所摘出的三点。小说要写回忆。这清除了浮躁的火气,求其醇美。小说'近似随笔'。这排除了编织斧凿,近散文诗,得诗美。小说就是写语言。这要做点'语言游戏',落到文学的本质上,求语言之美。于是我们可以看到,汪曾祺的任何题材都融化在这样的艺术因素中。"

"我以为要解释汪曾祺小说结构的特点,用归纳的方法不如用探源的方法。比如,《世说新语》记人记事的简洁隽永是汪氏所欣赏的,《梦溪笔谈》中有许多记载科学技艺的且不说,那记人事的部分为汪氏所喜。这样说来他是赞赏简洁隽永以至古拙朴实的。"

"我想,如果就总体而论,汪曾祺小说大约可以算得是,'非情节'性、'反戏剧性'、无悬念、无高潮的。妙就妙在,难就难在:小说又是浑然整体。意思不浅露,却深藏在整体之中。"

"汪曾祺懂画,能画。他的小说有画意。我所谓的'画意'是指排除因果,'冲决'情节,只取一个个'谈生活'的断片。不过意趣多在结尾,但也是轻轻一点,由你想去。""汪氏自己写小说也是在'写语言',在作'文字游戏'或'语言游戏'。以上我们论及汪曾祺小说'写回忆''近似随笔'都可以看作广义的'语言游戏'。"

"汪曾祺继承着新文学里把小说当诗写,当绝句,当散文诗来写的传统。""语气,是'语言游戏'的目的之一。造成一种特殊的语气,也就有了人物,有了小说。""'诗化的小说语言',他大体接近了。'回忆'、结构、语言——汪曾祺小说文体的三个支点。"

梁一孺的《民族化:文学繁荣发展的必由之路——与陈越同志商榷》发表于同期《文学评论》。梁一孺指出:"中国作家的作品不具中国文艺的民族特色,反而要'突破'它而别有所求,那种作品不是外国文艺拙劣的翻版,就是丧失了任何民族个性的'寓言式的抽象品'。……实践证明,'以我为主,旁采博搜','中国作风,中国气派',都是在不断地吸收和积淀着审美趣味顺向转移的有益经验和新鲜成果,它们在本民族审美活动中占有主流地位。各民族文学之间双向交流的加强与深化,二者的融会贯通将给中国新文艺带来姹紫嫣红的春天。"

南帆的《论小说的心理—情绪模式》发表于同期《文学评论》。南帆表示："内心世界——小说艺术踏上了一片新大陆。一批小说开始向新的领域挺进。诚然，'意识流'的叙述乃是这批小说的极致。更多的作家倾向于将内心世界从容地展现于某种客观事件的骨架之上。但是，作家提取客观现实时已经无意于经营一个浑圆自足的情节，而是借此呈现心理现实。因此，小说的形象体系并非依据因果关系得以支撑挺立。为了使我们的审美情感能够步入这片新大陆的纵深——为了我们能细致入微地体验内心世界的种种转折、颤抖、律动、跳跃、瞬间的涌现、变幻和消融，作为载体的叙述方式发生了种种或明显或细腻的调整，从而为审美情感的运行架设了新的轨道。这种调整全面地分布到了结构、叙述语言和叙述观点中。"

南帆还注意到，"古老而强大的散文传统显然孕育和滋养了这批散文化小说。这是古典美学思想与现代意识的一次奇妙的汇合。出于对心理与情绪的兴趣，作家重新回顾了文学史上的散文。散文的行文、气韵、风度、意境诸种独特的艺术特征重新打动了人们。许多作家似乎猛然注意到，散文气质一直存留于一批引人注目的作家风格之中。在鲁迅、沈从文、郁达夫、萧红的小说中，散文化时常成为一个不容忽视的迹象。作家的视线一旦从情节模式中解放出来，散文的传统所隐含的哲学意识、审美旨趣乃至人格理想无不深深地吸引了他们。"

盛子潮、朱水涌的《感觉世界：新时期小说的一种形态》发表于同期《文学评论》。盛子潮、朱水涌指出："小说的'感觉世界'则是以作家感性直观的统觉来融化对象或现象，使对象或现象的组织成为主观感觉活动的显现。但这并不等于小说的'感觉世界'是一种非理性的外化。""感觉思维的理性成分更多是一种潜在的因素，这种思维对于世界的思索毕竟是直观感知的过程，它具有更特殊的主观性和随意性。这样，由这种艺术思维而产生的文学世界，对于接受者来说，不可避免地带有朦胧、模糊乃至神秘的特点，这种朦胧感、模糊感和神秘感，也就构成了小说感觉世界的基本美学特征。将小说的写实世界作为参照，感觉世界这一特征是很明显的。""有意思的是，由于感觉世界这种底色和总体氛围，使小说近乎于神话世界，或者说小说的感觉世界往往隐藏着神话的模式。"

"小说的感觉世界既是艺术感觉思维的物化形态,那么它所得以建构的材料和组织方式,自然就与其它小说形态具有不同的特点。""感觉世界则是由人的各种感觉和由此引起的心理感受构成的,物象已不是客观的关联物,景象被巧妙地变成感觉活动的对象化,淡化了人物的实在行为,简化了事件的具体进程,组织在这个世界里的是光、色、形、声、味和触等等感觉画面,呈现给读者的是连同感受物一起出现的感觉动作。""情节和人物的实际行为既然让位于感觉、通感画面,小说世界的结构方式自然也起了相适应的变化。这里不再将情节凝固于封闭式的故事框架里,而是使事件随意流动,没有了中间的过渡,没有了稳定的透视焦点,作者从多种偶然瞬间的角度,来突出人物的自我感受以及相联系的统觉。因此小说的时间已不体现为过程,而呈现出无数跳动着的点,这些点就蕴含在空间化了的感觉画面之中,随着作家感觉追忆和想象程度的强弱而伸缩扩大。"

"感觉世界在以内视点表现人的精神状态这点上,是与理想世界有相通之处的,但其语言的叙述和描写,却不很注意抒情的浓度,而更追求语言转换主体感受的过程中对主观最初感觉的保留,它力求语言表现感觉活动的感官化、具象化。从这一点看,小说感觉世界的语言带有诗的意象化特点,且更注重对色、味、音、触等感觉因素的联想式外化。"

同日,陈剑晖的《论感觉意象小说——对一种小说艺术思潮的剖析》发表于《文艺评论》第4期。陈剑晖认为:"回顾中国感觉意象小说的行程,我们看到了一个颇有哲学意味的文学的圆圈。它以表现我的存在,表现我的感觉为起点,以写意抽象为其特征,经过几次循环往复,又回到更为丰富的自我感觉和体验的内心世界之中。我国的感觉意象小说,正是在一次次的对世界人生的感知过程中,不断地自我升华,自我完善,最后才达到了'感觉的解放',才超越了理性(反映)的羁绊的。"

同日,南帆的《再论小说的复合模式》发表于《文艺争鸣》第4期。南帆认为:"小说复合模式的标准形态:诸多形象系列并列共存,分流而下。""复合模式的艺术意图必然要扭转情节模式所带来的根深蒂固的审美习惯:小说从单线的演进转化为多线的并存,而小说的总体意蕴在于诸多形象系列的综合。""小说的复合模式同样是对传统小说规范的一次破坏。作家开始从结构与叙述观点上超越叙述语言所形成的天然叙述局限。它使小说从情节模式的线性因果过程中解脱出来。于是，客观世界似乎开始向原生状态复归。""复合模式也同样意味着审美主体对现实世界的一种艺术上的重新选择。在这个意义上，叙述方式的再度解放毋宁说标志了审美主体的又一次深刻的醒悟。"

同日，北帆、大野的《追求小说的立体交叉——论赵本夫的创作趋向》发表于《钟山》第4期。北帆、大野谈道："纵观赵本夫小说创作艺术追求的轨迹，主要有三方面的变化发展。……人物的性格由单一到多侧面、多层次展现，人物心理的描写亦由单纯而变为丰富复杂。……但作者毕竟还缺乏从更高的历史层次驾驭现实的力量，因而在创作艺术上不免显得有些单薄，这种单薄感，首先体现在人物性格的刻划单一化、平面化，没有那种主体雕塑式的厚重感。……契合着当前小说的审美趋向，……赵本夫对于人物性格的塑造以及心理世界的表现，有了明显的变化。他已经不满足于单一、平面的那种靠外部动作完成人物创造的方法，甚至也不满足剖析其中主要人物现实性的心理状态，而是致力于从多侧面、多层次的角度透视，揭示人物性格、心理的多样性、丰富性，并且把剖面扩大到古黄河地区群体社会普遍性的心理结构。"

南帆的《陈村小说的才华与境界》发表于同期《钟山》。南帆认为："陈村小说的叙述语言多半由短句组成。为了避免拖沓，他时常删去了许多可有可无的解释性、交代性词句。这减少了小说叙述语言的'多余度'，因而扩张了词句的'意义场'。……陈村在遣词造句之间显示了文言文的功力，炼字炼句上尤其见出诗的影响。"

**18日** 於可训的《小说文体的变迁与语言》发表于《文艺报》。於可训认为："近十年来，小说中日渐强化的表现性因素，在如下一些方面，尤其值得重视和注意：其一是由客观地反映对象所包含的本质意义，到赋予对象以特定的隐喻和象征意味，包括发现神话原型和开掘民俗、民间文化的心理积淀；其二是由真实地再现对象所具备的现实形态，到注重对象所引起的感觉和情绪的折射，包括某种荒诞和变形的感觉形式；其三是在传统的情节模式中容纳了更多的诸如心理分析和意识流动等'淡化'情节的艺术因素；其四是突破了人物行动、事件发展的实在的物理时空,追求更带主观色彩的生活场面或感觉情绪的自由组合的结构方式;其五则是在以第三人称为主的'全知全能'的'报道式'的叙述方式之外,更注重叙述者进入叙事过程的特殊角度,以及因此而带来的多种人称的叙述方式的综合运用和复杂变化。凡此种种,小说的艺术形式的变化,必然会在语言文体中留下它的物化形式和烙印。"

**20日** 雷达的《说〈厚土〉——兼谈意味、文体及其它》发表于《上海文论》第4期。雷达指出:"李锐是怎样解决他所面临的文体与意味、艺术形式与'精神地层'的矛盾的呢?我以为,首先在于他能以短取长。这就是说,为了适应他的艺术表现目的需要,他在生活原料的选择上,是注重于选取稳定的、变化缓慢的、不断重现在具有内在长时态的生活。……应该看到,《厚土》的深永意味和广厚的文化氛围感,与作者的文体关系密切。上面曾提到它的简洁凝重,那是因作者坚持'简化',反对多余人物,反对琐碎场景,反对回叙和评述,反对长篇对话所产生的效果。我以为在文学叙述语言上有一种微妙变化值得注意。……由于文学加强了对人的本体的心理的揭示,出现了从内向外写的、很少借助'说明'的叙述语言。李锐使用的正是这种语体,它扩大了小说的形式容量,有时达到内容形式的直接合一,并不乞灵于'寓意''象征''神话模型'等外在技巧。但我认为《厚土》文体上最突出的特点,是其'原料性'(姑且这么概括)。那就是尽可能用生活固有的色彩、气味、形状、方式来表现生活。"

同日,北帆的《论史铁生小说的艺术变奏》发表于《小说评论》第4期。北帆认为:《我的遥远的清平湾》"寓庄于谐,寓悲于喜",以"拙朴愚钝其外,博大精深其内的表现方式……把'我'与陕北人民的那种崇高的情感顶礼膜拜,抒写我们坚韧的民族气质和纯洁的人性道德。""《山顶上的传说》、《白色的纸帆》、《老人》、《关于詹牧师的报告文学》、《命若琴弦》等则是兼容了'意识流'、'象征主义'、'黑色幽默'等现代派艺术技巧的'异调'作品。这些作品则成为史铁生审美意识转变递嬗的一个中介性的桥梁,从中我们可以看到作者在哲学意识深化过程中的艺术蜕变。"

陈村的《我读〈古船〉》发表于同期《小说评论》。陈村认为:"《古船》的语言很精彩。它似乎是一种'不介入'的语言,没有太多的议论和心理分析,然而又在微妙地介入。相对我们众多长篇的弱点来说，它是精细的，而且是前后一致的。它没有用废话去嘲弄读者。"

王炳根的《论长篇小说时间观念的变化》发表于同期《小说评论》。王炳根认为："从对不可逾越的时间的绝对遵从，展示在时间顺序河床上的故事和人物，到打破传统的观念制约，时间既无过去，也无未来，时间即瞬间，即现在、即感觉，在心理时间的观点上透视人生、人的内在结构，这就是新时期长篇小说中在时间观念上的两个极端和两种极端的走向。"

吴士余的《内形式：意象组合的主观倾斜——形象构成观念的嬗变之一》发表于同期《小说评论》。吴士余认为："就新时期小说创作现状而言，当代作家的形象构成观念有着二重质次的倾斜和嬗变。一是形象本体特征的单质性向多质性转化，二是形象结构模式的定型化与非定型化的共存。前一重观念嬗变又向着不同层次延伸：（1）性格型的形象构筑。（2）情感型的形象构筑。后一观念嬗变则表现为形象思维结构的两极化：（1）情节与性格的外延视点。（2）情感意象的内省视点。这些形象构成观念的嬗变明显地反映了当代作家形象思维的重心转移。""意象构造及其组合方式的变更体现了形象构成'内形式观念的蜕变'。这种观念蜕变将表现为：审美思维机制的心理结构模式由具象化向抽象化的流变；意象的选择由直观的感性表象逐步转向'具有极大情感因素的互渗的表象'；作家对意象的审美体验和把握从感性因素的概括，转为对艺术直觉的依赖，对客体对象感性的直观与理性顿悟的相互渗透；对意象构造和组合，由单一层次的综合（即从诸多表象中提炼带普遍性的个性形象）进而扩大到对多元情感、意念（包括梦境、错觉、幻觉）的宣泄。由此可见，新时期小说的形象观念较之传统观念在美学上有着较大的突破和质变。"

周政保的《〈浮躁〉：历史阵痛的悲哀与信念》发表于同期《小说评论》。周政保认为："这部小说的'框架'与'写法'并不具备那种时新的现代色彩：那种'纪事'式的叙述，那种故事结构的起伏始终，那种情节变化的时序方式，那种细致繁实的人物描写，那种浓郁淳厚的乡土气息，全部印证着——这是一部严格的写实主义的作品。"

21日　包明德的《民族精神的再现——谈〈嘎达梅林传奇〉的形象塑造》

发表于《人民日报》。包明德认为："《嘎达梅林传奇》的艺术特色还突出地表现在对民俗风情和自然景观的描写上，这两者又是相互依存，相辅相成的。""《嘎达梅林传奇》的时代环境和作者的艺术思维决不是封闭式的，而是在时间和空间上都有相当的深度和广度。"

浩然、吴光华的《〈苍生〉》发表于同期《人民日报》。浩然、吴光华提出："作家摒弃了那种以政治运动和经济发展为'经'线，以人物的相应活动为'纬'线来结构作品的模式，追求写人的心灵的辙印，从一个独特的生活视角，探索'人的命运的轨迹'，以'人'为主线，塑造了真实的人物形象。""舍弃了从单一的理念出发，注重人物性格多方面的揭示，是《苍生》中一些主要人物刻画得有血有肉的关键，也是作家思想和艺术上的一大突破。"

**23日** 陈墨的《莫言：这也是一种文化——评〈红高粱〉、〈高粱酒〉、〈高粱殡〉》发表于《当代文艺探索》第4期。陈墨认为："莫言的'高粱世界'不仅是一个文化的世界，而且也是一个文化的艺术的世界。这一艺术世界的艺术特性首先突出地表现在言与不言的准确把握上，即有所言而有所不言上。……其次，莫言的高粱小说的艺术还表现在整个把握的统一性与具体表现的多样、自由之间的完美和谐。即内在的整体统一性与外在的开放性与自由的完美和谐。"

**25日** 陈坪的《深切的体察与理解——评〈厚土〉的艺术追求》发表于《当代作家评论》第4期。陈坪认为："首先是《厚土》中出现的农民形象，被作家赋予了一种书生文化意识无法浸入的独立自足性。这是超越了文人墨客理解和想象局限的充分客观化了的农民形象，是完全按生活中习得的行为逻辑表现自己的'自在'的'对象主体'。""其次是《厚土》艺术表现方法的非典型化特征。"

马风的《氛围的营造和渲染——〈厚土〉的艺术支点》发表于同期《当代作家评论》。马风认为："李锐在进行事件铺叙、景物描绘、心理揭示、细节刻划时，有着鲜明的意识和趋向，即营造和渲染小说的氛围。……小说中经过这样设置和安排的氛围，已经具备了二重性：不仅仅是一种表现手段，而且也是一种表现目的。"

魏希夷的《再说周梅森——读〈革命时代〉、〈黑坟〉、〈军歌〉》发表于同期《当代作家评论》。魏希夷认为："从《黑坟》及几部中篇看，他多少从拉美小说'结构现实主义'尤其是略萨那里受到启发。在《黑坟》里他注重于'结构'的，是地上地下不同事件分割的叙述块面，或同一场面、同一人物连续行为的数次分割叙述。但每一块面是所叙述的并未在不相干的彼此分割，恰是在小说内部紧密相连，服从于瓦斯爆炸这同一个动因，地上地下两种不同的局部空间原本还限于某一煤矿的空间。这又是不同于略萨之处，似乎受'煤矿'所限，他未能在时间与空间上对小说在叙述结构上所能变化的范围内尽力辗转腾挪。"

"这回（《军歌》——编者注）在叙述方式与前相比又有变化。一是第一、第三人称交互使用。每一章的'导语'部分都以第一人称作真实的回忆，一个亲自参与暴动者的自述。在'正文'部分，又回到第三人称的虚构的叙述情境中去。……二是增加每一个主要人物的内心活动，并把战争时的情景经历，从身处矿井的各人意识中延伸出去，这样既符合处于井下世界的人物心理过程，也避免了外加的必要叙述会造成的散乱、切割之感。"

杨铁原的《艰难的审美——徐晓鹤小说创作论略》发表于同期《当代作家评论》。杨铁原认为："在他的作品中，充斥着大量的、人们惯见熟识的生活细节。""与这种严格写实手法紧密联系的，是作品结构上的'反情节'和'反主人公'倾向。""徐晓鹤小说中的人物也难有主从之分，人物之间的关系大多十分简单，没有多少复杂的纠葛。"

朱向前的《宋学武和他的"战争心态小说"——对宋学武创作发展的"倒金字塔式"模态描述》发表于同期《当代作家评论》。朱向前认为："'战争心态小说'还标志着宋学武愈见成熟、老到的文体风格。在越来越多作家的语言意识觉醒之后，努力寻求个性，或以'土'取胜（如'寻根派'），或以'洋'见长（如'现代派'）之时，宋学武反而一洗《干草》语言的诗画美，走上了一条平实的路。他师承海明威，将'电报文体'的神韵融入自己的个性。叙述时力求简洁、省净、夹叙夹议而又不露声色，无动于衷，甚至有点'白痴化'。"

同日，杨小滨的《反语言：先锋文学的形式向度》发表于《文论报》。杨小滨认为："先锋文学对语言规范的有意识破坏是对'父法'的挑战，它的成熟只能通过把攻击性反指向这种'父法'并自居于它。因此，文学只有通过反语言——对语言的重塑——才能祛除语言法则的压抑。先锋文学的语言形式正是在那种语言的罅隙中显示出对传统意识的批判，建立一种反中庸、反整一化、反伪饰性的新艺术样式的。这样，文学语言的形式向度就不再是纯粹的本体意义的拥有者而成为具有社会意味的文化内驱力。"

杨小滨指出："先锋文学的反语言特性不仅是语象和语式上的微观重塑，同样也是整体语言结构的崩溃。马原的小说似乎最早急不可耐地将逻辑因果性、叙述过程的完整性拆成碎片。从这个意义上说，马原假冒了叙述者的角色，他的叙述游戏在暗地里嘲笑了那些日常语言中虚假的完整表面：那些用日常语言人为地粘在现实之上的补丁被马原悄悄地撕掉了。于是语言不再呈现出无裂隙的、无矛盾、同一化的表象，写作成了对语言的随机处理，而这种随机性事实上也是现实的本真状态。马原不露锋芒地而且颇有风度地涂抹着故事块面，在这种对整一化语言的伪饰功能的蔑视下，马原小说的结构内涵当然就超越了形式上的巧智而具有了反语言的动力效应。因为它宁愿呈示给你一种残缺的生活形式而不愿用被模塑好了的语言构造将生活过程完美化。在一些更超离现实语言的小说作品中，如孙甘露的《访问梦境》和《信使之函》、格非的《陷阱》和《褐色鸟群》等，语言游戏达到了极致。他们的小说显然带有诗化的嫌疑，但却是冰凉的，并没有患上伪浪漫主义的炎症。这样的小说叙述同样基于对传统语言范本的弃置，它们用超现实的语象泼洒成的奇异故事构成了一个脱俗的伊甸园。"

# 八月

**1日** 钟本康的《审美意识的拓展和小说观念的演化》发表于《东海》第8期。钟本康认为："审美意识的拓展和小说观念的演化是同步发生、发展的，它们相互促进、相互转化，归根到底是审美主体的能动性得到全面、充分发挥的结果。""这里有两点值得注意：（1）审美趣味的对立转换。（2）审美观念的交错融合。以小说创作来说，一部小说在再现和重造艺术世界时，物化了新的审美意识，就增添了新的审美趣味，开拓了新的审美观念，但同时也产生了审美趣味、审美观念的局限，因此作家总要不断突破自身的局限；而且，读者总要调换口味，现实生活也在更迭着审美需要（如一度曾热衷着柔美之作，当前却喜爱阳刚、昂扬、崇高的作品），审美趣味、审美观念必然永远处于动态之中，导致它们向着相对相反的方向变易、转换，如向内和向外，常态和变态，单纯和复杂，朴质和典雅，纤巧和宏阔，硬性和软性等等，而这种对立转换并不象钟摆那样是一种机械的重复运动，一方面会使审美趣味、审美价值逐步提高，一方面会使审美趣味、审美观念逐步交错融合，从而不断拓展审美意识和演化小说观念。"

同日，杨柳力的《时间的艺术》发表于《青春》第8期。杨柳力认为："现代小说，电影艺术，随意识流动，变幻无穷，推陈出新。创作追求立体效应，时间的艺术拓展了思路，出现了各种结构形式：辐射式、网络式、纵剖式、交叠式、漫游式，应有尽有，异朵纷呈。多元化的作品产生于万花筒的时间之中。"

同日，李洁非、张陵的《西方小说叙事观念纵横谈》发表于《上海文学》第8期。李洁非、张陵认为："读者通常是在与实际生活的比较之中接受写实性作品的。……写实性作品带有鲜明而坚定的再现现实的企图。""小说的叙事者心态发生了根本性的变化，它再也不能保证自己能够执行着'上帝'的旨意。……需要许多叙事者来结构一个文本，……众多的叙事者加在一起就能互相补充，组成一个复杂的语言结构。……这样小说的文本出现了新的层次、新的速度、新的节奏以及新的审美意向。""以往小说考虑的重心是作者与作品的关系，现代小说考虑的重心转到了作品与读者的关系中来。……读者和小说众多的叙事者一起，完成了小说的叙事。"

徐剑艺的《人物形象的审美符号化》发表于同期《上海文学》。徐剑艺认为："小说……是以语言来叙述人物事件与心理为主要内容和主要表现手段的一种审美符号系统。……我们可以进一步考察在这一系统中的主要符号——人物形象（或称人物性格）的符号特征、符号结构和符号功能。""（一）符号——艺术符号——'人物作为一种审美形式'。……这一审美符号的形式感要素相应是：人物性格的可感性，往往表现为性格外化——人物行动（包括外行动和内行动）的具象呈现，就是人物性格的能感觉性，或现实主义理论说的'细节的真实性'。

其二，'完美的简约'要素体现为人物性格内质上某种质的'突出'状态，并在统一体中呈现一定的类型倾向。如心理上的软弱型刚强型，道德上的高尚型卑下型等。其三，形式的个性要素自然是指人物鲜明的个性特征——思维和行动的独特性。凡符号化程度较高的人物形象，它的形式（'文本'）无不具有以上符号形式感的诸要素。"

"（二）到了新时期，小说中人物形象的性质不再以他（她）的阶级属性来进行分野了。……这一形象的符号形式的'简约'，'突出'的是作为一个人的道德结构和道德特质，从而使原先'突出'的阶层特性消隐。……然而，真正把人物形象审美符号化的却是近一二年内出现的这样一些作品：韩少功《爸爸爸》、王安忆《小鲍庄》、邓刚《迷人的海》、莫言《红高粱》、张承志《黄泥小屋》等。这些作品的作者开始有意识地把小说作为一种审美符号系统，把人物作为这一系统中的主要艺术符号来创作了。"

同日，王干的《小说文体实验的流向及障碍》发表于《文论报》。王干认为："小说的文体实验……一类是通过新颖、鲜活的语体形式来强化小说的文体意味。莫言、马原、刘索拉、徐星、陈村、残雪、洪峰等青年作家便是以这种小说形态在文坛上崭露头角而很快引起注目的。他们把对小说语言的语感、语态、语势、语流的追求与把握，扩展为对整体语体形式的熔铸，从而促使整个结构语体、符号语体也随之发生共振，改变原有的艺术构成形态，获得新的文体形态。"

"与上述现代先锋意味很突出的作家相比，汪曾祺、贾平凹、阿城、何立伟以及晚近的李锐、路健、李佩甫等人则显得有些'太老'，他们在寻根文学思潮的策动和影响下，则纷纷转向对古老民族文化的纵向追寻，以寻找到适合自己个性发展的形式因素，或融化为一种审美气度与文学精神，或借其外壳灌输新的时代气息。因此在他们的笔下，小说文体形态显现出非常浓郁的民族色彩，笔记体小说，方志体小说，'三言二拍'体式的白话小说，话本体小说，章回体小说，绝句体小说，都陆陆续续出现在文坛上，繁彩竞艳，多元发展。在这股浪潮中，笔记体小说最引人注目。最早出现的《芸斋小说》以及林斤澜的矮凳桥系列和汪曾祺的小城系列都是很规范的笔记小说，即令被人们标为'集束小说'的《小说八题》（矫建）、《厚土》（李锐）在本质意义上更符合笔记小说的作法。中国古代笔记小说从《世说新语》至《阅微草堂笔记》都以组合形式出现,而且内部勾连有一种气韵上的脉动关系。如《厚土》对吕梁山文化心理结构的呈现,《小说八题》对'形而上'哲学思辨意味的追寻,都是组构这些笔记小说的内在的'魂'。"

王干还认为:"小说文体实验的这两股流向分别出自不同的源泉,前者更多地横向参考了外国现代小说艺术,后者则以民族文化形态为培养基以兴生新的文体因子。它们独立发展又互相补充,在一定的时候还可能相交乃至融合。"

**3日** 南极整理的《〈萌芽〉〈小说选刊〉联合举行青年文学创作讨论会》发表于《小说选刊》第8期。李敬泽认为:"近年来的小说创作,有一种倾向,即诗化倾向。结构上静观、内省,手法上意象、象征。是否可以有另一种选择,来个口号'纯小说',或'让小说回到小说'!因为作为一个过程,说到底,小说毕竟有异于诗。小说之所以成为小说就在于'人对时间过程的关注及人对叙述行为的关注'。我认为洪峰的《瀚海》开了个这方面的头。"

**7日** 张韧的《纪实小说的美学形态》发表于《天津文学》第8期。张韧认为:"纪实小说美学形态的一个主要特点是,它既突破了纪实文学与小说的传统规范,又兼顾和发挥了二者功能之长。""纪实小说不是绝对地排斥艺术的虚构和加工,然而它更强调再现生活的本身形态和原有关系的真实。它不是一些人与事的重新分解与组合的艺术真实,而是源于一个人、一件事或几个人几件事的生活原型的真实。……纪实小说对于纪实文学而言,既忠实于它又是对它的叛逆,将小说的某些加工、虚构一类手法浸渗到纪实小说来,因此它写起来自由而潇洒,读者决不会象对待纪实文学(如报告文学类)那样,用苛刻的眼光去挑剔纪实小说。而纪实小说比起一般小说,因为它有着'纪实'的美学形态,所以它对小说家族也是一种叛逆式的冲破,读者给予它更多的信赖感与亲切感。这一切,盖出于它兼而化之'纪实'与'小说'的妙处。""艺术的形象化和典型化,创造具有典型价值的人物形象,不仅仅是虚构小说,同样也是纪实小说的美学特征之一。……不虚美,不隐恶,实录直书,乃是纪实小说另一重要的美学特点。"

张韧还认为:"从文体形式说,纪实小说往往不是作家全知全能式的描述,多以见证人或采访者的面目出现,多运用传记体、日记体、书信体、口述实录体和客观报导体,等等。它作为小说类,自然是经过作家的精心构思和加工过的艺术,但纪实小说的上乘之作,在读者面前决不暴露它的艺术加工的痕迹。而上面所列的各种文件,却有利于掩饰它们斧凿、加工的痕迹。在结构方面它是开放性的,要求有一种跟日常生活相吻合的'散'结构。"

**8日** 朱向前的《宋学武短篇结构艺术演进——"线型"—"线面结合型"—"立体空间型"》发表于《文艺报》。朱向前认为:宋学武"找到了更加属于自己禀赋的,也更加属于短篇文体的在'横切面'上营造艺术的立体空间的结构模式;另一方面,他又能在这种规范中讲求和编织出多种多样的外形化形态——《心慰》采用把烈士的声音和现实图画勾连起来的'声画叠印'手法,以人物独白传达战争气氛,用白描笔触抒发生活情调,互相映衬"。

**12日** 沙林的《他从暮霭中走来》发表于《人民日报》。沙林写道:"乔良说:'读《灵旗》,你或许会玄思于迢遥的历史,而读《人味》,我却期望人们能在平白如话的京味调侃中,体味到一种辛酸的幽默。'""他是个军人,但却总使笔下的人物不仅为军人,而是包揽更广博的人性的人;他内在情绪灼热狂放,他的作品却充满静穆和省察;他天性喜冥思,却不避闹境;他浸淫于康德、尼采、海德格尔时,却总不忘宋诗的清明蕴藉;他悉心文学形式的'试验',却也总实践着'写作——炼人——灵魂的脱胎换骨'的过程。"

**15日** 杨匡汉的《取法乎诗的实验——读中篇小说〈蓝天高地〉》发表于《文艺报》。杨匡汉认为:"我似乎迄今抱守这样的偏执:小说,尤其是篇幅较短的小说的最高境界和最高技巧,该具有诗的精神,有整体意象、象征世界和诗意空间在现实层面之上的创构。""《收获》今年第3期有李晓桦的小说《蓝色高地》,尽管是尚欠成熟的'实验文体',却使我想到,谋求当今小说的开放型结构的人们可不可以改变以往全知宣叙、情节逻辑的普遍艺术法则,试着向诗取法。"

"《蓝色高地》既剪除了情节事件的逻辑,也割断了形象系列的联姻,追求一种'形而上'的、合符'情感——体验——想象'的逻辑的统一意蕴。显然这是诗化结构对小说叙述方式的侵扰。这种侵扰使《蓝色高地》的结构带来了某些特色。首先,是再现性成分的减少和表现性成分的增加。……在《蓝色高地》中，种种场面和情景、人物和事迹，已不再按照图案节奏和实在风貌被描拟或传写出来，陈述的结构更多地为空间、色彩、幻觉、想象的建造语言所取代。这是叙述艺术向表情艺术运动的第一个梯级。其次，是由情节结构向心理、情绪的结构过渡。作者不再无所作为地尾随着某些时间的发展和人物的行为。那笔下的人与事轻灵的跳脱，有名的、无名的、实有的、荒诞的，似乎都不需要你强行记住或寻找必然的联系。……步入这一梯级，人们可以从具体情节的因果之链中得以某种精神解脱，到支撑另一个艺术世界的深层心理结构中去体察世态炎凉的人性深度。再次，作为'实验文体'的《蓝色高地》，明显地可以表征为诗体小说而非属诗体小说，因为它更注重把'现实'（真切的或魔幻的）放进一般小说所没有的诗的律动、意象的暗示、从具象到抽象的形式——色彩组合的流向以及节奏的跳跃等等程式框架中去。作者成段成章地插入带有宣叙调的诗作，也起到了以情感和音响的意义去补充'词汇意义'的作用。这一梯级，是创作形式上从讲述向抒唱的运动。以上三梯级的演进，使作为小说的《蓝色高地》，变得小说非小说，诗非诗了。"

**18日** 宋遂良的《寻找当代人感兴趣的意蕴——读长篇小说〈月落乌啼霜满天〉》发表于《人民日报》。宋遂良指出："艺术上的蕴藉使它具有一种古典的美学风韵，又保存着某种'实录体'特色。""作品采用的仍然是一种传统的现实主义写法。它的真实、严谨容易取得读者的信任，它的过于实又有碍于艺术的魅力，有些描写显得繁琐、平面了一些，这很可能是不自觉地受着真人真事的约束，我们已进入一个科学飞跃、理性高扬、生活节奏加快的新时代，人们的审美需求也发生了变化，在求真求实的同时，也向往着简洁、轻盈、超升，喜欢多样化。"

**22日** 李春林的《东方的狡黠——关于"东方意识流"的随想》发表于《文艺报》。李春林认为："王安忆的《尾声》、张承志的《黑骏马》等作品中的人物的意识流动，很难说是心电图记录式的，人物的思路缺乏大幅度的跳跃，其裁弯取直的痕迹相当明显，如按西方标准，难以算是意识流文学。……这种与西方意识流文学显然不同的意识流动的态势，与中国人的惯于线性思维、不善于在几个层面同时进行交叠式的思维的特点，与东方民族的较强的克制自己欲望的能力当然绝非无关；而所有这些，亦体现出东方美学喜单纯、明朗，反繁芜、晦涩的特点。"

**29日** 吴方的《"虚构"一解：胸无成竹——当代小说札记》发表于《文艺报》。吴方谈道："小说是虚构的语言艺术，或者说，虚构是小说发生、发展的重要机制。""大抵导致了后来小说的三种虚构形态。其一，重构'实'而轻构'虚'，有意图而无意境。由于囿于成局、叙述角度单一，反而牺牲掉其它的角度，排斥了认识客观现实的多种可能性。……其二，以虚构来补救一种意念，就小说敷衍甚多。……其三，'抟实为虚'，将中国画、诗的美学原则移之于'造境'，讲究语言剪裁、意象经营。""上述种种虚构意态，有得有失，有待论小说者析之。不过我觉得它们在思维方式上有个共同特点，即膨胀也罢，隐藏也罢，总归是'胸有成竹'的。'胸有成竹'不坏，但是现代小说一旦进入反省的境地，便会觉得'成竹'也很难。"

"我们在小说《陶》、《异乡异闻》、《红高粱》、《矮凳桥系列》、《虚构》中，或多或少发现神话、语言、隐喻等虚构因素的渗入。渗入不仅使叙述变得有声有色，使历史文化信息与之俱来，同时，作为一种语言事实，规避承载单一的意义，而获得一种超越性的认识。""对传统小说系统和思维方式的质疑，已通过其虚构实践，引出了小说发展的新倾向：使多重语言、意识的联系呈现，并获得彼此阐述；使文学意象在时间和空间上获得衍异变化的形态；通过结构开放，和现实世界做不同层面和范围的最大接触。"

张抗抗的《心态小说与人的自审意识》发表于同期《文艺报》。张抗抗说道："我所期待表现的人思维、心态的层次性，在一种规定性很强的叙事模式中全部粘合成一个平面。这一段的彷徨持续了几个月。我越来越强烈地意识到，没有小说形式的具体突破，就不会有'小说'的发展。我必须为自己描写心态为目的小说创造一种特有结构方式和语言方式。""从我采用这种现实描写与梦境意象、隐喻交替进行的手法开始，我觉得至少我写完这部作品之前，再也找不到比它自由和贴切的形式了。……如此种种发生在'显我'与'隐我''显意识'与'隐意识'四体之间微妙的心理活动，在小说的叙述部分不断穿插出现，在非理性的梦意识中又往往用反现实的形式加以强化。尽管小说情节的时空次序是依照生活逻辑的发展层次递进的，但在人物的心理时间上，却大量表现为非逻辑的跳跃。即便几乎占全书三分之一的梦境，白日梦的描述，也可分为几种不同的心理层次。……另外，语言句式也打破了传统小说叙述的规范，而在心理时空交替的内在规律下重新组合。语言不再是单一的现在时或需要说明的过去时，它只要开始工作，便是一种可以跟随人的活动任意摆弄的魔方。"

## 本月

潘军的《小说者言》发表于《安徽文学》第8期。潘军认为："小说家由感觉开始再把感觉调理好诉诸文字然后请欣赏者感觉。小说就是这么一种由感觉贯穿始末的游戏，但是严肃的。这游戏得共同来做。好的小说是茶叶而不是现成的茶。你想喝就请你自个儿拿水来泡。至于水的度数如何责任由你负。你要参与，要劳动。不能闲着。克罗齐说：'艺术家的全部技巧，就是创造引起读者审美再造的刺激物。'""时代赋予小说的形式。或者说，小说形式来源于对时代的理解。罗伯·格里叶把自己所处的时代理解成飘浮不定、捉摸不透的，所以他的作品形式也是飘浮不定，捉摸不透的。对时代的理解是多样的，因此小说的形式也是多样的。那么，是否可以说，目下出现的探索小说就是对时代探索的反映？虽然有几件冒牌货。扑朔迷离的也是一种小说。真得不能再真的是一种小说。假得不能再假的也是一种小说。至于哪种小说能摘桂冠，全凭时代的眼光。而时代的眼光总是逐渐明晰的。"

## 九月

**1日** 何镇邦的《〈五色土〉》发表于《人民日报》。何镇邦指出："小说中那种漫不经心的叙事方法，颇带幽默感的调侃笔调，从细节到语言、手法的'土'味，还有那善于把人物行动、细节的外部描写，带有某种传奇性的情节与人物内心开掘结合起来的表现方法，都使这部作品具有一种独特的艺术风貌。"

同日，罗守让、罗守道的《论小说叙述方式的变化与发展》发表于《小说林》第9期。在谈及"叙述与角度"时，罗守让、罗守道认为："当代小说叙述角度的具体表现在：其一，叙述角度真正转移到一个独特的、意味深长的观察点上。……其二，叙述角度把读者带进小说主人公的感情世界，使读者和小说人物一道感受和思考人生。……这种艺术对生活的把握方式，无意于精细地描述与分析人物命运与事件过程，而着意在一种艺术的新的内在秩序与外在框架中抒发对于生活的底蕴的探求。这类小说大都有一个强烈的抒情的主人公，有一种强烈的抒情的意绪缭绕、蒸腾在小说的叙述中。张承志的《黑骏马》和《北方的河》就是这样的作品。……其三，不断变幻叙述角度，全面而深邃地展现客观世界和人的精神世界。在小说创作中，设置两个或多个叙述角度，以便在叙述中不断地变幻叙述角度，几乎是现代小说的一个普遍特征。"

在谈及"叙述与结构"时，罗守让、罗守道认为："角度对于叙述的意义是如何选择和确定反映生活的观察点、立足点，如何确定叙述的主体；结构对于叙述的意义则是以什么样的对于生活的重新组织去凸现与强化作家对生活的认识与理解，是用什么样的结构去起到一种叙述生活的作用。当情节对于小说审美力的维系减弱；当小说创作中，结构的作用逐步并越来越超越了情节的地位；结构对于叙述的意义，即结构的叙述功能就愈益为人们所认识。在现代的小说艺术中，结构被作为一种叙述方式已经受到注意和强调。"

在谈到"叙述与语言"时，罗守让、罗守道认为："归根结底，小说的叙述是语言的叙述。……在小说的叙述中，要求于语言的是一种表现出特定的情性的、独特的个性化语言。……张承志小说的叙述语言是个性化的，张承志的语言如火。这位作家善于选择浓烈的语气词，饱满的语式，热切的语言，描述粗糙的、气势磅礴的大自然，叙述强悍的、不屈不挠的人生，抒发激越的、深沉的理想和信念。……何立伟的叙述语言是个性化的，何立伟的语言如诗。他总是隐而不露，藏而不显，挑选简约、淡雅的词语，运用常常是打破常规和既定语法规范的句式，及讲求弹性张力的含蓄、暗示的语调，去创造一种隽永的意象的美。作者运用自己的个性化语言叙述生活时，总是向读者提供一个生活的小镜头，或者一幅剪影，甚至只是一个感觉，一个意念，一个稍纵即逝的印象。然而却在语言的营文运笔的刻意求工中，创造出一个空阔、悠远而又丰富的艺术境界。"

**5日** 盛子潮、朱水涌的《新时期小说形式创新的奥秘和意义——对一个并非仅仅属于小说形式的理论探讨》发表于《当代文坛》第5期。盛子潮、朱水涌认为："包括小说形式的任何艺术作品形式和人的审美心理结构是相互塑造，相互制约的。人的审美意识和审美情感物化为一定形态的文学形式，文学形式的传统又积淀成人们与之相适应的审美心理结构，而这种结构虽有一定的保守性和社会约定性，但又不是一成不变的，新的审美意识和审美情感要求有新的物化形式，而文学形式的每一次创新都会积淀成新的审美心理结构。如此循环往复，永无终止。"

同日，贺绍俊、潘凯雄的《柔软的情节——马原小说近作中的叙述结构》发表于《文学自由谈》第5期。贺绍俊、潘凯雄认为："马原曾经对编故事很感兴趣，现在却更热衷于故事以外的东西。在我们看来，马原小说里所包含的不是故事，而是情节。……马原小说就不是以故事作为叙述结构的，尽管这个故事是一个漂亮的花瓶。马原的方式是把花瓶摔碎，再把这些破碎的瓷片粘接起来。""马原对编故事不感兴趣，是因为他并没有存心要告诉读者发生了什么故事。……这些材料被作者'创造性地扭曲'构制在一起，因而它所包容的内涵远远不止于情节所叙述的事件本身。我们想把这称作'柔软的情节'。所谓'柔软的情节'自然缺少那种'说一不二'的硬度，它富有弹性，能承受来自各个方面的挤压，因而也具有更多的指向。当作者在叙述语言与客观事件之间产生了某种差异和不对应，这便给读者提供了一种补充某种空白的机会：把另外的东西填充进去。对于一个孤立的情节来说，并不是可以任意扩充其内涵的，实际上，情节在叙述结构中的意义也就是充当一个语言单元，一个情节相当于一个词，孤立来看，它的语义（情节也就意味着内涵）应该是比较固定的。"

王斌、赵小鸣的《迷宫之门——马原小说论》发表于同期《文学自由谈》。王斌、赵小鸣认为："马原似乎是意识到了自身的局限，意识到了对于他而言，西藏永远是一个永恒的存在之谜。为了有效地绕开由于困惑和茫然所带来的局囿，马原为自己找到了一个恰当的观察视角。比如在他所有的涉及西藏的小说中你都不难'找到'他——马原作为'隐形作者'的存在，有时候该同胞还会迫不及待地从小说外窜将进来，大声宣布他自己作为小说的背景。由此他获得了一个'局外人'的身份，他依仗着这一'身份'向你津津乐道地讲叙'西部是一个世界'。最有趣的是，在马原小说中出现频率最高的两位：陆高和姚亮。他们似乎是在有声有色地扮演着马原'替身'的角色。……这样一来，马原就能巧妙地防止由于视点的单一所造成的狭厌和局限，自由地穿梭往来于由这三个不同视角所带来的愉快中。即使陆高和姚亮由于情节设置的需要不得不'回避'时，马原也尽可能避免藏人以第一人称的角色出现。看来马原是小心翼翼地防止用自己（汉文化）的意识去施行替代藏人（藏族文化）的意识，至多他只是以'故事中套故事'的形式（比如《喜马拉雅古歌》）来描述藏人和他们的生活。"

晓华、汪政的《谈马原的小说操作》发表于同期《文学自由谈》。晓华、汪政认为："就一般状况而言，对叙述的看重往往只表现为如何发挥出叙述的最大功能而讲出更'美'（其标准随时代而变）的故事来，叙述主体总不容易摆脱故事的纠缠而给予叙述行为以外的东西以更大的关注。马原不是这样，马原相当冷静，相当客观，他对自己要给人们讲什么故事，而这个故事究竟具有多少社会学、伦理学上的价值表现出相当的淡漠。他只是叙述，只是一味地编故事。……在这个行为中，他注重的是'编'而不是'故事'。"

"先看语言操作。……品评马原语言操作的艺术效果并不是我们的主要目的，我们感兴趣的是马原进行这些语言操作时的审美心态。这种审美心态往往通过作家的自赏意识流露出来，这种自赏意识完全是过程中的，是伴随着语言操作的。所以，马原作为操作者，性格是双重的，他既是一个叙事者，又是一个欣赏者，既在创美，又在审美。"

"再说故事制作。一般来讲，叙述总是对故事的叙述，如果不借助于故事，叙述行动则无法实现。而故事不过是人们生活经验的组合，所以，对故事的叙述的实质不过是对已知经验片断的提取和加工，它也是一种操作活动。马原在进行这种操作时也表现出极大的自由。……马原取得了对经验片断自由支配的任意性，他从来不给人们一个单线索发展的完整的故事，而是一些生活碎片的七巧板般的拼合。……生活经验在此完全降到了从属的附庸的地位，臣服于作者的取舍态度，它失去了原有的存在方式和独立自主的品格，变成了一块块被切割了的材料，马原任意选择着，熟练地仿佛漫不经心地把这些方方块块加以拼凑、粘接，组成了一个个魔方般的作品。"

同日，郜元宝的《也谈小说的叙事观念更新》发表于《文艺报》。郜元宝认为："对于叙述方式在小说中地位的突出强调，实际上就是对小说中创作主体性的热切关注，因为显然，叙述方式与叙述对象不同，它是创作主体在处理对象的反复艺术实践中获得的一种形式规范。但是找到落点乃是一系列理论努力的开始，如果满足于这个落点的获得，不愿作更具体细致的探求，那么关于叙述方式不断堆积起来的抽象规定，便可能将叙述方式与叙述对象在艺术运动中活的联系强行割裂，导致叙述方式本身概念的自我封闭。"

"叙述方式有其相对独立的审美价值，这是无疑的，……但是叙述方式所包含的文学创作主体性因素，并不能孤立地构成充分意义上的文学主体性。叙述方式相对独立的审美价值，恰恰在于它与所处理的对象世界开放的、流动的活的联系中，而非封闭自足的'万验灵方'。……王安忆认为，讲故事的方式寓于故事之中。在她眼里，故事与讲故事的方式二位一体，不可分离，不存在谁决定谁，谁是第一位谁是第二位的问题，……王安忆讲的'故事'不过是一个随意的借代，我想她指的就是文学中的客体对象，就是通常对位的'写什么'。王安忆充分意识到文学对象的获得，并非现实经验的简单移植与直接延伸，它本身就是主体性外化的表征，本身即包含着积极的主体创造，因而不是一个与主体相外的沉默的对象，而是一个充满生命的活的世界，……正是这样的'故事'，才可能从它本身需要出发，激发作家去谋求一个适当的艺术表达方式。所以同时，王安忆一点也没有把'讲故事的方式'神秘化，而只把它看成是自己心中的'故事'构思理想自然而然的外化方式。"

**10日** 理晴的《系列小说：中短篇面对长篇的回避与挑战》发表于《批评家》第5期。理晴认为："从创作者组合系列小说的方式上看，也可有两类不同的情况。一是整个系列小说由一个或几个相关的主要人物去贯穿，通过这个（或这些）人物对于情节的直接参与去展开不同的生活场景，因而情节也具有某种连续性。……另一类便是无中心人物，无连续的情节或统一的环境。每篇展示的一种情境、一个人物或一个故事只有内在的关联。"

理晴提出："这些以中短篇为主体的系列小说大都具有长篇小说的对于生

活的宏观把握的特质，而以系列小说的形式出现，却在某种程度上意味着通过中短篇小说对于长篇小说的回避与挑战。""一般说来，系列小说在结构上的自由度要比长篇小说结构大得多。对于一部优秀的长篇小说来说，要求具有结构上的整体性。它包括对于生活整体的全面、广阔的和连续性描述，对于生活知识的整体的、丰厚的积累；对于艺术典型形象的聚焦式的、历史性的塑造以及对于人的社会生活与精神生活的深刻的、哲理化的、相对完整的思考。这种总体结构上的整体性要求对于系列小说来说，自然是不相适应和具有较大的限制的。相比之下，系列小说可以是对生活横断面的一一描述，可以不具有很强的连续性；生活知识的积累并非一定是要整体的，而可以是只在某个方面的；典型的塑造可以是集中的，也可以是分散的；对于生活现象的思考也不必须是相对完整的，而可以是零星的思想火花的闪光，充满智慧的。由于系列小说具有这样的形式特征、结构形态，作家们利用它来表现生活就显然比用长篇表现生活有着更大的自由性、随意性和适应性，从而避开了长篇小说的某些限制。"

**15日**　胡河清的《论阿城、莫言对人格美的追求与东方文化传统》发表于《当代文艺思潮》第5期。胡河清认为："莫言、阿城由于在人物性格上崇尚骨力，因此他们所追求的美都带有'古拙'的性质。……阿城、莫言虽然也追求理想人格、追求古典美，却与温克尔曼辈的想法存在着有趣的差别。……阿城则不同，他没有因为欣赏'古拙'而把静态视作最高的审美境界，他在赞叹静美型人物之余加了一句'怕是只有秦腔才吼得动'，这实际上就为他们'动'留下了余地。这里，阿城对人物性格中'动''静'这对范畴之间的辩证关系表现了一种东方式的颖悟。确实，有风骨而不失活气，古拙庄严而又充满运动感，这是很高的人格之美。""较之阿城所塑造的王一生形象偏重理想化和象征性的倾向，莫言则较多地表现出对具有历史跨度的人生历程的兴趣，力图写出一种经过艰难的生活、漫长的斗争之后达到的情感超拔。……阿城与莫言的一个明显的区别，在于前者的小说近于谨严的线描，而后者则更与流动感较强的泼墨法相似。阿城特以骨力见胜，莫言则能时出幻境。但由于阿城写人过于细谨，每常流于枯涩，这也许就是他自'三王'之后不如莫言后劲充足的缘故之一。但近来在陆续发表的系列短篇《遍地风流》，却出现了阿城以往作品没有的审美因素。"

李洁非、张陵的《探索、实验性小说困难论》发表于同期《当代文艺思潮》。李洁非、张陵认为："现代文学观念最根本的特征，就是以古典文学观念所没有的努力去发现文学作品的内在构成，追求文学语言的丰富功能以及表现手段的各种可能性。应该说，就整个文学自身发展的趋势看，具有现代意识的探索、实验性小说创作是最有革命性质和开放气质的，但是，只有当这些小说不再是探索、实验性作品而趋于成熟的时候，其革命和开放才具备整体性，才能说一种新的文学语言形式真正在中国文坛确立起来。"

李洁非、张陵注意到，"现代小说技巧的复杂性和构造性使小说'文本'不可能简单地成为相对于我们自身之外的自然现象的真实写照。出于对实用的考虑，希望在现代小说'文本'中找到现实准确的对应物，通常会得不偿失。……其实，现代小说的本意是企图更加真实地表现现实的构成，在多种时空的交织中结构现实与历史的共时形态。这一切的意味均可能在小说语言的叙述形式、方法中得以实现（现代语言学证明了人类语言的多种丰富功能）。这说明小说与整个社会文化环境是感息相通（的），虽然，关系并不一定是直观的。"

李裴的《神秘——一个被忽视的小说审美范畴》发表于同期《当代文艺思潮》。李裴认为："用三条线索来追踪当前小说创作对神秘的审美的出现是较为贴切的：第一条线索是与社会时代的发展变化分不开的。它发源于时代的对人的重视。……与此同时的，是第二条线索，思想解放的潮涌中的对西方的各种思潮、哲学、思想和观念的引入和借鉴。……在以上两条线索的汇流中，具体到小说，它的创作本身的发展和观念的拓展，是第三条线索。"

"就眼下的小说作品来看，对神秘的审美含蕴的具体范畴和表现有哪一些呢？……首先，生与死。……小说在生与死的表现中，主要之点是力图打破生与死的界限，创建一种'永生'的状态，表现出人的生命的坚韧和绵延不绝的永恒性。……其次，人与自然。……新时期小说在这方面受到外来影响的痕迹是明显的（更多的，是对西方一些小说在现在的哲学观念和文化背景、意识，及伦理观念的透视下进行了重新解释之后的再影响），它追求超越一般人世的效果。……第三，人生的正面与反面。……当我们对一些似乎是顺理成章的心态和外在行动求源索本时，在那'清清楚楚'的正面的反面，隐藏着令人费解的东西。……第四,潜沉心态。这是一种向民族的超稳层心态探索的尝试,向一种人们有所感觉而又十分迷惑不解的领域纵笔。这种探索力图揭示潜沉在人们心理深层的某种制导着今天的人们的某些心态的超稳性的东西;探索人们的某些行为和态度的隐秘的根由。……第五,生命力的冲击波。……最后,迷幻的情感。……由于问题本身的复杂性和人对情感的观照中的迷惑,情感在小说中的反映呈现出诱人深思而又有些不解的模糊性。"

同日,李乔的《多彩多姿的瀑布》发表于《民族文学》第9期。李乔认为:陆地的《瀑布》"继承了民族传统又发展了民族传统。……读之有旧小说传统写法的味道,又不完全是那个味道,旧小说的传统写法比较粗犷、简练,罕有这样细腻、精致"。

同日,潘凯雄、贺绍俊的《关于小说文体研究的思考》发表于《人民日报》。潘凯雄、贺绍俊认为:"作家们的兴趣不再满足于讲述一个完整乃至新奇的故事,他们试图让自己的作品在故事之外,还能传达出更多的东西。因此,隐喻、象征、寓言等在小说中频繁出现,文句也常取多义、朦胧的形式,小说越来越成为一种读物,它要求读者认真地'读''品',而不是光为得到一个故事。"

同日,黄毓璜的《大写的历史大写的人——简论周梅森的小说创作》发表于《文学评论》第5期。黄毓璜写道:"以'写实'的笔墨抒写'实在'的历史而赢得如此广泛注目的,他是仅见的一例。""周梅森的'新闻提要'自然并不离开'剧情',却同样能在帮助读者跳出规定情境上奏效。这就是说,作者在他的人生活剧中插入'新闻提要',非独是强化'真空感'的追求,更是造成'距离感'的手段。""周梅森忙乎于'两级'之间该是够累的:求'虚'的执着,乃是冀望读者摆脱具体人物、事件的束缚而求得更高层次上的悟彻;而写'实'的偏嗜,又总是要不断调动人们习惯的审美经验,把关注引向具体的事态和人物的处境。"

王绯的《在梦的妊娠中痛苦痉挛——残雪小说启悟》发表于同期《文学评论》。王绯强调:"她(残雪——编者注)根本就不打算在现实的经验世界里构建自己的小说视界,而是在梦幻中寻求描写的题材;所展示的根本不是视觉领域里多元的客观现实,而是幻觉视象中客体实在性被改造和破坏的主观现实。"

"残雪是通过对神经质人格心态的摹写,紧紧抓住人类内在意识的流变,展示潜意识界中未经理性整理的紊乱不堪的幻像,飘离不定的非具象意念,记录种种梦魇般的情景和心灵动作。"

"残雪很善于以暧昧、朦胧、象征的谵语将人的潜意识心理跃然纸上。……特别是残雪笔下人物失去因果联系、主观随意性极强的谵语对白,可谓不同凡俗的独家经营。……应该说明的是,残雪小说的谵语式谜比并不是一种修辞手段,而是文体特质。……谵语式谜比所特有的文体空间感,使其象征寓意的多重性、深度与广度具有了一种张力,并以对传统小说注重准确、鲜明性的语言感知方式的反叛,为读者悟解作品提供了最大的自由度"。

许振强的《马原小说评析》发表于同期《文学评论》。许振强指出:"首先,马原摒弃了传统小说中的戏剧化观念,他的小说中没有传统意义的悲剧或喜剧。……其次,马原摒弃了典型化的观念,不以塑造典型化的人物形象为要务。""马原小说中的人物经常为他的故事所配备,人物的外在行为为故事的设置而取舍,人物的内心活动,马原很少顾及——顺便说一下,基本上不开展人物的心理过程,原因是受控于共时性的叙述方式。"

同日,姜胜群的《什么是小小说》发表于《文艺评论》第5期。姜胜群认为:"究竟什么是小小说?我国已故的文学巨匠茅盾,曾经对小小说做过专门论述。他说:'这些作品,以"小小说"得名,不是偶然的。不仅因为它们短小精悍,而且也因为它们结合了特写(如果我们承认这是主要以真人真事为描写对象)和短篇小说(如果我们不否认它以概括为基本方法)的特点而成为自有个性的新品种。'……这个定义,概括了相当数量的小小说,自有可取之处。但是,我们还是感到不是那么完全。短小精悍固然是小小说的一个特点,但究竟短到何处才是它和短篇小说的一个分水岭呢?事实是,有相当数量的短篇小说也足以称得上是短小精悍的。""美国作家罗伯特·奥弗斯特说,小小说'不超过一千五百字,却要具备小说的一切要素'。他还认为,'小小说有三大特点:立意奇特,结尾出人意外,情节完整'。这一定义,具有很高的参考价值。……但是,也存在一些不足。……我们可以提出一个更完美的定义,即小小说应以一千五百字左右为宜,不能超出三千字,同时具有小说的要素。在这里,我们规定了小小说不能超过三千字,这就为小小说和短篇小说划了一条明显的界限。"

李佳的《也是一片艺术世界——读微型小说偶感》发表于同期《文艺评论》。李佳认为:"作者必须善于迅速捕捉生活中那极富表现力的瞬间,因为短小而又短小的篇幅对质有着严格甚至苛刻的要求。……短,并非缺点,而乃特点。问题在于如何对待微型小说的特点,善于发挥其优势。不能将特点变成缺点,轻率对之,以为随便截取任何生活片段,顺手抓个特写镜头,平铺直叙,草率成篇,就是微型小说。凝炼的形式要求精湛的内容。创作是骗不得人的,作家的才情、素养、气质、苦心不论从长篇或短篇都会自然流露。篇幅短小、天地狭窄,更要求作者有过硬的功力。作者要善于发现那典型的有特色的事物,要善于将人类复杂的心理运动表现得明晰而生动,在单一之中寻求变化。"

同日,潘新宁的《〈红高粱〉的失误及其原因》发表于《文艺争鸣》第5期。潘新宁认为:"'文体解放'也好,'观念解放'也好,小说总得能让人读下去。如果弄得人读不下去,或者硬着头皮读下去则感到心惊肉跳,作恶欲吐,这总是令人有些遗憾的。而活剥罗汉大爷一节,确实是令人不忍卒读的。""艺术就其本质属性来说,就其本质特征来说,它具有双重价值。一重是认识价值,一重是审美价值","追求认识价值和审美价值的契合点,在艺术的审美价值中张扬艺术的认识价值,这就是艺术的本性。偏离这种契合点,以丧失艺术的审美价值为代价来换取艺术的认识价值,这正是《红高粱》产生失误的主要原因"。

唐跃、谭学纯的《语言功能:表现+呈现+发现——对"语言是文学的表现工具"的质疑》发表于同期《文艺争鸣》。唐跃、谭学纯认为:"'语言是思维的工具'毕竟只说明了语言和思维两者关系的一个方面。""联系文学创作的实践来看,倒是'语言是思维的物质材料'这一语言和思维两者关系的又一方面的说明比较适于被引入文艺学的研究。""语言的文学功能不在于作为载体的传达,而在于作为本体的表现。"

同日,韩少功的《答美洲〈华侨日报〉记者问(代创作谈)》发表于《钟山》第5期。韩少功认为:"我(韩少功——编者注)赞成谈真实的时候注意层次,用不同的尺度,比如区分一下客观的真实和主观的真实,这样巴尔扎克和马尔克斯都可以说写得真实，史传和神话都真实。……我在写作时有时把陌生的生活熟悉化，有时把熟悉的生活陌生化，《爸爸爸》就是一例。"

何立伟、储福金的《关于文学语言的对话》发表于同期《钟山》。储福金谈道："新时期文学的显著特点之一，就是文体的丰富多彩。……作家鲜明的个性风格至关重要。……沈从文的语言是有鲜明个性的，既有湘西的地方特色，又渗透了民族文化的精神。"

"近年出现的刘索拉等的'现代派'小说和少功、阿城等'寻根派'小说，……其中语言形式的创新是明显的。……随着小说形式的多样化，小说语言也尽可能从其它文学样式中吸取养料。……我们江苏作家，特别是表现江南风味的作家，小说语言从散文中获取不少有益的东西，讲究清新、含蓄、慰藉。这也是传统，江浙一带的作家中有这种传统。鲁迅的《故乡》、《社戏》等，说是小说，也可说是散文。汪曾祺的小说，散文的味儿很浓的。这批江苏作家的散文化小说，多追求自然清淡，在形式上，因摒弃玩弄奇巧，不为人一下子瞩目；在内容上功利性较弱，不能随潮流去载负什么哲理性，什么历史感，什么宇宙意识。……凡此种种，都是缺乏媚俗因素的，所以也不被当今文坛注意。在语言形式上的创新只是默默的、静静的，我行我素的。"

林斤澜、戴晴的《关于艺术描写"虚"与"实"的对话》发表于同期《钟山》。林斤澜谈道："卡夫卡的《变形记》……一觉醒来，人变做了甲虫，这是绝无其有的事，是'虚'。'虚'在不同地方有不同的作用，在这里的意思无非是意念、意想，近年又常见意蕴，反正都没离开意字。人变做甲虫，这一笔'虚'写出来的'意'，非同小可，到了荒诞的极致，再比这还虚幻的，不大容易想象得出来了。可是一变之后，接下来就进入日常的市民生活，没有什么大起大落大开大阖，只有细微末节了。是细微，也是真实。……若是没有这一变的'虚'，这些市民日常生活图景的实录，也能出来些意念，终难免落在平庸之作里。细微末节上写得再'实'，也不能够惊心动魄。"

"我的简化还是虚实二字。起初是写实的，实来实去，那一股井喷之气不惬意。手艺只往'实'里做，手下越做越'板'了。翻过来往'虚'里试试，'得喝'，闹着了，索性大做起来，做得东施效颦，做得梦笔生花成了花笔生梦，不禁'虚'

得'玄'了起来。"

吴秉杰的《韩少功小说创作探向》发表于同期《钟山》。吴秉杰认为："韩少功等提出的文化'寻根'不仅意味着站在时代高度对于民族文化的反映和再次认识，而且包括在创作中努力运用一种带有我们民族文化特征的艺术方式、感知和审美方式来寻求对于现实的深刻表现。这便是屈原以来楚文化的不拘形式的艺术表现，飞跃高扬的想象和情感，对周围世界更多采用直观方式的把握，乃至庄禅哲理寓意的意境创造，这更多表现为吸收民族的艺术养分和美学上的继承。韩少功小说艺术的发展就是民族的艺术思维方式和西方的现代表现手法（抽象、变形等）相结合，其突出变化则是作品在意义传达上由现实的象征到哲理的象征的转变。"

**20日** 华声的《试论抽象性文学艺术的形式特征——简化——兼评近年来小说文学的抽象化现象》发表于《上海文论》第5期。华声认为："艺术形式的'简化'，包涵着艺术家创造的多义性，这种多义性是指随着鉴赏者的不同情况，能够产生与之相适应的各种不同的变化。当人们鉴赏写实作品时，由于一览无余而往往给读者的思维空间局限于既定的'框架'之内，而'简化'在突破了一一对应的生活具象，甚至当构成方式变得隐含时，读者的思考反而会因此而冲出'框架'达到无限的驰骋。""小说文学'简化'过程中的强调、夸张、变形在感觉上似乎使读者与作品之间产生了一种远离感，然而这种远离感，只是远离了具体的细节，却更贴近了生活的本质。"

"就变形来说吧，文学艺术上的变形处理，与生活原形之间仍是'拓朴'等价的，这就像我们在橡皮上画一幅画，然后将橡皮任意拉长、扩展人物即作出了各种变形一样，这种变形则是在拓朴意义下进行的，不管形状如何变异，其本质与生活原形仍是一致的。"

同日，程德培的《灵魂的坠落与拯救——〈盲流世家〉的组合结构》发表于《小说评论》第5期。程德培认为："对王兆军来说，戏剧性的突变是不重要的，重要的是他要借助情节的意外转变来完成他的作品设计。这场至关重大的灾难却是完成陈建文转化为陈景山的关键。……陈建文最终转变为陈景山式的人物体现了这部小说的一个基本设计构筑，即关于人的灵魂的两极组合。这种组合的表现方式，一是表现为时间过程的转变。……其二，是在陈景山身上所体现出的人际关系的一种善恶对立。……这就构成了这个灵魂的第三重组合方式，即一种自爱与自责的冲突。……三重组合方式又分别侧重了人对社会、与他人、与自身的三种关系。"

龚平的《对小说题材的理性把握——从三篇争鸣小说谈起》发表于同期《小说评论》。龚平谈道："作家世界观对创作的指导具体落实在创作全过程的哪个环节上？在作家创作一部小说作品的整个过程中是否存在着一个必要的环节，对所取材的生活——社会现象理解与认识（或称理性把握）。如果我们正视这个事实：近年来小说争鸣的焦点都最终归结为作品思想倾向失误与否的评价分歧，虽然我们对优秀作品艺术分析还不习惯追溯到这一步：这些佳作艺术表现上的独创性圆满性所附丽的形象世界是按照怎样的原则蓝图用生活素材构造出来的，也就是说对在创作过程中决定小说艺术的各种表现性元素具体的存汰命运的'选择原则'关注不够，那么就会承认这个环节的存在。我认为作家对生活现象的表现离不开对同一现象的理解，准确的表现离不开正确的理解。……所以对生活现象的理性把握是继该现象激起创作冲动后，作家着手做的第一步工作，世界观对创作的指导和制约作用具体就落实在这个环节上。"

李国涛的《哲理·象征·文体——读谌容近作漫记》发表于同期《小说评论》。李国涛认为："似乎从《大公鸡悲喜剧》以来，谌容力图在小说语言上有所变化，创造自己的小说文体。……它不只是以冷静客观的描述作为规范，它时时流露出调侃、揶揄、讥讽，对荒诞不经之事表现为一本正经的叙述，对已经正常的事情，却写得恍恍惚惚。总而言之，类非而是者有之，类是而非者有之，抑之而终扬之，扬之而实抑之，我们所谓的'反讽''悖论'，都不难在小说里发现。所以，谌容小说里，文体渐有更重要的意义，言外之意，象外之旨，常要人品评以后方知。"

李洁非、张陵的《作者与拟想作者——新时期文学写实性小说的叙事问题》发表于同期《小说评论》。李洁非、张陵认为："拟想作者并非实指某一个实体，而是指一种叙事选择或叙事角度；它仍然受制于作者的。作者对拟想作者的尊重除了必须考虑到拟想作者的存在外，还包括通过拟想作者（也只有通过拟想作者）的调节传达出作者的思想感情和艺术创造。请注意'调节'这个笔者杜撰的概念，其含义是在写实性作品中，由于拟想作者的存在，限制了小说作者随心所欲的好奇心，作者身上许多作为人的局限性、片面性在某种程度上得到克服。作者就有可能把自己主观的意图深深地隐蔽起来，避免了席勒式的毛病。同时，作品中的人物形象也可以从以往的模式中摆脱开去，享受尽可能充分的自由。人物形象各个层次的功能和意义也才能充分呈现，从而超越了作者最初设定的理性意图，变成纯粹的丰富的审美现象。也许，这也可以称之为生成转换的过程吧。"

王干的《寻求超越：小说文体实验》发表于同期《小说评论》。王干指出："文体实验现象的出现，标明小说艺术开始向纵深领带掘进与发展。一些有影响的作家公开标出'实验文体'的栏目，不可简单地理解为远离社会生活而在形式上找出路，实际上是'人的自觉'促进了'文的自觉'。既然艺术作为一种'有意味的形式'（参见克莱夫·贝尔《艺术》一书），文体实验正是对这种'形式'的探索与实践，开始切近小说艺术发展的内核。"他还指出，"形式的实验已初步显示出了两股流向：一是以通过独特的语体形式来强化文体意味，一是以通过对某些文体样式的借鉴与转化来构成一种新的小说文体"，"前者更多横向参照的是外国现代小说，后者进行纵向追寻，以民族文化形态作为培养基，以兴生出新的文体因子来"。

徐肖楠的《近年自然意识小说中的背景与象征》发表于同期《小说评论》。徐肖楠指出："同样是带有主题意识的技巧，与背景的自然不同的是，象征的自然本身便是表现的主题。""象征有几个层次：表层象征、浅层象征、深层象征。"徐肖楠以张承志的《黑骏马》和《北方的河》为例指出，"浅层象征的象征物很明确，但象征的意义并不明确。深层象征的暗示程度深，暗示的意义大于明示的意义，象征意义深潜象征物之中，象征物与被象征物的联系具有或然性，没有确切的象征区域和象征指向，人们凭借自己的智力结构、想象力、美学感受力和知识范围来寻找和确定象征意义。一个完整的深层象征体系，便具有'神话'的意义了。"

钟本康的《细节描写的感觉化、意象化》发表于同期《小说评论》。钟本康认为："当今小说细节描写的心灵化不仅表现在心态小说之中，而且常常表现在各种流派各种样式的小说之中，甚至还'侵入'到现实主义小说的模式之中。细节，已经不是单纯的客观事物本身面貌的准确摹写，它还是作家本人以及通过人物的心灵'塑造'出来的映象。""在小说的细节描写上，作家只重视客体而忽视主体，把主体的作用仅局限于忠实地表现客观上，这是主体意识、自我意识的弱化和失落，一定程度上表明作家在创作上缺乏自信和能力。"

21日　赵毅衡的《小说叙述中的转述语》发表于《文艺研究》第5期。赵毅衡认为："第一人称小说常可被视为是全篇的转述语。……文学叙述中任何形式的转述语，都具有双重性质，一方面是人物语言的直录，是独立于叙述者的控制之外的，另一方面它们是被叙述的对象，服从于叙述结构的总的要求，因此在叙述者控制范围之内。转述语的这二重性究竟如何组合，却要看具体的语境，具体的转述法。另一方面，人物的语气也可以侵入叙述者的语言之中。叙述行为托诸于语言，人物的说话也托诸于语言，因此，当我们在叙述中转述人物的语言时，就是一种双重的语言行为。由于任何语言行为都有主体对语言的加工调节，转述语就有双重的加工调节，这就是整个转述语问题的复杂性之所在。"

"转述语分类。直接引语式、间接引语式、间接自由式、直接自由式。……转述语的四种类型中，自由式，尤其是直接自由式，是现代小说的叙述中才出现的。现代小说的两个最触目的语言技巧——内心独白或意识流——就是从直接自由式转述语发展出来的。……用直接自由式写出的内心的思想过程就是内心独白。……意识流是某一种内心独白，即用直接自由式转述语写出人物内心的无特定目标，无逻辑控制的自由联想。"

25日　陈晓明的《复调和声里的二维生命进向——评张承志的〈金牧场〉》发表于《当代作家评论》第5期。陈晓明说："《金牧场》里的双向叙述结构呈示出并置参照的时空，它的各自有自己的主题、形态、展开速度和方式，二者平行地进行。它们在叙述模式、叙述语义上互不相干，但它们在叙述意念制导下，共同创造特定的'叙述语境'，它们的本质关系就是'互为语境'。"

贺绍俊、潘凯雄的《缠绕着恋乡情结的现代小说——读许谋清的乡土小说》

发表于同期《当代作家评论》。贺绍俊、潘凯雄认为:"许谋清的小说多半都成为一种'没有结构'的结构。""许谋清小说中的疏忽是潜意识的自然流露,它打破了理性的形式,在不自觉的状态下传达出另一种心音。因疏忽而造成恋乡情结的流露还使许谋清的小说具有另一结构特点,这就是它的非故事性。这使得许谋清小说在形式意义上也完全区别于通俗小说类型的乡土文学。"

何镇邦的《多样的艺术探求绚丽的历史画卷——杨书案长篇历史小说创作漫评》发表于同期《当代作家评论》。何镇邦认为:"他(杨书案——编者注)大致循着'七实三虚'的原则,亦即在基本事实(历史事件和历史人物)有所依据的前提下,进行必要的虚构,这样,他的作品不仅有关于历史事件和历史人物真实的描写,不仅依凭于信史,而且采集稗官野史,杂以传说故事和各种历史掌故,不仅有严峻的现实主义,也表现出瑰丽的浪漫主义色彩,这样,就体现出一种独特的艺术风貌。他有较丰厚的文学素养,因此,他的作品就表现出较浓厚的文化色彩。""诗与歌谣的引入,对于渲染当时的历史氛围和增强作品的诗意,都是起了不可替代的作用的。""语言的典雅清丽,也是使杨书案历史小说文化色彩较浓的另一个因素。""善于开掘各种历史人物的文化心理积淀,恐怕是杨书案历史小说文化色彩浓厚的一个更重要的因素。"

黄毓璜、刘静生的《论〈危楼记事〉》发表于同期《当代作家评论》。黄毓璜、刘静生认为:《危楼记事》"一是突破传统的情节结构观念的局限性,借助空间的开拓,赋予小说推出的具体场景和特定情境以内在的延展性","二是突破以写实手法再现典型性格的真实观的拘囿,借助虚幻的形式,表现心灵、意识的微观世界的真实,并以微观真实构成作品的典型性格和典型意义","三是突破具象本身的自然性质的规定,借助象征意味,赋予小说感性具象以带有普遍意义的抽象价值"。"成就《危楼记事》幽默格调的一个'得天独厚'之处,恰恰在于它所摄取的是一种变态的生活和生活的变态。"

黄子平的《笔记人间——李庆西小说漫论》发表于同期《当代作家评论》。黄子平认为:"李庆西的'新笔记小说',就其文体形式而言,于古典传统多有承继;就其意蕴观念而言,却是鲁迅等'五四'先驱重铸民族灵魂、改造国民性的新文学传统的发扬。""中国小说长久地无法摆脱'说话人传统',始终未曾意识到自己的媒介特质,未曾意识到自己面对的不是听书的'看官',而是阅读的读者。这带来小说文体方面的一系列值得探讨的问题。其中之一就是小说总是被塞得太满,……这就不难理解,五四时期以鲁迅为代表的现代小说,其精神气质,与其说接近'说话人传说',不如说更接近'笔记小说'。究其根底,就在于五四小说家终于意识到了自己面对的是读者,而不是消极地等待着知道'后事如何'的听书人。这使得小说最终获得了能够自由地运用'空儿'(当然还包括其他)的艺术能力。正是小说中的这些'空儿',使李庆西笔下的这些凡人琐事获得了某种属于'形而上'的东西,否则,街谈巷议和奇闻轶事也仅仅是街谈巷议和奇闻轶事罢了。"

李洁非、张陵的《许谋清和他的乡土小说》发表于同期《当代作家评论》。李洁非、张陵认为:"从小说叙事的基本要求看,许谋清在设置小说人物,或者说是在设置小说叙事者时没有想到要把叙事者和作者本身分开。……于是,这个伪装的小说叙事者就在小说语言展开过程中悄悄规定了小说的叙事倾向,偷梁换柱般地改变了描写对象的实质。这样,整个小说的主题和作家自身的功利过于紧密地联系在一起,从而破坏了小说语言的自述性和分析性。在这个意义上,我们主张小说的语言要克服过份浓厚的散文化倾向,如果小说作家对小说艺术的基本特征把握不定的话。""一个显而易见的进步是,尽管作家仍然保持他那清新、质朴、恬淡的散文化倾向,但却在某种程度上摆脱了作者的主观意图、思想、心理对小说叙事过程的干预,从而尽可能保持小说叙事者的纯粹性,发挥其在写实叙事中的功能。"

罗强烈的《〈三十六块缸片〉的文体及其它》发表于同期《当代作家评论》。罗强烈认为:"笔者所要着重分析的,是《三十六块缸片》作为一种'叙事话语'以及这种'叙事话语'在当前小说创作中出现的意义。""《三十六块缸片》正是把乡土小说所独有的生活范围引进了新笔记小说。""新笔记小说继承了传统笔记小说'纪事实、探物理、辨疑惑、示劝诫、采风俗、助谈笑'的创作旨趣,从而也就决定了它独特的叙事结构。新笔记小说由于意图不在塑造人物形象,而在于品味世事人生,所以,它的结构视点往往不是'人物中心',而是一种'意识中心',这一点正形成新笔记小说的灵活自由、变幻多姿的文体特点。""和传统的笔记小说比较起来，新笔记小说更注意营造自己的叙述者，或者说是叙述视点的选择。""虽然新笔记小说注重叙述者的营造和叙述视点的选择，但是，它仍然保持了传统笔记小说具有美学价值的艺术特点，这就是叙述的客观性和非个人性，因一种作者与叙述对象的情感距离而产出一种'史'的冷峻色彩。展示和讲述是作家叙述故事的两种方式。"

吴方的《许谋清乡土小说二题》发表于同期《当代作家评论》。吴方认为："许谋清乡土小说的叙述带有纪实与自叙相交织的倾向，读起来就有'老实道来'的印象，这也许属于他想离开'做作'远一点的愿望。但他的语言风格又并不淡远空灵，大约也是由于他所写的生活有一种'润性'（那种热辣辣的自然与人生）与他这游子意识中的'润性'，虽然有值得观照的差异。"

吴秀明的《一部并不"风流"的书——读左云霖的长篇历史小说〈风流天子〉》发表于同期《当代作家评论》。吴秀明认为："就创造性而言，小说最可称道的无疑是它的篇章结构。如果说史实的处理基本采用的是地道的传统形式，那么结构的编排则完全运用的是时新的'洋'的手法。这是当前历史长篇中仅见的：全书的整个艺术主轴围绕李隆基运转，以李的风流跌宕的一生作为故事情节发展的基本轮廓，但是在具体结构时则别出心裁，让其每个章节'各行其是''各写各的人'。章节与章节之间，频频不断地变换叙述角度，易位描写对象，作者的笔墨，也腾挪跌宕地上下推移、左右指括，犹如电影'蒙太奇'一般自由地转换、跳跃。"

同日，李书磊的《双重视点与双重感悟——也评〈活动变人形〉》发表于《光明日报》。李书磊认为："自始至终，王蒙在用一个现代知识分子的视点、嗅觉和智慧去感受人物的同时，都没有放弃一个革命者的视点。"

**29日** 绿原的《借鉴、"跟"及其他》发表于《人民日报》。绿原强调："对借鉴的理解往往停留在单纯的手法的借用上。""民族化不仅仅是形式问题，它首先是一个内容问题，即是不是以本民族的现实生活为内容的问题。"

## 本月

封秋昌、刘大新的《论人物性格的复合美》发表于《文学评论家》第5期。

封秋昌、刘大新指出："相对单纯型性格，大体上又可以分为两种：一种是肯定性因素（美的因素）占优势，一种是否定性因素（丑的因素）占上风。我们所说的人物性格的'复合美'，就是指的前一种——以美为主导的相对单纯型性格。这种可以称之为美的性格，并不是只表现为一种美的因素及其特征，而是多种美点的集合，也可以包含缺点、不足等杂质的存在。但它们彼此之间绝对不是机械地拼凑和相加，也不是主要美点的简单重复。各种美点既与主要美点发生联系，又有相对的独立性。如果说，主要美点是树干的话，其他诸美点则是枝叶，唯其枝叶纷披，才能摇曳多姿。主要美点和其他诸美点的这种相互依存关系，使它们既有主次之分，又可相得益彰。所以一个美的性格，既有鲜明的指向，又有无限丰富的性格表象。一个美的性格，从结构上看，不是单一的，而是复杂的、多维的，诸多美的因素之间，不是静态关系，而是动态结构。它时时都在运动着、变化着，并在运动中达到'协调'。由于美的性格是多种美点在运动中有序的集合过程，并在交互作用中构成一种合力，推动着性格的发展，所以美的性格必然是一个多元素、多层次、变动不居的有机统一体，也即'复合体'。"

胡从经的《博采众生相谱作〈无声戏〉——李渔〈无声戏〉与〈连城璧〉》发表于《小说界》第5期。胡从经认为："李渔正是在总结前人经验与梳理个人体味的基础上提出了关于小说的新观念，称谓小说为'无声戏'（李不仅给自己的第一部短篇小说集题名为无声戏，而且将自己所有的小说创作都作如是观，如在《十二楼》之一《拂云楼》第四回回末就写道：'各洗尊眸，看演这出无声戏'）。他认为小说与戏曲是'同流而异派'的姊妹艺术，戏曲系有声的小说，小说即无声的戏曲，二者有若干相通之处与共同之点。他还发挥了作为戏剧理论家与剧作家的优势，将戏曲艺术的技法融会于小说创作之中，丰富与革新了小说的表现手法。"

## 本季

傅腾霄的《论小说艺术的拓展和更新》发表于《艺谭》第5期。傅腾霄认为："有的新潮小说不重纪实而重意象。这类作品所构造的现实往往超越了现实的表象而进入了现实的深层——表现性的艺术世界。例如,刘索拉的小说《你别无选择》,看似章节凑乱,结构松散,却意在比较逼真地表现某些大学生的骚动的心态与他们的选择与追求,以及某些教授的紧张与奔忙。这种'表现'也许不象传统小说的'再现'那样井然有序、易于理解;但是,读者却能象一个朋友般地走进一群熟悉的大学生中间,听到了他们的欢声笑语,看到了他们的活泼逗趣,也了解了他们的烦恼叹息,甚至还窥见了某些人的'内心机密'。"

傅腾霄指出:"《你别无选择》中,也遇到了这种情景。小说描写的传统的思维定式被打破了。读者必须调整旧有的审美心理结构,才能理解这篇小说所展现的苦涩的谐谑、夸张了的动态心理,和那荒诞的课堂与不安宁的寝室。这一切的'表现',无不处处显示出作家鲜明的个性色彩及其对现实生活的独特描绘。"

## 十月

**1日** 曾镇南的《"我赞美咱们的这股乱忽劲儿"——读王蒙的〈铃的闪〉、〈致"爱丽丝"〉、〈来劲〉》发表于《作家》第10期。曾镇南认为:"王蒙的《来劲》,则有意识地在一个短篇中实现了一次小说叙述方式的小小的'革命':他象使用排笔似的,同时让一个多名多性多职(其实也就是无定名无定性无定职)的主人公在各种经历中与这种人物交往、对谈时产生的多种际遇、多种观感、多种活动,以及环绕着这个人物的各种世态各种心理各种见解各种声口,纷然杂陈地流泻纸上,形成了一种特殊的社会生态的镶嵌画和繁复的社会音流的交响乐,从而完成了对总体生物景观的一瞥和面对这景观产生的总体心理感受的传递。"

**3日** 陈晋的《形式:在文学探索中的不同意义》发表于《文艺报》。陈晋认为:"一些青年作者……急于传达的是与复出的某些中年作者对世界、对社会、对人生的不同认知和态度。他们多基于个人本位的思考,展示自己在历史进程中的个性化感受和情绪波动,描绘一幅主观心理的图象。……这种形式观念为一些作品带来如下特征:(1)形式本身具有了内容的意义,或者说只有这样的语言、结构、叙述方式才能传达作者特定的情绪、意图,作者对方法的选择具有一定程度的'不由自主'性质，因为它本身就是对客观世界和主体世界的反映、升华。……（2）形式的淡化，较少人为痕迹，不有意把题材内容'文学化''戏剧化'。于是，技巧本来是衡量艺术审美程度的一项重要标准，但在这些作品中却降格到是否能够和有益于传达情意这价值刻度上了，而作品的影响更多地来自作者想要说什么。……（3）这类作品大都体现了创作主体从观照生活的角度、艺术思维特征到艺术表达方式的整体性变化。……这就在相当程度上限制作者超越自身的艺术心理结构去拼合运用纷杂的形式技法，使作品的行事风格相统一，避免杂糅，并有益于作者寻找和深化完全属于自己的艺术形式。"

**3日** 曾镇南的《〈瀚海〉挹滴》发表于《小说选刊》第10期。曾镇南认为："作者特殊的叙事风格：强烈的讲故事意识；不避讳悬念的运用；用最平淡的，甚至有些满不在乎的口吻讲述最令人难以置信的、最荒唐的故事；洞穿生活真相的、'透底'之后的冷峻；冷中有热、朴厚深沉的情感流露……在这些方面，洪峰吸取了古今中外优秀的叙事艺术的不少'绝招'，以自己的气质熔铸之，形成了一种强悍的、举重若轻的、驭繁似简的叙事者的气派和风度。……他追求、讲究事件的确凿性。这使他对情节场面、细节这些传统的小说要素持一丝不苟的态度。"

**5日** 陈剑晖的《新时期哲理小说的三种形态及其艺术指向》发表于《文艺理论家》第4期。陈剑晖指出："根据一般的分析和考察，我以为我国新时期的哲理小说主要有下面三种结构形态。

"哲理与现实生活相结合。这是新时期最早出现也是比较主要的一种小说哲理化形态。它的特点是创作主体面对的不是远离尘世的深山老林或荒原戈壁，也不是悠久的历史文化遗存，而是正在发生和将要发生的现实生活。由于这类小说的取材都是来自现实；同时，它主要仰仗对现实生活的直接描绘或对历史的反思来获得哲理的效应，因此，我们不妨把这类小说称为'生活化的哲理小说'。"

"哲学和自然的同化与交融。这是新时期小说哲理化的另一种形态。我把它称为'自然化哲理小说'。与'生活化的哲理小说'不同，'自然化的哲理小说'

往往不是靠对现实生活的直接描绘，而是以大自然作中介，在人与大自然的同化与交融（'自然的人化'）中表现作者的哲学思考。"

"哲理与民族文化相交织。初看起来，这类'文化型的哲理化小说'与第二类有许多共同之处：它们都流露出淡化生活、淡化情节的创作倾向，而且，有些'自然化的哲理小说'往往掺杂着大量的民风民俗乃至远古的文化遗存；而一些'文化型的哲理小说'又离不开对江河森林的描绘，如郑万隆的《异乡异闻》系列小说。正是这种有意或无意的'杂交'，迷惑了一些评论家的耳目，使得他们常常将这两类作品拉扯在一起谈论。"

**6日** 韶华的《历史·小说·哲理——读长篇历史小说〈皖南事变〉断想》发表于《人民日报》。韶华指出："因为它是历史，重大事件、重要人物必须是真实的，不能随意虚构，否则就会歪曲历史；而小说需要想象、虚构、剪裁、加工、概括、典型化，于是历史和小说发生了矛盾。""写历史小说——包括革命历史小说，如果丢掉了人，如果不能深入剖析各种历史人物的内心世界——极其丰富的复杂的性格世界，或者把他们简单化，也就触摸不到那些伟大事件的发展轨迹。"

同日，唐湜的《话说"东方意识流"》发表于《文艺报》。唐湜认为："在《文艺报》（8.22）上读到李春林同志的《东方的狡黠》，对他提出的'东方意识流'，我颇有同感。……他说，我们的当代作家没有选择西方意识流文学中的唯心主义、非理性主义、泛性欲观等，而挑中了'心理时间'，写人的深层意识与其他许多表现技巧，且加以改造。是的，我们的意识流不象西方的那样迷离朦胧，而是脉络清楚、风格明朗的，有着一种东方的澄明或澄彻。我们的作品不是自然主义的'心电图'式的心跳记录，而是完全主体化了的客体心理的深邃探索。这也许就是'中学为体，西学为用'，有着一定程度的妥协性或不彻底性，一定程度的有原则的克制。"

"说起来，这种东、西渗透的或有东方色彩的意识流文学并不开始于八十年代，在三十年代之初，'新感觉派'的施蛰存、刘呐鸥们就在创作里尝试了。施蛰存在当时写的《将军的头》、《石秀》等小说里就以内心独白的方式与心理分析手法塑造了一些古代与当代人物心理性格，不过，由于历史的局限，他有时把古代人物现代化了，有时也表现了些弗洛依德泛性欲观，可他的内心独白是东方化的，有着东方的明朗色彩。到抗战胜利后，李拓之曾依照他开拓的道路，以更丰富的意识流来刻划他笔下的水浒英雄及诗人李商隐、鱼玄机等。汪曾祺也以一个极为丰满的意识流小说《复仇》开始他的创作，他以后把意识流融入他的小城风土与小人物个性的抒写中，写出了不少栩栩如生的平凡人物。他们都是自觉地运用了意识流手法，而七月派当时年轻的小说家路翎却不自觉地运用意识流手法写出了大量短篇小说，开拓了许多有光彩的人物的内心世界。这些都可以说是开了当代意识流小说的先河。"

**20日** 花建的《探索新的人生价值和小说美感——从〈古宅〉看俞天白的创作追求》发表于《当代》第5期。花建认为："俞天白在《古宅》中则试图另辟新径。上海方言是'海派'文化的折射，而'海派'文化是长江文化、京派文化、本土文化和西方文化交汇的结果，于是《古宅》就以直白式的、灵活变化的叙述语体为主，把古典语汇、本埠方言、洋泾浜英语点缀其中，造成一种亦雅亦俗、亦中亦西、亦庄亦谐的语言韵味。"

**25日** 纪众的《试论哲学小说》发表于《文艺理论研究》第5期。纪众认为："首先将哲理小说与哲学小说作一下区别。一般的小说只要具有一定的哲理意蕴，即小说题旨蕴含中具有了一定的哲学文化的属性，即可称为哲理小说。而哲学小说却必须要有主题系哲学主题，对象系哲学对象的必要条件，因而哲学小说必须得将对象中的哲理意蕴上升为涵盖、包容对象的哲学知识。"

"现在我们可以进一步谈到哲学小说的特征。

"（一）主题特征

"（1）一般小说的主题……大多是采用从个别到一般的通过什么反映了或表现了什么的主题概括模式。哲学小说直接以思想为对象，它作为小说虽然也不能不考虑到对象的审美的感性形式，但鉴于构成对象的表象或者直接就是思想的化身，或者只是思想的象征、比喻，因而对哲学小说的主题概括一般就不好采用这个模式。"

"（2）哲学小说从一般、普遍和无限的角度把握对象，它的主题就总是无可避免地要有个多重性和多义性问题。"

"（3）哲学小说的主题材料都是对这主题进行反思的结晶。它们的生命机制既源于自身，又源于命题，这从而使它们具有着表象的和概念的两重性。"

"（二）要素特征

"（1）哲学小说中的要素有它自己的门户观念，功能和特征都有别于一般的小说。……哲学小说中的人物首先无需凌驾于其它要素之上，而与其它要素地位平等，都是围绕着理念的轴心来运动，并以对理念的确证来获取自己的存在意义。人物的价值取决于理念的价值；性格的实现程度，受制于理念确证的需要程度。其次，哲学小说中的'人学'是人的本质学，而不是人的性格学；探求的是人本质中那些必然的和不变的东西，而非那些被不断变化着的客体对象所左右的性格表现。因而哲学小说中的人物并不怎么着重性格的典型性和个性化。"

"（2）情节在一般小说中是人物在特定环境中的个性选择和个性确证，是性格逻辑的必然过程。……哲学小说则不需要由事物的外部特征的因果联系所形成的过程，也不存在性格实现的高潮。它的情节联系是事物的内在的、本质的联系，在知识的发生处定格，以所认识的本质的暴露为高潮。"

"（三）思维方式和表现方法的特征

"（1）哲学小说单靠艺术感觉不成，它首先是建立在作家对客体对象的哲学感应上，对象所以成为对象，取决于对象的本质力量对知识的确证能力及它所具有的哲学价值。这样，它的思维方式当然就不能是从表象到表象，而必须是从思维具体开始。"

"（2）思维方法在具体传达过程中，就直接制约了具体的认识的和表现的方法。但正如虽都是形象思维，却有各种不同方法一样，哲学小说的方法虽都遵循着观念运动的方式，其具体传达方式也是多种多样的。"

钟本康的《试析小说内涵的二重性》发表于同期《文艺理论研究》。钟本康认为："作家为了尽可能扩大、增多、加深第二重内涵，不惜采取多种艺术手段，什么意识流的、感觉的、变形的、魔幻的、神奇的、荒诞的、象征的等等，不一而足。当然内涵的多少、大小、深浅，并不取决于艺术手段，而应看作家对社会、人生、世界、宇宙的认识力、理解力、洞察力、参悟力等如何，但不可否认，艺术手段的择取或兼收，在一定意义上也是对内涵的解放和扩充，并成为多种模式的重要标志。大致说来，现代小说内涵二重性的基本模式有以下几种：

"写实模式。即采用现实主义手法典型地逼真地再现生活，这无疑是所谓传统小说的模式，巴尔扎克、托尔斯泰、鲁迅、茅盾等等作家的大部分小说，就是如此。这类小说往往着力于社会、道德的层面，其特点在于通过典型环境中的典型性格的刻划'转化'到第二重，使读者从中认识、理解、感觉到普遍的人性及广泛的社会、历史现象，达到所谓切近感和超脱感的统一。在这类作品中，典型程度的高低往往决定作品内涵的程度。"

"象征模式。这里不是指小说中个别的象征手法的运用，而是指整篇小说富于整体性的象征。从广义上讲，寓言、宗教、神话、人、动物、大自然，以及其他有荒诞、超验品格的事物，都可获得象征意义。由于神话、荒诞等除了象征以外还具有别的审美意义和作用，当分别作为独立的模式，这样，这里所说的象征模式的外延就相应有所缩小。象征有着大致性和多义性，借用西方一位评论家的话说是'半透明的'，这就同寓言、谜语、比喻等区别开来了，尽管寓言之类也有一定的象征性。"

"神话模式。所谓神话模式，就是有意识地在小说中复盖着一个与人物、故事平行的神话。如福克纳的《喧哗与骚动》，每一章的内容里，都隐伏着《圣经·新约》所记基督遭遇的故事，乔伊斯的《尤利西斯》则可隐约地看到荷马《奥德赛》中的神话影子。"

"荒诞模式。它包括采用夸张、变形、假定性、'超自然'等手段作为整体艺术思维的小说。荒诞可能有荒谬、荒唐的因素，但决不等于荒谬、荒唐。荒诞的效果不仅在于'还原'，而且它也是一种'合理'的存在。……荒诞模式的小说，其变形主要有以下四种：（1）超验变形。如卡夫卡的《变形记》、宗璞的《我是谁》中的主人公变成虫豸。……（2）假想变形。……所谓假想，当然不是凭空捏造，它总是现实生活中人们心理的变形投射。……（3）模拟变形。……（4）常态变形。"

**26日** 姜云生的《展开科幻的翅膀》发表于《人民日报》。姜云生表示："科幻创作尚未成熟之时，不妨多翻译移植外国科幻佳作。这样不但创作的人有了学习研究的对象，还可以借此培养一大批科幻小说读者，在读者市场中树立良好的科幻小说形象。""我们常常强调写科幻小说要有丰富的想象力，而忽视了科幻小说创作的理论指导。"

27日　孙荪的《壶里乾坤大——乔典运小说近作印象》发表于《人民日报》。孙荪提出："乔典运的小说常常能够释放出一种奇异的艺术能量。""乔典运酷好缩龙成寸的艺术方式，把博大和高远凝聚在普通的常见的小的艺术载体之中，从而收到滴水见太阳、粒沙见世界的效果。"

# 十一月

1日　郑彬的《试论短篇小说的模糊情节》发表于《小说林》第11期。郑彬认为："短篇小说中的模糊情节大体上可分为以下几种类型。

"局部情节的模糊。顾名思义，这种模糊并非关键情节显得模模糊糊，而是作品中的某个层次或某个段落呈现出似是而非。……关键性情节的模糊。关键情节，往往能表现某一主要人物性格特点和作品内涵。……情节结局的模糊。情节高潮过后，就是结局，结局的模糊，就是读者对作品中人物的命运变化感到难以预测。"

"模糊情节在短篇小说中的运用，有助于促使读者对作品中的人物形象进行面面观。事实上，模糊情节的运用不但不会分散读者的注意力，也不会削弱读者对作品的兴趣，反倒会激发起读者对作品内涵进行反复咀嚼的欲望。随着读者对作品的再三推敲和思考，自然也就使作品的主题呈现出多义性、复杂性。……运用模糊情节，在短篇小说中的另一大特点是不仅能让读者展开想象的翅膀，去发展、补充作品的情节，而且可以使读者强烈地'感受到事物，而不是仅仅知道事物'。"

"话又说回来，短篇小说中出现模糊情节，并非作者在作品中故弄玄虚，而是活生生的生活的一种真实反映。首先，现实生活的色彩斑斓，人物性格的复杂多变，决定了某些情节扑朔迷离。……其次，短篇小说是一种独特的角度艺术。采用不同的角度，作品的效果截然不同，再加上短篇小说中的语言存在着'不确定性'，作品的情节当然不会让人一目了然。"

**3日** 白海珍的《快速追踪改革生活——陈冲改革题材小说漫评》发表于《人民日报》。白海珍认为："陈冲改革题材小说还有一个特点，是注重人物心理刻画，尤其注重人物的典型心理刻画，因而具有社会心理小说的审美特征。"

**5日** 刘海涛的《论小说创作中的象征主义手法》发表于《当代文坛》第6期。刘海涛认为："按照象征主义创作方法的艺术原则，象征主义小说的象征意象必须要有整体性意义，而不是刻意嵌进的一二个闪亮的光环。这种整体构思的象征，有这么几种具体形式：第一，情节象征手法。即由整个故事情节组合成一个象征形象体系。……第二，人物象征手法。采用这种象征方式的小说，故事的背景和情节都淡化了，它集中笔墨描写人物的性格和思想特征，让人物形象构成'象征意象'来概括作家对生活、对人物的审美认识和评价。……第三，意境象征手法。这是'现代象征主义手法'发展到更高阶段的产物。它除了体现小说味外，还散透着浓郁的诗味。它把人物、情节融注于一种渗透着作家强烈审美情感的艺术氛围中，构成了一个独特的审美意境。……以上三种象征方式，在构思时由于是从整体出发，因而它创造的象征载体有着相当大的独立意义。"

吴秉杰的《新形态、新追求、新途径——重评李国文〈危楼记事〉系列》发表于同期《当代文坛》。吴秉杰认为："系列小说在艺术构成上的有机性在于作者艺术观照方式的稳定性。它具有统一的艺术目标，因而形成了作品内在的逻辑联系。……李国文的'危楼'系列与诸家比较不同在于，其中各篇虽也各有侧重的人物形象，不同角度的艺术开掘，但它整体上却无法断开、独立出来。它主要并不是依不同人物或人物不同的发展构成其系列的分野，而是依同一精神现象的不同侧面分野，从而使人物始终糅合在一起，使他们的共同命运或命运中的共同成份远远超过其个别的形态。"

钟本康的《感觉的超越，意象的编织——莫言〈罪过〉的语言分析》发表于同期《当代文坛》。钟本康认为："《罪过》的特点不在于描述了'物象本身所具有的东西'，而在于能借助物象在心中'产生各种感觉的那些能力'，说得具体一点，就是不仅使各种感觉直接化、现实化，而且把各种感觉的能力极致化、超越化，由这种能力所构成的语感外化，就是一种别具色彩的超感觉语言。主要表现在下列三个方面：超越阈限的感觉。……在《罪过》中，既打破了每一种感觉的阈限,又沟通了各种感觉的阈限。……超阈限的感觉只是表面现象,重要的是其背后的特定心绪的极端强化,这是"莫言式"的语言特色。……超越时空的感觉。……超越神秘的感觉。"

同日,曹潆的《传统文化:一个亟待自审与苏生的命题——中篇小说〈叉〉散论》发表于《湖南文学》第11期。曹潆认为:"在小说(中篇小说《叉》——编者注)中,作者运用的手法也如一柄亮闪闪的叉一样,来去不定。时空观的打错,空间的扩张与时间的伸延,更加有力地表现了文化背景以及文化现象的位移。我们象在读历史而无历史的严谨,象在读传奇而无传奇的故意作态。当然,这归结于作品文体与语体的辩证思考。"

同日,邱惠德的《歌叙体小说简论》发表于《山花》第11期。邱惠德认为:"对于小说,古有笔记体、章回体、话本体,今有快板体、散文体、新笔记体之称;我们姑且把大量民歌'介入'的小说称之为歌叙体吧。'歌'者,民歌也;'叙'者,从头道来,或赋予倒叙的框架,或插入回忆的段落,基本上是以故事情节发展时间顺序为线索的传统叙述方式。这不是二者的简单凑合,而是融合。""歌叙体小说有歌,则有曲,有调,有音律。小说创作不是写乐谱,字面上不可能出现曲谱,除非特殊需要,但民歌总有自己的基调、曲律。它因地域而不同,知产地而明谱。小说中一经注明《爬山调》,进而有了《挂红灯》《倒卷帘》等标目后,熟悉它的读者可随口而歌,即兴而咏。即便口不能曲,其歌词的音韵和谐,铿锵悦耳,简洁明快,也在一定程度上具备了相应的乐感。特别是一曲一词或反复出现,或者首尾相照,出现在歌叙体小说中时,就更会加强音乐的旋律,增强歌叙体小说的表现力。《老井》中,由'并头莲开花'到'高粱开花'同曲异词,几度重唱,出诸两代人之口,使整部小说回响着凄婉的旋律,从而拓展了孙旺泉寻'井'的深层内涵。歌叙体小说具有不同凡响的音乐旋律,这是人们喜爱它的原因之一。"

邱惠德表示:"民歌还是歌叙体小说起着渲染情绪,烘托环境,乃至结构骨架的作用。《大实话》等民歌渲染了《天良》凄怆、悲凉的情绪;《血泪草台班》中那一首首《爬山调》,有力地烘托出了闭锁、落后、旧习俗笼罩的'仇犹'古地的环境;显然,民歌在结构上使歌叙体小说紧凑、严整,《下甘州》《白牡丹》成了《福林和他的婆姨》结构的骨架。这些是人们一目了然的'事实',不必赘述。"

**7日** 张韧的《"现代意识与文学"十二谈（11）：现代小说文体意识的复苏》发表于《花溪》第11期。张韧认为："新时期小说文体的变革特点是多方面的,……从总体说,有两点是值得注意的,其一,它不是局限于技巧、方法和形式方面,而是全方位的文体大解放,小说的叙述观念、视角、结构方式和语言传达各个方面都发生了深刻的变化。……其二,现代小说文体从它诞生之日始,尽管流淌着传统的汁液,但它那脱颖而出的风姿,对传统具有明显的挑战与反叛的色彩。""还有,小说的功能观,小说的塑造人物观、小说的情节故事和表现手段的审美观,小说把握生活的方式,小说与人的外部世界和内部世界、小说的理性与非理性,等等,这一切似乎全乱了,全变了样。"

同日,李运抟的《小说纪实与纪实小说》发表于《人民日报》。李运抟指出："对于纪实小说的作者们来说,他们在似乎更艺术更唯美的一片浪潮中返璞归真,而采以朴素无华的艺术形式来表现生活,与其说是艺术形式的着意探新,毋宁说是为着更贴近生活与逼近矛盾。"

同日,李劼的《略论小说的故事性》发表于《文艺报》。李劼认为："小说的文体是一种故事性文体。因为叙事性比较含糊,讲故事可以叫叙事,讲一个事件也可以叫叙事,它们都具有叙事的意味。……所谓故事就是以人物为主导的一系列事件发生发展的连续活动系统。故事因为有了人物的主导,它就具有一种自我生成性,事件则没有。而小说叙述的不能是事件,只能是以人物为主导的具有自我生成性的故事。小说的这种故事性使它和新闻、传记、报告文学等等十分明确地区分了开来。因为后者虽然具有很强的叙事性,但它们都不具备故事性。故事由于以人物为主导,它就必然带有很强的虚构性。……即便是一篇所谓的纪实小说,它之所以成为小说,其标准也不在于事件的实在性,而在于虚构的真实性上。"

"虚构的真实性使小说的故事性具有了本体的意味。……首先,小说的故事性是小说与生俱来的生成质。……小说的故事性最早孕育在神话、传说、古老的叙事诗等等之中,它乃是神话、传说、古老的叙事诗等等的故事性。当这种故事性被专门独立出来之后，小说也就诞生了。其次，小说的故事性是小说的质的规定性。这种规定性不仅指故事给小说提供了构架，而且还指故事凝聚了作者、叙事者以及人物的所有在生命意义上的心理活动和情感体验。……再次，故事是小说的文学语言生成的系统质。……正如小说从神话传说中提取了自己的故事性一样，小说也从叙事诗那里夺走了它的故事性。"

**10日** 邓善洁的《荒诞与魔幻：小说形式变革的初级阶段》发表于《批评家》第6期。邓善洁认为："以荒诞、魔幻为代表的在现实与作品之间越来越多地加入作者主观感觉色彩这一中介的倾向，在这一倾向中，有一些作品是与象征小说、感觉小说等潮流相交相融的。就我们的荒诞与魔幻小说来讲，在怪诞、离奇、非逻辑和富于象征意味这些方面极其相似，但荒诞小说的针对性和功利性较强，大多通过作者主观臆想来构造一些夸张、变形等手法，并用这些手法直接地表现某些具体的社会问题，而魔幻小说原则上要更多地依据现实纷繁复杂的神秘色彩，通过作者与众不同的感受加以表现，只不过我们的魔幻小说目前故意玩弄手法、打破逻辑的痕迹仍然较为明显，显得有些生硬和支离。无论是荒诞小说还是魔幻小说，都还处于对小说形式进行变革的初级阶段，还有待于进一步地发展，这种发展并不一定永远局限于荒诞与魔幻，而是有着更为广泛的可能。"

郭超的《空灵之美》发表于同期《批评家》。郭超指出："他（宗白华——编者注）主张将'空诸一切'与'能深能实'联系起来考察，力主'境界丰富空灵'。小说艺术的空灵感或空灵美，就是有的小说并不注重情节故事发展，而是在平静地讲那么一点点事的时候，不留痕迹地给读者带来一种特殊的氛围、境界，一种特殊的韵致、情调，这些作品似乎看不出什么'目的性'，只是让你置身于某种境界、情调、氛围之中，感触或领悟到什么。"

郭超谈道："具有空灵美质的小说，其形象的描绘、画面的组合往往详略合度、疏密有致，这类作家善于捕捉意象、运用象征、暗示之类手法创造人物，而这多是意绪、素描式或氛围的渲染，在艺术的布局格调上往往是虚实相照，实中寓虚，有张有弛，抑中有扬，呈示出一种灵动而舒展的动人风采。有的作品还能在精炼简约的篇幅中，拓展广阔深邃的艺术空间，使有限的艺术形象展示博大的艺术境界与大千世界的生活形态，表现出作家对生活深刻理解和强劲的穿透力。另外，情韵也是空灵美的不可忽视的组成因素，作家通过景物意象的空灵形态，着意渲染作品氛围，'浓化'作品的抒情格调和艺术韵致，使作品显示含蓄蕴藉、余味不绝的感人魅力。所以，具有空灵美的小说，常借助诗般的抒情笔触，以蕴义深远的象征色彩，以小见大，以少胜多，揭示出多义性的内涵。"

何镇邦的《李锐论》发表于同期《批评家》。何镇邦指出："李锐的小说都力求有他自己的'范式'。这种'范式'，既可以从题材与意蕴上来理解，也可以从文体上来理解，而更重要的，恐怕是文体上的'范式'。他的中篇小说，《古墙》做了'板块结构'的试验，《红房子》与《运河风》则是一种比较传统的叙述方式，或者可以说是若干片断直线式的联缀。无论哪种结构形式，都是力求篇幅节省，结构紧凑的，决无当今那种拉拖沓沓，把中篇拉成长篇之时病。他的短篇，尤其是《厚土》七篇，在文体的创造上更有意义。""李锐的小说创作是很讲究语言的提炼的，可以说做到了炼字、炼句的地步。这也是他小说文体意识比较自觉比较强的一种表现。李锐早期一些作品的语言，都比较干净流畅，但还缺乏他自己的特色。后来，我们从《红房子》看到他那种诗化的小说语言，大致是景、情、理三者相互交融，形成一种非常美的语言。"

吴士余的《儒学文化与中国小说的主体思维意识》发表于同期《批评家》。吴士余认为："小说艺术思维有着自身的文化构成、结构模式和运行规律。它们构成了艺术思维的主体图式。在中国小说创作中，这种主体图式主要体现为'美善相济'的传统模式。从魏晋南北朝初步形成小说文体起，中国小说经历了唐代传奇、宋元说话、明清文人小说的历史流变，以及现当代小说的成熟和多元态发展。尽管小说思维面临着多元传统文化（如儒、道、释、墨、法等）的对立与互渗，西方文化的撞击，从而导致了小说家对美、善认知的观念蜕变。但，小说思维的主体图式却有着超稳定性。它不仅影响着历代小说家，而且也以特定的思维形态显示了中国小说创作的民族特色和风格，因此，探讨中国小说主体思维意识的文化构成、基本模式及其流变形态，这对科学地认识、把握中国小说艺术的主体规律是至为重要的。"

**14日** 蒋原伦的《民间传说与当代小说——由〈遥远的白房子〉谈起》发

表于《文艺报》。蒋原伦认为："叙事艺术中采用民间传说……最常见的当属演义式。这种方式是对民间传说进行加工、复制、演化。在原有框架不变的情况下添枝加叶，对人物进行修正，对情节予以扩展，增加故事递进的层次，在某些关节处不免大动干戈，以使传说符合演义者的要求。自然，这种讲故事的方式在当代作品中已经不多见，象《阿诗玛》、《刘三姐》等作品均属此列。"

"在当代小说中比较通行的运用民间传说的方式不是演义式而是烘托式与对位式。在这两种方式中，民间传说的本色得到了较好的保存而没有被妄加演义、被拉长、被稀释。在烘托式中，民间传说仅仅起一种背景作用，渲染气氛以构成一种大氛围。比如，《老井》中关于井和背井的传说，还有寻根小说和风俗小说中的大量民间传说都起着这类作用。"

"与烘托式不同，民间传说的对位式运用，则是通过一个传说与一个现实故事内涵上某种对应来构成的。……对位式的写法，同样把传说的力量凝聚起来，作为一个整个叙事单元发挥影响。其优越处在于把社会的和伦理的或其他的目的放在一个现实的故事中，使它们不相混淆，而又能互渗。"

"区别于烘托式和对位式，高建群的《遥远的白房子》姑且命名为组合式。……与烘托式及对位式相比，组合式中，现实的这条线明显减弱，因为其中没有现实的故事，但是作者选择了一个不坏的视角，即以当代边塞战士的身份来叙述这一切，叙述似纯然为好奇心所驱使而无其它功利目的。这样，既不至于产生那种以传说为现实服务的应时感，又有了现代人立场上讲传说那一种悠远、凄凉、苍茫、永恒的意味，故别有一种风情。"

**15日** 蔡葵的《〈隐形伴侣〉对传统模式的定向爆破》发表于《文学评论》第6期。蔡葵指出："《隐形伴侣》是一部心态小说。""小说运用内心独白、自由联想、幻觉梦境和象征隐喻等意识流手法，具体细致地描摹了人物的感觉、情绪和思想，发掘了人物内心世界的深奥和美妙，获得了某种特殊的美学效应。""《隐形伴侣》真正的艺术个性，它的特异和出众之处，还在于它着眼于表现人的心理和潜意识，以一种独特的语言方式成功地尝试了真正意义上的心理小说，正如张抗抗自己所说，是对超稳定的传统叙事模式进行了一次'定向爆破'。"

陈墨的《寓言的世界与世界的寓言——〈金牧场〉主题阐释》发表于同期《文学评论》。陈墨说："《金牧场》》是一个多层多角的空间，是一个丰富复杂的主体世界：它是青春、生命、人生的寓言，也是大陆、人类、历史的寓言。它是一个寓言的世界，一个关于世界的寓言。它是一座迷宫，很难说你什么时候能够探尽幽微，理解真谛，你说你读懂了，也许你恰恰并没有读懂。它在得到赞赏的同时，也将遭到许多非议和误解。但我们相信，它将得到永存！"

解志熙的《新的审美感知与艺术表现方式——论中国现代散文化抒情小说的艺术特征》发表于同期《文学评论》。解志熙强调："这里，我们想尝试着在纵的历史线条的基础上，把中国现代散文化抒情小说当作一种新兴的边缘交叉文体，一种新兴的小说艺术体式，对其艺术特征和审美优长进行横的平面考察和系统分析。"

"从小说的艺术传达功能而言，'散文化'主要指的是抒情小说变古典小说重叙事的传统而以抒情为主导。""以抒情为主导艺术功能，这是散文化抒情小说艺术特质的核心因素和审美优长的关键之所在。"

"从小说的组织结构方式来看，'散文化'指的是抒情小说家一反古典情节叙事小说靠单纯的因果逻辑来组织完整生动的故事情节的表层结构方式，而在抒情功能的推动与抒情内容的要求下，以心理情感逻辑来组织结构作品，从而赋予抒情小说以具有内在秩序和情理线索的深层结构。"

"从小说的艺术表现手法与技巧来看，'散文化'在广义上是指抒情小说广泛地借鉴和吸取了散文、诗歌等文体的抒情手法之特长，以及外国浪漫—抒情小说的一些表现手法，甚至还融汇了绘画与音乐等艺术的有益营养，从而创造性地发展和运用了一些独特的抒情、叙事、写意、传神的方法与技巧，恰到好处地服务于其主导艺术功能和主要内容的表现，丰富了小说艺术的表现手段。""我们认为最值得注意的但却长期受忽视的是以下几点：第一人称抒叙的手法，心理视角、回忆笔调以及写意的笔法。"

"从语言的角度来看，所谓'散文化'是指抒情小说的语言文风在总体上表现出浓郁的抒情诗化倾向和朴素亲切、舒卷自如的散文风，而就个体而言，则富于个人文体风格。""中国现代散文化抒情小说语言系统的最突出的个性特点，莫若其浓郁的抒情色彩——所谓抒情诗化倾向，和突出的朴素亲切、舒卷自如的散文风。""其次，抒情小说语言系统的另一个突出的个性特点，就是其语言风格的朴素亲切，舒卷自如。"

同日，胡德培的《往历史的深度开掘——从鲁彦周新著〈古塔上的风铃〉谈开去》发表于《文艺评论》第6期。胡德培认为："在一般记事性文学里，特别是戏剧、电影文学里，故事情节的巧合即人物关系的巧合，是十分常见的一种艺术表现手段；当今某些'改革文学'的创作中，这一点也比较见长。"

李复威的《论心理失态表现的哲学思辨与艺术开拓》发表于同期《文艺评论》。李复威认为："新时期的小说创作，在一定程度上已经准确而深刻地把握了心理失态表现的种种特征：闪现性。……荒诞性。……失控性与隐秘性的特征。……自我调节性。……在人物形象的塑造中，心理失态的表现将构成一个独特的、微妙的、有特定揭示意义和审美价值的内心活动的描写层次。"

吴方的《〈金牧场〉评说——兼及对小说文体的简单思考》发表于同期《文艺评论》。吴方认为："《金牧场》的段落语言却每每反其道而行：那些多以'我'、'你'、'他'开头的陈述长句排比而出，'密集轰炸'，中间很少有交代、铺垫。他述说听小林一雄歌声的感受，大多不做客观解释，只是迫不及待地陈述自己的联想，并不断地把'我'引进去。这一风格体现在语句的调子、语势的强化和语句横向方面的联合，它扩大了小说叙事的表意空间，以经验的组织和重构活动，参预主体对对象的认识和想象，参预意义的组合和创造。《金牧场》对主客关系的反复描述，造成其语言形式系统的空间化，它使叙事关注于存在本质与现象的多样联系，从而充分地揭示存在的意义。"

杨纯光的《论近期北大荒小说的审美倾向及风格》发表于同期《文艺评论》。杨纯光认为："优秀的北大荒小说的地域性、风俗性、传奇性的审美特征，却不是表面上的装饰，而是从作品中的人物内部感觉和体验、行为模式和心理活动呈现出来的，……它们与人物的个性血肉相连，昭示着北大荒人的孤独感和融合感、历史感和当代感。"

同日，杨小滨的《意义熵：拼贴术与叙述之舞——马原小说中的后现代主义》发表于《文艺争鸣》第6期。杨小滨认为："从根本上来说，马原在新时期文学史上之所以能独树一帜，也就在于他同刘索拉、阿城、韩少功们之间的某种'分延'。""我们很难概括他的某部作品的所谓'主题'，甚至无法表述他的某部作品的'内容'是什么。我们只能说，它是作为一件语言艺术品，存在着。'存在着'意味着我们只能判断它的价值事实而不能探究它的意义。""马原的小说并不提供我们需要了解这些问题的条件，它们通常仅仅把事实、事件客观地呈示给读者，而这些事实、事件之间的联系，它们的意义或内容却是空白。'纯粹的'事实、事件，这就是马原小说的全部内容。所谓'纯粹'，就是在事实或事件的叙述中抹去了个人主观性（包括现实主义的那个全知全能的作者）——甚至视角也是多元的——也就是说，是'纯客观'的。……《拉萨河女神》对13位艺术家的郊游的叙述方式的确是反小说的：'人物'只有编号而不分主次，难辨特征，事件没有情节起伏，杂乱无章，要不是浮在变化多端、引人入胜的语言表面，几乎要成为劣质新闻报道。"

"马原的创作方法，照他自己的说法，是'不逻辑'的。为什么呢？他解释道，生活不是逻辑的过程，那么小说为什么非得呈现出严密的逻辑性呢？或许有人会注意到他的另外一种解释：'不相关的事物（色彩）的拼合，造成心理机制新的感应程序。'……既然客观现实本身是片断的、不连贯的、无逻辑的、充满偶然的，那么我们传统思维习惯中的逻辑化的、整一化的、因果决定论的模式就必须被'新的感应程序'所替代。经验本身事实上也是一种客观现实，直观经验的本来样式就是无数碎片、无关联的印象、不带时空因果性的现象记忆；但是往往有一种形而上的主观的理性传统强迫我们把它们机械地组合起来，逻辑地串联起来，这就形成了一种非客观现实的虚假意识，而传统的文学作品却不可避免地屈服于这种思维模式的统治。……马原的《冈底斯的诱惑》所呈现的图像就是由三大'色块'拼贴而成的一簇支离破碎的故事，……在每个故事之中又通过叙述人称的变化和叙述风格的变化造成跳跃感和不连贯性。……这样的结构彻底摧毁了传统小说结构的整体性、和谐等美学规范，把不协和、分裂、偶然性提升到一个崭新的高度。"

同日，胡宗健的《抽象：小说创作的新走向》发表于《钟山》第6期。胡宗健认为："小说中的人物和事件，必须采取以具象为主的方法来表现，……

但是在以具象表现的同时如果没有一定抽象因素的发挥，没有人物和环境的取舍、选择、集中、凝聚、容括，没有人物形神的强调夸张，没有时空的重新组合和繁简、虚实等形式的运用，也是不可能达到形神兼备的效果的。"

杨斌华的《生活的思索：惶惑与超度——评张炜〈海边的风〉》发表于同期《钟山》。杨斌华认为："《海边的风》作为张炜小说的一个艺术变奏，呈现出与以往作品迥乎不同的独特风貌。似乎依然是细腻写实的风格，却又带有颇为浓烈的神话色彩。……因着《海边的风》所造设的奇幻意境及其对现世艰困与矛盾的有意疏离，而将眼光移向那深锚于作品表象之下，更诱引人心的寓意结构。"

20日　戴翎的《向着心态的深层掘进——论程乃珊的小说创作》发表于《上海文论》第6期。戴翎认为："在《蓝屋》以后，程乃珊不再用抽象意念代替审美观照，也不再把人物当作体现自己意念的数据，而是自觉地把注意力放在探询人物的灵魂上。……她把人物的心理写得复杂而又流动，透过人物灵魂的剖析，追寻人生的奥秘和真谛，把锋芒指向社会历史，因而使作品具有强烈的自省性和批判性。"

蒋守谦的《短篇小说的又一种模式——读〈来劲〉随笔》发表于同期《上海文论》。蒋守谦认为："（1）新小说的普遍倾向是不以人物为中心，而把事物形态和心理活动的描述放到更重要的地位上；（2）在时空关系的处理上，新小说作家具有更大的随意性，常常把现实、幻觉、梦境、潜意识糅合在一起，组成一幅幅奇异的富有荒诞色彩的画面；（3）以意象组合和联缀代替传统小说的情节发展；（4）以表现'深在的真实'为出，新小说的语言常常超越规范而形成种种特殊结构；（5）读者可以更自由地进入新小说的艺术世界。所有这一切，在《来劲》里都有或明或暗、或深或浅的表现。"

李劼的《论意象小说——比较〈猫城记〉与〈城堡〉》发表于同期《上海文论》。李劼认为："我觉得这部小说（《猫城记》——编者注）的审美意象的组合似乎比审美意象本身更有意思。它在以写实主义著称的老舍笔下，是唯一的一部非写实小说。也即是说，它用以组合审美意象的方式不全然是叙事性的，而是带有强烈的呈示性。按照我的区分，它不是一部写实小说而是一部意象小说。而按照小说本身的意象呈示上的明晰性和深透性来说，它又不是一部十分成功的意象小说而是一部生硬勉强的意象小说。""尽管我认为《猫城记》也同样是一部意象小说,因为小说所讲的有关猫人和猫人国的全部故事都可以归结为一个意象——衰亡的意象;但这部小说采用的不是《圣经》的写法,或者说不是启示录的写法,而是史诗的写法。"

同日,津辰的《极短篇风味浅尝——"东方千字小说大赛"部分优秀作品读感》发表于《文学探索》第4期。津辰认为:"其实,这类小说的产生并非自今日始,统观古今中外的小说史,短小而精粹的小说佳作屡见不鲜,只是起先有其'实'而无其'名'——与那些长达数千甚或上万字的小说一起统称为'短篇',而并未另起名号。但到后来,那些较长的短篇越写越长,以至不顾说'长'道'短'的文章再三呼吁,'长'风有增无减,到这时候,这类不甘随'长'逐流的小说才执意与'短篇'分家,另立门户。这一分门别户起个什么名称好呢?于是,'小小说'、'微型小说'、'袖珍小说'、'超短篇'、'极短篇'、'一分钟小说'、'一袋烟小说'、'精短小说'……别名雅号,多达十几种——这种名称的多异性,也标明了此类小说的繁荣发展。在这类小说时至今日仍没有个统一定名的情况下,我比较偏执于'极短篇'这个称谓(见拙文《文坛门外插话——关于统称'精短小说'的异议》,载《文艺时报》1986年第15期),因此在论及这类比短篇小说更为短小的小说作品时,我暂且使用'极短篇'这一命名。"

"极短篇的首要特点,就是小中见大,微中显著。它的这一特点,就要求作者大处着眼、小处着墨,宏观览胜、微观落笔,达到'以一斑窥全豹,以一目尽传精神'的艺术效果。莎翁所说的'简洁是智慧的结晶,冗长是肤浅的藻饰',在极短篇小说中体现得更为突出。它必须如绘画中的速写那样线条精炼、准确、传神,如雕塑中的微雕那样细微精致、惟妙惟肖,如影视艺术中的瞬息之间的特写镜头那样活脱自然、生动感人。要做到这样,选取好'文眼'则是极短篇成功的关键。这五个极短篇,在选取"文眼"方面都显示了作者的慧眼。"

"极短篇的另一个重要特点,就在于构思的绝妙。同样的题材,同样的事件,甚至同样的情节,或可写成平庸之作,或可写成精粹之作,其重要的因素在很大程度上取决于作者构思功力之高下。"

"在刻画人物方面,极短篇较之于中、短篇更切近生活。极短篇往往能摄取人物瞬间的形态、神态和心态的镜头,那种天然无饰的微妙艺术几近于生活。极短篇的这一特点,在《一杯水》中尤为显著。……所以,极短篇更应加强炼字、炼句之功。"

同日,黄子平的《读"空白"》发表于《文学自由谈》第6期。黄子平认为:"只需稍稍留意一下日常生活中人们的所谓'交谈',你会发现戏台上或小说中时常出现的'一环扣一环'的对话根本不存在。日常交谈是一种'不连贯的对话',前言不搭后语,主题快速跳跃转移,想要从中找出什么逻辑性来非常困难。对话的'不连贯'之处便是'空白',倘把'空白'计算进去,它在对话中所占的份量是颇为可观的。然而,我敢担保这是真正的'交谈',与那种僵硬刻板的一问一答不同,人们在这种'不连贯的对话'中获得的信息、乐趣、愉快乃至自我发现,显然不少。"

"但是,阅读与日常交谈有许多明显的不同,阅读不是'面对面'的。面对面的日常交谈者可以互相提问,来确定他们之间的那些'空白'得到了填补。读者始终没法从作品那里知道自己对它的看法是否对头。……实际上,任何成功的阅读,都以作品对读者的某种方式的'松散'控制为前提。这种'松散'程度大致跟作品与读者之间的'空白'的数量、密度等等有关。所谓'空白''无',不是绝对的'无',而是'无形的有'。它是由'有'建立起来的。确切地说,它产生于那些表面看来各不相干的词语、句子、对话、情景等等之间。"

李庆西的《小说是什么》发表于同期《文学自由谈》。李庆西谈道:"小说家的确需要有点异想天开的劲头,需要借助想象去演化自己的情感与心智。事实上,作家的想象力不仅构造了情感的表达方式,而且也体现为熔铸和提炼情感的能力。……情感是艺术思维的基础,然而这并不意味着作品中的情感描述愈多愈好。……对于情感,乃至对于生活本身,小说应该是一道简化的手续。""在作家的整个艺术思维中,想象力大抵是最活跃的因子,它的创造性不仅是一种生发和拓展,同时也包含着对'创造'活动自身的反忖。所以,想象力在其高级阶段上必然伴随着返璞归真的自审意识。所以,在小说艺术的发展中,一再出现向传统复归的趋势。而具体考察各种不同创作方法和流派,可以看到，任何自领风骚的新派小说家笔下总是或多或少地保留着某些古老的艺术痕迹。所以，小说还是小说。"

林斤澜《"杂取种种话"》发表于同期《文学自由谈》。林斤澜认为："这两年有些作品里，乡风乡俗日见浓重。随着来的各地方言土语上书登报，乡音母语成了作家的看家本钱。不论怎么说，小说是语言艺术，这句话还是戳得住的。"

林斤澜表示："作家的取人为模特儿，有两法。一是专用一个人，言谈举动不必说了，连微细的癖性，衣服的式样，也不加改变。这是比较的易于描写……，二是杂取种种人，合成一个……我是一向取后一法的……"

"不过'杂取种种人'，好像又可分'杂取'一地的'种种人'，和'杂取'各地的'种种人'。语言也有'杂取'一地'种种话'，或是'杂取'各地'种种话'。我想这里明摆着不同的道路，尽可各走各的，路或有宽窄，倒不分高下。哪条路上都有凡夫俗子，也都有能工巧匠。只不过是眼下讲究地方风味的势头大，我就来说说'杂取种种'一法，稍稍提醒一笔。"

孙连仲的《琼瑶的模糊语》发表于同期《文学自由谈》。孙连仲认为："一般说来，模糊语作为模糊逻辑的物质外壳，在文学作品里，有特殊的异彩。……琼瑶的作品，借助语言的独特魅力——模糊，使美的更美，丑的更丑，具体的变得深奥、抽象的变得活灵活现。单就小说《一颗红豆》，在模糊语的使用上就十分丰富、多种多样。归纳起来，大致有以下四类：词和词组充当模糊语。模糊语最主要的表现形式是由形容词、副词构成。如：'她竟对母亲挤出一个虚弱而歉然的微笑'，'他模糊的想着'，'她蓦然一惊'，'戛然一声尖响，''她越来越恍惚了'，……'虚弱''歉然''模糊''蓦然'等都是一些意义模糊的形容词和副词。但作者一旦用在作品中，被特定身份、特定年龄、特定气质、特定习惯以及特定心理状态的人物使用了，却产生了独特的、异乎寻常得语义。……二、各种修辞方式充当模糊语。……三、综合型：这是将各种词格兼用。"

徐剑艺的《论新时期小说的符号化倾向》发表于同期《文学自由谈》。徐剑艺认为："新时期的一些小说已从单纯'再现现实生活真实'的认知模式中脱颖而出，归升到了作为一种崭新的审美符号系统的艺术世界。……这不再仅仅是一种所谓'新的技巧'，而是一种新的把握世界的方式，是新时期中国的一种新的文学观、新的小说观的初次艺术实现。……小说的语言是构成艺术符号的基本符号。小说的结构（包括内结构和外结构）是符号系统的构成模式。如果以此对新时期部分小说进行小说文本的形式构成和小说意味的内容实现方式的探讨，将会发现这些新小说的新的艺术特征。一、小说题材——艺术符号的形式意义。……作为审美符号系统的小说，它的符号形式就具有表现这种'意义'——指示物的相同价值的符号功能。真正的艺术也正是实现了这种超越事实世界的'虚的''形而上性质的''神话世界'的意义的。"

"二、小说语言——非实用的符号功能的实现。这一倾向的总体特征是：把小说传达当作一种符号传达，充分相信符号接收者的'再造想象力'，有意设置这一符号的美学功能、文化功能得以实现的'空筐'，使符号接收者进行符号意义的再解译和再创造，由此产生小说语言的张力，使小说语言具有情绪化的模糊和意向化的多义，从而造成艺术语言的符号内容的审美自足状态——有人称之为'阅读快感'。"

"三、小说结构——符号化组合的主题实现方式。新时期作为审美符号系统的小说'世界'的结构是一种系统化的艺术符号结构——情感逻辑结构。由此，小说的形式结构也相应采用了打破时空的非规约性叙述。""他们把小说'世界'写成完全不同于现实世界的'虚的世界'、'神话世界'、'变形的世界'——符号化的世界。首先，这个世界的存在方式是没有明确的时空感的。有人称之为'背景虚化'。……正因为这种'世界'的符号化组合的内在结构特征，小说家采用的形式结构也就相应主观化了，其一是这些小说的叙述没有明确具体的时空规约，不交待故事准确的现实时间和真实的区域，有意打乱叙述一维性。层次之间的过渡和跳跃大多采用暗示、象征等哲理蒙太奇。结构模式象无数篇寓言的系列组合，象象征派画和意象派诗的组合。"

朱晓平的《小说就是小说》发表于同期《文学自由谈》。朱晓平谈道："小说就是小说。方块字的排列组合，传达着人的情感，思绪或许还有什么别是，只是遗憾，许多年来，小说也如同其他艺术形式一样，被迫失却了自身最有价值的东西，被捆缚于浅近功利需要的战车上。艺术的或审美的，早已是一句空话，剩下只有'工具'或'武器'。这是悲剧，文学的悲剧。……我对前景抱着极大的乐观。小说步履艰难地走完了它必须要走的一段路程，于今天来看，尽管步子还显嫩生，步法也稍有杂乱，然而它毕竟是放开胆子迈着大步走了过来，完成它为文学的健康发展所做的伟大奠基。"

同日，艾斐《论变形描写在新时期小说中的个性显现》发表于《小说评论》第6期。艾斐指出："变形描写在小说创作中的出现和发挥奇特效用，……主要的、本质的，还是实际存在的现实生活——创作客体的真实状貌、形态、内涵和规律使然"，"只有实际存在的现实生活——创作客体的存在形式和运动规律，才是作家进行艺术变形的坚实基础和原始依据。创作主体的主观意识和主观想象能力的施展与发挥，创作主体对变形艺术的具体创造和运用，始终只能在这个基础上进行，并严格循守这个'依据'所提供和规定的矩度与范畴。否则，变形描写就会失去生活的真实感并因此而丧失读者对它的知解力，以至纯乎坠入无稽和荒唐的艺术陷阱"。

陈少禹的《试论民歌与新时期小说创作》发表于同期《小说评论》。陈少禹指出："如果说，过去的某些小说作品，还只是把民歌作为结构作品，表现人物的一般的文学形式（当然，有的篇什在民歌内容的选择上也不乏生吞活剥），那么，新时期十年文学，小说创作中的民歌则是连同这个时代的文化形态一起走进作品之中的。""民歌作为一种粗犷、醇美的民间艺术形式，在经过小说作家的不断锤炼和创造以后，将其融汇于作品之中，有利于作家多层面的表现生活，以强烈的民族意识勾勒火荼的生活景象。"

董子竹的《成功地解剖特定时代的民族心态——贾平凹〈浮躁〉得失谈》发表于同期《小说评论》。董子竹认为："就目前《浮躁》达到的水平看，其对当代中国人人性建构运动，社会心理模态的发掘，尚还欠些深度，大半是停留在表层情绪的曲折回旋上，对中国人数千年形成的文化——心理结构还未作到入骨三分的勘查。"

景国劲的《陌生化：形式化了的小说审美潮汐》发表于同期《小说评论》。景国劲认为："在近年小说创作'寻找感觉'的意向中，艺术感觉已经不象此前阶段那样仅仅把感觉作为一个单纯的内容因而纳入作品之中，而是把艺术感觉由小说的叙事因变为创作的动力系统了。""小说的陌生化叙事方式的另一表现是意象、隐喻、象征的出现,它们已经脱离了单纯的艺术表现手法这一传统范畴,而以叙事方式的面目重新出现在小说整体叙事结构中。近两年的小说之所以陌生、艰深,除了以上分析的诸因素之外,大概是与意象、隐喻和象征在小说中的存在不无关系,它们与其它叙事因素一起组成陌生化的叙事系统。"

"当代小说创作出现的陌生化审美潮汐,不仅标示出了当代小说由内容性、思想性到艺术性、形式性的历史转折,它本身蕴含的价值也给文学带来了一系列值得思考和讨论的问题。""一、新的美学原则","二、新的叙事体系的建构","三、陌生化与读者","四、文学语言与文学革命"。

李星的《混沌世界中的信念和艺术秩序——〈浮躁〉论片》发表于同期《小说评论》。李星指出:"《浮躁》中的人物和生活是保留着更多的生活自然色彩的混沌世界,而从后者看,作品在混沌天序中又强化着艺术家的主体精神,使其呈现出现代艺术的新秩序。"

吴士余的《外形式:时空维度的拓宽与转换——形象构成观念的嬗变之一》发表于同期《小说评论》。吴士余指出:"新时期小说在改变意象组合的内形式时,传统的时空观念也发生了相应的蜕变。这种观念蜕变主要体现为作家对三度空间思维的强化。""时空形式的嬗变并非是任意性的,它有着相对稳定的意向。……一是拓宽物理性表现时空的涵义,二是建构心理时空维度。""物理时空观念向心理时空观念的嬗变,致使审美意象的物化形态存在着明显的变化。它表现为:性格刻画、动作描写的外延性,转向心绪、情感世界的丰富性、隐微性;性格形象构成的固定视点,代之为情感形象多元视点的交叉和全方位视点的旋转;性格历史的情节演释转化为心绪意识流动的细节放大和画面缀联,如此等等。由于心理时空的构筑,情感形象构成也就独辟了一个五光十色、纷繁冗杂的艺术形象世界;同时,也显示了当代作家在形象观念嬗变中审美时空意识的深化。"

吴予敏的《以历史的广角镜头追踪民族文化形态》发表于同期《小说评论》。吴予敏从"解析文本的艺术象征符号入手",选取王安忆的《小鲍庄》、郑义的《老井》、张炜的《古船》和韩少功的《爸爸爸》,分析作家"以历史的广角镜头反映民族文化时所呈示的景观"。

赵俊贤的《新时期小说审美意识形态的复合状态》发表于同期《小说评论》。赵俊贤认为："在新时期的小说创作领域里，特别是近年来，有一支异军突然勃起，表现为旗帜鲜明的反传统审美意识。"

"反艺术典型，人物走向心态化，这是反传统审美意识的首要特征。……这种小说，以象征、怪诞、变形、夸张等等浪漫主义手法，直书人物的灵魂，往往不需要外在世界的情节作依托，不需要对人物展开性格刻划。《布礼》可以看作是这种小说的代表作之一。"

"反封闭系统，结构走向开放，这是反传统审美意识的主要形式特征。……新时期反传统审美意识的小说，创造了表现型的结构模式。……情节的功用与艺术处理也有变化，不再追求它的完整与对人物性格的作用，而成为表现心态的辅助手段。……由于反封闭，这种反传统审美意识的小说在结构形式上反有序、反统一、反和谐，总之，反规则化。"

"反传统审美意识反对规则化，在艺术表现手法上也采用了不同于传统现实主义的多样化手段，诸如象征、荒诞、夸张、变形、魔幻等等，这些手法或单一使用，或数端并举，或交替使用，呈现出令人头晕目眩之势。……反传统审美意识的核心是在于它对人的认识较之传统审美意识有所前进。"

**21日** 李国涛的《小说文体的深层与表层》发表于《文艺研究》第6期。李国涛谈道："何谓小说文体的深层结构与表层结构呢？也如句子的深层结构是一个抽象的形式一样，小说文体的深层（结构）也是一个抽象的形式。小说的深层并不是小说内容，就是说，它不是情节、人物、主题等等。它是作者对小说内容表现出来的基本态度、看法、情感。但是这种态度、情感、看法是比较抽象，也比较朦胧的。它只是一种基本情调，这种情调有待于化为语调。基本情调当然表现出作家的根本立场和世界观，表现出作家的文化背景和个人经验。这种情调是作家面对他所观察、体验、想象到的事物与人物而产生的。""情调——作者对所叙述的事件人物的态度、感情、看法——就是小说文体的深层。……句子的深层结构可以同句子的表层结构完全相同。小说文体的深层与表层也可以有这种现象。"

"小说的叙述者身份有变化的时候，是文体的深层与表层应当有分明的转化的时候。比如鲁迅的小说,以'我'的第一人称叙事时,文体的表层往往表现出同深层的情调相同的笔调。……在小说文体深层和表层的关系上确有一个转化和生成的关系。我们从以上的例证看到,文体的深层和表层之间可以相符,也可以有距离。……总之,从文体的深层——情调,到文体的表层——笔调,是有一个转化的。必然的因素和偶然的因素都在起作用。转化有多种途径。我们在这里不是详细研究转化的途径,而是指出这样一种现象的存在。"

**23日** 李洁非、张陵的《马原小说与叙事问题》发表于《当代文艺探索》第6期(终刊号)。李洁非、张陵认为:"《冈底斯的诱惑》把更为立体的叙事结构带入了中国小说作品。这种结构的特点已经不光是时空、因果的变化(这一点在小说中如此明显,以至每一位读者都能感受到而不必笔者在此赘述);它还创造了'叙述之中的叙述'。……叙述者既不比他的人物知道得多,也不是与人物知道得一样多,而是比人物知道得少。因而小说实际上收到了这样的效果:在某种意义上,人们感到这篇小说并非完全出自作者一人之手,除了作者在写小说这个事实以外,小说也在写它自身;或者说,这篇小说至少某些部分是在作者认识范围之外的。"

**24日** 谢明德的《向生活深层开掘——读〈美仙湾〉兼论谭谈的小说创作》发表于《人民日报》。谢明德强调:"他(谭谈——编者注)的作品总是洋溢着芬芳的泥土气息,清朗、昂扬的乐观主义情调,感情浑厚浓烈,激荡着一股生命的活力。谭谈的小说,素朴、清新、自然,无故弄玄虚和矫揉造作。描摹心态,写景状物,一勾勒,一皴染,又无不清新婉丽。走的是讲故事的路子,表现出一种民族的、传统的小说审美趣味。"

**25日** 李炳银的《灵魂的欠缺——长篇小说的不足》发表于《当代作家评论》第6期。李炳银认为:"长篇小说不应是生活现象的简单罗列,只客观地展现社会人生的外部状态这还是远远不够的。"

李洁非、张陵的《矮凳桥文体》发表于同期《当代作家评论》。李洁非、张陵认为:"林斤澜的小说相当明显受到中国古典文学的直接影响,在语言形式上自觉地营造浓厚的民族文化氛围。""林斤澜的小说形式更接近中国古典小说的文体,尤其是明清以来的笔记体小说的语言传统。这种所谓的语言传统,我们指的是一种说话的方式。""《矮凳桥风情》的语言实施过程中,常常把古典小说的写实特征和现实主义的技巧混揉在一起,带来了艺术上的失调。"

李园生的《高晓声和喜剧的自觉——论陈奂生系列小说》发表于同期《当代作家评论》。李园生认为:"高晓声的叙述语言是很有特色的,首先,对于农村生活的熟悉,对农民喜怒哀乐的深切体验,使他第三人称的叙述语言,不但不感到枯燥、冷漠,反而充满生活气息,绘声绘色,真实感人。他善于在现代汉语中融汇进苏南地区农村的生动口语,以一种独特的轻喜剧的幽默和亦庄亦谐的情趣,逗得读者发出会心的微笑。""用一本正经的语言说出荒谬绝伦的内容,使喜剧逻辑的怪异性达到了高强度,巧妙的幽默也发展到了辛辣的讽刺。""高晓声富于幽默感的语言有时被缺乏审美价值的理性议论所冲淡而失之不足,可有时却相反,喜剧逻辑的荒谬性又失之过分,从而表现为某种油滑。"

刘振生的《〈离异〉:思辨的悲剧》发表于同期《当代作家评论》。刘振生认为:"吴若增在文学发轫之始便非常有胆识地表示过对'故事性'的反叛,在他的短篇小说中,他竭力远避故事情节的奇特、刺激,却常常使之处在残缺、平淡的状态。他希图以残缺、平淡获取更加深层的刺激,渴望在故事以外——读者与人物、读者自我之间寻找到更具思想魅力的艺术空间。"

罗强烈的《矮凳桥系列小说的叙事结构》发表于同期《当代作家评论》。罗强烈认为,矮凳桥系列小说的特点是:"以'神'为线的结构框架。""这里所说的艺术结构,不是指相对情节而言的结构,而是指艺术世界的形态结构。……林斤澜基本不按'生活的本来面貌'描写生活,而是把现实生活改造成一种不同于现实生活本身的艺术形态。""把现实生活的本来面貌改造成一种艺术的变异形态,这就是林斤澜小说所追求的'神',同时,这种变异的艺术形态也就成了《矮凳桥风情》的艺术结构框架。"

"笔记和诗魂相融的小说文体。""小说对时空采取自由跨越的处理方式,正是为了以'历时'和'共时'这样两种形式去捕捉历史的存在状态。""林斤澜'是在现代艺术的意义上,改造了传统笔记小说这种文体',形成了《矮凳桥风情》这种笔记与诗魂相融的小说文体。"

"变幻多姿的叙事艺术。""虚实处理也体现出林斤澜多变的叙事艺术。

林斤澜常常在极为写实的描写中,转而运用极为写意的方式聚光传神。""'有话则短,无话则长',这是林斤澜叙事艺术中的一个独特而重要的现象。汪曾祺称之为'文字游戏',相当于一种'有意味的形式'。""叙述语态的变幻多姿,也是林斤澜叙事艺术的一大特色。"

孟悦的《一个不可多得的寓言——〈矮凳桥风情〉试析》发表于同期《当代作家评论》。孟悦认为:"1.象喻化的时空。""矮凳桥的时空以它象喻性的力量行使着情节的职能:将零散的事件和人物勾联整合为一个表意整体。"

"2.'幔式'情节结构。""幔式情节结构讲述了一个寓言,一个花非花、雾非雾、鱼非鱼的寓言,这寓言包含着一种东方的、既古老又现代的感悟方式和哲理。"

"3.'传说化'的叙述与仪式。""这种以说书式的、讲故事的、借典说今的、作家考证等等方式入题的叙述模式,与一系列'矮凳桥的'副标题同一功能,那就是将描述对象'传说化',不求使人物毕肖于实物实人实事,但求使人物成为一个个因叙述才存在的、话语中的生命,不求传达客观之真,但求表现传说与话语的本来面目。无须赘言,这种叙述方式与矮凳桥的时空框架和情节结构同一寓意。"

王宗绍的《语言艺术的魅力——读邓刚的长篇小说〈白海参〉》发表于同期《当代作家评论》。王宗绍认为:"由于使用了这种'私人的声调',《白海参》才冲出了'开端、发展、高潮、结局'的小说八股文樊篱,创造了一种'迷宫'式的小说结构;由于使用了这种'私人的声调',小说才越过了'在典型环境中塑造典型人物'的雷池,创造了在心理表现中塑造人物的手法,塑造了众多的'不求形似、只求神似'的夸张的艺术形象;由于使用了这种'私人的声调',整个悲剧故事才呈现出一种'寓悲于喜、悲喜交集'的艺术风格。"

徐德明的《黄蓓佳双重征服的新态势》发表于同期《当代作家评论》。徐德明认为:"在这里,黄蓓佳实现了一种转化:从意识内容向具象内容转化。""黄蓓佳'情绪小说'的结构,可以试着用'点'状结构来概括。""有感于心态小说的局限,借鉴于世界文学的趋向,响应生活浪潮的召唤,黄蓓佳的《夜夜狂欢》采用了多面组合的结构。"

同日，张辛欣的《没有兴趣就不要看》发表于《收获》第6期。张辛欣认为："'实验小说'，似乎只是文学圈子里的玩意儿，不论作者怎样苦心煎熬、折磨自己，总和大众的阅读欣赏拉开距离，常常还是自觉或自信地拉开距离。而不论在文学圈子里或外，大人们就是不肯说'皇帝没穿衣服！'这个儿童无比的实在道理：实验小说真的不那么好看，好玩。既然人人都同样长两只眼睛，干吗自己要傻兮兮地说出来，自己不说，也不许别人说。……然而实验小说也不见得都不好看。"

## 本月

李裴的《小说虚构的实在性——小说空间论之一》发表于《花溪文谈》第3、4期合刊。李裴认为："从小说本文角度看，虚构性最明显地表现在小说语言上。语言在小说里具有两个明显的特征：第一个特征，语言呈现为声音的连续系列，由声音的轻重缓急，快慢张缩，节奏旋律与它反映的生活相对应；第二个特征，语言成了一个符号的整体，是人所创造而又相应独立于人的符号世界的一分子。人在符号中进行创造是最为自由、无拘无束的。"

"我们知道了小说的虚构是小说本文的必具的品格，它并非实体存在的实际生活。它的实在性何在呢？答案是：当我们超越了现在（时间和时间中的生活）时，在前趋于未来时，经由想象，我们便攫取了小说的实在性，它的真正世界。也就是说，小说的实在性是在想象中而不是在具体生活的行动之中；小说的实在质是在作者和读者的想象中获得并实现的。"

李国涛的《王蒙小说文体描述》发表于《文学评论家》第6期。李国涛认为："王蒙小说文体在句式上突出的一点是长句。……王蒙文体中的长句结构在语法上并不是很复杂的，其中多是由并列的句子或同位成分构成，而较少由层次不同的句子组成。所以，这些长句可以婉转而下，并不造成阅读的困难，也不象某些译文那样需要人们去思考句子的语法结构。不，王蒙文体总给人一泻千里、轻舟已过的感觉。"

"我想，王蒙的长句大体是这样的。它抒情，它近于诗。长句里的同位成分从各个方面来描摹、界定一个对象，来赋予一个对象丰富的、完满的意义。

对王蒙来说，用一个词去说明一个对象、一种情绪、一个意义，似乎不够，不满足。他要用众多的词，用一个彼此相似相近或相关的意义的'家族'来表达。西方哲学家曾经提出过'语言家族'、'意义家族'这样的概念，说明某些词或某些意义之间有部分的相似之处，而决不会完全相似。"

"由于王蒙善作长句，善用排比，所以他的句子里可以容纳、消化联翩而下的成语，形成斑斓的色彩，也造成他的长句的一种特色。从市井口语到文言成语，兼收并蓄。在用法上，有认真在原来的意义上使用的，更多的是改变原意，出之以嘲讽，出之以调侃，造成各种氛围，表达各种情绪。"

张志忠的《莫言文体论》发表于同期《文学评论家》。张志忠认为："就建立一种可供他人效法的文体而言，莫言的文体突出地表现出其描述性、开放性和现在进行时态及其插语、提示。我们已经讲过，莫言是以生命感觉为文学，带有很强的直感性，表象性，相对而言，他的理性思维能力较为肤浅，他是只信马由缰地听凭感觉的运动和感情的驱遣，不注重理性的节制，相应地，他的行文中也大量地涌现出对于感性直觉的描述性文字，很少有什么分析性的句子。瞬息万变的印象，没有经过理性的爬梳，就迫不及待地跃上纸面，而且是互相推涌、互相碰撞，乱哄哄、闹嚷嚷、一窝蜂似地、连滚带爬地流出来……"

"莫言文体的又一特点是它的充分的开放性。就莫言所使用的词汇来说，几乎包容了所有的种类：粗野的口语、典雅的文言、西方文学中的一些词语和随着时代的变化而出现的具有时代特征的语言，这些看来差别很大、风格各异的词语，到了莫言手下却如同听话的孩子一样很有秩序。"

"他的文体中的文言句式和诗词曲赋成分则显示出他师法中国古典文学的功力，莫言很推重庄子和李尚隐，'象李尚隐的诗，这种朦胧美是不是中国的蓬松潇洒的哲学在文艺作品中的表现呢？''我看鲁迅先生的《铸剑》时，就觉得那里边有老庄的那种潇洒旷达，空珑飘逸的灵气'。他得之于庄子散文的地方很多，从对天马行空的创造精神的景慕，到《马蹄》《秋水》等取自庄子散文的小说篇名，从对庄子关于生命自由的论述的称引和发挥，到庄子语言风格的模拟——'四处水声喧哗，象疯马群，如野狗帮，似马非马，似水非水，远了，近了，稀了，密了，变化无穷'（《秋水》）。"

"莫言文体的又一特点是他的现在进行时的语态。生命是一个过程，它由一个个现在所构成，感觉要有对象，在对对象的感知中进行自身的运动，于是，与此相对应，一个个由不同的感知者在现在进行时中的运动，以及叙述中的现在进行时态，就显得至关重要了。抓住现在，就是抓住生命；放弃现在，也就是放弃生命；生命感觉，在一个个现在中展开。"

"更为独特的，是他引进了一种可以称之为'过去进行时'和'将来进行时'的叙述方法。文学中的时间不同于自然时间；在现实主义作品中，过去与现在的界限是很清楚的，在追述以往的时候，或者因为只注意其因果性，只注意其叙述性而忽略了感性力量，或者只是从头至尾地叙述着一个完整故事而忘却了时空的调度，或者在过去与现在之间出现断裂痕迹；在意识流作品中，时空自由调度，而且过渡时的连接因感情的充盈显得流转自如，在这一点上，写感觉的小说与之近似，但是，意识流小说是将一切外在的世界都溶解在心灵中，事物包括时间的清晰度透明度都被情绪的浸染模糊化了，事物的由时间之阴晴晦朔、季候条件造成的不同变化都失去其意义；生命感觉却必须依感性对象而实现自己，在对感性对象的感知的强烈中挥发感觉的力量，同样地，对于时间感，它也要求既清晰透明，又要求联接得平滑整一，显现感觉的有机完整，既要是进行时的，又要有不同的时差感。在时空交错的作品和叙述发生在过去的故事和将来会要发生的故事时，莫言从马尔克斯那里获得启示。"

江曾培的《斯人至刚，斯文至真——读杨刚的〈挑战〉》发表于《小说界》第6期。江曾培认为："小说是离不开虚构的。完全否定了虚构，也就否定了小说。但是，虚构并非胡思乱想，胡编乱造，它的脚也还是要站在真实的基础上的。"

《关于〈曲里拐弯〉——编者与作者的对话》（作者不详——编者注）发表于同期《小说界》。文章认为："第一人称写法完成的是广阔的'心理场景'（我们姑且发明这个词），这'心理场景'就象X光屏幕一样，使读者更加透视客观世界。第一人称写法还有另外的妙处：主人公叙述的方式可以使小说语言相当个性化和有韵味，并能从口语化的叙述中顺手牵羊般地描绘出一大串人物，写起来从容自然而且得心应手。更妙的是读者读第一人称的小说，首先进入'我'的角色。这样读小说里其他人物时，就格外亲切生动。"

## 十二月

**1日** 张的《长篇小说〈浮躁〉讨论会》发表于《人民日报》。张表示:"《浮躁》在继承已往的语言和叙事风格的基础上,对生活的整体把握方式有所发展。这部作品达到的成就昭示出,新时期文学经过一个时期的多方面探索,艺术表现手法在一个新的层次上表现出重新向现实主义回归的趋势。同时,它也是改革题材文学不断深入发展的重要标志。"

**3日** 吴方的《"真实":追触与契会——刘恒小说泛论》发表于《小说选刊》第12期。吴方认为:"传奇传奇,无奇不传。这本是中国史传文学的传统旨趣。刘恒叙事,多取法于兹。正因文气明快跌宕,描写不粘不泥,故而能从简洁而有密度的语句展延里,读出色彩来,感觉出强烈的造型表现力。这种语言造型的方式使叙事弃绝'磨豆腐式'的平淡杂沓,更有利于呼唤、刻画人物和主题,使之酣畅鲜明。"

**4日** 文理的《长篇小说也要讲究艺术形式》发表于《文艺报》。文理认为:"小说作为一种以叙事见长的文体,它总是由时间、空间、人物、情节、模式、结构、叙述方式、语言等要素结合而成,而将小说进一步区别为短篇、中篇和长篇,除去外在的字数规定外,更重要的还在于其内部规定,这种内部规定的要害也不在于小说要素的多少,而在于如何结构和使用这些要素。换言之,种种小说要素的不同的结构方式决定了小说的短篇、中篇和长篇的形态特征,亦即小说的所谓艺术形式。正是在这个意义上,我们认为,近年来出现的一些长篇处女作严重缺乏作为长篇小说应有的形式结构,……他(马原——编者注)的长篇处女作《上下都很平坦》却令人失望,从故事上看,其实就是在《错误》的基础上发展起来的,但由于整个叙述方式和结构方法没有任何变化,更谈不上实质性调整,结果,作品第三部的整个结构就陷入混乱,他在短篇中拿手的故事、独特的叙述在这部长篇里已无法讲叙下去,只好草草收场、匆匆忙忙地一一交待人物的结局,艺术整体陷入了不和谐的窘境,结果,《上下都很平坦》实际上就成了一部短篇小说的硬性扩充,而作为长篇小说的艺术要求却根本没有实现。"

吴方的《"长"的旨趣——关于当代长篇小说的理论支点》发表于同期《文艺报》。吴方认为:"长篇小说需要广阔而曲折的情节发展,但情节不仅遵照事件变迁的安排,还要体现各种对立、糅合的思想主题的结合。在长篇小说的情节发展中会出现人物及其性格的复杂关系,他们无论如何交叉、配合、冲突,又无不体现各种思想主题的交叉、并协与冲突。同时,小说的结构形态又是从人物的思想主题中,从它们的辩证的必然发展中产生和发展起来的。""与长篇小说文体建构有关的叙述方式,实际上也体现在对思想主题的叙述上。多个主题的表现或主题的多种叙述,都是为了结构容量关系,而文体的选择便提供了这种关系展开的可能性与容量。于是作品的总的主题、意义方向便可在复杂晦明的转化关系中获得阐释,获得更辩证、更多方面的、更深邃细致的描述,所谓'眼界始大,感慨遂深'。而这是在拉长了的中、短篇小说中所难以获得的效果。"

**7日** 张建建的《〈九疑烟尘〉的结构语言——兼谈历史小说叙述观念的变化》发表于《花溪》第12期。张建建认为:"句式重复,不论是从修辞的角度,还是从艺术原则的角度,它的价值都不是单纯的反复,而是一种意念和情绪的深化,因此它成为在表层情节淡化的后面支持作品艺术结构的强有力因素,《九疑烟尘》的成功即在于此。我们从这个结构语言里不仅可以观察到它的意义蕴含,还可以在它复沓回转的形态的心理效应里,感受到强烈的情调氛围——精神气韵,这就是那难以言说又旨意深远的古代风格概念——'沉郁'。这才是结构语言的真正美感的风貌所在。……这种表层的严峻真实却在深层与作家自身表现要求的真实融为一体,因此作品获得了超越情节之上的哲理性,由此也获得了超越社会历史时间的真正的审美时间,从而成为一个艺术世界。"

**8日** 高尔泰的《当代文学中的现实主义问题》发表于《人民日报》。高尔泰认为:"当代中国文艺的主流,仍将是现实主义。""在危机感、荒谬意识和反传统精神这些点上,当代中国作家们找到了与西方现代主义者主要的价值认同,……但是,这并不意味着,当代中国现代主义的文学艺术,是西方现代主义的翻版,更不意味着,中国的现代主义将取代现实主义而成为当代文艺思潮的主流。""当代中国作家,很少有机会象西方现代派那样成为游离于社会之外的'局外人'。他们的'内向转',主要还是一种历史的反思,而不是西方现代派那种'多余人'式的自我挖掘。""植根于我们民族历史和现实深层的现实主义精神,通过象征、隐喻、结构变异、情节的荒谬化或其他非常手段,来表达自己的切身感受和热切呼求,从而使得作品带有某种类似于'现代主义'的意味,以至于我们只能越过语义层面而在隐义层面或引申层面上把握它。……它是中国历史、中国当代现实和中国作家的智慧、激情和灵感的共同产物,一种具有中国特色的,但是还处于萌芽状态的现实主义。"

何镇邦的《寄希望于改革——读中篇小说〈烦恼人生〉》发表于同期《人民日报》。何镇邦强调:"池莉的《烦恼人生》正是着意谈生活的,她采用'生活流'的写法,努力表现生活的原生态的美。这种记述主人公一天生活流水账的写法,也许失之于琐碎,但却有自然真切的长处。尤其是近年来一些小说家醉心于玩弄各种新手法,以致某些玩技巧的作品产生一种审美的隔膜的时候,池莉这种立足于写生活,用朴素的白描写出生活原生态之美的作品,更显得清新动人。"

10日 张颐武的《追索童年的岁月——读王刚的〈博格达童话〉》发表于《北京文学》第12期。张颐武认为:"作者在作品中始终包含着对时间的沉思。这里似乎有三重时间,一重是经历了沧桑的叙事者所代表的时间,一重是老梦真所代表的时间,另一重是叙事者'我'童年的时间。这三重时间紧紧地交融在在一起。作者打破了作品中时间的线性,让三重时间'共时'地呈现在读者的面前。时间在相互碰撞、挤压、交叉,时间在相互对比。在今天的'我'和老梦真之间对比,……在对比中有参照,有无声的感慨,有悲哀和忧伤。时间一方面被割裂为若干段落,另一方面则将这些段落加以重组和再造。""无联系的状态系列组合在一起,本身就是一种联系,它们会产生出新的效果。在《博格达童话》中这就是对童年、成熟这一些人生阶段的思考。"

11日 耕晨的《改革激流中的时代新人——中篇小说〈荒滩〉读后》发表于《光明日报》。耕晨认为:"《荒滩》在艺术上有执着的追求。作者娴熟地运用白描、象征、魔幻、意识流等多种艺术手法,其中有对传统形式的借鉴,也有艺术上的创新。作品将现实的描绘和历史的反思熔为一炉，表现出鲜明而强烈的当代意识，达到了思想内容和艺术形式的统一。尤为成功的是关于人物心态的逼真描写。"

同日，叶永烈的《韩素音关怀"灰姑娘"》发表于《人民日报》。韩素音表示："科学幻想小说是当代文学的一个重要的组成部分。它常常不被看作是'文学'，但它确是文学。它也是创作、想象、精神的解放。科学幻想小说常常走在现实的前面！"

**19日** 程德培的《长篇小说的艺术在哪里？》发表于《文艺报》。程德培认为："长篇小说与短篇小说的不同，甚至这种不同还包括了对作家才气的要求。……长篇需要它所赖以生存的空间与时间，相对表层的曲折情节，它更需要广阔无比的精神背景。而作家本人呢，弄不好又很容易被这种广阔的背景所吞没，被情节的曲折夺走了全部智慧而搞得精疲力尽。这种长篇创作对作者精神体力的要求，如同马拉松运动员的素质要求和百米赛运动员的要求是不同的道理一样。写出优秀中、短篇的作家也未必能写出优秀的长篇。"

邓刚的《面对长篇》发表于同期《文艺报》。邓刚谈道："一种小说样式不只是完成故事情节，人物形象，思想内容，它还要完成它本身的样式。更明确地说就是长篇和短篇关键不在字数的差别，而是写法的差别。各种小说样式的写法不是在改变内容的质，只是在变化审美的情趣。……我不知道我的长篇意识是否正确，但我却认定写长篇必须有长篇意识，这种意识首先是对长篇艺术形式的认识——不能象短篇那样写。"

**22日** 中的《〈冻土〉》发表于《人民日报》。中提出："小说以人物故事串联情节，'散点透视'结构写人物命运。白描中见委婉的笔致，读来真切动人。"

**24日** 黄秋耘、刘斯奋的通信《历史小说的真实性》发表于《人民日报》。刘斯奋认为："在历史事件的基本进程和历史人物的政治、道德、立场方面，如果缺乏相反的材料作依据，不可轻易离开原有的记载，作出截然相反的描写。""遵循现实主义创作方法的'真实'原则去反映历史，较之借助对历史事件或历史人物进行纯文学的改造的办法进行创作，不一定就缺乏力量，情况可能恰恰相反。"

**25日** 理宏的《〈乍暖还寒〉的语言特色》发表于《光明日报》。理宏认为："石英的新著《乍暖还寒》是一部富有散文味和诗意的长篇小说。……这种散文味，由于直出作者胸臆，不是在硬做文章，便给人以浑然一体、气韵非俗的感觉。作者对作品整体韵味的追求，可说达到了执着地步，即使对重大历史事件，也不直截了当地道出，往往是诉诸形象性笔墨。"

**29日** 董子竹的《当代民族心态裂变的交响——评长篇小说〈浮躁〉》发表于《人民日报》。董子竹强调："《浮躁》是现实主义的，但绝不同于传统现实主义那样，围绕一两个中心人物（典型性格）去铺陈情节、组织结构。其中每个人物都是自足独立的个体，又是民族心态结构中某个层位的代表。《浮躁》的整体便是民族心态裂变的一幅无法分割的、无法剥离的、气韵贯通的'云图'。""仔细想一下，今日中国人'浮躁'的社会性情绪里不正是潜藏着这种极端复杂、矛盾，几乎近于混乱的情感生活吗？在这里，表现与再现统一，作家主体心灵与社会情绪共振，创作主体与对象主体'自我相关'。我觉得，'改革文学'终于突破了'问题文学'的框架，高层次地回归于文学的现实主义。"

杨义的《从小说学到宏观文化心态学》发表于同期《人民日报》。杨义表示："小说处在中外文化撞击期，成为文化心态的晴雨表。考察现代小说的酝酿、突破和发展，必须超越小说学的学科体系，进入更为恢宏开阔的文化心态学的领域。""自总体而言，中国现代小说是参与历史的文学。在重重的民族痛苦面前，它们大都不愿超然物外的。但是它们参与历史有强弱深浅的差异，大体可分三个层面：政治实用层面，民族心灵层面，普遍人性层面。""中国新文化的开拓者历史地成为民族文化创造力的体现者，他们以民族生命为本位，为价值尺度，尽情地呼吸着八面来风的世界文化的新鲜空气，逐渐形成着和预示着中华民族文化返老还童和健全发展的心态机制。举其大端，大体有三：（一）开放性心态。……（二）创造性心态。……（三）交融超越性心态。"

## 本月

张德林的《现代小说美学》由湖南文艺出版社出版。张德林认为："从实际艺术感受的基础上逐步形成的审美见解、理论观点和理论体系，往往有些松散,不很严密,我觉得这不要紧,反而更能显示出'这一个'的个性特色。""作家的艺术感觉,大体说来,我认为有三个基本特征:体验性、情感性、想象性。……作为一种探索性的尝试,当然是值得鼓励的,艺术的表现方法应该愈多样、愈丰富愈好。超感觉艺术手法正如荒诞艺术手法一样,运用时掌握艺术的分寸感是很必要的。这类超感觉描写理应从人物心理定式和情理逻辑的真实性出发,才比较妥当。如果把超感觉描写当作一种猎奇,漫无边际地滥用,那就有可能使内容变得离奇古怪,艺术形式也未必可取。"

## 本年

晓钟、北帆的《论中短篇系列化小说创作》发表于《当代创作艺术》第1期。晓钟、北帆指出:"系列化小说在反映社会生活大容量上与长篇小说有共通之处,然而前者决不等于后者的简单、机械分割,更不同于长篇的分章分节。一般说来,长篇小说人物、情节必须一贯到底,时空的跳跃交叉限度不大。系列化小说则不同。从当前的系列化小说作品中能够看到,作为主要人物可以一贯到底,也可以在第一单元作品中居主要地位,而在下一单元作品中则'退居二线',有些人物甚至可以根据需要,呼之即来,挥之即去。至于情节,它在每个单元作品中都自成首尾,某些情节又会以交叉的形式出现在其它作品里。可见,系列化小说为作家大幅度进行时空跳跃和交叉,自由地组织情节、刻画人物提供了优越的条件。"

晓钟、北帆认为:"在结构上,系列化小说创作可以不受时空的约束,可以违背情节发展的同一,各个单元作品按其所需,推演故事,即使同一时间发生的事,也因叙述角度的不同,出现在几个单元作品里而无重复累赘之嫌,反益增其描写的翔实、逻辑的严密。……对于人物形象的描写,系列化小说也表现了曲尽变化之能。单篇作品对主要人物的刻画,不能不常常为人物本身所提供的有限的可写度所规约,一个一贯到底的人物形象总需以同一色调出现,斑斓驳杂是不可能也是不允许的。系列化小说则因为可在一组作品中分别刻画若干主要人物,向人们展现一道长长的人物画廊,不用说别的,单从其中每一人物的气质着眼,即可看到一个个各具神采的人物面容。"

钱觉民的《对一种小说文体的思索》发表于《当代文艺思潮》第1期。钱觉民认为:"这篇小说(《5·19长镜头》——编者注)是以理性的论述为脉络的,其中穿插着一条稍微明晰的滑志明的人物行动线。通过理性论述的脉络,作者随手拈来了许多斩闻趣事,宏文妙论,组合成为一个五光十色、摇曳多姿的天下奇文。小说是形象与理念巧妙的结合,但结构小说的骨架是理性的思考而不是故事情节。面对这样的作品,假如以情节小说或性格小说的观点来看,当然会以为议论过多了。但我们只要改变一下传统的小说观念,那末我们不仅不会以为议论太多,而且会感到作者精辟的议论、独到的见解、精深的思考,把读者的思路引入到特定的思维轨道上,进行带有理性色彩的审美探求。……《5·19长镜头》并不排斥艺术形象,在小说的理念性的结构中处处渗透着形象性,直观性,无论是由议论而引发出来的人物、场面、细节……还是思辨性的语言都具有审美的特质,为读者提供着美的信息。"

丁帆、徐兆淮的《论新时期小说中人物主体性的二度显现》发表于《当代文艺思潮》第3期。丁帆、徐兆淮认为:"随着作家主体性的强化,作品愈来愈形成理念外化的倾向,文学倘使走这条路,必然会失却形象的魅力而向晦涩的哲学论文的形式蜕变。人们既不愿意回到现实主义旧有的描写模式中去,却又忽视了作品人物自身心理世界无限疆域的张力,便陷入了困惑两难的尴尬境地。而人物主体性的创作方法正是把作家从纯理性的阐释和破译中解放出来,使作品获得新的生命力。从运用这种方法进行描写的作品透视中,我们找不到作为主体的作家(并非没有),满目看到的却是作为主体的人物。……人物主体性的表现方法补救了作品理念外露、枯燥、形象浅化、干瘪的弊端,以灵活变幻的描写手段去调节、促进了文学的嬗变。"

"在作家隐去自己的前提下,不仅仅以一个人物主体出现的心理世界为满足,而是以多元的心理世界来摆脱作者意识的统摄、摆脱单一人物主体的控制,使之呈现出一个个'没有指挥'的独立的人物主体,其中蕴涵着多元的人生哲理的交锋,才是成为这种狭义人物主体性描写的重要特征。……'复调'不仅仅是小说的艺术结构,亦是小说的内容。多元化成为变革时代的思维特征,它就不能不在小说的内容和形式上有所相应的反映。并存不悖的多种观念要找到其最佳的表现形式,于是,作家们便摄取这种狭义的人物主体描写方法。"

# 1988年

## 一月

**1日** 李书磊的《论乔良小说的实验意义》发表于《解放军文艺》第1期。李书磊认为:"乔良……在这篇小说(《灵旗》——编者注)中就开始对带有自然特征的语言进行许多人为改造,而且,更重要的,他企图在作品的视角上来点新花样。他交叉使用了'他'和'你'两种人称,使作者的视野和人物的自我观察与回忆融为一体,从而扩大了小说的丰富性。写于一九八五年的《陶》就开始切断了人物性格的发展线索,打破了以人物为中心的小说格局,把小说写成了一部追寻和呼唤原始生命力的诗一样的作品,小说结构也是各种不连贯片断的缀合。而从写于一九八六年的《灵旗》中我们则看到了乔良文学观念蜕变的最后完成。"

**3日** 鲍昌的《1987年中短篇小说的散点透视》发表于《小说选刊》第1期。鲍昌认为:"1987年,意识流手法已经变成作家手中的常规武器,运用得更为圆熟。……有时,意识流手法与感觉的氛围互相叠合,能达到诗意的提纯。……孙柏昌的《黄瓜园》,把黄瓜味的童年置于梦境,来表达'我'的隐秘情感。""象征、隐喻也在大量地使用,尤其是那种整体象征性作品,在生活的似与不似、隔与不隔之间,留下思想的回旋余地。李国胜的《鸡和蛋的故事》……'学会'中关于鸡和蛋问题的扯皮争论,以及'学会'活动中的各种咄咄怪事,实是当今'新儒林'的一角真实。""荒诞的手法也运用得更多了,……佳峻的《醉翁奇谈录》是一组《聊斋》式小品,……思路与'六朝志怪'相似,但却结合现实,翻出来一种新意。"

"结构,是小说技法中的难点之一。……1987年的中、短篇小说,既然现实主义方法仍居主位，它们的叙事方式基本上是根据因果联系，来完成情节呼应和性格轨迹的。如陈世旭的《马车》、雁宁的《牛贩子山道》、铁凝的《润七月》……无非是把人物心理活动的片断，适当地嵌入'纯外象'的叙事过程，基本上保持了结构的顺畅。那些通篇是意识流的心理小说，由于1987年中出现的很少，故未能提供自由联想、时空交错方面的更新技巧。"

**5日** 李兮的《现代派小说思潮与新时期文学的形式追求》发表于《当代文坛》第1期。李兮认为："新潮小说也不再精心构织曲折、迂回的故事情节，笔力更集中于捕捉现代青年的内心骚动、冲突和种种渴求，以更深层的揭示贴近生活。在语言上打破语言规范，多采用非逻辑的句式，不求文字的优美，或极短或极长，口语、俗语、粗话俯拾皆是，看似随心所欲、散乱无章，实则无不与作品的整个情调暗合。传统小说文体受到了严峻的挑战。在审美方式上新潮小说虽极大地冲击了中国文学传统的框架，但他们仍面临着如何解决在吸收外来文学经验的同时融入本民族的特色，实现整体上的超越这样的难题。"

吴方的《小说主题学绪说》发表于同期《当代文坛》。吴方认为："小说的叙述观念和方法在发生变革，变革也意味着有所添加、抛弃，然而，主题也已被小说当作冗赘抛掉了么？……创作和批评奔向主题时会发现，主题是运动的，有它的运动形式，并始终处在一种关系网络中，并非某种东西任你选择或抛弃。"

吴方指出："追溯近十年中国小说的变化态势，或能领会：主题表现的变化实际上缘起于对主题表现的理解和把握的变化。……主题表现正在从比较简化、直接、线性、明确甚至演绎概念的存在形态，向复杂、间接、立体、深潜及多维操作发展。……使主题表现具有张力和弹性，不仅有赖于创作主体自我意识和思想意图的张扬，同时需要对自我膨胀的限制；不仅有赖于他对确定性的把握，而且也需要对可能性的筹划与理解。"

"就小说文体的比较而言，长篇小说之所以不是长篇故事，也不是中、短篇的拉长，是由于表达思想和体验的需要，亦即需要一个主题能充分展开的骨架。情节固然重要，但情节不是目的。在优秀的小说中，情节恰恰反映了各种对立的、糅合的思想主题。"

张春生的《纪实！小说？》发表于同期《当代文坛》。张春生认为："黄子平……是视纪实小说为文坛上的新花的。可是我以为，与其作如是观，不如把它看成一个小说形式变革的先兆，一个嬗变过程中的链环。""纪实小说……极力向'新闻、特写'靠近，以致被某些文论家归纳为'新闻小说'。……从事纪实小说创作的作家，……都有一个毫无二致的共同追求，就是在小说之上再加上'纪实'。……这其中已孕育着小说观念的变革。"

"这并不是说纪实小说只有利而没有弊，……首先，纪实小说对小说艺术的'精骛八极，心游万仞'的神思与气韵，具有极大的制约。因此小说与生活的源于生活高于生活的复式关系变成了直书生活的线性关系。……纪实小说把自己的艺术魅力纳入了新闻和报告文学的艺术空间，所以被掐断了想象、象征、变异等等让小说出神入化的翅膀。""纪实小说的兴盛，我以为与其看作是对文学体裁的新发展，不如视作是对文学向现实回归的呼唤。"

同日，王干的《小说叙述的审美简化》发表于《山花》第1期。王干认为："小说叙述的审美简化即忽略传统小说常见的景色描写、性格塑造、社会文化背景交代，也不象'新小说派'那样沉溺于感性的海洋之中自省、反思、回忆、臆想，往往通过简约的叙述形态和极其有限的'视角'来表现丰富的情感天地。……这里所说的小说的审美简化，不是那种简单的压缩篇幅，简化的只是叙述形态，小说内涵往往在简化中得到强化和深化。""小说叙述的审美简化的宗旨是冀求运用最简捷的叙述方式使达最丰富的叙述内容。虽然由于各个作家风格追求和艺术个性、禀赋、气质的不同，也由于作家参照的文化背景的不同，他们'简化'的重点和方式并不相同，下面我所例举的这些简化方式可以看出。小说叙述层面的收缩。在追求审美简化的小说中，作家已不可能采用那种时空交叉的复调结构来纵横捭阖地展现历史与现实的种种冲突过程，而必须选择一个有限的时间域和空间域来浓缩这种历史与现实、人与社会、人与人之间的种种复杂的关系，叙述层面不可能铺洒得很广阔、很辽远，而必须找准'穴位'进行强刺激来达到同样深广、同样宽厚的效果。""小说叙述视角的纯粹。与追求多声部效果的多视角叙述不同，为求得小说叙述审美简化和纯粹，一些作家有意舍弃其他叙述视角，而让一种纯粹的叙述视角充居全篇，……这里所说的叙述视角的纯粹性，首先是指叙述主体（作者）与叙述客体（人物）融为一体，没有主客体之分，只有一个叙述点，而不会出现其他的叙述点。""小说叙述语言的拙朴。实现审美简化的途径是多种多样的，而语言则是最基本也是最显而易见的手段。当然，语言也是最见功夫的。洗尽铅华而见精神一直是中国文学推崇的文字之道，但如何使语言的'简'达到寓意的'丰'，牵涉到作家的艺术功底、语言感觉、表达能力。"

同日，王干、费振钟的《苏童：在意象的河流里沉浮》发表于《上海文学》第1期。王干、费振钟认为："苏童很自然地择了童年视角。可是，自莫言《红高粱》之后，童年视角似成了莫言的发明专利，不少人因莫言的存在而被误戴上模仿的桂冠。苏童便是一个。其实，在《红高粱》'骚动于母腹'之前，苏童的童年视角便诞生了。发表于一九八五年的《石码头》……确立了一个新的叙述视点——以童年的感觉和经验去叙说并非全是童年发生的人和事，这使苏童开始破坏小说叙述的一维程式和平面展现，在时空错位中获得审美的距离感和超越感。""在莫言那里，童年视角只是一种艺术手段。莫言采用童年视角是为了故意拉开时空距离和心理距离，以庇护他用一个现代成人的目光去审视、挖掘掩映在红高粱丛中的灵魂的心史、在余占鳌身上所骚动着的男性的力感和雄气。莫言只有选择这样一个童年视角才能运载他的灵性和悟性，而不至于暴露出理念的犄角。苏童为了求得叙述文体的独异，常常以套层结构的方式来叠印童年视角，以强化叙述的时空距离与心理距离。"

杨小滨的《评一种陌生的小说意态》发表于同期《上海文学》。杨小滨认为："用一种佯狂的姿态去参与现实，这是当今一部分作者在小说中表现出来的意态。我们从残雪的梦魇般的小说里，从徐晓鹤的关于疯子的故事里，或者从刘索拉、莫言等人的一些揭示这一代人的某种焦灼感的小说里，会发现某种神圣的东西，因为这种佯狂而渐渐隐匿。"

同日，舒康乐的《试论新时期长篇小说的结构艺术》发表于《文艺理论家》第1期。舒康乐指出："茅盾同志曾说：'我国古典小说的结构并不是一成不变的，而是有发展的。'这种发展，他概括为'由简到繁，由平面到立体，由平行到交错'。并认为，我国长篇小说的民族形式的结构，可概括为：'可分可合，疏密相间，似断实联。'（茅盾：《漫谈文学的民族形式》）从明末清初长篇小说的几部代表作来看，就可以证明我国长篇小说结构艺术传统的丰富性。其中既有以蜀汉为中心，抓住三国矛盾斗争为主线结构故事的《三国演义》，也有以人物的传记组合式的《水浒传》；既有以某个人物行动为主线结构全书的《西游记》，又有'集诸碎锦，合为帖子'无主干的结构形式的《儒林外史》，而'自有《红楼梦》出来以后，传统的思想和写法都打破了'。鲁迅在这里之所以说《红楼梦》打破了传统的写法，虽有着多方面的表现，但它全书的结构艺术，显然也与传统的手法不同。它与前面提到的四个长篇小说的结构相比，很明显具有多角度、多线索、多层次的结构特征。它继承了以前长篇小说结构的优良传统，达到了结构艺术的一个高峰。它以宏伟、壮观、严密完美的结构，充分表现了十分丰富而又极其复杂的社会生活，显示了作家的艺术匠心。"

舒康乐认为："新时期长篇小说的结构艺术的特点是什么呢？我们认为，是以传统的情节性结构为主体的结构形式的多样化。""从长篇小说的特征看，长篇小说由于篇幅长、容量大，能表现广阔复杂的社会生活，具有表现生活的整体性和广阔性，表现思想的深刻性和丰富性，能描绘众多的人物，创造具有高度美学价值的艺术典型。因而它与中、短篇小说的结构有相似的地方，更有其不同的特点。写中、短篇小说可以完全不依靠情节，而运用意识流、生活流的手法结构小说，而长篇小说由于它的艺术规律和特点，就很难完全不依靠情节结构。就是以意识流、生活流为主结构的《两代风流》、《钟鼓楼》等长篇小说其实也只是情节淡化了，或中心结构不是情节结构，而在描写到具体人物时，又何尝离得开情节呢？""从对新时期长篇小说结构艺术现状的考察，我们不难得出这样的结论：长篇小说结构艺术的发展趋向，将是在传统情节结构的基础上，吸取心理结构、生活流结构等艺术技巧，而形成适合表现我国现代生活的符合我国绝大多数人民审美情趣的艺术结构。它将是传统情节结构形式的丰富和发展，而决不是代替情节结构。因此，我认为，在新时期长篇小说的创作领域中，尽管心理结构、生活流结构等现代结构样式会放射出它的艺术光华，但它们决取代不了情节结构的历史和现实地位。情节性结构艺术在丰富和发展中，会越来越显示它旺盛的生命力。"

**12日** 徐启华的《小说传播的局限和新变》发表于《人民日报》。徐启华指出："即使还是利用书面印刷,小说运用文字语言作为唯一的思维元素和传播载体的局面也开始被突破了。祖慰近年来就接连发表了他自称为'补充性语言叙述'的一系列小说。""小说的文字编码向来是按照线性的逻辑关系排列的,所以很难表现立体发散的思维信息。生活中有许多现象是共时态的,事情在不同的空间里却在同一个时间中发生,把这样的一些事情分序列一段一段甚至一章一章地描写,不仅在读者心中不能加强同时性的感觉,而且在形式感上仍然是线性的、一维的,没有立体感和多维感。""图像和非图像成份的结合,直接幻像和间接幻像的结合,音响信息的加入,使小说集纳多种传播载体,利用多种传播通道来同其它艺术争夺接受者。它的结果不仅有行为上的意义;争取了接受者,也有本体上的意义——综合信息的汇集使小说脱离纯文学的范畴。'信道'的增多使小说本体种类增多。信息量的扩大是依赖信息内涵的丰富,于是'信道'的变化带来了信源的变化。小说不仅是种语言艺术,还会是种别的什么艺术,小说逐渐超越了纯文学(现在意义上的'文学')的范畴,而包孕和散发出更多、更丰富的美感信息。信息的混成传播终于导致了混成信息的传播。"

**15日** 雷达的《旧轨与新机的缠结——从〈苍生〉返观浩然的创作道路》发表于《文学评论》第1期。雷达认为:"一部《苍生》是不可能根本变换浩然的基本方式的,但浩然已在几个重要方面突破着他的固有模式。首先,《苍生》打破了单一的政治视角,也打破了浩然惯用对的以'一场斗争'或'运动'结构作品的方式,充满热情地拥抱广阔的、缤纷的、多层次的农村现实生活,使作品焕发出一种时代活力。""在《苍生》中,出现了浩然以往作品中很少见的对现实积弊,特别是封建家长专制和权力崇拜的勇敢批判。……《苍生》最突出的贡献还是创造了田保根这个先进农村青年的形象,这是农村现实中最活跃的元素。"

罗强烈的《思想的雕像:论〈古船〉的主题结构》发表于同期《文学评论》。罗强烈表示:"从长篇小说的文体特点着眼,它的最高层次应该是一个'主题群',象交响曲那样'一齐响'。""抓住'叙述者',可以说是理解《古船》的一把钥匙。……在《古船》中,叙述者是统率其全部内容的一个视角或思想焦点,而《古船》各个层次的内容，都因和这个叙述者发生联系而产生出一种整体效果。""我想从两个方面来分析意象独特、氛围怪异的《古船》的艺术形态：一、它作为一种艺术个性的显现；二它所隐含或体现出的主题内容。""'家族结构'只是《古船》的'外结构'，'原罪结构'是它的'内结构'，而'历史结构'则是它的'整体结构'；而且，这三者的结构关系又表现为互相依存和互相说明，成为不可分割的一体。"

绿雪的《长篇小说：新时期文学的"灰姑娘"》发表于同期《文学评论》。绿雪指出："总观十年来的长篇创作，众多作品的艺术新探索，构成了锐意更新小说观念的整体态势。其中，最醒目的变化，是竭力超越题材和具象的表层意味，更改固有的结构框架、情节处理和叙述方式。《古船》以加大景深、缩小场景来取代一览无余的庞大景观，以不谐和地'组接'人物动作线和象征体求得整体的和层次丰富的历史意蕴和审美价值；《亚细亚瀑布》、《天堂之门》、《X地带》和《白海参》中，出现了'貌离神合'于主体具象的象征性情节线索；《金牧场》和《橄榄》则把抒情的或理念的陈述段落用做几段共时态情节的枢纽；《氛围》把一场政治运动转呈一种色彩或基调，一个普遍的心理心态趋向；《隐形伴侣》把作者的同龄人提升为人性的和人类心理素质的常态，表现了作者的一种自审意识，其中的'意识流'兼有袒露人物心态变化与充当情节发展链条的双重使命。……这些未必成熟的尝试，表明长篇小说创作已不复存在某种固定统一的写作模式、价值尺度和美学观念。多样化的追求与尚不成熟的表现，俨然是现阶段长篇小说的总体面貌。"

同日，王干的《小说文体实验的现状与前景》发表于《文艺评论》第1期。王干认为："从整体上的美学特性去归纳勾勒近年来小说文体实验的几大流向。……A.散文化型……B.音乐化型……C.笔记体型……""目前这种多元竞争的艺术格局为文体实验的进一步发展提供了一个合适的氛围，但就小说文体实验的现状来看似乎缺少一股巨大的凝聚力量，这便是：史诗意识。"

同日，陈金泉的《当代小说非规范化语言的包孕美》发表于《文艺争鸣》第1期。陈金泉认为："规范化的语言能准确、鲜明、生动地表述现实世界和表达人的复杂的思想感情，但也往往不可避免地滤去了现实生活原生美的鲜味，消蚀了作家原初经验的新异感、模糊感以及由此而产生的真切感。……它反映出来的感知常常蒙上一层厚厚的千百年来的文化积淀。""和规范语言相反，非规范语言在很大程度上带有一种原初经验的模糊性、多义性和不确定性，然而正是因为这一点，这种语言才保留着原初经验的未经淘洗的原始的鲜活美。……人们凭借这些非规范语言所创造的杂乱无序、残缺不全的审美对象的客观形态，可以再创造出许多千姿百态的审美意象来，从而体验到无穷的审美快感。而一旦把这些意味深长的美感凝固成规范语言，使陶醉状态的美感变成清醒的确切理解，反会使得其间的包孕美丧失殆尽。"

程德培的《出发点在哪里——关于小说语言研究的思考》发表于同期《文艺争鸣》。程德培认为："我们应当摆脱以往的那种自以为是的出发点，摆脱以往的那种习以为常的'锤字炼句说''修养说'的束缚，应当从更为广阔的范围内去思考小说语言的问题。""对于小说语言的研究，其迫切需要解决的恐怕也在于必须更深切的注意各种不同的用法。因为每一个动词、名词等等，都能以不同的方式去使用，而语言的深不可测与其无穷的威力，可能也正在于这种无限可能的组合与弹性。"

**16日** 沈敏特的《也谈小说的生机——与李劼的通信》发表于《文论报》。沈敏特认为："的确，我们的文学进入了新的自觉的时代，作家们正在发掘自由创造的潜力，表现在小说领域，也正在进行多样的形式创造的试验。这里就提出了一个问题，在小说形式无穷尽发展的背后是否有一个稳定的几乎不变的小说的质的规定性。离开了这个质的规定性，自然不失为一种艺术创造，但似乎不必再称之为小说，而可以称为其他什么东西。因此，探索小说形式的发展必须和探索小说的质的规定性同步进行。"

沈敏特指出："现在的突出问题是现代派（也包括一部分现实主义的）的小说有没有、能不能离开故事，抛弃故事。我以为既没有离开，也没有抛弃，只是改变了形态。这只要把艾略特、范尔哈仑的诗与卡夫卡·福克纳的小说稍加比较即可看清。这种故事性形态的变化是由文学的本质所决定的。不论何种体裁、题材，文学描写的中心是人，正是对人的认识的不断开拓和深化，推动着小说的故事性形态的变化。小说先是描写人的行为，继而关注决定这行为的性格,二十世纪以来随着心理学的发展,小说又透过性格直接进入人的心灵世界,直接展示人的心理过程,发掘人的感受、思想、理性、非理性、意识、潜意识,把宏观的客观世界与微观的心理世界结合起来,沟通起来,既要更广地反映客观世界,又要更深地开掘心理世界。这样,故事性的形态就不能不发生变化。那种单线式的故事情节结构,开端、展开、高潮、结尾的模式,不能适应心理世界的辐射性和多向性。于是,小说的基本构架发生了变化,即从'故事情节结构'变为'心理结构'(包括'非理性心理结构')。然而,这并不是故事的消失,而是形态变化以及在整体结构中的地位的变化。小说的基本构架是心理的流程,而心理变幻的催媒剂却是故事。……心理变幻正是对这'一系列事件发生发展'的一种具有主体色彩的反应。透过这种反应,读者能够在自己的想象世界中形成一个或一组故事。……故事在这些小说中显然发生了形态的变化。一、不再以故事的时间顺序为本进行有头有尾的交代,而以心理流程为小说的'经'线。二、可以以一个故事为主,更多情况是一组故事,这一组故事被组织在心理流程中,它们之间可以不发生事件上的联系。三、这些故事的进展与心理流程中的种种心理元素融合一气,造成一种特殊的审美世界。……确实,如果说过去有不少小说家过分关注故事的编串,忽略了叙述过程中'叙述人'或作品人物主体的心理色彩,那么现在却有不少小说家偏于表现心理色彩,而忘了心理色彩从何而来,脱离或抛弃了小说的质的规定性。"

**19日** 丁临一的《艰难历程中觉醒的人生——评长篇小说〈古船〉》发表于《人民日报》。丁临一认为:"张炜继承了中国小说的传统,又较好地借鉴了外来的某些现代的表现手法,驾驭着一段漫长、复杂的历史生活而从容不迫,将诸多头绪安排得井井有条。作品中两条结构线索的互相交叉和人物场景转换自如,突出了作品的现实感与历史感融会为一的特点。整部作品既是写实的,又是象征的。作品描绘的生活面厚重繁复,情节不乏有滞实的感觉,但作品中叙事状人,匠心独具,每每有奇人奇笔出现,营构出外庄内谐或亦庄亦谐的氛围,令人耐读。《古船》的语言读来感到它既古老又新鲜,韵味很足,充满活力。"

於可训的《文学的价值取向》发表于同期《人民日报》。於可训强调:"种种新的文学实验和探索,则十分注重寻找新的观念和形式。虽然这些实验和探索往往与借鉴西方现代主义文学密切相联,因而在总体上也带有一种'反传统'的色彩和倾向,但是,正因为它们是以一种有别于传统的'独创'的方式,在表达一种新的人生意识和体验,因而就不可能像'通俗文学'那样,通过强化群众的审美习惯和趣味,以巩固旧有的生活信条和艺术戒规,而是力图打破它们,以便在现代文明的背景上,对这一切进行新的哲学思考和艺术建构。这又往往要与人们已经习惯了的观念和艺术模式相悖离;实验探索性文学之所以会引起那么多的争论,尤其是在文学形式的结构、功能等等问题上,大半是因为它自身的价值取向的这种'离异'和变化。而近十年来的实验探索性文学,又似乎是基于一种新的理解,在实践中,把艺术形式的审美作用,提到了一个特殊重要的地位上。"

**20日** 包亚明的《漫话长篇小说的容量》发表于《上海文论》第1期。包亚明认为:"作品容量是衡量长篇小说艺术成就高下的首要标准。作品容量包括思想容量、形式容量和理解容量三个方面。这也是长篇小说区别于中、短篇小说的本质特征。优秀的长篇小说首先应该具有博大精深的思想容量,应该表现出作家对特定的社会历史生活的把握和反思的深度,应该对民族甚至人类的生存状况和心路历程作出新颖独到的思索和理解。……其次,优秀的长篇小说应该具有宽广的形式容量,当然形式容量不能脱离思想容量。但是当代作家也缺乏应有的形式感,缺乏对长篇小说艺术形式的自觉探求和更新发展,这也是毋庸讳言的事实。长篇小说的形式容量,并不单是指创作的技巧(如叙述视角的更替、转换,人称的变化等),而主要是指作家依据作品的内容所选择的最佳的表现形式。……作品的理解容量是由其思想容量和形式容量所决定的,但理解容量也是衡量长篇小说艺术成就的一个标志。"

宋炳辉的《长篇小说在中国的土壤》发表于同期《上海文论》。宋炳辉认为:"情节——它的曲折程度主要是人际关系的错综复杂及其演变,人物——也重于人际关系而轻于人的个体,行动——在人际关系网络中活动的描绘,在中国小说(尤其是长篇小说)中一直立于显要地位,它具有与西方小说的重外在活动而终归于内在活动的写作方法有不同的内在依据。形式的意义不仅在于形式,结构的功能同样不在于结构本身。这也就是'情节小说'在中国始终拥有众多读者的重要原因之一,而用农民占中国人口的极大多数且他们大多文化水平偏低来概括它是肤浅的。"

王东明的《关于长篇小说审美特征的三言两语》发表于同期《上海文论》。王东明认为:"长篇小说的审美特征是发展的、变化的。只要对比一下今天的长篇小说与传统长篇小说,就不难看出审美特征烙有时代文化思潮和社会审美心理的印记。同时,长篇小说的审美特征也是相对的。……当我们确认某一点是长篇小说的审美特征时,只能说明在特定阶段长篇小说在这一点上表现得更突出、更鲜明些(当然是指较长时间内长篇小说在总体面貌上表现出的比较稳定的美学品性)。""长篇小说的审美特征应该是说明性的而非限定性的。就是说,它的审美特征只能来自它的创作实践,从具体中概括生发,它不是先验的、既定的、预制的。"

同日,张炜的《长篇估》发表于《文学角》第1期。张炜认为:"我不愿看到'史诗'或'史诗般的'这一类字眼。因为在使用这些概念方面,很早以前就庸俗化了。它无论作为名词或是形容词来使用,都失去了起码的准确和严肃。显而易见,'史诗'具有它自己的尊严。"

"要产生'史诗',它的创造者首先必须是一个真正的诗人。从过去到现在,再也没有如长篇小说领域更能藏假盖真、遮遮掩掩的了。我们长篇创作的其中一大部分已经离开了文学。它的本质不是诗,而是曲艺。有的也算不上曲艺。试想把这一部分放在中短篇小说中,就会变得相当刺目。总之,'史诗'绝不意味着平庸,它更应该是具有强大艺术魅力的、充满了灵性的、洋溢着旺盛的生命激情的一种巨制。我想,我大概不敢涉足'史诗'式的写法。"

同日,陈晋的《论新时期现代主义小说的叙述方法》发表于《小说评论》第1期。陈晋指出:"作者与叙述者的分离在某种程度上能协调作者在创作中对真实与虚构这两方面的需要。于是,艺术世界对于作者来说是想象的和虚构的,是作吹出的气泡,但对于从作者那里分化出来的叙述者进而对于与这个叙述者进行交流的读者来说,他们则能够相信和必须相信这个世界是真实的。……作者与叙述者的分离,不仅仅是追求一种艺术可信性的需要,它还是作者们乐意在创作中时常进行自我观察和自我披露的需要。我们在前面一章谈到,现代主义作者一方面要尽情地宣泄（极端的主观），一方面又要追求忘我的境界（极端的客观），这种对立的创作心态恰恰只有通过作者与叙述者的分裂才能物化展示出来。也就是说，作者先创造出一个叙述者，这个叙述者有时用第一人称的方式出现，有时是作品中的一个第三人称的角色，有时则以虚化的形式出现，使你难以确定叙述者在那里。"

董朝斌的《小说本性的复归——洪峰论》发表于同期《小说评论》。董朝斌认为："从《奔丧》开始，洪峰寻找到了他自己的叙事方式，或者说，他由表现现实人生回到了小说本体。他对传统的叙事方式产生了怀疑以至丧失了对它的信心。他放弃了他自己作为叙事者在小说中所具有的至高无上的全能全知的地位，而不断地向读者表示他的叙述的困惑，他甚至把某些被小说家们视为巧妙的隐藏的自我赤裸裸地推向读者。他不再那么注重人物的性格和社会环境，而是关注自己的叙事如何进行下去而构造完整的故事。他在打破了小说的封闭性的同时，强化了小说本体的自我意识和自我渗透，因此，他把那些本来是'顺理成章'的故事弄得七零八落、扑朔迷离，使它们充分地'陌生化'了。他的小说不断地刺激着读者非传统的阅读心理，迫使读者不得不投石问路式地与他一起构造故事、完成故事。洪峰对叙事方式的拓展表明了他把小说从社会学和伦理学的附庸中解放出来，而把叙事方式推向了小说艺术的本性拓展的高度。他向我们证明了：小说就是小说本身，而不是别的。"

龙渊的《修辞法则：当代小说的语言形态》发表于同期《小说评论》。龙渊认为："语言形态的创新不只是小说形式的需要，个人风格的组成部分（风格虽然是创作主体走向成熟的标志）。它除去叙事绘物、摹声状色，还在确切地重塑小说家心目中的形象体系和审美品格，而且还在独特的语言形态中涌现小说家的思绪、心境、情感。……小说创作中出现了'淡化'的倾向，这不仅有情节的淡化、背景的淡化，也有语言的淡化。""当代小说中感觉化了的语言的大量出现，标志着小说从事理向情理转化，情节构成逐渐被情绪构成所替代。"

吴秉杰的《文体，它的三种意义——兼谈新时期小说的文体变化》发表于同期《小说评论》。吴秉杰谈论了文体的三种意义，"首先，指传统的文学体裁。

它的形式的要求，规范化的标准，艺术传达的普遍特征"，"新时期小说的种种不同的类型，由意识流小说、诗化小说、散文化小说到近来兴起的笔记体小说，是小说体裁的分化"；"文体的第二种意义，乃是指文学语言：语言形式、语言结构、语言表达。实质上，它又转而表现为个人风格化的追求与批评"；"从根本上说，文体应被理解为是特定的艺术把握生活的方式。这是文体范畴的第三种意义"。

**21日** 李赜的《小说叙述视点研究》发表于《文艺研究》第1期。李赜谈道："录像式视点……主要是法国新小说采用的视点方法，……是一种新的美学追求。作为排除叙述者的视点方法，其目的是在没有明显选择或安排的情况下，用录相式的媒介把眼前出现的'生活片断'传达给读者。""他们反对以往小说以人物为核心，使事物从属于人，由于赋予事物意义，从而使客观世界的一切都带上了人的主观感情色彩，结果混淆了人与物的界限，抹杀了物的地位，忽视了物的作用和影响。……主张小说要把人和物区分开来，要着重物质世界的描写。"

**25日** 程德培的《她从哪条路上来——评王安忆的长篇〈流水三十章〉》发表于《当代作家评论》第1期。程德培认为："对称的原则，在王安忆的创作中是有着特殊作用的，因为它的出现并不止于是一种描绘的力量，它几乎是吻合于作者构思的基本图式、观察的基本出发点与着眼点、叙述的基本笔法、形象构筑的基本途径、小说修辞的基本句法，……一句话，作者写一总要借用于二才行，描写一个形象总要借助另一个形象才行，甚至连她典型的心理剖析的话语也不例外。"

范力的《洪峰小说艺术之品味——读〈湮没〉及其它》发表于同期《当代作家评论》。范力认为："在《湮没》、《奔丧》中，幽默几乎是贯穿全篇各个语义层面的，可以说构成了小说的总体风格，而在洪峰的另一类作品如《生命之流》《生命之觅》，则把这幽默体现在对人物命运故事核心的总体构思上。""洪峰小说很好地体现了迪伦马特'间距'理论。"

季红真的《现代人的民族民间神话——莫言散论之二》发表于同期《当代作家评论》。季红真注意到，"莫言小说借来的形，还体现在主体感觉的强化，意识流与内心独白手法的大量运用,而且视听知觉通感形式的夸张变形,都有助于故事与人物联结在情绪饱满的心理场中。此外,夸张描述瞬间感觉,则是借鉴现代电影中慢镜头的表现手法。这些无疑也加强了莫言小说的奇幻色彩,使他的神话世界在形式上也带有现代意味。"

此外,季红真认为:"莫言小说语言的特殊心理关联域,使他将两种外在的语码系统,在特定的叙事方式规定下,经过感知方式协调,由特定的叙述方式推动着,组成新的语法关系,并以散文与诗歌相结合的修辞手段,经过不断转换生成,不断耗尽原有的能指意义,不断形成新的语码,最终完成了主体深层的语义表达。从这个意义上说,他的语言,作为其风格的骨干,是非常成功的。"

南帆的《相反相成:〈奔丧〉与〈瀚海〉》发表于同期《当代作家评论》。南帆认为:"《奔丧》与《瀚海》的叙述同样是一套拙重的大白话,较之以往一批小说那种洗练精致甚至有些矫揉纤细的语句,洪峰在这种大白话中似乎处得更为安逸自如。平白坦荡,来一点小小的打趣,时而故作繁复拙笨——种种生离死别因为这种叙述语调而显得如同平淡无奇的家常便饭。这将使洪峰一批故事的外表得到了与众不同的粗粝和钝重。""《奔丧》与《瀚海》的差别不仅是故事,更重要的是故事后面的内在情绪——而后者常常可以印证于叙述的语气、节奏以及遣词造句。"

皮皮的《扎西达娃:哲学与方法》发表于同期《当代作家评论》。皮皮认为:"扎西达娃很注意从生活中捕捉真实的却缺少变化的细节,把它融于小说中。……他显然不看重这些细节的真实性会使小说更接近生活原样这一点,他要的是另一种样式,就象莫奈的风景画,与生活拉开距离但也不完全认可想象的摆布。这种双间距离使小说产生了新的活力。"

"扎西达娃笔下人物不具备通常小说中常见的过分主动的动作意识。……扎西达娃小说人物的感情发展总处于一种朦胧的自然状态,不是一下就可以分辨判断的。""扎西达娃笔下人物的另一特征关系到文明与西藏古老生活观念的对立冲突。"

王彬彬的《俯瞰和参与——〈古船〉和〈浮躁〉比较观》发表于同期《当代作家评论》。王彬彬认为:"两部作品选择的都是全知全能视角。叙事者置身于对象世界之外，对人物的心理活动，对事件的因缘始末作无所不知无所不晓的陈述。但在各自的陈述中浮雕般地凸现出的叙事主人公的形象却又是判然而别的。"

吴方的《"历史理解"的悲剧性主题——〈古船〉管窥》发表于同期《当代作家评论》。吴方认为："《古船》的叙述构成引进了神话与传奇的因素，有助于扩大关于'历史理解'的范围。""在现实与超现实，实录与传奇之间，大体处在中间，彼此不即不离，若即若离。……形式与材料相颉颃的叙述造成文体的'变格'——散文与诗的交叉互渗。其方法可以视为一定程度的变形。变形不一定都意味着写人头上长角、变甲虫。在《古船》中，夺人心者常常在于情状的反常描写，暴露出对真实的'错觉'，以导向感知情绪的戏剧性溢动。"

殷晋培的《审美自觉意识的张扬和小说形式的追求——谢友鄞，从〈窑谷〉〈窑变〉到〈马嘶〉〈秋诉〉》发表于同期《当代作家评论》。殷晋培认为："他写的已不仅是看到的东西，而变成完全是他审美而感受到的东西，从而超越描摹生活表象的浅层次，而上升到借表象以表达自己丰富审美感受的高层次。""实现这种再现和表现的统一，小说颇得力于诗化的作法。""值得注意的是小说在塑造意象美的时候，并没有脱离多数读者的审美习惯，而是大量采用传统技法，用逼真准确的白描塑造生动的画面，画面的色彩感和动作感都十分强烈，跳动不已的视觉形象组成诗画合一、情景交融的境界，分外显得空灵剔透，别有一般秀美之气。这种空灵是一种悟性可贵的超脱，超越了平庸和琐细，而升华到诗的意境。传统技法的开发在新的小说构架中的成功尝试颇具匠心，确实避免了传统叙事性结构中可能出现的臃肿琐碎的脂肪性病变。"

於可训的《饥饿：欲望的变奏——论〈饥饿综合症〉系列小说》发表于同期《当代作家评论》。於可训认为："就这三部作品看，蒋子龙也确实是从'真实生活的框架'中提炼（或抽象）出了一种属于'悖谬'（蒋子龙称之为'现实的荒谬'）的逻辑形式，使他的小说在按照'理想的方式'描写生活之外，又获得新的艺术表现力。""我以为，在作者的艺术表现（即他所构造的'象征性图象'）和他所追求的'譬喻性'之间，还存在着相当的间隙和距离。而在另一种情况下（即'让事实本身说明自己'），他似乎又缺乏必要的艺术节制，事件的臃肿和叙述的拖沓，无疑也影响了他所希望传达的那些更为深沉的人生意味。所有这一切，都说明，这不是蒋子龙的一些最好的作品。但我承认，从总体上说，'饥饿综合症'是一个包容广大意蕴深沉的艺术意象。"

**27日** 李国涛的《小说文体探微（二则）》发表于《文学自由谈》第1期。李国涛认为："小说文体是一个'生成'的过程。同一篇小说，基本构思已经确定的，待下笔时还会有种种变化。某些情节、人物会有小的变动，而且笔调也会变动。《阿Q正传》开头很'开心'，往后就严肃起来，喜剧的调子越来越多地被悲剧的调子所代替。""当然寻求一篇小说的笔调、文体虽有各种偶然因素，但是决不是押宝、掷骰子，不是撞大运。对作家个人而言，笔调是大体一致的，这又是必然的方面。当代作家在文体上越来越有自觉的追求，越来越有可观的成绩便是例证。契诃夫说，'如果这个作者没有自己的'笔调'，那他绝不会成为作家'。因为契诃夫是幽默的，所以他还说过，'这已经是最可靠的标志：一个人不懂得诙谐，那他的写作就没有前途'！可见对一位作家来说，基本的文体、笔调一定是有的。但是，在具体作品中的体现，是一个过程。这样我们也汲取语言学家乔姆斯基的术语来说，是一个'生成'的过程。"

关于"小说文体的独立"，李国涛指出："小说有各种特征。但是它的文体一直是标志着它的独立存在的。文体，包括叙事角度、态度、结构、词汇、语气，等等。其实，文体也就是小说情节、人物、感情所由以表现的形态、形式，它其实也就是语言的全体，是所谓小说的全体。情节在它里面，人物在它里面，感情也在它里面。小说的全部意味并不在于，或者说并不全在于它的'内容'，而在于叙述这种内容的文体。""如果探求小说的发展，我以为注意到文体上的特色不失为一种较为可靠的办法。只有当小说不是在它叙事的内容上，而是在它叙事的文体上，有了特色的时候，它才成为有独立个性的艺术形式。"

罗强烈的《〈极地之侧〉的叙事批判》发表于同期《文学自由谈》。罗强烈认为："由于艺术构思中的先天性矛盾，决定和派生出《极地之侧》的叙事在文体方面的矫揉造作。……作者的文体意识中包含着许多错误观念，而且这些错误观念并不仅仅体现在洪峰一个作家身上。借用《极地之侧》中这样的对话来形容作者的文体意识，我认为不能说没有一点依据：作品中的小晶在讲故事，

'从前有座山,山上有座庙,庙里有个尼姑和和尚。''尼姑跟和尚不在一起。''没关系,这由我安排。'……好一个'这由我安排'!也许,错误的根源就在这种自在而非自为的任意性上。而这样一种'自在的任意性',在许多所谓'先锋作家'的身上都有着不同程度的表现。这实在是对传统小说的一种荒唐反叛和对现代小说的极大误解。是的,现代小说的叙述有了更大的自由,叙述者完全可以根据自己的艺术意图而选择和创造不同的叙述方式,但是,这种自由绝对不是任意性意义上的自由,而应该是一种自为意义上的自由,也就是说,一旦进入具体的艺术意图和特定的叙述方式,作者就只有这样一种相应的自由而失去了其它的自由,他必须根据自己独特的艺术意图和叙述方式来统一安排和调整自己的文体。"

"《极地之侧》有一种营造形而上的文本的意图(虽然它患有先天贫血),然而,它却把本不属这个层面的构思过程也从'后台'推向了'前台',造成了一种文体结构的颠倒和错乱。因为作家和叙事者、写作过程与叙事过程这二者之间是有区别的,作者的功能只有通过叙述者去实现,读者永远感兴趣的是叙述者和叙述过程。"

罗强烈表示:"是时候了,是对我们目前并不成熟的所谓'先锋文学'进行严格的艺术批判的时候了。因为这样那样的失误,并不只体现在后起的洪峰身上,就是莫言、马原、张承志这样一批优秀的青年作家,其失败也显得相当刺眼。人类在艺术地掌握和创造世界的过程中,并不是不经过激烈的'搏斗'的,当然包括文学创作和文学批评之间互为促进的'搏斗'。"

唐跃、谭学纯的《语言表现:创造性外化活动》发表于同期《文学自由谈》。唐跃、谭学纯认为,"语言表现的外化价值"有"艺术化价值""风格化价值"与"内容化价值"三大类。

关于"语言表现的艺术化价值",唐跃、谭学纯指出:"语言表现的外化价值首先从文学作品的艺术化程度上显示出来。""文学语言的表现功能则使语言符号的性质发生了若干变化,由指代性变为暗示性。语言表现并不完全排斥词语的固定意义,也并不依赖这些固定意义,更主要的,是通过调动多种多样的语言手段,以暗示出超越了词语固定意义的临时意义,最终达到表现超越了现实形象和作家心理形成水平上的艺术形象的艺术意象的目的。""语言节奏的急和缓,语言格调的高和低,语言距离的远和近,语言层次的深和浅,都被高明的作家们用来暗示那些为语言的指代性形式所无法复制的人生感受,以唤起读者的情绪反应。"

关于"语言表现的风格化价值",唐跃、谭学纯指出:"文学语言所外化的表现对象总能呈现一种个性,我们把语言表现的这种外化价值称为风格化价值。""不同的艺术思维内容,经由同一作家的语言表现,可以形成相同的风格特征。""相同或相近的艺术思维内容,经由不同作家的语言表现,可以形成不同的风格特征。"

关于"语言表现的内容化价值",唐跃、谭学纯指出:"文学的语言表现不仅构造着文学作品的形式,也在相当程度上制约着文学作品的内容。""无论是从广义上说的文学语言,还是狭义的落实到一些有独创性的作家头上的文学语言,都具有构造一个相对封闭的语言子系统的能力,在这样的语言子系统中,具体言语的意义完全可能发生某些变化而导致语言表现的内容化价值。""文学的语言表现最能体现'有意味的形式'的特征,它的结构,它的关系,它的排列方式的任何调整,都会牵涉到'意味'亦即'内容'的变更。"

关于"语言外化活动对于文学创作的重要性",唐跃、谭学纯认为:"在文学创作的语言外化环节内,任何内容要素和形式要素,都是通过语言表现才能呈现的。进一步说,语言外化活动和作家对于生活经验的思维改造活动,两者相辅相成地构成两大基本环节,共同支撑了文学创作全过程的运转。"

张德林的《论小说创作的"情节淡化"》发表于同期《文学自由谈》。张德林认为:"我们不要笼统地肯定'情节淡化';也不要笼统地否定'情节淡化'。……显然,'情节强化'或'情节淡化',都只是小说情节因素表现的不同形态,它们都为作品的内容服务,为作家创作的个性和风格服务,就其本身来看,毋须分什么孰优孰劣。无论是'情节强化'抑或'情节淡化',都是种艺术形式,不能脱离内容和作家的创作风格孤立地评价其艺术价值。""(一)情节的生动性与揭示人物灵魂深度并不矛盾;(二)提倡'情节淡化'要有一定分寸感,不能说'情节淡化'是新时期优秀小说的唯一的情节表现形态。作为人物外部行为和内在行为呈现形式的情节，应该是愈多样愈丰富愈好。"

张志忠的《陌生化：感觉的重构——谈莫言的创作》发表于同期《文学自由谈》。张志忠认为："由全知全能的叙述转向人物的主观视角，与莫言之艺术感觉具有强烈的主观色彩相吻合。莫言曾经声称，他要写极端主观的作品。但是，无论是他的通感能力，他的造型能力，还是他接受荒诞事物和产生荒诞感受的能力，都经过特殊处理，变成冷峻的客观实在感。如前所述，莫言的作品总是以主观视角展开作品中的生活场景，或是'我'在生活中行动着、感受着，或是作品中几个人交错地感觉着一件事情的演进过程，每个人都有与这生活、这事件有密切的利害关系和建立在这利害关系之上的情感方式，每个人都是在生机勃勃、情感饱满地行动着，把自己强烈的主观色彩、把自己积极的情感活动表现出来。文学不是无情物，强烈感情色彩的加入，使作品生气贯注，色彩斑斓。"

张志忠说道："写主观感受，是近年文学发展中的重要趋向，并非莫言所独有，他的长处在于将极端的主观化与冷峻的客观性相沟通。……莫言写主观感知，却总是写得很有节制，不同于常见的抒情小说。他的作品中，人物语言和心境描写都少得不能再少，他把大量情感性的东西转化为大量的感觉活动（如把心理活动转换成生理感觉），而且是奇特的感觉活动，使我们无法很快地与作品中的感觉、感情认同，必须先经过较多的思维活动才能理解它、接受它，必须以客观的冷静的态度才能顺应作品的情境。"

## 本月

吴士余的《记实：知觉经验的形象构造模式》发表于《当代文坛报》第1期。吴士余认为："就新时期小说的创作实验而言，记实形象构造的表现方式比较集中体现在这些方面：（1）原始性的形象定格，（2）漫散性的视角转移，（3）非随意性的定向选择。

"原始性的形象定格。记实形象构造基于作家对生活原型的直观和实录。因此，形象构造在很大程度上削弱了对生活原型的艺术虚构和再创造，较多表现为生活原型的定格化描述。若同性格形象构成参照比较，记实形象显然属于一种未完成式的审美表现形态。在这里,作家尽可能地摆脱对审美对象美善与否的主观评价和判断,以摄取生活原型在生活流变中的一些行为、外形、心态的片断作定格实描。"

"散漫性的视角转移。作家的审美感觉是流动的,他对生活具象的感觉和知觉常常处于一种瞬间状态。因此作家对生活现象的感知、审美和表现也呈现了多视角转换的表现形态。正如柯林伍德所说的,作家在'总体感觉领域的一种样式总是被另一种样式所取代',而这种'样式的取代'又往往完成于短促的时间转换之中的。张辛欣在记实形象《北京人》的创造中就有着至为明确的意向,她不留意于名川大山的静态描写和抒感放怀,而是'希望感受并且向读者传递的是活的、动态中的人事'。"

"非随意性的定向选择。在记实形象构成中,作家的知觉经验常常会受到理性观念的制约和修正,由此导致记实形象构造的主观倾斜。所以,感知经验的形象构造模式,有别于以想象为思维机制的随意性情感宣泄,它有着如同理性思维相同的运动规律,即'同样具有一种稳定性,一种秩序',漫散具象的组合和缀联'是在一个有规则的序列中出现的'。"

## 二月

**1日** 纪众的《小说的非故事性与非情节化问题》发表于《作家》第2期。纪众认为:"关心当代小说创作的人,想必都已经注意到了这样一个事实,即许多先前很看重故事情节性的小说家,现在已经不那么在故事情节上下功夫了,并且自觉或不自觉地朝向种种非情节化靠近,而从非故事与非情节化的坦途中转徙到故事与情节轨道的作家,却几乎一个没有。""从有故事、有情节,到淡化故事,淡化情节,甚至完全摒弃故事情节,这不能以为只是小说家个人的审美情趣问题。……它昭示了由于社会生活的变化,产生艺术的历史条件的变化,必然地要导致小说对现实的审美关系的变化。"

"造成小说非故事化与非情节化的原因可以从多方面寻找,但其中最根本的一点,无疑是生产小说的一般社会状况的巨大变化。""克服十九世纪小说单纯外部观察的局限性,这是二十世纪小说的历史必然。当作家把视角从人的外部关系、外部行为转入到人的内部，不仅看到了人的社会现实关系的制约，而且还看到了人的广义的文化制约，并且将这关系制约视为这文化制约的一个层面时；当作家所面对的是有机的生命活动，是感觉和欲望、情绪和情感、意识和认识时；当作家充分注意到人的心理意识结构，结构的层次性、系统性、复杂性及意识的发生和繁衍的方式和特点时，仍然要求他们给我们编排使感官兴奋的故事，设计环环相扣有快感的情节，那显然是看错了对象的性质。"

5日 张韧的《是长篇的旋风，还是三分天下——评小说家族的现状与大趋势》发表于《光明日报》。张韧认为，长篇小说的审美特性应该从以下几个方面来提炼："首先，从长篇与审美表现对象的关系说，黑格尔说的史诗的必要条件，即描写时代的'事物的总体'、具有'完满自足的整体'的美学论断，仍然是长篇小说审美属性的重要特征。如果说中短篇小说只能对生活的个别或某些侧面作有限度的表现，那么，全貌式的总体表现则是长篇的艺术使命。"

"长篇小说审美属性的第二个特点是创造艺术的典型，在一部长篇里至少应该有一个或几个具有高度概括性、个性鲜明的人物形象。现在流行一种理论，认为小说可以写情绪，写氛围，以至表现某种感知或感怀就行了。这自然是无可非议的，但它也许适于短篇，至多延至于小中篇。至于说长篇巨制，倘若没有立得住的人物，单以某种情绪和气氛是支撑不起它的巨大构架的。长篇不但对人物塑造有着不同于中短篇小说的严格（以至苛刻）的要求，而且对艺术形象的容量和价值的要求也是非同寻常的。"

"长篇小说审美属性的另一特征是它的恢宏大度的结构方式，和无拘无束、自由洒脱的表现手法。小说结构是艺术的机制，当它作为对外部世界的把握和构思的方式时，结构无疑是承载着内容；当它作为组织情节、作为某种描写和叙述的方式，结构机制由内而化为外部的形式。譬如说，以家族和家庭的兴衰展现历史的递嬗，常常作为小说结构的一种构思内核与表现的方式。"

同日，周政保的《寓意性：小说艺术的核心因素——兼述王晓建的小小说创作》发表于《中国西部文学》第2期。周政保以为："王晓健是一位小小说的业余作者，……他的小小说创作还不能说是达到了炉火纯青的境界，……他因为钟情于小小说这一文学方式，所以相应地对小小说的创作作出了自己的探索，也颇能体现文学审美与小说艺术的某些本质的要素——譬如小说艺术的寓意性，在他的小小说创作实践中就被体现得比较充分。……从他的全部作品来看，创作的表现意识是强烈而切合具体的描写对象的——作为小说艺术的追求，这是十分值得称道的。从某种意义上说，经由充满表现力的描写而实现小说本体的寓意性，应该认为是小说艺术的一种最富有审美特质的核心因素。……这种跨越了具象描写的被表现的内涵，就是小说艺术的寓意性。"

**10日** 曾镇南的《〈现实一种〉及其他——略论余华的小说》发表于《北京文学》第2期。曾镇南认为："这篇《现实一种》完全是一种冷峻的写实手法，直逼人物生活形态、社会氛围、心理图谱的真实。……小说在艺术上的成功之处，还在于在情节冷静推进中，以写心的纤笔，写出了恶念和善意相交绥，犯罪和自悚相伴生的人物心理变化、发展的辩证法，使人感到这确实是人性屈服于兽性的人的悲剧。"

张颐武的《小说实验：意义的消解》发表于同期《北京文学》。张颐武认为："所谓小说实验，是指小说文体、意义、观念诸方面对新的可能性的探求，它也就意味着对常规的打破。它包含着对小说的功能和本质的新的看法，它试图改变小说从写作到阅读的整个过程。与一般对的'创新'、'探索'和'变革'不同，实验所强调的是对'小说'这一文学体裁本身的变革，而非小说的思想和艺术的一般性的发展。它的探索集中于拓展或改造小说的性质。"

"一、虚构的虚构。小说作者所'虚构'的本文，其目的就是让读者在阅读过程中将之视为真实的东西，它被植入了读者的世界。但目前出现的小说实验却对小说虚构的这种双重性进行了颠覆和消解。这表现在对'似真性'的疑问与破坏之中。"

"二、意义的消解。实验小说有两种消解意义的方式。第一种是通过故事的错乱与矛盾。……第二种消解意义的方式是通过对语言的线性、逻辑性、日常性的破坏来完成的。"

**25日** 孙犁的《写在〈无为集〉后面》发表于《人民日报》。孙犁指出："在文字工作上，也不是没有过错的。在进城初期所写的小说中，有的人名、地名，用得轻率，致使后来，追悔莫及。近期所写小说，虽对以上两点，有所警惕，在取材上，又犯有不能消化的毛病。使得有些情节，容易被人指责。这都是经验不足，考虑不周，有时是偷懒取便所致。文字一事，虚实之间，千变万化，有时甚至是阴错阳差，神遣鬼使。可不慎乎，可不慎乎！我起书名，都是偶然想到，就字面着眼，别无他意。'无为'二字，与'无为而治'一词无关，与政治无关。无为就是无所作为，无能为力的意思。这是想到自己老了，既没有多少话好说，也没有多少事好写的，一种哀叹之词。也可以解释为，对自己一生没有成就的自责。也可以解释为，对余年的一种鞭策。总之，不是那么悲观，有些乐观的意思在内。"

# 三月

1日　朱向前的《军旅文学：面临艺术变革的挑战》发表于《人民日报》。朱向前指出："军旅作家的艺术创新意识还未普遍觉醒或强化，以至在近年形式（主要指结构、语言和叙述方式等等所谓'外形式'）的探索发展方面未能做出卓著贡献，从而显得平平。""不可否认，新时期以来整个军旅文学创作在表现形式、手法、技巧诸方面寻求变化和出新，作出了种种努力。但也要同时看到，包括上述几位佼佼者在内，其文化心理和审美观念的拓展与变革的实践，大都没有在当代文学中取得独树一帜的地位。"

3日　罗莎的《近年青年女作者散论》发表于《小说选刊》第3期。罗莎指出："《北国一片苍茫》集中地体现了迟子建的创作风格：优美、抒情的行文；以遥远、封闭的北国乡村或森林为生活场景；'关注妇女的命运；等等。"

"孙惠芬……以感觉敏锐、风格细腻见长，擅长写身边小事，她在捕捉到的瞬间感觉与情绪中发现了小说。"

"池莉……以其特定的叙事方式揭示出人的（更确切地说是这一代中国人）普遍的生存状态。……池莉在作品中运用了类似电影中'生活流'的叙事方式。在秩序井然的时空移动中，作者很敏锐地捕捉到不断闪现的艺术感觉，并善于把这些细腻的感觉化为小说。"

"赵玫……的处女作《河东寨》是她的某种文学倡导的具体实验。这部中篇有几分志异小说的味道，象是在制造现代神话。……小说在形式技巧上的追求是显而易见的,最使作者得意的大概莫过于无标点语体的运用。""到了《流星》作者要表述的主旨与她在语体上的尝试可谓达到较为和谐、完美的效果。整个小说是情感的流动与宣泄。一颗躁动不安的灵魂,一种缺乏理性的甚至带点儿歇斯底里的女性的情绪的真诚流露,依旧带着浓厚的主观色彩,但无标点的语体风格倒是恰如其分地表现了女性特有的无理性的率真。"

"毕淑敏……惯常采用现实主义创作手法。……其作品博大宏阔、力度极强的内涵和稍显不合时宜的戏剧化的艺术追求,却是难能可贵的。"

**4日** 何满子的《论情节——关于反情节倾向与叙事文学的时空关系》发表于《光明日报》。何满子认为:"反情节的倾向不仅成了叙事文学的美学问题,而且直接冲击着文学的基本法则,即从叙事文学的基本表现手段打开缺口以瓦解现实主义原则的问题。……以时空关系作武器来反情节——其实是反现实主义,是不值一驳,叙事文学要彻底驱逐情节也是难以理解的。无论怎么强化哲理、强化抒情色彩,小说里没有人、人的关系、人的遭遇就什么也体现不出来。"

**5日** 胡良桂的《小说思辨的文体选择》发表于《当代文坛》第2期。胡良桂写道:"小说通过形象反映生活,而生活本身就包含着丰富的议论因素。……从创作实践来看,作家对议论语言的选择,同样使小说具有了发人深省的思辨特性。……思辨文体的选择,同时带来逻辑语言的选择。小说逻辑语言的选择,不在文字表面主观感觉实体的联系上,即表层结构,而在于文字内在心理机制的因果关系和逻辑层次的关联上,即深层结构。……由此可见,语言的声音选择与句法的结构模式的逻辑性,都决定于文字内在的谐音性与关联性。"

"极富思辨力量的特殊语域和语体的构成,'往往是巨大的材料组织成一个统一的整体'。因为,任何一部小说,都不是一堆支离破碎的语言材料的堆积,相反,是一种有选择而组成的有机整体。……有机结构整体的语境选择,就是由各个字、词不仅形式上而且本质上的和谐地组合而成的,它有着内在的生命结构与逻辑,是一个'完整的特殊的小世界'。""这种把语言同社会文化背景联系起来:实现对传统文体的超越和对文体个性化的寻求,就拓展了三个领域:一、对民族和地方语言的活力、增殖力加以继承;二、对现代语言发展中的结构主义语言学、符号性语境学,转换成语法加以开发利用;三、在西方与东方,

'常体'与'新数'之间寻找契合关系,即搞一种'杂交',寻求发展中的平衡,表现深刻而清新的意与言,从而建构起一种与悠久而独特的文化历史相联结的富有民族色彩的新的文学语体。"

吴红的《意蕴的深化与形式的寻求——略论新时期长篇小说的现代文学特征》发表于同期《当代文坛》。吴红指出:"新时期长篇小说在文体上表现了对传统的突破。在中外文学史上,小说本是一种具有多种形式的艺术功能,和较大的艺术传达自由幅度的艺术样式,它是在以主观表现为特征的浪漫主义和以客观再现为特征的现实主义交互作用下,发展向前的。由于本世纪初,主要是以客观再现为特征的欧洲现实主义文学,对中国五四新文学发生直接影响;而这又与中国宋元以来的古典长篇小说的现实主义特征相吻合,无形中就愈来愈使现实主义对小说文体的各种要求,在人们头脑中长期以来成为一种规范和准则,成为一种习惯性的小说思维定式,所以近十年来,几乎每一次小说文体的细小变动,都要引起惶恐和责难,被认为'不象小说了'。这也是为什么新时期小说文体中表现性因素,总是最为人注意的原因。大体上它们表现为①由客观地反映对象所包含的本质意义,到赋予对象以特定的隐喻和象征意味,包括发现神话原型和开掘民俗、民间文化的心理积淀;②由真实地再现对象所具备的现实形态,到注重对象所引起的感觉和情绪的折射,包括某种荒诞和变形的感觉形式;③在传统的情节模式中容纳了更多的诸如心理分析和意识流动等'淡化'情节的艺术因素;④突破人物行动、事件发展的实在的物理时空,追求更带主观色彩的生活场面或感觉情绪的自由组合的结构方式;⑤在以'第三人称'为主的'全知全能'的'报道式'叙述方式之外,更注重叙述者进入叙述过程的特殊角度,以及因此而带来的多种人称的叙述方式的综合运用和复杂变化等等。"

咏枫、朱曦的《小说家与诗神——艺术修养纵横谈》发表于同期《当代文坛》。咏枫、朱曦写道:"要给未来作品确定一个适当的情绪基调或艺术氛围,这不是一件轻而易举的事。……艺术修养中的诗的因子,往往可以为小说家找到这种情绪基调或艺术氛围助一臂之力。""小说家如果具有诗歌艺术的修养,就可能使其作品具有诗的美姿。诗的美姿,首先是指诗的语言,用诗的语言去写小说，就给作品带来一种特殊的语言美。……用诗的语言去写小说，就意味着要象诗人那样讲究炼字、炼句。……小用诗的语言写作小说时，必须讲究一个'适中'，如果超过了限度，那是有违于小说的天性的。"

同日，季红真的《精神被放逐者的内心独白——刘索拉小说的语义分析》发表于《上海文学》第3期。季红真认为：刘索拉能在文坛迅速获得读者的原因，"首先是叙事的简洁与跌宕，适应着繁忙的现代人的欣赏要求；其次则是以崭新的精神语法，完成对传统人生母题的重构。……有意抹去的背景与强烈的本体体验特征，特别是情绪的抽象，与感知内容的夸张强化，都使她的作品带有更为突出的现代人的主体特征。……刘索拉的作品确实带有明显的现代主义倾向，但这种倾向所植根的民族心理现实与传统精神的心灵维系，则是有别于西方现代主义文学的特殊语义。"

王鸿生的《乔典运和他的文化寓言》发表于同期《上海文学》。王鸿生认为："在当代作家中，乔典运大约是用语最俚俗、最节俭、最家常的一个。他从来不动用文言雅词，句子全得自原生化的口语和村朴化的方言，散出浓郁的中原乡土味，亲切而粗糙、喧热又简陋。他绝不垄断语言，从不把知识和形式的权力强加给农民及读者，这对当代小说语言中日益增长的文人化、贵族化、晦涩化倾向无疑是一种反驳。但由于缺乏提炼和变幻，缺乏新鲜的刺激和幽邃的隐喻，他的语言往往品位不高，直露、浅白，繁复有余，美感、凝聚力、渗透性不足。"

**7日** 丁刚的《纪实文学：异军突起的创作浪潮》发表于《天津文学》第3期。丁刚指出："我国纪实文学的非文学化倾向是由小说的纪实化、新闻化、史传化和科学化来表现的，而文学化则是由一部分报告文学作品的小说化表现出来的（所谓的小说化不仅是指过去曾出现过的对小说虚构手法的借用，更是指在形式、结构、手法等方面表现出的多样的小说化）。……我国的纪实文学创作浪潮的特性具体表现为：小说向新闻、史传、科学的扩展，报告文学分别向小说和向新闻、史传、科学的扩展。"

丁刚认为："由于获得了虚构的'许可'，作家的创作就不会象写报告文学那样受制于新闻真实性。这就是说，作家在情节描写上具有了更多的灵活性和主动性，他既可以象写报告文学那样选择情节，也可以象写小说那样虚构情节。

由于这种虚构是为审美价值服务的,它就不可能仅仅停留在情节上,而会深入到人物心理活动的揭示中去。一般地讲,较之于报告文学,小说的长处是心理描写,过多的心理描写往往会给报告文学造成一种'失真'感。可报告小说的作者却可以借助小说之长来补报告文学之短。作为小说本质特征的虚构,成了他们追求现实的真实和情感的真实,物理的真实和心理的真实之融合的必要手段。有了这个手段,他们才可能把现实世界中的人物与自己情感世界中的人物合为一体。"

**8日** 刘心武的《中国作家与当代世界》发表于《人民日报》。刘心武认为:"像'取消意义'或在两点之间寻求直线式捷径的'直奔人类共同的原始本能冲动'的作品,以及像'艺术即形式'否定一切'意味'更耻于谈及使命感、责任感的文学理论和文学批评,恐怕都未必是清醒地认识到了当代世界的高明境界。既然说到根上,当代世界主要是因为中国搞了改革开放才'爱屋及乌'地重视起中国的当代文学来,那么,对中国的改革、开放自觉认同、积极投入,也就是具有民族使命感和社会责任感的那部分中国当代作家,即便不一定直接以改革、开放为自己的创作题材,不一定以自己的作品去直接推动什么排除什么,只要能潜心地进行非觅捷径的艰苦跋涉,首先为中国读者创造出美的作品来,我想,最有希望堂堂皇皇的走向世界各种文学的读者的中国作家,也许倒是他们中的佼佼者。"

**10日** 季红真的《神话世界的人类学空间——释莫言小说的语义层次》发表于《北京文学》第3期。季红真认为:"莫言小说的语言突出的一个特点,是语词的丰富和杂芜。所谓丰富是指其构成文本的语言外壳,词汇量之大;所谓杂芜,则是指其所用语词,所属文化关联域指驳杂,方言俚语、书面语、政治术语、流行的城市口语、诗词典故,以及军事学、心理学、生理学等学科的专有名词,都大量出现。"

季红真指出:"从基本语词的分析入手,描述莫言作品多层次的语义逻辑","1.两套习用语词。其一,是以亲属称谓为中心,所关联形成的特定语义场。……其二,则是充满现代人自我意识与思维感觉特征的现代书面语。""2.特定的叙事人。这两套语词虽然具有彼此分离的性质,但却由一个特殊的叙事人,而有机地结合成一套新的表意系统。"

同日,李国涛的《语言的"纠缠"和文体的形成》发表于《批评家》第2期。李国涛认为:"在中国,作家曾被文言所'纠缠'。这是确实的,也许凡是未曾长期使用过这种语言的人体会不到这一点。文言虽然不曾作为口头语言来使用,但是一旦提笔为文,作家就会象那些'双语体'里的人一样,顿时改用文言来写,同时当然也用文言来思维,来感觉。……这都说明,不但不同的语言表现不同的思维,而且文言和白话也直接影响着思维。用一种语言去思维,而翻作另一种语言去表现,也是使人能觉察出来的。这就是'纠缠'。"

"如果语言对思维、感觉的'纠缠'只在于二者之间不可分离,只在于母语对意识的影响和控制,那么这种'纠缠'还是比较简单的。实际上,这只是'纠缠'的一个方面。还有另一方面的存在。这另一方面又恰恰是在这一方面基础上的存在。这另一方面就是:语言又总是同思维相离、相异,互相之间存在着捉迷藏一般的关系。并不是你要表达什么便能说出什么,并不是你说出什么便是表达了什么。"

"于是,我们看到语和意的距离不小。同样的意思可以用不同的语言形式表达,骂一声'天杀的'表明深深的爱,道一声'失礼了',却正是要结果对方的性命。曹雪芹写《红楼梦》写了千言万语,引出无数眼泪,他却说'满纸荒唐言',怕的是'谁解其中味'。他还是把'言'和'味'的关系提了出来,表示担心。……好象作者要把他的'味'隐藏在他的'言'的后面,又好象作者要用他的'言',道尽他的'味'。其实,这就是语言对思维的'纠缠'。我以为我说清了,你以为我弄狡狯。你以为你已得我之'味',我却正为此担心。但是,又没有别的办法。当代小说家马原,喜欢玩弄叙述圈套,大故事里面套小故事,给你讲个没完。你问他到底是什么意思,他说'可是我怎么说说什么呢?我于是再讲一个故事'。另一位小说家林斤澜则把情节打散,叙述又采用'无话则长,有话则短'的办法,用语言逗读者。但是他的'味'也就在这苦涩之中。王蒙说到他自己的《蝴蝶》,'或许'可以写得更鲜明,'但同时它也会丧失许多现在的《蝴蝶》特有的东西'。"

李洁非、张陵的《小说的阅读观念》发表于同期《批评家》。李洁非、张陵认为："现代小说的价值就在于试图尽最大可能地发挥语言在现时代能够呈现的全部功能，这样，我们就必须摒弃古典的历史比较法的语言结构方式（如在小说中按照因果的逻辑秩序写人物成长的历史，或者为人物的性格寻求符合逻辑的历史根据）。而采用结构主义的语言方式，即在一个本文中去横向地比较构成这种语言事实的全部现实因素，从而考察本文独特的功能。值得庆幸的是，这一观念的改变意味着我们不再把原有的阅读关系捧为金科玉律——作品与阅读那种机械论的关系已不复存在。取而代之的是，读者作为本文一个有机因素参与了作品的构造。也就是说，只有读者进入小说的语言形式的结构中，小说的丰富功能才有得到有效的阐释和发挥。本文的一个最根本的含义是读者的存在。作家创作出来的作品实际上还不能称之为本文，必然有读者在结构间的阅读活动，才被称为本文。"

李洁非、张陵指出："由于读者实际上成为叙事者，参与了小说本文的构造，小说的时空便有了新的开拓，出现了新的小说时空。在一般意义上，我们以为一种语言叙事形式表示一个构造的时空。……随着小说艺术形式的发展，读者的主动性越来越强，对时空的占有的比重越来越大。并且，由于不同读者的参与，小说的时空结构也在发生变化，不同的读者会赋予现代小说本文不同的时空形态，使小说出现不同的价值，所以结构主义的文学理论有著名句子——'一千个读者有一千个哈姆雷特'。所以，小说本文又意味着不是一个实体，而是一种活动状态，它自始至终处于信息交换的永不重复的运动中。就因为它有了真正的阅读。"

李明远的《李锐、矫健系列短篇比较论》发表于同期《批评家》。李明远提出，"李锐、矫健的系列短篇为人称道，不仅在于它们容量大蕴含深刻，同时还在于它们篇幅短，是真正的短篇小说。新时期以来，短篇小说有越写越长的趋势，作家评论家多有呼吁但收效甚微。李锐、矫健在这方面探索，其成就和意义也就不仅在这几篇小说，而且具有促进文体回归自身的意义。他们是如何使短篇小说成为真正的'短篇'的呢？笔者以为，矫健得力于现代派，而李锐则受益于鲁迅和传统。"

"矫健的借鉴是成功的，荒诞、魔幻、弗洛伊德、海明威的广泛采用，无不达到了使作品加厚变短的目的。正如有评论者所指出的，《死谜》在写法上很接近海明威的'冰山说'。……现代派技法，李锐也有出色的运用，但这不是他的主要秘诀和特色。《厚土》之短，主要在于作者对鲁迅和古典传统的学习。如果我们留意一下，他的选材、叙述、描写，就不难发现鲁迅的影响。《厚土》在题材选择上多是一些简单的生活片断，一个空间，一个短时，从没有拖泥带水，旁逸斜出的繁杂故事。鲁迅对短小说的选材，就是这么倡导和实践的。《选贼》仅写了一个场面，《眼石》就是一对伙计关系的由不平衡到平衡的简单故事。这些篇章以这一方面看，极象《呐喊》、《彷徨》中的小说。在叙述描写上，李锐多采用'白描'手法，用极为省简的笔墨描画人物的动作、语言、感觉，作品中很少有大段的心理分析。李锐语言非常凝炼，'颇善浓缩，写得干净利落，用有限的笔墨，尽量表现出无限的时空'。这已为有些评论文章所论及，勿须赘述。值得一提的倒是《厚土》类似于古典诗词跳跃、含蓄的叙述语言。"

**11日** 缪俊杰的《疏离：问题的症结和出路》发表于《光明日报》。缪俊杰认为："形式的探索也可能使文学与读者之间产生隔膜和疏离的感情。……形式的探索也确有一个与读者的欣赏习惯、接受能力相隔膜、相疏离的问题。……解决文学与读者之间隔膜与疏离的出路在哪里？我认为，加强文学与生活的联系，努力'寻找文学与读者的精神连结'，显得特别重要。首先是要关注文学的内容和它的时代精神，从内容上，拉近文学与生活，文学与读者之间的距离。"

**15日** 朝戈金的《对宏大艺术样式的期待》发表于《民族文学》第3期。朝戈金认为："少数民族文学小说作品……形成了主潮的是大量的短篇小说和部分中篇小说，而长篇小说则相对沉寂得多。……急剧旋转变动的现实，在很大程度上使小说家们来不及用一种客观的、整体性的眼光审视生活，而这种对人生世界的整体性思考和理解，乃是小说家们以宏大的艺术样式（长篇小说）审美地把握现实的基础。"

同日，宋耀良的《现代孔乙己与批判精神——评王蒙〈活动变人形〉》发表于《文学评论》第2期。宋耀良认为："王蒙的这部长篇小说情节、线索都是简单的，在时空处理上虽有新意，嵌入了倪吾诚、倪藻和作者'我'为代表的三种同时态时间流，以增强作品的立体感和补色效应。但结构上的缺陷也很显见。文体不精湛，显出粗率和随意性，这已有诸多评论文章指出。然而它仍不失为一部优秀的作品，这在于思想的深邃和丰富。"

同日，黄泽新的《象征：在新时期文学的嬗变中》发表于《文艺争鸣》第2期。黄泽新认为："象征"给新时期文学带来的变化包括"从直露到含蓄""从表层导向深层""以有限展示无限"。"新时期文学嬗变的总趋势是从概念化走向艺术化，由低层次走向高层次，由说教型走向审美型，象征文学的发展是和这一总的艺术潮流相适应的，并有力地显示了这一艺术潮流的一个侧面"。

黄泽新还注意到，我国象征文学"是从现实主义文学的母体中分离出来的。经历了由写实到写意、由局部到整体、由手法的单一到多样的发展过程，才初步形成独立的象征品格。在其发展过程中，始终没有割断和现实主义的血脉联系，这是我国象征文学的一个突出特点，也是我国象征文学和西方象征文学一个根本区别"。

吴秉杰的《历史主义与伦理主义的矛盾——评"王润滋现象"》发表于同期《文艺争鸣》。吴秉杰认为："王润滋运用象征、梦幻、神话等等并不是因为他所要表达的主旨过于抽象而不得不求助于艺术的变形。它不是意在窥测未知，而是意在折射现实；不是更多地要预言未来，而是更多要地反映生活。""王润滋的作品没有在现实基础上达到人性要求和历史要求、'义'和'利'更高的统一"。"简单化地用'王润滋现象'证明历史主义与伦理主义的'二元对立'、'二律背反'，既违背道德要求，也没有历史主义。'历史主义与伦理主义矛盾'理应让位于一个更积极的命题：历史精神与道德精神的统一。"

同日，王方红整理的《〈褐色鸟群〉座谈笔录》发表于《钟山》第2期。李劼认为："这类小说我把它称之为'仿梦小说'，或者说是'梦幻小说'。小说中有许多东西比如说结构基本上是仿梦的，人物象罗布格里耶的《吉娜》一样，前后可以错位。情节也是变幻不定的，这一类小说，尤其是格非的小说，非常明显地受到了新小说派作家和博尔赫斯诸如《交叉小经花园》之类小说的影响。……这类小说是对梦境的摹仿，但它与梦境不一样的地方就在于：它是经过作家有意识处理的。这类作品体现出一种下意识的无序性。但尽管这种无序性我们可以找到一种深层心理上的有序性。但总的来说，它和我们日常生活的逻辑毕竟相去甚远。《褐色鸟群》的结构上，时间、空间不战线性展开，完全相互交织在一起，相互错杂。"

**18日** 汪曾祺的《话说"市井小说"》发表于同期《人民日报》。汪曾祺强调："'市井小说'没有史诗，所写的都是小人小事。'市井小说'里没有'英雄'，写的都是极其平凡的人。""现代市民的生活和他们的思想意识与历史上的市民有一定的继承性，……'市井小说'的作者的笔下，往往对他们寄予同情。但是这些人是属于浅思维型的。""他们的行事往往是可笑的，因此'市井小说'大都带有喜剧性，有些近于'游戏文章'。有谐谑，但不很尖刻；有嘲讽，但比较温和。……'市井小说'在轻松玩世的后面隐伏着悲剧。"

汪曾祺认为："'市井小说'和'市民文学'是有渊源的。两者都爱穿插风物节令的描写，可作民俗学的资料。所不同处是'市民文学'中有大量的色情描写，而'市井小说'似乎没有继承这个传统。'市井小说'的语言一般是朴素、通俗的。多数'市井小说'的语言接近口语，句式和词汇都与所表现的人物能相协调。在叙述方法上比较注意起承转合，首尾呼应。'时空交错'、'意识流'很少运用。上乘的'市井小说'力避'市民文学'的套子。这些作者以俗为雅，以故为新，他们在探索一种具有浓厚的民族色彩但并不陈旧的文体。"

**20日** 陆文夫、施叔青的对谈《陆文夫的心中园林》发表于《人民文学》第3期。陆文夫认为："六十年代我又回到了歌颂，但与五十年代初不同，这时是想批判而不能明写，我只有在作品里'求实'，写劳动，艺术上我追求小说民族化。《二遇周泰》、《葛师傅》都是向传统话本和苏州评弹学习，追求故事性，带有传奇性，情节紧张，地方色彩比较浓。中国的小说都是从口头文学衍变而来的，章回体的小说还保留着话本的痕迹。评弹说书先生都想尽办法把奇巧之事说得入情入理，讲清楚它的因果关系，使得听者无懈可击，提不出问题。这方法通常叫'塞漏洞'或交待关节，我在小说中也常用这技巧。……评弹说书先生一个人可以表演不同的角色，轮流自如，给我的小说最大启发，就是人称的运用，很鲜活，而且说书的把过场说得很仔细，气氛情绪掌握到家。"

同日，王玮的《小说的非轰动时代——作家高晓声一席谈》发表于《文学角》第2期。王玮认为："文学不就是靠语言么？有些人说用标准语写小说，南方人吃了亏。其实并不全是这样。中国近代现代的大部分文学大家特别是小说写得好的，都出在南方，象曹雪芹、吴敬梓、吴承恩、鲁迅、茅盾、叶圣陶等，都是南方人。南方人不是每句话每个字都能放到文章中去的，这是吃了亏的；但正是因为吃了亏，便下功夫，而下了功夫，语言就反而练出来了。中国的文字语言来源于好多方面：规范汉语加上群众语言。作家需要把这些都放到调色板上去调，只有好多方面都调节好了，才能出自己的风格。"

同日，林焱的《论寓言体小说——小说体式论之六》发表于《小说评论》第2期。林焱认为："寓言体小说借助寓言作品所形成的审美心理经验，当作品的叙事成分展开时，也意味着它的说理意义同时得到实现。用结构主义的说法就是功能性和指示性结合为一体。前者包含'换喻'关系，语言符号唤起形象和动作的联想，后者包含'隐喻'关系，语言符号又催成某些理性观念的播扬。现代寓言体小说的标志性意义的取向往往是重大的。古代寓言常说明个人行为的规范，而现代寓言体小说常常是说明人类群体，包括民族、国家乃至整个人类行为的重要范式"。同时，林焱也指出："近期我们寓言体小说的夸张成分还比较有限，对生活现象的关照比附也比较直接。"

吴士余的《逻辑形式：因果链与联想沟通——形象构成观念的嬗变之三》发表于同期《小说评论》。吴士余认为："鉴于作家对意象构造方式、时空形式有不同选择，意象物化的逻辑关系也会发生了相应的转移和变更。这一意向将表现为：因果关系向联想沟通关系的蜕变。""逻辑形式由因果链向联想沟通的转移，导致了形象构成观念深层次的蜕变，它具体表现在以下几方面：1.情感想象取代了情绪导泄。……2.逻辑次序的稳定性转向可变性。……3.思维逻辑的认识形式的蜕变。"

**25日** 费振钟的《迟子建的童话：北国土地上自由的音符》发表于《当代作家评论》第2期。费振钟认为："迟子建确定小说叙述上的童年视角，使她的作品有了艺术上的对比度和内聚力，儿童的自我发现，与对周围世界和人的发现构成了审美上的矛盾和反差。"

李劼、沈善增的《关于〈正常人〉的通信》发表于同期《当代作家评论》。李劼给沈善增的信中写道："在你的创作历程上《黄皮果》的创作是一个很重大的转折。这种转折的基本点在于，你找到了一个叙述者。""现实主义就在于写实。这种写实与其说是客观的，不如说是纯净的。……这种纯净在作者，是一种心灵的明亮，在叙述者，则是一种语言的明净。""你的叙述语言时有幽默诙谐之处，让人忍俊不禁。但也有过分小题大作的地方。""你说索尔·贝娄是把一些中产阶级知识分子朝滑稽处写。而你则是想把底层的小人物朝庄严处写。我能理解你的意思。你是让你所体验过的生活经验获得一种比较深透的审美观照。你是想写出一个平民子弟的不平凡的抱负和雄心。你不甘于精神上与市民为伍。我很高兴只你有这样的意识，因为这正是不少上海青年作家所缺乏的。"

鲁枢元的《从深渊到峰巅——关于〈古船〉的评论》发表于同期《当代作家评论》。鲁枢元认为："《古船》给人非常强烈的印象是：它既是斑驳杂陈的，又是浑然一体的；既是深沉凝重的，又是浮光掠影的；既是村朴质直的，又是精灵古怪的；既是真切实在的，又是飘渺虚幻的。""这形色不一的人物、头绪众多的事件、万花筒碎散的生动场景，却在不同的层面上被三条时隐时显的线索贯穿起来，构成一个完整的有机活体。这三条经纬全书的线索是：血统、乡土、改革。"

孟悦的《语言缝隙造就的叙事——〈致爱丽丝〉〈来劲〉试析》发表于同期《当代作家评论》。孟悦认为："它们作为小说或许并不出色，但其叙述语流却能够轻松自如地斡旋于荒诞与荒唐、幽默诙谐与耍贫嘴、一本正经与故弄玄虚、精心安排与轻度颠狂式的言语失禁之间。严肃地讲，也可以说它们以'玩弄'语言或'滥用'语言的方式，自觉不自觉地探索、揭穿、解构着沉积在语言内部的文化秩序模式。"

宋遂良的《气度·文化意识和形式创新——长篇小说创作的现状和前景》发表于同期《当代作家评论》。宋遂良认为："我同意蔡葵同志的看法：'打破长篇创作定势和传统思维模式，实乃长篇小说发展繁荣的关键。'刘心武不采用他所称的'橘瓣式'结构，柯云路不创造'散点式多侧面透视'结构，就不能……传达出社会急速变化中高悬在城市上空的那种浮躁骚动的情绪；张炜如果不适当采用象征和魔幻的形式，就难以形成《古船》深邃神奇的艺术氛围，和巨大的历史整体感;张承志如果不采用一个特定的时空结构,就不能把他要表现的访问学者、插队知青、长征途中的红卫兵这三部分生活组成一个有机的整体;他如果不用一种理想主义的热情将现实世界诗化、虚化、象征化,他就不能够把古老的、现代的、哲学的、实践的一种向上的精神力量如此磅礴、执着地展开来。……形式在某种程度上就是内容,它本身具有了内容的意义,或者就是内容的延续和拓展。""关于长篇小说的艺术形式,我以为当前值得探讨的有两个方面的问题,一是对长篇艺术特点的一般把握问题;一是面对变化发展着的审美形态,长篇如何调整、适应、创新的问题。"

王干的《等待唤醒:来自北国的悲哀——关于〈沉睡的大固其固〉及其它》发表于同期《当代作家评论》。王干认为:"迟子建的价值在于她的感觉、她的情感。""与莫言等人运用童年视角不同,迟子建并不是借助童年视角来拉开时空距离和心理距离,她的童年视角既是手段也是目的,她用一颗童心来观照世界,来理解人生,……迟子建的小说是运用儿童天稚的方式来观照人生、寻找语言、寻找结构,以保持情感的纯真、透明。"

徐俊西的《新时期"文化小说"漫论》发表于同期《当代作家评论》。徐俊西认为:"从内部形态来看,文化小说所揭示的人物性格和心理特征与一般的小说或心理小说也有所不同,它并不只仅着眼于对人物的性格、心理作一般的个性特征的刻划和描写,而是在自觉的文化反思的基础上,把它们放在整个民族文化积淀的整体结构中加以凝炼和展现。"

"在主要的艺术特征上常常不是对现实人生作整体的把握和表现,而是把艺术地再现某种特定的文化景观和文化习俗作为自己定向的审美追求;在表现方式上,则往往以对文化—生态的'仿生型'描绘来代替对社会生活的典型刻画,其结果便象人们所说的,它呈现在我们面前的已是所谓'人类种族精神史的模型',而不再是什么社会生活的完整图画了。""在具体的艺术方法和艺术风格上……它具有了一种凝重深远的哲理意味和所谓荒诞、审丑等艺术内涵。""表现形式和表现手法上的'多样化'和'现代化',也是新时期城市'文化—生态'小说的一个明显特征。""新时期的'文化心态'小说……还存在着另一种来自于人们的精神活动的'幽暗深处'的抽象的、虚幻的表现形式。"

赵玫的《昨天已经古老——读蒋子丹近作》发表于同期《当代作家评论》。赵玫认为："蒋子丹兼容了南北两方色彩，我这样坚信，即是因为蒋子丹你能在全部的人物、事件、意绪、行为的过程中，发现荒诞并设计荒诞。""她很会编造出一些很令人忍俊不禁的玩笑挖苦和变形的形态。她能用冷峻夸大了那许多的形态，包括情境的、人物的、心理的、意绪的。她总是极而言之地又是相当客观地（这点很重要）叙写，而最后陡然一转，一个荒诞的'圈'便形成了。""我曾在过去一篇文章中提到的新感觉形态之一，便是情感的剥离方式。这应当说是现代小说或是新小说的一个显著的特征。这一点，蒋子丹做到了。"

**25日** 方守金的《画面：小说文体的一个审美追求》发表于《文艺理论研究》第2期。方守金认为："小说具有画面之美，更能显示出奇情壮彩绰约风姿。事实上，就其审美特征来说，'一部小说就是一个复杂的画面系统'。因此现代小说家把艺术眼光瞄向绘画、影视等视像艺术。……小说家是如何在创作中借鉴绘画等视像艺术的。我们看到，新时期一些作家运用电影手法取得了成功，象鄂华的中篇《祭红》，祖慰的短篇《人民选"官"记》等，便是使用电影镜头语言为读者提供动态的生活画面，张贤亮说他的《土牢情语》，完全按照拍摄电影的要求写成，因而活动的画面一气到底，魅力很深。至于对绘画艺术的使用更为普遍，如白描手法已成传统。近两年发表的一些小说，如洪峰的《瀚海》、李佩甫的《红蚂蚱，绿蚂蚱》和莫言的《红蝗》等，对绘画艺术的借鉴则有了新的突破。他们摒弃了线性叙述方式，把故事纵横交错地结构在画面空间上，使小说的艺术形式焕然一新。"

"小说家在哪些方面借鉴了绘画艺术？所谓蒙太奇、叠印、白描与空白之类，在今天已成为小说家手中的'常规武器'，故且不论。我们探讨现代小说家具有创新意义的三种方法：

"一、色彩感情化。所谓色彩感情化，本是西方现代绘画中一个抽象的表现因素，即艺术家凭借色彩对精神心理和机体感觉能产生对应反应的特性，来传达自己的情感意绪。小说家对色彩的这一表情功能的运用，主要体现在以下两个方面：1.强化主观色彩。就是不考虑色彩的物理性真实，一任听凭主观感情来驱使色彩的表现。……2.敷设主色调。高明的小说家注意到色彩的联想和象征的表现力，往往使用某种简括的主色调敷设全篇，作为情绪和氛围的象征，以此透射出作品情感意蕴基调。这类小说，犹如罩上了滤色镜的幻灯和电影，色彩感很强。"

"二、造型感官化。艺术，用哲学的眼光看，实质上是一种转化过程，即把物化的观念和情感转化为观念与情感的物化。情感意绪这东西挺鬼，只有把它物化，作用于人的感官系统，才能取得震撼心灵的艺术效果。"

"三、结构空间化。小说与绘画最深刻的区别在于前者是时间的艺术，后者是空间的艺术。……具有现代意识的小说家开始了向空间拓展的共时性叙事体态的追求，这就和画家的艺术构思不谋而合。王安忆的《小鲍庄》就是采用共时性空间结构，同时表现几个互不接近互不依赖互无因果的故事。阿城的《遍地风流》、郑万隆的《异乡异闻》和赵长天的《苍穹下》等小说，也是'追求绘画瞬间性的结构方式，时间性的过程剪缩到最低限度，空间的展示性因素得到铺陈，一个个生活场景在空间范畴内凝固以表现一瞬间的感觉和情思。'"

谭学纯、唐跃的《新时期小说语言变异的功能拓展》发表于同期《文艺理论研究》。谭学纯、唐跃认为："小说语言的基本功能是传递艺术信息，而艺术信息的传递是施动者和受动者互为对象的协作过程：它在文本内部，体现为叙述者和叙述接受者的沟通；在文本外部，体现为作者和读者的沟通。无论文本内部，还是文本外部，接通施受双方的共同媒介都是语言。罗兰·巴尔特为此不无极端地认为：'叙述作品中"所发生的事"从真正的所谓事物的角度来说，是地地道道的子虚乌有，"所发生的"仅仅是语言，是语言的历险。'如果不是从纯形式主义的角度理解问题，那么，把这一表述纳入本文题旨，便自然引申出如下的事实：以传递艺术信息为基本功能的小说语言，是小说艺术实现的必要条件。反过来说，小说语言的功能实现在文本内部体现为叙述交际的圆满完成、在文本外部体现为写读交际的圆满完成。"

张德林的《小说叙述视角艺术功能探寻》发表于同期《文艺理论研究》。张德林认为："全知全能的外视角叙述方式，在小说创作中仍然是必要的，不可缺少的。最简单也是最根本的一条理由是：任何一部小说，都得由作家亲手把它写出来，作家必须选择一个替身——叙述人，在被描绘的情节、事件、人物、细节与读者之间起中介作用,没有这个中介,即叙述人的叙述,小说的情节就无法展开,读者也不可能领会小说的内容。而最常见的叙述方式,就是站在情节和事件以外的第三者,直接把故事和人物介绍给读者。这种叙述角度和叙述方式的运用,在古今中外的小说创作中,占极大的比例,迄今为止,仍不能说过时了。

"全知全能的外视角,这种叙述方式在小说创作中之所以不可缺少,还有其内在的原因,它决定于小说的题材、内容、生活容量和作家的创作个性,决不是一个所谓纯形式的问题。有些小说,特别是长篇小说,生活容量较大,人物众多,情节线索复杂,场面转换频繁,只有用外视角的叙述方式才有可能把各个局部有机地组织起来。"

"还有一点必须指出,即使是号称以人物内视角来叙述的小说,其中仍然不能完全摒弃外视角叙述的参预。一部小说只有一个人物或一个场面,这种情况是罕见的。一般说,一部小说总有几个人物、几个场面、几条线索来组成。如何把人物、场面、线索等关系串连起来,形成一个有机的整体,构成一幅人生图画,单靠人物内视角的叙述便会发生困难。这里,仍需有一个局外的叙述人,在各个部分、各种环节之间,起穿针引线的沟通作用。外视角不时作为人物内视角跳跃、转换、交迭过程的中介,起着调节的作用。愈是内视角变化多端,就愈需要外视角去观照、去统帅,由此来显示作家刻画人物和驾驭题材的艺术才能。"

**27日** 程德培的《小说语言的难题》发表于《文学自由谈》第2期。程德培认为:"我们对小说语言的思考并不可能纯粹地停留在小说语言的地界之内,……把小说语言当作联合词组来对待,一般只能是思考的后处理阶段,而我们首先能做的只能是将小说与语言分别对待,这样,思路无外两条:一条是首先弄清楚小说的本性然后由此制约作为小说的艺术语言,另一条则是首先制约语言的界线,然后再制约作为语言艺术的小说。这两条思路之间肯定会有各种联系,但是,它们之间各自的排斥、否定对方的论辩肯定会给我们带来许多不必要的麻烦与节外生枝的障碍。""对小说来说,语言的问题很大程度要决定了小说艺术的特性。……一方面,探讨小说语言很容易为纯语言学上的问题所纠缠，结果不外是置小说于不顾，仅仅满足于例子是小说的就可以，这种探讨，到头来依然进行不了小说语言的讨论；另一方面，我们的探讨又很容易为作家的经验主义所左右，作家们往往习惯于把作品的创造权归于自己，并不喜欢承认叙述者的存在，而且就创作实践来说，他们长久关心的也只是如何更好地表现好的问题，这显然只是一种语言修辞的问题，修辞固然重要，但毕竟代替不了小说语言的全部，这实际上也是我们以往的许多关心小说语言的理论不够理论的原因所在。对作家来说，他可能是单向地、自信地支配着语言，并且仅仅关心对语言的选择。但对我们的认识来说，这无疑是不够的，自从小说拥有了证实自身存在的小说语言之后，实则上他也就同时地遇到了他最难以对付的敌人——语言，语言带着它天然的制约能力反过来企图逼迫作家们就范，逼着他们不自觉地充当语言规则运行的工具。"

李劼的《小说语言四题》发表于同期《文学自由谈》。李劼谈道："一、文学和非文学。我曾经在《试论文学形式的本体意味》一文中从文学语感的角度谈及过阿城和何立伟在小说修辞上的这种努力。……他们没有在文本学意义上对小说语言作出有新意的贡献。因为他们注意到并且是仅仅注意到文字符号的整合变化，而没有把目光进一步投放到语符组合在一篇小说中的整合作用。"

"二、叙事和讲故事。讲故事是一种叙事，但叙事不全都是讲故事。……我想在此提出这么几个要点以作界定故事的努力。（一）叙述的虚构性。……（二）叙述的超验性。只有当叙述超出了一般的经验的范围而呈现为一种超验性建构时，对事故的虚构才更加具备了故事意味。……（三）叙述的形式感。故事的生成要求其叙述不仅具备作为叙述对象的语义，而且还要求作为叙述本身即语法结构本身必须产生意味。……（四）叙述形式的生命意味。文学的结构主义者们都只关心结构，而不注意结构本身的张力与生命形式的张力之间的对称和不对称的问题。而我则将在叙事（故事）形式和生命形式的对称上，对故事做出最后的界定。……故事是虚构，故事同时又是一种生命形式。"

"三、小说语言的有序化。人们的言语活动和日常的语言行为是无序的，文学语言的建构才能使之有序化。"

"四、小说语言生成的偶然性原则。我认为小说语言不是遵循某种规律而是在偶然性的原则之下自我生成的，这带有很大的随机性和不确定。……虽然小说语言是讲故事的语言，但作者关于故事的构思往往是朦胧的不确定的从而随着小说的进展随意变动的。"

李庆西的《小说语言学的故事》发表于同期《文学自由谈》。李庆西谈道："这些年来，我们不断发现诸如此类的一大批命题，如，艺术形式不仅仅是形式；当然小说技巧也不仅仅是技巧。这都没错。还有，结构也是一种方法；而方法又具有本体的意义。这好像也没错。还有，叙事学和主题学也愈来愈粘到一块去了。这两家的关系倒也很难掰开。现在，语言学又掺和进来了。因为都在作价值提升，语言学也迅速膨胀起来，已经变得臃肿不堪。这也没办法，事业要发展，机关建设总是需要的。也许，从发展趋势来看，语言学和叙事学、主题学可以合署办公，为了避免人浮于事，一套机构，三块牌子，也是一种可行之计。"

南帆的《小说语言：功能的开发与实验》发表于同期《文学自由谈》。南帆认为："只有我们了解了小说叙述的特有性质，我们才可能在具体的字、词、句之上找到一系列控制与调节'小说言语'过程的准则——很显然，唯有这些准则才能泾渭分明地判断小说语言或非小说语言。"

"各种艺术均跨入一种非常的活跃时期，小说领域也不例外地面临着种种动荡与分化。各种小说定义正迅速地被遗弃，甚至制作定义的作为本身也未免显出几分迂腐来。根据一些结构主义理论家卓有成效的研究，小说必将存在着某种稳定的叙述'深层结构'——一些愿意显示出语言学影响的理论家更乐于将这种'深层结构'称为叙述的'语法'。这理所当然将成为定义小说的依据。……对这些'深层结构'，许多作家似乎正竭力以自己的创造冲动挣脱它们的制约。他们不时创造出新的小说品种，进而以其新的艺术力量要求小说艺术予以接纳承认。……这时，'小说'这个概念所包含的基本规定性已经丧失。作家似乎也不在乎他们的小说是否吻合以往的小说观念。只要这些作品可能成为某些读者审美经验所能接受的文本，作家并不介意有失'正统'。由于现代艺术对于传统观念与传统心理的频繁冲击，读者对于艺术创造的接受也确实比往日开明和善于合作。"

**29日** 鲍昌的《写出"心灵的辩证法"——关于"心态小说"》发表于

《人民日报》。鲍昌认为："任何时代、任何作者小说，实际上都有心理内容的。只不过有一点，以往的绝大多数小说，人物的心理是通过其语言和行动体现出来的，故其艺术表现方法多是客观性的叙述和描写，很少有通篇是心理描写的。""正是在现代主义文艺思潮的推动下，本世纪以来出现了若干种心理小说类型，比如'独白型小说'、'自白小说'、'意识流小说'、'内省小说'、'内向派文学'、'新感受文学'等等，甚至还出现了'动物心理小说'。所有这些小说类型，都带有强烈的主观色彩。"

鲍昌说道："据我的分析，目前在中国被称为'心态小说'的作品，可区别为以下几种情况：（1）并没有通篇地表现作者的心理状态，只是对小说中人物的内心活动有大量的、加重的描写；（2）以第一人称出现的自传体、书信体、日记体小说，其中虽表现了许多人物的内心活动，但更多地是叙事；（3）真正是以表现人物的内心活动为主，客观性的叙事被放到次要地位；（4）完全表现作者的内心世界，很少有叙事，或根本没有叙事，主观性极强。在这四种情况里，前两种并非真正的心理小说，只有后两种，才可以称之为'心态（心理）小说'。"

于立霄的《李锐与〈厚土〉》发表于同期《人民日报》。于立霄提出："《厚土》着力刻画山区农民苦苦挣扎的众生相，……语言有意用力重而呈力度，使作品具有一种拙朴、苦涩、沉重的味道。作品的副标题是吕梁山印象，李锐在写作时力图使作品有一种强烈的直观效果，像美术作品那样的质感，至于潜在的东西如何发现，引起什么样联想，那就由读者去完成了。"

## 本月

李劼的《论小说语言的故事功能》发表于《花溪文谈》第1期。李劼认为："小说语言有哪些故事功能？它们如何体现？一、小说语言的故事生成功能。所谓故事的生成功能，是小说语言作为能指符号的组合功能。……小说恰恰首先就是语言的自觉。它不是从把故事说出来开始，而是从一个故事怎样说开始。""二、小说语言的故事催化功能。小说语言的故事催化功能则是在小说语言的言语活动过程中实现的，……它主要体现在小说的话语层次和故事层次上,也即是小说言语活动的话语整合和故事整合过程。所谓整合,其实就是小说语言在生成层次和催化层次上的语言活动。……催化成份则表明,这个故事将会是怎样的一个故事,前者显示出它的故事性,后者暗示着这个故事的丰富性。正如故事生成功能是小说语言的基本功能一样,故事催化功能是小说语言的伸张功能。""三、小说语言的故事隐喻功能。小说语言在其叙述上,它是转喻性的。""小说语言的故事生成、故事催化、故事隐喻功能。这三种功能同时也是小说语言的三个层面,其生成功能是小说语法学层面,催化功能是小说修辞学层面,而隐喻功能则是小说语文学层面。"

## 本季

董朝斌的《刘心武:踯躅在文学与非文学的二难选择中》发表于《文学评论家》第2期。董朝斌指出:"刘心武……总是把他的人物、故事很谨慎很严密地放到一定的时代或历史的社会文化背景中去,表现他作为一个社会文化个体与他所处的社会文化的千丝万缕的联系以及矛盾和冲突。刘心武总是让我们相信,他对现实世界持一种真诚的态度,以致他不得不采用纪实小说这种最具有幻觉性的方式来表明他对现实的虔诚。但是,我很难在他的小说中寻找到有魅力的故事和人物。他或它们象一只木偶被刘心武在他的小说舞台上展出,然后匆匆忙忙地朝台下去。他或它们都还没有找到自我,正如刘心武也没有找到他的真正方式一样。我当然不是希望刘心武用他的小说来'毒化'我们的现实,正如后现代主义文学那样。但是,刘心武从来没有赋予他的小说以自觉的自我意识,而对他的有力回敬就是,他一旦把它们创造出来,作为文学,它们就已经进入死亡状态。"

胡德培的《十年长篇小说漫议》发表于同期《文学评论家》。胡德培说道:"我认为,某些同志对长篇小说创作成绩的估计偏低甚至有些悲观看法,那是从某种外来概念以至偏见出发的。如果从小说意识的变化上来说,长篇小说比之于中、短篇小说发展要缓慢一些(但又是比较稳步而较少波动和反复的),这是可以理解的。如果只是注重外在的艺术表现形式或表现手法的变化多样——这是当前中、短篇小说发展中的一个重要特点,也是相当一部分中、短篇小说思想艺术上的一个明显缺陷，即只看重外在表现而轻视内在意义的厚重和深沉，炫耀艺术形式的变化和新异，却不是经过自己肠胃的消化和吸收，而直接从外国现代文学中摘取或移植过来（对人类文化发展来说并非新异，或者说已是相当陈旧的），已逐渐暴露出思想轻浮、内容空虚等毛病，并且是广大群众甚至连文艺界同行也很少人能够欣赏的。相比之下，长篇小说创作显然很少此弊病。它们大多能够容纳较深厚的历史内容，较强烈的思想意义，较丰富的时代感情，在艺术思想上的发展和进步，是一步一个脚印而不是两脚悬空的，是有相当扎实的生活根基而不是采撷生活的浮萍或露珠的艺术次品。"

李惠彬的《新时期小说时空观念嬗变的三个逻辑层次》发表于同期《文学评论家》。李惠彬指出："王蒙用'意识流'笔法写出的'心态小说'，在一定层次融时空为一体，比较好地把握了时间的延续与人物心态、外部世界的延伸、变化，将它们有机地结合在一起，从一个抽象的而又似乎可感知的某一契合点，纵深开拓四维空间，《布礼》《蝴蝶》《湖光》《相见时难》以及《杂色》《如歌的行板》是他尝试与求索的结果。"

"寻根文学呈现出以往小说创作所没有的思维层次，这是它的时空为之开拓的一个原因，这就是，在他们的创作过程和作品中，两线思维线索的存在，它们的冲突、融合的存在，那就是古老文化凝聚的一个灵魂的思维与一个现代人的灵与肉交织的思维。在郑义的《老井》里，那井、那水与祖先求水的血、汗凝结着一条生活信念。"

"新时期小说发展到近两三年，它的主潮已跃到第三个逻辑层次，时空观念出现新的裂变和再生，时空和艺术的其他要素结合在一起，给读者许多新的、韵味深长的审美对象。它以莫言、张炜、张承志、张抗抗等人为代表。"

贾涉的《简论洪峰》发表于《中州文坛》第2期。贾涉指出："《瀚海》即是通过'内容'与'形式'之间的不相协调和冷热反差的处理来造就反讽：一方是痛苦、悲壮、艰辛的故事，另一方则是轻松、平淡和调侃的语调，甚至经常脱身出来站在一旁玩赏其中的戏剧性'趣味'。当故事的讲述停顿下来时，又以跟读者商讨的口吻议论故事要不要讲下去，怎么讲，讲些什么等问题，把读者随意地引进、拉开，直接干预、排遣、调度阅读情绪反应。洪峰之所以要这么干，便是暗示《瀚海》存在着主题性的悖论，赋予作品以一种令人着迷而一时又难以言明的深度。强烈的讲故事意识、拒绝作任何价值判断的局外立场，故作轻松、绝无伤感、唯趣味地将历史化作戏剧来欣赏的态度，分明显示出作者与众不同的价值取向和历史意识。"

彭晓丰的《感觉世界中的思索与惶惑——评一种新小说形态》发表于同期《中州文坛》。彭晓丰认为："莫言的《透明的红萝卜》、《红高粱》，刘索拉的《你别无选择》、《寻找歌王》，以及韩少功的《爸爸爸》，张洁的《他有什么病》……这些小说打动我的，正是这种感觉。它使我贸然地萌生这样一个念头，能否在情节小说、性格小说和情感小说（也许可称为诗化小说）之外，再提出一个感觉小说呢？"

"我们看到，在这些感觉小说中，情感剥离的确成了普遍而又频繁的手法。按说情节的稀化和性格的淡化正是为情感宣泄提供了坦途，而这些作家却往往在最能抒发情感的地方'王顾左右而言他'。森森历尽磨难终于在国际作曲比赛中获奖，他的全部反应是跑回琴房把自己锁起来了事。莫言在写黑孩对痛苦的承受力时那种无动于衷的笔调也让人深感吃惊。这种情感藏匿的现象在表现人物面对死亡的时候显得更加清晰。……此外，情感因素的淡化，不同程度地为这种作品增添了含量。情感与感觉相比，往往更清晰，更单纯，更易于把握，而感觉的模糊，浑厚，则多少遏止了读者马上进入一种沉溺状态，从而起一种间离作用，让读者得以进一步玩味作品。应该是重视感觉的一种必然结果，这些小说里大量出现了通感技巧，从'明亮的喧哗'到'暗红色的声音'，从'和声象大便干燥'到'太阳上升时的嘎吱声'。""另一个被人们相当注意的现象是感觉小说的视点，视点的选择在很大程度上将规范感觉的描写域限及其特殊内涵，因而的确成了作家切入题材和读者把握作品的关键之处，但无论如何，真正感觉只能来自作者和读者自身。因而视点既不是感觉的来源，亦不是它的归宿，基于这种考虑，我更想换一个角度，将之放在后面所要论述的内容之中。因为真正的任务，并不在于对这些小说形态的陈述，而在于更高层次上的分析与综合之中。"

## 四月

**3日** 汪曾祺的《汪曾祺论小说创作》发表于《小说选刊》第4期。汪曾祺谈道："写小说用的语言，文学的语言，不是口头语言，而是书面语言。是视觉语言，不是听觉的语言。"

"小说在下一个字的时候，总是有许多'言外之意'。……一个小说作者在写每一句话时，都要象第一次学会说这句话。中国的画家说'画到生时是熟时'，作画须由生入熟，再由熟入生。语言写到'生'时，才会有味。语言要流畅，但不能'熟'。援笔即来，就会是'大路活'。一篇小说，要有一个贯串全篇的节奏，但是首先要写好每一句话。"

"小说写得长，主要原因是情节过于曲折。现代小说不要太多的情节。现代小说的作者和读者之间的界限逐渐在泯除。作者和读者的地位是平等的。最好不要想到我写小说，你看。而是，咱们来谈谈生活。生活，是没有多少情节的。……小说长，还有一个原因是对话多。对话要少，要自然。对话只是平常的说话，只是于平常中却有韵味。……长，还因为议论和抒情太多。我并不一般地反对在小说里发议论，但议论必须很富于机智。带有讽刺性的小说常有议论，所谓嬉笑怒骂，皆成文章。抒情，不要流于感伤。一篇短篇小说，有一句抒情诗就足够了。……长还有一个原因是句子长，句子太规整。写小说要象说话，要有语态。说话，不能每一个句子都很规整，主体、谓语、附加语全都齐备，象教科书上的语言。……要使语言生动，要把句子尽量写得短，能切开就切开，这样的语言才能明确。……能省略的部分都省略掉。"

**5日** 林为进的《现实主义的力量——读长篇小说〈曲里拐弯〉》发表于《人民日报》。林为进表示："就像邓刚，曾写过《迷人的海》那种把浓烈的情感推向极致的、带有明显浪漫主义和象征主义色彩的小说，如今又写出具现实主义特色的《曲里拐弯》，担任'事实叙述者'的角色，把他不同层次的人生体验与美学体验，用不同的形式表现出来。……见到了对现实主义创作再次有了新的认识和肯定的一股文学趋势。当然，这和我们原已习惯了的现实主义，也许已经有了较大的变化，而且从目前的情况看，创作的实绩也还不是十分明显，但是可以预言，现实主义的长篇创作必将会有一个更大的发展。"

同日，汪曾祺、施叔青的《作为抒情诗的散文化小说——与大陆作家对谈之四》发表于《上海文学》第4期。汪曾祺说道："我一直认为短篇小说应该有一点散文诗的成分，把散文、诗融入小说，并非自我作古，屠格涅夫的《猎人日记》有些近似散文，契诃夫有些小说写得轻松随便，实在不大像小说，阿左林的称之为散文未尝不可。小说的散文化似乎是世界小说的一种（不是唯一的）趋势。……我承认我不善于讲故事。散文化的小说最明显的特征就是结构松散。……打破定式，是这类小说结构的特点，古今中外的作品，不外是伏应和断续，超出了，便在结构上大解放。……我觉得情节可以虚构，细节绝不能虚构，必须有生活的感受。散文化的小说，一般不写重大题材。在散文化小说作者的眼里，题材无所谓大小，他们所关注的往往是小事，生活的一角落、一片段。即使有重大题材，他们也会把它大事化小。散文化的小说不大能容纳过于严肃的、严峻的思想，这类作者大多是性情温和的人，不想对这世界做拷问和怀疑。许多严酷的现实，经过散文化的处理，就会失去原有的硬度。"

晓华、汪政的《状态小说——一个尝试性的论述》发表于同期《上海文学》。晓华、汪政认为："现在的某些小说越来越趋于状态的表达。它从根本上就不打算用从生活实体背后抽象出来的各种线索去结撰作品，相反，他们力图淡化这种小说观念，他们感兴趣的是环绕着我们，拥抱着我们的生活状态。……一切小说的美学原则（比如虚构等）都以揭示状态为出发点。因此，在论述开始前我们抽象出一个不知是否能为人们接受的概念：'状态小说'。"

"我们将从小说形态学的角度对状态小说作进一步的分析。小说是一种讲述，无论被讲述的对象是真实的，还是虚构的，都不影响它对对象的引入功能。……他们特别强调对象引入的客观性。这种客观性的基本要求在于恢复世界的自在状态，未被整理的无目的状态，使我们产生置身于对象之中的幻觉。这就得废置'线'型结构，取消故事和情节，至少是淡化，让被叙述的东西以离散的形式出现，比如汪曾祺的一些短章，三言两语，说东道西，以随机的语调作为列举式的介绍，说过了就说过了，不再作更深的讨论和处理（典型者如《桥边小说三题》）。"

**6日** 方克强的《现代故事的崛起与小说本体的返归》发表于《河北文学》第4期。方克强认为："小说是各式各样的。但从本体论的意义上探讨，小说就是故事或故事的叙述，它具有一定的情节性。叙事性基因诞生于小说的源头——原始神话，并成为小说区别于其他文学样式的原初性标帜。叙事诗、叙事散文、戏剧和电影等富有的情节因素，不过是小说基质的扩散和移植。"

"近两年来，马原、洪峰、莫言、苏童、沈善增等一大批青年作家的创作却标志着小说本体的又一次重大转折。他们在许多方面逸出了心态小说的轨道，并在一定程度上表现出向情节小说返归的意向。'现代故事'也许是概括他们共同创作特征的一个恰当术语。""马原的创作特点，首先是在小说本体的反思中，重新确立了故事性的重要地位。马原直言不讳并充满自信地称他的小说为故事，把讲述关于他和他的朋友们传奇性经历的故事作为小说的基本内容。打猎、探险、命案、性爱、珍宝、灾变等都是他小说中经常出现的故事母题。……其次，故事性所关注的事件和人物行为的外部描写重又代替人物内在心态的描写，成为塑造形象和呈示主题的主要手段。马原式'英雄'具有的情种加硬汉的精神品格特征，是在故事叙述和情节运转中完成塑造的。……再次，作家以故事叙述人的身份直接介入小说。与心态小说极力隐藏作者自身相反，现代故事则强调作者在故事与读者之间的中介人地位。马原的小说执着地引入自我形象并表现自我，他不但是故事的亲历者或转述者，而且还常常插入对自己和自己的故事的评论，插入与读者的对话，以及故事正在被叙述和被编撰时的状况。他反复要让读者记住的是，马原是作品中一个不可或缺的人物，是一个正在叙述故事的作家。如果说，作家退出小说的非个人化和采取客观主义态度是为了追求小说的更为真实可信，那么，马原的介入和自我表现则是力图使小说变得真真假假、真假难辨。因为这种强烈的自我重塑欲的焦点，恰恰是作品中故意混淆真实与虚构界限的作家形象本身。"

**10日** 李陀的《也谈"伪现代派"及其批评》发表于《北方文学》第4期。李陀认为："中国有没有真现实主义或者真现代主义应该转化为这样的问题：这些舶来的'主义'在什么样的条件下才能被中国化？在这'化'的过程中又经历了什么样的质变？还有，经历这些变化之后它们是否还能名实相符？我们是否还有必要在名实不符的情况下仍坚持旧的称谓？"

吴方的《论"矫情"——兼及现代小说的主体表现与自律》发表于同期《北方文学》。吴方认为："理一理'矫情'这一模糊概念，至少可以理出一个特征：在信息发出者那里觉得自然的表现，到了受信者那里却可能变得不自然了。'自然'……要求作品的真诚既体现在自我表现上也体现在自我限制上。……在一篇小说中，如果说情节、人物、细节形成了小说的'第一层次'，那么弥漫其间的气氛和种种无形关系便形成了小说的'第二层次'。""近年中国小说也在重新理解外在世界与自我的关系。如表现自我的分裂感、丧失感、孤独感、荒诞感、混乱感等等。但这种理解越想显得有份量，就要越要求主体从超然处降尊，从良好的自我感觉中走出来。"

**12日** 李泽厚、刘再复的《文学与艺术的情思——李泽厚和刘再复的文学对话》发表于《人民日报》。刘再复说道："一旦进行创作，作家笔下的人物就有独立活动的权利，这种人物将按照自己的性格逻辑和情感逻辑发展，作家常常不得不尊重他们的逻辑而改变自己的安排。……如果一切都事先'精心设计'好了，就不可能进入创作的自由状态。"

**14日** 钱宁、苗地的《全汉字系统：计算机叩响文学研究的大门——访中国社会科学院文学研究所计算机室负责人、副研究员栾贵明》发表于《人民日报》。栾贵明称："将计算机技术运用于文学及其它社会科学研究领域已经成为了世界性潮流。我国在这方面一直进展缓慢，说到底，就是因为汉字处理技术不过关。……只能是计算机去适应汉字，而不能让汉字去适应计算机，这是一个方向问题。说句实话，我们搞'全汉字系统'，目前效应是为了处理古典文献，但真正的志向却在于使中国古老文化乘上现代化的列车。"

**17日** 谭学纯、唐跃的《新时期小说语言变异》发表于《百家》第2期。谭学纯、唐跃认为："小说的成功很大程度上在于作家对语言运用既定框架的突破，当小说家艺术经验的断片以崭新的方式重组成有机的整体，从而转化为艺术作品的时候，小说美学价值的变化本质上是语言变异。这种变异在新时期小说中表现得尤为突出。'语言—内容'观念这一表述的阐释学意义在于：它超越了语言作为单纯外在形式的受动地位，强调作为形式外观的语言和小说内容的互为对象：由形式的对象化获取内容，由内容的对象化还原为形式。"

王东明的《焦灼：蒋子龙近期创作的心态——评〈饥饿综合征〉系列》发表于同期《百家》。王东明认为："《饥饿综合症》系列里几个主要人物的设计，与作者的创作心态，似乎隐隐约约达成了某种默契，他们流露出了作者创作时的焦灼感。这几个人物（也许陈公琦是个例外）的性格一般都是一下子呈示出来的，其性格演变的历史过程则用省俭的笔墨交代过去，或者干脆略去，在现在进行时式的叙述中，性格未见发展，因此，性格缺乏一定的纵深感。其次，人物一登场就表现出一种骚动不宁的情绪，伴以一种紧张的、几乎不容他人插入的、抑止不住的叙述节奏。这实际上是作者的焦灼心态的不自觉的反映，或者说是那种焦灼感的宣泄。"

王宗法的《王蒙的〈来劲〉并不来劲》发表于同期《百家》。王宗法认为："关于结构，对于短篇小说来说，不论是情节结构，还是心理结构，抑或情节其外、心理其内的复合结构，都离不开塑造人物这个目的，或重人物性格的展示，或重人物灵魂的裸露。离开活生生的人物形象，结构的意义就无从谈起。结构与人物总是互为依存的，一旦形成，便不可离异，若变动一方，另一方也就不复存在。"

"拉进这些与人物并无内在联系的生活场景，并不在表现人物的性格或心灵，而是要在这些概括化的场景中藏进作家某种意图。换言之，就是以各种空间图象暗寓作家的主观意念，一连串空间图象联成一体，就集合了作家某种意念的总汇。"

"那么，《来劲》的结构特征究竟是什么呢？只要综合考察一下构成全篇的各个场景，就会发现：各景均无个体的生动性、具体性，因而不是个别，而是类型；各景连成一体，不是制品，而是积木，可以任意打散、组合，因而不是有机体，而是概念演绎、逻辑推理。分别看，是作家主观意念的'零件图'；汇总看，则构成作家主观意念的'装配图'。其作用不在造就人物，而在体现作家的社会意识，或曰社会观。"

余昌谷的《论谌容小说的结构特征》发表于同期《百家》。余昌谷认为："她既突破了那种把生活编织成一个'有头有尾'的程式化的故事系统，也不是仅仅从单线因果关系来描述社会问题,而是自觉地意识到,造成某个社会问题,产生某种社会行为、社会心理的原因是一张相互贯通、相互牵制的网络。因此,当她在描绘事物时总是多角度、多层次、全方位地进行分析考察,使小说表现生活的视野扩大到整个生活中去,显示出向整体性生活开放的美学特征。其小说结构就是以此为基本叙述方式而统摄、包孕丰厚宏大的生活容量的。"

"她善于充分调动和利用大量凝聚了切身体验的人生情感、意念、想象和追溯来构成网络,以一种心态的辐射,一种情绪的扩散,一种感觉的渗透,一种思维的弥漫来组合和充实立体的艺术空间,形成作品的开放性结构。……这种结构方法,具有表现生活的新的姿态的主动性。"

"谌容小说的人物心理描写,固然是对具体人物的心灵世界的生动展示,同时也真实地反映了特定历史时期的社会心理和对时代情绪。这种心理和情绪统辖着整个作品,也牵织着作品的结构,成为作品无形的结构线索,同时也展示了作品的结构目标:内容及其人物描写,为情绪而生发,为情绪而归宿。"

张志忠的《充满生命感觉的世界》发表于同期《百家》。张志忠认为:"生命感觉和生命意识,是我们理解莫言艺术个性的关键所在。……莫言作品中人、动物、植物三者在生命感觉上的相通和相同,表现在文学语言上,就是常常以三者互相修饰,用有生命的活物比喻另一个有生命的活动,形成生命感觉的融会贯通——不仅仅是普通意义上的拟人化,而且生命体系的互相转化,构成一个个斑斓的意象。……对于自然万物的由衷喜爱,对于创造生命的活动的崇拜,人与自然间的息息相关、祸福与共,经过长期的凝聚和积淀,化为民族关于生命一体化的集体潜意识,并形成莫言作品的主要特征之一。"

**18日** 黄侯兴的《历史小说真实性刍议》发表于《人民日报》。黄侯兴指出:"小说家创作历史小说如何对待史实,鲁迅说了两种情况:一种是'博考文献,言必有据',一种是'只取一点因由,随意点染,铺成一篇'。他认为前者'其实是很难组织之作',后者'倒无需怎样的手腕'。如果我们采取比较宽容的态度,应该允许这两种创作原则和方法并存。刘斯奋同志主张以'真实'为主要特征,对历史人物与历史事件取'更审慎''更严格'的现实主义创作方法,应该说只是历史小说创作的一种,不可取代全部。"

29日　朱兵的《长期酝酿　精心熔裁——读〈第二个太阳〉》发表于《光明日报》。朱兵认为："其一，刘白羽以往的小说，多是英雄奏鸣曲和英雄交响乐。……其二，爱情、家庭、婚姻等问题，在刘白羽以往的小说中极少涉猎，而《第二个太阳》冲决了这些堤坝，父子、母女、夫妻、兄弟等人之常情，洋溢在字里行间。其三，中、短篇小说多是截取生活的横断面，《第二个太阳》则把生活的横断面和纵剖面错综交织在一起，反映生活的广度和深度超越了自我。……在艺术上，刘白羽除了保持并发扬早年深受郭老革命浪漫主义的艺术特质外，近几年刘白羽更多地接受了外国作家，尤其是海明威作品的影响。把描写与抒情融为一体，寓深刻的哲理于细致入微的描写中，使读者在不知不觉中，受到感染。"

## 五月

1日　吴秉杰的《生活的原生态与小说艺术之建构》发表于《天津文学》第5期。吴秉杰认为："作者的观点构成了小说艺术创造的出发点。……实质上，它便是暗中制约着小说整体的叙述方式。""所谓不加修饰的'原生态'实质上不过是这种主体的加工更加隐蔽而已。当前小说革新中反对'决定论'的呼声，表达的是对于过去那种简单化的因果联系模式的不满，对过于戏剧性的情节套式的遗弃，却不可能根本上破除隐含着一定因果关系的情节手段。"

"文学语言并不是通常指事称物的陈述语言，而是主体精神加入后的描写语言，这种描写意味着加工，而不是对象的复现，文学语言又被称为广义的'比喻'，因而这就又意味着对于对象的某种切割、分割与重新连接、组合。生活的原生态本身并不带有任何感情色彩，但抒情、讽刺、幽默、自嘲、调侃、反讽等，却是一种感情的附加，这一切无疑便是对于生活主观的理解和补充。至于各种艺术手法加入到艺术建构活动之中，则更是对于生活原生态的改造或加工。"

同日，罗守道的《模糊时空和历史整体把握——论当代小说创作的一种审美走向》发表于《小说林》第5期。罗守道认为："当代小说创作……时空界限与时代场景有意地被处理得模糊不清，艺术时空缺乏一种明确的历史的限定；

或者即使有明确的时代历史的特指,但作品的整个艺术描写却又突破了规范具体人事的狭窄的时空形式而呈现为一种全息性、永恒性的人生模态,具体的、较为明确的艺术时空被赋予一种抽象的、超越的意义。概言之,在新时期的某些小说创作中,传统的现实主义小说所具有的精确时空建筑已被模糊时空建筑所替代。"

"小说艺术中的时空处理与设计,看起来是一个形式问题,表现出一种技巧的营建与修饰,实际上它首先是一个内容问题,表现出作家对小说所反映的内容的认识和把握。……某些描写人与自然关系的小说和某些文化寻根小说,突破了对现实生活的外在的、具体的形态的活生生的再现模式,而着重在于表现、深入地开掘生活的深层次和人的精神世界的深层次,热衷于强烈的生命意识、丰富的文化蕴含、浓厚的哲理意味的追求。这些作品在对内容的把握上有一个十分显著的特点:它们往往脱离生活的具体的表象,虚化背景,隐去特定的社会的、时代的、历史的标记。……这样的作品,任何精确的时空处置,反而将使创作者的创作意图落空,而模糊的艺术时空,倒可能成全作家的苦心与宏愿,使其艺术追求得以实现和完成。因为时空模糊了,反而可以获得更为深广的时空效应,使小说的时空含义超越其自身的天地。"

**5日** 李庆信的《叙述:建构小说世界的基本方式》发表于《当代文坛》第3期。李庆信写道:"在小说叙述学中,叙述作为一种言语行为,不仅涵盖了作为一般写作方法的'叙述'和'描写',而且具有小说本体上的特殊意义。没有叙述,便没有小说。叙述,是建构小说世界的基本方式。""叙述过程就是一种言语过程,而言语过程,也就是一个在时间上展开的线性过程。……语言的线性特征,决定了叙述的话语在表达事物的时空关系时,显然不同于空间艺术,也有别于时空艺术。……小说的叙述过程,既象一块型板,迫使被叙述的事物从一种共时性的空间并置变成一种历时性的线状序列;又象一个移动的镜头,可以把由语言'唤起的静止的知觉意象','导向一个按次序进行的扫描',从而把静态化为一种'活动',并能更突出审美主体的意向性、选择性和创造性。这里又辩证地显示出小说叙述过程的局限性和优越性。"

李庆信认为:"小说的两种叙述语式,在时空表现功能方面相对各有侧重,在实际叙述过程中又可分可合——或者是不同比重的混合，或者是水乳交融的溶合。我国古典小说一般故事性强，情节密度较大，因此相对偏重于对'行为或事件'时间过程的表现，对'人或物'的空间'展现'不仅篇幅较小，也很少静止地分开进行，而大多是有机融入"行为或事件"的时间流动过程之中。……然而现代小说，特别是一些西方现代派小说，却打破了两种叙述语式的互补和谐关系，……这种偏重于'内模仿'的叙述模式，虽然没有、也不可能完全摆脱叙事的一定时空关系，但人物的性格、外貌、身世，'行为或事件'的时间、地点、背景和因果关系却变得影影绰绰、模模糊糊，叙述话语与人物话语的界限也几乎完全消失。……如何使小说既能突破传统的固有叙事模式，又不越过小说艺术的某种'极限'而'推向极端'，使小说的两种基本叙述语式能在新的基点上达到新的某种平衡，这却是需要有点气魄，更需下功夫不断探索的。"

彭荆风的《还是别绕这个圈子为好——再谈小说创作的人物、情节、故事》发表于同期《当代文坛》。彭荆风指出："过去常说，一部小说是好是坏，读者是最好的评判者。""虽然有故事的不一定是好小说。但，没有故事，再有多妙的意境或意象也成不了小说。因为，小说本来是叙事、写情、写意的有机组合，而人物和故事又是基础。在小说中追求意境、意象美本来无可厚非，但，如果排除了人物、情节、故事，单纯来写意，实际是扼杀了小说赖以生存的血肉躯体。""小说不同于其他文体，如果抛弃了故事、人物、情节这一基础，径自向写情写意上跳越，那就陷于只要塔尖不要塔底的空想中。"

同日，张毓书的《意象化：一种小说本体结构模式》发表于《飞天》第5期。张毓书指出："近十年，由伤痕式的表现重大社会问题的小说到探索式的表现人的内宇宙精神风貌的小说，使多种流派、多种风格蔚为大观。特别是探索小说以意象化为本体结构的基石，给人们树起一座座恍惚迷离的文学宫殿，读这些作品，'美'是第一印象，作家们通过静思、闪想和观照，紧紧抓住人在某一瞬间最深刻的印象，并以感觉发端，深悟出其中意蕴之后，然后展开氛围的渲染、画面的组接、哲理的开掘，浸于深意而得出一种境界。这里，传统小说的故事结构已悄然潜隐，传达某种意绪，启发某种思索，咀嚼某种韵味，欣赏某种画面，已成为意象结构的重要目标。作家们用或细腻、或粗犷的笔去绘制浮雕式的写意画，并追求一种诗意美，力图开拓一条'绝句'与'散曲'式的小说新路，于是，小说艺术进入了一种全新的创造。即使那些还不能摆脱故事框架的作家，他们在提取客观现实时已经无意于经营一个浑圆自足的情节，而是借此组接一系列心理意象。于是，小说的形象体系再也无法依靠因果关系得以支撑。为了更淋漓地挥洒作家的内心情绪体验，他们在主体对外部世界的种种转折、颤抖、律动、跳跃、瞬间的涌现、变幻和消融中寻求一种叙述结构，于是，意象化的叙述作为小说结构载体便为审美情感的运行架设了新的轨道。"

同日，翟大炳的《"分色主义"与〈金牧场〉的艺术魅力》发表于《山花》第8期。翟大炳认为："张承志的长篇小说《金牧场》（刊《昆仑》1987年第2期）受到了读者的热烈欢迎。它的艺术魅力显然是由于它的丰富而深邃的内涵，但这一切又奇特地包含在它那多层次、多角度、多间架的特殊形式之中。正因此，有的评论者认为小说的结构是属于'复调小说'，并为之清理出类似复调音乐中对位法技巧。这实在是一种误解。……就其形式上特殊而言，小说确有借鉴，但不是音乐上的'复调'而是印象派绘画中的'分色主义'。"

翟大炳表示："再看《金牧场》的结构，我们认为在以下几个方面是与'分色主义'原理同构也从而有了对应的。其一是这部小说两条主线就类似两大色调，而在这两大色调中，又排列着类似纯色点的大陆的故事、《黄金牧地》的故事、红卫兵长征的故事；其二是这些'大色调'和'纯色点'之间也同样需要读者在视觉调和的前提下作出审美判断；其三是它和'分色主义'一样，一切的对比均要服务于一个目的——整体结构的和谐统一。"

同日，李庆西、李杭育的《小说的哗变：现象学的叙事态度》发表于《上海文学》第5期《现代对话录》栏目。李庆西认为："现象学所说的'还原'，其中一个很重要的涵义是将文化时空还原为直接经验所形成的生活世界。这种强调'描述'的思想，对那些追求'真实'的小说家来说，是很有吸引力的。可是麻烦在于：艺术的描述跟哲学的描述不同。小说家的叙事手段，包括视角、距离以及语言的运用等等，本身就离不开一定的文化背景；它们可能是某种观念的产物，也可能携带着某种判断，即使是拐弯抹角的。胡塞尔所说的中止判断只是一种哲学形式，要作为艺术形式自然还有待实践。现在的有些实验小说，目标感很强，毛病还是出在手段上。……其实，要彻底'还原'，真正'回到事物本身'是不可能的。所以，小说家的叙事态度不妨确立在有意无意之间。艺术本身都是人为的，却要力避人为的痕迹，这是一个无法克服的困难。所谓'回到事物本身'，说到底是手段的困难，然而也必须在这儿下功夫。"

李杭育指出："叙事态度的修炼，不是光把眼睛盯着形式。有些'先锋派'作家，正是过于看重形式，以至为形式所累。我认为，好的形式都应该有一种内化的特点。内化得成功的才是好的形式。怎样才算内化得成功呢？我认为，可以提出一个简单的标准，它是否能够跟人们日常的意向活动相协调。能够达到这种协调，那么谁也不会觉得你这里还有什么形式。古人所谓'得意忘言''得意忘形'，就是这个意思。感觉上不存在这个形式，那么它也就不存在了。譬如，汪曾祺的小说有什么形式？你可以说他没有形式。""我这里说的'形式'跟文体不是一个意义上的东西。文体应该归于另一形式层面。当然它从更高的层次上规约着作家的叙事态度和手法，包括其中的审美距离等等。至于笔记体，我看它并没有多少形式上的花招，这是内化得比较彻底的一种'形式'。古人所谓'笔记'，我想无非因为这类东西归不到别的文体里边去，它跟什么辞赋赠序、奏疏诏策、碑志箴铭、八股时文都挨不上。顾名思义，'笔记'就是用笔记下本的文字，随便得很。这种随意性恰恰解决了叙事态度问题。剩下来的问题可以不管它了。"

王晓明的《疲惫的心灵——从张辛欣、刘索拉和残雪的小说谈起》发表于同期《上海文学》。王晓明认为："独白并不仅仅是自言自语，它更意味着一种逻辑性的思维活动，它所以能够进行，就是因为独白者已经按照他个人的观点，预先把要说的话组织成了一个整体。因此，单是第一人称的形式并不就能构成独白，……但是，张辛欣笔下的这些'我'都相当清醒，他们不仅动情地叙述故事，更不断地以一种感慨的口气来议论故事，……这种毫不掩饰的独白性，就是张辛欣初期小说最突出的叙事特点。""但是，一切文学虽然都必定包含着独白的成分，它却不能只限于独白。作家的价值不再阐发对世界的理性分析，而在描绘对人生的情感印象：他不但要充分表现出这些印象的个性特质更要有力地暗示出他们与人类精神的深层联系。"

"刘索拉要为《你别无选择》缝制那样一件闹剧的外套，……那些滑稽的情节正可以用来表示某种满不在乎的人生态度，闹剧的基调更向她提供了夸张来掩饰愤懑的方便。……小说的闹剧形式正表明了沮丧的大获全胜，它已经压倒理想主义的最后一点激情了。"

"残雪的小说迄今为止都是在表现一种极端的个人性。她的每一篇小说大都是对自己感官特点的强调，都表现出对于阴湿现象的厌恶。……他们共同构成了残雪小说最触目的形式特征：只描绘印象，不叙述过程。其次是对于一种'困兽'意识的强调，……残雪的全部特点都在于那种坚持个人性的努力。"

10日　李国涛的《〈厚土〉的文体追求》发表于《批评家》第3期。李国涛认为："李锐的这些小说都是力图创造一个艺术氛围，使读者进入这个氛围，然后自己去领悟某种人生的意义。而要在短短的篇幅中造成一种真正的艺术氛围，那确实有一定的难度。要从情节的变化、跌宕，悬念的设置，意外的结尾等等方面去着手虽也是一途，但是不易取得深刻的印象。李锐是追求文体的力量的。他要做到，让人读过三行五行就被吸住了，就被惊住了。于是读者便进入了小说的氛围，忘记了周围的环境。李陀在评论中说，读《驮炭》的开头就'立即打了个愣，接着才往下读。那'愣'，就很过瘾。'这也就是小说文体的力量。"

"一、创造氛围情绪的对应物。我指的是景物描写，由景物造成氛围，造成情绪。但是这种景物描写由于篇幅的限制往往不必要充分展开，而只着重于某一事物，这事物直接引起情绪。好象是象征，但又不具有严格的象征意义。我把它叫作氛围情绪的对应物。"

"二、把抽象思绪附着到具体物象上。小说里的景物可以表达任何一种感情。同样的太阳，'赤日炎炎'表现一样感情，'雨露阳光'表现了另一样。《厚土》里写太阳就很有几处动人的笔意。……有时候，李锐直接描写一种飘忽不定、很难把握的感情。这种具象化很不易。"

"三、本色语言的新颖和纯净。李锐《厚土》仍是在现代汉语本色语言中求新颖和纯净。新颖，不落旧套，这同对人物感情的新发现、新表现有关。不新颖，都无从谈起。要新颖，总要有点'陌生化'，把句子写得别致。以上举的一些例证都在一定程度上说明这一点。"

同日，朱寨的《向生活和艺术的多层面掘进》发表于《人民日报》。朱寨表示："《小鲍庄》（王安忆）的结构不是单线故事顺序推进，而是多头交错，最后归总。只这一点可以使人联想到《喧嚣与骚动》。……作品（《你别无选择》——编者注）的文字确实不像传统的作品那样连接周延，而是跳跃性的简洁、明快，使人感到像一个个跳跃的音符。……《红高粱》（莫言）的生活内容，不仅是地道中国货色，而且具有浓烈的地方气息。在艺术表现上，更是肆意放浪，有意触禁犯忌，不以人为范。……《馕神小传》（宋清海）和《秋天的愤怒》（张炜）是反映当前农村改革题材的作品，涉及到农村改革中的思想矛盾、不正之风。""上述这些作品，虽然描写的是现实生活，也触及到古老的传统。这些作品对此既没有美化，也没有丑化，而是通过真实的生活描绘写出了民族性格的复杂。民族精神的精髓，蕴藏于这复杂的真实中。离开现实生活去挖掘民族性格，必然求助于玄虚的想象，理念的符号。"

**15日** 赵毅衡的《小说中的时间、空间与因果》发表于《外国文学评论》第2期。赵毅衡写道："任何叙述，要能够成为叙述，情节中的事件必须有一个前后相续的内在联系。这种联系可以称为'可追踪性'。时间关系、空间关系、因果关系，一般被认为是这种可追踪性的三种基本形式。……叙述可以说有两种时间顺序：一是任何叙述假定的潜在底本时间，其中的事件前后相继、绵延不断，组成了稳定的时间流；另一个是成形后的述本时间，它必然是底本时间被叙述加工后的产物，底本时间在实际的叙述中被打断，被删剪，被颠倒，被压缩或延长。述本对底本所作的时间变形，基本上可分成两种。第一种变形，是使底本中的事件以更适宜叙述的形式出现，……称作'再时间化'。……另一种时间变形，是对底本时间作根本性、破坏性的改变，……可以称之为'非时间化'。……现代小说中非时间化的现象更为普遍，然其目的却不再是讽刺，而似乎是为了挣脱小说本身的束缚，叙述中的事件已有一定的空间关系。"

赵毅衡认为："小说的时序关系总是隐含着因果关系。……时序即因果，是一个文学叙述之结构本身在读者身上培养出来的基本阅读程式，我们已经无法把因果与时间相分离。现代文学想做的事，正是要摆脱福斯特十分欣赏的因果性。……既然时序关系与因果关系在文学叙述中密不可分，那么，要打破因果关系的最好办法，也是唯一的办法，就是打破时序关系。因此，被不少文论家称作'空间化'的非时序化，实际上正是一种非因果化。整个现代文学在时间上的种种新技巧，真正的目的（不一定是每个作家自觉的目的）就在于此。……没有因果的推进，事件就是中性的；没有时间的推进，事件就是静态的。人物在这样的小说中，就没有'性格发展'。"

同日，高行健的《迟到了的现代主义与当今中国文学》发表于《文学评论》第3期。高行健认为："中国当代文学中出现的所谓'现代派'，一般说来，同西方的现代主义其实有很大的不同。对这个在中国现实土壤和传统文化背景上诞生的'现代派'需要作具体分析。它首先表现为对自我的肯定，而非象西方现代主义那样否定自我。它带着尼采式的悲剧激情肯定人格的价值，而非对人性作冷静的剖析。它反对的是传统的封建伦理并且伸张性爱的合理，而不是对伦理的唾弃与对性爱的反胃。它揭露现实中的荒诞而不是把荒诞也视为存在。它否定理性肯定下意识，而不是对非理性冷漠的观照。它宣扬崇阳主义而不是把男性也作为人性普遍加以怀疑。它渲染孤独感并不从孤独走向虚无。它呻吟或不呻吟都十分痛苦，即使有时也稍加自嘲，却还保留着几分自怜和英雄受难的痕迹。现代主义以西方旧人道主义的质疑作为出发点，而这一'现代派'却是在中国社会现实的条件下对一度丧失了的人道主义重新加以发现，并且浸透了浪漫主义精神。……'现代派'既没有取代现实主义，也没有变成西方的现代主义，它不过是正在成长的中国当代文学一种青春期的表现。"

李国涛的《林斤澜小说文体描述》发表于同期《文学评论》。李国涛强调："林斤澜暂时摆脱了他已经十分熟练的北京话，并且遵循自己思维的方式，'揉'进了温州方言，应当说是一个大胆的试探。""我赞赏林斤澜在小说文体上的开拓。他的开拓是怎么进行的？我看可以一个'揉'字来概括。""林斤澜把小说的艺术当作一团面，而把其中的某些成分的统一比作'揉'。当前他揉了些什么？当代的、外国的新手法，传统的、我国的老手法。方言要揉，幻觉变形要揉，话头话尾要揉。"

同日，洪清波的《走出两极》发表于《文艺评论》第3期。关于周昌义的《永别了，大学》，洪清波认为："首先，作者对生活素材的选择、提炼很有特色。……

择取最能体现他们的经历、性格、心态的'点',把描写重点放在现实校园生活上,通过现实表现去透视历史影响。""其次,独特的叙述角度。……作者不再受线性因果、机械论等习惯性思维结构局限,不再简化生活矛盾,给读者提供一个非此即彼的绝对答案,而只是提供若干种可能性,为读者选择相对正确的答案提供一定的依据,寓多义性于规定性之中。""第三,作品在叙述的基础上,常有一些类似诗眼的点睛之笔。……以上所举,似乎又在重复一个真理,即虚实的相对性。……上述实转虚的分析还仅限于作品的表现方法上,没深入到虚的最高境界——哲学层次上。这一层次取决于观念而不是表现方法。《大学》与通俗小说的最后分野正在于此。"

李佳的《"人嘛,都是有心的"——王毅小说浅评》发表于同期《文艺评论》。李佳认为:"王毅的心态小说有自己的特点。他并不和盘托出内心世界的立体图景,不表现无意识边缘的思路。他触及的是较浅层的明朗的心理领域,叙述过程随主观情绪的感受变化,将完整的情节切割肢解、穿插拼接,浑然无迹地融化于人物情绪过程之中。……王毅心态小说的另一特点是世界视觉的具体性,他并不排斥细节描写。"

南荫的《也谈〈癫花村的变迁〉——兼及〈朴实无华回味无穷〉》发表于同期《文艺评论》。南荫认为:"癫花村的变迁,是一个套在当代神话中的农村经济改革的故事。它的传奇性与写实性共存于形式和内容之中,形成了风格上的两难。既非'空灵''淡化',也不是对现实真切、实在的模写,它以癫花村的花与人的近于荒诞、超自然的关系,表现着作者的意念。"

张景超的《也论短篇小说的结构形态问题——与故事情节取消论者商榷》发表于同期《文艺评论》。张景超认为:"故事型结构不但能够容纳复杂、丰富的当代生活内容,而且能够表现抒情型结构难以精雕细刻的人生诸方面,具有不可取代的美学价值。……故事型结构形态还使作家有机会创造出整体感和立体感较强的形象,使作品充溢绘画美和雕塑美,从而满足读者对具象化艺术的审美需求。"

同日,林为进的《对通俗文学的再评价》发表于《文艺争鸣》第 3 期。林为进指出:"新中国成立后,以赵树理为代表的文学通俗化的实践,实际上是反映出我国亿万农民对文化的要求与渴望。"林为进认为,王朔的作品"在'新、巧、奇'方面都是别具一格的。表现的人生视域新颖,叙述也极生动。而那种纯情味,更非一般作家所能及",但我国通俗文学仍存在"尚没有从浅层次的故事编织进入情节的创造和营构","陷入了没有想象力之虚构的泥沼"等问题。

同日,张奥列的《清高人格与世俗社会的冲突——叶曙明小说谈片》发表于《钟山》第3期。张奥列认为:"我完全被你作品中的情绪所感染,所征服。……你是以新潮的情绪结构取代传统的故事结构,用情绪去构筑意象,用情绪去激发思考,用情绪去推动形象,把形象情绪化、心灵化、象征化。……你对艺术形式的把握有一定自觉性,注重营造意向,捕捉感觉,表现情绪。"

**17日** 林卓华、林绍祖的《芳香馥郁的异花——读杜埃的〈风雨太平洋〉第一部》发表于《人民日报》。林卓华、林绍祖认为:"作者善于把互相对立的事物,辩证而又和谐地糅合在一起,创造一种令人心眼一新的艺术境界。""《风雨太平洋》的风格具有小说情节的连续性,又有独立欣赏的可分解性。""作家在刻画人物方面,显现出了他那隽逸的现实主义创作风格。""《风雨太平洋》所散发的异国情味,可谓处处皆是。……菲律宾是个热带岛国,处处都是一幅幅色彩艳丽的油画,可作家往往采取水墨画的疏淡格调,去显示他所着意描绘的风土景色。"

**20日** 张炯的《在沉思与探索中前进——近年短篇小说印象》发表于《光明日报》。张炯认为:"在题材、人物的广泛开掘中历史艺术与文化意识的强化,是近年短篇新作的一个显著特点。……在人道主题的深入表现中,作家笔触更多投向对生活苦难的揭示和现实悖谬的反讽,是近年短篇新作的另一突出特点。……在文体自觉创造上,小说样式、语言、风格和艺术方法、手法走向更加多元的探索,是近年短篇新作的再一特点。以样式而论,既有各种人称的叙事体,还盛行屏风折叠式的彼此相隔又相连的系列小说,更有《临街的窗》那样共题小说以及象孙犁的'芸斋小说'和汪曾祺的'桥边小说'那样散记人物风情的笔记体小说。……如果说近年短篇有所缺陷和不足,我以为主要在于受到过多弗洛伊德的心理分析学说的影响,在人物刻画中对潜意识、性本能等过分重视,转移了作家对人际关系和人物心理的社会内容的深刻把握,从而难以产生真正具有深广历史内涵的典型形象；而过多的历史反思和文化寻根热，以及'玩文学'的排斥社会使命的艺术思潮的滋长，也使短篇作家有意无意地回避人们普遍关心的尖锐的社会矛盾冲突，从而喜爱是变革与前进的波涛，未能在这一创作领域获得更有力的回响。"

同日，刘强的《〈哑巴店〉的审丑意识及象征结构》发表于《清明》第 3 期。刘强认为："《哑巴店》的名字本身就有美学趣向，它既可以看作是一段无言的历史；又可由'哑巴'生发出谐意，结合着小说内容，让人感到它那无话中有话的隐喻写意性。""这种哲理意味的结构模式，又怎样与艺术表现形态相吻合呢？我以为有以下几点：一、利用小说语言叙述形式本身所含的情绪色彩，造成对所述生活内容的美学价值的颠倒评议，达到喜与悲结合的效果。……二、白描的写实与怪诞的杂凑相结合。这是指细节描述。……三、在某些场面描绘中，寓意象征的荒诞手法反而会冲淡悲剧感，故作者便直写丑态，毫不隐讳。这是灵活运用之处。""总之，哲理模式结构，笼罩在语言与内容反衬的悲剧喜唱色彩中实现，而白描中的怪诞杂凑，将象征寓意导向理想倾向，白描中的冷峻写实，则又将现实丑的畸形扭曲状态活生生地端给人看，由此融成一体，自得风流。"

唐先田的《长篇创作的新尝试——评潘军的〈日晕〉》发表于同期《清明》。唐田认为："这部小说的一个显著特点，是几乎整个的篇幅都是人物的心态独白，对话所占的比例也很小，其他如氛围、场面、环境、情绪等等。都由人物的心态来表现。各种不同人物心理视角交错出现，面对现实和回闪历史的反复运用，使作品的层次分外丰厚。"

同日，董德兴的《彭瑞高小说创作的意向化倾向》发表于《上海文论》第 3 期。董德兴认为，彭瑞高小说"除了表层叙述故事的一般结构之外，还有其藏置于一般叙述结构之中的深层意象的审美空间，就是在这个空间里，审美意象的组合构建成另一个深层结构，彭瑞高近期作品的意象结构的构建具有三个特点。第一，背景淡化。中国传统小说的明确时代背景是中国作家与读者十分强调和注意的一个重要方面。他却在故意淡化背景，淡化时间。……第二，物象荒诞化。在彭瑞高的近期作品中的描写对象多少都带有点荒诞夸张意味。……

第三，语言隐喻化。写实小说的语言基本上是陈述性的。它的呈示性明白无误。而彭瑞高的近期小说语言则带有诗化，又具有隐喻性，除了必要的陈述之外，意象融为一体往往就在这诗化的语符系统中得以实现"。

高松年的《小说语言撷拾》发表于同期《上海文论》。高松年认为："从本体意义上研究小说语言，必然要联系到语言学的语法修辞等各个方面，词、句、句群诸因素的分析是必不可少的。从表达形态视角去研究小说语言，则将着重考察小说的叙述形态及它与其他艺术门类表现形态的异同优劣，研究小说的本质构成——故事的情节动因在其中的渗透功能，这种考察毋须细及词句诸项，只要研究分析到故事情节为止即可。有时即使涉及到句子，也应是从它在故事中所起到的功能的角度去进行考察。"

"小说叙述观念变化的一个重要的标志，是叙述者由冷静的旁观者变成热情的参与者，因此，从叙述语言角度那种事不关己的客观的全能全知型的方式就必然要向着热情参与的多元多变的情绪型的叙述方式转化；那种单线型平面化的语言规范也必定要被网络型立体化的语言规范所替代。"

"小说有无地方色彩，除了题材、人物等因素外，语言的介入在其中起着至关重要的作用，'介入'的途径似可大致归结为以下三条：1. 从语言本身来说并没有什么特异的地方性，但在叙述中经过特殊的规范后，使人一读就感染到一种浓郁的地方氛围。……2. 对方言的直接吸收，有助于显示出小说明确的地域性。……3. 解决方言难懂之难，又要写出有独异的地方语言味道，'改造方言'不失为一条有效途径。"

同日，陈村的《有没有故事》发表于《文学角》第3期。陈村认为："我相信，一个好的故事一定是非常质朴的故事。只有质朴的故事才能承载深厚的文学性。宗教中耶稣受难的故事，菩提树的故事，托尔斯泰笔下的《复活》，贝科特的《等待戈多》，都叫人看得伤悼。在这纯粹的作品中，花言巧语，跌宕起伏，都成为多余。民间的寓言往往也有这样的品质，象精卫填海、夸父追日，可与人类永存。故事都有它的气味，不可同日而语。有些主要作用于人的心理，有些作用于生理。优秀的作家善于发现质朴的故事，并赋予它质朴的意义。""据说，如今小说的故事性又重新被肯定，当代中国的一些先锋作家也纷纷跃马扬鞭，一编为快。一夜之间，'情节淡化'一类的标签已成为古典。但我敢担保，狗嘴里吐不出象牙，他们的故事必定不如市面上脍炙人口的流行小说般结实而正宗。理性的明晰的语言已不能传达他们日益浑浊的想法，于是只能借助编造出来的情节。他们在做'以其昏昏，使人昭昭'的好梦。世界上很难有这样的便宜事。"

黄子平、李劼的《文学史的角度、文学的流失和迟到者心理》发表于同期《文学角》。李劼谈道："西方有些小说比如《橡皮》，它象个侦探故事，但艺术性，技巧性却很高，所以我在想，有些探索小说，包括象孙甘露那样的小说，我与他本人也谈过，那样写确实在消灭小说。我对他说，你的表现方式假如和诗歌一样，就没小说了。要我自己，我就绝对不会象他那样写小说。对小说来说，至少情节，人物这些基本要素是不能取消的，特别是故事。我认为小说是讲故事的艺术，把故事全都抽掉的话，还剩下什么呢？现在可能是一个过渡阶段，有些人喜欢写一些非情节、非人物的小说，但到最后他们还会回归，就拿格非的小说来说，他开始写的小说真是玄乎其玄，和第三代诗歌一样，但发现他自己这样下去不行，非常累。小说语言按西方的理论应该是转喻的，照我说就是陈述性的。讲一个故事，假如完全是隐喻性的，那就太累了。后来他写了《迷舟》。《迷舟》就是讲了个故事。写到《迷舟》他才找到自己的东西。《迷舟》非常漂亮，故事也好，小说语言也好。从《迷舟》看，他过去创作是一个跳板，他通过这一跳板走到对岸，可能有许多人要经历这样一个阶段。"

李陀、李劼的《语言、文化、文学》发表于同期《文学角》。李陀认为："就是人们发挥汉语优势时，我们的小说不是以叙事见长的。比如汪曾祺、贾平凹、阿城、韩少功、莫言。他们的小说稍有叙事，但象唐宋传奇那样，其叙的'事'，被语言造成的艺术效果重重包围了。这跟我们读西方小说的效果完全不一样。"

李劼发现马原小说的叙事性很强，这是因为马原"把叙事过程当作——就象你以前跟我说的那样——小说的最主要的艺术表现手段。他的所有含义，主题都在叙事过程当中。快感也在于叙事过程。所以说马原的小说，我觉得是一个困难。因为汉语没有时间，即时态，这给马原提供的方便是非常非常大的。假如汉语有时态，马原的小说就没有那么迷人"。

李陀认为:"因为没时态,他在小说中就造成了时空的滑动和转换,这就带来了阅读快感;使其叙事过程有一种特别的美感。假如有时态的话,他的叙述就受限制了。"

同日,韩瑞亭的《历史的还原与诗化——关于革命战争题材文学创作问题的探究》发表于《小说评论》第3期。韩瑞亭指出:"首先,在表现历史生活的真实面貌方面,开始从某种单一的平面真实向整一的立体真实发展衍变。""其次,在人物塑造方面,新时期反映革命战争生活的历史题材创作也出现了带有某种开拓性质的变化。这种变化不仅体现于人物形象的多样性创造,更体现于对历史活动中各类人物真实面目的复原。""与上述两个方面的变化相适应,创作主体的劳动形态也出现了某种气质性变化,由亲历实感式的写作境况衍变为研阅穷照式的写作境况,郁结迸发的激情已为沉思反观的悟性所替换。"同时,韩瑞亭认为:"还原历史只是解决一个历史真实与艺术真实的问题,只能为艺术创作确立一种前提和基础。更重要的在于如何达到历史的诗化,即创造某种诗化了的历史。"

开愚的《作为一种事实的小说》发表于同期《小说评论》。开愚认为:"在小说所发生的'后果'里,'可靠',是最具有煽动性和时间意义的。……魏志远的想象力是沿着现实中国人的行为和思想进行或者说掘进、飞翔的,而不是围绕着象征核心、本质的事物和宇宙。魏志远以巨大而纤细的怜悯心关心着人的生存状态。……魏志远对日常生活进行不加修饰的白描写作让人联想到卡佛,魏志远竭力将自己隐藏起来,小说按自身的逻辑和节奏进行着,小说同任何评价、态度都失去了联系,小说是一桩进行着的事实。"

王干的《论超越意识与新时期小说的发展趋势》发表于同期《小说评论》。王干认为:"从整个小说创作的态势来看,超越意识还没有在更大范围内成为一种自觉意识。""提倡作家'超越'的意识……关键在于找到'自己',而不是平行移动。""'文化'小说虽然将'改革文学''乡土文学'之类的樊篱进行了破坏,但与生活这样宏大的参照系相比,'文化'(广义的)涵盖面仍然嫌狭窄,仍缺乏'天苍苍野茫茫'的恢弘浑沌气势,因而也会成为人为的樊篱,阻碍文学向更深更广阔的生活层面发展,这也许是当前文化小说陷入窘境的症结所在"。

**24日** 王愚的《文学的现实品格》发表于《人民日报》。王愚指出："在这多样化的发展态势中，目前也存在着一些令人担忧的问题，有的作家忘掉了或者多少冷淡了最广大的普通人的艰苦跋涉，使得一些作品成为顾影自怜、无端烦恼的'空灵'文学，缺少深入人心、沁人心脾，或者能催人奋起的厚实之作。""即使西方一些极力反对'再现'说，极力张扬'表现'说的美学家，也不能不承认：内心生活尽管难以捉摸，不可名状，但离开一个人对其自身历史发展的观照，离开一个人对现实生活形式的内在感受，是不可能存在的。""文学的高文化层次和雅致的审美格调，如果不是从公众的现有文化教养和审美水平出发，去加以引导，孤芳自赏，终归是文学的末路。"

**25日**，蔡葵的《迷乱在历史的惯性中——评〈皖南事变〉》发表于《当代作家评论》第3期。蔡葵认为："作品通过心理悲剧、性格悲剧来表现历史悲剧，以宏阔的审美视野对事变作多视角、多层次、多侧面的观照和表现，把事变的前因后果、上下左右、敌我友顽、政治经济、历史现实，都充分地展示在人们面前，形成了作品恢宏磅礴的气势。"

陈思和的《关于长篇小说结构模式的通信》发表于同期《当代作家评论》。陈思和认为："它（历史小说——编者注）的叙事结构也就是史实结构，以复述历史过程为枝干，以添加虚拟的情节为花叶，这种模式的时空多半是相一致的。即使一部小说中同时要讲两个地方的事情，也只是采用章回体的'秃笔一枝，话分两头'的传统叙述方式。由于这种叙述结构随史实亦步亦趋，也由于这类小说本身所含有的普及历史知识的功能，所以长篇历史小说的篇幅往往可以拖得相当冗长。……《金瓯缺》的十字结构模式则避免了上述的缺陷。""十字坐标的结构模式中，纵横两条线不是互不相干的，它们必须相交于一个共同点，使全书的情节构筑于其上。""我们读一些缀连式的历史小说，常觉其一个单元一个单元之间缺乏连系，神龙见首不见尾，其病在于无十字沟通。"

"我之所以对《金瓯缺》等几部作品感兴趣，就是它们在结构上与'五四'以来的小说不一样，或者说与西方长篇小说不一样。……中国家庭小说多以轮回为终结，写苦尽甘来，写破镜重圆，这与中国文化中循环的历史意识有关。""《金瓯缺》的十字结构模式与《金牧场》的四方位结构模式,也都与中国文化对思维形态的影响有关。"

陈思和还认为:"再说《古船》结构还有一个现象值得注意即虚实两个世界互渗的结构模式。……张炜作了一个很有意义的探讨,就是用象征取代迷信,他在创作中力避神鬼色彩和故作玄虚,通篇写的是现实,但又用象征性的构思渗于其间,使虚拟世界隐于写实世界的背后,二元的世界用一元的形式表现出来。"

段崇轩的《艺术:面对感性,还是面对理性——从〈苦寒行〉谈何士光审美意识的倾斜》发表于同期《当代作家评论》。段崇轩认为:"小说是以'理性为基础'创作的。……但是,这种深刻完善的思想,我以为应当从整个作品的内容和形式中升华出来,从读者从审美过程中领悟出来,才是真正艺术化了的思想。……如果象创作《苦寒行》这样,作家预先有了完善的思想框架,然后以此为核心、为主干,选择情节,'调度'感情,就必然肢解感觉、情绪的有机性,形象的完整性,使生活形象和作家的艺术个性成为理性的某种附属物,形象证明着理性,理性证明着形象,导致整个作品成为以理性为核心的封闭体。这样,强有力的理性,不仅要抑制作家艺术个性的充分表现,而且会使作品的思想空间变得十分狭窄,把内涵极为丰富的生活单一化、程式化。""《种包谷的老人》则是以作家全部感觉和情绪体验中的现实生活为基础的。……作家的感觉、直觉和情绪,并非只是对外在世界表层的、肤浅的一种感知,而是带有一种理性因素的深刻体验,作家依靠自己敏锐而有力的感性能力,可以置身于对象的内部,从而体验和把握住对象世界的内在精神和丰富内涵。"

雷达的《奔向自由——谢友鄞短篇小说的形式美感》发表于同期《当代作家评论》。雷达认为:"谢友鄞的小说,虽非全部,至少是一批近作,其结构的秘密在于,不是从感情到形式,而是首先敏感于形式之美,然后以此为媒介跃入感情界,展开构思。它让人想到'美感起于形象的直觉'这句名言(克罗齐)。……他的小说常给人连续的画屏之感,如一个个小意境缀合的视觉艺术品。"

绿雪的《轰动未必意味着成功——评〈皖南事变〉》发表于同期《当代作家评论》。绿雪认为:"'忠信史实'并不是《皖南事变》首倡的创作旗帜。……《皖南事变》沿袭了历史小说中所惯见的那种整体事件结构。这种脱胎于我国古典史书的'纪事本末体'的结构模式，对于完整地描述'皖南事变'的原生过程这个既定目的来说，似乎是无从选择的，似乎能够轻而易举地带来作品的完整性。但是，这种倾心于史学功利的'史实中心结构'，未必能使作品具有审美和美感层次的整体性与力度。"

颜纯钧的《幽闭而骚乱的心灵——论作为一种文学现象的莫言小说》发表于同期《当代作家评论》。颜纯钧认为："中国的文学传统是美文的传统。""莫言却以艺术上以丑为美，使美变丑的独特趣味，在表现出一种人格样式的同时使小说处处显示出狞厉的美。""那不仅仅是某些艺术手法的模仿和探索，更重要的是，他为中国的读者提供了一种新的审美经验。"

张德林的《"生活流"：现实主义艺术方法的一种表现形态》发表于同期《当代作家评论》。张德林认为："小说创作的'生活流'和'意识流'，我认为是一对矛盾的两个方面，它们之间的关系，是个对立统一体。'生活流'侧重于对人的外在世界的如实再现，'意识流'则侧重于对人的内在世界的自我表现。前者重客观，重再现，重社会生存态的准确把握，重细节、场面、情景的逼真描绘；后者重主观，重表现，重想象，重心理状态的淋漓尽致的刻画。""作为艺术手法的'生活流'，它在写人、记事、抒情诸方面，要求不雕琢，不做作，不夸饰，不有意为之，按照'生活之流'的自然形态作客观的如实描绘。这种艺术描绘方法，作家似乎'退出小说'，使你看不出主观创作意图，然而创作主体恰恰是躲在幕后，在那里作精心的艺术设计。这里追求的是没有技巧的技巧。"

同日，蔡宇知的《试论"悟性小说"的审美特征及其超越功能》发表于《文艺理论研究》第3期。蔡宇知谈道："'悟性小说'指小说家在以艺术的审美的认识世界为目的时达到'悟性认识'境界并将之显现于文本中的小说作品。认识的升华使'悟性小说'具有很高的美学品格。'悟性小说'最重要的审美特征是'感悟性'。艺术感悟，是审美主体的主观感受与客体的固有属性相互作用，在某种契机下突然遇合而完成的一种艺术思维方式，是一种不可名状的却可以感受到的充满生命意识的艺术境界。事实上，对复杂的万物客体都得出理性的判断不是一件容易的事，但审美感觉可以从整体上把握它。任何人不见得看得透他的对象,但却可以感受、体察到他的对象并形成印象或者预感。这种对对象的审美属性的朦胧中见分明、混沌中见清晰的整体把握,就是艺术感悟。"

**27日** 陈宝云的《圆与弧——小议两种艺术结构》发表于《文学自由谈》第3期。陈宝云谈道:"在某地的一次讨论会上,有位青年将'封闭式'的艺术结构比作圆,将'开放式'的艺术结构比作弧。……有结局的、有始有终的就是'封闭'的,就是圆;无结局的,有始无终的就是'开放'的,就是弧。其实,弧之于圆,是无所谓好坏,也无所谓美丑的。""中国传统的叙事作品,往往以'大团圆'而结局。对此,鲁迅是深恶而痛绝之的。……'大团圆'之所以要扬弃,就是因为它违于势而悖于情。""然而我们反对'大团圆',并不等于反对一切'圆',反对大团圆结局,也并不等于反对作品有结局。……而褒弧贬圆之说,其失误的原因之一恐怕就在这里。"

王炳根的《〈隐形伴侣〉形式价值评判》发表于同期《文学自由谈》。王炳根认为:"根据意识流小说重表现人物意识活动的本身、自由联想、时序互相倒置、互相渗透和多层次结构以及内心独白的特点,我们差不多可以对《隐形伴侣》作意识流小说的价值判断。""《隐形伴侣》在注重内在描写时,也注意了外在的描写,它有一重内在世界,也有一个外在世界。……在这里,外在世界不是作为表现内在世界的依托或框架,有着独立的存在价值而不是依附价值。……作品遵从了时间顺序,遵从了人物命运顺向发展,在一组组并不紧凑但却衔接有致的情节中,体现了以再现外部世界为主的现实主义的倾向。""《隐形伴侣》……所呈现的是实实在在的两重世界,内在世界与外在世界,它们之间的关系是相互依存而独立存在。"因此,"可称《隐形伴侣》为心理现实主义小说。"

## 本月

周荷初的《汪曾祺小说的美学评析——兼谈其艺术渊源》发表于《红岩》第3期。周荷初认为:"汪曾祺的小说一向收缩得紧,结构也单纯、放纵,《七里茶坊》没有故事,《桥边小说·幽冥钟》之类的短制,几乎连人物也没有,你说它是小说还是小品，抑或两者兼得之？说实在，我国古代对小说的理解实在太宽泛了，连半实半虚的笔记杂谈也涵括在内，《聊斋志异》就有四分之一篇什可归入散文中的小品类。与其说汪曾祺小说的'散文化'是'突破传统'，毋宁说它与旧文学更为接近。"

"古代儒道都崇尚'虚静'的审美心理，汪曾祺写小说，大约是把'虚静'作为创作心理的基本前提的。他主张写作时要'反复沉淀，除净火气'，就是说，要排除干扰，进行自我控制，造成感情的隐含性、内敛性，达到虚静的审美境界。故他的小说，不执着于对人生经验的判断，不追求对深刻社会意义的挖掘，而倚重于直观式的自我感悟。加上他认为'小说是回忆''不是编故事'，因而他不讲求画面的完整性。这样，就导致要具体评价他小说的内容，比艺术方面更不易把握，总感到其意蕴有点暧昧、微妙。"

周荷初表示："汪曾祺的小说是以写实手法表现特定氛围的市民生活，虽与人事很近切，多采用短句与白描，人物也基本上是原型，其中却飘荡着一种依依的情致和灵气；一种深长的传统韵味；甚至连细节、字句、音节、神气中，也能唤起一种美的意象、美的情调。正因为他追求这种神理气韵和笔味墨趣，故带有散文化的特色。……虽淡笔写淡情，读来却亲切有味。他小说的这种艺术美感，往往是不经意得之，犹如涓涓细流一样，悄悄潜入你的性灵，使你获得如释重负的秀美感、轻松感与宁静感。"

周荷初强调："汪曾祺的老师沈从文那以风俗画为特征的人情小说，其中蒙茸的自然美，柔和的格调，古朴的外表，连同小说中对人物不可言传的'温爱'，对汪曾祺是不无启发的。此外，外来影响、地方风土人情、戏曲等方面的濡染，也不能漠视。当然，我国古典文学方面的借鉴，在他作品中留下的痕迹就更明显了。"

"汪曾祺也喜爱玩赏张岱、归有光等人的文章，特别是古代散文小品中记人的部分，他都当小说看。你对照一下公安派'独抒性灵，不拘格套'等崇'真'的文学主张，读读张岱的《湖心亭看雪》《柳敬亭说书》，以及归有光《先妣事略》《项脊轩志》等文章，其中那淡而有味的灵趣，清新隽永的文字，那种微妙而幽渺的情调，在汪曾祺小说中是不难感知到的。"

# 六月

**1日**　冯立三的《扬弃传统寓言外观的政治寓言小说——读韶华1987年短篇小说》发表于《小说林》第6期。冯立三认为："抛弃传统语言外观的现代政治寓言,可能创自冯雪峰;雪峰之后无人问津,今韶华继之且有发展——主要表现在扩大社会思想内容和更为含蓄地安放寓言内核上。……无论是'童年印象''童年纪事',抑或是戛然而止于1969年的'虎变',都是幽微曲折的讽喻现实之作,不单具有它的历史认识和审美价值而已。这个特点在韶华直接描写现实生活的作品中显得更为鲜明,而他近来强化小说的政治语言色彩的刻意追求也表现得更为突出了。"

同日,潘凯雄、贺绍俊的《"长"与"短"——关于新时期长篇小说创作与理论批评问题的对话》发表于《作家》第6期。潘凯雄认为："人们不仅不约而同地意识到应该认真地思考长篇小说的创作理论问题,而且,大家所思考的大方向也基本上是相同的,即大多用一种挑剔性眼光来审视和批评新时期以来的我国长篇小说创作。……一句话,批评意识在这些论文中被强化了。""缺乏长篇小说的内在机制和形态特征,篇幅再长也不是好长篇,与其这样,倒不如短一点好。因为我读到了一些长篇,其实就是一部中篇的拉长,如果写成中篇效果反而会更好一些,这里就有一个如何处理'长'与'短'的关系问题,这也是我们选择这个题目的用心所在。"

同日,殷国明的《现代小说艺术的危机和生机》发表于《作品》第6期。殷国明说道："在当今各种艺术大融合的时代,任何一种艺术都在汲取其他艺术的优点充实自己。现代小说家如果仍然怀抱过去时代的黄金梦想,仍然想维持那么一种'纯小说'的艺术境界,恐怕已不可能了。现代小说只有勇敢地加入各种艺术之间的竞争,吸收各种艺术的精华来充实和发展自己才有出路。因此,即便现代小说面临着不可逆转的衰落时代,我们也没有任何理由去抱怨这个时代,应该去创造和发现有关于小说的新观念和新现实。"

"小说创作距离人们的日常生活,距离人们所关心的社会生活问题,越来越远,势必使小说走进孤芳自赏的死胡同之中。人们看到,在现代社会生活中,小说创作中自我分裂的现象比任何艺术都显得严重和不可救药。由于各种社会生活的挤压，一方面存在着大量的通俗低级的武侠、言情和侦探小说，它们无论在内容上还是形式上，都和一百年前没有多大的区别，另一方面则是一群人在创作'谁也不懂'的'纯小说'，高高在上，占据小说艺术的最高讲坛。前者在一个低级的层次上拥有大量的读者，而后者在一个高雅的层次上则知音无几。这两方面虽然各有优势，但是现在还很难指望它们能各自取长补短，重振小说的威望；相反，这两者之间互相矛盾和对立却日渐突出。一些高雅的小说家极端鄙视拥有大量读者的通俗小说家，将自己局限在一个很小的圈子里，而一些通俗的低级小说制造者把小说视之为廉价畅销的精神商品，使人们的艺术感觉能力退滞在一种循环往复的层次上。……这种情况使现代小说家处于一种二难选择之中。小说家一方面无法阻止小说创作日趋'商品化'的趋势，消除一些粗制滥造的通俗小说对人们所起到的艺术麻痹作用；另一方面又难以把自己从某种'曲高和寡'的孤独中解救出来，象当年托尔斯泰和巴尔扎克一样获得广大的读者。悲剧正是在这个过程中产生的。也许正象索尔·贝娄所说的，作家总是在梦想一个黄金时代，但是这个时代根本就不是什么黄金时代，因为时世太糟糕了，如果没有老百姓，小说家就只能是一件古玩，就会感到自己处在一只玻璃盒里，正沿着通向未来的某个阴郁暗淡的博物馆走廊缓缓行进。"

**3日** 雷达的《〈白涡〉的精神悲剧》发表于《小说选刊》第6期。雷达认为："为了强调'现在时'这个前提，小说还在环境描写上故意采取一种'反小说'的笔调。……这让人想到意大利新现实主义者的口号：'把摄影机扛到大街上去。'这种'类摄影'手法，既在诱使读者进入情境，又在提醒读者：这一切虽系隐私，却全是真的，我只不过是照实纪录而已；因为生活比戏剧更有戏剧性。当然，作者强调'现在时'的根本意义，还在于'现在'无论对小说中男女抑或今天的知识分子，都是个精神骚动不宁、价值取向不无紊乱的活跃期、多变期。而对小说作者来说，却又恰恰是洞入知识分子灵魂的良机。"

**5日** 童志刚的《创造，从深层的观念领域开始——略论新时期小说艺术形式观念的变革》发表于《长江文艺》第6期。童志刚认为："在新时期文学发展的十年过程中，新的小说观念在与旧观念的斗争中不断丰富并逐步确立了自己的地位。张抗抗的创作实践和认识能够代表许多小说家的观念变革状况，在《隐形伴侣》的创作过程中，她'强烈地意识到，没有小说形式的具体突破，就不会有小说的发展'，道出了一种文学观念变革的实际：'形式'之于'小说'，不再是从属性的东西，而具有着决定性的意义。"

**14日** 孙荪的《深入而浅出——读段荃法〈天棚趣话录〉系列小说》发表于《人民日报》。孙荪认为："如果归类的话，荃法的这个系列也可算作笔记体文化心理小说。""《天棚趣话录》中的人物故事都是那'不是东西的东西'。极其平常、琐屑，司空见惯。""段荃法过去的作品以白描手法和性格化的对话写人物取胜。《天棚趣话录》则转到写社会心理和群体灵魂。""为此他在表现客观与主观的关系上，没走张扬主观一路，而是强化描述的客观性，常常通篇不露一点主观情感态度，结果是'主'藏而'客'显，造成最大限度地凸现表现对象的效果。""《天棚趣话录》几乎看不见心理心态意识流的描绘和铺陈，而是在行动中写心态，好像是现实主义手法中以行动写性格的自然转换。因此，小说还保留着比较完整的故事性。""在语言上也可以看见明显的变化。主要是描写性语言的减少，大量运用叙述性语言，概括性细节；文字更加朴素、简约，容量却相对大为增加。一些可以伸展成中篇的题材现在浓缩为短篇，其中的一些三五千字的精粹短篇如果换换手就可能洋洋万言。完全可以体味得出，作者在追求这样一种境界：花儿含苞欲放时最好。"

**17日** 曹文轩的《消极修辞与积极修辞——谈80年代文学语言的审美目的》发表于《百家》第3期。曹文轩认为："色彩唤起了我们的无数种——其中还有分明感觉到了却又无法说清楚的色彩效应，莫名地处于一种激动里或醉了般地处在一种意境中。……这种描写，感染了我们的情绪，使我们获得了我们过去的文学作品中难得有的美感，有了一种新的经验。""中国古代文论是颇讲究'笔色'的，……他们十分长于色彩辞的恰到好处的运用。我们在许多古代诗的色彩辞唤起的色彩联想中，几乎看到的不是形体，而是涂抹的和谐的色块。这种修辞传统，在'文化大革命'以前丢却了（当然仍在实践，但没有自觉意识），现在又被重新抓握，又比古人进步了许多，因为，他们有了色彩学、心理学的知识，他们有了古代人不可能有的对色彩奇特而又微妙的现代人的心理感受，他们在色彩辞的运用上显出了大胆和'乖戾'。他们企图去用色彩触出人的全部的沉睡的经验。"

刘文华的《语言的自觉——当代作家语言散论》发表于同期《百家》。刘文华认为："当代作家在追求语言自觉时，各尽其需，在文学语言上出现了所指与能指相偏离或完全脱节的倾向，从语言符号属性的某一方面来尝试与实验，试图使作家的思维与情绪和语言能对等相应，以便恢复对语言意义与情感功能的自信和填补语言本身的缺陷。"

"作家何立伟、阿城对语言属性所指的关注十分明显。在他们的作品中，对语言符号概念做了一次有趣的还原。因为现有的语言意义与结构很难详尽地描述他们对社会和人生深沉的思考，和历尽人世波折以后，重温旧梦时那种欲说无言的真情实感。因此，他们在语言符号概念上做出了发挥和拓宽。语言本身的意义和适当语境中的表述方式，成为他们语言设计的重心。"

"莫言与残雪侧重于语言符号属性的另一方面，那就是视觉印象和心理印记，他们在作品中都以油画般的色彩和虚拟音响给读者以强烈的感官刺激，来瞄准和恢复人们内心对周围事物感觉的原生状态。"

20日　何镇邦的《长篇小说艺术琐谈》发表于《当代》第3期。何镇邦谈道："作家们有意作为主要人物来刻画的形象，虽下了很大的气力，却未必成功；而作为陪衬人物出现的，却往往几笔就勾画得相当鲜活，无意间写活了一些人物形象。……诸多例证，使我越来越清楚地看到'有意栽花花不发'，'无意插柳柳成荫'是长篇小说创作中人物创造带有普遍性的一种艺术现象，甚至带有某种规律性。何以会发生这种艺术现象？……首先，从理念出发而不是从生活出发去塑造人物形象，于是造成某些下力气写的主要人物形象过于理念化，或过于理想化，缺乏艺术光彩。……其次，从创作心理上看，有这么两种情形：一种是过于紧张，诚惶诚恐，放不开，于是写不好，……另一种情形是过于重视，刻意求工，于是出现不少人为的甚至是斧凿的痕迹。大部分改革者的形象不够理想，其原因盖出于此。……再次，笔力分散也是一些长篇小说中主要人物形象往往塑造得不够成功的又一个原因。"

"我国明清章回体小说盛行，我想，其间固然有由说评书演变而来的原因，照顾读者阅读的需要,使其有所间歇,恐怕也是一个重要原因。当然,章回体仅仅是外部的标志,现代小说的分章分节也可以取得某种同样的阅读效果。我看,更重要的还是要求小说在内容上有一种节奏感;而要求有节奏感,就要注意内容的密度适当,即疏密相间,有张有弛,起伏跌宕,自然能够形成艺术的节奏,读《红楼梦》、《三国演义》、《水浒传》、《西游记》和《战争与和平》、《静静的顿河》等中外史诗性的长篇巨著,感到有兴味,无疲劳之感,恐怕有一个重要的原因,就是它们都有艺术的节奏。"

**24日** 陈墨的《改革文学的新的生机》发表于《光明日报》。陈墨认为:"肖克凡的小说《黑砂》的发表,尤其是池莉的小说《烦恼人生》和方方小说《风景》的发表,……建立新的观念、方法、范式和格局。具体的说,这一新的范式和格局——亦即改革文学的新的生机,在于'改革—探索—通俗'。这里的'改革—探索—通俗'是作为一个完整的范式或格局提出来的。这三者的关系不可分割。……其一,'通俗'不仅意味着在某种'形式'(如武侠小说)且包含着特定的内容,是一种价值取向。'通俗'既包含着广大人民群众喜闻乐见的'形式'选择,又包含着俗世界与俗人生的活的生命内容与价值的取向。其二,与一般的理解相反,'通俗'决不仅仅意味着某种简单的模式及对这一简单的模式的不断重复(如琼瑶的爱情小说),它同样是,而且必然是'游戏'与'道'的最佳结合方式以及最高的审美人生与艺术境界,两者并不矛盾更不对立。"

## 本月

童志刚的《形式变革:别无选择的探求——对新时期小说艺术形式发展多重原因的综合考察》发表于《当代文坛报》第5、6期合刊。童志刚指出:"譬如本世纪以来在全世界范围内形成的对人自身进行探索的思潮,与以往集中于探讨人与外部世界的关系和人的崇高地位等追求有着明显不同,这就使越来越多的生活现实成为了有待小说——文学给予表现的内容。而且与这一探索人的自身存在的思潮相呼应,小说的探索也越来越回到它自身的本体存在方式上来了。这样,社会越向前发展,小说内容(有时是潜在的)与形式(既有的)之间的矛盾也就越趋向尖锐和复杂。在这种情况下,小说形式的发展就成为一个解决问题的关键。因此，二十世纪的小说家们几乎是不约而同地在世界性范围内进行了一系列艺术形式方面的探索和实验，旨在缓解小说内容与形式之间的矛盾，进而促使小说健康活泼地发展。从较为形而上的意义来看，也就是说当我们把'小说'当作一个自足的整体来看时，小说作为一种独立的文学样式，它永恒的生命力的获得，不仅仅在于它要不断地纳入新鲜而深刻的主题和人物形象，更在于它是否能够不断创造出新颖多样的形式技巧因素——正是这些形式手段赋予了各种内容的无穷的艺术魅力。所以，形式与内容相互作用的辩证关系的规律，从根本上决定了新时期小说形式探索无可逆转的步伐。"

张建建的《情绪话语及其在文本中的形态——以贵州近年小说为例的叙事分析》发表于《花溪文谈》第2期。张建建认为："情绪话语的运用可以呈现在文体的各个层面，或者说，以发生学的方式呈现出来，表现为话语单位的大小程度；情绪话语在运用中必定与其它文体要素结合在一起，尤其与叙述节奏、语言情调、词汇（或场景）色彩等要素时刻保持密切联系，才能产生自己的词意，情绪话语的运用组成了它在整个文体中的构成，也就是在文本的意义系统中构成了它自身的意义系列。……小说文本中情绪话语以较小的单位出现，这在很多作品中是常见的，譬如以'词'为单位，在叙述中不时插入一些带有情绪意味的语汇。……如果说以'词'为单位的情绪话语只是很局部地呈现抒情意味，甚至由于这种局部的插入而影响描绘与叙述的纯粹性的话，那么，以'语句'或'句群'为更大一些的情绪话语单位，则将抒情意味向着文本的更大的面扩展，构成了更大一些的抒情块面。"

"情绪话语还有在更大的话语单位——篇章中运用的情形。我们观察到，甚至在句群的抒情意味消失隐避之后，情绪话语仍然存在。……在这种情况下，情绪话语从文学语言的'语汇'层进入到'语法'层，即不再只是把它视为是一种表现因素，而是把它视为结构本身，这时它的语义功能可以用隐喻或象征来表示。"

张建永的《反典型：现象学还原的逻辑结果——文学现象学论之一》发表于同期《花溪文谈》。张建永认为："意识流和新感觉派小说在环境与人物的描绘上具有充分的反典型性。意识流过程与客观世界的流程是同形同构的。……

把意识流引入文学,本质上是趋向现象还原,即通过意识的非逻辑非理性流程,把时时会浸入原生活状态的'前观念'清除出去,使被表现的东西以作家个人的鲜明特点透出生活的本真。感觉派小说具有更强烈的还原意识。……在感觉派小说中,一切感觉都具有某种自由度,它们不与某种单一的对等观念划等号,不是感觉服务于主题意旨,而是感觉本身就是主题意旨。……现象还原功能使感觉摆脱了超作家本人经验的理念控制,感觉以原生初始状态进入作品中,感觉成为表现自己的主体,而不是'前观念'的奴仆。"

赵宝奇的《整体的·神秘的·象征的·反讽的——近年小说审美新质片谈》发表于《南方文坛》第1期(创刊号)。赵宝奇认为:"许多'文化小说'都表现出这样一种美学追求:作家们在构制他们的力作之时,已不再满足于为读者说一个故事、塑造一两个人物了,而追求一种超越具体故事、人物之外的象外之意。……现在的一些文化小说显然超越了传统的写法。作品中描述的具体的故事情节、人物完全真实可信,然而总让你的审美感受飞升到由故事和人物组成的'象'的本体结构之上,去领悟一个比本体结构更普遍、更深远的超越本体结构的意义,因而,原有的由故事和人物组成的本体结构也就成了一个象征。换言之,即作品要表现的主题意义远远超出了故事和人物所限定的范围,带有较大的普遍性和较深的哲学意义。这样的作品,往往能涵盖更深厚的历史和现实内容,而且往往耐人咀嚼,具有可供多种阐释的审美功能。"

"反讽虽然也是'讽',但它体现的是作家的整体性的思维方式和艺术结构形态,是一种整体性的而又'隐蔽'的讽刺。……在反讽中,讽喻的意义主要不是由叙事者特意指出来的,而是事物在发展过程中自然而然地暴露出来、使读者体味到的。反讽,往往体现出一种形而上学的哲学态度,一种宏阔的文化眼光,一般构成一部作品潜在的喜剧基调。"

艾斐的《小说审美意识》由文化艺术出版社出版。艾斐认为:"对于一个作家来说,情绪记忆比理解记忆和机械记忆更重要——这其实正是作家和平常的人,和哲学家,和科学家,在工作性质、劳动方式和思维特征上的主要区别之一。由此所引出的另一个重要问题是,各种不同类型的记忆的对象的来路与渊源。显然,从作家的意义上说,情绪记忆是只能从生活——真切而深刻、鲜明而生动、富有时代特征和感情色彩的现实生活中——获致和积储。这就要求作家必须始终真诚地忠于生活，只有当最直接的生活感受、最醇炽的感情琼液、最敏锐的记忆信息、最活跃的情绪微波，形成'众水会涪万'的势态时，才能在创作上出现'兴至'、'神来'，犹如'瞿塘争一门'的'应感之会'的创作情境。"

## 七月

**3日** 南丁的《小议〈满票〉》、张炯的《在现实主义的广阔道路上》发表于《小说选刊》第7期《1985—1986获奖短篇小说漫评（一）》专栏。

南丁指出："乔典运近年来的小说，有一种玩惯了的手法，悲歌当成喜剧唱，悲剧当成喜剧演。《满票》还想如此玩，好像玩不转了，似乎没有多少喜剧的气氛。……小说的语言是大白话，好像没有多少曲里拐弯的'文学性'，不识字的农民大约可以听得懂。结构，单线平涂，貌似平实，平实中藏着机巧。内涵、外延，都能提供比故事本身丰富得多的东西。这就是乔典运的艺术。"

张炯指出："从1985—1986年获奖的十九篇短篇佳作来看，……绝大多数作品表明我们的作家走在现实主义的广阔道路上。当然，这并非停滞不前的现实主义，而是在新的历史条件下，基于当代意识对现实的观照，并积极吸收与借鉴、创造新的表现手法的、不断深化与发展的现实主义。……何士光的《远行》采用白描手法，将一个公共汽车站上形形色色的人物心态——写来，……扎西达娃的《系在皮绳扣上的魂》状写西藏的自然景观与人文环境，富于民间传说与神话的神秘色彩，明显地接受了拉丁美洲魔幻现实主义的影响。谌容的《减去十岁》借鉴荒诞的手法，鞭辟入里地摹写了各种阶层、不同年龄的人物的现实心理，凸出了鲜明的时代特征。"

**5日** 龚曙光的《面对一种新文体的困惑——对残雪小说艺术的一种读解》发表于《当代文坛》第4期。龚曙光认为："残雪小说的神秘感、梦幻感，既来源于她感觉的纤细、锐敏、新异和透明，亦来自于她感觉符号的这种非逻辑的、超经验的勾连与组合。""以一种静态分析的眼光，我们便可发现残雪小说都是三种故事构架的复合：一个抽象化的世俗故事，一个戏剧化的心灵故事和一个整体化的象征故事。……就局部而言，残雪小说的叙述闪烁，跳跃，甚至含混杂乱，类似詹姆斯、乔伊斯的一路，但小说的整体格局依旧遵循着清晰的时序，表现为一种经典小说式的有条不紊、娓娓道来的叙事风度。""三种故事形态在小说中构成了一个纵横交叉的张力场：世俗故事按时序发展，造成了读者因关注情节（尽管情节已被删削简化）发展而产生的强烈的艺术期待；而三个故事间内在的非时序性发展——世俗故事——心灵故事——象征故事的升华历程，造成了读者的精神探索角此岸向着彼岸的飞越。两种趋向不是并行不悖，而是交叉着朝各自方向发展。"

毛乐耕的《文体的杂交和形式的裂变》发表于同期《当代文坛》。毛乐耕认为："新时期以来，由于老中青数代作家的共同努力，我们的小说体式已经获得了长足的发展，显得圆熟而丰满。辩证法告诉我们，这是小说成熟和丰收的福音；但是又提醒我们，今后的小说发展暗伏着一种潜在的危机，若不着意创新，当代小说可能在成熟中衰老。这绝不是危言耸听。机敏的小说家已经看到圆熟以后可能产生的艺术萎缩的危机了。他们再也不能简单地满足于传统的现成的小说体式的形式特征了，他们要寻求突破，要着意创新。例如近年来在创作上颇有特色的老作家汪曾祺就曾这样表示过：'我要对"小说"这个概念进行一次冲决。'（《桥边小说三篇·后记》，《收获》1986年第2期）汪曾祺的这番话，代表了相当一部分有追求的小说家们的心声。在具体的创作实践中，小说家们在形式探索方面的一个重要的尝试就是文体的杂交。他们'拳打脚踢'，八方伸手，努力汲取其他文学体式的长处和优势，以此作为小说的艺术营养，用以丰富、充实、强化小说体式的题材吸附力、内容负载力和艺术表现力，用以促进传统的小说体式进行更新和发展。于是，小说的园圃中五光十色了，令人眼花缭乱了。有小说家从诗歌中汲取营养，刻意追求小说的诗化境界和诗意效果（有的则干脆以叙事诗的形式写小说），产生了新的诗体小说；有小说家向散文中汲取营养，强化小说中作者主体情绪的抒写，打破传统小说中情节设计、人物刻画的模式，产生了随物赋形、写意抒情的散文体小说；有小说家将小说和报告文学杂交，应和时代的脉搏、人民的心律而诞生了新型的报告小说；有小说家将小说和传记文学杂交，创作了以真人真事为主要表现内容的纪实小说,有小说家将小说与戏剧剧本、电影文学剧本的形式特点相糅合,写出了剧本体小说、电影小说;有小说家将小说与古典笔记的表现特色相糅合,写出了新笔记体小说,等等。这些以传统的小说形式为'母本',与其他文体样式杂交而产生的各种各样的新体小说,正以各种姿态、各种色彩纷呈于当今文坛,展示着小说体式多元的多层次的发展新态势。"

童志刚的《纪实小说:一个悖谬》发表于同期《当代文坛》。童志刚提出:"'纪实小说'作为一个悖谬——它自身的矛盾,它与作家、与读者、与文学内部的其他体裁样式之间不可调和的矛盾——的存在,只能成为一个十分短暂的过渡。在未来的发展中,现在我们所说的'纪实小说'将以分化的形式走向消失:一是向新闻与文学交叉的领域如报告文学和各种具有相当真实性的传记类作品靠拢,并以'纪实文学'的名义存在;二是向'历史小说'的复归,成为以某种真实事件或某些真实人物的经历为基础推演出的小说。'纪实小说'的悖谬将由此得到解决,在新时期文学发展中,我们不能忽略这样一个有趣的事实:没有哪个人是'专业'的纪实小说家(欧美的情况也相似)。"

**9日** 吴方的《由"生物人"到"本质人":走向主题的小说人物》发表于《批评家》第4期。吴方认为:"开掘和把握人物生活的可能性,首先意味着将人物投向多样化的表现天地(包括人物选择的多样化、被表现角度和方式的多样化、性格及其价值的复杂化)。再者有助于揭示人物生活的潜在内容、揭示其外显结构与潜隐结构的关系。第三,有助于使小说的主题表达从说明、归纳、指称的狭隘功能中解放出来,进入意义的发现、创造过程。"

"人物有无可能成为小说叙述朝向主题运动中的符号?如果可能的话,一个显著的标志就是传统的中心人物被角色群体所替代,线性联系被网络结构所替代。例如,在出现了《厚土》(李锐)、《桑树坪记事》(朱晓平)、《沉沦的土地》、《军歌》(周梅森)以后,至少看来写小说并不都需要塑造典型性格的野心。可以对人物进行符号化处理。着重处理符号表现体、对象,它所处的场所以及解释者之间的关系,有助于分析和整合我们关于生活的经验。符号指什么?它是指任何以拿来'有意义地代替另一种事物的东西'。这种代替意味着小说的人物构成和现实生活有一种解释的关系,有'某种性质的共同性'。

符号对象的显示可以看作对主题表达潜能的激动。因此,《厚土》在由个体性格刻划能向群体心理描述时,就构成了一种新的解释关系:人们行为和心理如何在沉闷封闭的乡土生存环境中,在周而复始自我补偿的伦理、心理秩序中被导演着。通过这种符号和符号关系(氛围、总体象征)的特征方能揭示一种生活的本质特征,同时这种揭示才显得更有意义。在这个意义上说,类型人物也并不比典型人物无价值,只要是在符号系统中构成了有意义的主题的话。"

同日,丹晨的《门洞里厢的世界——〈裤裆巷风流记〉艺术考略》发表于《文艺报》。丹晨认为:"范小青在《裤裆巷风流记》中采用了流行在江南一带吴语的许多俚言俗语,除了叙述语言外,特别是人物语言中,使用得更为普遍,目的显然也是为了更加合乎此时此地的'神理',表现说话人的神态、身份、心理,甚至画外之音,并由此富有地方气息而增强了艺术感。……苏小青的小说受苏州弹评的影响很深。如果把她的小说作为评书的蓝本恐怕也是完全可以的,作者叙事的方法、语气,交代背景介绍人物环境,对于事件、场面、细节的绘声绘色的技巧,铺叙夸张和譬喻繁复等手段显然从弹评艺术中脱化而来。"

王干的《马原小说批判》发表于同期《文艺报》。王干认为:"他那种共时性的套层结构的讲述故事的方式无疑为新时期小说的形态贡献了新鲜的血液,尤其是他将叙述时态(即构思过程写作过程)揉进小说之后,使小说的语言构成面貌发生了巨大嬗变,一时遂成为众人模仿的时髦货色。……在不少小说中无节制地使用这种影响叙述旋律和阅读节奏的'画外音',作者如患有录音癖的饶舌婆一样喋喋不休地讲述一些与'本案无关'的废话,这些散文性的自白和新闻性的实录淹没了小说真正的叙述主体。"

伍林伟的《写好故事》发表于同期《文艺报》。伍林伟认为:"小说最基本要素之一就是故事,写故事是小说家的基本训练。""说教味还是太浓。回顾一下多年来的小说理论观点,可以发现故事并没有成为小说最基本的特点,或者说,在实际的写作过程中,小说故事变得并不特别重要,而说教,哪怕是令人心服口服的说教本身却至高无上。""实验小说的窘境。分析一些探索实验性小说,至少发现两个现象。一、这批小说在观念上形成对以往文学思想的反动。……二、探索、实验小说的结构里缺乏读者的因素,使其目的不在与读者交流,向读者提供大量信息,而在满足作家的'自我'追求,'自我'完善,'自我'批判。"

**12日** 林斤澜的《谈通俗文学的情节》发表于《人民日报》。林斤澜表示:"过去,对情节小说有些看法。给我留下印象的竟也有三:一是以为情节小说格调不高。一是一弄情节,往往走向戏剧化。戏剧化的情节在舞台上能够真实,在小说里会把真事弄假了。还有一个是艺术上别有追求,或是诸多要素中,着重了别个要素。那情节上的头尾,那顺序,那渐进,那铺排,那交代,往往妨碍了追求的别样。""诸多要素里,情节比较可以速效,一边下着功夫一边能见点成效出来。不信比比语言,那多死性。十年八年不一定有面貌,'苦吃'一辈子,也不一定出来韵味。等到有了出来了,讲究欣赏这些个的读者,什么时候也是少数。功夫越深,摸得着深浅的还越少。不是说要走向世界吗?面貌,特别是韵味,经得起翻译吗?这多少年的功夫,往往走到半道上就抛撒了。偏偏要在这要素上下力气的,得认头。"

**15日** 庄烨的《意象小说与残雪之谜——读残雪新作〈关于黄菊花的遐想〉》发表于《文论报》。庄烨认为:"残雪……的小说始终具有两种因素:对某种美的境界的向往和对现实中丑、恶现象的诅咒。但是在今天,形而上的向往被乌托邦化了,诅咒则日益个人化、主观化、内心化,因而更准确地说成了某种咒语,于是在残雪的小说中,向往采取了意象化的存在形态,并且咒语也采用了意象化的形态,从而在总体上小说失去了客观叙事的力量。臆语代替故事,臆语代替了故事,意象代替了叙事或者说意象本身直接成为故事,小说成了意象的连缀,成了所谓意象小说。"

同日,李庆西的《寻根:回到事物本身》发表于《文学评论》第4期。李庆西认为:"小说在八十年代的进步,从艺术观念上讲,也表现在相当程度上摆脱了'写什么'(题材或主题范畴)的思维局限,更多地考虑'怎么写'(艺术方法)的问题,强调了主体自身的创造性。在'寻根派'崛起之前,小说创作已经出现所谓散文化和诗化的倾向。""当时出现的一些优秀作品,都尽可能地舍弃那种由情节构成所决定的矛盾冲突。""这些作品都不再袭用人们以往惯用的戏剧化的叙事结构;如果说它们还保留着某些故事因素的话,那也只是作为一种深度线索隐藏到背景后边去了。"

同日，李国涛的《缭乱的文体》发表于《文艺评论》第4期。李国涛谈道："当代作家追求文体的简洁，把读者可以想见的过程省略不提。……避开不必要的说明，避开乏味的陈述，总之，避开平庸，这是当代小说家在文体上的警觉。……这种简洁同时是一种新颖、脱俗、破除旧套。也许我们可以称之为'陌生化'，是一种'陌生的简洁'。"

"新时期小说，为了尽可能具有深切的哲学意蕴和阔大的生活容量，常使它的叙述超出事件具象，而产生象征的意义。……象征的追求往往给小说文体也带来一番新颖。有的小说并不是'整体象征'一类。它们是现实主义的，叙述中的时间具有较强的'实体性'。这些小说，并不只求情节人物的可信和描写的真切充实，它们同时追求一种超越，追求一种灵动。"

盛子潮、朱水涌的《系列化和缀段性——当前小说形态上的一种双向对流》发表于同期《文艺评论》。盛子潮、朱水涌认为："缀段性小说虽然打破了情节发展的结构，有意砍断叙述过程中故事的时序关系和因果逻辑，但并不因此就失去了艺术的整体性，其秘密就在于它将小说的艺术秩序由表层的情节秩序转到小说深层的内在组织关系，试图在一些看似表面的、静态的、松散的、互不连贯的生活事件的连缀组合中，对世界作出更富于意蕴的把握。在这里，艺术的整体性已经不是靠一种对象、一个完整的行动或一段生活过程来展示，而是以某种开放的状态，将松散的生活表象组合成一个复合性多元的结构整体。""系列化小说和缀段性小说所尝试的，就是将小说的叙述单元的组合方式，由时序性和因果性的组合转向非时序非因果的空间性组合。""从当前的创作实际看，这两种小说形态虽有一致的美学共性特征，但它们毕竟是不同的形态类型。……这两种小说形态之间存在着某种互补的可能性。"

汪政、程然、晓华的《独白——一种新的文学倾向》发表于同期《文艺评论》。文章写道："对话和独白，都是语言表达，只不过方式不同罢了，从根本上说，语言首先是用于交际的，作为一种符号活动，只有在交际中才能实现其功用，符号的这种交际、传达和沟通性质在它的起源时期更为明显。……独白在人类交际中是作为对话的补充而存在的，对对话的欲求也是可以解释成为对表达的要求，但对话是必须以有对话者存在作为前提条件的，……独白也是一种对话，是一种特殊形式的对话，它的发话者和受话者是同一个个体。……独白不可能产生于作家对自我世界的保护，而只能产生于文学对话的困难，产生于作家与阅读对等交流的隔绝，干脆一点说，阅读似乎无法理解创作了。"

文章认为："马原、残雪等人，他们的小说独白就大不相同。……残雪是一种整体独白、洪峰则是利用叙事人进行局部的独白，而王蒙则借助主人公的内心活动进行独白。马原的独白是感性的，不高深，但你就不太能懂，他醉心于语言和经验操作，在唠唠叨叨中享受编造的愉悦。……残雪的独白更倾向于非理性。……理性独白也有，如张辛欣。她在叙事时总有不尽的感慨，即使不发感慨，即使去把握人物的心理感受，她也使之渗透了理性。……张辛欣主题的超拔出众使她的作品被客观地赋予了独白的性质。"

同日，洪峰、马原的《谁难受谁知道——洪峰和马原的通信》发表于《文艺争鸣》第4期。洪峰谈道："关于《旧死》，……印象最深的是最后一部分，使前边所有文字变得有了意味。获得的极大的张力，这并不是一般小说所能达到的。看得出，你的新想法得到了实现。"

马原谈道："当年《冈底斯的诱惑》走红很使我沮丧了一阵子，我自己觉得有点象喇叭裤、迪斯科和嗲味儿港歌样一夜之间成了时尚，其实细究起来怕人家误解还在其次，最主要的大概潜在地怕被扔到高处再摔下来，通俗一点说是怕过时。……你看我是个胆小鬼，我于是回过头去，老老实实写一篇《旧死》，以证明我不是那个穿喇叭裤、跳迪斯科、摇头晃脑哼港歌的时髦小伙，证明我有坚实的写实功底，有不掺假的社会责任感，有思想有深入的哲学背景。"

吴士余的《中国文化与小说思维》发表于同期《文艺争鸣》。吴士余认为："小说文体成熟的一个重要标志，是小说思维图式的建构和定型。"对于中国小说的文体，吴士余认为："它构成了一个以人格与社会为审美对象，借体艺术形象创造观照人生与社会本体实存，张扬理想人格价值的稳定思维范式。"吴士余还指出，现当代小说"形象思维重心由定型化向非定型化的转移；形象组合的构架方式由单元拓伸为多元，使小说思维图式呈现了局部变异的态势。""对中国小说思维图式构成及其历史形态的考察就应该确立这样一个原则：中国小说思维图式的建构和定型始终是处置于中国文化构成的历史积淀过程之中的，因此，不能脱离民族文化心态、价值观念、民族群体思维方式，来分析中国小说思维的范畴和结构形态。"

吴士余还认为："中国小说家的主体思维图式表现了这样的基本思维认知意识"，"（1）至善、扬善的思维指归。……（2）注重理悟的偏认知结构。""以伦理为本位的中国文化传统对小说思维的渗透和同化建构，在艺术形象的思维创造上将引申出两个基本走向"，"其一是求统一、重和谐的整体性思维。……其二是直觉体悟的思维走向。""由中国文化传统规范的小说思维有着明显的局限性"，这集中表现在"思维主体的求同性""思维向度的单一性""思维形态的封闭性"。

同日，毛时安的《直面人生和现实的歌者——白桦和他的中篇近作》发表于《钟山》第4期。毛时安认为："白桦是始终带着对现实的强烈向心倾向投入创作的。但是，由于这种意象式结构所特有的松动感，那种对于现实人生的向心的思考就获得了一种意想不到的离心的形式，在小说的能指层（故事）和所指层（现实思考）间建立了一条隐喻的纽带。当然，倘若隐喻性不足的时候，便可能产生一种危险的寓言式效果，一个故事对应一种意念，甚至主题的裸露而带上某种说教的色彩。这种意象式结构的确立，显示了'诗人小说'的审美特征。"

思和的《纪实体作品的视角与表现——兼谈〈钟山〉第一期的"中国潮"征文》发表于同期《钟山》。思和认为："新闻小说、纪实小说等，正是新闻与文学结合后派生出来的。它们的出现，似乎起着社会小说的职能，使原来小说创作承担的许多社会责任逐步减轻，以腾出更多的篇幅在艺术形式和展示人物内心真实方面去作探索。但是，纪实体作品又不同于新闻，它毕竟属于文学，没有离开文学创作的根本性规律——诸如主体意识的渗入、虚构、塑造形象等，它不可能象新闻那样只满足于对事物过程的如实报道。我以为这类作品只是在形式上利用了新闻的手法特点制造出一种'真实性'的效果，实际上仍然表达着作家对所描写的生活现象的主观认识。"

**20日**　白烨的《"人学"意识的觉醒——观念与小说创作的拓进》发表于

《花城》第4期。白烨表示:"总之,'寻根文学'的作家多以深邃的文化透视,揭现积存于社会生活之中的民族文化底蕴,寻索人的精神世界的演化轨迹,它们的创作似乎从不同的方面共同证明着一个事实:人是文化的人,现实的人也即历史的人。他们是在历时性中寻找共时性的东西,在个体中发现群体的心性,并对渗透在生活之中的文化传统和民族精神重新予以审思。这种把人的心理当做内在文化的居高临下、沿坡讨源的观察方式和艺术眼光,显然比仅仅从政治的,或经济的,或伦理的等单一的和外在的角度更博大、更雄浑、更内在。因而,它既是一种审美意识和艺术思维中民族文化历史感的凝聚与强化,也是对人的本体及其世界本体的认识的一种开掘和深化。"

同日,雷达的《强化了主体意识之后……》发表于《小说评论》第4期。雷达认为:"主体意识的强化过程,不是观念之间的嬗变,首先还是从深刻的、新鲜的体验中产生的。""主体只能在与历史和现实的精神连接中壮大自身;决定往后创作面貌的,首先还是作家的自身素质和主体创造能力。""文学的庄严不表现在轰动与否上,它只能是'以人为本'而排除各式各样的'以物为本'和'以神为本',它只能是以强大的思想力量,深刻的人民性渗透程度,数不尽的新鲜的艺术发现,来证明它在这个鼎沸的时代里的不可替代的价值。"

理晴的《叙述不是目的》发表于同期《小说评论》。理晴认为:"后结构主义分解论的产生是以反对结构主义的'词语中心主义'为基础的。因此,对于小说的任何叙述模式的解读都不能只定于一个中心,一种意义"。"'解构'也不是无止境的。""叙述就必须、也必然通过小说文本沟通作者和读者以实现其价值,而我们的小说理论批评也应当通过对作品叙述方式的分析去阐释其价值。"

林在勇的《题旨与模态:中篇小说的实验性》发表于同期《小说评论》。林在勇指出,中篇小说"题旨紧扣全面反思运动的脉理","题旨长于从深度和广度上摄取改革年代的各个'热点'","题旨重在探究自然生命和社会历史的'人'"。"模态实验性是指在形式范畴对审美的惯例和传统进行扬弃的一种特性,它包括实体性的结构、程式等'模'的方面,以及无形的体式、韵势等'态'的方面,是对两个方面的新尝试,中篇小说模态的实验性不仅是指它的实验在理论上所特有的可能性,而且指它实际上作出了多少小说模态的试验实绩",模态实验"第一体现为对文本形式的日益深入的关注","第二体现为中篇小说'文备诸体'"。

潘新宁的《主题模式蜕变与主体性重心转移——新时期小说变异研究之一》发表于同期《小说评论》。潘新宁认为:"新时期小说主题模式由可概括性、可确定性、可言传性向非概括性、非确定性、非言传性的蜕变",具体形态和趋向表现为,其主题"由单一性转向多元性""由现实性转向历史性""由直接性转向间接性""由理智型转向感觉型""由明确转向模糊","这种转化恰恰说明新时期小说在基本思想内涵方面表现出一种反破缺倾向","新时期小说把文学主体性的重心从作家一方转移向读者一方,新时期小说从半个文学主体性走向了一个完整的全面的文学主体性,正是小说这种自觉意识的强有力的证明之一"。

谭学纯、唐跃的《新时期小说语言变异现象描述(上)》发表于同期《小说评论》。谭学纯、唐跃从"抽象化、情绪化、原始化、陌生化四种美学倾向",对新时期小说"语言变异现象"进行系统分析。谭学纯、唐跃把"抽象化"归结为对"形、音、义统一体的超越"和对"客观现实性的超越"两个方面;把"情绪化"归结为"直觉意识的延伸"和"生命形式的延伸"两个方面;把"原始化"归结为"语象呈现方式"和"语义转换方式"两方面的变化;把"陌生化"归结为"叙述的并置结构"和"叙述的圆形结构"两种表现。

张德祥的《人的生命本体的窥视与生存状态的摹写——莫言小说对世界的认识与表现方式》发表于同期《小说评论》。张德祥认为:"莫言小说独特性的根本及价值似乎是从生命角度观照和洞察世界,并试图窥视人的生命本体意义和摹写人的现实生存和情绪状态。""莫言作品中的生命意识对这一历史时期整个民族潜在的渴望情绪的传达正是他作品的价值所在。""理性只是非理性的面具,壮烈只是悲剧的形式。人类历史是血的历史,也只能是血腥的历史。这是莫言作品的根本题旨所在和最终归宿。""他一方面在状写严肃的现世人生,一方面又超越现世人生的严肃性,甚而对现实存在以恶作剧的嘲弄。这样,两种不同距离视角中的不同感受的交叉就使莫言作品的美学意味呈现出热与冷、动与静、严肃认真与玩世不恭、悲壮崇高与无悲无喜复叠同在，而且后者隐蕴于前者底层处于潜在状态，但又是对前者的超越。"

钟本康的《"混合体"小说的特点及其命运》发表于同期《小说评论》。钟本康指出："'混合体'小说，是指小说同别的文学体裁、文学类型的'混合'，……兼有两种或几种文学类型的特点，甚至难以分出它们的主次、主从，这是'混合体'小说区别于一般小说的主要标志。""虚实相杂、真假相杂的写法，打破一般小说单一、单调的格局，带来了'混合体'小说内涵的丰富性和多义性。""当代人们的艺术旨趣似乎向着两端分化，一是象上边所说，向虚幻神秘的领域延伸，一是更讲究实在，向生活本身的真实深入。"

**23日** 李洁非的《"感觉"的泛滥》发表于《文艺报》。李洁非谈道："作家们已经变得越来越仰仗于'感觉'，……不仅作家喜欢标榜靠感觉写东西，评论家也普遍地对此予以附和，至少是以顺从的态度把所谓'感觉化'看成是文学在最近的一个主要进展，要是我没有理解错，那么'向内转'的提法就属于这样一种态度。但是作家和评论家显然是在不同意义上谈论'感觉'的，对前者来说，寻找感觉无非就是寻找一切能使个人才情表露一番的机会，或寻找一种称心如意、随心所欲的写作状态和良好的自我感觉，而评论家却用一大套深奥的理论去论证这种对'感觉'的追求代表了什么观念上的觉醒、蜕变和革命。这对双方来说，几乎都是一个讽刺。当作家以'感觉'充当其花冠时，恰恰是为了蔑视理论和其它观念性的东西。……中国作家对理论采取戏谑和贬低的态度，实际上是在掩饰由于自身无能而引起的恐惧心理，而刻意突出所谓的'感觉'则刚好起到了心理平衡的自慰作用。虽然这也许能够掩饰某些作家个人的窘境，却无法改变中国文学格局的性质。从'感觉'当中可能产生富于观赏性、才气或不乏机趣与聪明的作品，但绝不会产生伟大、震撼人心的作品，因为它缺乏'深度'。我们对待事物，总是不单着眼于它的外表，而是进一步要求一种'深度'。"

吴秉杰的《面向生活的一种调整——评若干新进作家的创作》发表于同期《文艺报》。吴秉杰认为："最近出现的一些文坛新人及其创作几乎使人有一种舒了一口气的快慰：这便是被我们习惯地重复并称道的'现实主义的回归'。……我在这儿说的主要是李锐、刘恒、刘震云、李晓、王小克等人的一部分创作。调整之一：文化视角——取生活的常态。……调整之二：生命感与现实感的统一。……调整之三：文体变化。叙述方式、叙述语言的运用，不仅赋予作品特定的情感色彩，而且常常更新了作品的内容。在刘震云朴素、平淡、不事修饰的叙述后面，蕴含着一份难得的冷静，……李锐'印象式'的创作，把浓烈而本色的一个个生活场面直接推向前场。"

应雄的《失败的反抗与困顿的先锋》发表于同期《文艺报》。应雄认为："纵观先锋主义小说运动从刘索拉等人的'现代派'小说到近日实验小说这么一个发展历程，可以说，就它自身所要达到的目标而言，它是一场失败的反抗运动。它没有能力完成从超越世俗到重新占领世俗的还原过程，它使先锋们从起初的先锋思想家变为后来的先锋文体家，它最终从反抗世俗走向了远离世俗的困顿之路。"

**26日** 陈平原的《通俗小说的三次崛起》发表于《人民日报》。陈平原强调，"'高雅小说'的艺术探索越走越远，越说越玄，必然在一定程度上忽视小说最基本的娱乐功能，逼得文化水平本来就不高的大部分读者，转而欢迎明知趣味不高的可毕竟读来有趣的通俗小说"。"理想的小说界布局，应该是由'高雅小说''高级通俗小说'和'通俗小说'三部分构成。……保持一种'必要的张力'，对'高雅小说''通俗小说'都有好处，不必汲汲于互相靠拢。至于沟通这对立的两极的任务，则由《李有才板话》那样的'高级通俗小说'来承担。……而它的价值，更重要的还是在'雅'和'俗'之间维持一种必要的平衡：使雅的不至于太雅，俗的不至于太俗。就像学术界近年蜂起'高级通俗读物'一样，小说界不妨抓住'高级通俗小说'这一环，靠它来更合理、更有效地调节目前'高雅小说'和'通俗小说'各自的失重。""最关键的一点，是通俗小说在整个文学结构中的地位和作用，而不是它自身的价值。"

**30日** 李兴华的《非现代化社会结构关系的经验描述——读李晓的〈关于行规的闲话〉》发表于《文艺报》。李兴华认为："在当今文坛曾被称为四股新潮的'纪实''内倾''寻根'和'先锋'诸流中，都不见他的身影。……李晓应属于并不'新潮'的世相写生一路。""《关于行规的闲话》呈现给我们的，是一个非现代化社会结构的经验模型。'行规'这个词……属于社会学角色的理论范畴，即在一定社会关系中被制度化的行为规范。李晓使用它时尽管口吻尖刻嘲讽，但用意理应在此。这正是《关于行规的闲话》比那些在伦理观念层次上兜圈子的同类作品高出一筹的地方。"

## 本月

江曾培的《山不在高有仙则名——〈中外名家微型小说大展〉序》发表于《小说界》第4期。江曾培认为："由于微型小说广泛地与其他艺术样式渗透、融合，它与诗、散文、小品、报告文学等等艺术样式的界线模糊了，有同志提出这样一个命题：微型小说——'模糊小说'。我以为，这是一种有价值的发现，有利于打破传统的僵化的小说观点，促进小说文体的变革与发展。不过，话说回来，微型小说的艺术特点不管怎样'模糊'，作为'小说'，它写人的任务不能抹杀。"

## 八月

1日　扎拉嘎胡的《小说创作中的ABC》发表于《草原》第8期。扎拉嘎胡认为："故事的好坏直接影响到叙事文学的好坏。故事往往能显示出作家的才华、智慧和水平。一部长篇小说没有好的故事来串连那是不能想象的。故事是小说中的向导，是桥梁，是通道。"

"编排故事，首先要注意其悬念性。所谓悬念性，也就是艺术魅力。这种艺术魅力，是社会和人物性格纠葛的碰撞。《小说创作十戒》中说：挑起悬念，也就进入了形形色色的矛盾冲突，自然而然地进入了故事。""在编排故事中，最珍贵的是可信性、故事既不能离奇古怪，又不能脱离生活而生编硬造。适度、精巧而又可信，是故事能成立的关键所在。……故事可信性来自真实性，没有真实性也就不存在可信性。文学的真实性有特定内涵和框定的界限的。王蒙说：'文学真实性的概念和我们日常对于科学、对于新闻、对于档案材料的真实性的概念不一样，文学的真实性，特别是小说，大部分情况首先是指它符合生活的逻辑，符合人的思想、感情行为的逻辑，而不是指所写内容的可考证性，可验证性的。'"

"在编排故事中，最难做到的是寓意性。但在文学名著中，故事的寓意性是显而易见的。寓意在《汉语词典》中解释为：寄托或隐含的意思。寓意的重要性在于使作品增加厚度，加重分量。一切好的文学作品中充满了寓意。寓意是哲理的反射，是作家人生观、道德观的曲折的显露，也是作家审美意识的体现。"

2日　滕云的《文学：生存才能发展》发表于《人民日报》。滕云认为："中国当代文学应当向西方文学借鉴，却不应向之认同，否则就成为有人说的'泛西方文学'，那就意味着失去自己，失去自己的生存，若说发展，那也是发展泛西方文学，不是发展中国文学。文学的生存、发展，要有自己的土壤，长自己的根。"

5日　邢煦寰的《困惑和超越：当代艺术审美观念的变革——从王蒙小说〈来劲〉说起》发表于《中国西部文学》第8期。邢煦寰认为："从某种已有的小说观念出发，指斥其不合乎某种规范并加以否定是很容易的事，可是，我们对《来劲》等一系列有背于传统小说观念的某些小说之所以出现，它们所显示的意义究竟又理解了多少呢？我们能否在简单的否定之外，也试图选择一种通向'理解'之路的态度呢？比如说，在随着现实生活的丰富发展，人们精神追求的多样化发展，文学艺术各种样式互相渗透、取长补短，出现了大批中间过渡型的文学艺术体裁样式，如：电影小说、散文电影、诗电影、诗体小说、哲理小说等等。王蒙的《来劲》是不是可以看作是一种融汇了杂文与小说某些突出特点的'杂文小说'？或者说是一种融汇了相声与小说某些突出特点的'相声小说'？再比如，我们可以不可以把《来劲》理解为一种把情节、人物和主题融入非理性的多重心理结构，又吸收和借鉴了西方表现主义小说某些手法的一种崭新创造？即使我们很难承认它是一篇小说，我们能不能还可以承认它'告诉人们一点他们原来还不知道、还没有注意的东西，哪怕是值得忧虑的东西'。（王蒙：《谁也不要固步自封》）"

6日　蔡测海的《探索小说的双重障碍》发表于《文艺报》。蔡测海认为："探索小说，这个词很暧昧，……它泛指当代小说创作中对传统的小说和小说秩序取一种否定姿态的新小说。它正处于一种流变过程，暂时不能把它们界定为任何流派或主义。""探索小说至今不成气候。……从它自身出发，面对着双重障碍，即自己确立的障碍和介入阅读主体的障碍。它必须穿过自己又同时逾越阅读主体。"

雷达的《社会·人本·生活流——读〈烦恼人生〉所想到的》发表于同期《文艺报》。雷达认为："《烦恼人生》的结构是开放型的、随机的，放松自如的，如没有固定河床的流水。作者好似'退出'小说，不刻意组织加工，不负责排定逻辑顺序，让生活自然向前流去，一切的机缘、巧合都是未知数。这使它有种生活自身的神秘性。"

吴方的《"悲"里千秋——新悲剧形态小说略见》发表于同期《文艺报》。吴方谈道："读了一些小说，一面感觉了'悲味'与以先不同，一面忍不住要琢磨这'不同'如何理解。比如，小说史上悲惨、悲伤、悲壮、悲愤的故事无其数，若归纳特点，至少有两条：第一，激发人的情感体验、共鸣；第二，有较明确的价值判断，因果判断。""对照之下，现在有些小说，本不以赚人眼泪为目的，再者其中的原因与价值判断也变得模糊或者隐蔽了。你不能否认这也是小说的一种形态，尽管给意义的理解平添了困惑，却又激发着更深入的体验和理解。""一种矛盾二重性的阅读现象出现了：一方面力图去理解悲剧，弄清它的内涵和意义何在，另一方面又不可完全理解和说清。简单地说清，并不算很可悲，我想，这种情状是与'新悲剧形态'小说的二重叙事态度有关的。叙述者力图凭依理性与情感态度去表述人生事象，同时又不敢滥用理性去解释，警惕陷于情感的判断，从而把深刻的矛盾留在了悲剧的叙述中。这样一来，叙述反显得'回到事物本身'，在失去某种判断的明确性时，经验反而富集、沉重了。或者说，提供了对初始经验的活生生的遭遇，用一般的术语讲，就是'更真实'。在这里，理解活动由分析说明转向整体的历史感悟。"

"有人讲'视点下沉'，有人讲'揆诸本色'，总之，悲剧意识（或曰审美化的历史意识）在当前小说中正在发生悄悄的变动。……以往占据悲剧舞台中心的'受难英雄'正在隐退，一群群卑微者联袂而来，……小说中的新悲剧形态在减弱与改造生活有关的直接性冲突，毋宁说其实是减弱冲突的急功近利色彩，揭示隐在的根本的冲突源泉。于是这种冲突带来的缺乏确定解释而又块垒中集的悲剧意味。有时这种冲突不乏逐渐激化的戏剧性（如《沉沦的土地》），但结果又落得一场无价值冲突后的同归于尽，使人的灵性与动能为自身所耗尽。

有时冲突没有强烈的戏剧性，或者说冲突被表现为最终构不成冲突，被生活的自身结构所消解（如李锐的《厚土》），所谓不觉之悲，更是铭心镂骨，沉沦不拔。"

**13日** 张韧的《报告文学的轰动与小说的沉寂——从二者比较谈文学的价值取向》发表于《光明日报》。张韧认为："文学应如何对待社会，文学与社会关系有没有一个相宜的联结点？我们反对庸俗社会学和从属政治论，文学堕入社会政治的附庸是可悲的，但文学否定了社会生活的价值取向，必然是苍白的。报告文学与小说的反差现象，不是出现在二者同步行进，而是当报告文学与小说的联姻发生了'离婚'即双方裂变之后。……关注社会现实原本是新时期文学从浩劫中崛起的支柱，可是小说却从滋补文学生机的社会生活沃土上退却出来。……疏离社会的小说使读者感到失望，却在宏观审视社会的报告文学那里得到有价值的补偿，或者说，读者投给报告文学的热情目光，包蕴着对于苍白失血的小说价值取向的某种不满和蔑视。"

**16日** 靳常胜的《"理论作家"与思辨小说——记吴若增》发表于《人民日报》。靳常胜指出："写小说其实是一种社会性的自我表现行为。没有自我，便没有作家，便没有创作。倘是模仿和复制，只要有一点匠气就可以了，那是算不上创作也算不上作家的。吴若增正是以自己独特的'视角'，观察和剖析厚重的生活，在其短篇小说尤其是'蔡庄系列'里，深刻而又清晰地塑造出一批附丽着哲思的文学形象，并通过这些形象提示出某些'社会病'，从而引导人们进一步认识社会生活。""《离异》在艺术上与'蔡庄系列'相比，别具一格。他毅然放弃了以往短篇小说的冷峻和节制，而以强烈、深邃的思辨，酣畅淋漓地表现感情的冲突和内心的波涛。作者在小说中使用夹叙夹议的描写手段，赋予感情生活和人物纠葛以哲思，因此深深打动了读者。"

王干的《现实主义回归的新态势——从近年来部分小说谈起》发表于同期《人民日报》。王干谈道："作为一个现实主义的作家，在小说中则应尽量冷处理自己的主体情绪，以保持生活的原生形态不受情感的干扰。""真正妨碍新时期文学现实主义回归的原因是由于匮乏客观精神，即令在那些概念化、公式化的所谓'两结合'小说中，作者的主体情绪始终没有消失，始终制约人物性格和故事情节的发展，但作者的主体只不过是观念的化身而已。""现实主义的根扎在读者之中，它的作家始终面对读者进行写作。""那种自我宣泄的独白式的小说，读者固然可以逐字逐句地读明白，但读者只处于被迫视听被灌输的位置，无创造性理解的可能。真正的阅读价值就在于为读者提供创造的契机。"

17日 程德培的《小说语言界限论》发表于《百家》第4期。程德培认为："小说的叙述时间与叙述的视角问题……之所以成为小说艺术的关键，其缘由就在于它们包括了小说作为一种叙事艺术的语言限制。小说作为虚构事件的反映与表现，其语言在叙事中运行，其最明显的特征莫过于线性的时间运动。这种线性特征，既是语言对事件的反映，同时也是语言对事件存在的一种叙述歪曲。因为任何叙事，一旦遵守了语言的线性规则，其对所叙对象的歪曲也就必然了。任何一个小说家要想进入文字写作，就得首先钻进这一牢笼、戴上这一镣铐，这是小说家无法跨越的语言障碍，这也是小说之所以成为小说必须遵守的最起码的语言限制。"

"除了语言本身的规则会增加接受者的可塑造性外，另外一个更为重要的缘由就是，作家在部分决定与诱使叙述者行动之际，同时又将另一部分的灵魂、情感、情绪托付给虚拟的接受者。我们可以这样认为，以书面语言作为主要手段的小说叙述，创造接受对象的虚拟形象大概也是其中极为重要的特征。"

钟本康的《文学语言：常规语言的偏离》发表于同期《百家》。钟本康认为："对常规语言的偏离，与其说是文学自身的寄生物，不如说是作家主体的独创品，只是文学本身的特性和属性为作家的语言创造提供了广阔无穷的潜力和可能性而已。……对常规语言的偏离有两种情形：一是出于语言以外的因素，如心理性偏离，文化性偏离，文体性偏离，等等；一是出于语言本身的因素，如由于选择和改造通常口语、方言、文言而引起的对常规语言的偏离。"

"如果文学语言的心理性偏离必须依赖作家思维的活跃、感觉的敏锐、感情的强烈、想象的丰富等心理能量的充实和发挥，那末，文学语言的文化性偏离则是出于作家文化意识的觉醒，对具有特定文化领域的文化现象、文化心理的深切感受。"

**18日** 袁进的《〈牺牲者〉的牺牲》发表于《人民日报》。袁进指出:"从《牺牲者》所收的14篇小说(包括了他全部的小说创作)来看,它们显示了丰富多彩的文学面貌,《无聊人的半天》运用'日记体'的形式;《苦杯》则采纳了'书信体',它的直抒胸臆的方式和哀伤绝望的情调都明显受到郁达夫的影响;《求爱》则是'对话体',小说对'爱情至上'的揶揄颇有一些幽默感。《她和她》用倒叙式的开头,一下子引起读者的注意,而《情人》那欧·亨利式的结尾,陡然一转,出人意外而又合情合理,更体现了作者对小说写作技巧的多方面探索。这些短篇小说都是'横断面'式,撷取一个场景,精雕细绘,'人生的全体因之以见'。甚至连未完成的长篇小说《牺牲者》也是'横断面'式的连缀。这些小说尽管还不够成熟,但已显示了作者杰出的才华与抱负,他要博采众长,熔铸一家。"

**20日** 靳大成的《人物的审美化与不可解的奥秘》发表于《当代》第4期。靳大成认为:"《古船》里一个个含有象征意味的人名似乎本身就是一个乐章里的特定旋律,全能全知的叙述者不再是君临作品中一切人物、事件命运的神,而是随着不同人物登场用不同的眼光、不同叙述角度娓娓道出了现代中国四十多年的神话故事。"

同日,钱中文的《小说——自由的形式》发表于《文艺报》。钱中文认为:"小说形式具有独特性。这种独特性首先表现为小说是自由的形式。……小说最能调整自己的幅度与容量,审美地观照现实。它最能自由地表现作家的各种主体激情,体现多种审美意向,更新自己的形式。第二,小说艺术又是一种正在成长中的艺术形式。……几十年来,小说的体裁、叙事方式、视角、语言的不断更新,使其形式变得日益繁多,让人目不暇接。……第三,小说艺术形式在不断地进行着横向的拓展。许多艺术形式深深渗入了小说艺术之中,使小说艺术不断生成新的形式。有诗体小说,有戏剧小说,有散文小说,有绘画小说,有富有音乐韵味的小说等等。"

苏童的《捕捉一点小小的阳光》发表于同期《文艺报》。苏童认为:"孤独的作家进入创作状态中经常面对的是幽暗的房间和混沌的梦想,这时候稿纸还放在抽屉里离你很远,而某匹回忆和思想的快马却朝你的房间飞驰而来,它就是阳光,它就是你想要的一点点小小的阳光。小说就是在这种状态中依据幻听幻视幻觉产生了。……它可能没有踏实的被描绘得一丝不苟的原状面貌,但至少有一些闪光的碎片,你按照你的方法把那些碎片摆给别人看。你可以发挥你的智慧,尽量去吸引别人,你必须捕捉一点点小小的阳光,你需要这种亮度。"

**23日** 吴方的《"从众"与"脱俗"》发表于《人民日报》。吴方强调:"通俗文学与严肃文学的叙事态度和方式是有区别的,或者说'看世界''讲故事'的方式所取不一。前者更着重对生活表象的戏剧性组织,在艺术假定性的契约默许下,挖掘和呈现大千世界中的种种可能性,追求刺激、惊奇、悬念的效果。所描写的也许无足深论,也不必'较真儿'地看待。……其中未必有多少抒情和思考的余地,叙事性不断演变其'戏法',吸引你进入它的圈套和过程,从而引起了一种不如此便无从得到的经验和感受。娱乐和快感并不都是庸俗无聊的。""叙述的'脱俗',首先在于意识的'脱俗'。对于通俗文学而言,商品化固然是它应运而生的因缘,而在文化心理上挣脱旧体制的束缚,发展人的通达自由的想象力和思维能力,则更是活力的源泉。""通俗文学叙事能力的发展,也并非挑两件时髦的时装来装点一番,其内蕴在于打破行为与心理的机械、僵化、齐一,呼唤着一种创造性的生活与心智能力,在叙事中开辟人的想象天地和思维潜能:侦探、惊险、科幻、言情,本属展开想象的领域,设谜和解谜的过程本应凝结智慧,'既出意料又归情理',人们也能感到这种洽趣入神之境也并非惰性思维的产物,尽管读罢仿佛只是开心过瘾而已。""热燥之后的通俗文学,能否在'从众'与'脱俗'之间择路而行,我想叙事能力大概是其自我生发的关键罢。"

**27日** 张德林的《现实主义的创作心理学》发表于《文艺报》。张德林认为:"现实主义创作中非但有大量的主观抒情,而且还有联想、回忆、梦境、幻觉、象征、内心独白、意识流动、潜在意识等等属于人物灵魂的深层世界的描绘。主观因素的加强,把未知的心理深度作为关注对象,通过个人意识的多棱镜去反映时代,这是20世纪文学发展一个的总的态势和共同的走向,现实主义文学也不例外。不过有一个艺术准则我们要搞清楚,……在现实主义创作中,极大部分都是属于作家笔下人物的情感表现和宣泄的一种方式,并不是创作主体的情感的直接流露。因此，对人物来说诚然是种抒情，但对作家来说，则是种洞幽烛微、历历如画的客观描绘，当然这种客观描绘是通过人物的中介，包孕和浸润着作家的审美感情的，是充分体现作家的主体意识的。"

**30日** 鲁之洛的《提高长篇小说艺术质量管见》发表于《人民日报》。鲁之洛提出："作为长篇小说，不管它是全景型的长卷，还是浓缩型的短轴；不管它是描述浪潮汹涌的社会画面，还是抒写一个人或一个家庭的曲折命运；不管是运用现实主义手法，还是采用现代派的技法，它们都不可能绕开典型地、历史地、全方位地再现一定社会生活具象这一根本点。"

## 本月

王定天的《中国小说形式系统》由学林出版社出版。王定天认为："小说艺术形式正是如此，它与抽象的线条、构图，具有同样纯粹的审美意味。但它又是与表现形式严格区别的，它是'再现的形式'，这里是一种'再现的意味'，即'再现的表现''真理的表现'。……同其它一切艺术样式一样，小说的艺术形式也应是形象与材料组织模式的统一。因为小说的形象既不是可视的，也不是可触可听的，甚至也不等于文字符号唤起的观念本身，而是在观念完成后的进一步的'处理模式'，小说的材料，严格说来，也不是文字符号水平上的东西，而应是观念中存在的形象因素。……小说艺术形式不是文字语言形式，不是文艺理论分解的程式，不是形象思维形式，甚至也不是观念形象形式，简单地说，小说形式是一种属人的情节结构形式。但这一情节结构不等于文艺理论的小说三要素之一的情节，它更深层，是形象与'材料组织模式'的统一，是真正的小说形式审美对象，或者说，它已经还原为'人格结构'了。"

## 九月

**1日** 李庆西的《规定情境与非规定情境》发表于《北方文学》第9期。李庆西说道："小说是一种开放的叙事体裁，章法上大有回旋余地。环境可以单纯交代，也可以结合动作来写。不过，小说中纯粹交代环境的文字决没有戏剧那般生动的直观效应。真正构成小说情境的显然是伴有动作的环境，只有在这种场面中，'情'与'境'才达到和谐、饱满状态。""一般小说是由一系列动作构成骨干。这一系列动作可以是连续的，也可以是断断续续的，或者表面上看去干脆互不相涉。前一种状态犹如运动着的链条，动作上下啮合，环环相扣。若是这里融入环境描写，把动作扩充为情境，那么这些情境便具有充分的规定性。"

李庆西认为："动作的时间关系中包含着它的因果关系。这种程序有着严格的规定性，不是所谓'先交代''后交代'的问题。诚然，对某些情境来说，也有前后两可的处理方式，那是后文要专门讲到的非规定情境。顺便指出，情境的程序性是指故事本身的逻辑程序，不是作品的叙述方式。在确定因果关系的前提下，采用倒叙或变换叙述时态的手法则是另一回事。"

同日，罗守让的《论新时期小说艺术的哲理抽象》发表于《小说林》第9期。罗守让认为："与注重社会问题的探讨的作品不同，偏重了表现生命意识的小说创作在哲理化方式上大量地、普遍地采用了简化、象征、写意的表现方法。这固然是因为小说艺术形式的探索在不断地变化、发展和前进之中，作家们感到传统小说的情节模式、性格模式及其审美结构体系较难容纳更多更广更丰富的哲理内涵。传统小说对于情节、性格的精雕细刻对清晰而明快地感应小说的寓意暗示有着某种阻遏作用。因此有必要寻找能够更多地承受和负荷哲理的小说艺术载体。而且因为生命本质比一般的社会哲理更抽象、更神秘，更有超越具体时空的永恒性，所以也就更容易与对背景与环境作淡化和简化处理的艺术形式相对应，与总体意象符号化的象征表达方式相切合，与扬弃了复制和模拟的狭隘境界—任想象自由驰骋的写意技巧相协调。因了简化、象征、写意的艺术表现技巧与手法的运用，作家更易于达到具象的抽象的哲学境界。""在艺术表现上，概括、简化、象征、写意的技巧和手法被运用得更加悉心，西方现代派文学的某些表现手段也被自觉地吸收和借鉴。荒诞、魔幻、神秘和简化、象征、暗示结合在一起，使一些文化小说形成了陌生化的、光怪陆离的、荒诞不经的形态外观。以韩少功为代表的一部分湖南作家的作品在这一方面表现得最突出。但也有艺术表现上比较平实的，象郑义、贾平凹、阿城的作品。但即使是平实，也重气韵，重寓意，使其对生活的表现和对人的表现上升到一个更共通、更永恒的超越具体时空的文化表现层次。"

**3日** 李以建的《叶兆言小说的建构与解构》发表于《文艺报》。李以建认为:"作者醉心于构建小说世界的外在和内在的秩序,即表现出的小说创构,实源于传统的小说创作观,认为世界是自序的、完备的,作家只是站在客观的观察者立场上,待事后再来重写这一世界,或描摹,或反映,或表现。……在新作发表的《枣》中,创作的焦点产生了转移。他摒弃以往创构的旧习,大胆采用一种近乎对传统小说自身进行结构的方法,将小说中的男女进行解构,从而达到一种'移置中心'的效果,既丰富和加深了小说的内涵,又打破了读者固有的审美模式。……小说中事实与虚构混淆不清,读者会发现叶兆言反复强调且愈来愈相信真实是不可言传、难能表现的。同时在小说中也能看到与作品相关世界的解体。这种小说解构的倾向表明:'怎么说故事比说什么故事重要'。"

**5日** 陈亚平的《大成若缺——略谈新时期小说的空白艺术》发表于《当代文坛》第5期。陈亚平认为:"首先,在作为形式框架的结构中,留下了许多富有诱惑性的空白。……第二,中断、省略故事情节,省略人物性格发展的必要过程,造成空白。……第三,'避免描绘激情的顶点的顷刻',留下感情的空白,诱发读者的想象。……第四,在词与词、句与句、段与段之间有意识地设置空白。……空白点的形成,固然依赖于作家的创作经验,同时它又与读者的经验不可分,由于读者不同的经验、不同的想象力而带来理解的不稳定性,这就需要作家的指向相对稳定,需要作家正确处理好'空'和'实'的关系。"

尔龄的《"沉默试验"及其他——小议刘心武短篇新作〈白牙〉》发表于同期《当代文坛》。尔龄认为:"所谓'沉默试验',就带有非现实的假定性,即是说,在这里,本文的真实以假定性为前提,这种写法无疑扩展了作品的潜在内涵,从而也给读者留下了介入的更大艺术空间。"

张毓书的《小说叙述观:言语的隐喻化建构方式》发表于同期《当代文坛》。张毓书认为:"新时期小说叙述形态的探索可以王蒙的《布礼》、《蝴蝶》为标志,这两部小说最大的叙述特点是打破了情节框架,以主人公心灵活动轨迹与其印象的强弱、深浅来安排结构,时空跳跃,联想自由,并以主观的意识流动代替性格的精雕细刻,以其深邃的隐喻性代替直接写实的笔致,这种全新的小说叙述形态震撼了文坛,沿此而下,逐渐形成了致力于文体探索的文学新潮。小说的叙述不再象传统叙述那样注重外部描写,而更多面向心灵,着力于突破生活现象的有限真实,创造出一种更高层次的本文实体,凝成整体性的象征隐喻形态,由此而观照出一种时代的、社会的、人心的本质真实。"

"叙述的隐喻性倾向在小说中并不是由作品的建构方式决定的,它首先在于作家的生活开掘与现实发现,以及那种对于整个存在世界的内在领悟和把握,这就是言语的隐喻性建构方式。这种隐喻性一般由五种机制构成:涵义的发散性,意蕴的暗示性,形式的假定性,语汇的扭曲性和主客体的间离性。"

同日,张世俊的《试论近年来小说散文化的创作倾向》发表于《青海湖》第9期。张世俊认为:"这种文体(散文化小说——编者注)具有以下一些艺术特点:首先表现在作家的注意力已经由传统的侧重叙事,转移到了以抒情为主导。……其次,散文化小说已经打破了以因果逻辑来组织故事情节的传统结构定式,而是采取了松散自由的散文化结构。……再次,散文化小说的非情节因素,尤其是抒情成份明显地增强了。……最后,从语言方面看,散文化小说的突出特点是情味重,诗味浓,具有朴素、亲切、自然的散文风。"

同日,唐跃、谭学纯的《语言节奏:小说文本分析的一个视角》发表于《上海文学》第9期。唐跃、谭学纯认为:"我们试图打破把艺术节奏限制在诗歌或的韵文范围进行论述的习惯,而扩展到小说领域,立足语言的角度来考察小说节奏。……所谓节奏的轻重缓急,所谓节奏的强度和密度,那都是有关节奏的结果性描述。只有着眼于声音,才算接触了小说节奏的生成基础。……以小说和诗歌作比较,语音途径的重要性有所削弱——毕竟是数量的削弱,并不影响质量的变化。所有的语音从成分,如重音、节拍、韵脚、语调都存在于小说中,只是在处理上相对地自由化了。"

"小说节奏大致归纳为单重节奏和多重节奏两种形态。1.单重节奏。所谓单重小说节奏,是指那些运动轨迹单纯且仅存在一种节奏向量的节奏形态,其中又区分出三种不同的基本类型。A.稳定型。稳定型小说节奏的特点在于始终如一的叙述风度。……B.紧凑型。紧凑型小说节奏的特点在于通过语言表现方式的变化达到速度渐快、力度渐强、密度渐大的叙述秩序。……C.松动型。松动型小说节奏和紧凑型小说节奏恰恰相反,其特点在于速度减慢、力度渐弱、密度渐小的叙述秩序。""2.多重节奏。多重小说节奏当是指的那些运动轨迹比较复杂的节奏形态。A.交替型。特点在于两种节奏向量按照规则的转换模式交替出现。……B.穿插型。特点也是不同的节奏向量的组合,……属于不规则的转换模式。……C.回旋型。特点在于以一种节奏向量为支点,其他节奏向量沿着偏离支点又回归支点的轨迹运动。……D.复合型。运动轨迹比较复杂而难以清晰描摹的小说节奏类型都视为复合型。"

**10日** 陈平原、黄子平的《小说叙事的两次转变》发表于《北京文学》第9期。黄子平认为:"小说叙事的这两次转变或革命,都涉及对'情节模式'或'情节时间'的打破。""我最感兴趣的是历史转折时期小说与各类文体之间的移位、互渗、挤压和吸引。……你(陈平原——编者注)主要讨论了二十世纪初笑话、轶闻、演讲、游记、日记、书信等等如何挤进小说、挤垮了传统的叙事模式。……你谈到'新小说'汲汲于史实和轶闻,一直发展到后来的'黑幕小说',到五四才被抒情性的、诗化和散文化的小说所代替;新时期以来这两种趋向在时序上正好相反,'伤痕文学'是抒情的感伤的,近年来则'纪实小说'盛行于世。"

陈平原认为:"考察一千多年的中国小说历史,一代代作家的努力,都隐隐约约地指向这一点:与原始的粗糙的故事性'离婚'。我所说的中国小说革新时常体现出来的主观化、文人化和书画化倾向,实际上都是直接背离'故事性',只不过这种小说创新独立的愿望,时时受到读者大众审美趣味的牵制。"

张兴劲的《荒诞:作为一种创作现象——对于我国当代荒诞文学几个问题的思考》发表于同期《北京文学》。张兴劲认为:"所谓'荒诞'……是与某种失误或状态的虚妄反常、不合情理、不合逻辑、不可思议等相联系的;而所谓'荒诞意识'或'荒诞感',则是指对应上述荒诞事物或状态,人们在主观上所体验的某种非理性意识或感受。"

"我国当代荒诞文学的源起,可以追溯到新时期文学启始之初。……出现了诸如《我是谁》(宗璞)、《警告》(刘宾雁)、《天堂的虚惊》(白景晟)等一些带有异味的作品。……可以说从这些作品开始,初步形成了我国当代荒诞文学的第一种类型模式：作品的形式外壳框架是某种'荒诞化'的处理，局部基本写实，而整个作品内容上的构成，则具有强烈的现实主义精神特征。"

"与之同时存在着另一种荒诞作品类型模式则是：作品整体上以写实为外形框架，局部或细节作荒诞化处理，而作品的内容蕴涵，是在一般现实主义基础上抽象到更为普泛的、带有现代荒诞意味的对于现实人生的观照。……如《关于詹牧师的报告文学》、《不老佬》、《爸爸爸》、《女女女》、《黑颜色》、《无主题变奏》等。它在总体的艺术审美指向上，一方面接近了在哲学和美学意义层面的对荒诞的把握，另一方面，这种把握又是与具体、客观的对于现实人生的渗透认识，对于现实中人的命运际遇，人的个性、行为、心理、情感复杂体验交相融合着的。"

"当代荒诞作品的第三种类型模式，是作品从外壳到内核，都完全荒诞化，达到所谓'整体性的荒诞'。……集中体现着这一创作倾向的，是刘索拉和残雪的创作。"

同日，唐跃、谭学纯的《语言层次：小说文本分析的第三个视角》发表于《批评家》第5期。唐跃、谭学纯指出："不同语言表现之间的层次构建首先会呈现为能指的区别，这就为显性语言层次的分析提供了外在把握的便利。相对而言，关于隐性语言层次的分析没有这种便宜可图，而必须深入到同一能指之下去找寻所指的层次构建，说得明白一点，是以语义增值为基础的语言层次构建，我们从作者—读者语义增值和叙述者—叙述接受者语义增值两个方面切入论题。

"作者—读者语义增值。发生于作者和读者之间的语义增值主要呈现为科学语义的衍生，形成科学语义和文本语义的层次构建。1.转喻语义衍生科学语义和文本语义两重层次之间是转喻关系，或者说，科学语义向文本语义的衍生通过某种转借联系得以实现。这很象心理学中所说的关系联想，通过事物间的丰繁联系达到甲事物向乙事物的联想过渡。""2.类喻语义衍生。类喻语义衍生的基础也是两重语言层次之间的联系，之所以独立地作为一种类别加以讨论，乃是由于类喻联系以相似性原则为纽带，其普遍性为他种联系纽带所不可比拟。在小说语言层次的设置时，从相似性的类喻联系出发来完成科学语义向文本语义的衍生，可以说是小说家们最为轻车熟路的途径。""3.隐喻语义衍生。隐喻语义衍生的基础和转喻语义衍生、类喻语义衍生并无不同，区别在于两重语义层次之间联系的内在深度。由于隐喻语义衍生的隐蔽性，以常规的方法来探寻其间的线索将会无功而返。"

同日，绍凯的《语言方式是至关重要的——读魏艳的〈女孩儿〉》发表于《文艺报》。邵凯认为："假若还要寻找《女孩儿》与众不同之处的话，那么，语言的方式是值得一提的。作者尽量避免语言的原生形态，作了不少的装饰加工。这一方面表现为语言的诗化，……另一方面表现为变叙述为描写。……这种装饰性的语言方式凸现了作者赞美和同情女性的情感，也为最后那两只象征着精神升华的飞碟创造了一种氛围。""不过，作者却忽略了这种追求同语言材料的协调。人们之所以乐于通过民风习俗去揭示人性的文化意义，就因为这些民风习俗带有原始的单纯。装饰性的语言固然可以给作品增加诗化之美，但又会掩饰了这些文化现象的古朴之真。……对于这样一些新的素材，我们如果变换下思维方式，或许能够挖出更加深刻的东西来。因此，我们说，语言方式是至关重要的，并不在于语言方式本身，而在于它是作者思路的外化。如此看来，《女孩儿》也许能找到更好的语言方式。"

盛英的《一篇走向"过程"的小说——谈张洁新作〈小说二题〉》发表于同期《文艺报》。盛英认为："新潮小说是一种走向过程的文学。……张洁这篇小说副标题注明'仿××朝文体'，辅助地暗示该小说属于'反小说'系列的新潮作品。后一则《鱼饵》比起前一篇《横过马路》，存留着些微小说元素。有人物，有情节，呈现的意图没有理念化之痕，象征重于寓意，是高出语言小说一头的作品。《横过马路》却几乎脱净各类小说的意思，'反小说'风貌潇洒自得。小说人物……都是作家使用的工具和宣泄载体，无所谓独自性格个性，'群众角色'就更归属于符号了。……叙述语言被揉得零乱丑陋，叙述调子变到嗲声俗气的地步，叙述结构的平衡和谐全都给崩裂。《小说二题》的构成，超拔在一般经验形态之外，'陌生化'程度很充分很到家。"

**13日**　鲁海的《通俗小说的分类》发表于《人民日报》。鲁海提出："长时间以来，通俗小说受排斥，可以有主客观两方面的原因。五四以来形成的新文学创作的小说及新文学理论被认为是'正统'，与新兴的文学创作方法不同的则被排斥。第二，文学作品被认为阶级斗争的工具，单纯的教育人民的工具，否定了文学作品的娱乐性。因而不能为阶级斗争服务、没有明显教育意义的小说自然视为瘟疫。"

**15日** 谭学纯、唐跃的《小说的语言手段变异》发表于《文论报》。谭学纯、唐跃认为："正象小说之外的艺术样式作为某种异质艺术细胞，融入小说家的精神，进而影响乃至改变了小说家艺术地把握世界的方式，小说语言之外的艺术语言也作为变异手段，影响乃至改变了小说家的艺术表现方式。由于小说对于其他艺术样式表现方式的借鉴、吸取和融合，最终只能通过符号媒介来体现，因此语言再次在其中充当了重要角色。刘索拉以音乐的奏鸣曲结构营造了小说《最后一只蜘蛛》的文本；刘心武以建筑造型组构了小说《立体交叉桥》；王蒙以电影蒙太奇手法组接小说画面；何立伟以唐诗的绝句体曲包小说韵味，这一切，都只有转化为相应的小说语言才有实际意义。所以，汪曾祺为'氛围即人物'所作的说明是'一篇小说要在字里行间都浸透了人物'，为'信马由缰'的布局所作的说明是'为文无法'。由于语言文字不象绘画的线条、色彩、音乐的旋律、节奏等能够直接唤起视听表象，因此小说和其他艺术样式的艺术迁移，并不借助符号自身的超越，而借助符号组合方式的创新，即通过语言手段的变异获得小说物质实现的途径。其他艺术样式的美感因素向小说渗透，意味着小说家和对象世界的对象化活动进入更高层次，意味着作为文本物化形态的小说语言将不再拘于狭义的一隅。索绪尔'就语言本身并为语言本身而研究语言'的思想，曾经成功地服务于描写语言学，但这种囿于狭义语言方寸之地的研究态度，毕竟断然隔绝了一个更为广阔的世界。在我们看来，一个自觉追求语言手段审美化的小说家，其大脑中的语言系统应该是超语言地组合的。因此，走出狭义语言系统，更多地从广义语言系统吸取养分，既是新时期为数不少的小说家的美学追求，也应该得到理论的跟踪和追认，据此我们从一个角度把新时期小说语言手段变异概括为：1.亚绘画手段。2.亚音乐手段。3.亚建筑手段。4.亚戏剧手段。5.亚电影手段。6.亚散文手段。7.亚诗歌手段。

"作为语言运用的组织调节形式，小说语言手段的艺术迁移使'变异'获得了更为丰富的内涵，限于篇幅，这里只能先提出观点，具体地描述语言手段变异在新时期小说形象构成中的审美意味,容我们另文撰述。"

谭学纯、唐跃指出:"当语言手段变异带来小说家在更高层次上和更大范围内自我实现的美学追求时,小说的发展前景更为诱人了。小说语言的亚绘画手段、亚音乐手段、亚建筑手段、亚戏剧手段/亚电影手段、亚散文手段、亚诗歌手段在现象上是语言运用组织协调形式的变化,在本质上却是小说家组构世界的方式的艺术创新。这种创新的理论基础可以从两个方面解析。其一,客观世界本身存在着相似规律:例如现代化科学证明了植物体中的叶绿素和动物体中的血红素的化学结构相似,雅各布逊发现了语言符号和遗传密码的性质相似,人类社会发展的宏观过程相似,微观世界的物质运动形式相似,等等。其二,主体在把握世界和表现世界的过程中,有意无意地遵循着相似规律:现代舞蹈之母邓肯曾经从波提切利的名画《春天》受到启悟,创作了一个舞蹈,努力体现由这幅画提供的柔和、奇妙的动作,她曾经在巴台农神殿前出神凝思,从富有节奏感的陶立克圆柱领悟出'这些圆柱看上去是那样笔直,其实并不是直的,每一根从底部到顶端都微微地弯曲着,每一根都是呈波动状的,都在涌流不息,而且一根和一根之间有着一种和谐的运动。于是,我一边想着,一边慢慢地向着神殿举起了双臂,并且,身体向前倾斜。于是我便明白了,我已经有自己的舞蹈可跳了'。注重直观领悟的中国艺术家更是善于体悟客观世界的相似规律,随着小说的自由进化,小说家把各艺术样式的相似规律用于小说艺术创造,也就顺理成章了。小说的这种艺术创新存在着由自发到自觉的过程,严格地说,充分的自觉从新时期开始。当主体自觉转化为本体意识,并变异为崭新的语言手段以重组世界的时候,当我们不再限于从比喻的意义上看待评论家们指出的莫言小说的梵·高气息、张承志小说的伦勃朗色彩(这多半是通过引录作品语言来印证的)、马原《冈底斯诱惑》的复调结构的时候,我们无法忽视一个事实:新时期小说语言手段变异具有不可低估的美学意义。"

汪政、晓华的《语言即现实——一个文学观念的转变》发表于同期《文论报》。汪政、晓华认为:"我们终于找到了一个关于文学自身的判断,即,文学是独立于日常经验的符号物,是语言的生成。上面说文学不可能达到彼岸的真实,语言的阻隔也是一个至关重要的原因。说语言是阻隔有两方面的意思。首先语言是作为世界的替代出现的，而这个替代物却日益远离世界获得了独立性（异化），而我们依然不得不借助于它来表达世界，所以我们常常苦恼于语言的纠缠而感到'词不达意'；其次，正如维特根斯坦所研究的，语言的能力是有限的，语言不但能做什么，而且它还不能干什么，对于语言所不能到达的地方，我们只能沉默。人们只能表达语言所界限的世界，而其它则无能为力。那么，我们又怎么能奢望我们的文学能'回到事物本身去'呢？新小说和现象学后来都意识到了这一点。不过，意识到之后不见得就导致消极，相反，可以转换成清醒的积极的行动。梅洛-庞蒂在《知觉现象学》把语言推到了重要的位置，认为我们只有通过语言才能拥有世界。语言具有表现力，构成意义的存在，当我们向世界开放时，我们就卷进了语言，而世界也同时卷进了语言。哲学史家不满意现象学从对客观的热忱还原退回到对一个主观语言世界的构造，其实，我们所能干的不就只能如此么？新小说家也越来越认识到，'世界'是我们营造的，不是我们返回事物本身，而是通过语言构造获得了'事物'。西蒙说一部小说点是虚构（他们原来多么反对虚构）的，它并不是写作前发生的一系列事件的罗列，人物和事件都是写作时的产物，只有当作家动笔写作时，它们才开始存在。'描写的事物并非实在的事物，而是由词汇组成的书的事物。'（《小说——无主题故事》）杜拉也说写作是'从词开始的活动'。"

同日，李劼的《论中国当代新潮小说的语言结构》发表于《文学评论》第5期。李劼表示："一个具体的小说中的句式如何与该小说的故事讲说方式直接对应？我以为，这是当今把小说语言的研究推向深入的关键所在，也是当今从小说文体上解析新潮小说的关键所在。""小说的语言形象在刘索拉的作品中，主要呈现为语音层面上的音乐形象，在阿城的作品中主要呈现为修辞层面上的意象形象，在孙甘露的作品中主要呈现为语文层面上的语文形象，而在马原的作品中则主要呈现为语法层面上的逻辑形象。这些语言形象的出现，意味着传统小说以语言为工具为载体的写作方式在历时性意义上的某种终结。小说语言作为第一性的文学形象，登上了当代中国的小说舞台。而人物形象以及小说中的各种景象和物象，则都是小说语言这一基本形象的衍化和发展。"

曾镇南的《〈血色黄昏〉与文学的轰动效应》发表于同期《文学评论》。

曾镇南指出:"这部小说的艺术力量,是由两个因素造成的:第一,竭力再现生活的原生状貌的一贯到底的白描手法。白描手法的精义是去粉饰、勿做作、少卖弄。""第二,和这种一贯到底的白描手法相适应的,作者使用了风格统一的极富个人色彩的语言,这是泼辣简劲、粗犷到几近粗野的叙事语言,具有开口见喉咙的直率风格。"

钟本康的《别有洞天在人间——评李庆西的新笔记小说》发表于同期《文学评论》。钟本康强调:"李庆西驾轻就熟地发挥了传统笔记小说取材自由、记叙随意的写作特点,注重情感性和精神性尤其是对象内在的丰神、气韵、情致的表现。他的笔记小说颇富中国民族化的审美韵致。韵致者,情之极,美之极,味之极。"

钟本康认为:"在李庆西笔下,人物心理特点和作品美学特点相互渗透,互为表里。更值得注意的是,李庆西对待凡人及其需求,不是居高临下、冷眼旁观的,而是平等可亲、理解宽容的。""中国古老的小说出自'街谈巷语,道听途说',历经演化,渐趋典雅。李庆西的新笔记小说似乎有意要让小说复归。当然这种复归不是退回原处,不是'还俗'。……'雅俗共读'不易,'雅俗共赏'更难,这里有一个可读性和可赏性结合的问题。李庆西的新笔记小说在这方面做得相当出色。……他还吸收了现代书面语、日常口语和市井俚语,以冲淡书卷气,增强时代色彩和生活气息。以上几种语言因素的和谐融合,构成了一种外淡中膏、形散神聚、充满情趣、极富韵致的语言风格。"

钟本康还认为:"李庆西的新笔记小说,从表面上看是在利用旧样式,在向后看,但正是因为它成功地实践和发掘了很有生气的中国古典美学精神,因而利用旧形式就是更好地创造新形式,向后看就是更多地向前看。李庆西的做法是具有开拓性甚至带有超前性意义的。"

同日,王辽南的《关于长篇小说创作的三个问题》发表于《文艺评论》第5期。王辽南认为:"第一,长篇小说是否是反映作家能力高下的最重要标记。……评价作品价值的标准有两个,一个是艺术性,一个是思想性。……作品的体制大小并不影响作品的价值,要紧的是二者各自的质量和结合程度。……第二,作家对自身创作优势应该有一个清醒的认识。……这就要求我们的作家有较大的自知之明，能够准确地掂量自己的分量和潜能。……第三，要尽量摒弃社会功利意识的干扰。……不少作者在创作过程中，纠葛于功利得失，……另外，也有不少作家热衷于和稀，即在短篇中掺杂质而为中篇，在中篇中搅水分而为长篇。凡此种种，实际上都是极不足取的。"

张惠辛的《典型的困境——对于文学形象的动态考察》发表于同期《文艺评论》。张惠辛认为："它（'原型'——编者注）的出现，给今天的中国文学注入了新的血液，使它呈现出独特的风貌，具备了自身鲜明的个性。（一）原生化。原型形象尊重对象的自然形态与原生美。……（二）个性化。原型形象具有自足性，因为它的全部目的就在于形象本身。……（三）印象化。它追求的，恰恰是一种平面化的现象效果。也就是说，人物只是生活氛围中的一个现象，而不是一个凸出的现象。"

同日，徐甡民的《躁动与寻求——对当代中国文学的一些思考》发表于《文艺争鸣》第5期。徐甡民认为："不可遏阻、不可更移、不屈不挠的使命感、责任感和忧患意识，是新时期文学创作的主要精神原动力。这一切也正是传统意义上的现实主义仍然充满活力、光彩闪耀的原因。"

张颐武的《人：困惑与追问之中——实验小说的意义》发表于同期《文艺争鸣》。张颐武认为："对整个文学观念和意识的冲击，是实验小说的潮流的根本意义所在。"具体而言，张颐武认为实验小说"一、打破语言与故事囚牢。一是对语言本身进行批判性的考察，揭示语言与现实间的非同构关系，揭示语言与现实世界的剥离，……在对语言的质疑之外，对故事的质疑和追问是另一个核心"；"二、在生命的洪流中消解文化。人物、故事、语言就是自足的'能指'。读者在把握这些作品时只有通过'体验'来进行，而解释的方法是无法找到进入小说之路的"；"三、人之困惑。主体不再处于小说的中心位置。……首先，对语言和故事的怀疑与打破，事实上是怀疑作者意识主体的可靠性和权威性，怀疑'主体'感知和了解真实的可能性，这是一种对作者'意识主体'存在的追问。其次，对文化的二元对立模式的追问与批判，恰恰源于对人的意识与人的存在之间的分离的笛卡尔式的精神理论的批判。……其三，在小说中直接描写'人'的主体本身所存在的问题，追问主体存在的真实性和可能性"。

同日，李劼的《论中国当代新潮小说》发表于《钟山》第5期。李劼认为："在二十世纪世界文学影响下发生的中国当代新潮文学，大致上呈三种流向作有序的展开。这三种流向同时又是三个审美层面。一个是文化寻根层面，一个是现代观念层面，一个是形式主义层面。这三个层面在逻辑上纵向排列成三个递进阶段：文化观念演变——生活观念演变——文学观念演变。""先是文化观念上的自省（文化寻根小说），再是生存观念上的反叛（现代观念小说），最后，是审美精神和文学观念上的本体构建。……就小说而言，文学的这种本体性主要体现在小说的情绪力结构和叙事结构上。正如莫言、残雪、史铁生以各自不同的风格和不同的方式体现了新潮小说的情绪力一样，马原以他独特的才具和执着的追求改变了中国小说传统的叙事结构。"

周政保的《小说的描写与表现》发表于同期《钟山》。周政保认为："现代小说的确可以离开那种传统意义上的头尾完整而脉络清晰的故事营构，以至于可以以支离破碎的细节组合方式出现，但无论对故事作何种理解，也无论怎样摆弄故事或仅仅崇信生活细节的拼凑，小说的描写总是不可避免的。……在我看来，小说的描写仅仅是一种手段，一种途径，它的艺术目标不在此岸而在彼岸——彼岸就是'表现'，就是'表现'的审美质量与审美价值，……就是小说所表现的那种人类生命力量的各种形态的体现，是否能给读者提供新的启迪与新的美学快感，甚至是新的对人与世界的概括与发现。"

**16日** 周政保的《地域文化与小说创造》发表于《光明日报》。周政保认为："在我看来，一部小说的描写与表现——那种描写对象的地域文化色彩，那种与地域文化色彩息息相关的精神意蕴，那种沉聚于其中的可以称为'艺术表现'的思想与情感，就是这部小说的生命机体与灵魂所在——同时也是这部小说的成败所在。"

**18日** 黄继持的《刘以鬯小说在形式上的创获》发表于《台港文学选刊》第5期。黄继持认为："刘氏实验性的小说，在'格局'的营构与'形式'的呈现上，除了对'叙述'精心安排，更与'时间'与'空间''人物'与'故事''人'与'物''有'与'无''外'与'内''实'与'虚''真'与'幻'等美学范畴着意调配、剪裁、点染。例如写小说，可以有'物'而没有'人'（《吵架》），可以有'人'而没有'故事'（《对倒》），可以写'物'如'人'（《动乱》），可以写'人'如'物'（《链》），而故事若有若无。还有意识之流、生活之流、白日之梦、犹豫之思，借助时间的割截或绵延或错比，更在刘以鬯笔下挥斥自如。凡此皆使人易于联想到同时期法国的'新小说派'。但与其说是受影响，不如说是在类似意象之下的平行发展。说不定刘以鬯是从中国传统艺术及古代美学观念有所汲取与活用。"

"'形式'是'艺术的完成'，这当然包含技巧，但更重要的是凭借技巧所表现所升华的'真实'。在完成了的艺术品中，'真实'与'技巧'不能分割。……刘以鬯小说所表现的'真实'，如何与香港的'现实'相关，细察这个问题，也可见出它作为小说家心思之所运。他明说关注'时代精神'及人生境况。他虽擅写'白日梦'，却清醒地面对社会环境。……刘以鬯主张的'形式'虽然不是片面的'形式主义'，他对时代与人生确有敏锐的感受与深切的思考，而他在小说却多采取半截半露、若隐若现、旁敲侧击、烘托映带的处理方式。这全出于艺术'形式'的考虑，抑或同时还有社会时代因素而引使作家选择这种方式表现为时代、社会，因此成就艺术，这又是非常值得探究的问题，并由此可延伸到近三四十年本港文化人心态的探讨。"

**20日** 梁晓声、史铁生、程德培、孔捷生等的《致王安忆的十封信》发表于《文学角》第5期。程德培在信中谈道："我试图从我自己的视角出发，注重观察当今中国文坛的新因素，来谈'小说的本性'。比如张洁最近长达92字标题的小说，这小说事实上是文件性的，是对几次会议录音的记录；何立伟语言追求的'残缺'美，你最近小说的那种'结构法'；贾平凹'商州初录''又录'算不算小说？孙犁的'芸斋小说'的故事特征在哪里？还有许多'非虚构小说'的出现……这些在中国富有实验性的小说，如何从'小说本性'这一角度来考察它们，我以为自己可以有些文章可做。……我自己现在对'拉丁美洲'的爆炸很看重，而且还有音乐的复调、电影的时空、绘画中的超现实主义……。我以为，小说应当充分地借鉴其他门类的东西来发展小说本性的无限性，因为小说语言上的叙述特性是和思维直接有关的，也是对任何其他艺术的借鉴所无法代替的。"

史铁生在信中谈道:"坦白说,《清平湾》是受了汪曾祺的影响。我最喜欢他的作品,主要是他的语言。我很喜欢的是他的《七里茶坊》。但他的这篇作品似乎没有得到应有的重视。这大约与中国历来不太重视语言有关。其实语言绝不仅仅是文字组合的问题,它是审美角度的体现,而审美角度又体现着作者的思想深度。……我说《清平湾》受了汪的影响,绝不是说此文敢与《七里茶坊》相比。我只是从他那儿感到了语言的重要。"

同日,基亮的《关于〈古船〉叙事形式的分析》发表于《小说评论》第5期。基亮指出:"如果更具体地分析叙述方式本身:叙述者与叙述对象、言语形式与言语目的,从语言的内在结构这一更深层面来把握,也许更能有助于弄清两个人物之间在特定语境——情境中的那种类似于所谓'钗黛合一'的'素''朴'合一——灵魂对话的关系状态。""正是雕塑般的呈现和诗的叙述方式的结合,共同完成了对人物的整体塑造。"

秦弓的《性描写的历史超越——新时期小说研究之一》发表于同期《小说评论》。秦弓认为:"新时期的性描写已经超越了仅仅肯定生命力存在的合理性的费尔巴哈人本主义阶段,而是在此基础上更上一层楼,把性问题放在人的生存状态这一总课题下进行审美观照,充分表现出现代人的焦灼感、忧患感、责任感、探险感、失落感,因而带上了鲜明的现代人本主义色彩。"

谭学纯、唐跃的《新时期小说语言变异现象描述(下)》发表于同期《小说评论》。谭学纯、唐跃认为:"近几年,为数众多的小说家表现出对于旷古意识、庄禅境界的浓厚兴趣,……沸沸扬扬的文化寻根的一个显性结果,导致了小说语言的原始化倾向。""语象偏于稚拙,排斥典雅工丽的遣词,是小说语言原始化在语象呈现方式上的特征。……给小说语言原始化的审美观照提供了明显区别于现代人精美叙述的话语模式。""以现代意识照亮古老苍天的新时期小说家们,同样成功地运用着这种语义转换方式表现他们对历史文化的反思。""语言表现注重人们经验世界之外的超验感觉,布设新颖语象、形成新鲜刺激,制造对于习惯性审美心理的阻隔,导致了小说语言的陌生化倾向。"

汪政、晓华的《"故事"的缠绕——小说悖论一种》发表于同期《小说评论》。汪政、晓华认为:作家应该在"尊重故事的前提下谋求对故事的超越","真正的优秀小说理应是富有弹性的，……优秀的小说构成应该是开放的、生成的，它盘踞于故事而又超乎其上"，"虚是故事以外，实是故事，太实了，就只有故事；如果太虚了，就没有根柢。小说艺术的'度'应该是由实到虚，小说家讲了一些好故事，但却要能化实为虚，才能超越故事到达故事情节以外的美学境界"。

殷国明的《现代小说艺术中的神秘的象征和隐喻》发表于同期《小说评论》。殷国明认为："在现代小说创作中，象征和隐喻在内涵上往往已舍弃了具体人物和事物的确定性，呈示出不确定的神秘性。""象征和隐喻不仅是以一种艺术表现形式和手段存在着，而且是以一种艺术形态存在着。从某种意义上可以说，当小说从单纯的客观真实中解脱出来，成为艺术家心灵的某种标志，小说所表现的内容就不由自主地蒙上了一层象征的色彩，它在体现客观对象的时候，同时也在表现着心灵——成为心灵的表象和象征。"

**21日** 何龙的《小说的叙述结构——探索中的小说叙述艺术》发表于《文艺研究》第5期。何龙认为："现代小说叙述时间结构上的交错颠倒不应作为发泄和卖弄，而应出于某种艺术目的和艺术效果。……但不管怎样，都应该有可供探寻的叙述结构的内在逻辑，而且这一逻辑与读者理解力之间的差距也不宜隔得太远。""点式和面式的叙述结构在表现生活的广度和深度上有着更多的自由。……点面式叙述由于通过叙述观点展开，在作家——作品——读者的三角关系中，它把读者推向作品，却把作家从作品中拉开。而线式叙述却总爱插足作品和读者中间，经常扮演第三者角色。"

"过去大部分小说（戏剧也是）的收束结构深受善良读者的欢迎。在这些小说里，我们无需为结局焦虑，作者对我们任何疑问都会表示无微不至的关怀。……然而当这种封闭式结构的小说让读者感到心满意足的时候，它就为我们制造了这样的假象：一切结局都是定型的，都是可以预期的；一切都是愉快或不愉快地发生，但结局必然是满意的；这个世界是早已安排好了的，尽管不是尽如人意，但它起码给你安全的保证。""卡夫卡曾在他的小说中使用荒诞的叙述观点，以扰乱人们看待世界的惯常眼光，从一个新的角度，开掘洞穿世界的观察孔。……小说的结局是什么？结局的形态显然是多样的。但它的主要形态不外是一条叙述线索达到了终点，或者几条叙述线索最后合并到一处。然而结局也不意味都有某种确定的结果。有的叙述者把我们送到他所安排好的目的地,有的则把我们送到一个十字路口。我们据此称前者是封闭的,它的典型例子是大团圆结局;而后者则是一个开放的结局。只要叙述不硬性规定我们要走到哪一条路,我们就会有多种选择。"

史建的《共生·多元·传统——对后现代主义文艺思潮的思考》发表于同期《文艺研究》。史建谈道:"关于现代主义,一般认为是上世纪末和本世纪初在西方文艺界陆续出现的各种'先锋艺术'流派的统称。现代主义运动实际上是作为一股叛逆的力量出现的,它表现出对西方文化艺术传统的延续性的怀疑和有意识地要求彻底摆脱的取向。不仅如此,现代主义在空前发展的科学文化成就面前,还表现出割舍传统,在艺术的各领域以最鲜明的现代特征的观念、感受、形式和风格'另起炉灶'的精神。""当现代主义成为正统,成为手法主义或创作模式,它的'现代'意义也就随之消失。……后现代主义不过是对现代主义的一种反应,即原有意义上的现代主义已经过时,并且已经出现了与之不同的新的观念、风格和'语言'的作品。"

"实际上,作为思潮的后现代主义是我们对当代世界文艺主潮的一种未来学角度的范围性预测。用这种方法概括当代世界文艺,至少有两种优势,一是站在现实的立场,把现在看成过去,使观察具有人为的'时间优势';二是给予我们历史性的脉络。……后现代小说是后现代社会和人的最直接和深刻的展示,它包括美国的实验小说、法国的新小说和拉美的魔幻现实主义小说等。""总的看来,在后现代小说中,……在艺术表现上就是对传统的讽刺性摹仿,以及时空的交错与荒诞,……同时,后现代小说中的人物不再有潜意识的流动,不再有对生活和社会的系统、完整的看法,人物的性格是破碎的、无深度感和无意义的。其结果便是个性的分裂,人物希望通过扩大感情同自身的裂痕,使自己减少余痛。在艺术表现上就是自相矛盾、拼凑和中断。""后现代小说总体上倾向于艺术的无意义论和创作的无目的论的虚无主义艺术观,作家往往把现实的不完整当作切断痛苦的开关来使用。作品强调阅读是一种体验,一种情绪骚动,正如社会和生活无法解释一样,后现代小说亦不需要也无法解释。""后现代主义小说创作和理论实践的结果,促成了小说概念的外延,如今把小说看成文化中一种叙述学现象的理论体系已经形成。我们并可以从中日益明显地看出其它文艺形式（尤其电影）对它的影响，小说艺术的发展逐渐显出与其它艺术的融合趋势。"

22日　陈山的《"通俗文学热"：一种城市文化现象》发表于《人民日报》。陈山表示："我国的通俗文学具有独特的文化传承关系，它的历史渊源可以上溯到唐宋以来的市民文学，其中经历了唐代传奇、变文俗讲以及宋元话本、拟话本，直到明清章回小说等阶段，又与民间的说唱文学相辅相成，因此有着悠久的民族传统和深厚的群众基础。"

24日　李陀的《阅读的颠覆——论余华的小说创作》发表于《文艺报》。李陀认为："余华的小说具有一种颠覆性——阅读余华的小说有如身不由己地参加一场暴乱，你所熟悉和习惯的种种东西都被七颠八倒，乱成一团。……在这方面最典型的应该是《一九八六年》和《现实一种》这两个中篇小说。……《一九八六年》中，余华在讲述故事的时候，其叙述的重心并不是说故事，而是故事中那些读来不由人战栗的场面和细节，……这种叙述方式又在《现实一种》中进一步被发挥，推向极致。小说中的故事，经余华演述，这个故事不仅和其他复仇故事完全不同，获得了自己的独特的风貌，而且使读者在阅读中获得一种惊心动魄又疑惑不安的特别的阅读经验。显然，重要的不是故事本身，而是讲述故事的方式。"

27日　顾国泉的《陈村近作中的"变体"现象》发表于《文学自由谈》第5期。顾国泉指出："《少男少女，一共七个》……至少有三方面呈现了'变体'的迹象：一是叙述的对象有着一种新的主体的把握。……这种视角的转化并不是一种随意性的对象把握，而是一种自觉意识触及下的主体选择，我认为这是陈村在审美经验世界探索过程中的'变体'的显示，……叙述对象的转化其实是主体意识的衍变，也就是说，主体选择的重新审视也伴随着艺术思维的'变体'取向。""二是小说语言有着一种创造性的变换。……他几乎不假思索和不受束缚地实验着叙述语调，既有对话的那种尖刻、放肆的粗俗格调，又有独白的出言不逊、真实流露的无意识形态，更有一种绝顶漂亮并渗透着内心快感的旁叙。我觉得这种叙述语调与其说是刻意创造，还不如说是随着语言机制的放松而自由感觉的流泻。正是那种小说语言的某种'变体',使得作家的创造心态进入到一种新的境界,同时,也使之新的境界达到了小说本体的新的景观。我至今仍感到,陈村正是鉴于那次小说语言的实验,才使他的主体意识'变体'出乎意料的顺利乃至成功。""三是艺术主题的多元化选择和观照。"

顾国泉认为:"《他们》、《死》、《初殿》和《一天》等……最明显的不同之处是,作者把某些抽象之意涵化成了具象的形态;另一个不同之处是,作者借用中国古典笔记小说文体和笔墨来描绘这种不寻常的故事。……由于借助某些古典小说的文体形式,因此象《一天》可扩延成一生,而《天天》可浓缩为瞬间。显然这种假想的时间观念与实在的人生境遇,引申出一个可变性较强的时空现象。时间与人生的相交相融,都表明人在一定的时空背景下有异己以及异化的真实状态。"

王晓峰的《小说调子试论》发表于同期《文学自由谈》。王晓峰认为:"小说可以分为几种要素:形象、情节结构、细节、语言等等。……这些因素在创作之前还是处在散乱的堆集材料的阶段。形成内部的一致性,使无序走向有序,使杂乱变为和谐,主导力量便是小说调子。调子是小说生成的机制。……在一定的生活积累和情感积累之后,小说家便形成了一种情绪活动十分活跃的创作心境。……这种心境的形成来源于外界的某种刺激——生活中某种失误的刺激或是某种情致的刺激。在接受这种刺激后而形成的创作心境中的表象和情绪则互为碰撞,互为生成,互为消长,因而在主体的创作意念的督促下需要一种宣泄。心理学上把和感觉直接联系的情感称之为情调——这是在创作心境里所形成的小说调子的心理基础。于是形成了一种句法残缺、语汇单纯简单、语意模糊不定的内部言语。这内部言语,在激烈的情绪、丰富的表象的自动纠正下,浸蕴着几乎定型化了的心理情调。同时,这内部言语,也在重新调整着小说家心里的形象体系,重新适应着那种定型化了的心理情调。心理情调为内部言语增添了感情的色彩,也制导着内容言语的调整,制导着形象体系的调整。内部语言不断调整,不断转换,便形成了表达浸蕴了情调的形象体系的最佳角度的外部言语,小说便产生了。""小说调子形成的创作主体方面的原因,恐怕还是在于主体的个性心理特征。……小说调子是受小说家个性的制约的。个性的变化将影响到调子的变化。"

## 本月

吴方的《小说"主题"理解面面观》发表于《百花洲》第5期。吴方认为："无论是通过辨识母题以解释信息还是通过句法结构来了解文体结构，都有助于了解小说主题构成的素质，意识的成长过程，了解构成的机制（如悬念式文体的机制是'叙述加矛盾性叙述'、讽刺性文本的机制是扩张与限制的关系）。而且我们由此发现：才子佳人小说的'落难—奇缘—团圆'的模式是与八股文章'起、承、转、合'的文法同出一源，说明主题构成与叙述方式有潜在的联系。""远离故弄玄虚和自恋自足的心态，尊重主题的自在独立的发展，而不是从理想愿望出发去控制它，使它符合某种实用的概念。这样，所产生的效果可能更融贯于生活，并为进一步的阐释、对话提供可能。"

周政保的《关于小说中的"故事"》发表于同期《百花洲》。周政保认为："故事之于小说（特别是短篇小说），一方面是无足轻重的，因为故事并不一定构成作品的全部价值，更不等于描写的审美目标，但另一方面，也大可不必藐视故事在小说（特别是在中长篇小说）中可能产生的巨大作用。问题的关键在于：小说家怎样开发与利用这种可能产生的巨大作用，或者说，即使是讲故事的小说，也要考虑到故事与小说审美目标的关系。"

"我们应该清除这样一种误解：即认为现代小说是不讲故事或不注重故事的，实际上，现代小说与传统小说的差别，并不是以是否讲故事来区分的，而是以讲故事的态度——讲故事的目的及怎样利用故事来实现模糊的区分的，如赵树理的小说中具备故事，而郑义的小说中也有故事，但两者的讲故事的态度是极不相同的，尽管他们的小说都讲了山西农村的故事，——因此可以说，郑义的作品具有现代小说的色彩，而赵树理的作品则是一种传统的现实主义小说……这里值得注意的是，郑义的小说仅仅利用了自己的故事，而不是就故事而故事，或者满足于故事的生动性及曲折性；也可以说，小说家仅仅把故事作为一种表现的机缘，一种潜在可能的开发，一种传达意蕴与实现审美目标的时间线索，而更为注重的是故事之外的东西，如历史感、人生感、民族生活的思考、等等，我们当然不能作出这样的理解：即以为赵树理的小说所叙述的仅仅是故事，而故事之外就一无所有了，但其间的差别应该实事求是地承认——那就是讲故事的出发点与归宿点不尽相同，故事在小说中所起到的作用也是不一样的。"

"就现代小说而言，创造过程是否具备艺术的现代意识，问题倒不在于是不是讲了故事，即使是讲了故事（无论是简单的故事还是复杂的故事），只要自觉地领悟到了，并最大限度地开发与利用了故事所可能包孕的含意与可能产生对应性的内在思想因素，即把故事作为契机与载体，由描写而表现，超越故事而呈现相应的寓意境界（实现小说的审美目标），那就是小说创造的现代意识的一种体现。"

《第二届全国微型小说大赛——评委的话》发表于《小说界》第5期。鲍昌指出："兰色姆的肌质说也适用于小说，尤其适用于带有散文诗韵味的微型小说。……'肌质'赋予作品以诗的含蓄。我认为，这是一种文章的经济，是小说的一种特殊形态。微型小说特别需要它，因为没有足够的篇幅供作者去做铺陈的挥霍。……美的小说应该是诗的，而诗的特征是含蓄。"

《第三届〈小说界〉作品奖（1986—1987）评选座谈纪要》发表于同期《小说界》。文中指出："我（左泥——编者注）觉得这类带有风俗化的描写，要写得更具特色的话，应当和现代文化意识联系起来，简洁地说，是要建立在这一个社会群体中观念、行为、方式、劳动成果等方面的整体性。……从表现态度上说，文学史上真正具有风俗画意义的佳作，都表现了一种审美意味的历史观和态度，即不是情感、价值、意愿的直接参与，而是感情、经验、理性的理解和判断。"

## 本季

张德林的《作家的艺术感觉与小说创作》发表于《昆仑》第5期。张德林认为："作家的艺术感觉活动，不会孤立于一个点，它常从某种实际感受出发，在脑海里引起大量的情绪记忆，生发开去……。因此，这种艺术感觉活动，总是跟着体验、情感、想象、认识、意念、理智、意志等精神活动糅合、融化在一起，构成艺术感觉活动的整体性。"

"作家的艺术感觉，大体说来，我认为有三个基本特征：体验性、情感性、想象性。……近年来，我国的小说创作，还出现了一种超感觉描写的表现方法。它是由感觉联想和通感扩大、延伸而来的，它更加强调主体的审美意识。所谓超感觉，就是说，这种感觉在实际的生活经验中是不可能出现的，只有通过心灵的感应，它才似乎有可能存在。这是一种心灵中的、超越于生活实际的感觉，因而称它为超感觉。莫言在这篇《透明的红萝卜》中有大量超感觉的描写。"

蔡宇知的《"感性小说"：生活体验审美体验的结晶——兼论新近部分小说审美意识的新变》发表于《文学评论家》第4期。蔡宇知指出："'感性小说'的审美认识功能如何实现呢？一篇小说作品，当欣赏者感知它的时候，不但会在感知系统中产生相应的表象，而且会有相应的情绪、情感反应，进而诱发联想、想象和价值判断等心理活动，将表象在接受过程中再度创造或改造为渗透着欣赏者主观情感色彩的、多元多义的审美意象。意象虽不等于概念，但却包含着一定认知意义，能把欣赏者导向某种非确定的概念。这便是渗透在'感性小说'中的认识因素。或者说是越过小说文本的语义层面而潜含在隐义层面的理性认识因素。尽管这种审美认识是在直觉形式下发生的，对欣赏者个人来说，可以是不自觉的，但同样可以把握对象的本质性的东西。"

"我以为可以对'感性小说'作出这样的界说：作家以艺术地认识世界为目的时，在客观现实生活中通过感官接触获得感觉、感受、知觉、印象，并转换为精神的经验世界（其中含提炼、整合等一系列创造过程），再用文字符号进行传达的以生活的直观形态（不排除部分感受性的非直观因素）显现于文本的小说，就是'感性小说'。也可以说是作家艺术地把握世界的一种观念和方式。'感性小说'作为一个类概念，在具体作品中，可以因作家在局部处理上运用了不同的写作技巧而有着不同的特点，但它们最主要的也是共同的审美特征是体验性。""'感性小说'的'生活体验'性指作品素材和结构形态的特征，它直接显现于文本，成为作品的艺术特征，属于小说美学范畴。概括地说，最主要有以下几点：一、直接性，小说不等同于生活，是作家经过审美过滤而后创造的艺术世界。但'感性小说'毕竟是对客观世界的一种直接观照，较之'悟性小说''理性小说'，它强调对现实生活反映的直接性。……二、原生美。'感性小说'追求再现客观生活的逼真鲜活态,以揭示现实生活的原生美为审美标尺。……三、原质性。'感性小说'将笔触伸向普通人的物质生活状态,着重刻划普通人的人生命运,因而多以纪实性手法叙述主人公的生活,写生似勾勒人物性格,直面惨淡人生,为人生而艺术;作家不事雕琢,不事夸张,不在作品中矫情做作地高标尺反映虚幻的难以把捉的'形而上'的东西。表现生活的原质性是这类小说的重要特征。"

谭学纯、唐跃的《语言情绪的空间长度》发表于同期《文学评论家》。谭学纯、唐跃指出:"相对于语言情绪的空间宽度而言,语言情绪空间长度指的是:投射于小说叙述链的语言情绪单值单向延伸,以一个响彻始终的情绪旋律流贯文本。这个响彻始终的情绪旋律必须是定性的,而不是比喻意义上的和声。因此,文本不设并置的情绪通道,没有旁逸的情绪支流。语言情绪在文本中的呈现方式是纵向流贯,不是横向汇聚。相应地,语言情绪纵向信息流强,横向信息流弱。根据文本语言情绪的流动形式,可以就空间长度的三个下位类型,对语言情绪作审美描述。"

"直线长度。只有为数不多的小说的语言情绪呈现为上述长度类型。因为它的存在前提,是小说家不便于充分施展艺术才华的自我限制:始终不变的叙述维度加始终克制的叙述态度。后者表面上似乎是近几年一些热心试验的小说家的着意追求,但很少对应于固定维度的叙述框架。能够抱定始终如一的叙述维度和始终如一的叙述态度、并借此实现直线长度语言情绪的审美化的小说家,少不了一手不耍花拳的真功。这方面出色的小说家有汪曾祺、阿城。"

"曲线长度。跟文本中平直的情绪通道不同,语言情绪曲线长度呈现为波状律动。语言情绪的运动轨迹不是相对静态的水平轴线,而是有一定幅度的动态的波状曲线。……谌容《减去十岁》是典型例证之一。"

"斜线长度。语言情绪的直线长度和曲线长度无法概括另一种长度类型:附着于叙述长度的语言情绪不呈现为水平运动或波状运动,而是一种斜向运动。"

赵曙光的《情,微型小说的眼睛》发表于同期《文学评论家》。赵曙光认为:"情,是微型小说的眼睛,俗话说,眼睛是灵魂的窗户,它可传意、传神、传气韵、传风光、传色调。作者用情的眼睛,透视着、展现着、观照着生活和人生。

小说即属微型，自然其情及其表情的方式，都应该是画龙点睛。这也就是为什么微型小说的情味更醇厚、更浓烈的缘故了。"

"可以说，微型小说和其他形式的文学一样，就是感情的表达。微型小说产生于难以控制的激情之中。为了提高和增强其艺术感染力，依照文艺的特有规律，努力开掘出这种文学形式的特点，以其长避其短，发挥其'短、平、快'的作用。一、作品最终是要表达作者的心灵，感情就是心灵之光的流涌，只有真诚地袒露心灵的作品，才能产生强烈的感染力。……感情可以弥补作品其他方面的不足。有成就的作者，都能用感情的意识和力量与读者对话，用感情抓住读者。黄宗羲说得好，'情者可以贯金石，动鬼神'。二、可以说对情的运用和调配得恰到好处，是作家追求的最高极致，没有强烈的感情温度，既不能熔化生活，也难以写出感人至深的作品。感情的热度和力度是作品的生命。三、要联系历史、时代、民族、社会、人生写情。不过，在写的过程中，不一定专注于轰轰烈烈的大时代、大场面，可以写小社会的一隅一角一旮旯，不拘一格，这天地是十分自由的；也不一定要写大人物，可以写各种各样的人；不拘一格，这领域是十分自由的。在剪裁、处理、加工上，可大可小，可粗可细，可凝聚可松弛、可宏观可微观。微型小说经常是运用窥斑见豹、隐龙写意的方法，只要能达到艺术的目的，便无可无不可了。四、情，是眼睛，作者通过它看到世界和生活；作品人物通过它表演出与世界、生活密切相关的性格、道路和命运；读者通过它看到作者的内心、爱憎和对现实社会的评价，所以说情是作品最敏感的部份。聪明的作者必须充分意识到并在作品中表现出感情全部的独特性，必须避免无病呻吟，硬贴感情的做法。……五、情，只有注入了作者的审美意识，才能使其作品导向艺术殿堂，才能具有独特的审美魅力。"

朱水涌、盛子潮的《诗和小说语言的微观论析》发表于同期《文学评论家》。朱水涌、盛子潮指出："每个有欣赏经验的读者都会认为，诗歌语言的多义性要比小说语言更为复杂丰富。这是一个重要的本体因素，是小说语言主要是描述性语言，而诗的语言则是意象化语言。描述性语言比较注重对客观事物的描摹，尽管语言的涵义依然可能超越了所指物本身的内含，但它与客观存在着有可认知的相似处，作家的表达和读者的接受都要受到对应性描述的约束，其想象存在着某种框架限制。而意象化语言则是通过情感表示主体心中重视或回忆起来的感知经验的语言，它更多地暗示着内心的图景和内视的东西，带有更为广阔的联想性质和歧义成分。而且诗的意象化语言不仅可以表现为视觉意象，还可以表现无踪无影的味、嗅、闻、触等等感觉意象以及五官开放和交流的通感意象。这种语言的特点自然将诗语言深深地引到语言的内涵义层面里，引向了隐喻和象征的表现上。"

叶兆言的《最后的小说》发表于《中篇小说选刊》第4期。叶兆言认为："说到底，写小说不过是骗读者看。引诱这词再合适也不过。我们衷心感谢那些为小说家提供机会的人。雅也罢，俗也罢，小说家越自以为是，信心十足，越黔驴技穷。……新世纪的现代派鼻祖们也老态龙钟，但是即使是这些陈旧不堪、老态龙钟，仍足以衬出今天汉语小说的黯淡无色。文坛向来喜新厌旧，虽然小说演变本身就是一部创新之史。我们已陷入小说实验室的囹圄，面对灿烂的世界文学之林，小说家惭愧而且手足无措。新的配方也许永远诞生不了。文学的选择实在艰难，大家在实验室里瞎忙一气，不是抱残守缺，便是靠贩卖文学最新的国际流行色。挑战来自四面八方，小说家尚未到达'六宫粉黛无颜色'的日子，黄鹤却已一去不复返。好在小说家的职业依然是个美好的诱惑。小说实验室的工作单调枯燥，成功的概率极少，比较其他的职业，毕竟占了不小的便宜。就劳动而言，小说家的生产和工人农民如出一辙，同样是为了生存发展，为了吃饭和吃得更好。小说家的痛苦并不象他自己通常觉得的那么严重。无病呻吟和讨好卖乖是文人最要不得而又最难免的两种情绪。汉语小说究竟何去何从。小说的实验室很可能就是小说最后的坟墓。障碍重重，左右为难，除了实验的尝试和尝试的实验，小说家很难创造出自身以外的任何新鲜事来。另一方面，小说家只能创造出自己所没有的东西。创新早成了大而不当的掩饰，小说家们常常最不知耻，有意无意重复了别人的发现，又自我感觉良好地去申请专利。世界文学之林容纳了并且只接受一切优秀之作，今天的小说实验室是否还有希望真正难说。读者从没有象今天这么高明过，他们不再轻信，轻易说好话。一部分读者远离了今天的小说，一部分读者在大堆大堆的出版物前痛苦彷徨。小说再也不激动人心，最后的道德感在崩溃，最后的故事情节在消亡。一切似乎都到了最后关头,如果我们不能再重新获得读者,坚守住属于小说自身的最后防线,小说的灾难就会演变为小说的末日。杞人忧天也好,危言耸听也好,汉语小说的确盼望柳暗花明。机会来之不易,来之不易的机会才有趣。实验室的小说家们方兴未艾,最后的小说未必就是到了最后。新的读者将赐机会给新的小说家,新的小说家们也最终寄希望于新的读者。"

## 十月

**1日** 张景超的《新时期小说的怪诞美》发表于《北方文学》第10期。张景超认为:"新时期的小说怪诞美一开始较少以奇幻的联缀和组合方式出现,而多以对生活的写实方式出现。作家注重对人的怪异行为的描摹。……新时期小说另一值得注意的怪诞美是对人的'魔性'的描摹。所谓'魔性'是指人身上那些令人难以理解的气质。具有这种气质的人疯迷一般重复着怪异的举动,使你觉得好像有一股神秘的力量在背后操纵着他。……审视新时期小说的怪诞美,我们还可发现一种形态,即对'变异'或'变形'的刻写与开掘。这种'变异'或'变形'主要表现为人的性格、精神、心理发生的病变。""生活的怪诞为艺术的怪诞提供了基础,有许多现象,只要我们忠实地加以描绘就会取得相应的艺术效果。但有时生活的原型并不能充分体现艺术家感受到的怪诞特征,于是他们借助于奇想来实现自己的目的。这就产生了不同于基本上写真的怪诞而是距离现实较远的'梦幻'式的怪诞小说。"

同日,陈墨的《形式与观念》发表于《解放军文艺》第10期。陈墨认为:"这种形式的变革并不是以一种形式取代另一种形式,而是一般意义上的形式的自由。而这种形式的自由则恰恰是创作主体的自由的重要表现。形式决定意义的结果使得形式(包括语言、叙述方式、结构)变成了真正的审美对象而不是一般的审美中介。这也就使得语言的艺术功能得到了较大的挖掘与体现。……反映与泛表现则落实到了方法与形式:前者着重于形象和形象地塑造或表现什么,后者则打破形象规则,不拘泥于对事物的'形'的摹仿而着重于'神'的把握与表现。进一步说,前者创造的是'形而下形象系统',而后者则创造'形而下—形而上表意系统'。应该说,后面的形式与方法原则(合称规范)更适合于语言文字这种特殊媒介。文学是语言文字的艺术，它再'形象'也不如戏剧与电影、电视。因而表意功能的重新发现与发展才真正算得上是语言文字这种形式的'自觉'。"

同日，彭华生的《追踪变革的时代探索人的灵魂——刘震云创作印象》发表于《文艺报》。彭华生认为："刘震云之所以以《塔埔》、《新兵连》在当代文坛崭露头角，我以为原因有二：其一是他的作品追踪了变革的时代；其二是用现代观念对新时期的军事文学的新层面做了自己的探索。"

王蒙的《读〈天堂里的对话〉》发表于同期《文艺报》。王蒙认为："直觉、梦幻、潜意识、变形等等，残雪动用得十分熟练，无师自通。"

3日　王干的《冷面叙述的非战争故事——评朱苏进的〈欲飞〉》发表于《小说选刊》第10期。王干认为："非战争化便构成了朱苏进一系列军人小说的总体倾向和主体框架。……这种冷面叙述的特点就在于逃逸出那种主观的情感性的带倾向的叙述模式，让叙述主体与叙述对象极大限度地拉开距离，在小说里尽最大可能隐匿叙述者的情感。作者只负责端出这种生活现象本态，而不对这一现象的情感意义表什么态、负什么责。"

4日　潘凯雄、贺绍俊的《现实主义：无边的还是有限的》发表于《人民日报》。潘凯雄、贺绍俊强调："现实主义一般是将所体验的世界看作外在的客观的世界，而且对这个外在世界所关注的是显现在表面的可直接感知的外部形态。从技巧、手法看，就应将现实主义从多样庞杂中拉回来。现实主义的手法应该是多样的，也是不断在发展的，但这些手法不能离开作家的哲学信念而成为一种召之即来、呼之即去的东西。"

5日　李锐的《〈厚土〉自语》发表于《上海文学》第10期。李锐认为："我们再不应把'国民性''劣根性'或任何一种文化形态的描述当作立意、主旨或是目的，而应当把它们变成素材，把它们变为血液里的有机成分，去追求一种更高的文学体现，……不应以任何文化模式的描述的完成当作目的。"

同日，蒋原伦的《论近期中篇小说表现技法的演进》发表于《文艺理论家》第4期。蒋原伦认为："小说的叙事结构的变换是小说技法演进的一个极为重要的方面，且是一个容易见出成果的方面。前文提到的若干篇作品正借此而惹人瞩目，另一个常常为人所忽略的进展是小说描写。小说描写上的进展是切实的，但不易逗人眼目。这是因为它的演进方式是渐变的，不象故事构架方式的改换是突变的。"

"描写的进展不仅仅是指在与小说所提供的情景契合时能让读者从对象中不断获得新意，它多少还要透露出现代信息，即从描写中显露出描写者本身的内在复杂性与这个时代所赋予的一切。在新时期，在近期的中篇小说中，这种描写的进展其实是体现在一大批作品中。思想的空前活跃，西方文化的涌入及本民族文化的复苏使每个创作者都有所受惠。……亦即说，这种描写上的进步是在文学传统与其它学术发展的共同基础上达成的，这样的描写在尊重读者鉴赏心理的前提下又加入了若干新内容，使小说的可读性与信息量同步增长。"

"小说表现技法另一个较明显的进步，是小说家竞相塑造个性叙述语。小说创作以创建一种新的表述方式为目标的作者在近期日渐增多。在八五、八六年中，这种努力只体现在莫言、残雪、马原等少数作家身上。他们以非常独特的个性表述方式引人注意。语言表述方式而不是细节的精微或题材的开拓成为一些小说家改变自身、超越传统的关键之点，这不能不说是小说界的一大变革。但是既要强调语言表述的个性，强调语言的暗示、张力，具有某种诗的澄明性，又要求其承担叙事功能，这种尝试可谓举步维艰。……与《礼拜日》相比，余华的小说在叙述个性上更加鲜明，给人以深刻印象。《一九八六年》与《现实一种》所透出的情绪有类似残雪的方面，那阴惨惨的残忍和阳光下的冷漠使人无法忘却。当然，在余华的作品中其叙事功能的承担较残雪的多得多，也就是说故事性较强。作者在逐步确立自己的叙述方式、语言个性时，以一部分故事性来获得读者。"

**7日** 潘凯雄、贺绍俊的《生活距离的远近与文学创作的优劣——关于近期报告文学与小说创作的随想》发表于《光明日报》。潘凯雄、贺绍俊表示："我们并不反对作家——无论是小说家还是报告文学家——贴近并反映我们的社会现实，而只是想强调这样一个或许被某些人遗忘了的常识：生活距离的远近与文学创作的优劣之间并无一定的因果关系，即使是今天，也仍然如此。"

同日，王必胜的《纪实性和通俗化——关于当代审美小说倾向的对话》发表于《天津文学》第 10 期。王必胜认为："我们所谓纪实性是就小说贴近人生贴近生活而言，不同于以往探索文学多从哲学层次和文化层面甚至'宇宙意识'等观照生活，也不同于经典的现实主义的所谓典型化，写崇高中的悲壮和幽默中的正剧，它是把生活进行审美还原，虽然有作家的主观选择和情感浸润，更多地是以平实的手法去描绘生活的原状。既是'生活流'又有'情绪流'，以对表现当代各种躁动的灵魂和艰难的人生为其根本，以切合读者大众精神脉息为其依归。这些小说在艺术上多是客观冷静地进行叙述和描绘，而不作经意地主体介入和渲染，并常呈通俗化倾向。通俗化不应看成通俗文学的专利，它也是纯文学（或雅文学）的一种艺术手段。纪实性强无疑增添了小说的平民意识和大众意识（因为读者大众对艺术中的人生内容多从自己的生存境况中比照、认同），增加了内容的可读性，在结构上取一种平实、亲和的角度。通俗化也许不是这类小说作家刻意追求的，但它常服从于小说描写内容而把作者、读者及描写对象三者放在平等位置上，给读者带来阅读上的亲近感和审美的吸引力。"

**8 日** 丁临一的《在新的文学时代来临之际》发表于《文艺报》。丁临一认为："小说家们在努力地试图进行总结，进行调整、进行新的文学开拓，但他们中的许多人却几乎是本能地避免以报告文学、纪实文学的发展态势为参照，也未能将小说创作态势放在'以读者为中心'的文学大环境下进行思考，而较多地注重着诸如小说结构、小说叙述方式、小说语言等等关于小说自身的思索。因此从总体上看，在新的文学时代到来之际，小说界自身的调整和反思还远未完成、远未能产生人们期望的效果。"

**10 日** （捷）米兰·昆德拉著、孟湄译的《昆德拉关于小说创作的两次谈话》发表于《北京文学》第 10 期。米兰·昆德拉认为："关于小说艺术的谈话。小说永远也摆脱不了巴尔扎克的遗产。……有两种东西不能混淆：一是审视人类存在的历史维度的小说，一是有说明一个历史境状，描写一个特定时刻里的社会，即一种小说化历史编纂的小说。……小说唯一的存在理由就是说出只有小说能说的话。""对待历史的方法。第一，对于所有的历史背景，我在处理上都尽可能简练。……第二个原则，在历史背景中，我只抓住那些能给我的人物创造一个有揭示意义的存在境况的历史背景。……第三个原则，历史的编纂只写社会的历史，而不写人的历史。……第四个原则走得更远，历史背景不仅应当为小说的人物创造一种新的存在境况，而且历史本身应当作为存在境况而被理解和分析。"

"关于结构艺术的谈话。小说也被技巧'充塞'，被那些取代了作者的俗规充塞。……我所必须的是雅那切克式的：使小说摆脱小说技巧的规则和拘泥文字，使其言简意赅。""（用隐喻的方法把复调一词用于文学，是否会导致小说无法满足其要求？）……小说从其历史的开初就企图逃避单线性，并在一个故事持续的叙述中打开几个缺口。"

同日，叶橹的《从隐喻性到本体性——陆文夫小说艺术的一个侧面》发表于《雨花》第10期。叶橹谈道："当陆文夫把他那篇最新发表时题为《往后的日子》的小说收入《小巷人物志》时，悄悄地将它改成《圈套》了。由于这篇小说的类似于闹剧的情节结构和调侃嘲弄的文笔，使某些人误认为它是一篇失之于粗率轻浮的作品。……把《往后的日子》改为《圈套》，也许预示着陆文夫在小说创作上对一种寓意性的追求。而这种寓意，使得他时常在小说的题目与本文中寄托着语义双关的隐喻性。""从《圈套》到《围墙》和《井》，……是体现着作家在创作上的一种有意识的艺术的追求。这种艺术追求，是从语义双关的隐喻寓意而向深化为象征性的总体表现发展的。"

"《毕业了》……的艺术描写真实而令人信服，没有那种为了强化主观意念而施行的有意的夸张。生活本体的朴实呈现丝毫不意味着自然主义的临摹生活。这种在艺术与生活之间所力求达到的自然和谐的统一，似乎显示着陆文夫在创作上的一种把'本体'与'象征'融化一体的艺术追求。"

**11日** 封秋昌的《通俗文学的审美特征》发表于《人民日报》。封秋昌表示："当今的通俗文学在写法上是依然重视悬念、情节，重视人物、事件的传奇性。""俗文学必然要注意知识性和趣味性，它也可以发挥多种功能，只是娱乐功能显得非常突出和重要。""因此，我以为民众性是俗文学的根本的稳定性特征，并由此而派生出一些显在的可变性特征，这就是立意的普泛性，语言的通俗性，内容的传奇性，审美功能的娱乐性。""从根本上说，雅、俗是不可能'合流'的。……俗文学的提高，也不是向纯文学'引渡'。'脱俗论'

的偏见在于视通俗为庸俗，不承认俗文学是文学中独立的一'元'，从而用抽象的大一统的文学观念去要求、框定俗文学。"

**15日** 高宁的《从虚构向纪实转移的文学大趋势》发表于《文艺报》。高宁认为："纪实小说的出现，把当时小说创作中正在觉醒的文化意识灌注到了纪实文学创作当中。这几部作品（刘心武的《5·19长镜头》《公共汽车咏叹调》，张辛欣、桑晔的《北京人》——编者注）……着力开掘普通人的社会心理、文化心态，从更宽广、更深入的社会人生角度观照时代，揭示生活和社会的原生相。小说创作再次催化了纪实文学的进步。"

**18日** 徐劲军、林建法的《通俗文学三题》发表于《人民日报》。徐劲军、林建法写道："衡量通俗小说，着眼点不应局限在小说文本之中，也要考虑小说同读者的关系。""文学作品的价值判断，内在标准一般讲两条：艺术性与思想性。近年来多了一种提法，叫社会效益与经济效益的统一，实质上是增加了一条外在的标准：经济价值。""全部小说中价值最高的，是那些蕴含丰厚，能与最多的不同需求层次的读者，在深广的历史时空持久沟通的小说，这样的小说覆盖率最高因而也最通俗。这样的小说不仅实现了内在标准——艺术性与思想性的统一，同时也实现了内在标准与外在标准的统一。不过在价值判断的具体实践上，不应苛求最高价值，而需要采取宽容的态度。"

**20日** 施叔青、宗璞的《又古典又现代——与大陆女作家宗璞对话》发表于《人民文学》第10期《作家对话录》栏目。宗璞认为："我的作品可分为两大类，一类是根据生活反映现实的写实主义手法，我称为'外观手法'。也就是现在说的再现。……《红豆》、《弦上的梦》、《三生石》等属于外观手法。……另一类'内观手法'，就是透过现实的外壳去写本质，虽然荒诞不经，却求神似。相当于现在说的表现。中国画讲究'似与不似之间'，对我很有启发。卡夫卡的《变形记》、《城堡》写的是现实中不可能发生的事，可是在精神上是那样准确。……写作方法是为内容服务的，怎样写要依内容要求而定。可以说，任何方法、每一种方法都是对的。"

宗璞还说道："我把小说和散文分开来，两种我都写。我觉得为了气氛，小说可以适当地散文化，但不能过分，还是应该区别，要有限度。小说与散文最根本的不同，是小说作者是全知的。现在一些写法反对全知观点，但实际上还是全知的，因为那一艺术世界是小说作者的创造，无论写得怎样扑朔迷离，他还是全知的。而散文是一知的，多在描述自身的经历感受。所以小说可虚构，而散文不能，或说小说必须虚构而散文不必须。过于散文化，是取消小说了。"

23日　王蒙的《话说"实验小说"》发表于《光明日报》。王蒙认为："这几年出现了一批在思想、感情、叙述、文体、语言方面，都与例如1949—1978年的小说颇异其趣的小说。主题思想含蓄深奥，难以一下子抓住说清。感情很不正规，相当越轨或扑朔迷离，朦胧神秘。题材难以按人物职业划分（诸如农村题材、工业题材、教育题材等）。叙述常常变化视角、打乱时空秩序。结构不再以情节的发展变化为中心，甚至使读者失落了'主线'。非逻辑、潜意识、幻觉、荒诞、变形等范畴日益在这些小说中得到体现，得到验证。语言上似乎也不再老老实实地听命于语法修辞规则的规范。以至于小说与散文，与杂文，与其他题材的界限也变得混淆起来。"

25日　程德培的《刘恒论——对刘恒小说创作的回顾性阅读》发表于《当代作家评论》第5期。程德培认为："刘恒的小说往往都是拉长主公翁生活长度来平衡叙述所绝对必须的起伏、宕荡与曲折变化的。""刘恒叙述的声调是沉重的。""心理分析式的叙述手法。刘恒的小说创作之所以在1988年有着一次根本性的变化，其中的一个重要的原因就是这种叙述手法的成熟运用。""叙述者在话语的运动中不但自身享受叙述的快乐而且还要把这种快乐与享受转化为叙述的控制能力，这也是刘恒在其创作谈中谈到那个写作如何既欺骗了作者又如何骗得了读者的问题。"

郜元宝的《浅俗与高蹈：文学的两种价值追求——新时期小说五家合论》发表于同期《当代作家评论》。郜元宝认为："由独享自赏地制造反讽到直着嗓子为民请命，莫言终于走出艺术上的层层烦琐装置，与读者直接对话。这是莫言从高蹈到浅俗的转变。""浅俗和高蹈两种文化价值的取向于文学中的投影，在张辛欣和莫言这里表现为她（他）们小说艺术风格大幅度的转变。""浅俗和高蹈两种价值取向并不是分别显现于小说创作前后不同的阶段，而是以辩证统一的矛盾方式并存于他们作为小说家的个体生命体验中，并且相当明白地昭示于小说艺术的结构形态之上。这种情形在王蒙、张承志、梁晓声三位作家的创作中特别突出的反映。"

萌萌的《致祖慰》发表于同期《当代作家评论》。萌萌认为:"你的小说不足的,不是人们通常指责的缺少情感,而是缺少情绪。""你跳出了以往小说着力表现人们做什么、怎么做的情感结构方式,着力表现人们想什么、怎么想。……当一个日常生活现象被你的活跃的思维和感受切中时,它往往在你的想象中被情节化、结构化,从而一种在你的思索中获得了确定性的新的情感便被用夸张的、近乎怪诞的方式表达了出来。""'确定性'的出发点使你的作品透露着太强的结构化的意识,而缺乏边界的消解,缺乏生成性的空白,即那种把不可言说的虚无、不可企及的无限带到可感觉的世界中来的再生地。情绪,才直接关联着作品的生成性空白。"

牛秋玉的《刘恒:对人的存在与发展的思索》发表于同期《当代作家评论》。牛秋玉认为:"刘恒笔下的农民形象又向前发展了一步,进入到对农民自然属性的把握与表现。""刘恒对农民自然属性把握与表现注重了自然属性的文化存在形式。他出色地表现了人的心理活动所无法摆脱的文化制约。"

邹德清、朱杰的《祖慰:智慧的密码》发表于同期《当代作家评论》。邹德清、朱杰认为:"从'复调结构'到'心理迷宫'","祖慰力求通过文学结构自身显示他对世界的独到的观察和理解,因此,他实验的意义就超出了文学形式自身的范畴。"

"我们读到了祖慰的一组'场心理'小说,看来,他在'复调结构'的基础上又有了新的发展。""这类新的结构方式把祖慰带到了一个不易应付的二难处境,……在'超验小说'之后,祖慰又更进一步,创造了'心理织体'小说,或叫'精神迷宫'小说。小说采用多维发展的放射性结构,让主人公的思维钻进一条道走一下,又钻进另条道,企图用理性纷呈时显现出来的非逻辑关系,表现现代人思维的丰富性及人性的新边疆。"

祖慰的《转型梦》发表于同期《当代作家评论》。祖慰认为:"人们对话时常常是内外不一的,内心反应语言是这样,说出来是那样,遇到这种情况,用这种二声部的表达方式,可以立体地表现人物的心理活动。再进一步剖析,每个人在谈话时，未必只是一种语言流来表达自己的思维和情感，有时会口是心非，有时会说一留二。""1978年开始写小说，十年，出了六本小说集，来了个三级跳：现实主义小说→局部超验小说→场结构（心理织体）小说。"

**29日** 於可训的《小说与笔记》发表于《文艺报》。於可训认为："以搜神鬼证之实有，在科学昌明的时代，这类笔记是已经完全绝迹了。但借某些神奇怪异的人事和生活现象、自然景观行喻世之用，在今天的某些笔记小说中，仍可见其端倪。在这方面，王滋润和矫健的某些笔记小说所做的努力卓有成绩。……这两位山东作家对他们先辈同行所创造的'聊斋笔法'，确实得其真传，运用娴熟，功夫老到。……所谓'刻镂物情，曲径世态，冥会幽操，思入风云'（蒲立德《聊斋志异跋》），正是这类笔记小说的一个突出的艺术特征（林斤澜的《溪鳗》和高晓声也有此类神来之笔）。""这次小说文体革新，既以笔记相标榜，就不能不注重从传统笔记中去发掘和发现小说文体的新因素。"

# 十一月

**1日** 鲍昌的《小说：形式的多维世界》发表于《草原》第11期。鲍昌认为："在艺术形式中，表现手法是极为重要的因素。作为对'生活质料'的不同处理方法，它们决定了艺术形象的详（描写）或略（叙述、白描）、隐（象征、隐喻）或显（直写、明喻）、常（写实）或反常（夸张、变形、荒诞）；同时，它们影响了艺术作品的美学特征（诗的、散文的、散文诗的、戏剧的乃至音乐的等等）；有时候，不同的表现手法，还参与了不同作品、风格、韵味的形成。""利用叙述、描写为主要表现手法的小说，在新时期文学中依然是大量的。这是通常人们所说的写实派小说，它力图再现作者目击过的生活真实。但在我国对外开放之后，西方现代派文艺思潮大规模地横向移入，使我国写实派小说突破了传统的窠臼掺揉了若干'新潮'的艺术形式组份。"

"目前，诗化、散文诗化的小说创作确实是在发展，有一些融合了象征的手法，有一些夹进了哲理的思辨，还有一些以人物感情的起伏形成音乐般的旋律感，它们的'式样'正在出新。""以捕捉人的瞬间的知觉印象或细腻地挖掘人的感觉世界写的小说，可以称为感觉意象派小说。""着意地表现人的这种非自觉意识流程的,构成非戏剧性小说的一个特殊样式——意识流小说。"

"象征与隐喻小说。象征、隐喻都是古老的艺术手法,在中国新时期文学中产生了新的风致,特别突出的是整体象征的运用,那就是把作品的艺术形象总体设为一个象征。"

"荒诞小说是用荒诞手法创作出来的。……实际上,它们在虚幻的条件下,体现着某种预期的生活秩序。由于讽刺性的强化,其中一些小说(如李准的《芒果》)具有国外'黑色幽默'的特点。"

"新时期文学中是否有了中国式的魔幻现实主义小说,现在人们的看法不一。西藏地区的几个青年作家,如扎西达娃、色波、金志国等,创作了《西藏,系在皮绳结上的魂》等小说,把现实的与魔幻的世界焊接在一处,从而去揭示藏族历史的陈迹和现实的生机。"

"与上述的采用虚幻手法相反,近几年来兴起的口述实录文学,也可算作一个小说品类。这类作品可能直接受到美国作家斯·特克尔《美国梦录》的启示。它必须以真人真事为基础,必要的加工只能是技术上的。""根据表现手法不同而形成的小说种类,我们还可以提到传统上就有的书信体小说、日记体小说、对话体小说、笔记体小说。"

鲍昌还表示:"小说分类是一项文体学学问。除了我上面提到过的两个分类层次外,还有一个分类层次,即小说的结构特征。结构的第一个特征是篇幅的长短,据此形成长篇、中篇、短篇以及近年来日益流行的微型小说、小小说,这无须进行赘述。其次是结构中的人称和角度。……再其次,根据统一结构内的几个组合单元之间的关系,也可形成不同的小说品类。复调小说是让两个或两组人物的意识世界各自独立,同时共存,彼此以对话式的关系互相呼应,有如音乐中的'复调'。这一特征本是苏联学者巴赫金在研究陀斯妥也夫斯基作品后发现的,……此外,有几个类型的'复合小说',即采取并列的、套环的、网络的三种类型,把两个情节链予以复合使之产生增值了的(1+1=8)的艺术效果。"

"总之,结构是艺术形式中最有活力的因素,可以设想,新的小说品类会伴随结构的交叠、变化、丰富而不断出新。""除结构外,艺术形式的其他要素如语言(包语言类型、语言变体、方言、俗语、隐语、字谜的运用)、风格(风格类型、风格变异、风格故意杂混)、修辞等等,都可以造成小说形式的千变万化,有时,某种特定的哲学——美学思潮,也可以带来它独有的小说形式。"

鲍昌最后总结道:"由于艺术形式与艺术内容之间、艺术形式内部诸要素之间,具有多维的契合、渗透、交叉、重叠、转换生成的关系,而且今后还在不断地创新,因此,当代小说(包括中国新时期小说)在形式、品类上达到了空前的多样性,同时具有发展的无限可能性。"

**3日** 李福亮、黄益庸的《旧土地上的歌哭——迟子建小说一瞥》发表于《小说选刊》第11期。李福亮、黄益庸认为:"在短短四年的写作道路上,……我们可以看出,她(迟子建——编者注)的语言技巧有了多大程度的变化。有如林间小河一样清亮的、纯净的、明朗的、天然无饰的、口语化的而又是准古典的'讲述'性语言忽然变成风中白桦一样摇曳的、华美的、调侃的、世故的、充分琢磨的、文学的而又恰是为现代小说所推崇的'显示'性语言。两种语言风格虽然各有所长,但后者更凝练、更形象、蕴含的情趣和信息量也大大增加了。随着叙述语言的变化,……她的故事结构不再是那么单线条的发展,而变成多维交织,浓缩在那相当紧凑的时空中,放射着说不尽的意味。"

**7日** 叶鹏的《为着时代的新文体——兼评〈天津文学〉1988年纪实文学》发表于《天津文学》第11期。叶鹏指出:"我们看重1988年纪实文学系列的总构想。因为它对时代和社会真诚关切的精神,充满了对历史进步的责任和勇敢进击姿态。它体现了一种忧患意识,……这种忧患意识更注重社会的人。这正是最近几年来,小说界和诗歌界所缺少的,也是纪实文学轰动性社会效应不减的根本原因。"

叶鹏认为:"这些题材的选择,具有一个特点:不再是一两个主人公的命运传记,不再有主干事件情节的贯通。一个社会问题的选择,往往就是一个社会层面的剖析,是作家对一个社会系统的纵向与横向考察。作家们把握的是改革大环境下,一个社会系统内的喧嚣与骚动。这个社会系统,虽然是社会的局部,但在它的范围内又具有一种宏观把握的意识,这种宏观,我们可称为有限制的宏观,它是纪实文学触及中国社会问题的拓展和转移——从对单个人物及事件的叙述转化为特定社会心态的描述。这种转移扩大了纪实文学表现生活的广度。每个社会生活面、每个社会层次都成了题材选择的对象，甚至一个时期内人们共同的心理特征，也迅速为纪实文学所占领。"

**8日** 秦牧的《海内外文学交流的盛举——谈港台、海外华文文学评奖》发表于《人民日报》。秦牧表示："表现内容多彩多姿，五花八门，题材各有不同，这是各国华文文学的'异'的一面。但是尽管如此，世界华文文学仍然有它'同'的一面。不仅它们都采用汉语写作，有一种共同的语文色彩，而且，由于执笔者都是我们习惯上所说的'炎黄子孙''龙的传人'，他们的作品里自然而然地闪耀着民族的共同传统。"

**10日** 南帆、黄子平的《小说、审美情感与时代》发表于《北京文学》第11期。南帆指出："强调小说存在的具体形态，这在于结合读者的'期待视野'把握小说艺术，期待视野是一种历史性的存在。期待视野与某种小说形态的合作很大程度上带有社会契约的性质。某些时候这些契约将被毁弃，以便签署新的契约。毁约的直接原因可能来自作家，也可能来自读者。"

"纯粹以个人、自我为中心的小说并未出现，似乎也不太可能出现。归根到底，小说的写作仍然得借助于语言符号系统，而语言符号系统却属于公共财产。……许多作家的道德观、价值观、艺术趣味可能十分地不同，但他们审美情感的'深层结构'——审美情感模式——却是一致的。我正是把小说的艺术模式视为这种'深层结构'的外化。艺术模式的存在表明了众多作家在选择小说艺术时的一致性乃至盲从——包括时髦的盲从。"

**12日** 周政保的《寻找小说与寻找……——"寻根"思潮的重新审视》发表于《文艺报》。周政保指出："由于'寻根'思潮的某种理论偏执、某种描述的武断、某种知识积累的单调，或某种阐释的模糊性与非整一性，都或多或少地造成了小说界的某些误解与某些歧义的滋生。我的看法是，'寻根'思潮的意义，主要在于一种文学思维方向的开拓，一种新的审美可能性的发现，或一种小说创造的启迪。"

**15日** 胡平的《情感力度结构与强力度情感符号》发表于《文艺评论》第6期。胡平认为："文学本无须模式，无须固定的情感力度结构，乃至无须特别的强力度情感符号,只要作品能够获得应有的感染力量。问题在于如果取得这一力量是困难的,就有理由重视研究成功作品的成功因素,从中去发现某种必不可少的价值。"

吴建新的《论异中求和的美学思想》发表于同期《文艺评论》。吴建新认为:"异中求和中产生的美感源于它的创造性,它表现为至少三种美感效应;第一种是整体效应,揭示对立事物中少而精的共性,在求和过程中创造新的信息(信息即美)。第二种是震惊效应,即运用艺术技巧造成心理的距离,把人们从熟视无睹的麻醉中震醒。第三种是谐谑效应,满足人们破坏规矩的快感心理。"

辛班英的《当今小说的叙述风度》发表于同期《文艺评论》。辛班英认为:"叙述风度是一个包含风格又超越风格的概念,它不仅显示'形式'性,同时还具有'意味'性,是'有意味的形式'。叙述风度是叙述风格和情感态度的整合,即文体形式和情感意味的整合。……小说叙述风度的演变,也标示了创作主体的情感历程,标示了创作主体对世界的体验和把握方式的深化和多样化。……a.由群体叙述风度走向个体叙述风度。""b.由主观叙述风度走向客观叙述风度。c.由纪实、客观叙述风度走向冲淡、虚静叙述风度。""情感意味与叙述形式在具体的小说文本中并非是一个机械的一一对应的关系,它们应该是一种随意性关系,二者都至关重要。但更重要的是要获得一种高度自由和开放的现代式情感意味,并生发出由此而流泻出的自然化的叙述形式。"

喻权中的《"奇人"的惑力与迷惘》发表于同期《文艺评论》。喻权中认为:"孟久成认为,最能突出地显现出人的价值的畸变、泯灭或高扬的,只能是人们超于普遍意义之上的各种行为,它们集合在一起,便构成中国话本、传奇以来传统文学中常见的一种奇人形象。……孟久成全力集中于对'奇美'的追求,它形成了孟久成小说的鲜明特色。"

同日,汪政、晓华的《当代小说的技术层面》发表于《钟山》第6期。汪政、晓华认为:"小说是一种叙事行为。一般认为,叙述总是对故事的叙述,如果不借助于故事,叙述行为则无法实现,而故事不过是人们生活经验的组合,所以,对故事的叙述的实质不过是对已知经验断片的提取加工。因此,即使在传统小说学中,小说的编造也应理解为小说家对经验的技术操作和加工。但传统的小说学很少这么认为,他们对经验的态度不是从技术角度去审视的,而是着眼于经验究竟能给我们在思想上以多大的帮助。经验在很大程度上是以其在生活中的含义进入艺术的。这样一来,经验的本质便不易被人们改变,或者说改变了,但这种改变却不易被人们自觉的加以认识。如果从技术角度去看待经验,情形则会两样,经验同时作为一种结构材料而被对待,它的功利含义则不再是唯一的价值。小说家将象工匠一样打量着,琢磨着经验,思考着如何下手,以便能使它们组合成一个漂亮的故事。以经验为材料自觉地意识到故事是经验的技术性组合只不过是当代小说家在经验操作中观念改变的前奏,但超越的意味已经很明显了,因为情节模式作为小说的主要要素和功能之一随着小说史的积累已具备了相当完美的美学规范和审美功能,作为一种技术蓝图先验地存在着对经验的选择,在情节模式的制约之下,经验戏剧性品格作为材料素质成为被选择的前提,这与传统功利主义的美学观点相比显然有较大的变化。对经验的加工也将在这个基础上进行,不是典型化——使经验的原型意义更加突出——而是形式意义上的对经验的变形,重组成为操作的主要工序。我们认为前几年的荒诞小说就是这种操作的产品,它们打破了经验的生活常态,以超经验的观念去对经验世界进行改头换面,经验的组合不是以经验的原型意义作为连接的依据,于是经验间的关系便变得莫名其妙和奇形怪状。象宗璞的《我是谁》,刘心武的《无尽的长廊》,陈村的《美女岛》,张贤亮的《临街的窗》等等都属于这一类作品。如上所述,在这个阶段的经验操作是在情节模式的指导下进行的,因而,上面所举的作品都具有一个共同的艺术特色即具有相当强的故事性。故事性固然是人类把握世界的方式之一,但它强大的叙事逻辑却阻碍了人们对故事以外其他的小说构成的把握和领悟,而且,从经验的技术改造角度讲,用叙事逻辑去作为统领经验的先验框架使得小说家对材料的使用很不自由,材料的其他属性和潜能依然得不到充分的开掘和发挥。更重要的是他们认识到一个本来很简单的问题,即情节模式实际上是日常逻辑的概括,而生活经验在原生状态中也是以'弱形式'的戏剧状态存在着的,换句话说,以情节模式作为经验的技术改造框架实际上不一定能达到对材料的本质意义的改造。技术操作的最高极致不但是合规律的,而且是合目的,这才显出人的智慧、技术的主体性品格。于是对经验操作的任意性又增大了，操作者的目的不断通过技术改造强加给经验材料，这时，经验作为单一的结构元的面目出现在小说成品中，它们服务于远远超过了自身的目的。"

文讯《〈钟山〉定于明年初举办"新写实小说大联展"》刊登于同期《钟山》。具体内容如下："在商品经济和某些不健康的俗文学之潮的猛烈冲击下，文学正面临着少有的寂寞和疲软之中。当此之际，人们不能不关注思考：文学如何从目前的低谷中走出来？根据我国当前社会的发展进程，和文学的发展趋势，本刊将从1989年第1期起举办'新写实小说大联展'，努力倡导具有开放性、包容性，具有当代意识、历史意识和哲学意识，又贴近生活关注现实的新写实小说。这一活动计划已受到首都文艺界的普遍重视，一些著名老中青作家已应邀参加这一活动。《钟山》将本着不薄名人爱新人的宗旨，欢迎来自全国的作家，特别是青年作家、文学新人踊跃参加联展。《钟山》还将在适当时候举行'新写实小说'评奖活动。"

**17日** 郑清和的《〈无冕皇帝〉：纪实小说的再度崛起》发表于《作品与争鸣》第11期。郑清和认为，《无冕皇帝》在以下几个方面富有特色："一、题材的突破。纪实小说是以实录为主又不排斥虚构的小说样式。它以贴近生活并迅速反映生活而著称。""这些纪实小说，毫不例外地都把笔触指向文学界以外的社会生活。无意之间，文学圈内的风风雨雨，成了无人涉足的另一个世界。"

"二、内涵的挖掘。《无冕皇帝》写的是文学界名流，其中不乏拙劣表演和风流韵事。按时兴的写法，完全可以停留在对离奇现象的描绘上。《无冕皇帝》的不俗，就在于它一方面确实写了现象的离奇，另一方面又挖掘了发生现象的原因，还进而触及原因之原因。挖掘原因的例证，可以从小说人物的心理活动、作者对人物苦衷的叙述里，不难找到。"

"三、情节的强化。《无冕皇帝》在情节上，与崇尚淡化的纪实小说形成了高反差对照。前者强烈的情节性，首先表现在故事主要线索的连贯和曲折上。……其次表现在人物关系的复杂上。情节实际上是人物关系的发展过程。……《无冕皇帝》的创作实践表明，淡化情节并非纪实小说的必经之路，纪实小说照样也能推出强烈的情节。这对纪实小说的发展，产生了有益的喻示作用。"

"四、纪实的追求。纪实小说毕竟是小说。它不必拘泥于全部事实,也不必为某些非本质的事实所束缚。……纪实小说应该努力追求实。……萧立军在'题记'中写道:'作者无意虚构一个故事去让人困惑、唏嘘、感慨。如果读者发觉作品中的人和事同自己了解的某些生活惊人相似,那只能说绝非偶然……'如此在纪实小说中公开声称'无意虚构'的,继蒋子龙后,非他莫属了。……《无冕皇帝》讲究内容与实际生活惊人相似。这是对目前纪实小说群中滥用虚构的现象的分道扬镳。"

**19日** 木弓的《本年度的好故事》发表于《文艺报》。木弓认为:"《河边的错误》、《迷舟》、《大年》、《枣树的故事》无疑是本年度最有特色的小说故事。……1988年,已有少数具有现代意识的作家把1985年以来形成的激进观念变为活跃的技巧。这可能会被说成是探索实验的成果。但我们宁可说是'妥协'的结果,其间带有保守和宽容的成分。因为这类作品的写作有一个明确的意向,希望能调和探索实验性作品与小说读者之间那种互不相让,剑拔弩张的阅读关系。……其一,在观念上压抑自我个性,使其化为叙事技巧的有效活动,向读者妥协,以免用观念去强制读者。其二,对小说基本特性的重新确认,即向传统小说的妥协。1985年以来探索、实验小说对习惯性的小说文体的反叛的偏激性妨碍我们科学地认识小说作为一种文体的特性。"

**20日** 萌萌的《论〈白雾〉的隐喻意义》发表于《人民文学》第11期。萌萌认为:"《白雾》的语言具有一种特有的风格。它用一种调侃的语调直呈着生活。没有景物和人物外形、肖像的静态描写,没有心理的刻画,只有对生活中人和事的铺陈,由此而来的语言也因之没有对比强烈的色彩,没有因起伏而形成的张弛,整个给人一种轻松感。而小说的展开,既不靠传统的矛盾、冲突,包括不靠人物内心的矛盾、冲突,也不靠现代的意识流等结构方式,而是紧紧抓住人物的动作和对话,用充满动作和对话的一个个生活事件,将小说一环扣一环地向前推进。这种结构同样造成一种明快的效果。"

同日,苏童的《想到什么说什么》发表于《文学角》第6期。苏童认为:"小说应该具备某种境界,或者是朴素空灵,或者是诡谲深奥,或者是人性意义上的,或者是哲学意义上的,它们无所谓高低,它们都支撑着小说的灵魂。……

小说是灵魂的逆光。你把灵魂的一部分注入作品从而使它有了你的血肉，也就有了艺术的高度。这牵扯到两个问题，其一，作家需要审视自己真实的灵魂状态，要首先塑造你自己。其二，真诚的力量无比巨大，真诚的意义在这里不仅是矫枉过正，还在于摒弃矫揉造作、摇尾乞怜、哗众取宠、见风使舵的创作风气。不要隔靴搔痒，不要脱了裤子放屁，也不要把真诚当狗皮膏药卖，我想真诚应该是一种生存的态度，尤其对于作家来说。"

张炜的《张炜创作札记（一）》发表于同期《文学角》。张炜认为："具有嘲讽意味的是，很多大作家可以说是真正的大说教家。那才是真正的说教啊。他们在忘情地、双手颤抖地说教。我可不敢轻视他们的声音。我觉得他们此刻是伟大的人，其次才是伟大的作家。看来要害问题不在于是否说教。……'让其在情节中自然而然地流露'——当然是这样，一般讲来是这样——不过假如我们处在非同一般的时刻呢？当激愤推动我们必须直呼其名、伸出你的食指的时刻，你还能若无其事地'自然而然地流露'吗？这种压抑而超然的艺术真的是永恒的吗？它究竟值多少钱？于是我们亲眼见到伟大的托尔斯泰、陀斯妥耶夫斯基，以及更多的豪情万丈的作家们把这些信条撕得粉碎。"

张炜说道："说到底真正的说教是一种质朴，是大写的人的声音。没有这种声音，就没有辉煌的文学。也恰恰因为这样的朴实无华，毫无顾忌、这样的真诚坦荡和率直，让你感受到的是一个生命全部的复杂性和神秘性，是无限的空间。作家面对一个世界，神情冷峻，短兵相接，需要的是双倍于人的勇气和智慧。他的整个过程，总是深深地透出形而上的意味。"

同日，郜元宝的《特殊的读者意识和文体风格——王蒙小说别一解》发表于《小说评论》第6期。郜元宝认为："作者——读者的交流、对话构成王蒙小说艺术的一个更其重要的方面，并由此形成王蒙小说特有的文体风格——作者——读者间接的对话使小说叙述成为主观化的讲述，加上直接的对话则使整个文体成为讲述、议论的混合"，"他关心的不只是对现实的直接介入，而更加关心对读者心灵的干预，这也是一种介入现实的方式"。

齐效斌的《新时期小说形态的形象模式考辨及其历史追踪》发表于同期《小说评论》。齐效斌指出："新时期小说走过的具象→意象→喻象三个发展阶段，完成了人类艺术活动总体律动中的一个大循环,标志着小说创作出现一个全面地繁荣局面。"

王愚的《气度恢宏与意境深邃——从陕西87年长篇小说谈起》发表于同期《小说评论》。王愚表示:"就陕西一九八七年出现的长篇小说看,题材的拓展是相当明显。"长篇小说要求有较大的包容量,……就是作家在作品里构建的生活空间思维空间,能否引起读者对历史整体和人生整体的内在意蕴有新的发现、新的认知和新的体验,这种意蕴越恢宏、越深邃,作品的思想内涵越深厚,作品的艺术魅力越强烈,对于长篇小说,尤其如此。"

张志忠《论长篇小说的结构艺术》发表于同期《小说评论》。张志忠认为:"长篇小说的结构之意义,不仅是情节、人物的设置和延展,不仅是作品的材料的缔排组织,而且是一种看似无形却又贯穿于作品全部之中的凝聚力和向心力,是作家的激情、思索与作品的人物、题材、主题等的汇合点,是决定作品内在的意蕴和情调、比例和参照,以及叙述方式的选择等的重要尺度","整体地把握生活,形成长篇小说的深层结构和发生动力学"。张志忠将长篇小说的现象结构概括为"放射性结构"和"内敛型结构"。"在当代小说中,心理时空已经与自然时空占据同样重要的位置,而在长篇小说中,由其容量所提供的极大可能性,时间与空间所具有的多种功能更进一步地发挥出来","拓展了作品的空间层次的,是纪实性结构与隐喻性结构的并置"。

**26日** 王斌、赵小鸣的《论一种新的小说——谈格非的小说》发表于《文艺报》。王斌、赵小鸣认为:"作者十分讲究故事的章法,诸如起承转合、埋设伏笔均丝丝入扣,堪称一绝。在《迷舟》和《大年》两篇小说中,作者摆出了一副老老实实地说故事的姿态,决不故弄玄虚。但是,倘若我们不至于过分痴迷于'故事'的表面效果,我们也许会隐约感到作者本意并非仅仅在于讲述一个娓娓动听的出奇制胜的故事。小说本身也并非如格非所说只是为着'描述一个过程'。我们可以借用戴维·科尔比的一个术语,将格非的小说称作是'反现代主义'小说更为恰当——这是一种返回到传统主题和形式的艺术实践,也就是返回到营构'故事',但是这种返回不仅不是完全皈依传统,而且在故事的营构中叙述手法和叙述层面按照根本不同于常规的路数来运用,所以这种举动实际上孕育着一种新的小说叙述运动。"

**27日** 王干的《谈新时期小说的形态》发表于《文学自由谈》第6期。王干认为，新时期小说的艺术形态呈现以下几个方面的特点："'散文化'与文学观念的更新。追求'典型'不再成为唯一的文学目标，更多的中青年作家开始以展现生活的真实和忠实为己任。……散文化的意义本身就与生活化同质，所以散文化率先受到小说家的青睐，从而成为新时期初期的'前卫'型的小说形态。""'典型'本身就体现为一种'聚'的收敛的特点，而开放、散发则是散文化的根本属性。它表明文学与生活的关系在新时期有了新的发展，这就是：小说要更接近生活，就更加真实，实足的生活化是小说走向自身的通道。……'散文化'是遵循生活的自然流向，按着生活状态来复现生活的系统。""纪实性小说比散文化小说就更加逼近生活，超短距离地追求生活原始的生发形态。刘心武的长篇小说便具有浓厚的纪实色调，我们便再也见不到中心任务、中心故事、中心思想，一批既不'英雄'也不'典型'的小人物占据了文学的中心。……纪实小说在把生活的丰富、复杂的形态再现的同时，往往也把生活的单调、枯燥、贫乏夹带进小说。这就表明纪实性的创作宗旨仍然是充分的全面的生活化。"

"'音乐化'与哲学意识的觉醒。这些形态各异的小说潮流始终离不开两种大的动向：一是以主观意识网络客观存在，一是在客观描写中渗透出强烈的主观精神。因而，在新时期的小说中实际存在着一种'音乐化的机制'。这种音乐化是通过主观情绪的强化呈现出来的。音乐化最显著的一个美学特征就是无意工整地再现生活的面貌，而是以主体感情的流动去网络生活内容。……'音乐化'实际是'内心化'的外在表现形式。"

"笔记体与文化心理机制。'寻根'文学思潮的出现，便是文化的觉醒，说明作家的文化心理机制从不自觉走向自觉、从内潜的走向外在的、从局部走向整体。……新时期小说作家对语言风格的刻意追求，对语感、语势、语态的苦心寻觅，都是这种造型功能的具体表现。王蒙求'洒'，莫言求'野'，汪曾祺求'净'，何立伟求'空'，张承志求'力'，贾平凹求'朴'，林斤澜求'涩'，王安忆求'水'，冯骥才求'俗'，韩少功求'楚'，……掩盖在这种风格表象之后的正是文化心理结构。他们在语言上所作的追求实质是移植了中国书画艺术的美学特质。"

同日，费振钟的《浅谈"新世说"的艺术特色》发表于《小说月报》第11期。费振钟谈道："'新世说'在文体上仿效传统的笔记小说。……但如我前面所说，它不是靠一篇两篇单独具有意义，而是运用了散点透视法，有着整体性效果。'整体性'意味着时间和空间的广阔而整一，有内在的构架和联系，形成统一的张力场。所以仅看到'笔记'还不够，还应从整体上去理解认识它的审美价值。不妨借用李庆西的一句话：它'是传统派也是先锋派'。而且，'新世说'着眼于简短的故事，着眼于种种人生世相，它必得采用简短的句式，省去累赘，全用白描、略去情节，注重叙述意味。语言必让人生出许多明暗不同的意思，而全然用白话，也并不让于文言。如果说读者对'新世说'青眼有加，那么采用这样的笔记文体当然是一个方面，更重要的是叙述本身构成了阅读趣味，比如'新世说'中所特有的反讽性叙述即是。"

## 本月

胡律的《议论在小说写作中的地位》发表于《花溪文谈》第3、4期合刊。胡律以当代作家张贤亮、梁晓声的小说为例，探讨议论在小说表现手法中的地位、作用及技巧，胡律提道："本文则从小说的议论的性质来划分，分为纯议论和形象议论两大类。（1）纯议论。即与常用辞书字典的定义吻合的置身事外的概括和评论。……（2）形象议论。即指借助于判断和推理的形式，以经验性的形象总貌为桥，直接感觉到情感强烈、内涵丰富的表现（状态或活动），给人实在的形象感受的议论。"

胡律认为："小说的议论已成为作家有意识地大量用来谋篇布局、塑造人物形象的手段了，当然，笔者在本文之前已声明，叙述与描写绝非可用小说的议论取代，然而笔者以为在强调'叙述与描写'是小说的'主要表现手法'的同时，似应添上一句'小说的议论也是重要的一种表现手法'，这样才完善。目的是给小说中的议论以应有的地位，不再被打入'另册'。"

## 十二月

**3日** 白先勇的《香港传奇——读施叔青〈香港故事〉》发表于《文艺报》。白先勇认为："一开始施叔青便放弃了自然主义的写实架构，而取超现实的神秘论。因此她的小说中，经常弥漫着一种卡夫卡式的梦魇气氛。她的小说人物也与众不同，经过夸大与变形后，趋向怪异，而性和死亡却一直是她早期小说的两大主题。"

唐跃、谭学纯的《叙述样式和隐喻思维——读刘嘉陵〈硕士生世界〉》发表于同期《文艺报》。唐跃、谭学纯认为："叙述样式的精心设计是这部中篇于文学性方面最为显著的追求。通篇小说十九节，叙述样式如同打一枪换一个地方般的各各不同。有的是零星叙述为 M 节：林一木和萧荔的对话本来就很简短，加以全部分行排列，一字一行两字一行三字一行者比比皆是，零星得可以用视觉进行直观把握。有的是密集叙述为 P 节：三千多个印刷符号浑然一体，其间的多处叙述转折和叙述断裂都被置之不顾，硬性纳入同一叙述段落，密集的排列足以模糊读者的视线。有的是跳跃叙述为 I 节：从 314 室到 319 室到 303 室到 325 室，随着林一木有一搭没一搭的乱闯，叙述链条在剧烈抖动。交代性叙述一概省略，总是缺少过渡地把每个寝室门窗上带有图腾意味的图画和室内的情形焊接到一起。"

"《硕士生世界》中的叙述样式多元化所以和文字游戏无缘，正在于都是为了取得和叙述话题的内在对应而苦心经营的，因之显示了文学语言的隐喻性。……比较之下，小说刻意化整为零把分行排列这些简洁对语所构成的零星叙述样式显然有着隐喻的效果。""平直叙述样式用在这里便又包孕着隐喻意味了。还要指出，《硕士生世界》在叙述学方面的价值不仅仅是叙述样式多元化及其隐喻功能，其它如诸多叙述话题的面面展开和出现于每节文字收束处的轻灵的叙述转换，都有文章可做。当然，这并不是说《硕士生世界》在叙述方面就无可挑剔了，只不过我们不想程式化地在说了一大堆好处之后点缀一丁点儿坏处，那样多俗。"

**5日** 吴洪森的《诉诸沉思的文学——论格非小说论》发表于《上海文学》

第 12 期。吴洪森认为："按叙述人称区分，格非的小说显示可分为第一人称的小说与第三人称的小说。格非第一人称的小说没有完整的、首尾相贯的故事情节，主角在不同时空中的转移与活动，是联结故事片断的中介。……也可把第一人称的小说称作表现心理冲突的小说。与这类小说中的荒诞笔法及超验场景相应，小说的语言也极为书卷气，……象梦一样充满了暗喻。显而易见，作者非但不去制造作品的逼真，反而刻意暴露着小说的虚构。他明白无误地让你意识到：你是在读小说，读纯粹人工编造出来的小说。……相比之下，格非的第二类小说，即以第三人称为叙述者的小说的可读性就强多了。这小说故事完整，情节连贯，发展线索简洁明快。悬念的诱惑力不是引向结局——结局早已提前告诉了读者，而是引向致使该结局产生的过程，……这就使小说具有了神秘感——一种参与了重大密谋的神秘感，一种命运被他人操纵与控制，而又不知这他人是谁的神秘感。"

**6日** 吴秉杰的《变革时代的精神分析——刘恒小说创作散论》发表于《人民日报》。吴秉杰认为："受文体实验的影响，刘恒的作品在语言色调上也颇下功夫，力求变化。《四条汉子》可以说是比较特殊的一部作品，在这一中篇中，刘恒吸取了类似电影蒙太奇的手法，时空跳接圆融，多景别、多视点衔接组合，描写四条汉子承包的'事业'。但由于作者讽刺、夸张的笔调，幽默、调侃的语言，使得这儿的形形式式总透着些不正经，不自然，不伦不类。它有效地表达了作者的审美态度，改变了读者的视点，同时也为作品注入了新的意义。另外，如《狗日的粮食》等篇节奏缓慢而沉重，由于吸收了农村方言俚语，更生动地传递出了作品的情调与人物的情感。不过，刘恒的语言追求并非一律成功，中篇《力气》便由于在语言上用力过大，反而显得生涩难读，阻碍了情感的正常传达。《力气》在艺术内容上新意本不多，大体上没有越出把一个人'传奇'的历史和我们社会变动的历史合而为一的框架，最后虽然意图突出奇兵，落到所谓'人种改良'上，却不免简单空洞。这说明，在文学创作中倘不能有机地揉入作品整体的艺术运思，而单纯地在语言上矻矻以求，仍不能化贫乏为神奇。"

**10日** 汤锐的《曹文轩儿童小说印象》发表于《文艺报》。汤锐认为："他笔下出现的大多是浑朴而坚韧、极富灵性、却遭到生活不公正待遇的少年人，这种矛盾和压抑恰恰提供了一个展示性格的独特情境。……他似乎无意于刻凿背景，相反，不少描写都是经不起一般意义上的'真实性'来严格推敲的。他把人从各种原有关系中拉出来，重新组合，进行人性的抽样试验。"

王蒙的《故事的价值》发表于同期《文艺报》。王蒙认为："我国许多作家常常认为，①故事（主要是靠悬念、巧合等方式）是吸引读者的浅层手段。②故事是人物性格的表现。③故事是主题思想，是作者意图至少是情绪的载体。④故事是社会生活的实质（规律、趋势等）的外化。⑤故事是严肃的文学描写（包括风景描写、肖像描写、心理描写、场面描写等）的联结媒介。……这种看法并不错，但实际上忽视了乃至抹杀了故事本身的文学价值。……一、故事本身就是有意义的。故事是文学的也是与人生的一种风景、风光。但是如果过于探寻故事背后的意义和逻辑，就只会使得我们对眼前的千姿百态的风光失之交臂。……二、故事本身还会是人生经验的一种普遍的和突出的形式，甚至有可能是人生的某种经历和体验的概括、象征和抽象。"

周晓波的《典型力量的消失——近年儿童小说动向之一》发表于同期《文艺报》。周晓波认为："近年的儿童小说恰恰是以情节的淡化，人物的模糊性为时髦。作家们似乎已不再固守以往的典型理论，'塑造典型环境中的典型人物'也不再成为小说创作最重要的手段，一些小说中的主要人物甚至只是作为某种象征性的符号，作为体现作品整体内涵的一个有机体而出现。"

同日，费振钟的《"故事法"——叶兆言小说阅读提示》发表于《雨花》第12期。费振钟谈道："叶兆言的小说一直说故事。历来做小说都说故事，虽然近年人们对故事起了反感，决心做没有故事的，但这一阵子又觉悟过来，使小说总还得有故事，否则会失了小说的根本；不过此'故事'并非那故事，区别只在于先前'故事就是故事'现在'故事不仅仅是故事'。叶兆言似乎没有经过这一反复和觉悟过程，他从《死水》开始，接着《悬挂的绿苹果》、《状元境》、《五月的黄昏》、《桃花源记》、《枣树的故事》，说了许多新新旧旧的故事，里面也瞧不出多少深奥和曲折。但读者竟有了欢喜他的'故事'的意思。"

**12日** 汪曾祺的《贾平凹其人》发表于《瞭望周刊》第50期。汪曾祺说道："平凹将要改变'似乎严格的写实方法',"去干一种自感受活的事"。"我也觉得这种严格的写实方法对平凹是一种限制。我希望他以后的写作更为'受活'。首先,从容一点。"

**15日** 罗强烈的《"虚构的现实":文学语言的本体意义》发表于《文论报》。罗强烈认为:"虚构的现实',乃是人类的'语言行为'或'话语运动'所产生的必然结果。正是这样一个根本,使文学世界与生活世界迥然区别开来。当然,这样一个事实,在传统文学中并不明显;只有到了现代主义文学中,才成为一个突出的存在现象,从而形成了崭新的文学语言逻辑。"

罗强烈指出:"所谓'虚构的现实',其基本情形是这样的:作家在语言文学的艺术创造过程中,总要想象性地涌现出许多属于自己的独特经验,而且,这种独特经验更多的还来源于具体的'语言行为'本身,这属于'虚构';但是,这些经验一旦涌现出来,并以特定的语言符号系统构成'文本',它便成了一种现实——经语言符号物化了的精神现实。马原在谈到自己的小说'虚构'时的一段话,对我们理解这一点很有价值:'大概是这个故事过份混沌了,我写的时候竟完全搞不准那个想入非非进到玛曲村的人是不是我马原,或者马原到玛曲村是不是看到了那些故事,你知道那对我毫不重要,重要的是在写这个故事的过程里我获得的那部分经验,以及由我的新鲜经验讲出的故事给了读者什么。'在这里,故事是否真实并不重要,重要的是它在经验中涌现了,它自身就能证明自身的真实性。"

罗强烈谈道:"马原、莫言、残雪等现代小说家的艺术世界,严格说来,在历史和现实中都是不存在的,它们只存在于文学创作的'语言行为'和'话语运动'之中。但是,无论以什么方式,它们一旦产生了,也就标志着人类曾经这样经验过了,它们以因样的语言符号系统显现出来,也就构成了人类的一种'虚构的现实'。当然,对于我们来说,更应看重的是这种'虚构的现实'的理论价值和它所赋予的文学的本体意义。"

**24日** 王鸿生的《风景:在沉沦与期待的界面——谈王朔近作》发表于《文艺报》。王鸿生认为:"王朔作品的所有主人公几乎都遵循着特定社交圈内的言语习惯。……任凭说话人的口气、表情、节奏直到常见句式、惯用语码及其所负载的心理内涵,你都很难对他们作出个性化的区分,这即是说,这些人物的私人言语已高度类型化。这个现象饶有趣味,它揭示出王朔叙事语言中'自述'与'仿述'相同一的特征,同时也表明,他笔下的大部分语言主体实质上可以归为一个——'我'。"

20日　吴泰昌的《寡言的李晓和他热闹的小说》发表于《人民日报》。吴泰昌提出:"冰心老人在看过李晓的作品后认为,李晓以幽默夸张的手法将社会相人生相冷峻从容地端给读者,是近两年引起注意的青年作家中难得的有潜力有才气的一位。""我看他的小说,总觉得画面感极强,犹如一幅幅精彩的漫画在眼前翻过。"

吴泰昌还说道:"读李晓的小说,也如同在观一台台戏,他善于将这一台台戏弄得很热闹,你却能感觉到他在一旁冷眼审视着他的人物、他的世界。……他的冷峻和从容就如同布莱希特戏剧中的间离效果,间离他与他表现的那个世界,间离了他的那个世界与读者。他的'戏'应该归于布莱希特体系。……李晓既是一个好演员又是一个好导演还是一个好看客,他很懂得审美距离产生的美学效应,他的小说无疑也在读者的心理上培养这种非传统的审美接受力。"

25日　陈染的《走远是神话回头即现实》发表于《当代作家评论》第6期。陈染认为:"现代人的神话故事或神话式的小说并不是一种单纯的原始向往或什么简单的永劫回归,它是以一种超自然的魔力,寓言式的哲理以及神奇的象征性来探索宇宙的源起、生命、意识和人性等等重大的前沿问题,它面对着的是永恒境界。因此,我以为它是严肃、深刻而宏大的命题。"

董朝斌、张锦的《挑战与应战:张抗抗的自我拓展——评〈隐形伴侣〉》发表于同期《当代作家评论》。董朝斌、张锦认为:"张抗抗打破了故事的结构功能,而使整个结构成为叙事的容器。""如果说,以前的张抗抗还是忙于匆匆叙述她的故事的话,那么,《隐形伴侣》中则注重每个事件、每个动作所引起的人的心理反馈,张抗抗似乎变得凝滞和枯涩了。""她注重的是人物的心理、心情和心态以及由此而来的荒诞、变形。对于张抗抗来说,故事或结构已不重要了,它们仅仅成为浮于海面的冰山,而要人们循着这七分之一的冰山向人的心理的海底去寻找那七分之六的生命本体的意识的骚动、焦灼以至某些梦幻、变形。因此，可以说，张抗抗在《隐形伴侣》中完成了从社会的个体回到生命的本体，从编织故事回到开掘人的审美内蕴。"

纪众的《〈隐形伴侣〉评论二题》发表于同期《当代作家评论》。纪众指出："我一直有个不太成熟的想法，以为现代小说或者靠近哲学，或者靠近历史，竟或在某些方面靠近心理学、人类学，总之不太有可能再是起承转合与性格描写之类。……尽管这部作品有苦涩和生硬，个别地方还有不伦不类及非心灵体验的外部解说，但它在历史的海面上扬起哲学的风帆，同时又有借助心理分析、文化批判及体验和理解所达到的与现代人类知识联在一起的审美层次，毫无疑问，是很鲜明地体现了现代小说的风范。"

金梅的《地域文化小说：〈裤裆巷风流记〉》发表于同期《当代作家评论》。金梅认为："《裤裆巷风流记》一作，没有贯穿始终的故事情节，也无集中刻划的中心人物。我们看到的是接连不断，时在变换的一系列生活场面和生活细节，是一部以场面渲染和细节描绘取胜的小说。这种结构方式，在作者，是有意为之的：与小说人物琐碎的生活形态和思想方式相配合。作者于小说语言的运用尤为看重。无论是叙述语言，还是人物对话，都采取了口语—方言的形式。还十分注意叙述的语调、人物对话时的情态、声口，相互间思想感情碰撞、交接、交流时的反应，以及吴语区域中人们表情达意时特有的语言方式，以渲染出日常生活所具有的氛围和情调。"

刘夏的《痛苦的回归——〈风景〉〈烦恼人生〉等中篇小说探源》发表于同期《当代作家评论》。刘夏认为："正是这两种形态的小说给1987年中篇小说提供了回归的内外动因，一是生活和艺术理性的增长，一是民族—个体心理—情感动因的凸现。……这个回归是在前述分化状态下的内外探索中得以实现的。1987年中篇小说创作上的最大特点就是：以感觉形象直觉化内容和形式表现客观化内在化了的意识，理性，文化心理模态以及道德，政治，客观与表现，个体与社会的高度通达，是在'生活流'这一形式中实现的。艺术在另个层面上更加本真地与生活合二为一，人的生存的本色在散文化的流感世俗之境中，以软性显示无所不在的诗意，艺术的外延与内涵大大伸展开去。这是作为'感性—艺术形态'的1987年中篇小说所具有的特性，仿佛你一举手一投足之际就能体悟到它不断扩散或浓缩着的灵魂的震颤。"

吴方的《历史小说的"策略"及其"通变"——兼谈〈李自成〉现象》发表于同期《当代作家评论》。吴方认为："'奇'，是历史小说的策略，以激活所描绘的对象。当然，'真实'又往往是'游戏规则'，是基本局势、情境、演变脉络和逻辑的真实，置身于矛盾中的、不易简单确定的真实，是多少经得起推敲的东西（或关系）。这又使历史小说大不同于其它样式的小说，讲究真实而又吸纳传奇性。"

"历史小说也会跳出旧的表达模式，另辟章节。……新历史小说'回到事物本身'的努力，仿佛揭开帷幔使历史的某种复杂真相暴露，亦往往令人有出乎意外的惊奇。由此看来，力求更真实地探触历史人生的堂奥，成了历史小说向历史索取'神奇'的途径。'神奇'是'变'的神奇，历史在小说家笔下变得质朴而又充满令人索解的谜。"

谢海泉的《一幅"全景式"的社会长卷——〈夜与昼〉〈衰与荣〉合论》发表于同期《当代作家评论》。谢海泉认为："依作者自己的说法，'关于《夜与昼》的艺术结构'，他'采用的是俯瞰和内窥相结合的方法'；另外，他在整体情节框架比较淡化时，比较注意局部情节框架的相对强化。通过研究和比较，我赞成他的一种说法，因为前述'俯瞰'和'内窥'只是帮助建构的方式，而不是作品结构的形态特征。由于李向南同林虹、顾小莉、黄平平的关系是作为'潜在的情节框架'来安排的，所以《京都》的画幅就有些象西方巴罗克式的绘画那样，重点通常是被安置在一幅画的角落而不是中心，其结构是非对称性的，取了一种开放、流动、展览的形式。这样的结构形态感，象电影艺术中的'分割银幕'，更象是中国绘画的'散点透视'；从每一扇窗往里看，都能见着活生生的剧目。"

"对柯云路来说，在作品中引进现代小说的写作技巧——譬如借鉴象征主义和意识流手法，设置一些意象和象征物，创造某种心理氛围，挖掘人物的潜意识、非理性，进行精神分析方面；又譬如运用表现主义的'交混'手法，将梦境、现实、想象、幻觉、过去、现在、将来熔成似真似幻、既荒诞又神秘的场景方面，都是比较能得心应手的。……当柯云路对读者依然是采用'告知'而不是使之'感知'的方式时，我们还是要向他重提'非理性的高级感性形态'

的要求。"

辛晓征、郭银星的《新理论的处境》发表于同期《当代作家评论》。辛晓征、郭银星认为:"文学语言问题的提出也许是最富于理论价值和最能够代表新理论的理论境界的。……在对文学语言问题的讨论中反映出的另一个问题是,论者本人不能将对命题的认定贯彻始终。通常是既把语言看作文学的第一要素,又在文学的思想内容上做出根本性的价值评判和理论要求,进而陷入思维秩序上的矛盾。我们以为这种现象只能说明新理论缺乏完备的理论逻辑和层次鲜明的理论范畴。"

姚一风的《〈故事法〉的历史穿透力》发表于同期《当代作家评论》。姚一风认为:"陆文夫'写社会'与众多作家不同的地方在于,他不是直接描写激荡的社会矛盾,展示人与人之间尖锐的对立冲突,而是通过对人生道路的探求,努力揭示个人与社会与历史的关联,在剖析'凡人'与社会与历史的关系中,揭示历史压在'凡人'身上的重负及残留在凡人身上消极的文化心理积淀。从历史的角度审判人生,引导人们正视自我及社会的弊端,在揭示中又透出对未来的希望。"

曾镇南的《略论杂文体的社会讽刺小说——从张洁的〈小说二题〉谈起》发表于同期《当代作家评论》。曾镇南认为:"杂文体的社会讽刺小说……是说,小说的作意和文体,都富于杂文意识。什么是杂文意识?……简而言之,也就是鲁迅说的'论时事不留面子,砭痼弊常取类型'吧。这种杂文意识揉在社会讽刺小说里,便形成这类小说的两大特点:第一,不务玄远而切近事。……第二,所择取的人和事固然奇特古怪,但一经作家生发渲染,却遥与社会人群中或一生态、事态、心态契合,也就是说,很有一些普遍性。……当然,这两大特点,又都是从它是小说而非杂文中派生出来的,也就是说,都是从人物、环境、氛围、情节、场面、细节等等叙事手段中自然浮现的,而不是单凭议论而存在。"

**27日** 张韧的《文学的新思维与新格局——谈现实主义与现代主义的双轨机制》发表于《人民日报》。张韧强调:"要探讨现实主义与现代主义及二者关系,我们不能不改变传统的艺术思维方式,从时代的特质与大趋势,从文学把握世界的规律性和发展文学生产力诸方面来考察。""被人们称为现实主义回归的代表作,如《烦恼人生》、《风景》、《伏羲伏羲》、《新兵连》等,它们不是热切追求艺术典型性和有因果的情节链条,而在表述上是那样的凸现了对纷乱生活作家自我的感知印象。它不是新感觉派的先锋小说,但它追求一种对主体感觉的真实与忠实。这与其说仅仅是现实主义自身的回归,不如说是它汲取了现代主义的某些精华(也包括新闻主义与纪实文学对小说的影响),使现实主义打破封闭性,得到了别样营养的补充而升华。反之,现代主义亦如是,它在撷取现实主义及其它英华,使其在民族土壤上跟读者交汇。"

同日,李道荣的《小说的神秘》发表于《文学评论》第6期。李道荣指出:"比如偶然性的增多。偶然性一多,我们的智力负担就加重了。""再如神秘的环境与世俗的力量。""还如感觉化的描写。""小说的神秘感我们还可举出一些,比如题材的多义性,象征的模糊性,人物的预感等等。通过以上的分析,我们可以看到,当今小说的神秘感来自作家并不严密规整的创作态度,由此带来作品自身不可理喻的因素,最终反映在读者那里,就是智力上的迷惑不解和感情的阻塞。这容易使人滑向神秘主义的泥坑。但是,当我们了解了文学的特性和生活的事实后,又可变神秘为清醒。"

**31日** 《1988年中短篇小说创作六人谈》发表于《文艺报》。张韧指出:"潜流着的三个思潮。第一,小说正在追求生活原汁形态的纪实美学思潮。……第二,现实主义与现代主义不再是两军对战、壁垒分明,出现了双向渗透、互补和交融的思潮。……第三,文学的媚俗思潮。它并不是当前小说创作的唯一弊端,但它委实是造成创作上无聊平庸、质量下降的一个重要因素。"

黄国柱指出:"在寻找新的生存方式的漫长道路上,……'媚俗'固不可取,但一味清高,'为下世纪写作',或者标榜不过是'玩文学',都不是解决问题的根本方法。"

吴秉杰指出:"一九八七年一年可以说是先锋文学的前后分界期。前期先锋派创作(主要是'寻根文学')有着强烈的理性主义倾向,作品大抵是宏大的反思与观念的结晶;而后期的先锋派创作,如马原、洪峰、孙甘露、格非……的作品则最鲜明地体现出了拒绝理性精神,强调具体感觉和体验的特征。……我们当然不会忘记永远缺乏这种精神的力量,所以,我把当前创作称为过渡期的文学。"

雷达指出:"缺乏强大深邃的思想力量。好的方面是出现了一些新的审美追求,新的精神价值的探索,尽管大多还处于萌动和苗头的状态。首先,一种新现实主义风度出现了。……在艺术把握方式上,它们对典型化的理解表现为原色真实,甚至残酷的真实,摒弃人为的戏剧化,注重生存状态而非典型性格;注重过程而不去解决问题;注重本体象征而不重个别象征等等。这些作品是对现实性的一个还原,是主体对客体的'第二次尊重',它们虽大多有纪实色彩,但寓意较为深沉。其次,新潮小说在格非、余华、苏童、魏志远等一批人手中发生了变异,这在今年可说是个'大爆发',作品数量很多,成为本年度的一大特色。……还有,强化生命意识,呼唤健康感情和本能,批判传统文化的扼杀人欲,是近年小说一个突出主题。"

## 本季

李国涛的《文体:新时期小说艺术的骄傲》发表于《文学评论家》第6期。李国涛指出:"我们说:小说的一切意味都在文体上表现出来。文体不是小说的局部,不是说,好小说可以有个坏文体,或坏文体包容了一篇好小说,文体不好,小说不可能有艺术意味。文体是小说的全部,故事、情节、人物、时间、空间、距离、角度,都要由文体表达出来。除了作者的词语句段和人物谈话的词语句段,小说里还有什么呢?万事都在文体里。"

"我之所谓小说文体是体现在各种情况下的语调。小说的意味主要体现在各种情况下的语调之中:语调不直接关系着情节人物,而体现出对情节人物的情调。情调决定语调,语调决定小说的意味。从读者方面说,首先接触的是语调,一读便知,从语调领会小说的意味,又从意味会理解小说作者的情调。文体是显现于外的、无所不在的部分。"

"我看,如果我们愿意从小说里提取一种'小说性',那么,从情调到笔调,从文体到意味,就应当是'小说性'的大体内容。"

"新时期以来的小说接受了大量的外来形式。为什么获得不小的成就?就是由于新时期小说文体是建立在坚固的民族语言的基础上,是民族化的。这种文体倒是充满了群众的语汇，它比任何时候都更大胆地汲取了当代语言中的词汇句式。它还大胆地应用有生命的古语古句。古诗古词的意象典故都有人用，什么'相见时难''花非花'，'鱼非鱼小酒家'，等等，等等。在这个基础上，外来词语、科技概念、外语音译，外语原文，统统掺和起来（只要作家能够驾驭），这也不失文章的华夏之音。"

"从这一点说，也可以见到新时期小说文体的贡献、价值和作用。因此，我敢用'民族文学语言的重振'来提出这个问题。我相信这是十年来小说家们共同的骄傲：文体！"

理睛的《长篇小说创作的心理承受力》发表于同期《文学评论家》。理睛指出："作者在创作过程中承受来自营建作品的意象整体时的感觉的自我压迫能力，任何文学作品的创作，必须从整体性的、审美意象的创造为目标。""具体说来，文学创作（特别是长篇小说创作）的心理承受力又包含如下两个层次。一是属浅层次的，即一种（一团）感觉须自始至终贯穿全部的创作过程。这是营建审美意象整体的首要条件。前文所举的几部长篇小说所以失败的原因之一，便是没有能够使某种感觉贯穿于作品的始终，作者没有能够使自身的感觉、情绪稳定在某个心理场中。在长篇小说的创作过程中，作者所受到的各种外部的和内部的其它方面的感觉、情绪干扰本不足为奇。问题在于，如果作者不能力排干扰以稳定感觉压力，那么，种种或功利的、或理念的东西就会参与到创作意识中去，使作者不由自主。将一种感觉稳定住并持续下去，便是作者心理承受力较强的一种表现。另一个是属于深层次的，即在前一层次的基础上，感觉还须随作品的不断展开而不断地延深、强化和明晰化。这更是决定作品的成功与否的必要条件。感觉的延深不仅是使创作得以进行下去而不显得勉强的保证，而且是使作品能够沿着某一条感觉线索深化情感传达的保证。"